34,80

Uni-Taschenbücher 1731

UTB
FÜR WISSEN
SCHAFT

Eine Arbeitsgemeinschaft der Verlage

Wilhelm Fink Verlag München
Gustav Fischer Verlag Jena und Stuttgart
Francke Verlag Tübingen und Basel
Paul Haupt Verlag Bern · Stuttgart · Wien
Hüthig Verlagsgemeinschaft
Decker & Müller GmbH Heidelberg
Leske Verlag + Budrich GmbH Opladen
J. C. B. Mohr (Paul Siebeck) Tübingen
Quelle & Meyer Heidelberg · Wiesbaden
Ernst Reinhardt Verlag München und Basel
F. K. Schattauer Verlag Stuttgart · New York
Ferdinand Schöningh Verlag Paderborn · München · Wien · Zürich
Eugen Ulmer Verlag Stuttgart
Vandenhoeck & Ruprecht in Göttingen und Zürich

Ulrich Gaier

Hölderlin

Eine Einführung

Francke Verlag Tübingen und Basel

Ulrich Gaier, Jahrgang 1935, ist Professor für Deutsche Literatur und Allgemeine Literaturwissenschaft an der Universität Konstanz.

Die Deutsche Bibliothek – CIP-Einheitsaufnahme

Gaier, Ulrich:
Hölderlin : eine Einführung / Ulrich Gaier. - Tübingen ; Basel : Francke, 1993
(UTB für Wissenschaft : Uni-Taschenbücher ; 1731)
ISBN 3-7720-2222-7 (Francke)
ISBN 3-8252-1731-0 (UTB)
NE: UTB für Wissenschaft / Uni-Taschenbücher

Dischingerweg 5 · D-7400 Tübingen
ISBN 3-7720-2222-7

Einbandgestaltung: Alfred Krugmann, Stuttgart
Gesamtherstellung: Presse-Druck, Augsburg
Printed in Germany

ISBN 3-8252-1731-0 (UTB-Bestellnummer)

FÜR ANKE

INHALT

VORBEMERKUNG

Diese Einführung soll Grundlagen zum Verständnis von Hölderlins Texten bereitstellen und zu ihrer Beschreibung anleiten. Es geht mir nicht darum, gesichertes Wissen zu präsentieren – davon gibt es bei Hölderlin ohnehin wenig –, sondern darum, das Problembewußtsein möglichst vielseitig, die Aufmerksamkeit möglichst differenziert und genau zu machen und möglichst wenig Vor-Urteil zu erzeugen, kurz: zur Weiterarbeit Grund zu legen und Lust zu wecken. Auf die Kontroversen hinsichtlich der Textedition und des Spätwerks lasse ich mich hier nicht ein – wer zum ersten Mal Schlittschuhe anhat, sollte nicht gleich Vierfachsprünge probieren. Deshalb benutze ich auch eher das leichter zugängliche Werk der Frankfurter und ersten Homburger Zeit, um daran die Tendenzen plausibel zu machen, die sich später verstärken und den schwierigen Spätstil erzeugen. Auch die Übersetzungen, die ich zu den schwierigsten Hölderlin-Problemen zähle, lasse ich unbesprochen. Entgegen der Neigung vieler Hölderlinforscher, ihren Autor nur mit sich selbst und allenfalls mit antiken Schriftstellern und modernen Philosophen befaßt zu sehen, versuche ich die entschiedene Zeitgenossenschaft Hölderlins herauszustellen, sein rasches und bewußtes Antworten auf Neuerscheinungen und aktuelle Tendenzen in Literatur, Philosophie, Theologie, Geschichte seiner Zeit. Hier haben sich einige überraschende Ansichten seiner Texte gewinnen lassen. Ich versuche in drei Stufen der Einläßlichkeit zu arbeiten: Der Einleitungs-Essay bestimmt ohne wissenschaftlichen Ballast Hölderlins Ort im Netz der großen Linien, die durch das 18. ins 19. Jahrhundert führen; der Text der folgenden Kapitel führt in die Werkgruppen und die zwei Großprojekte ein, die Anmerkungen und die Register sollen auf offene Probleme und laufende Diskussionen hinweisen bzw. die Benutzung des Buchs als Arbeitsinstrument erleichtern. Hinsichtlich einer detaillierten Bibliographie verweise ich zur Ergänzung auf das Realien-Buch von Stephan Wackwitz (*Friedrich Hölderlin*, Stuttgart 1985), zu dessen resultativer Überblicks-Darstellung ich diese Arbeits-Einführung als komplementär verstehe, sowie auf die Hölderlin-Bibliographie von Sohnle/Schütz.

Hölderlins Texte zitiere ich nach der Großen Stuttgarter Ausgabe mit römischer Band- und arabischer Seitenzahl, sowie zugleich nach der im Erscheinen begriffenen Ausgabe des Deutschen Klassiker Verlags, weil es die beiden einzigen derzeit verfügbaren Ausgaben mit vollständigem Text und mit Kommentar sind (Jochen Schmidts Kommentar in der Klassiker-Ausgabe konnte ich allerdings nicht mehr berücksichtigen, sondern beschränke mich auf die Stellen-Angaben der Texte, Briefe, Dokumente in seiner Edition); diese Angaben folgen jeweils auf die Angaben aus der StA mit arabisch kursiver Band- und Seitenzahl. Verweise auf die Bände der Frankfurter Ausgabe (FHA) und der Kritischen Textausgabe des Luchterhand Verlags (L) werden gegeben, wo es um Einblick in die sehr wertvollen Umschriften der Manuskripte Hölderlins oder um Datierungsfragen geht.

Meinen Mitarbeitern Peter Gahl, Oliver Keinath und Wolfgang Rapp danke ich für umsichtige Unterstützung und kritische Lektüre meines Textes, vor allem danke ich meiner Sekretärin Hildegard Böhme für hervorragende Arbeit unter schwierigen Bedingungen.

Konstanz, im Oktober 1992 Ulrich Gaier

... SEIT EIN GESPRÄCH WIR SIND ...

Einleitend will ich Hölderlin als Teilnehmer am Gespräch seiner Zeit zeichnen, in großen Linien, ohne wissenschaftlichen Apparat, und herausstellen, wie wenig er sich diesem Gespräch entzog, wie allseitig und genau er antwortete und warum ihn nur ein paar Freunde anhörten.

Das bestimmende Ereignis seiner auf die Öffentlichkeit orientierten Lebensphase war die Französische Revolution, ihre Vorboten in den achtziger Jahren und ihre Nachwirkungen über die *terreur*, die Koalitionskriege, Napoleons Siegeszug, Konsulschaft und schließlich Kaiserkrönung 1804. Die Geschehnisse im europäischen Maßstab tangierten potentiell und oft genug aktuell das Leben der Einzelnen; die Intellektuellen fühlten sich angesprochen, weil die Auseinandersetzung eine neue Qualität angenommen hatte, nicht mehr vom Machtinteresse der Fürsten sondern vom Machtinteresse der Ideologien gesteuert schien, weil deshalb auch das Leben im Staat oder der Krieg nicht mehr eine hinzunehmende Gegebenheit, sondern eine Frage der Überzeugung geworden war. Die Formen des geselligen Zusammenlebens änderten sich; das politische Informationsbedürfnis war groß, die Organe dafür schossen wie Pilze aus dem Boden, die Regierungen lockerten unter dem Druck der Ereignisse die Zensur, die öffentliche Diskussion zog sich bis ins Privatgespräch. Goethes *Unterhaltungen deutscher Ausgewanderten* zeigen, wie eine ideologisch aufgeheizte Stimmung die Geselligkeit sprengte und wie Formen der Literatur dazu dienen mußten und konnten, Gespräch wieder zu ermöglichen und schließlich auch die ethischen und die politischen Fragen wieder einzubeziehen. Entsprechend ist Hölderlins Dichtung nicht nur politisch informiert, antwortet überraschend schnell auf die Ereignisse oder wird von ihnen gar blockiert wie der *Empedokles*, sondern sie will politisch bilden und wirken: die Tübinger Hymnen, der *Hyperion*, der *Empedokles*, die Gesänge arbeiten an der von Hölderlin erhofften "Revolution der Gesinnungen und Vorstellungsarten", die auch neue Formen des gesellschaftlichen Zusammenlebens zeitigen sollte.

Wie aber die Französische Revolution nur zum Ausbruch brachte, was an geistigen und gesellschaftlichen Bewegungen allenthalben mehr oder minder tiefgreifend sich ereignete, wie sie dann unter dem Gegendruck der alten Regimes statt der von vielen erhofften geistigen und moralischen Erneuerung sich vor allem politisch und militärisch artikulierte, wie aus Ideen Ideologie, aus Patriotismus Nationalismus, aus Menschheitsbegeisterung Machtkalkül, aus Demokratie plebiszitäre Diktatur, aus Egalitarismus großbürgerlicher Kapitalismus wurde, war es für die Zeitgenossen nicht möglich, sich ein für allemal dafür oder dagegen zu entscheiden; vielmehr mußten sie sich ständig neu orientieren und sich der Grundlagen ihrer eigenen Beurteilung zu vergewissern suchen. Schien Hölderlin zunächst revolutionärer Umsturz nötig und richtig, so ließ ihn die *terreur* daran zweifeln; der *Hyperion* ist ein Manifest gegen voreiligen Aktionismus und plädiert für Volkserziehung wie Schiller oder die Verfasser des *Ältesten Systemprogramms*. Die Unterdrückung demokratischer Bestrebungen etwa in Württemberg mit Hilfe der Franzosen läßt ihn verstärkt an einen Sonderweg der Deutschen denken; mehr und mehr gehen seine späten Dichtungen "das Vaterland oder die Zeit" an, richten sich an die Deutschen, feiern Germania, ihre Landschaften und Flüsse – Hölderlin steht auf der Schwelle patriotischer deutscher Dichtung des 19. Jahrhunderts und konnte deshalb auch von Nationalisten vereinnahmt werden. Aber "Vaterland" meinte bei ihm "Reich Gottes", das sich allerdings auch in veränderten Beziehungen der Menschen untereinander manifestieren sollte, für die es sich zu kämpfen lohnte, die er sich aber am Ende auch unter der Leitung "väterlicher Fürsten" vorstellen konnte.

Das Vaterland als Reich Gottes? Wie kommt es zu dieser Verquickung politischer und religiöser Motive? Man muß sich klar machen, daß erstens der Patriotismus, als er im 17. und 18. Jahrhundert in England erstarkte, schon immer religiöse Wurzeln hatte – wie einst das Volk Israel sahen sich die Briten als auserwähltes Volk Gottes –, und daß zweitens die politische Emanzipation nur Sammelbecken und letzte Konsequenz der Emanzipationsbewegungen war, die das 18. Jahrhundert bestimmt hatten und deren Dialektik sich in der oben beschriebenen Dialektik der Revolution spiegelt.

Die Emanzipation von der kirchlichen Orthodoxie geschah einerseits als Angriff einer selbstbewußt sich ihrer wissenschaftlichen Erfolge rühmenden Vernunft auf den Glauben überhaupt und die christlichen Vorstellungen im besonderen. Glaube war Noch-Nicht-Wissen und nicht vom Aberglauben zu unterscheiden. Andererseits lehnte sich der im 17. Jahrhundert entstandene Pietismus gegen die theologischen Wortklaubereien auf, suchte eine gelebte Religiosität der

Heiligung, der Frömmigkeit des Herzens und des reinen Lebenswandels; hier entstanden die Vorstellungen vom Reich Gottes (und erhielten Zuspruch aus den calvinistischen und puritanischen Gebieten), denn man suchte Christentum zu leben wie Francke im Halleschen Waisenhaus, die Herrnhuter Brüdergemeinde auf den Gütern des Grafen Zinzendorf, die genossenschaftlichen und bis zum Sozialismus tendierenden Gemeinden der württembergischen pietistischen Pfarrer. Von beiden Seiten her wurde das Bild eines persönlich waltenden Gottes geschwächt: Gegen das siegreich vordringende Kausaldenken waren selbst "philosophische Religionen" wie die Spielarten des Deismus schwache Dämme; wo ihre Vorstellung einer Gottheit nicht mehr einen direkten Eingriff in die Geschicke der Welt einschloß, war sie nur noch eine Art oberster Instanz der Sittlichkeit. Auch die Pietisten nahmen in aller Frömmigkeit ihr Schicksal in die Menschenhand, und nicht wenige der Anhänger des spekulativen württembergischen Pietismus huldigten wie Oetinger, Goethe, Hölderlin, Schelling, Hegel der Lehre von der *apokatastasis tōn pantōn*, der Wiederbringung und Erlösung der Menschen, der Dinge und des Bösen, an der die Menschen verantwortlich mitarbeiten sollten; das setzte nicht nur den Vater in eine Wartestellung, sondern nahm auch der Gnade und dem Erlösungswerk Christi den Ausschließlichkeitswert, den die Deisten und Freigeister ohnehin bestritten. Es kam so weit, daß der evangelische Konsistorialrat Herder eine Schrift *Gott* herausbrachte, in der die persönliche Gottesvorstellung dem neuspinozistischen Eins und dem Alles eines in sich selbst gegründeten Welt-Organismus weicht, in dem für ein entscheidendes Erlösungswerk kein Raum mehr ist. Wie die *Ideen* Herders zeigen, ist für ihn die Geschichte Verkündigung, Offenbarung, Präsenz der Gottheit, vor allem aber Feld für die Vergöttlichung der Menschen zur Menschheit, eine Aufgabe, die jeweils in die Verantwortung der Einzelnen, Gruppen und Epochen gestellt ist.

Schleiermacher, der mit seinen *Reden über die Religion* 1799 Hölderlin zu der Einführung der starken religiösen Komponente in die Elegien und Gesänge provozierte, definiert die Gottheit ebenfalls durch das Eins und Alles und gibt dem Christentum nur deshalb eine Sonderstellung unter den Religionen, weil es die Irreligiosität als Gefährdung aller Religion bekämpft, die Notwendigkeit des Mittlertums betont und damit Religion der Religionen ist. Hölderlin faßt in einem hochkomplexen System alle diese Elemente zusammen: Das Eins und Alles, Natur und Geschichte als Räume seiner Offenbarung, die Kultur mit bestimmten Göttervorstellungen und je nach Menschenbedarf spezifisch aktiven Halbgöttern potentiell als Reich Gottes, als Vaterland durch die wirkende Erscheinung der Gottheit und durch die entgegenstrebende Kulturleistung der Menschen, als gemeinsame Sprache beider. Hölderlin war mit dieser Form der Religiosität, die zudem sich nicht institutionalisieren, sondern in der Spontaneität leben sollte, zu anspruchsvoll und zu früh: den Frommen noch zu philosophisch, den Philosophen noch zu fromm, denn viele von diesen hatten erst später ihr Damaskus oder sahen wie Hölderlin die ehemals Gott zugeschriebenen Energien in der Geschichte wirken. In gewissem Sinn stellt Hölderlin die Spitze der religiösen Emanzipationsbewegungen des 18. Jahrhunderts dar, weil er, wie anläßlich von *Brod und Wein* zu zeigen sein wird, alle Tendenzen systematisch aufeinander bezieht und mit anderen Emanzipationsbewegungen vermittelt. Zugleich markiert seine Religiosität den Übergang zu den Konzeptionen des 19. Jahrhunderts, die nur noch von objektiven Prinzipien und Energien in der Geschichte reden.

So vermittelt Hölderlin die religiöse Emanzipation zum Beispiel mit der Emanzipation im Denken. Auch hier sah sich mit der Demission des von der Orthodoxie hochgehaltenen Vaters und des von ihm verordneten Denkzwangs der Selbstdenker seines Feindes beraubt und vor eine Reihe von alternativen Zugängen zur Erkenntnis gestellt. Eine Menge von Schulen entstand – Rationalismus, Empirismus, Sensualismus, Materalismus, Idealismus, Analogiephilosophie –; jede bildete ihr Modell der Welterklärung, der Erkenntnistheorie, der Anleitung zum rechten Leben aus, entwickelte eine Sprache und einen Alleinvertretungsanspruch, suchte sich Geltung und Einfluß auf Kosten der andern Schulen zu verschaffen. Das Denken entwickelte den Zwang, gegen den es sich gewehrt hatte, aus sich selbst heraus; schon Hamann beklagte sich vehement über seinen aufgeklärten Monarchen Friedrich II., der seinen Untertanen das von ihm als vernünftig Erachtete mit den Jagdmessern seiner Gendarmen aufzwingen hieß. Diese Dialektik haben Adorno und Horkheimer als Dialektik der Aufklärung beschrieben; sie findet sich als Signum aller Emanzipationsbewegungen im 18. Jahrhundert. Angesichts der Vielzahl der möglichen Denkweisen und ihrer gegenseitigen Blockade suchte man im letzten Drittel des Jahrhunderts nach Möglichkeiten, das Denken selbst in den Griff zu bekommen entweder durch die Anstrengung des Denkens selbst, seinen ermöglichenden Ursprung und seine eigenen Grenzen zu erschließen und die verschiedenen Erkenntnisweisen einander systematisch zuzuordnen (z.B. Kant, Fichte), oder durch die Einbeziehung des Denkens in die höheren Einheiten des "ganzen Menschen" (Anthropologie, "philosophische Ärzte") und der als Sprache, als Ausdrucksphänomen innerer Energien (Gottheit, Geist, Menschheit) sich konstituierenden Geschichte. Hölderlin konzipierte hier eine Einheit der Einheiten, wie sie umfassender und differenzierter weder vorher noch nachher gedacht worden ist; nur Friedrich Schlegel mit seinem Konzept der progressiven Universalpoesie kam ihm nahe, und es ist möglich, daß Hölderlin aufgrund der Lektüre des *Gesprächs über die Poesie* und der *Athenäumsfragmente* seine früheren, Herder, Kant, Fichte, Schiller zusammenführenden Überlegungen, Schlegel überbietend, vollends zu seiner Philosophie der universalen Poiesis ausbaute, die uns von den Homburger Aufsatzfragmenten bis zu den Sophokles-Anmerkungen entgegentritt. Theologie, Kosmologie, Anthropologie, Geschichtsphilosophie, Erkenntnistheorie, Psychologie, Ethik und Soziallehre, Ästhetik und Poetik sind hier bedacht und finden ihren eigentlichen Ausdruck in Poesie, im Gesang, in dem Geister sich lebendig vereinen und so das Vaterland vorbereiten. Hölderlin ist Dichter vor allem auch, weil er als Philosoph die poetische Sprache als einzig adäquate Form des Ausdrucks seiner Erkenntnis erfaßt hat; seine Dichtung ist deshalb auch Philosophie im Sinne all der genannten Richtungen und übersteigt sie zugleich. Ich komme darauf zurück.

Rehabilitation und Emanzipation der Sinnlichkeit (Kondylis) aus dem Griff des leibfeindlichen Christentums legitimiert die Befassung mit dem Körper, den Sinnen, Gefühlen und Leidenschaften, dem Unbewußten, den Begehrungen und Aversionen. Der Reichtum der Innenwelt wurde bewußt und bewußt gemacht – erster Aspekt der Dialektik der Sinnlichkeit –, denn das als Empfindung bewußt gemachte und genossene, lustvoll besprochene und beweinte Gefühl war nicht mehr der volle starke Affekt, den man beim "Volk" und bei "Wilden" zu beobachten meinte. Die verbiegenden und verwässernden Effekte der Zivilisation wurden nirgends so kritisch und sentimentalisch bemerkt wie im Bereich von Gefühl und Empfindung. Man sah Affekt zu Affektiertheit, das Spontane zu rhetorischer Künstlichkeit, das Erleben zum Erwarteten und sogleich Zerredeten werden und konstruierte als Gegenbild den natürlichen Menschen, von dem man sich weit entfernt hatte. Statt in Lebensgenuß und Trunkenheit führte die Emanzipation der Sinnlichkeit in die Ernüchterung des prosaischen Daseins und in sentimentalische Sehnsucht nach der verlorenen Natur.

Der zweite Aspekt der Dialektik der Sinnlichkeit tut sich da auf, wo erkannt wird, daß Körperzustand, sinnliche Erfahrung, Gefühle in einem gegebenen Augenblick absolut individuell sind. Die Menschen gewannen das Selbstverständnis ihrer unverwechselbaren und unersetzbaren Individualität und drängten darauf, diese anerkannt zu wissen – die im 18. Jahrhundert außer bei Bauern und Frauen sich vollziehende Konstitution des Individuums als Rechtssubjekt hat hier ihre Antriebe. Auch der Gedanke des für sich wirtschaftenden autarken und sich selbst entfaltenden Individuums gewinnt daraus seine Energie, die zur Forderung nach Freiheit, nach Emanzipation von Zwängen jeder Art führte, die tendenziell den Kampf aller gegen alle zur Folge hatte. Die Individualität des Körpers und der Gefühle machte auf der anderen Seite, streng genommen, die Mitteilung gerade dieser für das neue Selbstverständnis so zentralen Erfahrungen unmöglich. Das Individuum wird isoliert, es vereinsamt mit seinen Tendenzen zur Selbstverwirklichung und erfährt die Selbstverwirklichung anderer als Feindschaft. Nicht nur Theorien der Sympathie und des Mitgefühls, der Einfühlung und des Mitleids werden aufgestellt: die Menschen brauchen Rührung und suchen die Spuren empathieorientierter Gefühle und Neigungen in den Handlungen und Verhaltensweisen anderer; der Erfolg der rührenden Lustspiele und bürgerlichen Trauerspiele wird nach vollgeweinten Taschentüchern bemessen. Der Freundschaftskult nimmt religiöse Formen an, die Kultur der Geselligkeit, der Lesegesellschaften, wissenschaftlichen Zirkel, Salons, Geheimbünde, Orden, Logen durchzieht das gesellschaftliche Leben; sie liegt einerseits quer zur bestehenden Ständeordnung, aus der man sich durch diese freien Vereinigungen emanzipiert, und wirkt andererseits der Isolationstendenz der Individuen entgegen, die in solchen Verbindungen freiwillig auf einen Teil ihrer Freiheitsgelüste verzichten. Eine auf prinzipielle Gleichheit der Individuen gegründete, sich von den gegebenen hierarchischen Verhältnissen emanzipierende Sittlichkeit wird formuliert, sie fordert vom Menschen Selbstbeschränkung seiner Freiheit so weit, daß in der Praxis die Selbstverwirklichung anderer nicht stärker beeinträchtigt wird als die eigene. Emanzipiert sich diese Ethik von den Durchsetzungs- und Strafinstanzen des polizierten Staates, so wird der entwürdigende äußere Zwang nun nach innen verlegt; der als Kirche und Staat entmachtete Vater erhebt sich mahnend, strafend, verbietend in der Seele wieder: das zum Bürger gewordene Individuum ist in sich gespalten und zerrissen zwischen Freiheits-und Gleichheitsbedürfnis. Brüderlichkeit, der Kult der Freundschaft, Geselligkeit und freiwilligen Verbindung, war wie gesagt das vereinende Dritte dieser beiden widersprechenden Tendenzen.

Auch die Ehe wurde deshalb in eine auf Liebe und freie Zustimmung gegründete Gemeinschaft umdefiniert; die Frau wurde zur Ärztin für diesen inneren Konflikt und seine schweren psychischen Folgen (Melancholie, Depression, unkontrollierte Ausbrüche, Selbstmord). Ihre Erziehung sollte deshalb unspezialistisch sein, um in ihr diesen Konflikt nicht auch hervorzurufen, und sie sollte zur individuellen Natürlichkeit einer allseitig gebildeten Persönlichkeit führen – eben zum Ideal der Natur, der Anmut, der schönen Seele, die ob des "Geteilten in unserer Natur" (Winckelmann) verloren waren und betrauert wurden. Die Literatur seit der Jahrhundertmitte zeigt mehr und mehr Frauen, die an dieser aufgedrängten Rolle der Erlöserin und harmonischen Trösterin zugrunde gehen, weil sie nun zwischen ihrem eigenen Freiheits- und Selbstentfaltungsbedürfnis und dieser ihnen zugemuteten Rolle zerrissen werden. Rousseaus *Julie* ist ein paradigmatischer Text dafür; Margarete soll für Faust Natur sein und meint französisierend daherreden zu müssen, soll Reinheit und Unschuld sein, damit er sie verführen und die dann uninteressant Gewordene verlassen kann. Hölderlins Hyperion und Diotima sind die reinste Ausprägung der Konstellation zwischen dem zerrissenen Mann und der naturhaft anmutigen Frau, die über die bisherigen Beispiele hinaus im vollen Bewußtein der potentiellen Tödlichkeit aus Liebe und Schätzung des inneren Wertes Hyperions die Rolle auf sich nimmt – als Heroismus des Bewußtseins und der Gesinnung sah Hölderlin diese Entscheidung. Auch die Dialektik der Freundschaft wird zwischen Alabanda und Hyperion durchgespielt: das Glück, einander untertan zu sein, die Freude am Wetteifer, der Verlust der eigenen (und richtigen) Handlungsentscheidung, das Verlassen anderer Freunde und der Geliebten, der Opfertod für den Freund.

Die Dialektik der Individualität schafft vor allem ein Problem der Sprache. Wenn das Individuum einzigartig ist, kann es sich in seinem Eigensten nicht mitteilen. Wenn es die sinnlichen Erfahrungen, die Träume des Unbewußten, die Gefühle und Empfindungen sind, die die Individualität bedingen, gibt es keine Begriffe und Wörter dafür. "Das Lexikon unserer Empfindungen hat kein einziges Wort", sagt Herder. Man versucht, *über* Empfindungen zu reden, innere Erfahrungen sich selbst und anderen klarzumachen. Noch nie zuvor ist so intensiv und von so vielen Seiten an der Sprache gearbeitet worden: Die Philosophen suchen deutsche Entsprechungen für ihre lateinische Schulsprache und definieren Wortbedeutungen; die Tagebuch- und Briefschreiber, die ihre inneren Erfahrungen und Tagträume, ihre Einfühlung in andere, die Deutung ihrer Handlungen und Verhaltensweisen zur Sprache bringen wollen, differenzieren die Beschreibungsmittel für Qualitäten, Urteile, Werte, Handlungen und Absichten, für Stimmungen und Ahnungen; sie erforschen die Analogie von Landschaft und Witterung mit Gefühlen und Stimmungen und beobachten die Körpersprache der Affekte wie überhaupt die Physiognomie als Ausdrucksform von Ethos und Pathos eines Menschen.

Sehr bald wird jedoch klar, daß die solcherart differenzierte Sprache immer noch nicht geeignet ist, Gefühle in einen andern Menschen hineinzureden, ihm die eigene Erfahrung zur Erfahrung zu bringen. Das referentielle Sprachzeichen hält die Lücke offen, die es gerade zu schließen gälte. Man wird auf die Gestik, Mimik, die Akzentuierung beim mündlichen Sprechen aufmerksam, die über das subliminale Mithandeln beim Handeln eines andern in der Tat die Erfahrung übertragen können – ein Schmerzschrei weckt Schmerz und Mitleid, ein mit Betonung gesprochener Satz macht Eindruck. Man beklagt die Schriftlichkeit der Kultur, sucht nach der verlorenen poetischen Muttersprache des Menschengeschlechts und nach Methoden, dieses wirkende Wort auch in der Schrift zu erzeugen. Man findet sie mit der Überlegung, daß Sprechen und Schreiben Handlungen sind und daß gerade der Handlungsaspekt, das Wie des Sprechens das Wirksame daran ist, ziemlich unabhängig davon, wovon gesprochen wird. Dies wird aufs Schreiben übertragen: alle Aspekte der Form und Gestalt von Texten, die phonetische Musikalität der Wortkompositionen, die Verdichtung oder Verhüllung oder Transparenz von Bedeutung, die Gestaltbarkeit der Syntax, Grammatikalität und Regelverstöße, die Nutzung pragmatisch konnotierter Wörter, Formen und Textgattungen sind semiotische "Hieroglyphen"; die Symptomatik der Stimmungen und der kommunikativen Haltungen des Schreibers sind kommunikative "Hieroglyphen", die auch in geschriebenen Texten geeignet sind, Wirkungen beim Rezipienten zu erzeugen – obwohl die Rhetorik als Schuldisziplin verschwindet, hält sie unter der Authentizitätsforderung an die schriftliche Mitteilung wieder Einzug in die Texte der Journalisten, Briefschreiber und Dichter.

Hölderlin hat alle diese Mittel intensiv genutzt, denn es ging ihm um Mitteilung nicht nur von Gedanken und Vorstellungen, sondern von Gefühlen, z.B. von vaterländischer Begeisterung. Im "Gesang" suchte er seine Rezipienten hymnisch zu begeistern und in dieser Kommunikationsform, die auf gemeinsames sprachlich-musikalisches Handeln ausgeht, sich mit seinen Rezipienten in einer gemeinsamen Aussage und einem gemeinsamen Handeln zu vereinen, durch das Medium der Poesie den Abgrund zwischen den Individuen zu überbrücken und sie mit gemeinsamem Geist zu erfüllen. Der Gesang vermag über die Dialektik der Sprache hinauszuführen, die Hölderlin in den folgenden zwei Sätzen formuliert: "Es ist auch immer ein Tod für unsre stille Seeligkeit, wenn sie zur Sprache werden muß." (VI 236; *3, 259*) "So müssen wir auch der Gottheit, die zwischen mir und Dir ist, doch wieder von Zeit zu Zeit das Opfer bringen; das leichte, reine, daß wir nemlich zu einander sprechen von ihr, daß wir das Ewige, was uns bindet, feiern in den lieben Briefen" (VI 293; *3, 319f.*). Denn Gesang wird von allen gesungen, Produzent und Rezipient, Subjekt und Objekt verschwinden darin, und wenn noch die hymnische Begeisterung alle ergreift, so ist auch der gemeinsame Geist, die Gottheit, "das Ewige, was uns bindet", lebendig unter ihnen. Dies ist der Ursprung des Hymnischen beim frühen und beim späten Hölderlin. Die Hieroglyphen der Begeisterung – Komparative, Imperative, Progressivität der Argumentation, Utopisierung der Vorstellungen, imaginäre Transformation der Kommunikation, der Sprecher und Hörer und ihrer Situation –, das sind die Mittel einer Rhetorik des vaterländischen Geistes.

Hölderlins Dichtung will deshalb auch unmittelbar politisch wirken, die "Revolution der Gesinnungen und Vorstellungsarten" herbeiführen, auf die er wartete. Die Emanzipation der Literatur im 18. Jahrhundert, von der wir jetzt noch reden müssen, hatte zu dieser engen Verschränkung von Literatur und Leben geführt. Die Schriftsteller hatten sich aus der Bindung an fürstliche Mäzene gelöst und gerieten in die neue Bindung an die Verleger und die Wünsche des Publikums; marktorientiert verkauften sie sich als Originale und Genies, waren dann aber gezwungen, das mit ihrem Namen einmal verbundene Markenzeichen von Stil, Darstellungsart und Inhalt immer wieder leicht variiert zu reproduzieren. Kaum ein Schriftsteller schaffte es, vom Erlös seiner literarischen Arbeiten zu leben; die Alternative war Vielschreiberei und Anpassung an den Publikumsgeschmack oder Übernahme eines Amtes, das am Schreiben hinderte. Der durch die

Käuflichkeit der Bücher emanzipierte Leser bestimmte, was Erfolg hatte; der Schwager Vulpius verkaufte mehr Exemplare von *Rinaldo Rinaldini* als Goethe von *Wilhelm Meisters Lehrjahren.* Die Situation war besonders prekär für einen Autor wie Hölderlin, dessen poetisches Gewissen, philosophische Überzeugung und hohes Sendungsbewußtsein keine Anpassung an den Publikumsgeschmack zuließ und der deshalb nicht nur in finanzielle Bedrängnis geriet, sondern auch vor die Aporie gestellt wurde, nicht für das Publikum und doch für das Publikum schreiben zu wollen. Sein Epigramm *Falsche Popularität* klingt noch stolz und idealistisch (vgl. auch VI 254f.):

> O der Menschenkenner! er stellt sich kindisch mit Kindern
> Aber der Baum und das Kind suchet, was über ihm ist.
> (I 229; *1, 192*)

Resigniert bemerkt er im Vorwort zu *Friedensfeier*: "Sollten aber dennoch einige eine solche Sprache zu wenig konventionell finden, so muß ich ihnen gestehen: ich kann nicht anders. An einem schönen Tage läßt sich ja fast jede Sangart hören, und die Natur, wovon es her ist, nimmts auch wieder." (III 532; *1, 338*)

Dabei war das allgemeine Bedürfnis nach Literatur als Lebenshilfe groß. Die Schwächung und Relativierung des von Vater Staat und Mutter Kirche verordneten Lebens, die Liberalisierung des Wirtschaftslebens durch Entmachtung der Zünfte und Überregionalität des vorindustriellen Verlagswesens in vielen Wirtschaftszweigen ließen die "aus Handwerks- und Gewerbesbanden, / Aus dem Druck von Giebeln und Dächern, / Aus der Straßen quetschender Enge, / Aus der Kirchen ehrwürdiger Nacht" auferstandenen Menschen (*Faust*, V. 924–927) nach alternativen Lebensmodellen Umschau halten, und die Literaten waren fleißig, sie ihnen anzubieten. Mit der zunehmenden Alphabetisierung des Publikums setzte eine sogleich beklagte Lesewut ein, die zu einer Literarisierung der Lebensvollzüge führte. Lessings Minna von Barnhelm, der Tellheim zum Rätsel geworden ist, hat sich mit ihm verlobt wie Desdemona mit Othello, reist ihm nach wie eine reiche Dame der *comédie italienne* ihrem Liebhaber, um ihm mit Geld aus der Klemme zu helfen; versucht ihn als "lasterhaften" Ehrenpussel im Stil der sächsischen Typenkomödie, als spröden Liebhaber im Stil von Marivaux' *comédie d'analyse* zu verstehen und nötigt ihm die entsprechenden Rollen auf – alles scheitert und läuft auf tragische Sprachlosigkeit hinaus, die nur durch eine Farce beendet werden kann, denn

Minna interessiert sich nicht für das tatsächliche Unglück Tellheims, für das sie noch kein literarisches Schema gelernt hat.[1] Die Überflutung mit literarischen Lebensmodellen verunsichert die Menschen, die "Natürlichkeit" schwindet aus den Beziehungen. Deshalb wird Authentizität der Literatur gefordert und erwartet; der Literarisierung des Lebens entspricht eine Biographisierung der Literatur, die hinter durchsichtigen Schleiern des Gleichnisses eigene Erfahrung des Schriftstellers zeigen sollte. Goethes *Werther* ist das beste Beispiel sowohl für die Biographisierung der Literatur (und die öffentlichen Annahmen darüber) wie auch für die Literarisierung des Lebens, die sich in den von der *Werther*-Lektüre ausgelösten Selbstmorden manifestiert.

Hölderlin beklagt ähnliches: "Lieber Karl! ich spreche wie einer, der Schiffbruch gelitten hat. [...] Ich hatte offenbar zu früh hinausgestrebt, zu früh nach etwas Großem getrachtet, und muß es wohl, so lang ich lebe, büßen; schwerlich wird mir etwas ganz gelingen, weil ich meine Natur nicht in Ruhe und anspruchloser Sorgenlosigkeit aufreifen ließ." (VI 263; *3, 287*) Es waren natürlich literarische Modelle der Größe, die den Schüler beeindruckt hatten und angesichts derer er in um so tiefere Melancholie und Minderwertigkeitsgefühle versank, wenn er etwa die vermeintliche Dauerspannung und Begeisterung des in seinen Dichtungen immer im hohen Ton singenden Klopstock nicht leisten konnte. In seiner eigenen Lyrik hat er die Biographisierung weiter vorangetrieben als sogar der frühe Goethe oder der frühe Schiller, zunächst durch die konstitutive Rolle des sprechenden Ich in den Tübinger Hymnen, den Oden und Elegien – es war diese "Subjektivität", die Goethe und Schiller, "objektiv" geworden, ablehnten –, in der späteren Dichtung durch die zusätzliche Nennung lebender Adressaten wie Heinses, Sinclairs, des Landgrafen von Hessen-Homburg usw.; wohl war diese Individualität der poetischen Redesituation aufgefangen dadurch, daß sie zugleich das private Gespräch in eine symbolische Allgemeinheit und strukturelle Reinheit erhob, aber diese potenzierte Literarisierung der Rede des Dichters stellt, soll sie rezipiert werden, so hohe Ansprüche an die literarische Sensibilität eines Lesers, daß offenbar nicht einmal Schiller, mindestens im Blick auf die Leser seines *Musenalmanachs*, bereit war sie anzuerkennen.

---

1 Vgl. meinen Aufsatz "Das Lachen des Aufklärers. Über Lessings *Minna von Barnhelm*", in: Der Deutschunterricht. *Aufklärung*, hrsg. v. Heinz-Dieter Weber. Jg. 43, Heft 6, 1991, S. 42–56.

Die Biographisierung der Literatur steigerte sich bei Hölderlin über diese mehr formalen Eigenschaften seiner Texte hinaus in ein zerstörendes Ausmaß dadurch, daß er seinen *Dichterberuf* unmittelbar an das historisch-politische Geschehen knüpfte. Indem er sich bewußt war, daß "Der Höchste, der ists, dem wir geeignet sind", daß die "ruhelosen Thaten in weiter Welt", angesichts derer "wie vom / Strale gerührt das Gebein erbebte", nicht verschwiegen werden dürfen (II 46f.; *1, 305f.*), ist er als Dichter und nicht nur als Mensch unmittelbar abhängig von dem Weltgeschehen, das ihn mit Hoffnung und Enttäuschung als Mensch, mit poetischer Begeisterung, Zorn, Enttäuschung und dem fast unmöglichen Bemühen um geistige Bewältigung und Beurteilung des Geschehens als Dichter vor sich hertreibt. Es läßt sich fast mit Sicherheit sagen, daß der *Empedokles* liegengeblieben ist, weil Napoleon nicht die erhoffte und im *Grund zum Empedokles* philosophisch begründete Empedokles-Funktion übernahm, weil sich überhaupt mit der großbürgerlichen Konsolidierung des französischen Staats und der in Deutschland spürbaren beginnenden Restauration die vaterländischen Ziele Hölderlins, des Republikaners "im Geist und in der Wahrheit" (VII 2, 136; *3, 634f.*) nicht realisierten. "Klopstok gestorben am / Jahrtausend. Also heißet um die Alten / Die Trauer." (II 333; *1, 441*): Es bedurfte nur einer starken Erschütterung wie der Angst, als Hochverräter wie Sinclair angeklagt zu werden, um diesen sich dauernd zum Zerreißen anspannenden und überfordernden Menschen zu zerbrechen. Was er einmal vom Glücklichen schrieb, galt für ihn ständig:

> Je glüklicher du bist, um so weniger kostet es, dich zu Grunde zu richten, und die seeligen Tage, wie Alabanda und ich sie lebten, sind wie eine jähe Felsenspize, wo dein Reisegefährte nur dich anzurühren braucht, um unabsehlich, über die schneidenden Zaken hinab, dich in die dämmernde Tiefe zu stürzen. (III 30; *2, 38*)

In den Versen aus dem Tübinger Turm ist diese Dimension, die unmittelbare Bindung der Dichtung an die sich verändernde Wirklichkeit, verschwunden, nicht weil Hölderlin die Wirklichkeit nicht mehr wahrgenommen hätte – die Landschaften und Jahreszeiten sind Erfahrung –, sondern weil für Hölderlin das Wirkliche und er selbst zum Bild und Bild des Bildes,[2] die reißende Zeit damit still geworden ist.

---

2 Vgl. meinen Aufsatz "Hölderlins Gärten", in: *Hölderlin und die Griechen*, Turmvorträge, hrsg. v. Valérie Lawitschka, Tübingen 1987/88, S. 54–97.

Hymnische Dichtung der Studienjahre

In der überwiegenden Zahl der Dichtungen, die wir aus Hölderlins Schul- und Studienzeit kennen, spricht das lyrische Ich begeistert, preist hymnisch; oft enthält der Titel die Gattungsbezeichnung "Hymne", auch "Lied" im Sinne des gesanghaften Ausdrucks eines Begeisterungszustandes (*Lied der Freundschaft*), oder er kündigt die preisende Zuwendung zu einem personifizierten Begriff (*An die Vollendung*) an.

Es gibt gute Gründe, in den Dichtungen dieser Zeit den "philosophisch grundlegenden Teil" des Hölderlinschen Werks zu sehen,[1] d.h. erste Formulierungen von Überzeugungen, die auch in späteren Phasen ihre Geltung behaupteten, die Hölderlins philosophische Entwicklung in ihrer inneren Ausbildung und äußeren Abgrenzung anleiteten und eine Kontinuität bis in die Gedichte der Turmzeit hinein stiften.

Damit ergeben sich drei Aufgaben, die in diesem Abschnitt zu behandeln sind: Wir müssen zu verstehen versuchen, warum Hölderlin in dieser Zeit hymnisch dichtete, warum er die gepriesenen Gegenstände für preiswürdig hielt und was sein Preis bewirken sollte.

Schwärmereien im Kloster

Nach dem Besuch des Nürtinger Gymnasiums, den ein dreijähriger Privatunterricht bei Schellings Onkel, dem Diakon Nathanael Köstlin, zur Vorbereitung auf das "Landexamen" begleitet hatte (VI 487; *3, 749f.*), trat Hölderlin vierzehnjährig in das seit der Reformation bestehende System der württembergischen Theologen-Ausbildung ein. Das bedeutete streng geregelten Tageslauf vom Aufstehen um 5.00 Uhr morgens bis zum Abendgebet um 20.00 Uhr,[2] Internatsleben mit bedrückender Aufsicht und Bespitzelung der Pubertierenden, mit dem

---

1 Wolfgang Binder, "Hölderlins Tübinger Hymnen", in: W.B., *Aufschlüsse, Studien zur deutschen Literatur*, Zürich 1976, S. 243–260; 243 in seinem Referat der Forschungsauffassungen um 1900.

2 Vgl. Werner Volke, *Hölderlin. Zum 200. Geburtstag*, Katalog der Ausstellung, Stuttgart 1970.

Leiden der verletzlichen Psyche unter den Gefühlsroheiten der Stuben- und Klassengenossen, dem Heimweh nach Verständnis und Liebe, den heimlichen Exzessen des Leibes und Gemüts, für die meist die Sprache und die Gelegenheit zur Aussprache fehlte.

Hölderlin besuchte zwei Jahre die "niedere" Klosterschule in Denkendorf bei Nürtingen und zog im Oktober 1786 mit denen, die wie er das Klassenziel erreicht hatten, in die "höhere" Klosterschule Maulbronn um. Seine Briefe zeugen von schlechter Ernährung, Fluchtgedanken, ungerechter Behandlung (VI 14f.; *3, 25*), extremen Stimmungsschwankungen zwischen Tränen und Wutanfällen (VI 7), Selbstmitleid über den frühen Verlust von Vater und Stiefvater, Selbstverachtung "über das kindische Gewinsel", Selbstanalyse im Stile der pietistischen Seelenerforschung (VI 9, vgl. 3, 7, 18 u.ö.; *3, 17.11.15.27*). In Maulbronn fand sein Sehnen und Empfinden einen Anhalt, seine Einsamkeit einen Briefpartner. Louise Nast, Tochter des Klosterverwalters, wechselte Briefe und Gedichte mit ihm; Eifersucht, Versöhnung, Liebe, Augenblicke beseligenden Zusammentreffens, die einen "Jammermonath" aufwiegen – davon spricht der Geständnisbrief an Louises Vetter Immanuel Nast (VI 22–25; *3, 31–35*). Denn endlich hatte er in dem ein Jahr älteren Leonberger Schreiber einen Freund gefunden:

> Die Freundschaft mit Nast befreite Hölderlin aus einer bedenklichen seelischen Isolierung; sie schuf ihm die Möglichkeit zur überschwänglichen Aussprache seines inneren Reichtums und seiner wechselnden Stimmungen. (VI 492f.)

Louise war die "Stella" der Maulbronner Gedichte (I 21, 22, 26, 46, 59, 94; *1, 25.26.29.44.55.83*), man schwor und dichtete sich ewige Liebe zu (VI 25; *3, 34*; I 64, 372; *1, 59*), aber bald nach dem Umzug ins Tübinger Stift gab Hölderlin im Gefühl, die Geliebte nicht an sich binden zu sollen, Louise frei, die ihrerseits 1791 heiratete: "Die Neuigkeit, die Sie mir schreiben, beruhigt mich ser", antwortete Hölderlin auf diese Nachricht. Und wieder folgte die Begründung, aus der er schon Louise gegenüber Verzicht geleistet hatte:

> Mein sonderbarer Karakter, meine Launen, mein Hang zu Projekten, u. (um nur recht die Warheit zu sagen) mein Ehrgeiz – alles Züge, die sich one Gefar nie ganz ausrotten lassen – lassen mich nicht hoffen, daß ich im ruhigen Ehestande, auf einer friedlichen Pfarre glüklich sein werde. (VI 68, vgl. 51; *3, 83.59*)

Auch der Briefwechsel mit Immanuel Nast, der für die erste Formulierung seelischer Erlebnisse so wichtig gewesen war, schlief nach dem Umzug ins Tübinger Stift (Oktober 1788) ein und wich den Freundschaften mit Christian Ludwig Neuffer und Rudolf Magenau, nach deren Abgang aus dem Stift (September 1791) dem Symphilosophieren mit Hegel und Schelling.

Das Elend der Klosterschulen setzte sich im Stift fort; neben die Klagen über "Mishandlungen, [...] Druk und Verachtung", "die Verdrüßlichkeiten, die Chikanen, die Ungerechtigkeiten, die ich leiden mußte" (VI 46; *3, 63f.*) tritt nun aber in den Jahren der Französischen Revolution der sozusagen öffentliche Zorn, die politisch bewußte Empörung, die in den (z.T. nur befürchteten) Eingriffen des Herzogs Carl Eugen in die Stiftsordnung den unmittelbaren Anknüpfungspunkt fand:

> Gott weis, wie lieb mir die Meinigen sind, und wie ser ich wünsche, nach ihrem Gefallen zu leben, aber unmöglich ist's mir, mir widersinnische, zweklose Geseze aufdringen zu lassen, u. an einem Orte zu bleiben wo meine besten Kräfte zu Grunde gehen würden. (VI 74, vgl. 598f.; *3, 89.788f.*)

Dem privaten Ausdruck folgt die Solidarisierung mit andern: "Ich bin bei weitem nicht der einzige der diesen Entschluß gefaßt hat. Der gröste und beste Theil unserer Repetenten und Stipendiaten will fort, in jenem Falle", nämlich wenn sich die Besetzungspolitik für geistliche Ämter ändern sollte. Schließlich tritt der regionalpolitische Vorgang in nationales und gesamteuropäisches Licht:

> Die Sache ist gewiß wichtig. Wir müssen dem Vaterlande, und der Welt ein Beispiel geben, daß wir nicht geschaffen sind, um mit uns nach Willkür spielen zu lassen. Und die gute Sache darf immer auf den Schuz der Gottheit hoffen. (VI 74f.; *3, 89f.*)

Gegen Ende der Bildungsjahre ist aus der individuellen Erfahrung und Reflexion des Leidens, der in der pietistischen Religiosität der Kindheitsumgebung eingeübten Selbsterforschung und Selbstbezichtigung das politische Bewußtein des repräsentativen Charakters persönlicher Umstände geworden. Der Einsame hat sich als Teil einer Bewegung erfahren gelernt, die die europäische Kultur und Gesellschaft erneuern sollte und die in Frankreich dabei war, sich in Wort und Tat zu artikulieren. Die privat empfindsamen Stimmungswidersprüche zwischen Tränen und Wut, Selbsthaß und Schwärmerei (I 100; *1, 86f.*), Ehrsucht und mutloser Melancholie (I 94–99; *1, 82–86*) transformieren sich in die Widersprüche des Repräsentanten einer öffentlichen und – wie sich zeigen wird – religiös verstandenen Bewegung. Die Beziehungen zu anderen Menschen treten in die Spannung zwischen Individualität und Allgemeinheit, konkreter Unmittelbarkeit und abstrakter Idealität. Zwei Briefzeugnisse vom Juni und September 1793 sind charakteristisch; an Neuffer schreibt Hölderlin:

> Sieh! ich dank' es meinem Schiksaal tausendmal, daß es Dich mir wiedergab, gerade da, wo all' meine schönen Hofnungen zu welken anfiengen. Unser Herz hält die Liebe zur Menschheit nicht aus, wenn es nicht auch Menschen hat, die es liebt. (VI 83; *3, 99*)

Dagegen an den Bruder, der "über Mangel eines Freundes" klagte:

> Ich kenn' es wol, dieses Erwachen des jugendlichen Herzens, ich habe sie auch gelebt, die goldnen Tage, wo man sich so warm und brüderlich an alles anschließt, und wo einem doch die Teilnahme an *Allem* nicht genügt, wo man Eines will, Einen Freund, in dem sich unsere Seele wiederfinde und freue. Soll ich Dirs gestehen, ich bin bald über diese schöne Periode hinaus. Ich hange nicht mer so *warm* an *einzelnen* Menschen. *Meine* Liebe ist das Menschengeschlecht, freilich nicht das verdorbene, knechtische, träge, wie wir es nur zu oft finden, auch in der eingeschränktesten Erfarung. Aber ich liebe die große, schöne Anlage auch in verdorbenen Menschen. Ich liebe das Geschlecht der kommenden Jarhunderte. (VI 92; *3, 109*)

In dieser Spannung, die das Individuum zur idealen Menschheit erhebt und es dann trotz und gerade wegen seiner hineinprojizierten Idealität lieben und ganz für sich haben will, läßt später Hyperion Diotima untergehen; Hölderlins eigener Zusammenbruch hängt mit der absoluten Idealitätsforderung zusammen, die er mit zunehmender Strenge an sein Dichtertum stellte. Denn schon in der Tübinger Studienzeit formulierte er diese Aufgabe seines dichterischen Lebens, er fährt fort:

> Denn diß ist meine seeligste Hofnung, der Glaube, der mich stark erhält und tätig, unsere Enkel werden besser sein, als wir, die Freiheit muß einmal kommen, und die Tugend wird besser gedeihen in der Freiheit heiligem erwärmenden Lichte, als unter der eiskalten Zone des Despotismus. Wir leben in einer Zeitperiode, wo alles hinarbeitet auf bessere Tage. Diese Keime von Aufklärung, diese stillen Wünsche und Bestrebungen Einzelner zur Bildung des Menschengeschlechts werden sich ausbreiten und verstärken, und herrliche Früchte tragen. Sieh! lieber Karl! diß ists, woran nun mein Herz hängt. Diß ist das heilige Ziel meiner Wünsche, und meiner

> Tätigkeit – diß, daß ich in unserm Zeitalter die Keime weke, die in einem künftigen reifen werden. (VI 92f.; *3, 109*)

Bis in die Vaterländischen und die Nacht-Gesänge hinein lebt Hölderlin aus dieser Spannung der idealischen Überzeugung und Hoffnung auf die Früchte solcher Aufklärung einerseits und den täglichen öffentlichen und privaten Erfahrungen der Enttäuschung dieser Erwartungen. Diese Spannung muß den aufreiben, der sein persönliches Schicksal so kompromißlos an die tatsächliche historische und gesellschaftliche Bewegung bindet wie Hölderlin in diesem Brief, und der sich nach langem Kampf gegen die Verzweiflung klar machen muß:

> Ich habe lange nicht geweint. Aber es hat mich bittre Thränen gekostet, da ich mich entschloß, mein Vaterland noch jezt zu verlassen, vieleicht auf immer. Denn was hab' ich lieberes auf der Welt? Aber sie können mich nicht brauchen. (VI 427f.; 4.12.1801; *3, 462*)

Die Spannung zwischen erhoffter und realer Geschichts- und Gesellschaftsentwicklung zerreißt das Ich, das sich mit beiden identifiziert hat und damit von Geschehnissen abhängig ist, auf die es dichtend idealiter einzuwirken vermeint, in deren Getöse jedoch seine Dichtung fast ungehört verhallt. Schon die Tübinger hymnische Dichtung artikuliert diesen Gegensatz mit unerbittlicher Genauigkeit. Hieß es in der *Hymne an die Menschheit* vom Jüngling der Zukunft:

> Er hat sein Element gefunden,
> Das Götterglük, sich eig'ner Kraft zu freu'n;
> Den Räubern ist das Vaterland entwunden,
> Ist ewig nun, wie seine Seele, sein! (I 148; *1, 127*)

so wird der Mentor und Freund Stäudlin in *Griechenland* aufgefordert:

> Harre nun! sie kömmt gewiß die Stunde,
> Die das Göttliche vom Kerker trennt –
> Stirb! du suchst auf diesem Erdenrunde,
> Edler Geist! umsonst dein Element. (I 180; *1, 153*)

Diese Bindung des Ich an das Ideal einerseits, an die historische Entwicklung andererseits bedeutet zugleich eine ungeheure Forderung an die psychische Spannkraft: Wer sich so dem Ziel der "*Bildung, Besserung des Menschengeschlechts*" (VI 93; *3, 110*) verschreibt, darf nie nachlassen, resignieren, freudlos oder mutlos werden, an sein eigenes Glück, seine einfachen materiellen Bedürfnisse denken, wenn er sich nicht selbst verachten und als Verräter an seinem Menschheitsideal verstehen soll. Wir stoßen hier auf den Ursprung der hymnischen Begeisterung, die den Hauptton der Tübinger Dichtungen stiftet. Wenn es "der Höchste [... ist], dem wir geeignet sind" (II 46; *1, 305*), dann erwartet dieses zum Dichter berufene Ich von sich, ständig dem Anspruch des Höchsten offen, ständig von ihm berührt, erfüllt, für seine Offenbarung bereit zu sein; es sucht die Schuld im eigenen Versagen oder hybriden Handeln, wenn das Höchste schweigt, das Vaterländische nicht erfahrbar wird, die Menschheit nicht aus den Menschen hervorleuchten will. Hölderlins Oden, die die dichterische Berufung reflektieren, vor allem aber der *Empedokles*, handeln von dieser Dialektik zwischen Begeisterung und seelischer Öde. Doch schon die Briefe aus der Tübinger Zeit, vor allem nach Neuffers Weggang im Herbst 1791, kontrastieren scharf mit der Begeisterung der gleichzeitig entstehenden Hymnen:

> das mußtest Du wissen, daß ich Deiner Theilnahme bedürffe, und daß es öde sein müsse um mich, und in mir [...]. Bruder! mir ist, seit ich wieder hier bin, als hätten meine Lieben meine beste Kraft mit sich fort, ich bin unbeschreiblich dumm und indolent. Selten giebts lucida intervalla. [...] Mit dem Hymnus an die Menschheit bin ich bald zu Ende. Aber er ist eben ein Werk der hellen Intervalle, und die sind noch lange nicht klarer Himmel! (VI 70; 28.11.1791; *3, 85*)
>
> Lieber Bruder! ich habe den Muth verloren, und so ists gut, nicht zu viel zu wünschen. Ich hänge mich an alles, wovon ich glaube, daß es mir Vergessenheit geben könne, u. füle jedesmal, daß ich verstimmt und unfähig bin, mich zu freuen, wie andre Menschenkinder. (VI 75; April 1792; *3, 91*)
>
> Ich habe hier schlechterdings keine Freude. Da siz ich fast jede Nacht auf unsrer alten Zelle, und denk' an den mancherlei Verdruß des Tages, und bin froh, daß er vorüber ist! Weil ich mich nicht in die Narren schike, schiken sie sich auch nicht in mich. Wie gut ists dem braven Autenrieth gegangen. [...] Das Stipendium ekelt mich nur noch mer an, seit ich die hirn- u. herzlosen Äußerungen wieder hörte über seinen Tod, und über die andern Neuigkeiten in der Welt. [...] Du wirst lachen, daß *mir* in diesem meinem Pflanzenleben neulich der Gedanke kam, einen Hymnus an die *Künheit* zu machen. In der That, ein psychologisch Rätsel! (VI 80f., September 1792; 3, 96f.)
>
> In meinem Kopf ists bälder Winter geworden, als draußen. [...] Doch hab' ich ein Gedicht an
>
> – »die Gespielin der Heroën
> *Die eherne Notwendigkeit*
>
> angefangen. (VI 96; Oktober 1793; *3, 113*)

Man hat diesen Kontrast zwischen der hochgespannten begeisterten Rede der Hymnen und den Klagen Hölderlins über seine seelische Öde, Erstarrung, Freudlosigkeit individualpsychologisch mit ersten Schüben einer manisch-depressiven Anlage[3] oder typenpsychologisch als Ausdruck eines mythischen, Bindung und Erfüllung durch die reale Situation suchenden und damit dem idealistischen entgegengesetzten Denkens gedeutet.[4] Existenzialistische Elemente werden bei Wilhelm Michel und Ernst Müller zur Begründung herangezogen: Hölderlin gehöre dem mythischen Menschentyp an, der im Gegensatz zum "idealistischen Menschentyp" an "Lebensmangel" leide und "durch die Wirklichkeit seiner Daseinsnot auf den Weg der Göttersuche verwiesen" sei.[5] "Die hymnische Aussage entquillt einem tief gefühlten Mangel an Wirklichkeit, sie ist reine Kompensation durch das überirdische Ideal, um mit der niederdrückenden Gegenwart leichter fertig zu werden."[6] Hans Gottschalk dagegen hatte gemeint, nur in den Tübinger Hymnen sei für Hölderlin "die Realität des Göttlichen völlig gewiß", nur sie seien deshalb "des Namens Hymnen wert".[7] Adolf Beck leitet in gewisser Weise die von Wolfgang Binder[8] konstatierte

---

3 Z.B. in der einflußreichen Monographie von Wilhelm Lange, *Hölderlin. Eine Pathographie*, Stuttgart 1909, v.a. S. 17–47. Auch Erziehungsfehler wurden dafür verantwortlich gemacht: der "Knabe, den zu zärtlich die Mutter hält", entwickelt ein Syndrom von herrischem Eigensinn und wächserner Weichheit, das dann im Zusammenstoß mit der "für diese Natur [...] geradezu tödlichen Klosterzucht jener Zeit" fast zur Katastrophe führt (Julius Klaiber, *Hölderlin, Hegel und Schelling in ihren schwäbischen Jugendjahren*, Stuttgart 1877, S. 15, 51).

4 Paul Böckmann, *Hölderlin und seine Götter*, München 1935, S. 49f. In seiner späteren Wiederaufnahme des Themas von Hölderlins feierlichem Nennen, d.h. seinem hymnischen Sprechen, meint Böckmann in Hölderlins Jugenddichtung die Götternamen nur im klassizistischen, "ästhetisch-symbolischen Sinn" gebraucht zu sehen; erst die neue Naturerfahrung, die sich seit dem *Hyperion* artikuliere, eröffne den "Weg zum feiernden Anruf der Lebensmächte". Paul Böckmann, "Hölderlins mythische Welt", in: P.B., *Formensprache, Studien zur Literarästhetik und Dichtungsinterpretation*, Darmstadt 1969, S. 283–315; 287–90.

5 Wilhelm Michel, *Das Leben Friedrich Hölderlins*, Bremen 1940 (ND Darmstadt 1963), S. 81.

6 Ernst Müller, *Hölderlin. Studien zur Geschichte seines Geistes*, Stuttgart 1944, S. 64.

7 Hans Gottschalk, *Das Mythische in der Dichtung Hölderlins*, Stuttgart 1943, S. 32.

8 Binder (wie Anm. 1), S. 243.

Phase heutiger Entfremdung von hymnischer Sprache ein, indem er, durch die offizielle Hymnik der nationalsozialistischen Spektakel mißtrauisch geworden, Hölderlin in dieser Periode als abhängig von professionell Begeisterten zeichnete und demgemäß von der "'rhetorischen' Form der Tübinger Hymnen an das Ideal" sprach.[9] Auch Binder räumte ein, daß diese Gedichte "Erzeugnisse einer gewissen Selbstentfremdung" Hölderlins gewesen sein mögen, "Auswanderungen in die 'Kolonie'", die jedoch hohen Ertrag eingebracht hätten.[10] Gert Ueding dagegen sieht die Hymnen "in den historischen Prozeß eingesenkt, poetische Zeichen seiner Tendenz", und faßt zusammen:

> Die Ideale, die er besingt, Freiheit und Wahrheit, Liebe und Freundschaft, Kühnheit und Natürlichkeit, entwickeln den Vorschein einer richtiggestellten Wirklichkeit und sind in den Zeitereignissen selber wirksam. Die Reinigung von allem Falschen, Zufälligen, Disharmonischen, die mit dem Ideal gemeint ist, war schließlich revolutionär zum Ereignis geworden, und nur in dieser Realkorrespondenz gewinnen die 'Tübinger Hymnen' ihre Substanz und Aussagekraft.[11]

So wichtig der Gedanke ist, nach dem Zusammenhang der Hymnik des jungen Hölderlin mit seinem historischen Umfeld zu fragen, so kurzschlüssig ist die Korrelation zwischen Französischer Revolution und den Hymnen als ihren poetischen Zeichen: Das Hymnische war seit Klopstocks hymnischen Dichtungen von der Jahrhundertmitte an eine häufig eingenommene poetische Sprechhaltung – alles Derartige, wo es ja auch um "Ideale" ähnlich denen Hölderlins geht, gewänne erst seine "Substanz und Aussagekraft" durch die reale Einlösung 1789 und wäre vorher nur eine Art rhetorischer Übung? Wie unsicher eine solche Direktkorrelation ist, läßt sich an Uedings Interpretation des Briefs an Neuffer zeigen. Hölderlin berichtet beseligt von den "Götterstunden", wo er sich als Schüler Platons fühle; Ueding sagt dazu: "Die enthusiastische Beredsamkeit des Briefes entspricht der hymnischen Tonlage der Gedichte, verrät den gemeinsamen Grund in den affektiven Selbstzuständen des Autors. Hölderlins Gefühlsleben ist

---

9 Adolf Beck, "Hölderlin und Friedrich Leopold Graf zu Stolberg. Die Anfänge des hymnischen Stils bei Hölderlin", Iduna 1, 1944, S. 88–114; 113.

10 Binder (wie Anm. 1), S. 244.

11 Gert Ueding, *Klassik und Romantik. Deutsche Literatur im Zeitalter der Französischen Revolution 1789–1815* (Hansers Sozialgeschichte der deutschen Literatur vom 16. Jahrhundert bis zur Gegenwart, Band 4), München 1987, S. 693, 698.

der Spiegel einer von den objektiven Möglichkeiten der Zeit und der eigenen Erwartungsfülle begeisterten Jugend."[12] Er beachtet aber nicht, daß Hölderlin wohl am selben Tage, als er diesen Brief an Neuffer schrieb, mit einem Fragment seines elegischen Romans *Hyperion* auch die erste Fassung des hymnisch-elegischen Gedichts *Griechenland. An St.* dem Mentor und Freund Städlin schickte, das mit dem Todeswunsch des sprechenden Ich endet, weil sich im Kerker der Gegenwart nicht leben läßt und das Herz den toten Griechen angehört (I 180, 476f.; *1, 153.580*; VI 86; *3, 103*).

Ich habe auf den vorhergehenden Seiten nahezulegen versucht, daß Hölderlin in der Zeit zwischen Denkendorf und Tübingen von der pietistischen Selbstanalyse und Selbstbezichtigung vor andern, von der individuellen Unmittelbarkeit der Seele vor Gott abgeht und sich selbst als solidarisch mit andern, als Teil einer vom Regionalen ins Gesamteuropäische gehenden Bewegung der Aufklärung, Befreiung und Besserung der Menschheit zu verstehen lernt. Beide Modelle des Selbstverständnisses, der Deutung seiner selbst für sich und gegenüber anderen, der Individualisierung bzw. Solidarisierung in Denken, Sprechen und Handeln sind im Verlauf des 18. Jahrhunderts als sozialpsychologische Haltungsmodelle ausgebildet und von Dichtern ausgestellt, mit paradigmatischen Orientierungsfiguren inszeniert, variiert, kritisiert worden. Die literarische Figur mit ihrem Schicksal, die literarische Problemkonstellation mit ihrer Lösung,[13] die literarische Sprechhaltung und ihre Wirkung aber sollten wiederum ins tägliche Leben der Menschen modellhaft zurückwirken. Wie schon einleitend ausgeführt, hat die Authentizitätsforderung an die Literatur zu einer Biographisierung der Dichtungen, z.B. der Füllung mit realen Namen – geführt, zugleich aber zu einer Literarisierung des Lebens, der Messung realer Menschen an Buchhelden und -heldinnen, der Lösung von Lebenssituationen nach literarischen Modellen. Mit der Praxis wuchs auch das Bewußtsein, wie problematisch sie sein konnte, insbesondere als nach *Werthers Leiden* die Selbstmordrate drastisch anstieg. Man

12 Ebd. S. 696.

13 Daß Lessings *Minna von Barnhelm* wiederum eine kritische Darstellung und Inszenierung des Versuchs ist, moderne Lebensprobleme mit veralteten literarischen Modellen zu lösen, habe ich in meinem Aufsatz "Das Lachen des Aufklärers. Über Lessings *Minna von Barnhelm*", Der Deutschunterricht, *Aufklärung*, Jg. 43, Heft 6, 1991, S. 42–56 gezeigt.

erkannte die Pluralität der vorhandenen Modelle und ihre prinzipielle Wählbarkeit, so daß Hölderlin Neuffer mitteilen konnte:

> Ich fand bald, daß meine Hymnen mir doch selten in dem Geschlechte, wo doch die Herzen schöner sind, ein Herz gewinnen werden, u. diß bestärkte mich in meinem Entwurfe eines griechischen Romans. (VI 86; *3, 103*)

Auch die spätere Poetik Hölderlins, die die verschiedenen Sprechhaltungen im lyrischen, epischen, tragischen Stil unterscheidet, geht von der Wählbarkeit solcher "Töne" aus. Es handelt sich hier, wo die Rhetorik als offizielles Schulfach immer mehr zurückgedrängt wurde,[14] um eine Art Rhetorisierung des Lebens und Kommunizierens, das man nach bestimmten Vorbildern und Lebensplänen bewußt zu gestalten suchte. "Magischen Idealismus" kann man diese Gestaltung seiner selbst, seiner Umwelt und seiner Partner nach bestimmten Vorstellungen nennen;[15] wieviel Selbstmagie und Aufprägen von Projektionen auf andere damit verbunden waren, hat insbesondere Goethe immer wieder zum Thema gemacht und kritisiert (*Iphigenie, Wilhelm Meisters Lehrjahre, Faust*).

Hölderlins hymnisches Sprechen, so mag man danach vorderhand annehmen, ist eine Weise der dichterischen Selbstgestaltung, die er auf der Basis des in Tübingen gewonnenen Selbstverständnisses als Teil der gesamteuropäischen Aufklärung zur Menschheit annahm.

Vorbilder

Zwei Mustern hymnischen Sprechens ist Hölderlin in seiner Schüler- und Studienzeit gefolgt: dem nach antiken Vorbildern entwickelten Muster des hymnischen Gesangs von Klopstock und seinen Anhän-

---

14 Vgl. Manfred Fuhrmann, *Rhetorik und Öffentlichkeit – Über die Ursachen des Verfalls der Rhetorik im ausgehenden 18. Jahrhundert*, Konstanz 1983.

15 Novalis konzipiert zwei entgegengesetzte Handlungen: "einen Gedanken [...] zur selbständigen, sich von euch absondernden – und *nun* auch *fremd* – d[as] h[eißt] äußerlich vorkommenden Seele machen" und "umgekehrt mit den äußerlichen Dingen – [...] verwandelt sie in Gedanken. Beide Operationen sind idealistisch. Wer sie beide vollkommen in seiner Gewalt hat ist der *magische Idealist*." Novalis *Werke*, hrsg. u. komm. von Gerhard Schulz, ²München 1981, S. 460.

gern, und dem aus der englischen, in der deutschen Anakreontik aufgenommenen Muster der Schillerschen Lieder.

Klopstock hatte die Traditionen der heidnisch-antiken Hymnen- und Dithyrambendichtung – Pindar, die orphischen und homerischen Hymnen, Horaz sind einige Anhaltspunkte – und für seine "heilige Poesie" die Psalmendichtung und die davon abgeleitete Sequenzendichtung des Mittelalters aufgenommen, die in den Sequenzen des katholischen Ritus und z.B. in Luthers Übersetzungen weiterlebte. Klopstocks Ode *An des Dichters Freunde* von 1747 beginnt:

Wie Hebe kühn, und jugendlich ungestüm,
Wie mit dem goldnen Köcher, Latonens Sohn,
Unsterblich sing' ich meine Freunde,
Feyernd in mächtigen Dithyramben.

Wilst du zu Strophen werden, o Lied, oder
Ununterwürfig Pindars Gesangen gleich,
Gleich Zevs erhabenen trunkenen Sohne,
Frey aus der schaffenden Seele taumeln?[16]

Diese antikische Hymnik erschien, wie der Text sagt, strophisch wie etwa bei Horaz und hier in Odenstrophen, oder in ungeregelten prosaischen Versen, die Klopstock dem vermeintlich ordnungslos, aus der reinen Musenbegeisterung singenden Pindar nachdichtete. So beginnt etwa *Auf das Jubelfest der Souveränetät in Dännemark 1760* folgendermaßen:

Weht sanft auf ihren Grüften, ihr Winde!
Und hat ein unwissender Arm
Der Patrioten Staub wo ausgegraben,
Verweht ihn nicht!

Veracht ihn, Leyer, wer sie nicht ehrt!
Und stammt' er auch aus altem Heldenstamme;
Veracht ihn!

Sie haben uns der hundertköpfigen Herrschsucht entrissen,
Und Einen König gegeben!

---

16 Klopstocks *Oden und Elegien*. Nach der Ausgabe in vierunddreißig Stücken Darmstadt 1771, Heidelberg 1948, S. 85. Spätere erweiterte und in "bardische" Mythologie übersetzte Fassung unter dem Titel *Wingolf*.

O Freyheit! Silberton dem Ohre,
Licht dem Verstand, und hoher Flug zu denken!
Dem Herzen groß Gefühl!
O Freyheit, Freyheit! nicht der Demokrat allein
Weiß, wer du bist!
Der guten Könige glükliche Sohn
Der weiß es auch![17]

Zu der odischen und der pindarischen Form hymnischen Sprechens fügten die Nachfolger Klopstocks noch nach dem Muster der homerischen Hymnen den Hexameterhymnus hinzu (z.B. Fr. L. Stolberg in seiner *Hymne an die Erde);*[18] Hölderlin hat schon früh all diese Formen geübt, z.B. *Männerjubel* (alkäische Ode), *Am Tage der Freundschaftsfeier* (pindarischer Gesang), *Auf einer Haide geschrieben* (Hexameterhymnus).

In seiner Einleitung zu den *Geistlichen Liedern* (1757 u.ö.) schrieb Klopstock, "daß die Nachahmung der Psalmen das höchste sey, was sich der Dichter zu erreichen vorsetzen, und was der Leser von ihm fodern könnte". Die Psalmen Davids ließen sich in gedanklich anspruchsvollere und einfachere, in erhabene und sanftere einteilen, die er Gesänge bzw. Lieder nennen wolle:[19]

> Der Gesang ist fast immer kurz, feurig, stark, voll himmlischer Leidenschaften; oft kühn, heftig, bilderreich in Gedanken und im Ausdrucke; und nicht selten von denjenigen Gedanken beseelt, die allein, von dem Erstaunen über Gott, entstehen können. Ich sage nicht, daß das Lied nicht auch vieles von diesen allem haben könne: aber es mildert es fast durchgehends, und bildet es in Vorstellungen aus, die leichter zu übersehen sind.
>
> Jener ist die Sprache der äußersten Entzückung, oder der tiefsten Unterwerfung: dieses der Ausdruck einer sanften Andacht, und einer nicht so erschütterten Demuth.

---

17 Ebd. S. 42f. Später in korrigierter Fassung unter dem Titel *Das neue Jahrhundert*. Zur Diskussion über die prosaischen Verse vgl. zusammenfassend Herder in den Fragmenten *Über die neuere deutsche Literatur* I 14f.; Johann Gottfried Herder *Frühe Schriften 1764–1772*, hrsg. v. Ulrich Gaier, Frankfurt 1985, S. 229–34, mit den Kommentaren S. 1070–76.

18 Christian Graf von Stolberg, Friedrich Leopold Graf von Stolberg, *Gesammelte Werke*, 20 Bde. in 10 Bden., Hamburg 1820/21, ND Hildesheim/ New York 1974; Bd. 1, S. 201–213.

19 Klopstocks *Sämmtliche Werke*, Leipzig 1823, Bd. 7, S. 51f.

Bey dem Gesange kommen wir außer uns. Sterben wollen wir, und nicht leben! Bey dem Liede zerfließen wir in froher Wehmuth, und erwarten unsern Tod mit Heiterkeit.

Der erste erlaubt sichs nicht nur, sondern es ist eine von seinen Hauptpflichten, daß er schnell von einem großen Gedanken zum andern forteile. Er fliegt von Gebirge zu Gebirge,[20] und läßt die Thäler, wie schön und blumenvoll sie auch seyn möchten, unberührt liegen. Denn wenn unsre Seele entweder durch die Hoheit der Gedanken, oder durch das Feuer der Empfindungen stark bewegt ist; so ist es ihrer Natur gemäß, so zu denken. Gewisse nähere Erklärungen, gewisse Ausbildungen will sie alsdann nicht. Sie eilt fort. Sie hatte das alles schon hinzugedacht. Das Lied muß einige von diesen Erweiterungen hinzusetzen. [...]

Das Lied richtet sich nach den eingeführten Melodien. [...] Den Gesang erhebt der Dichter durch andre Sylbenmaße. Bald braucht er das Sylbenmaß der Alten. Bald setzt er dieß auf neue Art zusammen. Bald wählt er diejenigen unter den eingeführten Sylbenmaßen der Lieder, in welchen der Trochäus bisweilen den Jamben, oder dieser jenen unterbricht. Allein den Reim läßt er weg. Vielleicht würde es auch dem Inhalte gewisser Gesänge sehr angemessen seyn, wenn sie Strophen von ungleicher Länge hätten, und die Verse der alten mit den unsrigen so verbänden, daß die Art der Harmonie mit der Art der Gedanken beständig übereinstimmte.

Wem es gelänge Lieder zu machen, die auch denen gefielen, die dem Schwunge des Gesangs ohne Mühe folgen können, der hätte vortreffliche Lieder gemacht. [...]

Jede Art zu dichten hat ihren eignen Ton, der ihr angemessen ist.[21]

Ich habe diesen verhältnismäßig langen Auszug aus Klopstocks Einleitung hergesetzt, weil sie einmal für Klopstocks und seiner Anhänger "heilige Poesie" in Gesängen und Liedern grundlegend ist und Einblick gibt in den Zusammenhang zwischen gewählter Form, "eigenem Ton", Typus der Gedankenführung, Wahl der Sprache und Bildlichkeit, mit dem man in dieser Tradition rechnen muß. Zum andern können diese Passagen sogar noch für die späten "Gesänge" Hölderlins als grundlegend betrachtet werden, wenngleich dort außerdem die Strukturierung nach antiken Chorliedern berücksichtigt werden muß. Wichtig scheint mir auch Klopstocks Ideal: das "populäre" strophische

20 Vgl. noch Hölderlins Bild von dem Gipfel der Berge verbindenden Gesang am Ende der 1. Strophe von *Patmos*.

21 Klopstock (wie Anm. 19), S. 55–59.

Lied mit dem gedanklich anspruchsvollen erhabenen Schwung des Gesangs – Schiller etwa mit seinem Lied *An die Freude* und Hölderlin mit seinen frühen Liedern (*Lied der Freundschaft*, *Lied der Liebe*) und den Tübinger *Hymnen* scheinen genau dies versucht zu haben.

Die ersten Fassungen von Klopstocks *Frühlingsfeyer* (unter dem Titel *Das Landleben*) zeigen auch im Druckbild den hymnischen Psalmcharakter mit den ungleich langen Abschnitten und den prosaischen eigenrhythmischen Versen, in denen "die Art der Harmonie mit der Art der Gedanken beständig übereinstimmt"; hier der Beginn:

> Nicht in den Ocean
> Der Welten alle
> Will ich mich stürzen!
> Nicht schweben, wo die ersten Erschaffnen,
> Wo die Jubelchöre der Söhne des Lichts
> Anbeten, tief anbeten,
> Und in Entzückung vergehn![22]

Die späteren Fassungen betonen das "Psalmodieren", den Wiederholungs- und Responsionscharakter der Psalmen, die man sich nach den Forschungen von Lowth und Michaelis[23] von einander antwortenden und dann wieder gemeinsam singenden Chören aufgeführt vorstellte und daraus die "Parallelismen" in diesen Texten ableitete. Diese Responsionsstrukturen betonte Klopstock bei der Überarbeitung; hier die Verse 11–19 der Fassung von 1759:

> Halleluja! Halleluja!
> Auch der Tropfen am Eimer
> Rann aus der Hand des Allmächtigen!
>
> Da aus der Hand des Allmächtigen
> Die grössern Erden quollen,
> Da die Ströme des Lichts
> Rauschten, und Orionen wurden;
> Da rann der Tropfen
> Aus der Hand des Allmächtigen![24]

---

22 Ebd. S. 5.

23 Robert Lowth, *De Sacra Poesi Hebraeorum; Praelectiones Academicae*, Oxford 1753, hrsg. und komm. von Johann David Michaelis 1758, v.a. Praelectio 3. Vgl. Herder Frühe Schriften (wie Anm. 17), Komm. zu 34, 22–24; 37, 20; 196, 12.

24 Klopstock (wie Anm. 19), S. 5.

In der Endfassung lauten die entsprechenden Verse 7–16:

Halleluja! Halleluja! Der Tropfen am Eimer
Rann aus der Hand des Allmächtigen auch!

Da der Hand des Allmächtigen
Die größeren Erden entquollen!
Die Ströme des Lichts rauschten, und Siebengestirne wurden,
Da entrannest du, Tropfen, der Hand des Allmächtigen!

Da ein Strom des Lichts rauscht', und unsre Sonne wurde!
Ein Wogensturz sich stürzte wie vom Felsen
Der Wolk' herab, und den Orion gürtete,
Da entrannest du, Tropfen, der Hand des Allmächtigen![25]

Die Schüler und Nachahmer Klopstocks nahmen diese psalmodierenden Wiederholungsstrukturen und Aufgipfelungen auf, die vor allem bei den Dichtern des Göttinger Hains stilbestimmend wurden. Adolf Beck hat die Wiederholung als "das entscheidende Kennzeichen dieses hymnischen Stiltypus" bei Friedrich Leopold Graf zu Stolberg herausgearbeitet und das Echo, ja die "Übersteigerung" der Manier in Hölderlins frühen dithyrambischen Gedichten nachgewiesen.[26] Hölderlins Gedichte *Die Bücher der Zeiten, Gustav Adolf, Hymne an den Genius Griechenlands* gehören in diese Tradition und lassen sich, z.T. bis in die Druckanordnung hinein, etwa mit Stolbergs *Freiheitsgesang aus dem zwanzigsten Jahrhundert* (wo es wie bei Hölderlins Gustav Adolf-Gedichten um patriotischen Befreiungskampf geht) oder mit der *Homer*-Hymne[27] vergleichen, die Hölderlin mit der *Hymne an den Genius Griechenlands* geschichtsmetaphysisch zu überbieten sucht.

Unbeachtet blieb m.W. bisher, daß Hölderlin im Zusammenhang seiner 1790 geschriebenen Magisterarbeit *Parallele zwischen Salomons Sprüchwörtern und Hesiods Werken und Tagen* bei Herder eine ausführliche Poetik der "heiligen Poesie" nachlas, die für sein ganzes Werk entscheidende Anregungen gab und ihn zu immer tieferer Begründung und Ausführung aufforderte.[28] Es werden einerseits Herders

25 Klopstocks *Sämmtliche Werke*, Leipzig 1823, Bd. 1, S. 136f.
26 Beck (wie Anm. 9), S. 91–93.
27 Stolberg (wie Anm 18), Bd. 1, S. 87–95; 120–122.
28 Beißner IV 387 nennt nur Herders *Briefe, das Studium der Theologie betreffend*, Nr. 9 und 11, sowie "auch einige Seiten der Schrift *Vom Geist der Ebräischen Poesie* (II, 235–239 Suphan)". Nicht bemerkt werden die Abschnitte über Personifikation (1. Gespräch), den Parallelismus als dia-

Personifikationstheorie, seine Lehren von der inneren Gedankenführung der Schöpfungs- und Naturpoesie, von der "Handlung" und dem Tonwechsel in den Psalmen, andererseits seine Herleitung des Parallelismus aus der hebräischen Sprach- und Satzkürze und seine Warnung vor der penetranten Nachahmung dieser Wiederholungsfiguren gewesen sein, die den Übergang Hölderlins von der an Klopstock und dessen Nachfolger angelehnten hymnischen Dichtung zu der eigenen, einige Züge von Schiller entlehnenden Form der "Tübinger Hymnen" angeregt haben. Dieser Übergang vollzog sich im Spätsommer 1790: die *Parallele* ist auf 17. September 1790 datiert, die erste der Hymnen neuen Zuschnitts, die *Hymne an die Göttin der Harmonie*, wird, noch unter dem Titel *Hymnus auf die Warheit*, am 8. November 1790 erwähnt (VI 56; *3, 71*).

Schillers hymnische Gedichte aus der *Anthologie auf das Jahr 1782*, der *Thalia* oder Wielands *Teutschem Merkur* stellten sich durch ihre Reimstrophen in Gegensatz zu der Hymnik der Klopstockschule. Das Lied *An die Freude* z.B. wurde bei einem der "Gesellschäftchen" mit Neuffer und Magenau nach feierlicher Reinigung am Neckartorbrunnen (den Hölderlin flugs in den Kastalischen Musenquell umtaufte) bei dampfender Bowle gesungen; "bei der Strofe 'dieses Glas dem guten Geist' traten helle klare Thränen in H<ölderlins> Auge, voll Glut hob er den Becher zum Fenster hinaus gen Himmel, und brüllte 'dises Glas dem gut. G.' ins Freie, daß das ganze Nekkar Thal widerschol. Wie waren wir so seelig!"[29]

Die Freunde sangen nicht nur Schillers Hymnus, sondern "alle Lieder der Freude der Reihe nach durch": Schiller hatte mit seinem Lied zwei bekannte Oden von Hagedorn ("Freude, Göttin edler Herzen") und Uz ("Freude, Königin der Weisen!") überboten, indem er die Freude zum Weltprinzip erhob, die im Singen des Lieds sich manife-

---

lektisch heuristisches Strukturprinzip der Genesis-Erzählung (2. Gespräch) im 1. Teil der *Ebräischen Poesie*, ferner das Kap. 9 des 2. Teils mit der Psalmenanalyse, dem Nachweis der "Veränderung der Tonart", vor allem aber die Ableitung des Parallelismus aus der Kürze, die Hölderlin für sich in Anspruch nimmt (IV 184; *2, 469f.*) in den *Fragmenten*. Die masch. Dissertation von Peter Nickel, *Die Bedeutung von Herders Verjüngungsgedanken und Geschichtsphilosophie für die Werke Hölderlins*, Kiel 1963, eine der wenigen Arbeiten zum Verhältnis Hölderlins zu Herder, enthält nichts darüber.

29 Freundeserinnerungen Magenaus, VII 1, 396f.

stierende und durch die Ausrufe "programmierte" Freude als Gottesbeweis erkannte und dieses universalisierte Prinzip zum Maßstab, Ziel und Instrument des rechten Lebens machte.

Mit seinen Reimstrophen, die er auch in der dithyrambisch mit verschiedenen Strophen frei wechselnden Hymne *Der Triumph der Liebe* beibehielt, schloß Schiller an die Strophen der Anakreontiker an, die ihrerseits mit diesen Liedern, die an Allgemeinbegriffe gerichtet sind, an eine "Gattung der Englischen Poesie" anschlossen, "wo an das Wort eines Registers z.E. Nacht, Unglück, Einsamkeit, Gesundheit, Melancholey, u.d.gl. große Oden, Hymnen und Gesänge fabriziert, und die gewöhnlichsten loci communes [Gemeinplätze] darüber, mit Farben übermalt, und mit Beiwörtern vollgestopft, strophenweise ausgeschüttet werden", wie Herder mißbilligend über diese erbauliche Gedankenlyrik sagte:

> Die Arbeit ist weder Poesie, noch lyrische Weise, weder Allegorie noch Abhandlung, und doch besteht ein großer Teil der gepriesenen Dodsleyischen Sammlung aus Stücken der Art.[30]

Schiller hat im Brief an Körner vom 21.10.1800 das Lied *An die Freude* scharf verurteilt, hatte er doch inzwischen die Umsetzung der gedanklichen Abhandlung in elegische (*Der Spaziergang*) oder balladische Handlung geübt. Auch Hölderlin hat, wahrscheinlich durch die Theorie der inneren Handlung aus Herders Psalmen-Analyse veranlaßt, den Abhandlungstypus des Lieds *An die Freude* nur einmal benutzt, nämlich im *Lied der Liebe*, dessen 1. Fassung April 1790 in das Bundesbuch der Freunde eingetragen wurde. Sonst hat er, schon im *Lied der Freundschaft* (wohl März 1790) und vollends in den "Tübinger Hymnen", immer eine Handlung fingiert, innerhalb derer dann z.T. in Rede und Antwort die "Kapitel" der Abhandlung zur Sprache kommen. Auch seine deutlichen Gliederungen, die in der Forschung immer wieder erwähnt werden,[31] überbieten die sich der freien hymnischen

---

30 Johann Gottfried Herder *Volkslieder, Übertragungen, Dichtungen*, hrsg. v. Ulrich Gaier, Frankfurt 1990, S. 421. Die erwähnte Sammlung von James und Robert Dodsley, *A Collection of Poems in Six Volumes. By several Hands*, London 1748–58 u.ö. (ND 1972) war berühmt.

31 Wilhelm Böhm, *Hölderlin*, Bd. 1, Halle 1928 spricht von "erstaunlichen Kompositionen" (S. 55) und notiert zu jeder Hymne ein Schema der Strophengruppierung. Wolfgang Binder (wie Anm. 1), S. 248 macht auf den "Prozeßcharakter" der Hymnen aufmerksam und sieht in jedem Gedicht

Reihenstruktur bedienenden Dichtungen Schillers durch strenge tektonische Form. Damit folgt er wohl Herders Analyseergebnis von "Anfang, Mittel und Ende" bei der "lyrischen Darstellung und Handlung" in den vollendetsten Psalmdichtungen:

> Das ist, wie es die Kunstrichter nennen, die schöne Unordnung, der ambitus der Ode, der *Flug, der sich irrt, doch nie verwirret*; und was noch schöner ist, sie steht als ein Handlungsvolles Gemälde da. Kein Wort kann weggenommen, keine Strophe verrückt werden: Anfang und Ende dient der schönen Mitte, und diese Mitte bleibt im Gedächtniß. Vollkommene Oden dieser Art giebts in allen Sprachen nur wenige, weil nicht jeder Gegenstand eine solche Behandlung zuläßt; wo sie aber sind, verdienen sie unvergeßlich zu werden.[32]

Böhms Urteil, die Form der Tübinger Hymnen sei "durch Schiller bedingt",[33] muß sicher korrigiert werden: Hölderlin hat nach Schillers Vorbild Reimstrophen aus der anakreontischen Tradition benutzt, und sogar diese mit härterem, festerem Rhythmus als der verehrte Meister,[34] aber er ist in der inneren Form deutlich eigene Wege gegangen, die ihm wahrscheinlich Herder wies. Denn wie Schiller mit seinem Lied *An die Freude* die Freudengesänge von Uz und Hagedorn überboten hatte (und dies war dem Tübinger Studenten völlig klar, der erst vor Schillers Lied die Waschung im kastalischen Quell anordnete!), so wollte Hölderlin seinerseits Schiller überbieten durch eine sichtbar proportionierte Ordnung seiner Texte, in der sich die innere Form der "Schöpfungshieroglyphe" ausprägt, wie noch zu zeigen sein wird.

"ein Abbild der Harmonie" durch die Proportionalität seines Aufbaus verwirklicht (S. 258).

32 Herder, *Vom Geist der Ebräischen Poesie* Teil II Kap. 9 über das "lyrische Gemälde", das durch "Abwechslung, Gegensätze, eine Mannichfaltigkeit der Glieder" gekennzeichnet ist und in dem "die veränderten Personen, Fragen und Antworten, schnelle Anreden an todte oder abwesende Gegenstände eine große Wirkung" tun (*Sämmtliche Werke* hrsg. v. Bernhard Suphan, Berlin 1877–1913, [SW] Bd. 12, S. 213f.). Das Zitat vom Odenflug stammt aus Uz' Gedicht *Die lyrische Muße* in Johann Peter Uz, *Sämtliche Poetische Werke*, Stuttgart 1890 (ND Darmstadt 1964), S. 42.

33 Böhm (wie Anm. 31), S. 232.

34 Dietrich Seckel, *Hölderlins Sprachrhythmus*, Leipzig 1937, S. 105–111.

Götter?

Nach der zitierten Poetik Herders müssen sich die Gegenstände für eine Behandlung im Sinne eines "handlungsvollen Gemäldes" eignen, d.h. sie müssen in Zeit und Raum ausgreifen und zugleich Handlung von Personen/Personifikationen oder zumindest Entwicklungen zulassen. Schillers *Götter Griechenlandes*, in Wielands *Teutschem Merkur* 1788 veröffentlicht, konnten für die Erschließung eines historischen Zeit-Raums als Muster dienen; die geschichtsphilosophische Konfrontation zwischen Antike und Moderne war ein großer Gegenstand, ein "handlungsvolles Gemälde". Allein die handelnden Personen, nämlich die griechischen Götter, erwiesen sich nur als Objekte in diesem Geschichtsprozeß: zu Fabelwesen wurden sie, die bloß noch die Dichtung aufbewahrt. Nicht nur wurden damit die "Personen" der Handlung entmachtet, auch der durch sie zu erschließende Geschichtsraum wurde seiner realen Geschichtlichkeit entkleidet und in den geschichtslosen Raum der Poesie aufgehoben.

Diese Götter anzusingen wäre angesichts der Schillerschen Analyse ein gedanklicher Rückschritt; ja, wenn Schiller sagt, die griechischen Götter seien zum Dichterlande heimgekehrt, "unnütz einer Welt, / Die, entwachsen ihrem Gängelbande, / Sich durch eignes Schweben hält" (V. 117–120), dann heißt das wohl, daß die moderne Welt gar keine Götter braucht, weder griechische noch andere.

In den *Philosophischen Briefen* hatte Schiller seinen Julius die Natur als unendlich geteilten Gott sehen lassen, der durch die zur Gottähnlichkeit emporsteigenden Menschen hervorgebracht, d.h. offenbart werde,[35] und sein Briefpartner Raphael, der ihn von dieser theosophischen Schwärmerei heilen will, erklärt Gott, die Seele und die Welt nur für Zeichen, die wie das Gehirn "diesem Planeten" gehören und mit der Wirklichkeit nichts zu tun haben.[36] Lessing hatte in seiner *Erziehung des Menschengeschlechts* die Vorstellungen vom strafenden Vatergott und vom erlösenden Sohn als Lernhilfen für eine zu sich selbst kommende Menschheit gedeutet, die nach dem Wegwerfen dieser ABC-Bücher das Gute um seiner und ihrer selbst willen und nicht aus Furcht vor oder Hoffnung auf einen Gott tun werde. In den

35 *Schillers Werke*, Nationalausgabe, begr. v. Julius Petersen, Weimar 1943ff; Bd. 20, S. 124.

36 Ebd. S. 127.

Winter 1790/91 fällt Hölderlins Lektüre von Jacobis Spinoza-Büchlein[37] und spätestens damit die Kenntnisnahme von Auffassungen, die eine extramundane Gottheit entweder leugnen und nur die Göttlichkeit der Welt annehmen oder, wenn sie "eine verständige persönliche Ursache der Welt" annehmen, sich dennoch "von der extramundanen Gottheit keine genügende Vorstellung machen" können, durch die Philosophie Spinozas jedoch zum Glauben daran überzeugt werden, weil sie zeigt, "daß sich gewisse Dinge nicht entwiklen lassen" (IV 207–9; *2, 493–496*).

Wenn der philosophische Klub im Tübinger Stift, in dem im Winter 1790/91 Platon, Kant und die Spinoza-Briefe gelesen wurden (VII 1, 453), die etwa mit dem Pantheismus Spinozas aufgestellten Probleme auch diskutierte, dann hat mit Sicherheit Hölderlins neugewonnener Freund Hegel auch seine Kenntnis von Herders *Ideen zur Philosophie der Geschichte der Menschheit* und vielleicht der Spinoza-Schrift *Gott. Einige Gespräche*[38] in die Argumentation eingebracht. In den *Ideen* war zu lesen, für die Philosophie sei die Vorstellung einer weltimmanenten Gottheit (Weltseele) angemessener als die eines extramundanen persönlichen Gottes;[39] Gott bezeuge sich als "Zusammen-

37 Anhaltspunkt ist der Brief an die Mutter vom 14.2.1791; VI 63f.; *3, 78*. Zur Spinoza-Rezeption vgl. Margarethe Wegenast, *Hölderlins Spinoza-Rezeption und ihre Bedeutung für die Konzeption des 'Hyperion'*, Tübingen 1990.

38 Hegels Kenntnis von Herders *Ideen*: Böhm (wie Anm. 31), S. 35; Theodor Haering, *Hegel. Sein Wollen und sein Werk. Eine chronologische Entwicklungsgeschichte der Gedanken und der Sprache Hegels*, Bd. 1, Leipzig 1929 (ND Aalen 1963), S. 40. Der verehrte Repetent Conz war ein eifriger Verfechter Herderscher Lehren (vgl. VII 1, 387; er hat Hölderlin vielleicht auf die in der Magisterarbeit verwendeten Werke über die hebräische Poesie aufmerksam gemacht); angesichts der Anwesenheit des Repetenten Diez im Stift (1790–92), eines bedeutenden "kantischen Enragés", der auch Hölderlin und Hegel zu Kantianern zu machen suchte und über den Conz sich "abfällig" äußerte, ist auch der Gegensatz zwischen der Kantischen und der Herderschen Geschichtsphilosophie als Riß mitten durchs Stift gegangen (VII 1, 389 mit Literaturangaben). Das bedeutet in unserem Zusammenhang, daß Hölderlin Herders Auffassung von der natur- und geschichtsimmanenten Gottheit in den *Ideen* (und vielleicht *Gott*) entweder durch Lektüre des Werks schon damals (vgl. VI 93; *3, 110*) oder wenigstens von Conz oder/und Hegel kennenlernte.

39 Johann Gottfried Herder *Ideen zur Philosophie der Geschichte der Menschheit*, hrsg. v. Martin Bollacher, Frankfurt 1989, S. 549. Im folgenden die Seitenzahlen aus den *Ideen* im Text.

hang aller Dinge" in seinen Geschöpfen (161f.) und sei derselbe in Natur und Geschichte (630, 664). Da der Mensch "ein Analogon der alles durchfühlenden Gottheit" sei (156), könne und müsse er der "Leitfaden [sein], der ihn durchs große Labyrinth der lebendigen Schöpfung begleite und wenn man bei irgend einer Methode sagen kann, daß unser Geist dem durchdenkenden vielumfassenden Verstande Gottes nachzudenken wage, so ists bei dieser" (75). Liebe sei in der (biologisch-genetischen) Veredlung der Menschen "die mächtigste der Göttinnen: sie veredelt Geschlechter und hebt die gesunknen wieder empor: eine Fackel der Gottheit, durch deren Funken das Licht des menschlichen Lebens, hier trüber dort heller, glänzet" (279).

Von hier aus kann jetzt die Frage geklärt werden, wie Hölderlins hymnische Anrede etwa an die Göttin der Harmonie, den Genius oder den Gott der Jugend, die Muse im Lichte von Schillers Analyse in den *Göttern Griechenlandes* zu verstehen ist, nach der die Moderne ohne Götter auskommt und sich selbst genügt: Die angeredeten göttlichen Wesenheiten sind am "Leitfaden" des (heutigen) Menschen entdeckte und gedachte Formen der Wirksamkeit des Göttlichen in Natur, Geschichte und Menschheit, die deshalb als objektiv erfahren werden können, weil der Mensch sich als Teil der Natur und sich selbst als Analogon der in der Natur sich bezeugenden Gottheit versteht.

In der *Hymne an den Genius Griechenlands* kann man eine direkte Antwort auf Schillers *Götter Griechenlandes* sehen. Dieser leitende Schutzgeist ("Genius") ist individuell ("Dir gleichet keiner / Unter den Brüdern / Den Völkerbeherrschern / Den Angebeteten allen!" V. 11–14) und begründet ein Reich, d.h. das was wir unter "Griechenland" verstehen. Er ist also wie bei Herder der leitende Schutzgeist der griechischen Nation und ihrer Kultur: "Wunderbare, seltsame Sache überhaupt ists um das, was genetischer Geist und Charakter eines Volks heißet. Er ist unerklärlich und unauslöschlich: so alt wie die Nation, so alt wie das Land, das sie bewohnte."[40] Der "Genius jedes Volks", im Systemzusammenhang mit Klima, Naturgegebenheiten und Menschenbedürfnissen, begründet nach Herder Mythologie, Tradition,

40 Herder, Ideen (wie Anm. 39), S. 463. Die schon seit den *Fragmenten* diskutierte und in der Bückeburger Geschichtsschrift entfaltete, komplementär zum "Gang Gottes über die Nationen" gedachte Lehre vom Nationalcharakter und seinem "vaterländischen" Auftrag in der Erzielung von "Maxima" und der Lösung von Menschheitsproblemen (ebd. S. 650) ist für Hölderlins Geschichtsbild von entscheidender Wichtigkeit.

praktischen Verstand und Lebensformen[41] einer bestimmten Nation. Er ist damit nichts als die Form, die sich die Gottheit als "Zusammenhang" der Nation in sich und mit ihrer Umgebung gibt. Diesen Gedanken Herders greift Hölderlin offenbar auf und antwortet auf die elegische Klage Schillers über die gestorbenen Götter Griechenlands mit dem begeisterten Anruf:

> Jubel! Jubel
> Dir auf der Wolke!
> Erstgeborner
> Der hohen Natur!
> Aus Kronos Halle
> Schwebst du herab,
> Zu neuen, geheiligten Schöpfungen
> Hold und majestätisch herab. (I 125; *1, 107*)

Der Genius der griechischen Nation und Kultur, jener göttliche Zusammenhang, ist als solcher unvergänglich, hat sich historisch mit dem Untergang der Antike in "Kronos Halle" (wohl allegorisch als "Chronos'", der Zeit, zu lesen) zurückgezogen und damit die griechische Mythologie als sekundäres Phänomen absterben lassen. Der Genius aber schwebt jetzt wieder herab "zu neuen, geheiligten Schöpfungen", d.h. zur Verwirklichung einer neuen Nationalkultur im abendländischen Raum; Anlaß für diese begeisterte Schau sollten wohl Anzeichen der Liebe auch unter den Deutschen sein, denn auf Liebe gründet dieser Genius sein Reich. Die Hymne ist vielleicht deshalb Fragment geblieben, weil einerseits die Individualität dieses Genius, andererseits seine gegenwärtige Wiederkunft behauptet wird und damit die nationsspezifische Rede vom "schöpferischen [...] Genius unsers Volks" (II 10; *1, 236*) unscharf geworden wäre.[42] Ein kommender Genius der

---

41 Ebd. S. 301–305 und ff.

42 Vielleicht läßt sich daraus auch ein Argument gewinnen für die zeitliche Einordnung der Gedichte *An Lyda* (I 128f.; *1, 109*) und *Hymne an den Genius Griechenlands*, hinsichtlich derer StA und FHA differieren: die StA setzt beide Ende 1790/Anfang 1791 an, die FHA auf Herbst 1791. Obwohl eine Lektüre von Herders *Ideen* im Zusammenhang mit dem zweiten Magisterspecimen *Geschichte der schönen Künste unter den Griechen* naheliegt, nehmen erst im Winter 1791/92 mit der *Hymne an die Menschheit* und *Kanton Schweiz* die patriotisch-politischen Themen an Gewicht und Durchdachtheit zu; die konzeptionelle Unsicherheit der *Hymne an den Genius Griechenlands* würde also für frühe Datierung sprechen. Hinzu kommt das formale Moment der Stolbergschen Dithyrambik dieser Hymne

eigenen Nation – der wird ja in der ersten Strophe angekündigt – kann aber als Göttliches, als neuer wunderbarer Zusammenhang der Menschen, als Liebe unter ihnen gespürt und vom Dichter preisend genannt werden.

Auf Schillers Klage über die götterlose Gegenwart wird also geantwortet: Mögen die griechischen Götter tot sein und nur noch Fabelwesen im Gebrauch der Dichter – es gibt das Göttliche wirklich, und es wird zuerst spürbar in den Beziehungen der Menschen untereinander als nationeller Zusammenhang (durch Liebe), aus dem "neue, geheiligte Schöpfungen" hervorgehen. Alle gesellschaftsverändernden Motive der Tübinger Hymnen sind im Sinne dieses religiösen Patriotismus zu lesen.

Total-Vorstellungen: transzendental, historisch, mythisch

Am Leitfaden der eigenen Erfahrung gewonnen sind auch die Kategorien der Tübinger Hymnen: Harmonie, Muse, Freiheit, Menschheit, Schönheit, Freundschaft, Liebe, Genius der Jugend, der Kühnheit, Schicksal – Themen der hymnischen Dichtungen, die Hölderlin bis Ende 1793 wenn nicht endgültig, so doch in fertigen Fassungen vollendete. Es hat in der Forschung einige Diskussion gegeben, ob der von Dilthey gewählte Begriff "Ideale der Menschheit"[43] zutreffend sei.

---

und der Stolbergsche Name "Lyda" (Stolberg, wie Anm. 18, Bd. 1, S. 238 u.ö.), den Hölderlin für Elise Lebret entlehnt hat; diese Stolbergschen Charakteristika wären in der Dichtung Hölderlins um das Jahresende 1791/92 ungewöhnlich. Auch Adolf Beck betont den dithyrambischen Stiltypus nach Stolbergs Vorbild (wie Anm. 9, S. 91–93) und gibt diesem "kostbaren Denkmal der Entwicklung Hölderlins [...] eine Übergangsstellung zwischen Stolberg und Schiller [...]: die Hymne reicht in der einen Richtung zurück in den Raum des vorherderschen, enthusiastisch-unphilosophischen Griechenerlebnisses; in der andern Richtung reicht sie vorwärts in den Raum der nachherderschen, aber von Herder begründeten, reflektiert-geschichtsphilosophischen Griechendeutung" ("Hölderlins Hymne an den Genius Griechenlands. Umriß einer Deutung, Ergänzung und Einordnung", in: *Überlieferung und Auftrag*. Otto Heuschele zum fünfzigsten Geburtstag, hrsg. v. Hans Fromm und Herbert Meyer, Stuttgart 1950, S. 49–58; 58); die chronologische Einordnung Becks folgt damit der StA und deren Plazierung vor dem *Hymnus an die Göttin der Harmonie* (ebd. S. 55).

43 Wilhelm Dilthey, *Das Erlebnis und die Dichtung. Lessing, Goethe, Novalis, Hölderlin*, [13]Stuttgart, Göttingen 1957, S. 225f. Er spricht auch von

Böhm meinte, der Begriff werde "den stark geschichtsphilosophisch-systematischen Teilanschauungen, die darin enthalten sind", nicht gerecht; sie stünden "der Philosophie nahe", wobei allerdings "philosophische Formkraft" manchmal durch "dichterischen Gehalt" ersetzt werde.[44] Im Gegensatz dazu leugnet Müller den philosophischen Grundcharakter und nennt den Begriff "Ideale der Menschheit" "verfehlt": "Die Hymnen haben ohne Zweifel trotz ihrer Durchdringung mit Philosophemen religiösen Grundcharakter und nähern sich in der Wiederholung gewisser Grundformeln sogar dem liturgischen Gedicht."[45] Binder sieht die Kategorien als paradoxe Übergangsphänomene: "Denn warum mythisiert er seine Werte zu Gottheiten? Die Wirklichkeit in der Vielfalt ihrer Aspekte zur Kenntnis zu nehmen und aus ihr selbst Sinn- und Wertbezüge zu entwickeln, übersteigt sein Vermögen noch."[46] Er entwerfe "einen Kranz der Begriffe, die er zu Gottheiten ernennt – der Ausdruck 'ernennen' ist angebracht, da es bei einem verbalen Akt bleibt – [...] in ihnen findet er seine Identität".[47] Binder erkennt darin das "seit Lessing wohlbekannte [...] Paradox des Glaubens: Gott ist der, den ich mir *denke*, aber *wie* ich ihn mir denke, bestimmt er."[48] Ueding, der seltsamerweise antike Götter als Adressaten der Hymnen sieht,[49] gibt ihnen ihre "Realkorrespondenz" in den Ereignissen der Französischen Revolution, wie auch schon Dilthey darauf hinwies, daß die "Ideale der Menschheit" die "großen Namen waren, die damals auch der französische Geist der Revolutionszeit zum Gegenstand seines Kultus machte."[50]

"idealen Werten der Menschheit", "großen Namen, die damals auch der französische Geist der Revolutionszeit zum Gegenstand seines Kultus machte" (S. 230).

44 Böhm (wie Anm. 31), S. 52.
45 Müller (wie Anm. 6), S. 67.
46 Binder (wie Anm. 1), S. 250.
47 Ebd. S. 252.
48 Ebd. S. 247.
49 Ueding (wie Anm. 11), S. 695; er nennt "Aphrodite-Urania als Göttin der Harmonie und der Schönheit, oder Eos, die Göttin der Morgenröte, und Ceres, die Göttin des Ackerbaus". Die Nennung von Eos (I 171; *1, 146*) und Ceres (I 160; *1, 137*) begründen jedoch kein Anredeverhältnis. Demgegenüber spricht Böhm von "modernen Ideen [...] mit mythischen Zutaten verklärt" (wie Anm. 31, S. 65).
50 Dilthey (wie Anm. 43), S. 230.

Das ist richtig, aber man muß bedenken, daß z.B. Friedrich Leopold von Stolberg seit den siebziger Jahren hymnische Dichtungen z.B. auf *Die Freiheit* (1773), *An die Grazien* (1776), *Die Schönheit* (1776), Schiller das Lied *An die Freude* (1785), *Die Freundschaft, Der Triumph der Liebe* und andere hymnische Dichtungen auf solche Ideen oder geistigen Mächte schon für die *Anthologie* 1782 geschrieben hatte. Die Ideologen der Revolution suchten auf der andern Seite nach den Überlegungen Rousseaus im *Contrat social* eine deistische Religion zum Zweck der Verankerung von Moral und öffentlicher Ordnung einzuführen, aber die Schließung der katholischen Kirchen, Deportation der Priester, Robespierres Bericht über die religiösen Ideen und schließlich die Errichtung einer Gegenreligion mit der Feier des Höchsten Wesens und der Natur (8. Juni) waren Entwicklungen erst des Frühjahrs 1793; zu dieser Zeit hatte Hölderlin sich im wesentlichen von der Hymnendichtung ab- und dem *Hyperion* zugewandt.

Was bedeuten also diese Ideen der Tübinger Hymnen für Hölderlin, wie lassen sie sich einem Leser gegenüber legitimieren? Dazu betrachten wir den *Hymnus an die Göttin der Harmonie*, nicht nur weil man sie "die bedeutsamste" und das gedankliche Zentrum aller anderen Hymnen genannt hat,[51] sondern weil sich unsere Fragen hier gleich als ganz schwierig erweisen: Wenn Hölderlin zunächst eine *Hymne an die Warheit* schreibt (I 430; VI 56; *3, 71*), dem Gedicht dann aber ohne viele Veränderungen, nur mit Erweiterung des ersten Entwurfs den Titel *Hymnus an die Göttin der Harmonie* geben kann, zeigt diese Namensänderung nicht, daß die Namen, die Ideen weitgehend austauschbar sind, nicht nur ihre "Kennzeichen für die Erscheinungswelt"?[52] Und wenn Hölderlin in der Göttin der Harmonie die griechische Aphrodite Urania erkennt, singt er dann doch nicht bloß ein nach Schillers Analyse untätig gewordenes Wesen aus dem Fabelland an und kann damit seine Begeisterung gar nicht legitimieren?

Die Schulphilosophie des 18. Jahrhunderts, ausgehend von Leibniz und Wolff, setzte die Begriffe Wahrheit und Harmonie in enge Beziehung. Hölderlin schrieb am 8.11.1790 an Neuffer: "Leibniz und mein

---

51 Dilthey ebd. S. 231. Im folgenden greife ich ergänzend und punktuell korrigierend auf meine Interpretation der Hymne in meiner Dissertation *Der Gesetzliche Kalkül. Hölderlins Dichtungslehre*, Tübingen 1962, S. 16–30 zurück.

52 Böhm (wie Anm. 31), S. 64.

Hymnus auf die Warheit haußen seit einigen Tagen ganz in meinem Capitolium. Jener hat Einfluß auf diesen." (VI 56; *3, 71*) Nach Leibniz' Hypothese von der prästabilierten Harmonie im Kosmos ist wahr, was mit anderem als kohärent, d.h. in einem logischen Sinne "harmonisch" erkannt werden kann; schön ist die Zusammenstimmung von Vielem zu Einem für die Anschauung.[53] Auch Wolff, den Hölderlin einen "großen dogmatischen Philosophen" nennt (IV 187; *2, 472*), behält die Definition bei, wenngleich ihm die Hypothese der prästabilierten Harmonie zweifelhaft geworden ist und er von der Kohärenz- zu einer Konsenstheorie der Wahrheit übergeht: vorläufig gilt ihm die Zusammenstimmung aller möglichen Formen der Erkenntnis als Garantie größtmöglicher Wahrscheinlichkeit und die vollkommene Kohärenz aller Erkenntnis nur als Ziel eines unendlichen Progresses (vgl. I 430, Z. 28). In gewissem Sinn ist noch die Erkenntnis- und Schönheitslehre Kants eine Konsenstheorie: in der "transzendentalen Synthesis der Apperzeption" eine notwendige Forderung der Einheit aller Akte, die durch das "Ich denke" begleitet werden können; in der Erfahrung des Schönen die Bedingung des freien Zusammenspiels unserer Erkenntniskräfte, in der Wahl des Guten die Forderung der Zusammenstimmung der Maxime meines Handelns mit dem Grundsatz einer möglichen allgemeinen Gesetzgebung. Harmonie als Kohärenz oder/und Konsens erweist sich damit als philosophische Zentralkategorie im Denken des 18. Jahrhunderts; Wahrheit, die zunächst angeredete Idee, ist nur eine ihrer Ausprägungen. Hölderlin hat also, wohl im Studium Leibniz', die transzendentale Bedeutung dieser Kategorie erkannt: sie ist die Bedingung der Möglichkeit für theoretische und praktische Erkenntnis und ästhetische Erfahrung.

Nun führt Hölderlin noch Begriffe ein, die über das aus Leibniz, Wolff oder Kant Entwickelbare hinausgehen: Leben, Liebe, Schöpfung; diese Begriffe weisen in die antike, neuplatonische und christliche Tradition, wie auch einige Anspielungen erweisen. Die liebende Vereinigung der wilden Elemente (V. 27f.) wird der Kosmologie des Empedokles entnommen, der Liebesbund zwischen Gottheit und

---

53 Kurt Hildebrandt, *Hölderlin. Philosophie und Dichtung*, Stuttgart und Berlin 1939, S. 33–41 sieht den stärker werdenden Einfluß Leibniz' als Grund für die Wahl des Begriffs der Harmonie statt des Begriffs der Wahrheit, der ihm zu neutral und zu eng geworden sei. Ich werde demgegenüber argumentieren, daß Harmonie gegenüber Wahrheit, Schönheit, dem Guten eine transzendentale Funktion hat.

Mensch der biblischen Tradition; vom "Siegel" der Liebe (V. 63f.) spricht das *Hohelied* (8,6); das Versprechen, daß die schattenhafte Erkenntnis des Diesseits in die Klarheit überführt werden wird, wenn Liebe das hiesige Dasein bestimmt (V. 77–80), geht auf 1 Kor 13,12ff. zurück. Liebe erscheint damit als Wesensbestimmung der Harmonie, als Grund ihrer Herablassung in die Schöpfung, als Gegenliebe, die sie sich erwünscht (V. 78); Liebe hält Elemente, Welt und Geschöpfe zusammen und begründet das Leben überhaupt (V. 21, 33ff., 121); sie sorgt für Zeugung und Wachstum und geistige Reproduktion (V. 75f.), aber auch für die Rückkehr des Geschöpfs zu seinem Ausgangspunkt in der Harmonie (V. 107f.). Die neuplatonische Richtungstrias von Beharrung, Ausgang und Rückkehr[54] in der Form des dreifachen Eros, die ihr Marsilio Ficino z.B. in seinem berühmten Kommentar zu Platons *Symposion* gab,[55] erscheint hier (wie bei Ficino) sowohl auf der Seite der Gottheit wie auch der Schöpfung und insbesondere des Menschen.

Auch der Begriff der Schöpfung geht über die Vorgaben bei Leibniz hinaus: Zwar sind die Geschöpfe "Stralen deines Angesichts" (V. 22) und entsprechen damit genau den Bestimmungen, die Leibniz den Substanzen als Blicken Gottes auf das Universum gibt.[56] Aber an einen Zerfall der Welt, sobald die Gottheit den Blick von ihr wendet (V. 23f.),[57] denkt Leibniz nicht, bei dem das einmal geschaffene Uhrwerk der Schöpfung ohne Gottes Beistand läuft; hier wird das empedokleische Pulsieren der Welt zwischen dem durch Liebe geschaffenen und geordneten Kosmos und seinem Zerfall durch den Haß eingefügt.

In dem Text erhält die Harmonie über ihre philosophische Valenz hinaus die Schöpfermacht des alttestamentlichen und die Bündnismacht des neutestamentlichen Gottes, sie stiftet und ordnet die ganze Welt als Ordnung und Fülle, Gesetz und Kraft, Geist und Liebe, sie bildet den Menschen von seiner Leiblichkeit bis zu seiner Tat- und Erkenntnisfähigkeit, die durch die Liebe begrenzt ist. In der antik-heidnischen und jüdisch-christlichen Welt werden also durch Anspielungen

---

54 Dazu vgl. Werner Beierwaltes, *Denken des Einen. Studien zur neuplatonischen Philosophie und ihrer Wirkungsgeschichte*, Frankfurt a.M. 1985, S. 51, 54f. u.ö.

55 Marsilio Ficino, *Über die Liebe oder Platons Gastmahl*, hrsg. u. eingel. v. Paul Richard Blum, lat.-dt., Hamburg 1984, S. 36, 38.

56 *Metaphysische Abhandlung*, 14.

57 Vgl. Ps. 104, 28.

historische Orte ausgemacht, an denen das Harmonieprinzip als grundlegend erkannt worden ist.[58] Harmonie ist somit ein transzendentalphilosophisch systematischer Begriff, der, vor Fichte, den Zusammenhang der Tätigkeiten des Subjekts, darüber hinaus ontologisch und metaphysisch den anthropologischen Zusammenhang, den Zusammenhang der Welt und den Zusammenhang des Menschen mit der Welt betrifft. Zugleich ist Harmonie ein historischer Begriff im zweifachen Sinne, nämlich einerseits als religions- und philosophiegeschichtlicher Begriff, andererseits ist die Liebe unter den angeredeten Brüdern (V. 99ff.) eine unmittelbare Empfindung und Erfahrung, die auf Harmonie gerichtet ist (V. 108).[59]

Systematischer und historischer, subjektiver und objektiver, transzendentalphilosophischer und religiös-metaphysischer Charakter dieser Idee der Harmonie werden endlich aufgehoben durch die Begeisterung, die ja im Text wiederum als mehrfaches Harmoniephänomen genannt ist. Begeisterung ist zunächst wie Schönheit und Hoheit ein mögliches Objekt der Zuwendung des Dichters, dem er jedoch die "Königin der Welt! Urania!" vorzieht (V. 9–16); hier wird gesagt, daß Begeisterung den Sänger "anweht": "Hölderlins Begriff der Begeisterung verweist daher nicht nur auf den Enthusiasmus Shaftesburys oder Platons ϑεῖα μανία sondern ebenso auf die Inspiration des neutestamentlichen Pneuma".[60] Insofern wird, wie beim Liebesbegriff, ein harmonischer Zusammenhang zwischen der Enthusiasmustradition des Platonismus und Neuplatonismus und der Pneumatradition der Bibel von der Einhauchung der Seele in die Nase Adams über die Konzeption des Heiligen Geistes bis zur Pfingstinspiration der Jünger behauptet.

Hölderlin ist keineswegs der erste, der diesen Synkretismus, diese Harmonisierung der Traditionen durchführt: Das Schlußkapitel im *Symposion*-Kommentar Ficinos dankt dem heiligen Geist für die Erleuchtung und Entzündung zu diesen Reden, in denen obendrein die wunderbare Herrlichkeit des Gottes Eros mit der Liebe des christlichen

58 Auch das Motto aus Wilhelm Heinses *Ardinghello und die glückseligen Inseln* (1787), Krit. Studienausg. v. Max L. Baeumer, Stuttgart 1975, S. 270, verweist auf einen solchen Ort.

59 Hölderlin folgt hier wie auch sonst in seiner Liebestheorie der Auffassung Herders in *Liebe und Selbstheit*, wonach Liebe nicht konsone, sondern harmonische, d.h. sich und einander in ihrer Selbständigkeit bewahrende Wesen verbinden müsse.

60 Binder (wie Anm. 1), S. 247.

Gottes synkretistisch harmonisiert wird.[61] Der fromme Fr. L. Stolberg entschuldigt sich zwar, daß er "die Worte des Allerheiligsten" vom Wind, der bläst wo er will und den erfüllt, der aus dem Geiste geboren ist, "zur Leuchte" gebraucht bei der Erforschung einer Kraft, "welche einige Menschen ergreift, ohne daß sie wissen, woher sie kömmt"; dennoch zitiert er diese Stelle aus Joh 3,8 zweimal, um damit eine Erörterung über Wesen und Wirkung der dichterischen Begeisterung aufgrund von Platons *Ion* zu rechtfertigen.[62] Herder warnt zwar davor, etwa Davids Psalmen pindarisch zu nennen, "denn die Composition eines Gesanges will aus der eignen Natur der Empfindungen, Gesinnungen und Sprache geschätzt werden, in der sie erwachsen ist". Gemeinsamkeiten werden jedoch auf die gleiche hymnische Grundhaltung zurückgeführt: "Daß in ihm [dem Psalm] kühne Übergänge, große Sentenzen, Züge aus der Geschichte sind? in welchem Lobgesange müßte dasselbe nicht statt finden?" Und offensichtlich setzt auch er synkretistisch die Begeisterung des Hymnikers voraus, denn "wenn ein Funke lyrischen Gefühls in ihm [dem Rezipienten] ist, wird ihn Jehovah begeistern".[63]

Wird bei Hölderlin zunächst die Begeisterung zugunsten der Harmonie zurückgestellt und nicht als Gegenstand des Gedichts gewählt, so haucht die Harmonie selbst den Menschen Geist von ihrem Geist (V. 60), die Kräfte und Kühnheit ein, Harmonie in sich selber als Bild, in der Welt als Gesetz zu finden und schaffend umzusetzen – "Schöpfer meiner Schöpfungen zu sein" (V. 73–76). Daraus folgt der Aufruf des sprechenden Ichs, "mit der höchsten der Begeisterungen" vor der Göttin zu schwören (V. 87f.) und in ihren Dienst zu treten.

---

61 Ficino (wie Anm. 55), S. 366, 368. Auch Shaftesbury, den Binder nur auf die "heidnische" Seite der mania gestellt hatte, leitet her, daß "inspiration may be justly called divine enthusiasm", daß also heidnische und christliche Einwohnung des Göttlichen gleich zu werten sind. Anthony Earl of Shaftesbury, *Characteristics of Men, Manners, Opinions, Times*, ed. by John M. Robertson, Indianapolis, New York 1964, Bd. I, S. 38f. (*A Letter Concerning Enthusiasm)*.

62 Stolberg (wie Anm. 18), Bd. 10, S. 397, vgl. 403. Dasselbe Verfahren Stolbergs, angewandt in der Vorrede zu einigen Platon-Übersetzungen, rief Goethes äußersten Zorn auf den ehemaligen "Bruder" hervor und provozierte ihn 1795 zu der (bis 1826 unveröffentlich bleibenden) Abhandlung *Plato als Mitgenosse einer christlichen Offenbarung* (Hamburger Ausgabe 13, S. 244ff.).

63 Herder (wie Anm. 32), SW 12, S. 209f.

Die nächste Stufe ist “der heiligen Entzükung Thräne, / Wenn Urania der Seele naht” (V. 111f.), wobei “Entzükung” durchaus im Sinne der Ek-stasis gelesen werden muß. In den Gestus der Sprachlosigkeit mündet der Aufstieg:

> Das vermag die Saite nicht zu künden,
> Was Urania den Sehern ist,
> Wenn von hinnen Nacht und Wolke schwinden,
> Und in ihr die Seele sich vergißt. (V. 125–128)

Die Begeisterung führt also die Seele zu dem Punkt, wo die Spaltung in Subjekt und Objekt aufhört (“Staunen wir des Herzens Himmel an”, V. 122), wo dasjenige, was als Bedingung der Möglichkeit von Erkenntnis und Handlung zu denken war, nun begeistert geglaubte und beseligt genossene göttliche Realität ist; sie führt zu einem Moment der Seligkeit in der Zukunft, den das sprechende Ich mit seinem Lied für alle Menschen und sogar die “Orione” herbeizuführen sucht, indem es die Begeisterung auf sie überträgt und sie in mächtigen Imperativen zur Einstimmung in den Jubel aufruft. Auch die sozialen und politischen Konflikte, die Systeme der Herrschaft verschwinden in dieser Utopie (V. 113–120, 133); die Menschen kehren in Verhältnisse ein, in denen sie nicht durch die Diskrepanz von Wunsch und Wirklichkeit unglücklich sind und einander deshalb unterdrücken, sondern in denen sie mit der “Genügsamkeit” Harmonie in sich und mit den andern finden.[64] Der Anhauch dessen, was Hölderlin später das “Seyn schlechthin”, die “Vereinigung des Objects und Subjects” nennt (IV 216f.; *2, 503f.*), der Anhauch, der sich als Geist und “der Liebe Leben” (V. 121) theoretisch und praktisch, Manifestationen schaffend und ins Innigste zurückführend,[65] unterscheidend (V. 115) und ver-

64 Man kann aus dieser erst in die Endfassung eingesetzten Passage V. 113ff. annehmen, daß Hölderlin Rousseaus *Emile* schon gekannt hat, dessen Analyse des Glücks/Unglücks für die Konzeption der Vorrede zum Thalia-Fragment des *Hyperion* so wichtig war.

65 Die für Hölderlin später in ihrer Vollständigkeit so entscheidende und ihn von den auf Geist (Hegel) bzw. Leben (Schelling) eingeschränkten Philosophien der Freunde unterscheidende Trias Sein – Leben – Geist scheint hier schon erfaßt zu sein. Sie stammt wohl aus der für den “philosophischen Klub” seit dem Spätjahr 1790 bezeugten Platon-Lektüre, die bei Hölderlin wahrscheinlich noch 1793 nicht nur mit der Übersetzung, sondern auch den Kommentaren Ficinos geschah. Bei Ficino “stehen Leben und Denken als *actus rectus* und *actus reflexus* in einer festen Beziehung zueinander

einigend (V. 105) auswirkt, dieser Anhauch wird den Menschen und die Welt vollenden.

Die Begeisterung ergreift nicht nur die angesprochenen "Geister" und "Geister! Brüder!", sondern sie hat schon vor dem Beginn des Gesangs den Sänger tausendfältig angeweht (V. 9f.). Der Zustand, in dem er sich in der ersten Strophe beschreibt, ist bereits ein Zustand hoher Begeisterung, der Ekstasis, wo der Sprecher zunächst sich selber noch ungläubig gegenübersteht und dies mit den hypothetischen Konjunktiven "als könnt' ich",[66] "als huldigten" (V. 1f.) ausdrückt, dann aber von Zeile zu Zeile Zuversicht gewinnt ("schon", "Ha"), so daß der Sänger am Ende der Strophe sich wirklich, wie Christus "Grab und Zeit" überwunden unter sich lassend, schon in dem Zustand glaubt, zu dem er die Menschheit in der Schlußutopie der Hymne gekommen sieht.

Aus der hymnischen Begeisterung, in die der Sänger sich hineinsteigert und hineingesteigert fühlt, folgen poetologische Konsequenzen. Begeisterung ist transitiv: "Der Begeisterte wirket auf andre; von seiner Flamme schimmert das Antlitz vieler, einige entzünden sich an ihr. Indem die Begeistrung auf ihren Flügeln Einen erhebt, wehet sie in ihrem Fluge tausend an. Dieses Wehen währet fort, wenn der Augenblick der Begeistrung dahin, wenn der Dichter lange todt ist; es wächset mit dem Strome der Zeit."[67] Um aber wirken zu können, muß die Begeisterung zur Sprache kommen; hier aber zeigt sich: "Groß und hehr umschweben den Dichtenden strahlende Göttererscheinungen; sobald er darstellt, strahlen sie nicht mehr". Stolberg führt den Über-

---

[...], und indem man beide auf das dingliche Fundament der Substanz bezieht, ergibt sich die Dreiheit von *essentia, vita* und *intelligentia*, die mehrfach als festes Schema begegnet und offenbar von den Neuplatonikern entlehnt ist" (Paul Oskar Kristeller, *Die Philosophie des Marsilio Ficino*, Frankfurt a.M. 1972, S. 30). Diese Trias hängt bei Ficino natürlich eng mit der besprochenen Trias von Beharrung, Ausgang und Rückkehr (monē, proodos, epistrophē) der Neuplatoniker zusammen (vgl. Anm. 54).

66 Vielleicht ist in dieser aus der aufgegebenen *Hymne an die Unsterblichkeit* modifiziert übernommenen Strophe und Formulierung "als könnt' ich Schöpfungen beglüken" eine über das Motto aus dem *Ardinghello* hinausgehende Beziehung zu Heinses Roman und dessen Auffrischung des Renaissanceplatonismus zu sehen.

67 Stolberg (wie Anm. 18), Bd. 10, S. 402. Zum "Anwehen der Begeistrung" (Stolberg S. 403) vgl. Hölderlins V. 10. Zu Stolberg und Hölderlin vgl. Beck (wie Anm. 9).

gang vom Dichten zum Darstellen auf das notwendige Herabsinken aus der Begeisterung zurück:

> Weil er aber nicht ganz Geist ist, so entsinkt er der Höhe, auf welche ihn seine Phantasie gebracht hatte; nun fühlt er, der eben noch in Göttergesellschaft war, sich verlassen, wenn er nicht die Erscheinungen mit sich hinabziehen kann; und das kann er nur, wenn er ihnen Feiergewande reicht, wenn er darstellt.[68]

Dieser platonischen Abstiegslehre, die er z.B. in der Kosmogonie verwendet – die Harmonie schafft Welt und Mensch zum "offenbaren Siegel" ihrer Liebe (V. 63f.) –, stellt Hölderlin mit Hemsterhuis die platonische Aufstiegslehre der göttlichen *mania* aus dem *Phaidros* und des *eros* aus dem *Symposion* komplementär gegenüber, die allererst eine intellektuelle Anschauung ermöglichen, wie sie in der begeisterten Schau des subjektiv-objektiven Seins z.B. der Harmonie vorliegt. In der Magisterarbeit *Parallele zwischen Salomons Sprüchwörtern und Hesiods Werken und Tagen* schreibt er:

> Die Personifikazion abstrakter Begriffe hat wie die Kürze des Ausdruks ihren aesthetischen Werth. Wir nennen nichts schön und erhaben, was nicht auf unser Empfindungs- und Begehrungs-Vermögen wirkt [...]. Nun aber würkt kein Gegenstand auf unser Empfindungs- und Begehrungs-Vermögen, außer unter einer *Total-Vorstellung*. Wo wir zergliedern, wo wir deutliche Begriffe haben, empfinden wir schlechterdings nicht. Der Dichter will aber auf das Empfindungs- und Begehrungs-Vermögen wirken, oder welches einerlei ist, er hat Schönheit und Erhabenheit zum Zwek. Er muß also abstrakte Begriffe die ihrer Natur nach mehr zur Zergliederung, zur Auflösung in deutliche Begriffe reizen, so darstellen, daß sie klare Begriffe oder Total-Vorstellungen werden, das ist, er mus sie versinnlichen. Und diß ist das Werk der Personifikation abstrakter Begriffe.
> Die Personifikazion abstrakter Begriffe aber war den Dichtern des Alterthums weniger Zwek, als Nothwendigkeit. Die Phantasie ist bei unkultivirten Völkern immer die erste Seelenkrafft, die sich entwikelt. Daher alle Mythologien, Mythen, und Mysterien, daher die Personifikazion abstrakter Begriffe. (IV 183f.; *2, 468f.*)

Den Gedanken der Totalvorstellung kennt Hölderlin wohl aus Hemsterhuis, dessen Werke er besaß (VI 89; *3, 105*). Der Platoniker

68 Ebd. S. 365f.

schreibt in seiner *Lettre sur les désirs,*[69] "daß die Seele immer die größtmögliche Zahl von Vorstellungen (idées) im kleinstmöglichen Zeitraum sucht" und darin durch die notwendige Vermittlung durch ihre Organe behindert wird:

> Könnte die Seele ohne Vermittlung von Organen durch einen Gegenstand affiziert werden, so wäre die Zeit, die sie brauchte, um sich eine Vorstellung davon zu machen, genau auf Null reduziert. Wenn der Gegenstand so beschaffen wäre, daß die Seele von der ganzen Totalität seines Wesens affiziert werden könnte, würde die Zahl der Vorstellungen (idées) von ihm absolut unendlich. Denkt man diese zwei Fälle zusammen, würde die Totalität oder Summe dieser Vorstellungen ohne Vermittlung, ohne Sukzession von Zeit oder Teilen die ganze Totalität des Gegenstandes repräsentieren, oder vielmehr wäre dieser Gegenstand auf die innigste und vollkommenste Weise mit dem Wesen der Seele vereinigt, und dann könnte man sagen, daß die Seele auf vollkommenste Weise diesen Gegenstand genießt.[70]

In seinem Dialog *Alexis, ou De l'âge d'or* nennt Hemsterhuis denjenigen Zustand, in dem wir fähig sind, die der Zerspaltung in Einzelvorstellungen entgegengesetzte "approximation de plusieures idées" zu leisten, "enthousiasme" und bezeichnet ihn als "unbestimmte Anstrengung", in die "sich eine Gottheit mischt, so daß wir ihn nicht zu Unrecht eine Inspiration nennen"; diese "aktive Begeisterung, die sich uns oft mit der Aktivität eines fremden Handelnden zu vermischen scheint", sei uns ihrem Wesen nach ganz unbekannt, sei aber "die reiche Quelle wahrer Poesie".[71]

Während Stolberg schrieb: "Empfangen ist süßer als Gebären; Dichten süßer als Darstellen",[72] begegnete Hölderlin bei Hemsterhuis einer vom Subjekt ausgehenden aktiven Begeisterung, die auf unbekannte Weise von objektiven Mächten unterstützt wird. Ihre Leistung ist, wahrscheinlich orientiert am Aufstieg der Seele zur Idee des Schö-

---

69 Diesem Text war in der anonymen Übersetzung der Werke von Hemsterhuis 1782 Herders Aufsatz *Liebe und Selbstheit* angehängt (vgl. VI 629). – Die folgenden Passagen übersetze ich aus der Ausgabe François Hemsterhuis, *Œuvres philosophiques*, ed. L.S.P. Meyboom, Leuwarde 1846, Bd. I, S. 49ff.

70 Hemsterhuis ed. Meyboom (wie Anm. 69), S. 53.

71 Ebd. Bd. II, S. 188f. – Der *Alexis* fand sich nicht in der anonymen Ausgabe 1782ff., lag aber in einer Übersetzung durch Jacobi 1787 vor.

72 Stolberg (wie Anm. 18), Bd. 10, S. 375.

nen in der Diotima-Rede des *Symposion*, die Bildung einer "Total-Vorstellung", die die mannigfaltigen Einzelaspekte eines Objekts oder die unübersehbar reichen Begriffsverbindungen einer Idee alle gleichzeitig enthält und sich damit dem nähert, was Kant in der *Kritik der Urteilskraft* als "ästhetische Idee" bezeichnen wird, eine innere Anschauung, die dem Verstand viel zu denken gibt und nie von ihm erschöpft werden kann. Genau das ist ja auch Hölderlins Idee der Harmonie, von der wir oben schon den systematischen und historischen, den transzendentalphilosophischen, den philosophiegeschichtlichen und erfahrungsbestätigten Charakter herausgestellt haben: die aktive Begeisterung nähert nun diese aus ganz inkompatiblen Regionen des Erkennens stammenden "Vorstellungen" einander an und vereinigt sie "allzumal" in einer Schau von ferne, einem ahnenden Fühlen:

> Was der Geister stolzestes Verlangen
> In den Tiefen und den Höh'n erzielt,
> Hab' ich allzumal in dir empfangen,
> Sint dich ahndend meine Seele fühlt. (V. 17–20)

Die Harmonie ist also eine Total-Vorstellung; sie ist durch die Aktivität der Begeisterung subjektiv, durch die sich in diese Aktivität mischende unbekannt-fremde Aktivität objektiv und göttlich; sie ist systematischer Begriff und historisches Faktum, gedacht, gewußt, im Innern in den Bewegungen der Gesellschaft und in den Gesetzen der Natur beobachtet. Diese Beschaffenheit und Funktion haben alle die "Geisterköniginnen" (I 165; *1, 141*), denen die Tübinger Hymnen gelten. Der Disput, ob sie nun philosophischen oder religiösen Charakter hätten, zu Gottheiten ernannte Begriffe, aber eigentlich Akte der Selbstvergewisserung seien, abstrakte Ideen in poetischer Verhüllung[73] oder realgeschichtlich substantiierte Werte des zeitgenössischen Denkens wären – dieser Disput ist zu Unrecht geführt worden, weil er lauter gültige Teilaspekte dieser Total-Vorstellungen gegeneinander ausspielte und den in der Magisterarbeit aus der selben Zeit bereitliegenden Begriff der Total-Vorstellung außer acht ließ.

73 So Neuffer in seiner Ausgabe, vgl. VII 1, 457.

Mythologie der Vernunft, moderne Naturpoesie

So wie Hölderlin Stolbergs passive Begeisterungstheorie durch Hemsterhuis' Theorie von der aktiven Begeisterung ergänzte, um so die Konzeption von der Subjekt und Objekt übersteigenden intellektuellen Anschauung, beide Gewährsmänner überbietend, zu erzeugen, so ließ er durch die Theorie der Personifikation und des Mythischen wiederum den Dichter Stolberg, nun aber auch Schiller hinter sich. Dieser, sei es im *Triumph der Liebe*, in *Die Freundschaft* oder im Lied *An die Freude*, läßt es nie zu, daß sich eine Personifikation als Vorstellung eines handelnden Wesens mit Geschichte konstituiert. Die Freude ist ihm zwar "Tochter aus Elysium" und besitzt ein Heiligtum, das betreten werden kann, aber in derselben Strophe ist sie Götterfunken, dann Milch aus den Brüsten der Natur, die eine Rosenspur hinterläßt, sie ist Feder im Uhrwerk der Weltenuhr, Kohlensäure im Sektglas etc., aber nie eine feste Figur, nie ein objektives Gegenüber des sprechenden Ich, Mythos, sondern das Unsagbare, das sich als Ursprung all der kaleidoskopischen, gegenseitig einander aufhebenden Vorstellungen und Aussagen in ihnen und in ihrer Negation manifestiert.

Hier läßt sich Hölderlin von Herders Poetik der Naturpoesie überzeugen, die er zusammen mit der Theorie des Parallelismus in der Schrift *Vom Geist der Ebräischen Poesie* ausgeführt fand. Die Überzeugung war nachhaltig, denn noch bis in die Dichtung nach 1800 hinein werden Natur-Abstrakta wie Nacht, Aether, Feuergeist, Ströme und Strukturen wie Mittelbarkeit, Einheit, Vereinigung mythisch gestaltet; da wird dann, etwa im *Tod des Empedokles*, das Vereinigungsmoment in der spezifischen Krisensituation (Empedokles) auf funktionsgleiche Figuren wie Prometheus und Jesus transparent gemacht, so daß in der Opakheit der mythischen Erzählung die Struktur aufleuchtet. In den Tübinger Hymnen hat die reale Geschichte noch nicht wie etwa im *Grund zum Empedokles* den Charakter des Lebens, in dem der Geist zu sich kommt, sondern noch den Charakter des Werkes, an dem zeichenhaft der Geist der schöpferischen Gottheit abgelesen und verehrt werden kann. Deshalb lassen sich in den Tübinger Hymnen noch die Total-Vorstellungen als Begriffe wie Harmonie, Freiheit, Menschheit neben ihre belegartig zitierbaren Manifestationen in der Realgeschichte stellen; der Mythos erst belebt die Personifikation des Begriffs, zeigt Geschichte als Sich-Auswirken eines der Natur und den Menschen inwendigen göttlichen Geistes und bereitet, vorläufig als Fiktion, den Weg in die spätere Geschichtsauffassung und Naturauffassung, die in diesem Sinne dann rein mythisch sind. Hier jedoch sind Personifikation und Mythe noch Ergebnisse eines bewußten dichterischen Zugriffs, den das *Älteste Systemprogramm* später als "Mythologie der Vernunft" bezeichnen wird:

> Orion lacht in Liebe nieder
> Es wallt der Erde Sohn am Ocean
> Wie tönt in ihm der Schöpfung Hymne wieder
> Wie staunt er sich im neuen Taumel an
> Der Ahndung heiligstes, der Kräfte Fülle
> Die leisgefühlte Seele der Natur
> Er kleidet sie in brüderliche Hülle
> Denn Göttern gleicht der Götter Sprosse nur. (I 452)

Herder analysierte z.B. das Buch *Hiob* "als alte Naturpoesie der Erde":[74] "hier ist nichts todte Schöpfung" (SW 11, 291), "Alles wird hier personificirt: das Licht, die Nacht, der Tod, die Vernichtung" (SW 11, 289).

> Die Naturpoesie hat etwas anders als eine matte Beschreibung einzelner Züge, auf die sie sich überhaupt gar nicht einläßt – [...] statt ihrer? Dichtung. Sie belebt die Sache, sie stellt sie handelnd dar. Sehen Sie Hiob. Die Erde war ein Pallast, der ihr Hausvater den Eckstein legte und alle Kinder Gottes jauchzten drein. Der Ocean ward, wie ein Kind, gebohren und gewindelt: das Morgenroth handelte, die Blitze sprachen. Bild für Bild ist eine neue Personendichtung: das macht nun die Poesie so lebendig. Die Seele wird fortgerißen und denkt sich die Gegenstände selbst mit, weil sie ihre Wirkungen gewahr wird. (SW 11, 292)

Ein "Polytheism dieser Art ist allen ungebildeten Nationen eigen" (SW 11, 253, vgl. Hölderlin IV 184; *2, 469*), aber die hebräische Naturpoesie mit ihren "Hymnen" ist besonders wichtig: "Meines Wißens giebts nur Einen Ton des Lobgesanges in allen jetzt lebenden Europäischen Sprachen; und der ist der Ton Hiobs, der Propheten und Psalmen." Milton, Thomson, Ewald v. Kleist werden als Belege aufgeführt (SW 11, 277). Denn sofern am Beginn auch der personifizierenden hebräischen Dichtung der einfache, durch Parallelismus gekennzeich-

74 Herder (wie Anm. 32), SW 11, S. 288. Im folgenden die Seitenzahlen aus diesem Band im Text.

nete Bilderspruch (maschal) steht (SW 12, 20), ist auch sie von jenem erhabenen ordnenden Nennen nach dem Maß des Menschen abgeleitet, das wir im Schöpfungsbericht haben,

> eine grosse Bildertafel, der Anblick des Universums, nach menschlicher Empfindung geordnet. Licht ist das erste Wort des Schöpfers, es ist auch das Organ der Gottheit in der empfindenden menschlichen Seele: hiedurch eröfnet und weitet sich die Schöpfung. Himmel und Erde, Nacht und Tag, Tages- und Nachtgestirne, Geschöpfe an Meer und Land sind Ausmessungen des menschlichen Auges, der Bedürfnisse, der Empfindungs- und Ordnungsgabe des Menschen. [...] Indem er alles nennt, und mit seiner Empfindung auf sich ordnet, wird er Nachahmer der Gottheit, der zweite Schöpfer, also auch ποιητης, Dichter. Hat man das Wesen der Dichtkunst in eine Nachahmung der Natur gesetzt, so dörfte man diesem Ursprunge zufolge, es noch kühner in eine Nachahmung der schaffenden, nennenden Gottheit setzen. (SW 12, 7)

Wie Hölderlin in seiner *Parallele* sagt: "Wo wir zergliedern, wo wir deutliche Begriffe haben, empfinden wir schlechterdings nicht. Der Dichter will aber auf das Empfindungs- und Begehrungs-Vermögen wirken, oder welches einerlei ist, er hat Schönheit und Erhabenheit zum Zwek" (IV 183; *2, 469*), so will Herder sich in der Beurteilung auch eines modernen Gedichts, das den *Hiob* ersetzen soll, an "meine drei Hauptworte" halten: "Belebung der Gegenstände für den Sinn, Auslegung der Natur fürs Herz, Plan im Gedicht wie in der Schöpfung für unsern Verstand"; dabei ist die menschliche Auslegung "schön", weil sie "mir Augen giebt, die Schöpfung und mich zu sehen, sie in rechter Ordnung und Beziehung zu erblicken, auch mit dem Auge meiner Phantasie und in Worten, die dazu recht geschaffen scheinen – eine solche Poesie ist heilig und edel" (SW 11, 294f.). Herders Trias Sinn, Herz, Verstand, die gleichzeitig angesprochen sein wollen, hat also Ähnlichkeit mit der Trias Begehrungs-, Empfindungs- und Begriffsvermögen, die Hölderlin in der Total-Vorstellung angesprochen hat, die den zergliederbaren Begriff neben den hauptsächlich anzusprechenden Empfindungen und Begehrungen natürlich ebenso enthält.

Herder macht ferner deutlich, daß heute niemand "wie die Morgenländer dichten" soll,

> denn jede Sprache, jede Nation, jedes Klima hat ein eignes Maas und eigne Quellen seiner Lieblingsdichtung. Es zeigte elende Armuth an, wenn man von so entlegnen Völkern borgen wollte; aber denselben Weg gehen müßen wir! und aus eben den Quellen schöp-

> fen. Vor weßen Auge und Empfindung sich die Natur nicht belebt, zu wem sie nicht spricht, wem sie nicht handelt; der ist nicht zu ihrem Dichter gebohren. (SW 11, 292)
> Ich zweifle nicht, daß aus Copernikus und Newtons, aus Buffons und Priestlei Systemen sich eben so hohe Naturdichtungen machen liessen, als aus den simpelsten Ansichten; aber warum hat man sie nicht? Warum reizen uns die einfachen, rührenden Fabeldichtungen alter oder unwißender Völker immer noch mehr als diese mathematisch physisch- und metaphysische Genauigkeiten? Nicht wahr, weil jene Völker in lebendiger Ansicht dichteten, weil sie Alles, Gott selbst, sich gleichförmig dachten, die Welt zu einem Hause verengten und in ihr alles mit Haß und Liebe beseelten. Der erste Dichter, der das auch in der Welt Buffons und Newtons kann, der wird, wenn Sie wollen mit wahrern oder wenigstens umfaßendern Begriffen die Wirkung thun, die jene mit ihren engen menschlichen Fabeldichtungen thaten. Wir wollen wünschen, daß so ein Dichter bald gebohren werde. (SW 11, 293)

Hölderlin, so kann man annehmen, wollte dieser Dichter werden, der nicht mehr sinnlich naiv die Naturdinge, sondern als moderner Mensch die Begriffe der Wissenschaft beseelt und zu Total-Vorstellungen erhebt. Mit der *Harmonie* hat er, wie gesagt, einen naturwissenschaftlichen, philosophischen und religiösen Schlüsselbegriff gewählt; die *Muse* leitet zur Reflexion über das Vermögen an, Totalvorstellungen poetisch zu schaffen, zu Taten zu begeistern, Taten zu bewahren, Menschheit und Kultur zu fördern, und ist damit zugleich Bedingung der Möglichkeit, Stoff und Leistung des Dichters. Die *Freiheit* der ersten Hymne ("Wie den Aar ...") ergibt sich nach dem Modell eines spiraligen Geschichtsgangs aus einer zugrundeliegenden Pulsbewegung zwischen Liebe und Streit (Übermut) mit Notwendigkeit und erweist sich mit der Rede vom freien kommenden Jahrhundert durch die Vorgänge in der Französischen Revolution bestätigt: Hier handelt es sich um eine als Naturgesetz des Ausgleichs von Gegensätzen definierte Idee, die nahezu dieselbe Spannweite hat wie die Harmonie. Die *Menschheit*, mit Herders *Ideen zur Geschichte der Philosophie der Menschheit* zu reden, ist die Zielkategorie der gesamten Schöpfung, auch der Naturentwicklung, die sich sozusagen auf dem Vollendungswege zur Humanität befindet (vgl. V. 49–56, vor allem V. 87f.); das Motto von Rousseau bezeichnet nur die spezifischen Bedingungen von Humanität in der Moderne, vor allem im Bereich der zwischenmenschlichen Beziehungen.[75] *Schönheit* bezeichnet die erscheinende und wirkende "Weltenharmonie", sofern sie zur Nachbildung "am Innern" reizt und damit Menschenleben und Welt sukzessive vergöttlicht; sie ist Harmonie in Wechselwirkung mit menschlicher Tätigkeit hinsichtlich Geist und Natur. Auch hier bezeichnet das "Kant"-Motto aus Jacobis *Allwill* nur einen Aspekt der Total-Vorstellung.[76] Die zweite Hymne an die *Freiheit* ("Wonne säng ich ...") ersetzt die eher mechanische Geschichts- und Freiheitstheorie der ersten Hymne durch eine dynamisch-systemtheoretische, die weiterhin für das "heilig Leben" der Welt gilt, nun aber den Abfall des Menschen und somit die Versittlichung des Freiheitsbegriffs, daraus abgeleitet die Verantwortung der schlafenden "Könige der Endlichkeit" für ihre Geschichte impliziert. Auch hier wird nun die Total-Vorstellung in ihrer spezifischen Wechselwirkung mit dem Menschen herausgearbeitet. Die *Freundschaft* erweist sich in ihrem Totalitätscharakter als "der Myriaden Leben / Heilig Ziel! Vereinigung!" (V. 95f.); durch die Widmung an Neuffer und Magenau wird auch hier das universale Prinzip zum Menschen, ja zu Individuen in besondere paradigmatische Beziehung gesetzt. *Liebe* wäre aufgrund der allbeherrschenden Rolle, die sie in den Hymnen wohl aufgrund der Eros-Theorien Platons, Ficinos, Hemsterhuis', Herders, Schillers spielt, eine "Geisterkönigin" ersten Ranges, aber auch die dritte Fassung des noch aus den Aldermannstagen mit Neuffer und Magenau stammenden *Lieds der Liebe* bildet keine klare Personifikation, keinen Mythos der Liebe aus, bleibt in der

---

75 Vgl. auch die Analysen von Jürgen Scharfschwerdt: "Hölderlins 'Interpretation' des 'Contrat Social' in der 'Hymne an die Menschheit'", Jb. d. dt. Schillergesellschaft 14, 1970, S. 397–436; "Die Revolution des Geistes in Hölderlins 'Hymne an die Menschheit'", HJb 17, 1971/72, S. 56–73.

76 Dazu Friedrich Strack, *Ästhetik und Freiheit. Hölderlins Idee von Schönheit, Sittlichkeit und Geschichte in der Frühzeit*, Tübingen 1976, S. 9–26. Die eingeschränkte Geltung des Mottos für die Total-Vorstellung der Schönheit geht auch daraus hervor, daß die 1. Fassung der Hymne, die schon den "platonischen" Schönheitsbegriff enthält, auf den auch das durch Jacobi transformierte "Kant"-Motto führt, auf Juni 1791 datiert ist, während Hölderlin das Motto in dieser Form erst der 2. Auflage des *Allwill* 1792 entnehmen konnte. (Vgl. Friedrich Heinrich Jacobi, *Allwill*, hrsg. u. komm. von J.K. Terpstra, Groningen 1957, S. 312.) Genauere Kant-Kenntnis, die Strack bei Hölderlin voraussetzt, würde dann implizieren, daß Hölderlin das Motto in kritischer Absicht, wegen der starken platonistischen Interpretation Kants gewählt hat, die seine Auffassung unterstützte.

Zersplitterung der Vorstellung dem Stil des *Triumphs der Liebe* von Schiller verpflichtet. Der *Genius der Jugend* ist an der in Herders Aufsatz *Tithon und Aurora* für Natur- und Geschichtsprozesse dargelegten Total-Vorstellung der Verjüngung orientiert; die *Kühnheit* ist, wiederum an Herder angelehnt, die Erhaltungs-, Unterscheidungs- und Verähnlichungstendenz organischer Systeme,[77] die "Nemesis" (V. 64) ausübt und ihr verpflichtet ist.[78]

Das *Schiksaal* faßt im gleichen Gedankenzusammenhang den Widerstand ins Auge, an dem und gegen den sich Lebendiges erst bildet, erhält und fortentwickelt oder durch den es zerstört wird; Hölderlin greift hier wie z.B. Goethe im *Prometheus* und Herder mit seiner Nemesis-Idee auf stoische Gedanken zurück. Das Gedicht, während der Reise nach Waltershausen fast vollendet (VI 101; *3, 119*), markiert nicht nur zeitlich das Ende der Tübinger Hymnen; es konstituiert auch keinen durchgängigen Mythos der Total-Vorstellung mehr, und es setzt mit der Aufrichtung einer negativen Total-Vorstellung des Widerständigen alle die bisher geschauten Ideen, denen das Empfindungs- und Begehrungsvermögen sich begeistert zuwenden sollte, in ihrer einseitig positiven Tendenz außer Kraft. Das sprechende Ich läßt das Dunkle, das Leid, das Widerständige nicht mehr siegend und höhnend im Aufschwung der aktiven Begeisterung weit unter sich – auch die hymnischen Anrufe fehlen fast ganz in *Das Schiksaal* –, sondern jetzt geht Hölderlin im Zusammenhang der Arbeit am *Hyperion* an die Aufgabe, den Glauben an den Sinn dieser Nachtseite der Natur, des Seins, des Lebens, des Geistes, der Geschichte zu finden und zu begründen, eine Aufgabe, an der seine großen Spätdichtungen zerbrechen werden.

Wir haben damit skizzenhaft dargestellt, daß Hölderlin Total-Vorstellungen belebt, die als Begriffe genommen Valenz in der Philosophie und in der Naturwissenschaft haben; Herders Hinweise auf Newtons (schon von der Naturphilosophie analog auf alle Wissenschaftsbereiche übertragenen) Lehre von zentrifugalen und zentripetalen Kräften oder auf Buffons stufenweise progredierende allgemeine Naturgeschichte oder auf Priestleys Versuche, dem Analogieprinzip

---

77 Dargelegt in Herders Schrift *Gott. Einige Gespräche* sowie im Buch XV der *Ideen*. Die Herdersche Systemtheorie ist Voraussetzung für die *Hyperion*-Fassungen, an denen Hölderlin arbeitete.

78 Auch Nemesis ist eine von Herder im Sinne seiner Systemtheorie der Geschichte eingeführte Total-Vorstellung. Vgl. seinen Aufsatz von 1786, SW 15, S. 395–428.

der Welterklärung empirische Basis zu verschaffen, finden ihr Echo wie die gesellschafts- und geschichtstheoretischen Systeme Rousseaus oder Herders. Hölderlin verwirklicht also eine moderne "Naturpoesie", deren Konzept er in Herders *Geist der Ebräischen Poesie* bei der Vorbereitung seiner Magisterarbeit dargelegt gefunden hatte.

Das erklärt auch vollends die kunstvolle Anlage seiner Dichtungen, die Hölderlin in langwieriger Mühe erarbeitete (VII 1, 396; VII 3, 453). Herder hatte nämlich den poetischen Parallelismus, "das simpelste Ebenmaas in Gliedern der Gedichte, in Bildern und Tönen" (SW 11, 236), auf den welterschließenden Parallelismus des biblischen Schöpfungsberichts zurückgeführt, wo "die Welt durch den Begrif Eines Schöpfers zu Einer Welt (κοσμος) ward"; diese Poesie

> goß den ersten schönen Lichtstral der Einheit und Ordnung ins Chaos der Weltschöpfung [...] Durch ein sehr einfaches Ding, den Parallelismus Himmels und der Erde. Auf Eine Weise musten die Geschöpfe abgetrennt und gereihet werden; je leichter, wahrer, schöner, und vielfaßender die Abtheilung, desto mehr konnte sie ewige Form werden und diese wards [...] in dieser ganzen Poesie, die ich deßhalb beinah eine Poesie Himmels und der Erde nennen möchte. Das älteste Schöpfungsbild ist ganz auf sie eingerichtet; die sogenannten Tagewerke sind darnach eingetheilt. Wenn der Himmel erhöhet ist, wird die Erde aufgeführt und gezieret: wenn Luft und Waßer bevölkert sind, wird die Erde bevölkert. Der Parallelismus Himmels und der Erde geht nachher durch alle Lobgesänge, die sich auf das Bild von der Schöpfung gründen, durch die Psalmen, wo die ganze Natur aufgeruffen wird, den Schöpfer zu preisen, durch die feierlichsten Anreden Moses und der Propheten, kurz sie macht den größesten Überblick der Poesie und Sprache. (SW 11, 255f.)

Die weiteren Bemerkungen zur "Geschichte der Schöpfung" – "ganz Bild nach Tagewerken und Zahlen; in sieben Bildnißen der Sache selbst" (SW 11, 442), der Hinweis auf die *Aelteste Urkunde des Menschengeschlechts*, wo Herder dieses nach vertikalen (1–4–7) und horizontalen (2–3, 5–6) Parallelismen strukturierte System als Grundlage der abendländischen Kultur-, Religions- und Wissenschaftsentwicklung herausgestellt hatte (SW 11, 246), vertiefen die Einsicht in die Bedeutung dieses Strukturprinzips der Naturpoesie. Die Analyse der Psalmen 24 und 45 als "handlungsvolle Gemälde" in "lyrischer Darstellung und Handlung", mit "Anfang, Mittel und Ende", mit Abwechslung, Gegensätzen und fortgehender lyrischer Handlung, mit "Veränderung der

Tonart" und "Abwechslung der Stimmen" führt vollends an zwei Texten sowohl im Druckbild wie auch durch den deutenden Kommentar den siebenstufigen Aufbau und den "ambitum des lyrischen Gesanges, wobei man am Ende Vollendung fühlet", durch den tonwechselnden Gang des leitenden Affekts (SW 12, 222) deutlich vor (SW 12, 214–219).

Der Aufbau der Tübinger Hymnen und von da an aller Texte Hölderlins bis hin zu den Gesängen der Spätzeit läßt erkennen, daß Hölderlin die entscheidenden Anregungen für seine Poetik und für die immer tiefer dringende Grundlegung ihrer Prinzipien in den Homburger Aufsätzen durch die im Zusammenhang der Magisterarbeit gelesene Schrift Herders *Vom Geist der Ebräischen Poesie* gewonnen hat. Auch die später theoretisch bewältigte Lehre vom "Wechsel der Töne" ist von hier angeregt, die häufigen Anreden des Sprecher-Ichs durch die vergöttlichten Ideen der Tübinger Hymnen beruht wohl auf der an den Psalmen aufgezeigten "Abwechslung der Stimmen".[79]

---

79 In meiner Dissertation (wie Anm. 51) hatte ich die unter vielen Gesichtspunkten zentrale Bedeutung dieser Schrift Herders unterschätzt und führte den "Denkrhythmus" von Hölderlins Dichtungen auf die christlich hermetische Tradition zurück, von der ich im Anhang der Arbeit in Oetingers Lehre ein Beispiel darlegte. Dies ist nicht unrichtig, denn Hölderlin lernte den Pietismus Oetingers schon in Nürtingen kennen, und Herder kannte sowohl Hauptwerke Oetingers, wie er auch selbst mit der *Aeltesten Urkunde* deutlich in der christlich-hermetischen Tradition stand (vgl. dazu meinen Aufsatz "Herders 'Aelteste Urkunde des Menschengeschlechts' und Goethe", *Bückeburger Gespräche über Johann Gottfried Herder 1988*, Rinteln 1989, S. 133–150). Den Hinweis auf Herder habe ich schon in meinem Aufsatz "Zur Tradition von Hölderlins 'Kalkulablem Gesetz'", *Schwäbische Heimat* 4, 1969, S. 293–301 gegeben. Daß Hölderlin übrigens auch den "Wechsel der Töne" nicht nur aufgrund von Klopstocks Aufsatz *Von der heiligen Poesie*, sondern vor allem auch aufgrund von Herders Begriffen "Abwechslung der Stimmen", "Veränderung der Tonart" (SW 12, 215), "ambitus des lyrischen Gesanges" aufgrund des "eignen Gangs" jedes Affekts (SW 12, 222) gewonnen hat, geht wohl aus der Mitzitierung des Psalmwortes "Sela" im Brief an Neuffer vom Mai/Juni 1793 hervor (VI 84; *3, 100*, nach Ps. 32, 4, in dem nach Herder "eine schöne Oekonomie der Lehre" herrscht, SW 12, 224). Herder hatte nämlich die Vermutung aufgestellt, daß die "Sela" in den Psalmen "weder Pause, noch da capo, noch Intermezzo; sondern *Verändrung der Tonart* sagen, die sich entweder wachsend oder durch Übergang in einen anderen Takt und *modum* äußern könnte. Der Inhalt des Liedes, sein Affekt veränderte sich nehmlich [...]. Affektvolle Lieder haben es am meisten, insbesonderheit wo sich der

Nachdem ich schon in meiner Dissertation den inneren Aufbau des *Hymnus an die Göttin der Harmonie* analysiert habe, soll hier noch paradigmatisch, und zwar nur auf die Modifikationen des Liebes-Begriffs konzentriert, die *Hymne an die Muse* schematisch in ihrem inneren Aufbau skizziert werden.

I 1	Liebe des Ich zur Muse, sein Lied als Ausdruck des Ziels, den Bund unzertrennbarer zu binden
II 2	Liebe der Muse zum Ich? Zweifel an Erfahrungen dieser Liebe und am Wert des Ich
III 3, 4, 5	Ohnmächtiger Wunsch (II), der Göttin nachzuringen und ihre Leistungen auszusprechen (I), darunter die Herrschaft über die (objektive) Liebe (I/II)
IV 6, 7, 8	Der durch die Mutterschaft der Muse und ihren Kuß kultivierte und veredelte allgemeine Mensch begreift (subjektiv) das Lächeln des Himmels als Liebe (vgl. I–III), daraus Entwicklung der Religion und Kultur in Natur und Geschichte; der Gegensatz zur Herrschaft des Gesetzes rechtfertigt die subjektive Überzeugung
V 9, 10, 11	Bitte des Ich, sich in Absetzung von Pöbel, Laster, Lüge und in Erhebung über Zeit und Sorge der Muse weihen zu dürfen: volle Lust der Liebe (V. 69–71 vgl. III V. 21–23)
VI 12, 13	Die geweihten (V) Priester der Muse werden mütterlich (IV) vor Sorge bewahrt (V), durch Schönheit trunken (V) gemacht, in liebender Umarmung (IV) zu Taten geadelt (IV) (V. 99 vgl. II V. 16)
VII 14, 15	Mit den geadelten (IV, VI) Brüdern im Priestertum für die Muse (VI) will das Ich den Liebesbund (I) schließen; reine Geister (vgl. IV V. 48, VI V. 98) sind bereit zu gehen, wohin die reine Liebe leitet, nämlich zu Liebe und Tod für Freund und Vaterland (IV) (V. 109 vgl. I V. 7)

Die engen Beziehungen, Parallelismen und Oppositionen zwischen den Partien werden auch in der Schematik sichtbar. Die drei ersten Partien

---

Inhalt des Gesangs sehr verändert [...]. Der Grieche übersetzt Sela durch διαψαλμα, das Svidas u.a. durch μελωδιας εναλλαγη, concentus mutatio erklären." (SW 12, 250) Hölderlins Brief geht nach dem "Sela" von einer Klage über Dürre zur Rede von einer "Herzenskönigin" über.

befassen sich mit dem Verhältnis des Sprecher-Ich zur angeredeten Muse. Die vierte Partie ermittelt die Begründung für die Liebe des Ich in der durch die Muse bewirkten Humanisierung des Menschen, in deren Fortgang der Mensch sich das Anstrahlen der Natur als Liebe deutet; die subjektive Deutung wird aber durch die Blüte der Gesellschaft und Natur unter Herrschaft der Muse als gerechtfertigt erkannt. Daraus ergibt sich für das Ich in der fünften Partie die neue Berechtigung, seine Liebe darzubringen; nun ist aber die Muse zur Kulturbringerin der Menschheit verwandelt, und das Ich begreift sich in Opposition zu andern Menschen. Deshalb wird in der sechsten Partie auf andere Menschen reflektiert, die hinsichtlich der Liebesbeziehung zur Muse gleichartig mit dem Ich sein können und im Sinne ihrer Humanisierungsleistung wirken. Mit diesen schließt sich das Ich endlich zusammen, so daß individuelle, allgemeine und reine Liebe (wie in den Partien I, IV und VI) zugleich herrschen und Menschen im Namen der Muse mit dem Ziel der Humanisierung von Natur und Gesellschaft gemeinsam wirken. Die "private" Trias I-III und die "öffentliche" Trias IV-VI vereinigen sich in VII zur vollendeten, Privates, Öffentliches und Göttliches im "Vaterland" aufhebenden Liebesbeziehung. In den gedanklichen und motivlichen Anspielungen der Partien untereinander zeigt sich in den Triaden die Beziehung von Satz, Gegensatz und Verbindung (wie auch zwischen den zwei Triaden mit VII als Verbindung), ferner eine zentrische Beziehung von V auf III, VI auf II und VII auf I, die die auch gedanklich in Schlüssel- und Übergangsposition stehende vierte Partie zur Mitte des Gedichts erhebt: "Anfang und Ende dient der schönen Mitte, und diese Mitte bleibt im Gedächtniß", schreibt Herder (SW 12, 214); sie ist in diesem Gedicht der Punkt, wo die Liebe zur Muse als möglicherweise subjektive Täuschung erkannt wird, die jedoch durch die Kulturleistungen der Menschen gesellschaftlich objektiviert und legitimiert erscheinen, wo also der Mensch sich mit der Göttin in ein komplexes Verhältnis der Wechsel-Abhängigkeit und gegenseitigen Konstituierung stellt.

Damit sei dieses Paradigma einer Aufbau-Analyse abgeschlossen; zu bemerken ist noch (was auch für die späteren Dichtungen gilt), daß die Partien durchaus nicht gleich groß sind und daß mehrere tektonische Prinzipien wie die voranschreitende Schöpfungshieroglyphe der Gedanken und die Konzentrik der Motivbeziehungen zugleich wirken können.

Das Hyperion-Projekt

Hölderlin hat sieben Jahre am *Hyperion* gearbeitet. Die erste Erwähnung des geplanten Romans stammt von Magenau, der Hölderlin am 3. Juni 1792 schrieb: "Du willst Romanist werden. Thalia leite Dich sicher zwischen den Abgründen hin, die dem unerfarnen Waller da drohen" (VII 1, 28); der zweite Band von *Hyperion oder der Eremit in Griechenland* erschien im Oktober 1799.

Die Arbeit an diesem Projekt fällt in die Jahre, in denen Hölderlin als Mensch seine beglückendsten und seine bedrückendsten Erfahrungen machte, in denen er von der Begeisterung politischer Naherwartung zur politischen Resignation angesichts der Diktatur Napoleons (VI 374, 378; *3, 404, 407f.*) herabgestimmt wurde, in denen umgekehrt proportional dazu die Forderungen wuchsen, die er als Dichter und als Philosoph an sich und an die Leistung der Dichtung stellte.

In diese Jahre fallen die letzten der Tübinger Hymnen, die hexametrischen und elegischen Dichtungen, die Kurzoden und Epigramme aus der Frankfurter Zeit, die Konzeption und Erarbeitung der Fassungen des *Empedokles*, die philosophischen Aufsatzfragmente der Homburger Zeit ab Ende 1798, endlich eine Anzahl Übersetzungen aus dem Lateinischen und Griechischen, die dazu beitrugen, das Verhältnis zu den Griechen grundlegend und in einer noch für Nietzsche maßgeblichen Weise zu verändern.

In diesen Jahren traf er Schiller, Goethe, Herder, hörte Vorlesungen bei Fichte und ging freundschaftlich mit Niethammer um, der auch Kontakte zu den Frühromantikern knüpfte; er traf 1796 Schelling, vermittelte 1797 die Frankfurter Hauslehrerstelle für Hegel und gab beiden entscheidende Anstöße für ihre philosophische Entwicklung. Bei all diesen Bekanntschaften ist zu bedenken, daß Hölderlin überall, wo man es überprüfen kann, eine oft bestürzende Gründlichkeit zeigt: die Genauigkeit, mit der er Schillers, Platons, Kants, Fichtes Schriften studiert hat, die Prägnanz seiner Interpretationen, die Treffsicherheit seiner Anschluß-Überlegungen lassen darauf schließen, daß er auch die Werke derer, über die er nur beiläufig redet, genau gekannt hat. Die wenigen Zeugnisse über Herder – die Erzählung über den Besuch bei ihm, die Hoffnung, als Hauslehrer bei ihm tätig zu werden und in den *Humanitätsbriefen* zu veröffentlichen – lassen gewiß nicht erkennen, wie intensiv Hölderlin als Geschichtsphilosoph und Ontologe sich mit ihm befaßt hat; Ähnliches ist bei Goethe zu vermuten, zu dem die Beziehungen noch immer erst gewissermaßen durch einen Türspalt sichtbar geworden sind. Rousseau hat nach der Lektüre des *Contrat social* im Stift für den Hauslehrer Hölderlin neue Bedeutung als Theoretiker der Erziehung gewonnen – Lektüre des *Emile* und der *Nouvelle Héloise* zeigt sich wie meist bei Hölderlin in überbietenden Verfahren und Gedankengängen in den *Hyperion*-Fassungen, und das mit Hegel durchdachte Programm einer Volkserziehung zwingt Ideen Herders, Kants, Schillers und Rousseaus zu einer neuen Konzeption zusammen, die sich dann auch im *Ältesten Systemprogramm* niederschlägt.

Endlich fallen in diese Jahre, wie sich an den *Hyperion*stufen, den Frankfurter Dichtungen und den Homburger Aufsätzen ablesen läßt, nicht nur die erwähnten Forderungen einer im weitesten Sinne politischen Leistung der Dichtung, sondern Überlegungen zur Poetologie, die bis in die Antike zurückreichende Traditionen anthropologisch integrativer Dichtungsauffassung im 18. Jahrhundert zusammengreifen und mit der Philosophie des deutschen Idealismus vermitteln. Von der Konzeption poetischer Sprache bis zur philosophischen Bestimmung der Gattungen und ihrer Leistung, von der Erforschung von Bedingungen über den Prozeß bis zur Wirkung des poetischen Verfahrens, von der psychologischen über die historische bis zur religiösen und ontologischen Vernetzung der Poesie gehen Hölderlins Überlegungen und machen die mühsame Entwicklung der endgültigen Form des *Hyperion* zu einem hochinteressanten Feld poetologischer Beobachtung.

Dies alles ist zu bedenken und im Auge zu behalten, wenn man den Roman Hölderlins studiert, vor allem, weil man sich nicht auf eine nur philosophische oder politische oder biographische oder poetologische Lesung einlassen kann, ohne ständig an die anderen ausgeklammerten Lesungen zu stoßen. Denn Hölderlin dichtet, wie gesagt, anthropologisch integrativ, befaßt den ganzen Menschen und verwahrt sich in der Vorrede zum endgültigen Roman vehement gegen jede einseitige Lektüre:

> Ich verspräche gerne diesem Buche die Liebe der Deutschen. Aber ich fürchte, die einen werden es lesen, wie ein Compendium, und um das *fabula docet* sich zu sehr bekümmern, indeß die andern gar zu leicht es nehmen, und beede Theile verstehen es nicht.
> Wer blos an meiner Pflanze riecht, der kennt sie nicht, und wer sie pflükt, blos, um daran zu lernen, kennt sie auch nicht.

> Die Auflösung der Dissonanzen in einem gewissen Karakter ist weder für das bloße Nachdenken, noch für die leere Lust.
>
> (III 5; *2, 13*)

Die Beschimpfung, die sich in der berühmten Scheltrede an ein durch die Lektüre des Romans rezeptiv gewordenes Publikum wiederholt, soll Leser, die nur entweder Belehrung oder romanhafte Unterhaltung erwarten, aus ihren Gewohnheiten emporscheuchen und eine vollständige Lektüre von ihnen verlangen. Der Text ist ein Integral von Compendium, Roman und bewußtseinsverändernder Rede;[1] die Haltungen des Lesers sollen Nachdenken, Verstehen, Lust zugleich sein. Deshalb müssen wir im folgenden versuchen, das Geflecht der angedeuteten Beziehungen, in denen Hölderlin und sein Roman in jenen sieben Jahren standen, als ein hochkomplexes in der Zeit sich transformierendes System im Blick zu halten und den Text als den jeweiligen Ausdruck dieses Systems zu begreifen.

Tübinger Vorstufe

Ein zweiter Donamar

Magenaus Hinweis auf Hölderlin als "Romanisten" fällt in den Juni 1792. Die StA und die FHA bringen die Entstehung eines "griechischen" Romanprojekts mit Hölderlins Besuch im April 1792 bei Neuffer in Stuttgart in Verbindung, wo er neben Neuffers griechischer Mutter auch Panagiot Wergo kennenlernte, einen feingebildeten griechischen Kaufmann, der ihn offenbar auch im Tübinger Stift besuchte: "Wergo wekte in mir das Andenken an meine kurzen Freuden neu auf. Ich hatte eine kindische Freude an dem lieben Griechen." (VI 75f.; *3, 91*) Er erinnerte Hölderlin vor allem an eine Unbekannte, "die holde Gestalt", zu der der junge Dichter offenbar spontan eine heftige Zuneigung und zugleich das Bewußtsein faßte, "sie ist dir nicht bestimmt!" Er rühmt ihre "Schönheit und Herrlichkeit", die Sanftheit und Güte ihrer Seele, den "Adel und die Stille in ihrem Wesen" (VI 75f., 81; *3, 90f., 96*); Adolf Beck hört mit Recht hier "das von Winckelmann

---

1 Vgl. meinen Aufsatz "Hölderlins 'Hyperion': Compendium, Roman, Rede", HJb 21, 1978/79, S. 88–143. Die Ergebnisse dieses Aufsatzes suche ich hier in weitere Kontexte zu stellen.

begründete Ideal der edlen Einfalt und stillen Größe" anklingen und bemerkt: "In dieser Deutung stellt sich die schattenhafte Unbekannte in Stuttgart als eine frühe Schwester Diotimas dar." (VI 603)[2]

Mehr als das mögliche lebende Vorbild der späteren Diotima-Gestalt interessiert hier der von Beck als "Deutung" bezeichnete Vorgang: Hölderlin projiziert auf die Unbekannte das von Winckelmann herausgearbeitete "allgemeine vorzügliche Kennzeichen der griechischen Meisterstücke", von dem der Kunsthistoriker sagte: "Der Ausdruck einer so großen Seele geht weit über die Bildung der schönen Natur; der Künstler mußte die Stärke des Geistes in sich selbst fühlen, welche er seinem Marmor einprägte."[3] Schon die griechischen Bildwerke waren für Winckelmann Idealisierungen der antiken Griechen, deren natürliche Erziehung, nicht beengende Kleidung und häufiger Sport die "Bildung der schönen Natur" in ganz anderer Weise ermöglicht hatte als die eingeengte Erziehung, Kleidung und Bewegungsfreiheit des 18. Jahrhunderts. Wenn nun Hölderlin auf die Unbekannte das Winckelmannsche Ideal überträgt, idealisiert er sie doppelt: als Griechin und als griechische Idealstatue.

Man muß dies deshalb betonen, weil wiederum Magenau im November 1792 nach einem Besuch Hölderlins an Neuffer schrieb: "Holz [Spitzname Hölderlins] schreibt wirkl. an einem 2ten *Donamar*, an *Hyperion*, der mir vieles zu versprechen scheint. Er ist ein freiheitsliebender Held, u. ächter Grieche, voll kräftiger Principien, die ich vor mein Leben gerne höre." (VII 1, 435) Die Ähnlichkeit des *Hyperion*-Plans mit dem Plan dieses mit seinem ersten und zweiten Teil 1792 erschienenen Romans von Friedrich Bouterwek[4] muß anläßlich der Lesung Hölderlins unter den Freunden diskutiert worden sein; das den *Donamar* bestimmende Motiv der idealisierenden Traumliebe zweier Freunde zur selben Frau kehrt wieder in dem Motiv, daß Diotima

2 Seine Vermutung über die Identität der Unbekannten wird begründet in Adolf Beck, "Die holde Gestalt", HJb 1953, S. 54–62; vgl. VI 611 zu Z. 30–35. – Die FHA 10, 17 schließt sich Becks Vermutungen über die Unbekannte als "Ur-Diotima" an.

3 Johann Joachim Winckelmann, *Ausgewählte Schriften und Briefe*, hrsg. v. Walther Rehm, Wiesbaden 1948, S. 20.

4 *Graf Donamar. Briefe, geschrieben zur Zeit des siebenjährigen Krieges in Deutschland.* Herausgegeben von E.R.T.O.B.U.E.W.K. [d.i. Friedrich Bouterwek], Erster Theil, Frankfurt und Leipzig 1792 (ND Frankfurt 1971). Der zweite Teil erschien ebenfalls 1792, der dritte 1793.

nicht nur von Hyperion, sondern auch von Alabanda geliebt wird; das Motiv zeigt, daß Hölderlin, wenn er auf die "holde Gestalt" Winckelmanns klassisches Ideal projiziert und im gleichen Moment Verzicht leistet, nur mit Mühe selten an sie denkt und "sie nur ganz leise um ihre Freundschaft gebeten" hat (VI 81; *3, 96*), offenbar ganz bewußt selber das literarische Muster des *Donamar* durchlebt, das er seinerseits in seinem Roman zu gestalten gedachte.

Nach Forschungen von Zinkernagel und Claverie hat Elisabeth Stoelzel die Beziehung zwischen *Hyperion* und *Donamar* besprochen.[5] Mit Recht stellt sie Vaterlands- und Freiheitsliebe als "letzte Triebfeder" Donamars heraus, die auch eine Art Scheltrede auf die Deutschen gleich zu Anfang des Romans[6] begründet. Zu wenig geht Stoelzel auf den Versuch Donamars ein, in einem deutschen Fürstentum "ein idealisches Himmelreich auf Erden zu gründen", und auf sein Scheitern an den Machenschaften der seitherigen Machthaber und der Kirche, deren Erfolg durch die Knechtsgesinnung der Beamten und die Unaufgeklärtheit des Volkes gewährleistet ist.[7] Aber Donamar stürzt sich erst in die Politik, nachdem die wiedergefundene Traumgeliebte Franziska von Sternach, trotz eingestandener Liebe zu ihm, ihn verlassen hat, weil sie die Verlobte eines andern ist; sein Unternehmen politischer Volksbeglückung ist also eine Art Hasardspiel, die idealische Variante des Selbstmordes, den sein Freund San Giuliano plant, als er Klarheit darüber hat, daß seine ihm geraubte Verlobte Franziska in Wahrheit noch Donamar liebt. Hölderlin zitiert noch in der Endfassung des *Hyperion* diese *Donamar*-Konstellation – der heroische Freund Alabanda geht in den Tod, um die Liebe des Freundes zur gemeinsamen Geliebten sich ungestört entfalten zu lassen; die Liebe Hyperions ist Motiv für die politische Aktivität; wie die geliebte Franziska für beide zunächst eine verlorene Traumgeliebte ist, so gehören Diotima und Hyperion einander an, "eh' es eines von uns beeden wußte" (III 61; *2, 71*), und Alabanda liebt Diotima ohnehin nur aufgrund der Erzählungen Hyperions (III 136; *2, 149f.*).

---

5 Franz Zinkernagel, *Die Entwicklungsgeschichte von Hölderlins Hyperion*, Straßburg 1907; Joseph Claverie, *La jeunesse d'Hölderlin jusqu'au roman d'Hyperion*, Paris 1921; Elisabeth Stoelzel, *Hölderlin in Tübingen und die Anfänge seines Hyperion*, Tübingen 1938.

6 Stoelzel, ebd. S. 74. Die "Scheltrede" findet sich Donamar I 10.

7 Donamar (wie Anm. 4), III 189, 209f.

Aber man sieht deutlich, wie Hölderlin auch die Konstellation der *Nouvelle Héloise* und des *Werther* hereinzitiert und dann durch die Konzeption der Diotima als patriotischer Prophetin und Anwältin der Volkserziehung in genialem Zug die früheren Romane überbietet: Die Julie Rousseaus ist die zwischen Liebe als Leidenschaft und Liebe als Zuneigung gespaltene Frau; im *Werther* wird die Auseinandersetzung um die Ehe als Institution zur Synekdoche sozialer Standesunterschiede und der daraus folgenden Unterdrückung freier Selbstäußerung in Rede und Handlung. Die Franziska Bouterweks steht durch ihre Person oder Überzeugungen in keiner kausalen Verbindung zu den idealischen Staatsgründungsplänen jedes der beiden Freunde.[8] Erst Hölderlins Diotima entwickelt sich wie ihr platonisches Vorbild zur Priesterin, die dazu anspornt, die Menschen zur Schönheit in ihren Beziehungen zu bilden; diese Frauenfigur ist damit weit mehr als Geliebte oder Traumgestalt, nämlich lebendiges Versprechen eines Reichs der Schönheit auf Erden.[9]

Wir sind damit schon zur Endfassung vorgestoßen; das war sinnvoll, um die Kontinuität der Zitierung des *Donamar* einerseits und die immer entschiedenere Überbietung anzudeuten: Während es Stoelzel noch um "Einflüsse" geht, wird hier (in modifizierender Anwendung intertextualitätstheoretischer Gesichtspunkte) davon ausgegangen, daß Hölderlin in der Erwartung der Belesenheit seiner Leserschaft einen Dialog mit den Autoren der *Nouvelle Héloise*, von *Werthers Leiden* und des *Graf Donamar* führt und ihre Werke nicht nur als Briefromane, sondern auch in der Motivierung ihrer Personenkonstellationen und

8 Auch San Giuliano will mit seinem Freund Clarton "das schöne Sicilien, die Perle der Inseln, von der spanischen Herrschaft befreien, republikanische Gleichheit unter den Bürgern einführen, die Pfaffen aus dem Lande jagen, und eine freie Vernunftreligion predigen, nach der jeder Mensch sein eigner Priester seyn und seinen Gott verehren solle nach seiner eignen Erkenntniß" (II 23f.). Wie die Freunde einen "Bund für die Zukunft" schließen und sich "mit dem Studium des Macchiavell und der römischen Autoren" vorbereiten (ebd. 24), so hat auch der "Bund der Nemesis", dem Alabanda angehört, revolutionäre Absichten, die er aber nicht, wie Hölderlin dies vor allem am Scheitern Hyperions als notwendig zeigt, auf der Basis eines politisch gebildeten Volkswillens verfolgt, sondern mit rein machtpolitischen, d.h. also dem zeitgenössischen Verständnis nach machiavellistischen Mitteln.

9 Vgl. meinen Aufsatz "Diotima, eine synkretistische Gestalt", *Turmvorträge 1989/90/91*, hrsg. v. Valérie Lawitschka, Tübingen 1991, S. 141–172.

Interessengesichtspunkte zu überbieten sucht. "Hoher Wuchs und ein glühend verbrannter Römerkopf" als Gemeinsamkeiten zwischen San Giuliano und Alabanda,[10] das "Adlerpaar" der Freunde und der die Freundschaft besiegelnde Kampf gegen Räuber[11] sind dann nur charakteristische Markierungen für die Lektüre-Erinnerung des Lesers, der damit erst auf die überbietenden Leistungen des Hölderlinschen Textes aufmerksam gemacht werden soll.

Das gilt auch für die Probleme, die in den Romanen behandelt werden. Wie eine Aufgabe, die er in der Tat selber nicht löst, klingt es, wenn Bouterwek seinen Donamar schreiben läßt, San Giuliano sei "in drei Lieblingskapiteln unerschöpflich. Das erste handelt von Staatsverfassungen, das zweite von Metaphysik und das dritte von Weibern. Finde mir noch einmal, du, der so gut sich versteht auf's Vereinigen, zwischen diesen Kapiteln eine Vereinigung!"[12] Genau das sucht Hölderlin im *Hyperion* zu leisten: Diotima wird von Hyperion als lebende Präsenz eines metaphysischen Prinzips gesehen, das zugleich Grundlage eines idealen Staatswesens werden soll.

Der Kallias-Brief

Nur aufgrund der Dialogbeziehungen zum *Graf Donamar* wäre es unwahrscheinlich, daß, wie die FHA (*L 10, 25*) annimmt, das Fragment *An Kallias* (IV 218f; *2, 505f.*) die früheste erhaltene Textstufe des entstehenden *Hyperion* darstellt, spielt doch bei Bouterwek Griechenland oder auch nur das sizilianische Lokal eines Teils von San Giulianos Lebensgeschichte überhaupt keine Rolle. Aber schon der erwähnte Brief Magenaus vom November 1792 nennt Hyperion einen "ächten Griechen". Daraus geht nicht eindeutig hervor, ob es sich bei diesem "freiheitsliebenden Helden" um einen Zeitgenossen der Blüte des antiken Griechenlands handelte, wie Fénelon in seinem Erziehungsroman für das ganze 18. Jahrhundert *Les Aventures de Télémaque*, Barthélémy mit seinem berühmten Reise- und Bildungsroman *Voyage du Jeune Anacharsis en Grèce* und Wieland mit seiner *Geschichte des Agathon* sie gestaltet hatten, oder um einen Späteren, der das echte Griechentum wieder zu verwirklichen sucht, wie Heinses Renaissance-

10 Stoelzel (wie Anm. 5), S. 81, vgl. Donamar I 34.

11 Donamar I 54, 65; vgl. Hyperion III 25, 122; *2, 32f., 135*. Auch die Schilderung des Lagerlebens ist vom Donamar I 5 inspiriert.

12 Donamar I 55.

Universalgenie in *Ardinghello und die glückseeligen Inseln*; diese "italiänische Geschichte" endet ja mit der Errichtung eines platonischen Idealstaats auf zwei Inseln der Ägäis, und die Freundschaft zwischen Ardinghello und dem Erzähler wird nach einer Lebensrettung und einem Kunstgespräch geschlossen, als Ardinghello im Sinne Winckelmanns ausführt:

> Freilich wäre es besser, die Künstler wählten keine alte Geschichten, wenn sie Naturwahrheit und Farbenpracht in den Gewändern zeigen wollten; griechische Gestalt und leichte Kleidung ist uns ganz entrückt. O wie verlangt mein Herz, jene glückseligen Inseln und das feste Land auf beiden Seiten noch heutzutag zu sehen und wie das heitre milde Klima noch jetzt dort das Lebendige bildet! Ach, wir sind so weit von der Natur abgewichen und von der wahren Kunst zurück, daß wir fast insgesamt einen bekleideten Menschen für schöner halten als einen nackten![13]

Hier war eine im Ansatz sentimentalische Anschauung, die das antike Griechenland als das Reich der verlorenen Natur betrachtete und dies nicht durch die antikisierende Fiktion dokumentierte wie Fénélon, Barthélémy und Wieland, sondern durch einen Helden, der die sentimentalische Sehnsucht artikulierte und den Erzähler stürmisch zum "Liebling meiner Seele" machte, weil der in unverständiger Kindheit Griechenland mit seinem Vater durchwanderte und nun Alt- und Neugriechisch beherrschte. Aber das Bewußtsein des Verlustes ist im *Ardinghello* nicht resignativ lähmend; Heinse, dem Sensualisten und Amoralisten, ging es um eine letztlich unhistorische Wiederbelebung der Sinnenfreiheit der Antike, und er wählte mit Bedacht Gestalten der italienischen Renaissance, einer Epoche, die die Endgültigkeit des Verlustes ebenfalls nicht wahrhaben wollte.

Hölderlin, der den *Ardinghello* schon im Motto des *Hymnus an die Göttin der Harmonie* zitierte, ist von Anfang an konsequenter sentimentalisch als Heinse. Hyperion ist kein Kraftgenie der Renaissance, Künstler, Held, Staatengründer[14] mit gottähnlicher Faszination auf die

---

13 Wilhelm Heinse, *Ardinghello und die glückseligen Inseln*, Krit. Studienausg. v. Max L. Baeumer, Stuttgart 1975, S. 19f.

14 Stoelzel (wie Anm. 5), S. 92 leitet den "Plan zum Neugriechen Hyperion, zum Freiheitskämpfer und Priester der Schönheit mit aus der Begeisterung am Ardinghello" ab.

Begegnenden,[15] sondern ein Unfertiger, der durch das ihm Begegnende gebildet wird und der, wäre er so reif gewesen wie Ardinghello von Anfang an, niemals Diotima auf so verantwortungslose Weise mit ihrem verzehrenden Leid alleingelassen hätte. Ardinghello kann und braucht sich nicht zu verändern, Hyperion steigt ständig "über" sich selbst "hinweg", wie sein Name sagt.[16] Diese in seiner Figurierung konstitutive Geschichtlichkeit muß Hyperion ja dann auch als gesamtkulturell gültig erfahren: "In der That! es war ein außerordentlich Project, durch eine Räuberbande mein Elysium zu pflanzen." (III 117; *2, 130*) Ardinghello dagegen gelingt es, den türkischen Sultan zu bezaubern und für die Duldung dieses Utopiens zu gewinnen; "sein Name schon allein war genug Verführung", die beste Jugend Italiens anzuwerben und sie wie durch Rousseaus Gesetzgeber im *Contrat social* durch den philosophischen Freund Demetri von einer "neuen Religion" überzeugen zu lassen, die die Basis der freien Gesellschaftsordnung des Staatswesens sein sollte.[17]

So wie der *Hyperion* zumindest seit dem Thalia-Fragment in der Gegenwart einer unterdrückten Lage der ionischen Griechen spielt, von den Trümmern des alten Rom und des alten Griechenlands spricht, ist Hölderlins Romanprojekt im Vergleich mit und in Absetzung von Heinses *Ardinghello* entschieden modern und hat mit den Erhebungen auf der Peloponnes und dem türkisch-russischen Krieg 1770 ein festes historisches Datum, das den Versuch einer Restauration der alten griechischen Herrlichkeit sogleich in den realen Kontext der vorläufig von den Türken blutig unterdrückten Aufstände stellt und

15 "... seine frischen Lippen bezauberten im Reden, und die Augen sprühten Licht und Feuer; groß und wohlgebildet am ganzen Körper, mit einer kühnen Wildheit, erschien er mir ein höheres Wesen" (Ardinghello, wie Anm. 13, S. 9), vgl. "das Unheimliche" (S. 15) und ähnliche Charakterisierungen.

16 Daß der Sonnen-Name Hyperion, der schon 1792 feststeht, "ein Programm" enthält, bemerken Zinkernagel, Die Entwicklungsgeschichte (wie Anm. 5), S. 25 und Stoelzel (wie Anm. 5), S. 86f. Stoelzel führt das Programm auf Hemsterhuis' Dialog *Simon* zurück, in dem die Sonne als anfangs von einer finsteren Schlackenschicht umgeben und im Lauf der Zeit von dieser Hülle befreit und gereinigt gesehen, damit aber als "das vollkommenste Sinnbild der menschlichen Seele" verstanden wird. *Hyperion* sei damit nicht ein Bildungs-, sondern ein Läuterungsroman.

17 Ardinghello (wie Anm. 13), S. 367f.; Rousseaus *Contrat social* gibt auch an anderer Stelle (S. 146) Leitideen für die staatspolitischen Überlegungen Heinses.

so das Illusorische in Hyperions revolutionärem Unterfangen mit schneidender Schärfe hervortreten läßt. Hölderlins immer als so schwärmerisch und lyrisch eingeschätzter Roman ist im Vergleich zum *Ardinghello* geradezu realistisch im Blick auf die Chancenlosigkeit eines sentimentalischen Sprungs aus der Moderne in die Antike oder der Verkehrung eines Zwangsregimes in eine natürliche Republik.[18] Der *Ardinghello* wird hier durch ein in der geistigen Auseinandersetzung mit der Französischen Revolution geschultes Bewußtsein überboten. Daß der Überbietungsgestus auch in diesem Fall bewußtes Verfahren ist, lehrt die Theorie des Schmerzes, die Hölderlin spätestens seit der *Metrischen Fassung* den von Heinses Demetri wie von Jacobis Spinoza verkündeten Lehren, "daß Eins Alles und Alles Eins sei",[19]

---

18 Was den sentimentalischen Sprung anbetraf, so wurde sein Realismus angeleitet durch die von ihm benutzten Reiseberichte und von seinem verehrten Repetenten Carl Philipp Conz, in dessen *Schildereien aus Griechenland* (Reutlingen 1785) zu lesen war: "vvie so ganz anders ists vvorden mit dir, herrliches Land! – die Monumente der Helden, der Weisen liegen im Staub und schlafen, vvie sie, von gevvornem Gestraeuch bedekt: trübes Epheu und trauriges Moos schlingt sich an ihren Trümmern hinauf, und der Kiebiz flattert heulend auf aus den Palaesten der Vornehmen und Großen deines Landes." (S. 164) Vgl. auch Werner Volke, "'O Lacedämons heiliger Schutt!' Hölderlins Griechenland: Imaginierte Realien – Realisierte Imagination", HJb 24, 1984/85, S. 63–86. – Hölderlins staatspolitischer Realismus hinsichtlich der Unmöglichkeit, mit einer Räuberbande ein Elysium zu stiften, wird sich vielleicht schon mit dem Ausschluß der Girondisten aus dem Jakobinerklub (10.10.1792), mit der Lektüre von Herders *Tithon und Aurora* gebildet haben, spätestens wohl im Juli 1793, wo er die Ermordung Marats, "des schändlichen Tyrannen" befriedigt kommentiert (VI 88; *3, 105*).

19 Ardinghello (wie Anm. 13), S. 303, 281. Baeumer macht in seinem Nachwort mit Recht auf die Nähe Heinses zu Jacobis Spinoza-Darstellung aufmerksam und bemerkt: "In immer neuen Umschreibungen hält Heinse das Thema der All-Einheit mit der vergötterten Natur aufrecht. Alle diese Äußerungen stammen aus seinen Düsseldorfer Aufzeichnungen vom Frühjahr 1786. Von 1783 bis zum Herbst 1786 lebte er in Hausgemeinschaft mit Friedrich Heinrich Jacobi in Düsseldorf. 1785 erschien Jacobis Buch *Über die Lehre des Spinoza in Briefen an den Herrn Moses Mendelssohn*, das mit der Aufdeckung des angeblichen Hen-kai-pan-Bekenntnisses unter den literarischen Geistern dieser Zeit den sogenannten Pantheismusstreit entfesselte. Auch Hölderlin nahm an dieser Auseinandersetzung teil (vgl. Baeumer, Heinse-Studien, S. 49–91)." (S. 715f.) In dem Buch von Margarethe Wegenast, *Hölderlins Spinoza-Rezeption und ihre Bedeutung für die Konzeption des 'Hyperion'*, Tübingen 1990, kommt der

einschrieb und die er bis zu den großen Gesängen und den Sophokles-Anmerkungen zu einer in der deutschen Philosophie wohl einmaligen tragischen Ontologie vertiefte. Mit dieser auf den Schmerz begründeten Anthropologie und schließlich Theodizee, die mit dem Irren der Liebe in der *Metrischen Fassung* beginnt, überwindet Hölderlin im Sinne einer historischen Selbstproduktion seiner Trias Sein – Leben – Geist die Statik des (neu)spinozistischen Seins – wir kommen darauf zurück; an dieser Stelle geht es nur darum zu zeigen, daß auch der *Ardinghello*, so viele Motive auch von ihm im *Hyperion* anklingen, nicht als "Einfluß" mit seiner spezifischen Kausalität zu werten ist, sondern als Äußerung eines (schließlich sogar biographisch realen) Partners in einer gedanklichen Auseinandersetzung, an der sich Hölderlins Äußerung profiliert und die in dieser wiederum Deutung, Bedeutung und Profil gewinnt.

Die *Ardinghello*-Beziehung macht allerdings die Vermutung der FHA wahrscheinlich, daß Hölderlins Brief *An Kallias* in den Zusammenhang des entstehenden Romans gehört und das einzige erhaltene Stück des von Stoelzel versuchsweise rekonstruierten "Ur-Hyperion" ist. Der Brief richtet sich an Kallias, "den Schönen", vielleicht eine Vorform für Bellarmin, den "schönen Deutschen"; Kallias lebt in der Ferne, die dem Schreiber der Nebel über dem ägäischen Meere ("Archipelagus") verdeckt, "unsre Helden" – offenbar siegreiche Kämpfer in einer kriegerischen Auseinandersetzung – leben noch "weiterhin" (IV 218; *2, 505*). Die Szene scheint also die des *Hyperion* zu sein; nur der Adressat des Briefes lebt nicht in Deutschland, sondern ebenfalls in Griechenland. Daß die Zeitepoche, in der Hölderlin den Brief ansiedelt, nicht die Antike sein kann, geht aus dem Umgang des Schreibers mit "meinem Homer" hervor; er greift danach und trifft "zufällig" auf eine Stelle, d.h. er muß den "Homer" in Buchform besitzen: der Text spielt allenfalls seit der Renaissance. "Die schmeichelnde Hand" der Frauenfigur ist ein starker Hinweis auf den *Ardinghello*-Kontext: die Geliebte wird nicht als vollständige Persönlichkeit eingeführt; ihre Bedeutung reduziert sich auf die sinnliche Befriedigung, die nicht sie, sondern ihre Hand ihm verschafft. Schon vom

---

Ardinghello als für Hölderlin dem Spinoza-Büchlein gegenüber sicher wichtigere "Quelle" für Hölderlins Spinozismus nicht vor. Dabei wäre gerade bei Heinse der von Wegenast bei Spinoza vermißte "ästhetische Spinozismus", den erst Hölderlin gebildet haben soll (S. 102), mit Händen zu greifen gewesen. Vgl. unten Anm. 80 und S. 168ff.

Thalia-Fragment an wird dagegen die Frauenfigur ständig als ganze Persönlichkeit aufgefaßt, eher, dem Idealisierungsdrang Hyperions gemäß, ins Göttliche verklärt und ins Allgemeine aufgelöst. Der Schreiber des *Kallias-Briefs* "spielt in kindlichen Träumen mit dem holden Geschöpfe";[20] vom *Thalia-Fragment* an trifft er als Zerrissener auf die Frauenfigur und erfährt überirdische Heilung durch sie:

> Ach! mir – in diesem schmerzlichen Gefühl meiner Einsamkeit, mit diesem freudeleeren blutenden Herzen – erschien mir *Sie*; hold und heilig, wie eine Priesterin der Liebe stand sie da vor mir; wie aus Licht und Duft gewebt, so geistig und zart [...]. (III 166; *2, 180*)

Durchaus in den konzeptionellen Kontext des *Hyperion* weisen aber die Homer-Begeisterung (vgl. das *Thalia-Fragment*), die Erweckung zum kriegerischen Entschluß (*Donamar*-Assoziation) aus einem traumhaften Liebesverhältnis und die Scham, den Entschluß nicht früher gefaßt zu haben (Endfassung), ferner weist dahin – wenn man wie die FHA annimmt, es handle sich um den Eingangsbrief dieser *Hyperion*-Fassung – "die kühne Exposition des Fragments, das unentwickelte Verhältnisse voraussetzt. Dies entspricht genau dem ingeniösen Bauprinzip des Romans, das, verkürzt gesagt, auf der kompositorischen Umkehrung von Ursache und Wirkung beruht" (*L 10, 25*).

Diese "Kühnheit" ist allerdings nichts Ungewöhnliches, wenn man nicht nur auf die Tradition der Briefromane schaut, die in der Regel ihren Stoff chronologisch wie ein Drama exponieren: Es gehört in die ehrwürdige Tradition des Romans seit der Spätantike, daß die Geschichte mediis in rebus beginnt und die den Leser verwirrenden Ereignisse und Zusammenhänge erst später, manchmal erst gegen Ende des Romans, aufgeklärt werden; so verfährt noch Wieland in seiner *Geschichte des Agathon*. Hölderlin ist nur derjenige, der dieses Verfahren konsequent in den Briefroman einführt, der damit das episch reflektierende Erklären einschneidender oder verwirrender Ereignisse selbst zum Stoff des dramatisch sich entfaltenden Briefro-

---

20 Der Ausdruck "Geschöpf" für eine Frau ist bei Heinse gebräuchlich, vgl. Ardinghello (wie Anm. 13), S. 43, 60, 85 u.ö. Wielands Agathon heißt im Haus des Hippias und der Danae übrigens Kallias (vgl. Friedrich Beißner, *Hölderlin. Reden und Aufsätze*, ²Köln 1969, S. 272, Anm. 28); bei Hippias wird er als Homer-Vorleser angestellt. Die Erweckung heroischer und tugendhafter Entschlüsse aus dem Schlummer sinnlichen Genusses ist ein typisch Wielandsches Problem.

mans macht: der Erzähler Hyperion ist schließlich der eigentliche Gegenstand der Endfassung, die Geschehnisse seiner Jugend sind nur Anlaß für die Darstellung, ob und wie er sie erzählen kann. Schon der *Kallias-Brief* enthält Ansätze dieser gestuften Reflexivität, wenn auch noch nicht des episch nachträglichen Erzählens: Die berichtete Szene der Lektüre am Ufer des Archipelagus und des daraus sich ergebenden Entschlusses wird durch eine mythisch inspirierte Szene vom Schlummer des Geistes wie im Vorelysium und der Erweckung durch den (homerischen) "Genius von Mäonia" vorweg reflektiert und auf eine Ebene der Geisterbegegnungen gehoben. Der Schluß bringt eine psychologische Analyse, die den Schreiber über seinen Versuch reflektierend zeigt, "der ernsten Mahnung" seines Herzens "gar künstliche Farben" aufzuzwingen, um sie ertragen, "belächeln, und vergessen zu können".

Hier stößt jedoch diese intendierte erzählerische Reflexivität bereits an die Grenze ihrer Plausibilität; Wenn der Schreiber zugleich mit seiner Entschlossenheit mitteilt, daß er die zum Entschluß führende Mahnung vergessen wollte, so zeugt dies von einer tiefen Zerrissenheit, wenn er zugleich den Freund einlädt ("Du müßtest sehn"), ihn beim künstlichen Versuch des Vergessens zu beobachten, dann zeugt dies von einer epischen Überlegenheit, die nur im Nachhinein plausibel ist.

Das in den Text des *Kallias-Briefs* eingesetzte Zitat aus Rousseaus *Nouvelle Héloise* I 9 zeigt, was sich der junge Dichter vorgenommen hatte: Sein Briefschreiber sollte Saint-Preux und Julie zugleich sein, Saint-Preux, der sich nach Julies Analyse im selben Brief beklagt, zu viel und zu wenig zu leiden, und Julie, die ihm rät: "Versuchen Sie mit sich selbst einig zu sein, um ihren vorgeblichen Leiden eine weniger künstliche Farbe (une couleur moins frivole) zu geben; oder vielmehr, lassen Sie überhaupt diese Verstellung, die nicht zu Ihrem Wesen paßt. [...] Ihr Brief selbst straft Sie mit seinem munteren Stil Lügen, und Sie wären nicht so geistreich, wenn Sie weniger ruhig wären."[21] Hölderlin wollte also in seinem Text ein schreibendes Subjekt zeichnen, das sich im Moment affektiver Bewegtheit mit der kühlen Distanz eines anderen Menschen beobachtet und analysiert, das

---

21 Jean Jacques Rousseau, *Julie ou La nouvelle Héloise*, hrsg. v. Michel Launay, Paris 1967, S. 23. Den letzten der von mir übersetzten Sätze zitiert Hölderlin vor seinem Schlußabschnitt.

also Subjekt und Objekt zugleich ist. Hinzu soll kommen, daß es sich literarisch in ein Geistergespräch einbezogen sieht und durch Literatur zu heroischem Entschluß gebracht wird; hinzu kommt, daß es sinnenhaft genießt und den Entschluß möglichst vergessen will, um zum Genuß zurückzukehren.

Alles auf einmal sollte der Roman leisten, zu dem der *Kallias-Brief* gehörte: Er sollte den *Agathon*, die *Nouvelle Héloise*, den *Ardinghello*, den *Donamar* zitieren und mit dem Zitat auf die Überbietung aufmerksam machen. Er sollte den philosophischen und psychologischen Verstand, das literarische Gedächtnis, die Sinnlichkeit ansprechen. Er sollte, wie es schon dieser eine Brief tut, den kindlich naturhaften Genuß, den heroischen Entschluß, die Tat, und das Idealische der "glühenden Phantasien", der versäumnisbewußten "Schaam vor den unsern und Homeros Helden" und damit den Wechsel der Töne entfalten. Er sollte, worauf die Wieland- und Rousseau-Beziehungen wohl hinweisen, eine "Naturgeschichte" der menschlichen Seele und ihrer Beziehungen enthalten, zugleich aber mit dem heldenhaften Entschluß sich wohl mit dem brennenden Gegenwartsproblem, den 1792 im Gefolge der Konsolidierung des revolutionären Regimes ausgebrochenen Koalitionskriegen,[22] wenigstens in der Übertragung auf griechische Verhältnisse auseinandersetzen.

Wir können aufgrund dieser Befunde mit hoher Wahrscheinlichkeit die Vermutung der FHA bestätigen, daß der *Kallias-Brief* ein Rest, wohl der Eingangsbrief der im übrigen verlorenen Fassung des *Hyperion* ist und daß er im angedeuteten Sinne die bis dahin bekannte Romanliteratur zitieren und überbieten sollte.[23]

---

22 Vgl. Goethes *Campagne in Frankreich*; die Kanonade von Valmy fand am 20. September 1792 statt; die 1. Republik wurde kurz darauf proklamiert.

23 Friedrich Beißner, *"An Kallias. Ein Aufsatz Hölderlins über Homer"*, in: Hölderlin (wie Anm. 20), S. 272f. Anm. 28 meint: "Die Besonderheit der Namen (Kallias statt Bellarmin, Glycera statt Melite oder Diotima) macht es unwahrscheinlich – woran man zunächst denken könnte –, daß es sich bei dem Brief an Kallias um eine Vorarbeit zum *Hyperion* handelt." Er datiert den *Kallias-Brief* deshalb in den Umkreis der Vorarbeiten zur "Iduna" 1799. Käme in dem *Thalia-Fragment* nicht der Name Hyperion vor, könnte man aus denselben Gründen zweifeln, ob es sich um eine Vorarbeit zum *Hyperion* handle. – Sollte der *Kallias-Brief* doch nicht Rest des "Ur-Hyperion" sein, bliebe bestehen, daß Hölderlin die besprochenen Romane gelesen hat und im *Hyperion* zu überbieten gedachte.

Philosophische Vorbereitung

Was sich in dem *Kallias-Brief* mit dem Ausdruck von Platons "Vorelysium" nur andeutet, nämlich die Absicht einer Überbietung der vorausliegenden Romane auch in philosophischer Hinsicht, hat Hölderlin offenbar neben der Arbeit am *Hyperion* eifrig verfolgt. So schreibt er Neuffer vom Studium "in HE. Kants Schule" (VI 84; *3, 100*), und in seiner ersten eigenen Erwähnung des Romans, kurz nach dem 20. Juli 1793 geschrieben, ist es vor allem das Studium Platons, dessen begeisterndes Licht er seinem "Hyperion mitteilen" möchte (VI 86; *3, 103*); zugleich vermutet Beck (VI 621) zu Recht Lektüre von Herders Abhandlung *Tithon und Aurora*, die 1792 erschienen war und Herders Abkehr von der gewaltsamen Form gesellschaftlicher Veränderung begründete, wie sie sich in Frankreich zeigte, dagegen aber das Prinzip der Verjüngung durch "Evolution" herausstellte – schon Hölderlins in den gleichen Tagen geschriebener Brief an den Bruder registriert die Ermordung Marats, des "schändlichen Tyrannen", am 13.7.93, mit Befriedigung und sieht wiederum ein Herdersches Prinzip, "die heilige Nemesis", gegen die "übrigen Volksschänder" am Werk (VI 88; *3, 105*). Da auch Hegel in diesem letzten Stiftsjahr der Freunde Herders *Ideen* las und zitierte,[24] ist anzunehmen, daß Hölderlins später bezeugte Kenntnis von Herders geschichtsphilosophischem Werk (VI 151; *3, 171*) aus dieser Zeit der gemeinsamen Arbeit stammt, in der Hölderlin nach Hegels Aussage vielleicht der gedanklich Leitende und Führende war, während Hegel auf Hölderlins Gemütsschwankungen mäßigend einwirkte (VI 222; *3, 245*). Jedenfalls ist die Kenntnis der im Buch XV der *Ideen* und in *Gott. Einige Gespräche* von Herder dargelegten Systemtheorie die Voraussetzung, die Hölderlins Systemtheorie in der *Thalia-Vorrede* anleitet; darüber ist unten zu reden. Außerdem waren zu Ostern und im Mai 1793 die beiden ersten Sammlungen von Herders *Briefen zu Beförderung der Humanität* erschienen, wo nicht nur der Begriff Humanität aus den *Ideen* aufgenommen und als Zielbegriff aller Bestrebungen in den neunziger Jahren aufgestellt wurde, sondern auch Hölderlin so nah angehende Dinge wie die Funktion der Dich-

24 In der Tübinger Schrift "Religion ist eine der wichtigsten ..." (1793) nimmt Hegel zweimal auf Herders *Ideen* Bezug. Georg Wilhelm Friedrich Hegel, *Gesammelte Werke*, hrsg. v. Friedhelm Nicolin und Gisela Schüler, Bd. I, Düsseldorf 1989, S. 108, 26; 114, 2–3 (vgl. die Anm. S. 567f.).

tung für die Humanität[25] und die Konzeption einer unsichtbaren Kirche und Gesellschaft der staatsübergreifenden Menschheit vorgestellt wurden, in der "Poesie, Philosophie und Geschichte [...] die drei Lichter" sind, die die Menschen "über jedes Vorurteil von Staatsverfassung, angeborner Religion, Rang und Ständen" erheben:

> Poesie erhebt den Menschen durch eine angenehme, sinnliche Gegenwart der Dinge über alle jene Trennungen und Einseitigkeiten. Philosophie gibt ihm feste, bleibende Grundsätze darüber; und wenn es ihm nötig ist, wird ihm die Geschichte nähere Maximen nicht versagen.[26]

Hölderlins Hoffnung vom September 1793, sein Zielbewußtsein und seine Zuversicht scheinen unmittelbar mit der Lektüre der zweiten Sammlung *Humanitätsbriefe* zusammenzuhängen, die ihm die seit 1788 geliebten Worte des Marquis Posa von der Menschheit und ihrer kommenden Freiheit (VI 92f., vgl. 636; *3, 109f.*) nun konkret zu bestätigen, ins Werk umzusetzen und der Dichtung dabei eine wichtige Funktion zu geben scheinen:

> Wir leben in einer Zeitperiode, wo alles hinarbeitet auf bessere Tage. Diese Keime von Aufklärung, diese stillen Wünsche und Bestrebungen Einzelner zur Bildung des Menschengeschlechts werden sich ausbreiten und verstärken, und herrliche Früchte tragen. (VI 92f.; *3, 109*)

Herder sprach weiter von den einzelnen, die "in stillen Taten den großen, edlen Bau der Humanität fort[bauen]. Jeder, nachdem er kann, in seiner Lage, praktisch; er freuet sich aber auch am Werk andrer Hände, weil er überzeugt ist, daß dies unendliche, unabsehliche Gebäude nur von *allen* Händen vollführt werden kann, daß *alle Zeiten, alle Beziehungen* dazu erfordert werden" (ebd.). Hier zeichnet sich das Programm von Hölderlins poetischer und philosophischer Arbeit ab, wie es sich zunächst im *Hyperion*-Projekt konkretisiert: Poesie, Philosophie, Geschichte zu vereinigen, Compendium, Roman und Rede zu verbinden, die stille und nicht die spektakulär-umwälzende Tat zum Bau der Humanität aufzuwerten und zu leisten, "alle Zeiten, alle Beziehungen" zusammenzuführen und in dieser Integration gegenein-

---

25 Johann Gottfried Herder, *Briefe zu Beförderung der Humanität*, hrsg. v. Hans Dietrich Irmscher, Frankfurt a.M. 1991, S. 70–79.

26 Ebd. S. 140f.

ander zu profilieren und zugleich zu überbieten. Rousseau, Kant, Schiller und andere gehen freilich in Hölderlins geschichtsphilosophische Konzeptionen ein, aber man kann mit gutem Grund behaupten, daß in Herders auf die Humanitätsidee gegründeter Geschichtsphilosophie, die in einen Appell zur Wirksamkeit mit dem "Ziel, Bildung, Besserung des Menschengeschlechts" (VI 93; *3, 110*) mündete, fundierende Elemente für Hölderlins weit komplexeres philosophisch-poetologisches System vorlagen und wohl im Sommer 1793, vielleicht zusammen mit Hegel, intensiv erarbeitet wurden.

Auch das Platon-Studium wird in dieser Zeit offensichtlich vertieft. Hölderlin hat im September 1792 zwei Bände Platon aus der Stiftsbibliothek entliehen;[27] Beck vermutet mit Recht, daß "meine Griechen", die Hölderlin im Juni 1793 neben Kant studierte (VI 84; *3, 100*), "besonders Platon" waren (VI 617). Mit Hegel und anderen las Hölderlin Platon im Original; Schelling nahm vielleicht nicht daran teil, führte aber auf das Erscheinen der Zweibrücker Ausgabe ein zunehmend "eifriges Studium Platos" zurück (VII 3, 453, 454f.). Zugleich mit Platon muß Hölderlin im Sommer 1793 den Platoniker Hemsterhuis wieder vorgenommen haben, von dessen Werken er eine zweibändige Ausgabe besaß (VI 89; *3, 105*, wahrscheinlich die 1782 erschienene Übersetzung ins Deutsche mit Herders Aufsatz *Liebe und Selbstheit*, VI 629); für den Läuterungs-Aspekt im Charakter Hyperions hat Stoelzel, wie zitiert,[28] den Dialog *Simon* herangezogen. Platon-Kenntnisse, ironisch getönt, hatte auch die *Geschichte des Agathon* vermittelt, vor allem aber der *Ardinghello*, von dem wiederum Stoelzel sagt, er sei Hölderlin "ein Führer zu Platon gewor-

---

27 Walter Betzendörfer, *Hölderlins Studienjahre im Tübinger Stift*, Heilbronn 1922, S. 30 mit Anm. 87, S. 128. Da es sich um Bände der Zweibrücker Ausgabe handelt, besaß Hölderlin diese 1781–87 herausgekommene griechisch-lateinische Ausgabe, die sich in seinem Büchernachlaß befand (VII 3, 388), während seiner Studienzeit noch nicht. Da Hölderlin (VI 86; *3, 102f.*) auf andere Dialoge Platons anspielt als die in den entliehenen Bänden enthaltenen (*Politikus*, *Minos*, *Staat*, nach Betzendörfer), muß er Zugang zu einer anderen Platon-Ausgabe gehabt haben. Ich nehme an, daß es die lateinische Übersetung von Marsilio Ficino war, die er zusammen mit Ficinos Kommentaren benutzte. Er hätte dann die zwei Bände der Zweibrücker Ausgabe nur um des griechischen Urtextes willen ausgeliehen, der ihm vielleicht für die staatstheoretischen Überlegungen im Vergleich mit Rousseaus *Contrat social* wichtig war.

28 Anm. 16.

den".[29] Dort war es insbesondere das philosophische Gespräch auf dem Dach des Pantheon, in dem Platon mehrfach nach antiker Auffassung (Proklos) als Philosoph bezeichnet wurde, der "in erhabnen Dichtungen" gesprochen habe;[30] vor allem aber gibt Heinse eine Rhapsodie aus *Phaidros* und *Symposion* mit der Lehre von der Schönheit und Liebe.[31]

Die Liebestheorie Platons, der Platoniker und Neuplatoniker, zu der Hölderlin in der *Metrischen Fassung* einen selbständigen Beitrag liefern sollte, war für das ausgehende 18. Jahrhundert besonders bedeutsam, weil im Gegensatz zum stoisch begründeten Sympathiebegriff, auf dem die schottische Moralphilosophie aufbaute, der platonische Eros nicht die Liebe zum Gleichen, sondern ausdrücklich zum Ungleichen, Anderen bedeutete und damit im Liebesbezug die Selbständigkeit der Individuen zu bewahren erlaubte, auf die es dem seiner Individualität bewußt gewordenen und auch schon an ihr leidenden bürgerlichen Menschen ankommen mußte. Wir werden im Zusammenhang der *Metrischen Fassung* feststellen, daß Hölderlins Liebestheorie auf Hemsterhuis, Herder, Schiller antwortet, eine eigene Position aber vor allem durch den Rekurs auf Ficinos Kommentar zum *Symposion* gewinnt.

Ficinos Kommentare zu den von ihm erstmals vollständig ins Lateinische übersetzten Werken Platons galten bis zum Ende des 18. Jahrhunderts wie seine Übersetzung (die noch in die Zweibrücker Ausgabe aufgenommen wurde) als quasi authentische und manchmal viel lesbarere Erläuterung Platons; vor allem seine Angaben über das Thema jedes Dialogs wurden akzeptiert,[32] seine neuplatonischen, her-

---

29 Stoelzel (wie Anm. 5), S. 90.

30 Ardinghello (wie Anm. 13), S. 266, 301. Bei der Einrichtung des Idealstaats studieren die Freunde "die *Republik* des Lykurg, des Plato, die *Politik* des Aristoteles, und den *Fürsten* des Machiavell, um uns vor diesem zu bewahren" (ebd. S. 371). Die Empfehlung an den Bruder, den *Principe* des Machiavelli zu lesen (VI 89; *3, 105*), mag auf diese Konstellation zurückgehen, die Hölderlin (und Hegel) wohl im September 1792 interessierte (vgl. Anm. 27).

31 Ardinghello, ebd. S. 178f.; das *Symposion* wird auch zitiert mit "dem komischen Einfall des Aristophanes beim Plato, [daß] Mann und Weib bei allen Gattungen zusammengewachsen gewesen sein und ein Ganzes gebildet haben" (ebd. S. 291): vgl. Hölderlins Formulierung im Brief an Neuffer, daß "der Schäker Aristophanes" unter die begeisterten Reden über die Liebe "hineinwizelt" (VI 86; *3, 102*).

32 Zum Beispiel: "Man findet im Plato ein Gespräch zwischen dem Sokrates und einem jungen Athenienser, dem *Phädro, von der Schönheit* [...]." Jo-

metischen und christlichen Deutungen bestimmten das Platon-Bild, das erst nach der Intervention und Übersetzung Schleiermachers ab 1804 sich zu dem heutigen, stark von der Ideenlehre bestimmten Platon-Bild wandelte. Es sind denn auch Ficinos Kommentare, die im Brief an Neuffer vom Juli 1793 die Platon-Rhapsodie mitbestimmen und vor allem der für das Romangeschehen wie die philosophische Grundierung ausschlaggebenden Liebestheorie ein Fundament geben, auf dem Hölderlin aufbaut.

> Zwar schrieb ich an Stäudlin: Neufers stille Flamme wird immer herrlicher leuchten, wenn vieleicht mein Strohfeuer längst verraucht ist; aber dieses vieleicht schrekt mich eben nicht immer, am wenigsten in den Götterstunden, [1] wo ich aus dem Schoose der beseeligenden Natur, [2] oder aus dem Platanenhaine am Ilissus zurükkehre, [3] wo ich unter Schülern Platons hingelagert, dem Fluge des Herrlichen nachsah, wie er die dunkeln Fernen der Urwelt durchstreift, [4] oder schwindelnd ihm folgte in die Tiefe der Tiefen, in die entlegensten Enden des Geisterlands, wo die Seele der Welt ihr Leben versendet in die tausend Pulse der Natur, wohin die ausgeströmten Kräfte zurükkehren nach ihrem unermeßlichen Kreislauf, [5] oder wenn ich trunken vom Sokratischen Becher, und sokratischer geselliger Freundschaft am Gastmahle den begeisterten Jünglingen lauschte, wie sie der heiligen Liebe huldigen mit süßer feuriger Rede, und der Schäker Aristophanes drunter hineinwizelt, und endlich der Meister, der göttliche Sokrates selbst mit seiner himmlischen Weisheit sie alle lehrt, was Liebe sei – da, Freund meines Herzens, bin ich dann freilich nicht so verzagt, und meine manchmal, ich müßte doch einen Funken der süßen Flamme, die in solchen Augenbliken mich wärmt, u. erleuchtet, meinem Werkchen, in dem ich wirklich lebe u. webe, meinem Hyperion mitteilen können,

---

hann Gottfried Herder, Frühe Schriften 1764–1772, hrsg. v. Ulrich Gaier, Frankfurt a.M. 1985, S. 136. Herder war vielleicht der erste, der auf die Differenz deutlich hinwies: "Urteile, mein Leser, der du dies Zeitalter kennest [die Renaissance]: wie nutzet *Marsilius* dem *Plato* in seiner Übersetzung und Erläuterung?" (Ebd. S. 380, Fragmente *Über die neuere deutsche Literatur* III, 1767) Dennoch verwendete Herder Ficinos Kommentare und seine *Platonische Theologie* in einem in seinem Umfang noch gar nicht erkannten Ausmaß weiter, besaß auch die Ausgabe Paris 1651 der *Opera omnia* von Ficino mit den Platon-Kommentaren, den Briefen und der *Theologia Platonica* (*Bibliotheca Herderiana*, Weimar 1804, Nr. 2915f., S. 147).

und sonst auch noch zur Freude der Menschen zuweilen etwas an's Licht bringen. (VI 86; *3, 102f.*)[33]

In der Begeisterung, die ihm die Natur oder die Dialoge Platons mitteilen, überwindet Hölderlin seine Mutlosigkeit, meint etwas von dieser Flamme dem *Hyperion* und anderen Werken mitteilen und dadurch wie Neuffers Flamme "immer herrlicher leuchten" zu können. Bemerkenswert ist zunächst die Gleichstellung der platonischen Dialoge mit der Natur [1] in ihrer den Dichter inspirierenden Wirkung; Hölderlin mag dabei an den *Ion* des Platon gedacht haben, wo den Bakchen sich die Natur unter dem begeisternden Einfluß des Dionysos verwandelt oder die Dichter mit Bienen verglichen werden, die Honig saugend von Blüte zu Blüte fliegen; jedenfalls baut Hölderlin wie beim Magnetgleichnis des *Ion* eine Kette der Mitteilung der "Götterstunden" von der Natur oder den platonischen Dialogen über sich zum *Hyperion* und zu den Lesern seines Werkes auf. Auch die Anspielung auf die berühmte Szene des *Phaidros* [2] geht in diese Richtung: Sokrates, zunächst nur angenehm überrascht über die Schönheit des *locus amoenus* unter Platanen am Ilissus, aber nicht erwartend, von den "Feldern und Bäumen" irgend etwas zu lernen (230 b-e), betet am Ende zu den hier anwesenden Göttern um Schönheit im Innern "und daß, was ich Äußeres habe, dem Inneren befreundet sei" (279 bc): der Ort ist deshalb schön, weil Götter sich an ihm zeigen, und um genau dieses Zeigen ist es in den Diskussionen über das Reden im *Phaidros* gegangen – Sokrates hat also von den Feldern und Blumen doch mehr gelernt als von den Verfassern der Reden, mit denen Phaidros ihn vor die Stadt gelockt hat. "Die dunklen Fernen der Urwelt" [3] werden im *Kritias* durchstreift, wo dieser Schüler Platons[34] bei einem Gastmahl (*Timaios* 17 a, *Kritias* 106 a-c) über den utopischen Staat Atlantis erzählt; [4] über den Aufbau des Kosmos und die Weltseele berichtet

---

33 Michael Franz ist der Frage nach Hölderlins Platon-Rezeption über Ficino nachgegangen und wird seinen im Mai 1992 in Jena gehaltenen Vortrag zu der zitierten Briefstelle im HJb 1992/93 veröffentlichen. Ich beschränke mich deshalb hier auf das für den *Hyperion*-Kontext Wichtige und ergänze im folgenden die Belege zu Hölderlins Ficino-Lektüre.

34 Kritias (um 450–403 v. Chr.) wird von Olof Gigon, Laila Zimmermann, *Von Abbild bis Zeuxis. Ein Begriffs- und Namenlexikon zu Platon*, ²Zürich 1987 als Großonkel Platons (und damit eher Schüler Sokrates') bezeichnet. Meyers *Enzyklopädisches Lexikon* (1975) bezeichnet ihn als Schüler Platons. – Hermokrates und Timaios sind nicht eindeutig zu identifizieren.

Timaios im gleichnamigen Dialog, und [5] das *Symposion* schildert einerseits die begeisternde Geselligkeit, teilt andererseits die Reden über den Eros mit, von denen Hölderlin die vierte des Aristophanes und die sechste des Sokrates besonders hervorhebt.

Man kann in diesen Themen der platonischen Dialoge die Hinsichten erblicken, in denen der werdende Roman aussagekräftig sein und die er verbinden sollte: die poetisch inspirierende Natur; die Schönheit als Ausdruck innerer Göttlichkeit; das Reich der Götter auf Erden, der geschichtliche Abfall der Menschen und der Untergang der Utopie Atlantis; das pulsierende Werden und Vergehen als kosmisches Gesetz, das von der Seele der Welt (im ganzen und einzelnen) erfüllt wird; die trunkene Begeisterung der Freundschaft und Geselligkeit; die Profilierung des Einzelnen im Ganzen durch den geselligen Witz; die Lehre von der Liebe, die das Unterschiedene vereint, göttlich und menschlich zugleich ist.

Der Fortgang des Briefes macht auch klar, daß die Konzeption des Ganzen bereits die schon anläßlich des *Kallias-Briefs* besprochene Anlage der sich erst im Verlauf des Textes klärenden Rätselstruktur ist. Das Fragment, das Hölderlin an den Förderer Stäudlin und über ihn an Neuffer und die ungenannte "holde Gestalt" im Juli 1793 schickt,

> scheint mer ein Gemengsel zufälliger Launen, als die überdachte Entwiklung eines vestgefaßten Karakters, weil ich die *Motive* zu den Ideen u. Empfindungen noch im Dunkeln lasse, u. diß darum, weil ich mer das Geschmaksvermögen durch ein Gemälde von Ideen und Empfindungen (zu aesthetischem Genusse), als den Verstand durch regelmäßige psychologische Entwiklung beschäftigen wolte. Natürlich muß sich aber doch am Ende alles genau auf den Karakter, u. die Umstände, die auf ihn wirken, zurükführen lassen.
>
> (VI 87; *3, 103*)

Die spätere Struktur eines rückblickenden Erzählens nach Heinses Ausdruck "ich reise vorwärts und meine Phantasie rückwärts"[35] ist hier noch nicht erkennbar; es scheint sich um Briefe wie den *Kallias-Brief* zu handeln, die aus dem Erlebnismoment heraus geschrieben sind, in denen allerdings sukzessive Vergangenes aufgearbeitet werden soll – der Ansatz zum Rückblick ist also vorhanden. Die Konzeption des Charakters mit seinem "Gemengsel zufälliger Launen" scheint

---

35 Ardinghello (wie Anm. 13), S. 318.

zunächst eher nach Jacobis *Allwill*, dem haltlosen Opfer seiner Subjektivität und der äußeren Einwirkungen auf sie gedacht zu sein; das "Gemälde von Ideen und Empfindungen (zu aesthetischem Genusse)" muß jedenfalls, um ästhetisches Gemälde zu werden, Vielfalt und eine gewisse Ordnung für die Anschauung enthalten, wenn sie auch zunächst nicht aus der Konsistenz eines entschiedenen Charakters zu folgen scheint. So wie in dieser Frühstufe das Leid, der Schmerz unter den sieben aus Platon gewonnenen Themengesichtspunkten noch nicht die allentscheidende Rolle spielt wie zumindest von der *Metrischen Fassung* an,[36] so ist auch der Charakter, den das Leid prägt und der, wie etwa Hyperion, in der Leidarbeit zu sich kommt, hier noch nicht poetologisch zentral gedacht.

"Fragment von Hyperion"

Waltershäuser Paralipomenon

Das sogenannte *Waltershäuser Paralipomenon* (III 577f.; *2, 203f.*) gehört mit großer Wahrscheinlichkeit zu der Stufe des Romans, die Hölderlin nach seiner Übersiedlung nach Waltershausen bearbeitete und von der er an Neuffer im März/April 1794 schrieb:

> Mich beschäftigt jezt beinahe einzig mein Roman. Ich meine jezt mer Einheit im Plane zu haben; auch dünkt mir das Ganze tiefer in den Menschen hinein zu gehn. (VI 110; *3, 131*)

Die Situation des Briefschreibers ist jetzt komplexer als im *Kallias-Brief* und nähert sich der des *Thalia-Fragments*: Der Briefschreiber wird von der Trauer über den Verlust des Vergangenen, vom "Bild des Ionischen Mädchens" gequält, der "Heldin", die über ihn hinweg "ihren Gang allein" ging und ihn nicht achtete; er glaubt, "daß es wohlthätig ist, wo man sich nicht selbst helfen kan, sich an ein brüderlich Herz zu halten" und damit wie noch im endgültigen Roman durch das Erzählen des Vergangenen, durch das Bergen des Verlorenen im

36 Unser Befund bei dem Gedicht *Das Schiksaal* läßt jedoch eher darauf schließen, daß die metaphysische Funktion des Leides schon mit der Jahreswende 1793/94 Hölderlin zu beschäftigen beginnt.

Andenken[37] sich seelisch aus dem Gefühl der Vernichtung und der völligen Öde herauszuhelfen. Auch der Schmerz treibt hier schon dazu an, die Arbeit der Erhebung des Betrauerten in das Andenken zu leisten; Hölderlin wird ihn im Verlauf des Schreibens am *Hyperion* zum kosmogonischen Prinzip und zum Grund einer Theodizee erheben. Der zitierte Brief an Neuffer enthält, in "einer frölichen Stunde" verfertigt, auch eine Apologie des Schmerzes:

> Getrost! es ist der Schmerzen werth, diß Leben,
> So lang uns Armen Gottes Sonne scheint,
> Und Bilder beßrer Zeit um unsre Seele schweben,
> Und ach! mit uns ein freundlich Auge weint. – (VI 111; *3, 132*)

Die Handlung des Romans, soweit sie aus dem Waltershäuser Paralipomenon zu entnehmen ist, entspricht der des *Thalia-Fragments*. Die Frauenfigur, später Melite, ist wie sie ein "Ionisches Mädchen"; sie erschien dem Schreiber in einer Phase der Unruhe seines ungeduldigen Herzens als himmlisches Ideal, das ihn zur Ruhe und stillen Genügsamkeit brachte, jedoch bald Besitzwünsche in ihm weckte, mit denen er sie von sich entfernte.

Die Frauengestalt hat hier offenbar schon den idealen, priesterlichen Charakter wie im *Thalia-Fragment* und in *Hyperions Jugend*; die Besitzwünsche des unglücklichen Schreibers erscheinen dadurch im Sinne der Besitzwünsche des Saint-Preux in der *Nouvelle Héloise* als Sakrileg, als Befleckung eines idealen Menschen durch unreife und schwache, ohne Verständnis für die Größe der Frau zulangende Männer. Julie, auf solche Weise von dem vernünftig leidenschaftslosen Ehemann und dem unvernünftig leidenschaftlichen Liebhaber alleingelassen, kann das problematische lebendige Gleichgewicht zwischen Leidenschaft und Vernunft, den Genuß der Liebe in Erinnerung und Entsagung nicht auf Dauer halten und kommt um.

---

37 In dem soeben zitierten Brief an Neuffer ist der Begriff "Andenken" prominent: "Und was ists, wenn auch wir armen Schelme vergessen werden, oder nie ganz ins Andenken kommen, wenns nur mit den Menschen überhaupt besser wird, wenn die heiligen Grundsäze des Rechts und der reineren Erkentniß ganz ins Andenken kommen, und ewig nimmer vergessen werden." (VI 110; *3, 131*) Das Andenken, in das etwas "ganz" kommen kann oder nicht, ist danach offenbar die Stufe geistiger Präsenz in der Öffentlichkeit, die etwas zum dauernden Wert und Richtmaß macht (vgl. *Andenken*: "Was bleibet ..."). Darum geht es nun auch im *Hyperion* seit Waltershausen.

Wichtige Strukturen des *Hyperion* sind hier vorgeprägt. Saint-Preux, so meint Julies Ehemann M. de Wolmar, "liebt nicht Julie de Wolmar, sondern Julie d'Etange [ihr Mädchenname]; er haßt mich nicht als Besitzer seiner Geliebten, sondern als Räuber derjenigen, die er geliebt hat. [...] Er liebt sie in der Vergangenheit; das ist die wirkliche Lösung des Rätsels. Nehmt ihm das Gedächtnis, so hat er keine Liebe mehr."[38] Liebe in der Vergangenheit oder in der Ewigkeit, jedenfalls entsagende Liebe erscheint in diesem Roman als die einzig mögliche und einzig wertvolle; auch der schreibende Hyperion wird dadurch, daß er die wirkliche Größe Diotimas erst nach ihrem Tod schätzen lernt, zum wahren Liebenden; schon der Schreiber des *Waltershäuser Paralipomenons* lernt zu spät: "Warum konnt es nicht so bleiben? warum mußt ich an mich denken? – ich armer Thor! warum mußt ich fodern, daß das herrliche mein seyn sollte das meiner nicht bedurfte?"[39]

Neben der Struktur der erst im Andenken vollkommenen Liebe erfassen wir im gleichen Zitat des M. de Wolmar die Struktur der Projektion. Wolmar meint, Saint-Preux projiziere seine ehemalige Geliebte auf die jetzige Ehefrau und Mutter von zwei Kindern.

> Anstelle seiner Geliebten zwinge ich ihn [durch erneute Einstellung als Erzieher von Julies Kindern], immer die Ehefrau eines ehrenwerten Mannes und die Mutter seiner Kinder zu sehen: ich lösche ein Bild durch das andere und decke die Vergangenheit mit der Gegenwart zu. Ein scheues Schlachtroß führt man zu dem Objekt, das es erschreckt, damit es nicht mehr davor zurückscheut. So muß man es mit den jungen Leuten machen, deren Phantasie noch brennt, wenn ihr Herz schon erkaltet ist.[40]

Er diagnostiziert bei Saint-Preux eine Projektion der vergangenen auf die gegenwärtige Julie, unterliegt aber ebenfalls einer Täuschung über beide, sofern er die Unverlöschlichkeit ihrer Leidenschaft unterschätzt.

Dieses Problem der Projektion heilender und erlösender Eigenschaften auf die Frau, die damit in die Lage kommt, an der von ihr geforderten Selbstunterdrückung zu scheitern (z.B. Julie oder Emilia

---

38 Nouvelle Héloise (wie Anm. 21), Teil IV Brief 14; S. 382.
39 Susette Gontard ließ den Brief wohl deshalb von Marie Rätzer abschreiben, weil er ihr als eine antizipierende Einsicht in die Problematik ihres Verhältnisses zu Hölderlin erscheinen mußte.
40 Nouvelle Héloise (wie Anm. 21), Teil IV Brief 14; S. 383f.

Galotti) oder, wenn sie die gewünschte Idealität nicht leistet, verlassen zu werden (z.B. Gretchen), ist ein Grundproblem des letzten Drittels des 18. Jahrhunderts, das in der Dialektik von gewünschter Selbstentfaltung und gesollter gesellschaftlicher Tugendhaftigkeit die Frau als Erlöserin einzusetzen versuchte. Hölderlins Diotima im endgültigen *Hyperion* nimmt aus Liebe zu Hyperion im vollen Bewußtsein der möglichen Tödlichkeit dieses Unterfangens die verlangte Erlöserrolle an und wird von Hyperion im entscheidenden Moment verlassen; sie ist die moderne Heroine, die letzte und höchste Exponentin dieser Erlöserinnen,[41] die dann im 19. Jahrhundert durch Ideen und Ideologien ersetzt werden. Die Frauengestalt des *Waltershäuser Paralipomenons* hat wie die des *Thalia-Fragments* subjektiv noch nicht diese Rolle bzw. verweigert sie, als sie ihr mit den Besitzwünschen des Schreibers angetragen wird; Erlöserin wird sie offenbar erst in der reuevollen Erinnerung des Schreibers.

Immerhin zeigen sich in diesem Blatt, das in die Waltershäuser *Hyperion*-Stufe Einblick gibt, wesentliche strukturelle Momente des künftigen Romans und eine sichtbare Konsolidierung des "elegischen Charakters" des Titelhelden.

Die Vorrede des Thalia-Fragments

Charlotte von Kalb kündigte Anfang September 1794 an, daß Hölderlin an Schiller ein Bruchstück seines Romans schicken werde, und empfahl es zur gütigen Beurteilung (VII 3, 12f.); das *Fragment von Hyperion* erschien Anfang November 1794 in Schillers *Thalia*. Es sind neben der Vorrede "die fünf ersten Briefe" des Romans, von dem im Oktober 1794 der erste Teil beinahe fertig ist:

> Fast keine Zeile blieb von meinen alten Papieren. Der große Übergang aus der Jugend in das Wesen des Mannes vom Affecte zur Vernunft, aus dem Reiche der Fantasie ins Reich der Warheit und Freiheit scheint mir immer einer solchen langsamen Behandlung werth zu sein. (VI 137; *3, 156f.*)

Zwei Briefe, um den 10. Juli 1794 geschrieben, geben Einblick in Hölderlins philosophische Lektüre, die die Arbeit an dem Roman begleitete und sich in der Vorrede niederschlägt. An Neuffer zitiert er (VI 125; *3, 144*) eine Stelle aus Herders *Tithon und Aurora*, der

41 Vgl. meinen Diotima-Aufsatz (wie Anm. 9).

Schrift über die evolutionäre Verjüngung.[42] An Hegel schreibt er: "Kant und die Griechen sind beinahe meine einzige Lectüre. Mit dem ästhetischen Theile der kritischen Philosophie such' ich vorzüglich vertraut zu werden." (VI 128; *3, 147*) Beide Hinweise[43] lassen sich weiter ausführen und leiten zum Verständnis der Vorrede zum *Thalia-Fragment* an.

Seine "kantischästhetischen Beschäftigungen" (VI 126; *3, 145*) in Verbindung mit den "Griechen" erläutert Hölderlin in dem oben zitierten Brief an Neuffer genauer:

> Vieleicht kann ich Dir einen Aufsaz über die *ästhetischen Ideen* schiken; weil er als ein Kommentar über den Phädrus des Plato gelten kann, und eine Stelle desselben mein ausdrüklicher Text ist, so wär' er vieleicht für Konz brauchbar. Im Grunde soll er eine Analyse des Schönen und Erhabnen enthalten, nach welcher die Kantische vereinfacht, und von der andern Seite vielseitiger wird, wie es schon Schiller zum Teil in s. Schrift über Anmuth und Würde gethan hat, der aber doch auch einen Schritt weniger über die Kantische Gränzlinie gewagt hat, als er nach meiner Meinung hätte wagen sollen. (VI 137; *3, 157*)

Hier spielt Hölderlin neben dem *Phaidros* des Platon auf Kants *Kritik der Urteilskraft* im Blick auf das Schöne, das Erhabene und die ästhetischen Ideen an, endlich auf Schillers Abhandlung *Über Anmut und Würde*, die er im April 1794 kommentiert hatte: "Ich erinnere mich nicht etwas gelesen zu haben, wo das beste aus dem Gedankenreiche, und dem Gebiete der Empfindung und Fantasie so in Eines verschmolzen gewesen wäre." (VI 114; *3, 133*)[44] Eine deutliche Stu-

---

42 Vgl. Rudolf Unger, "Herder und der Palingenesie-Gedanke", in: *Herder, Novalis und Kleist, Deutsche Forschungen* Heft 9, Frankfurt a.M. 1922, S. 1–23; Friedrich Beißner, "Palingenesie", Iduna 1, 1944, S. 76–82.

43 Konzentriert erscheinen die Hinweise im Pfingstbrief an den Schwager Breunlin: "Ich teile mich jezt, was das Wissenschaftliche betrift, einzig in die Kantische Philosophie und die Griechen, suche wol auch zuweilen etwas aus mir selbst zu produziren. Durch günstige Zufälle ist mirs möglich gemacht worden, meine Kleinigkeiten in Herders Briefen für die Humanität, Schillers Thalia, auch Ewalds Urania aufzustellen." (VI 120f.; *3, 140*)

44 Vgl. mit dieser Formulierung die späteren Tonbestimmungen Räsonnement, Empfindung, Vorstellung (V 196; *2, 915*); auch die Bestimmungen des Naiven (Anmut) und des Heroischen (Würde) scheinen im Zusammenhang mit Schillers Abhandlung konzipiert worden zu sein, vgl. "die schöne Seele geht ins Heroische über, und erhebt sich zur reinen Intelligenz" näm-

fung fällt auf: Über die Kantische Grenzlinie soll hinausgegangen werden, Schiller tat dies nicht weit genug; der Aufsatz Hölderlins soll ein Kommentar zu einem Satz im *Phaidros* sein, soll also Kant und Schiller mit Platon überbieten. Zugleich soll er ein Aufsatz über die ästhetischen Ideen sein; Hölderlin muß also in dem in der *Kritik der Urteilskraft* v.a. im § 49 dargelegten und mit dem Genie verbundenen Begriff der ästhetischen Idee einen Ansatz gefunden haben, in dem er mit Kant über Kant hinauskommen und ihn mit Platon in Verbindung bringen konnte.

Versuchen wir, an dieser entscheidenden Stelle die Lektüre Kants durch Hölderlin zu rekonstruieren. In einem sehr komplizierten Satz KdU S. 242, den ich im folgenden auflöse, erklärt Kant: Im "Genie" gibt die "Natur (des Subjekts)" der Kunst "die Regel". Natur im Subjekt ist "das übersinnliche Substrat aller seiner Vermögen (welches kein Verstandesbegriff erreicht)", also eine innere, durch kein einzelnes Erkenntnisvermögen erfaßbare harmonisch proportionierte Einheit aller Vermögen, in der sie sich beim Genie befinden (KdU S. 199f.) und aus der heraus es produziert; das freie Spiel der Erkenntniskräfte in der Erfahrung des Schönen bringt diese Kräfte in den Naturzustand zueinander und kann deshalb als "subjektive Zweckmäßigkeit" des Schönen (ebd.) verstanden werden, weil das Subjekt damit hinsichtlich seiner Erkenntnisvermögen in seine Natur eingeht. Bei dem Wohlgefallen am Schönen "wird die Vorstellung gänzlich auf das Subjekt und zwar auf das Lebensgefühl desselben, unter dem Namen der Lust oder Unlust bezogen" (KdU S. 4). Lust ist nach Definition der *Kritik der praktischen Vernunft* "die Vorstellung der Übereinstimmung des Gegenstandes oder der Handlung mit den subjektiven Bedingungen des Lebens", gewissermaßen die Anzeige eines ungehinderten Lebensvollzugs, sofern ich das, was ich tun will, auch ausführen kann (KpV S. 16, Anm.). Im Bereich der ästhetischen Urteilskraft begleitet Lust etwas, das den Zustand des Subjekts erhält (KdU S. 33), und zwar ganz allgemein im Zustand ungehinderten Lebensvollzugs. Nicht nur die Erhaltung eines bestimmten Zustands im System der Vermögen ist möglich, sondern auch die Steigerung:

---

lich "im Affekt" (Schillers *Werke*, National-Ausgabe [NA], Bd. 20, S. 294, Weimar 1962). Zu beachten ist jedoch, daß die drei "Töne" hier noch "in Eines verschmolzen" gedacht sind, was tatsächlich dem Schillerschen Stilideal nahekommt.

> Geist, in ästhetischer Bedeutung, heißt das belebende Prinzip im Gemüte. Dasjenige aber, wodurch dieses Prinzip die Seele belebt, der Stoff, den es dazu anwendet, ist das, was die Gemütskräfte zweckmäßig in Schwung versetzt, d.i. in ein solches Spiel, welches sich von selbst erhält und selbst die Kräfte dazu stärkt. Nun behaupte ich, dieses Prinzip sei nichts anderes als das Vermögen der Darstellung *ästhetischer Ideen*; unter einer ästhetischen Idee aber verstehe ich diejenige Vorstellung der Einbildungskraft, die viel zu denken veranlaßt, ohne daß ihr doch irgendein bestimmter Gedanke, d.i. Begriff, adäquat sein kann, die folglich keine Sprache völlig erreicht und verständlich machen kann. (KdU S. 192f.)

Geist im eigentlichen Sinne ist nicht nur das Vermögen, ästhetische Ideen zu haben, sondern "zu diesen den *Ausdruck* zu treffen, durch den die dadurch bewirkte subjektive Gemütsstimmung, als Begleitung eines Begriffs, andern mitgeteilt werden kann" (KdU S. 198). Geist ist damit das Belebende und Geister Verbindende: gemeinsamer Geist aus dem zugrundeliegenden Leben.

Hölderlin hat hier offenbar die Stelle erfaßt, wo Kant sein kritisches System vorsichtig öffnet, hin zu einem Begriff von der Natur des Subjekts, die sich im Leben äußert und im Bewußtseinsfaktum der Lust denjenigen Zustand vermerkt, wo dieses Leben frei, seiner natürlichen Proportion und Stimmung gemäß spielt – mit einem Spiel, in das z.B. die Erkenntniskräfte angesichts des Schönen geraten. Natur, Leben, Geist, Freiheit sind damit Prinzipien, die sich im Subjekt manifestieren, die aber nicht vom Subjekt gesetzt sind; Natur etwa ist das übersinnliche Substrat und damit so etwas wie die Bedingung der Möglichkeit des Subjekts – Kant betrachtete ja die *Kritik der Urteilskraft* als Vorarbeit zu einem zukünftigen System "unter dem allgemeinen Namen der Metaphysik" (KdU S. VI).

So wird verständlich, wie Hölderlin die ästhetischen Ideen – Anschauungen der Einbildungskraft zu Begriffen, die jedoch vom Begriff nie ausgeschöpft werden können, also "Mythen der Vernunft" – mit Platons *Phaidros* in Beziehung bringen konnte, zum Beispiel zu dem Gedankengang im Zusammenhang der "vierten Art des Wahnsinns", der Begeisterung, die denjenigen ergreift, der durch hiesige Schönheit an die urbildliche wahre Schönheit erinnert wird, die seine Seele vor der Geburt geschaut hat. Schon dort, so heißt es, glänzte die Schönheit unter allen Ideen durch ihre Sichtbarkeit hervor, "und auch nun wir hierher gekommen sind, haben wir sie aufgefaßt durch den deutlichsten unserer Sinne aufs deutlichste uns entgegenschimmernd"; dagegen "der Gerechtigkeit, Besonnenheit, und was sonst den Seelen köstlich ist, hiesige Abbilder haben keinen Glanz, sondern mit trüben Werkzeugen können unter Mühen von ihnen nur wenige jenen Bildern sich nahend des Abgebildeten Geschlecht erkennen" (*Phaidros* 249d-250d).

Der Spott über Platons "Begeisterung", ja "Schwärmerei" über die Schönheit in den Zahlenverhältnissen, geometrischen und stereometrischen Figuren, den Kant äußert (KdU S. 273–279), hat nach Hölderlins Meinung keine Berechtigung und ist ein Teil der Versündigung am "heiligen Plato", die Hölderlin beklagt (III 237; *2, 257*). Denn Kant hat mit seinen Durchblicken auf die Fundamente des ästhetischen Urteils in Natur, Leben und Geist zu erkennen gegeben, daß die Grenzen der Subjektivität, innerhalb derer er argumentiert, eben nur Grenzen der begrifflichen Erkenntnis unseres Verstandes sind, über die er z.B. schon mit der Konzeption der dem Verstande nie auszudenkenden ästhetischen Idee hinausgeht, vollends aber mit den Annahmen (1) der die Subjektivität und die Tätigkeit des Verstandes begründenden "Natur", (2) der in der Lust/Unlust sich manifestierenden Form aller Tätigkeit, des Lebens, und (3) des Mitteilung, Zusammenhang, Belebung schaffenden Geistes. In diesen drei Kategorien erkannte Hölderlin wahrscheinlich eine Abwandlung der neuplatonischen Trias von monē, proodos und epistrophē, Beharren, Hervorgehen und Zurückstreben des Seins und jedes Seienden, wie sie vor allem Proklos, nach ihm der Platon-Interpret Ficino herausgearbeitet hatten.[45] Bei Ficino "stehen Leben und Denken als *actus rectus* und *actus reflexus* in einer festen Beziehung zueinander [...], und indem man beide auf das dingliche Fundament der Substanz bezieht, ergibt sich die Dreiheit von *essentia*, *vita* und *intelligentia*, die mehrfach als festes Schema begegnet und offenbar von den Neuplatonikern entlehnt ist".[46] Nicht als ob ich unterstellen wollte, Hölderlin habe Kant zum Neuplatoniker gemacht! Im Gegenteil, er wollte ja noch weiter als Schiller über die Kantische Grenzlinie der Subjektivität für das Erkennbare und Bestimmbare[47] hinaus.

---

45 Vgl. Werner Beierwaltes, *Denken des Einen. Studien zur neuplatonischen Philosophie und ihrer Wirkungsgeschichte*, Frankfurt a.M. 1985, S. 51, 54f. u.ö.

46 Paul Oskar Kristeller, *Die Philosophie des Marsilio Ficino*, Frankfurt a.M. 1972, S. 30.

47 So auch Dieter Henrich "Hegel und Hölderlin", in: D.H., *Hegel im Kontext*, Frankfurt a.M. 1975, S. 19. Daß Hölderlin jedoch bezüglich Kants

Schiller suchte in *Über Anmut und Würde* der Kantischen Feststellung, daß sich über Schönheit nur im Sinne eines subjektiven Zustandes in dem Verhältnis zwischen Verstand und Einbildungskraft reden lasse, dadurch zu entkommen, daß er nicht über Natur- und Kunstschönes redete, sondern über das Schöne im Menschen, und auch hier nicht über die "architektonische Schönheit" des Körperbaus, sondern über das Schöne in der Bewegung, im Verhalten, Handeln, Umgang mit anderen. Hier mußte sich, wenn überhaupt, das nachweisen lassen, wonach Schiller im sogenannten *Kallias-Briefwechsel* mit Körner gesucht hatte, die "Heautonomie" als freie Selbstbewirkung eines Gegenstandes, den wir dann schön nennen, weil diese Freiheit in seiner Erscheinung sich zeigt. Ist das, wie Körner geltend gemacht hatte, bei Naturgegenständen allenfalls eine spekulative Behauptung, so geht Schiller in *Anmut und Würde* auf den schönen Menschen und sein Handeln über, denn wenn irgendwo, so können wir beim Handeln eines Menschen die zutagegetretene Freiheit verstehend wahrnehmen: Würde, in der sich die freie Persönlichkeit mit der Forderung des Gesetzes gegen das Bedürfnis der Natur und des Affekts durchsetzt, erzeugt im beobachtenden Nebenmenschen Achtung; Anmut, in der "die Vernunft ihre Forderung in der Sinnlichkeit erfüllt" sieht, wo ihr "überraschend [...] eine ihrer Ideen in der Erscheinung entgegen" tritt, erzeugt Liebe.[48] Das hohe Schillersche Liebeskonzept, das Hölderlin in der *metrischen Fassung* aufgreift und überbietet, könnte den entscheidenden Schritt über die Kantische Grenzlinie hinaus bedeuten, wenn Schiller es nicht

---

schon eine Position erarbeitet hatte, bevor er Fichtes Philosophie kennenlernte, geht aus dem zitierten Brief an Neuffer vom 10. Oktober 1794 hervor, wo er das Hinausgehen über Kant und über Schiller in Richtung auf Platon als "lange und mit Anstrengung geprüft" bezeichnet (VI 137; *3, 157*); die wiederholten Nennungen der Kantschen Ästhetik im Zusammenhang mit den Griechen (seit Juli 1793, VI 84; *3, 100*, gehäuft seit Juli 1794, VI 128; *3, 147*) deuten auf diese in die Zeit vor der Kenntnisnahme der *Wissenschaftslehre* fallende Prüfung. Fichtes *Einladungsschrift zu seinen Vorlesungen über die Wissenschaft* war zwar seit dem Mai 1794 auf dem Markt (J.G. Fichte, *Gesamtausgabe, Werke* Bd. 2, hrsg. v. Reinhard Lauth und Hans Jacob, Stuttgart-Bad Cannstatt 1965, S. 93ff.), aber Spuren der Befassung mit "der Seele von Jena" zeigen sich erst nach der Übersiedelung dorthin im November 1794 im Werk und in den Briefen Hölderlins, obwohl er sich schon in Waltershausen mit Fichtes *Wissenschaftslehre* auseinandersetzte (VI 155f.; *3, 176*).

48 Schiller, Über Anmut und Würde, NA 20, 302.

als Utopie, als Zielvorstellung eines unendlichen Entwicklungsprozesses aufgestellt hätte. Das Konzept der schönen Seele, platonisch-neuplatonischen Ursprungs, mit dem Schiller nach mehreren vergeblichen Versuchen zur Vereinbarung der Kantischen Begriffsopposition von Vernunft und Sinnlichkeit eine Möglichkeit der anthropologischen Begründung der Anmut findet, ist nur eine Zielkategorie:

> In einer schönen Seele ist es also, wo Sinnlichkeit und Vernunft, Pflicht und Neigung harmoniren, und Grazie ist ihr Ausdruck in der Erscheinung. [...] Aber diese Charakterschönheit, die reifste Frucht seiner Humanität, ist bloß eine Idee, welcher gemäß zu werden, er mit anhaltender Wachsamkeit streben, aber die er bey aller Anstrengung nie ganz erreichen kann.[49]

Die Liebe hat demnach genau genommen kein Objekt, außerdem ist sie selbst Ausdruck einer schönen Seele, "es ist der Gesetzgeber selbst, der *Gott* in uns, der mit seinem eigenen Bilde in der Sinnenwelt spielt".[50] Wie sehr auch bei der postulierten Harmonie zwischen Vernunft und Sinnlichkeit die erstere herrschen und die letztere unterworfen sein soll, zeigt folgende Formulierung: "Die Anmuth läßt der Natur da, wo sie die Befehle des Geistes ausrichtet, einen Schein von Freywilligkeit".[51] Diese Unterbewertung der "Natur" als zwanghaft sich aufdrängendes Bedürfnis, als Feindin des freien Geistes (eine stoische Konzeption wie bei Kant, die Goethe an dem Aufsatz so enttäuschte), sie ist es, die für Schiller hier eine mehr als zufällig sich einstellende Anmut und damit auch eine mehr als nur momentan aufblitzende Liebe unmöglich macht. Es ist dieses Kantische Substrat der Schillerschen Argumentation in diesem Aufsatz (überwunden in den *Ästhetischen Briefen*!), das Hölderlin einen entschiedeneren Schritt über die Kantische Grenzlinie hinaus möglich und nötig erscheinen läßt.

Den zweiten Hinweis auf Hölderlins Philosophiestudium in Waltershausen, auf den wir zu Anfang dieses Abschnitts aufmerksam gemacht haben, hat das Zitat aus Herders *Tithon und Aurora* gegeben. Die Hoffnung, wohl von Charlotte von Kalb genährt, in Herders Haus einen seiner Söhne unterrichten zu können und im Zusammenhang seiner *Humanitätsbriefe* zu veröffentlichen (VI 115, 120f.; *3, 134, 140*), hat mit hoher Wahrscheinlichkeit dazu geführt, daß Hölderlin Herders

---

49 NA 20, 288f.
50 NA 20, 303.
51 NA 20, 297.

Hauptschriften las und, soweit er sie schon kannte, wieder las, schon um dem Vater seines prospektiven Zöglings ein kompetenter Gesprächspartner sein zu können, aber offenbar auch aus Gründen der Verwandtschaft seiner eigenen programmatischen Anschauungen mit dem Humanitätsprogramm Herders, einer Verwandtschaft, zu der er sich noch mit seinem Zeitschriftenprojekt 1799 bekennt (VI 346; *3, 375*).

Auf solche weiträumige Herder-Lektüre lassen die Hinweise auf das Studium der Fragmente *Über die neuere deutsche Literatur* in den Äußerungen über Neuffers Vergil-Übersetzung schließen.[52] Die Kritik an Neuffers Absicht, noch weitere Übersetzungen zu liefern, verbindet die Sprachtheorie der *Fragmente* mit einem andern, für Hölderlins Anthropologie, Geschichtsphilosophie und Poetik zentralen Werk Herders:

> Die Sprache ist Organ *unseres* Kopfs, *unseres* Herzens, Zeichen *unserer* Phantasien, *unserer* Ideen; *uns* mus sie gehorchen. Hat sie nun zu lange in fremdem Dienste gelebt, so, denk' ich, ist fast zu fürchten, daß sie nie mer ganz der freie reine, durch gar nichts, als durch das Innre, so und nicht anders gestaltete Ausdruk unseres Geistes werde. (VI 125; *3, 144f.*)

Hier hört man erstens das Bemühen Herders in der 1. Fragmentsammlung durchtönen, nach Abwerfung des überfremdenden Sprachballastes zu einer nationellen modernen Sprache zu kommen, die (wie Neuffer dies nach Hölderlins erstem diesbezüglichem Brief VI 109f.; *3, 130* zu Recht getan hat) durch Übung an den geeigneten fremden Texten ihrer prosaischen Nüchternheitstendenz durch affektive und bildliche, der Empfindung und der Phantasie entspringende Elemente einen "Kunstcharakter" verliehen hat, der sie als poetische Sprache qualifiziert.[53] Die Gymnastik der Sprache durch Übersetzungen darf jedoch nicht zum Selbstzweck werden, so kritisiert Hölderlin den Freund ganz im Sinne von Herders Gedanken von der Funktionalität des Übersetzens;

---

52 Auf diese für die Konzeption des Nationellen und der Sprachgestalt im historischen Zeitmoment wichtige Passage VI 109f.; *3, 130*, die im Böhlendorff-Brief VI 425; *3, 459* weiterentwickelt wird, bin ich in meinem Aufsatz "Hölderlins vaterländische Sangart", HJb 25, 1986/87, S. 12–59; 25–29, eingegangen. Dort auch Hinweis auf weitere Spuren der Lektüre der *Fragmente*.

53 Vgl. meine Inhaltsübersicht in Herder, Frühe Schriften (wie Anm. 32), S. 1010–1014.

die Idee von der Rückkehr aus der Kolonie,[54] der später präzisierend der freie Gebrauch des Eigenen eingefügt wird, deutet sich hier an, damit natürlich auch die weitreichenden Konsequenzen in Hölderlins geschichtsphilosophischer Theorie.

Hier hört man zweitens Herders poetische Ausdruckstheorie, nach der in der Dichtung "Gedanke und Wort, Empfindung und Ausdruck sich zu einander verhalten, wie Platons Seele zum Körper",[55] daß also im dichterischen Werk einerseits eine einmalige Verbindung zwischen der Empfindung und ihrer Mitteilung nicht durch Aussagen über die Empfindung und ihre Wirkung, sondern durch den "Fortgang" und das "Ganze", d.h. den sprachlichen Vollzug geleistet werden soll, andererseits eine ebenso einmalige und charakteristische Beziehung zwischen Gedanke und Ausdruck wie zwischen der Seele und dem "Körper, den sie bewohnet".[56] So ist nach Hölderlins Formulierung die Sprache "Organ *unseres* Kopfs, *unseres* Herzens, Zeichen *unserer* Phantasien, *unserer* Ideen". Damit nimmt er anspielend Herders Mythos zur Verdeutlichung des Verhältnisses von Gedanke, Empfindung und Ausdruck auf:

> Wohl! es fällt mir ein *Platonisches* Märchen ein, wie der *schöne Körper* ein *Geschöpf*, ein *Bote*, ein *Spiegel*, ein *Werkzeug* einer *schönen Seele* sei, wie in ihm die Gegenwart der Götter wohne, und die himmlische Schönheit einen Abdruck in ihn gesenkt, der uns an die obere Vollkommenheit erinnert. [...] Aus dem seligen Reich der Götter ward die *Empfindung*, wie die Seele des *Plato*, heruntergesandt in den Schoß der irdischen einfältigen Natur. In dem Schoß dieser gesunden, und starken und fruchtbaren Mutter sollte die Bewohnerin des Himmels einen schönen und blühenden Körper sich zum Wohnhause bereiten [...]. Sie vollendete ihre Schöpfung: sie brachte die Frucht zur Reife: sie vollführte den Pallast ihrer Wohnung: ihr gelang das Bild ihrer selbst, das von ihr zeugen sollte. (Kurz! der himmlische *Gedanke* formte sich *einen Ausdruck* [...]).[57]

Das "Märchen" und seine allegorische Auslegung wird noch weiter ausgeführt; unzweifelhaft spielt es nicht nur für Herders (und Goe-

---

54 Hölderlin hat wohl den Ausdruck aus Herders *Fragmenten*; dieser verwendet ihn in dem programmatischen 4. Fragment der 1. Sammlung (Frühe Schriften, S. 187, Z. 25).

55 Ebd. S. 405.

56 Ebd. S. 402f.

57 Ebd. S. 404f.

thes)[58] Poetik eine entscheidende Rolle, sondern ist auch bei Hölderlin für das Verhältnis von Geist und Zeichen, z.B. Grundton und Kunstcharakter, oder in seiner Kulturtheorie für das Verhältnis von Nationellem und Fremdem richtungweisend.[59]

Mit dem Begriff von der Sprache als "Organ" nimmt Hölderlin, die Ausdruckstheorie in einen naturgesetzlichen Zusammenhang stellend, auf eine weitere Schrift Herders Bezug, die ihn auch im Zusammenhang seiner Spinoza-Studien schon interessieren mußte und vielleicht beschäftigt hat; jedenfalls ist sie mit dem zweimal erscheinenden Terminus "Organisation" in der Vorrede zum *Thalia-Fragment* präsent und stiftet die Grundlagen zu ihrem Verständnis.[60] Die aus der

---

58 In einem Brief an Herder, etwa vom 10.7.1772, pries Goethe diese Ausdruckstheorie als "Göttererscheinung" (*Goethes Werke*, Hamburger Ausgabe [HA], Briefe I, S. 133).

59 Es ist klar, daß die Herdersche Version des "Märchens" mit Platons Darstellung im *Phaidros* 246c nicht übereinstimmt, ja Platons Meinung zuwiderläuft. "... die entfiederte [Seele] aber schwebt umher, bis sie auf ein Starres trifft, wo sie nun wohnhaft wird, einen erdigen Leib annimmt, der nun durch ihre Kraft sich selbst zu bewegen scheint [...]" (*Phaidros* 246c, übers. v. Schleiermacher). Die entelechische Konzeption von der Seele, die sich ihren Körper baut und sich in ihm einen genauen, einmaligen Ausdruck schafft, widerspricht der im allgemeinen leibfeindlichen Haltung Platons, nach dessen Meinung wir den Leib "eingekerkert wie ein Schaltier mit uns herumtragen" (ebd. 250c). Diese Verbindung von Platonischem Dualismus und Aristotelischem Instrumentalismus stammt aus dem *Phaidros*-Kommentar von Marsilio Ficino, vgl. Michael J.B. Allen, *Marsilio Ficino and the Phaedran Charioteer*, Berkeley Los Angeles London 1981, S. 102 und bestätigt damit wieder die Rezeption Platons über die Interpretationen Ficinos.

60 Auch Kant, KdU § 65f. behandelt Organisation und organisierte Wesen als Naturzwecke und arbeitet als Definition heraus: "Ein organisiertes Produkt der Natur ist das, in welchem alles Zweck und wechselseitig auch Mittel ist." (S. 295f.) Da jedoch die Organisation der Natur "nichts Analogisches mit irgendeiner Kausalität, die wir kennen", habe, könne der Begriff "eines Dinges, als an sich Naturzwecks" nur "ein regulativer Begriff für die reflektierende Urteilskraft sein" (S. 294f.). Immerhin, "da wir selbst zur Natur im weitesten Verstande gehören" und die Franzosen bei ihrer Neuordnung des Staats sich "sehr schicklich" des Organisationsbegriffs bedient haben (S. 294 mit Anm.), läßt Kant Aussichten auf den Menschen zu. Bei ihm fehlt aber, obwohl in diesen Passagen der KdU die Auseinandersetzung mit Herders *Gott* und dem Buch XV der *Ideen* allenthalben erkennbar ist, dessen Anwendung der System- und Organisationstheorie auf die Modellierung kosmologischer, anthropologischer, sozialer, ethischer, ästhe-

Architektonik Johann Heinrich Lamberts und der lebenstheologischen Naturphilosophie Friedrich Christoph Oetingers[61] entwickelte Systemtheorie in der Schrift *Gott. Einige Gespräche* und im Buch XV der *Ideen zur Philosophie der Geschichte der Menschheit* hat eine Schlüsselfunktion im Werk Herders. Sie geht aus von einem dynamischen Pantheismus, der die Newtonsche Erklärung des kosmischen kraftdurchfluteten Raums als "sensorium Gottes"[62] analogisch in eine Universaltheorie von substantiellen Kräften erweitert, die den logischen Pantheismus Spinozas im Sinne der Erkenntnisse der zeitgenössischen Naturwissenschaft weiterzuentwickeln und durch den "Mittelbegriff" der Kraft den cartesischen Dualismus von Denken und Ausdehnung, Geist und Körper zu versöhnen sucht.[63] Eine Skizze der Hauptgedanken, soweit sie für Hölderlin relevant werden, ist angebracht.

"Das höchste Dasein hat seinen Geschöpfen nichts Höheres zu geben gewußt, als Dasein." (822) In diesem allerfüllenden Dasein gibt es kein Nichts und keinen Tod: "Es ist also kein Tod in der Schöpfung; er ist ein Hinwegeilen dessen, was nicht bleiben kann, d.i. Wirkung einer ewig-jungen Rastlosen, daurenden Kraft." (839) Die

---

tischer und vor allem geschichtsphilosophischer Probleme, die Hölderlin seit der *Fragment*-Vorrede übernimmt und bis in die Zeit der Formulierung von der "nothwendigen Gleichheit nothwendig verschiedener höchster Prinzipien und reiner Methoden" (an Schiller, 1801; VI 422; *3, 454*) und bis zu den Sophokles-Anmerkungen beibehält.

61 Die Darstellung von Henry F. Fullenwider, *Friedrich Chr. Oetinger. Wirkungen auf Literatur und Philosophie seiner Zeit*, Göppingen 1975 über Herders Verhältnis zu Oetinger (S. 28–44) ist in einigen Punkten zu ergänzen, gibt aber ersten Einblick. Herder besaß u.a. Oetingers Hauptwerk *Theologia ex idea vitae deducta* (*Bibliotheca Herderiana*, Weimar 1804, Nr. 880). Eine Skizze der christlichen Naturphilosophie Oetingers findet sich im Anhang meiner Dissertation *Der gesetzliche Kalkül. Hölderlins Dichtungslehre*, Tübingen 1962, S. 323–356; zur Theorie der Kräfte und ihrer dialektischen Vereinigung insbesondere S. 332ff.

62 "Newton hat, am Ende seiner Optik, das *Spatium* genennt *Sensorium Dei*, wodurch und worin Gott als ein allgegenwärtiges Wesen alles aufs genaueste empfindet, siehet und erkennet." Fr. Chr. Oetinger, *Swedenborgs irdische und himmlische Philosophie*, hrsg. von Ehmann und Beyreuther, Stuttgart 1977, S. 200. – Herder, *Ideen* (Ausg. Bollacher), S. 174 nennt Licht und Aether das Sensorium Gottes.

63 Johann Gottfried Herder, *Gott. Einige Gespräche* (1787) in: Johann Gottfried Herder, *Werke*, hrsg. v. Wolfgang Proß, Bd. II, München 1987, S. 761–763. In der folgenden Skizze der Argumentation in *Gott* verweisen einfache Seitenzahlen im Text auf diese Ausgabe.

Kräfte in ihrer Verschiedenheit und Entgegensetzung sowie ihrer Ähnlichkeit und Vereinigung sind "Ausdrücke" (764, 767 u.ö.) einer einzigen "ewigen Urkraft, der Kraft aller Kräfte" (781) – man erkennt die aus dem Neuplatonismus stammende Konzeption eines semiotischen, sprachlich-metaphorischen Kosmos (im Gegensatz zu dem auf mechanischen, kausalen und teleologischen Beziehungen aufbauenden Denken der cartesischen Naturwissenschaft) und versteht die Nähe dieser ontologischen Ausdruckstheorie zu der besprochenen poetologischen Ausdruckstheorie, auf die Hölderlin mit seiner Formulierung von der Sprache als Organ anspielt.

"Alle Kräfte sind also da, die dasein konnten; allesammt. Ein Ausdruck der Allweisheit, Allgüte, Allschönheit." (823) "Wenn alles Mögliche da ist und nach dem Principium einer unendlichen göttlichen Kraft dasein muß: so muß in diesem All die geringste, wie die höchste Vollkommenheit dasein; [...] auch in der geringsten ist kein Nichts, d.i. nichts wesentlich Böses." (824) Zum Ausdruck gehören also nicht nur Kräfte, sondern auch Abstufungen, Modifikationen, Beziehungsformen der Kräfte, die eine Differenzierung, Zustände des Mangels und der Unvollkommenheit im Vergleich zu Zuständen der Fülle und des Genusses erzeugen. "Im Reich Gottes existiert also nichts Böses, das Wirklichkeit wäre. Alles Böse ist ein Nichts; wir nennen aber Übel, was Schranke, Gegensatz, oder Übergang ist und keins von den dreien verdient diesen Namen." (842)

Obwohl Leibniz selbst den Begriff der substantiellen Kräfte hat, bleibt er mit seiner Vorstellung der Materie als einem Teich voller Fische hinter dem Modellierungspotential des Begriffs zurück: "welches könnte bei diesen die Materie ausmachenden Kräften ein solches Medium sein, als die Kräfte der Substanzen selbst, mit denen sie aufeinander wirken? Dadurch also bilden sich Organe: denn auch das Organ selbst ist ein System von Kräften, die in inniger Verbindung Einer herrschenden dienen." (827) Die Wechsel-Beherrschung und Wechsel-Unterordnung, das Prinzip "superat et superatur", gilt seit der Antike als Grundprinzip der Organisation.[64] Ferner ist der Organismus ein "Räder- und Triebwerk", das "aus seiner Natur gleichartige Wesen, Bilder seiner selbst, lebend und wirkend, aus eigner Kraft und nach

64 Oetinger (wie Anm. 62), S. 239 zitiert es aus einer hippokratischen Schrift; bei Kant erscheint es in der Formulierung, daß im organisierten Naturprodukt "alles Zweck und wechselseitig auch Mittel ist" (vgl. oben Anm. 60).

gleicher Anlage" erzeugt (765f.); hier liegt das "Wunder einer eingepflanzten, einwohnenden Macht der Gottheit, die, wenn ich so kühn reden darf, in das Wesen jeder Organisation sich gleichsam selbst beschränkt hat und in diesem Wesen nach ewigen Gesetzen unverrückt und unwandelbar, wie die Gottheit allein wirken kann, wirket." (766) Diese Selbsteinschränkung der Gottheit drückt Hölderlin später mit dem Motto des endgültigen *Hyperion* aus: "Non coerceri maximo, contineri minimo, divinum est." Die in uns beschränkte Gottheit ist der Grund der immer strebenden Liebe, in der die eingeschränkte zu der unendlichen Gottheit zurückzukehren sucht. Gemäß der neuplatonischen Trias von Aspekten – monē, proodos, epistrophē, Beharrung, Hervorgehen, Rückkehr[65] – hat Herder drei Aspekte der Gottheit: ihr Dasein an und für sich, ihr Hervorgehen in die Beschränkungen der Welt und jeder kleinsten Organisation, ihre Rückwendung zu sich selbst als dem andern ihrer selbst.

Die Trias von Aspekten drückt sich in jedem systemischen Organismus wieder aus, nun aber in zeitlicher Schematisierung. Für alle Organisationen gelten drei Naturgesetze,

> nach welchen alle lebendigen Kräfte der Natur ihre tausendfältigen Organisationen bewirken: [...]
> 1. *Beharrung* d.i. innerer Bestand jeglichen Wesens.
> 2. *Vereinigung* mit Gleichartigem und von Entgegengesetztem Scheidung.
> 3. *Verähnlichung* mit sich und Abdruck seines Wesens in einem andern. (829)

Mit jedem dieser Naturgesetze ist eine Form der Liebe verbunden; mit dem ersten die "innere Liebe zum Dasein und zur Beharrung in demselben", was sich naturphilosophisch als Schwerkraft und Trägheit, moralisch als "Selbstheit" im Sinne der früheren, von Hölderlin gelesenen Abhandlung zeigt. Für das zweite Naturgesetz gibt der Magnet mit seinen zwei Polen, der "Stein des Hasses und der Liebe in der Naturwelt [...] das schönste Bild von dem, was Haß und Liebe in der Schöpfung sei" (832); die entgegengesetzten Kräfte ordnen sich wie beim Magnet in jedem System von gleichartigen Kräften um eine "Axe" als Mittel- und Indifferenzpunkt "nach ab- und zunehmenden Graden des Zusammenhanges" und bilden so ein Ganzes aus Gegensätzen mit "Nord- und Südpol" sowie "Punkt der Gleichgültigkeit"

---

65 Wie Anm. 45.

(832–834).[66] Auch das dritte Naturgesetz wird auf Liebe gegründet: "Alles was sich liebt, verähnlicht sich einander." (835) Herder möchte "diesen idealischen Einfluß zum geheimen Bande der Schöpfung machen", denn mit ihm bewirkt Gott, "daß Alles Gott ähnlich werden soll, ja wenn ich so sagen darf, ihm ähnlich werden muß, was in seinem Reich lebet" (836).[67]

Jedes der drei Naturgesetze begründet eine bestimmte Art von Zeitlichkeit – Zeit überhaupt und Raum "sind nur Phantome unserer Einbildungskraft" (823) – und damit eine bestimmte Art von Geschichtlichkeit. Herder lehrt mit Lambert,

> daß der Beharrungsstand, mithin das Wesen jedes eingeschränkten Dinges, allenthalben auf einem Maximum beruhe, bei welchem gegenseitige Regeln einander aufheben oder einschränken, mithin die Bestandheit der Dinge und ihre innere Wahrheit, nebst dem Ebenmaß, der Ordnung, Schönheit, Güte, die sie begleiten, auf eine Art innerer Notwendigkeit gegründet sei [...], daß wenn Dinge oder Systeme von Dingen in ihrem Beharrungszustande gestört werden, sie sich demselben auf Eine oder die andere Weise wieder zu nähern trachten. (774f.)

Dieses Gesetz vom "Maximum", d.h. dem Kräftegleichgewicht, der harmonischen Zusammenstimmung innerhalb eines Systems oder zwischen Systemen, ist für die Kulturtheorie der Zeitgenossen außerordentlich wichtig geworden; es erlaubte z.B. Herder, Schiller[68] und Hölderlin, in der Kultur der Griechen ein Maximum zu erkennen, das auf einer relativ niedrigen Entwicklungsstufe entstanden war und durch seine systemische Zusammenstimmung in der griechischen Polis zeigte, was Menschheit werden kann, ohne selbst etwa die Spitze aller Menschheitsentwicklung zu erreichen; das Modell vom Maximum be-

---

66 Die Struktur der Schellingschen Indifferenzphilosophie zeichnet sich hier ab.

67 In diesen drei Formen der Liebe sind unschwer die Strebungsaspekte des Naiven, Heroischen und Idealischen in Hölderlins Poetik zu erkennen. Hölderlin verwendet die drei neuplatonischen Ekstasen des Seins später, wie auch Herder, aber noch ausgreifender als dieser, als universelle Strukturen.

68 Johann Gottfried Herder, *Ideen zur Philosophie der Geschichte der Menschheit*, hrsg. v. Martin Bollacher, Frankfurt a.M. 1989, S. 573f. (= Buch XIII Ende); Friedrich Schiller, *Über die ästhetische Erziehung des Menschen*, NA 20, 326 (= Brief VI, "Die Erscheinung der griechischen Menschheit war unstreitig ein Maximum").

deutete vielmehr für die Genannten den Auftrag, in ihrer zeitgenössischen Gegenwart mit den weit entwickelteren Kräften der Rationalität und den prosaischen Tendenzen zur Nüchternheit, zum technischen und ökonomischen Nutzen ein neues Maximum erzieherisch herzustellen – jede Zeitepoche soll Humanität verwirklichen –, und deshalb die zurückgedrängten Fähigkeiten der Sinnlichkeit und Phantasie zu stärken (so Herder in den *Fragmenten*), die barbarisch vereinseitigte Rationalität durch Schönheit zu schmelzen und die revolutionär wilde Sinnlichkeit durch Schönheit zur Ordnung zu rufen (so Schiller in den *Ästhetischen Briefen*), oder in der Kultur des Vaterländischen das Fremde als Eigenes und das Eigene als Fremdes frei gebrauchen zu lehren (so Hölderlin nach 1800). Hölderlin wendet in der *Thalia-Vorrede* das Modell des Maximums idealtypisch an:

> Es giebt zwei Ideale unseres Daseyns: einen Zustand der höchsten Einfalt, wo unsre Bedürfnisse mit sich selbst, und mit unsern Kräften, und mit allem, womit wir in Verbindung stehen, *durch die bloße Organisation der Natur*, ohne unser Zuthun, gegenseitig zusammenstimmen, und einen Zustand der höchsten Bildung, wo dasselbe statt finden würde bey unendlich vervielfältigten und verstärkten Bedürfnissen und Kräften, *durch die Organisation, die wir uns zu geben im Stande sind.* (III 163; *2, 177*)

Die beiden angegebenen Maxima unterscheiden sich in zwei Stücken, einmal durch die höchste Einfalt bzw. die unendliche Vervielfältigung und Verstärkung der im Gleichgewicht stehenden Elemente (Kräfte und Bedürfnisse), zum andern durch das Zustandekommen des Gleichgewichts als Naturwirkung ohne unser Zutun bzw. durch unser Handeln, mit dem wir uns die Maximum-Organisation selbst geben. Beide Zustände sind hypothetisch, "Ideale unseres Daseyns"; der zweite ist überdies mit einem Irrealis als nie erreichbar gekennzeichnet, da sich Kräfte und Bedürfnisse des Menschen nicht unendlich vervielfältigen und verstärken lassen, es sei denn, er würde Gott. Beide Zustände sind, als Gleichgewichtszustände, strukturell identisch, können aber wegen der unendlich vervielfältigten und verstärkten Kräfte und Bedürfnisse und wegen des eigenen "Zuthuns" und Leistens beim zweiten Ideal nicht als dasselbe Ideal betrachtet werden. Es sind zwei unendlich verschiedene ideale Punkte, an denen "dasselbe statt findet", und man könnte sich bei graduell von Null bis unendlich verstärkten Kräften und menschlicher Selbsttätigkeit unendlich viele Punkte denken, an denen die Zusammenstimmung von Kräften und Bedürfnissen möglich und in zunehmendem Maße vom Menschen bewußt hergestellt ist: das sind die Herderschen "Maxima", das der Griechen zum Beispiel und das der Gegenwart, woran Herder, Schiller, Hölderlin erzieherisch arbeiten.

Da aus dem Verständnis der Fragment-Vorrede meist wesentliche Vorentscheidungen für das Verständnis des ganzen Romans und der philosophischen Entwicklung Hölderlins gefolgert werden, ist es sinnvoll, hier einen Blick auf die Forschung zu werfen. Zwischen Dieter Henrich, Gerhard Kurz und Friedrich Strack wird diskutiert, ob in dieser Phase, also vor Kenntnisnahme der Fichteschen Philosophie, schon von einer Vereinigungsphilosophie Hölderlins gesprochen werden kann. Henrich meint, daß Hölderlin sich an Fichtes triadischer Struktur des Unbedingten und der Wechselbestimmung der beiden Eingeschränkten im Ich orientiere, "nur so, daß er die Einigkeit gegenüber den Gegensätzlichen verselbständigt und somit jedes der drei – entgegen Fichtes Intention – als Lebenstendenz auf sich selber stellt".[69] Herders erstes Naturgesetz in der Systemtheorie der "Organisation" ist das der Beharrung im Wesen, mit der Liebe zur Selbstheit "als Lebenstendenz auf sich selber" gestellt und als Selbstbewahrung der Gottheit, die sich in diese Organisation selbst beschränkt hat, unbedingt. Das zweite Naturgesetz der Vereinigung mit Gleichartigem und der Scheidung von Ungleichartigem sieht eine Form der Vereinigung ohne Wechselbestimmung vor; im dritten Gesetz der Verähnlichung geht es um die Tendenz jedes Beschränkten ins Unbedingte und, über dieses, die Vereinigung aller Beschränkten in ihm. Sofern Hölderlin auf Herders Organisationstheorie zurückgreift, liegt ihm damit eine dialektisch hochdifferenzierte Form der Vereinigungsphilosophie vor, in der jede der Tendenzen in der Trias als Lebenstendenz auf sich selbst gestellt und in sich dialektisch angelegt ist. Ja, ich möchte behaupten, daß Fichte in seiner Theorie des Ich nur die logisch und kritisch stringente Form dieser Organisationstheorie entwickelt hat.[70]

---

69 Henrich (wie Anm. 47), S. 32.

70 Herder entwirft die subjektiv idealistische Alternative zu Spinozas objektivem Realismus: "Sollte sein unendlich-denkendes Wesen nicht bloß ein gesammleter Name aller der Verstandes- und Denkkräfte sein, die in einzelnen Geschöpfen allein wirklich sind und leben?" (778f.) Und Fichte formuliert in der *Wissenschaftslehre* 1794: "Ich bemerke noch, daß man, wenn man das *Ich bin* überschreitet, notwendig auf den Spinozismus kommen muß! [...] und daß es nur zwei völlig konsequente Systeme gibt: Das

Obwohl er Herders Maximum-Theorie und andere Schriften Herders im Zusammenhang mit der Thalia-Vorrede zitiert, folgt Gerhard Kurz der Meinung Henrichs, "die Ausbildung von Hölderlins Modell" vollziehe sich erst "nach der kritischen Aneignung von Fichtes Philosophie"; "Fichtes Bewußtseinstheorie erst [stelle] Mittel bereit, Dialektik zu entwickeln, und Vereinigung als Vereinigung Entgegengesetzter zu begreifen".[71] Auch Friedrich Strack meint, wie die Tübinger Hymnen sei das *Thalia-Fragment* "unter dem Vereinigungsprinzip nicht recht zu begreifen"; Vereinigung und liebende Hingabe seien "hier zwar bereits Themen der Dichtung; die Grundtendenz ihres Strebens jedoch geht auf ekstatische Vereinigung der menschlichen Seele mit dem Übersinnlichen"[72] – die Vereinigung widerstreitender Tendenzen bezeichnet Hölderlin schon in der Fragment-Vorrede "als den höchsten und schönsten ihm *erreichbaren* Zustand", und was die Richtung über das Leben hinaus betrifft,[73] so würde man auch aus den ersten Briefen[74] des endgültigen *Hyperion* schließen, daß eine Vereinigung erst jenseits des Lebens denkbar ist.

Die Deutung der zwei Ideale spielt auch für die Strukturanalyse der Erzählung vom *Fragment* bis zum endgültigen Roman eine wichtige Rolle. Maria Cornelissen erkennt, daß das zweite Ideal nicht er-

---

Kritische, welches diese Grenze anerkennt, und das Spinozische, welches sie überspringt." (S. I 101 der Gesamtausgabe 1834–46.) Mit seinem Kraftbegriff und der Konzeption des Indifferenzpunktes zwischen Entgegengesetzten scheint mir Herder sogar den Ansatzpunkt für Schellings Indifferenzphilosophie des komplementären naturphilosophischen und subjektphilosophischen Zugangs zu stiften. – Hölderlins Vertrautheit mit diesen Gedankengängen erlaubt ihm dann auch die von Henrich (wie Anm. 47, S. 20) so hervorgehobene "nahezu instantane" Verwandlung der Fichteschen Philosophie "zu einer Antwort auf seine eigene Grundfrage". Vgl. auch Dieter Henrich, "Philosophisch-theologische Problemlagen im Tübinger Stift zur Studienzeit Hegels, Hölderlins und Schellings", HJb 25, 1986/87, S. 60–92; 90f. Hier ist die mangelnde Berücksichtigung Herders, der ja durch Conz im Stift "vertreten" war, besonders bedauerlich.

71 Gerhard Kurz, *Mittelbarkeit und Vereinigung. Zum Verhältnis von Poesie, Reflexion und Revolution bei Hölderlin,* Stuttgart 1975, S. 53f.

72 Friedrich Strack, "'Freie Wahl' oder 'Willkür des Zevs'. Hölderlins Weg vom Schönen zum Tragischen", HJb 19/20, 1975/77, S. 212–243; 214.

73 Auch Kurz (wie Anm. 71), S. 53 meint, im *Fragment* liege die Vereinigung noch "jenseits des Verlaufs" der exzentrischen Bahn.

74 Es handelt sich beim *Thalia-Fragment* in Hölderlins Selbstverständnis um "die fünf ersten Briefe" (VI 136; *3, 156*), nicht etwa um ein abgerundetes Werk.

reicht werden kann, sondern daß es begrenzte, geschichtlich bedingte Momente des Gleichgewichts für den Menschen gibt,[75] d.h. die "Maxima" nach Herders Konzeption. Wolfgang Binder, m.W. als erster, spricht von dem "wirklich zu durchmessenden Kreis jener exzentrischen Bahn [...], die vom naiven In-sich-sein des Kindes über das Sich-Verlieren dessen, der Mitte sein will, und das Sich-Finden dessen, der sich preisgibt, zum geleisteten Bei-sich-selbst-sein des schönen Menschen führt", und läßt damit die "exzentrische Bahn vom Zentrum ins Zentrum" gehen.[76] Auch Lawrence Ryan konzipiert die exzentrische Bahn als Kreisbahn "vom ersten 'Ideal' zum zweiten", wobei "die Möglichkeit der (menschlich errungenen) Wiederherstellung einer solchen Harmonie darin gründet, daß der Geist letzten Endes in den Prozeß der sich entfaltenden Natur eingeordnet wird".[77] Indem er zur Lösung der "Schwierigkeiten" Hölderlins Formulierung vom Losreißen "vom friedlichen Εν και Παν der Welt, um es herzustellen, durch uns Selbst" (III 236; *2, 256*) aus der Vorrede zur *Vorletzten Fassung* interpoliert, kommt er zur Auffassung, daß die "Selbstbezogenheit [...] der Seinszugehörigkeit entgegen" wirkt, daß die selbstgeschaffene "Organisation" "vom Zentrum der seligen Einheit alles Seienden wegführt", daß die "umfassende Harmonie" der vollendeten Bildung "letztlich vom strebenden Menschen selber nicht 'errungen' werden kann".[78] Damit behauptet er das Gegenteil von dem, was Hölderlin sagt: die vollendete Bildung ist zwar wegen ihres Unendlichkeitsanspruchs nicht erreichbar, aber der Weg des Menschen und die ihm aufgegebenen "erreichbaren" Maxima sind durch immer höhere Bewußtheit und Selbstorganisation gekennzeichnet. Ryans Ergebnis ist: "Die exzentrische Bahn [sei] eine sich ständig wiederholende und auch variierende Kreisbahn, die vom Zentrum alles Seienden, von der ursprünglichen Einigkeit der 'reinen Einfalt' ausgeht, um sich jeweils durch die korrigierende Umlenkung ins Zentrum wieder zu schließen."[79] Eine Wiederholung der "exzentrischen Bahn" und eine (gar wiederholte) Rückkehr in die ursprüngliche Einigkeit sind bei

---

75 Maria Cornelissen, *Hölderlins Ode 'Chiron'*, Tübingen 1958, S. 24.

76 Wolfgang Binder, "Hölderlins Deutung des Menschen", HJb 12, 1961/62, S. 1–19; 12, 16.

77 Lawrence Ryan, *Hölderlins 'Hyperion'. Exzentrische Bahn und Dichterberuf*, Stuttgart 1965, S. 10f.

78 Ebd. S. 12f.

79 Ebd. S. 14.

Hölderlin nicht vorgesehen. Selbst wenn das Modell der exzentrischen Bahn in der Formulierung der *Fragment*-Vorrede oder der Vorrede zur *Vorletzten Fassung* (schon die Kontaminierung ist unzulässig)[80] für den endgültigen *Hyperion* strukturbeschreibende Gültigkeit hätte, was Ryan ohne weiteres annimmt, ist die von Ryan beschriebene wiederholte Kreisbahn, die immer wieder durchs Zentrum der seligen Einheit führt, nicht die in den Vorreden zu den Vorstufen gemeinte und a fortiori nicht die für den Roman gültige Struktur.[81]

In der Diskussion um die Auffassung der "zwei Ideale unseres Daseyns" sind wir schon in die exzentrische Bahn geraten, von der im folgenden Satz der *Fragment*-Vorrede gesagt wird:

> Die exzentrische Bahn, die der Mensch, im Allgemeinen und Einzelnen, von einem Punkte (der mehr oder weniger reinen Einfalt) zum andern (der mehr oder weniger vollendeten Bildung) durch-

---

80 Insoweit ist Wegenast (wie Anm. 19), S. 94 zuzustimmen, die einen "grundlegenden Wandel in der Konzeption" des Exzentrischen zwischen den Vorreden zum *Fragment* und zur *Vorletzten Fassung* annimmt. Sie liest nun allerdings die Bedeutung von "exzentrisch" im *Fragment* als "Abweichung" von "einer determinierten Bahn", der die "Zurechtweisung" zugeordnet sei (S. 98) – die Zurechtweisung bezieht sich auf die "Richtungen" der exzentrischen Bahn, die ihrerseits von Hölderlin nicht auf eine "determinierte Bahn" zurückbezogen wird. In der Vorrede zur *Vorletzten Fassung* bezeichnet nach Wegenast "das Exzentrische [...] die wesenhafte innere Ambivalenz des Menschen in seiner *doppelten* Bezogenheit auf das (und damit zugleich sein) Zentrum: einerseits den existentiell-ursprünglichen 'kindlichen' Bezug, andererseits den bewußtseinsmäßig bedingten, intentional gebrochenen, der jedoch jenes grundlegende, unmittelbare Verhältnis nicht beeinflußt." (S. 98) Unbegreiflich, wie angesichts des Losreißens von und Verlierens der seligen Einheit noch von einer Fortdauer dieses Verhältnisses geredet werden kann.

81 Friedbert Aspetsberger, *Welteinheit und epische Gestaltung. Studien zur Ichform von Hölderlins Roman 'Hyperion'*, München 1971, S. 343f. lehnt Ryans Auffassung ab, weil sie "das Geschichtliche auflöst und in eine dauernde Wiederholung der exzentrischen Bahn projiziert". Seltsamerweise wendet sich Aspetsberger trotz dieser richtigen Erkenntnis gegen die Geschichtlichkeit in Hyperions Erzählen: dieser bleibe als Erzähler in seinen "Grundpositionen fest", der Erzählvorgang bringe keine Bewußtseinsbildung, sondern nur eine Anreicherung und Differenzierung des Bewußtseins (S. 326f.). Begründet wird das damit, daß "Freude und Laid" am Anfang wie am Ende des Erzählprozesses stünden (S. 299) – am Ende wird aber das Leid als die Bedingung der Möglichkeit der Freude erkannt und zugleich onto-theologisch verankert.

> läuft, scheint sich, *nach ihren wesentlichen Richtungen*, immer gleich zu seyn. (III 163; *2, 177*)

Diese Richtungen, so der folgende Satz, erfahren "Zurechtweisung". Die reale Bahn geht also von einem Punkt in der Umgebung des ersten Ideals zu einem Punkt in der Umgebung des zweiten. Hölderlin stellt mit den "wesentlichen Richtungen" eine Art These auf; darauf weist das "scheint" hin. Die Angabe, die Bahn scheine sich immer gleich zu sein, kann zweifach gedeutet werden: entweder die wesentlichen Richtungen wiederholen sich innerhalb einer Bahn, oder es handelt sich um viele Bahnen, in denen die gleichen Richtungen vorkommen.

Für das zweite spricht, daß die Bahn "von einem Punkte (der mehr oder weniger reinen Einfalt)" ausgeht, d.h. der Punkt ist unbestimmt und liegt näher oder ferner zum Idealpunkt: handelte es sich nur um eine einzige, bei jedem Menschen und der Menschheit identisch verlaufende Bahn, wäre diese Unbestimmtheit unlogisch. Dasselbe gilt für den Endpunkt. Man kann demgemäß annehmen: Es gibt so viele reale Bahnen wie Individuen, hinzu treten Bahnen des Menschen "im Allgemeinen", d.h. der Nationen, Kulturen und der Menschheit.[82]

Für die erste Deutung spricht, daß Hölderlin im folgenden genau zwei Tendenzen nennt – "Der Mensch möchte gerne *in* allem und *über* allem seyn" – und dann drei Zustände unterscheidet, nämlich die "alles begehrende" und die "alles unterjochende" Haltung (die wohl beide "gefährlich" sind) und "den höchsten und schönsten ihm erreichbaren Zustand", in dem das Gleichgewicht der Tendenzen geleistet wird. Einwenden könnte man, daß, wenn bereits das *Fragment* "einige von diesen" Richtungen zeigen soll, die Zahl der Tendenzen (zwei) oder Zustände (drei) nicht ausreicht, um einen ganzen Roman zu füllen. Hier muß man aber "Richtungen" und das "Möchten" der Tendenzen einerseits und die "Seite" oder den "Zustand" andererseits unterscheiden: Richtungen sind an ihren Ausgangspunkt und dessen Erreichtwerden, d.h. an ein topologisches System, in dem überhaupt von "Richtung" einer Bewegung gesprochen werden kann, gebunden; von Richtung kann nur ausgehend von einem Punkt und relativ zu anderen Richtungen gesprochen werden. So ist es möglich, daß die zwei Tendenzen des In-allem-sein-wollens und des Über-allem-sein-

82 Henrich (wie Anm. 47), S. 30 behauptet, die Bahnvorstellung habe zunächst nur das "individuelle Leben" betroffen, erst später sei ein Begriff von der "Geschichte der Menschheit" hinzugetreten.

wollens sich im Verlauf einer einzigen Bahn mehrfach manifestieren und gleiche Richtungen bewirken, aber jeweils andere Ziele und Auswirkungen haben, weil sie an einem andern Punkt der Bahn ansetzen.

Es gibt also Argumente dafür, daß in der Bahn sich immer die gleichen Richtungen zeigen, und Argumente dafür, daß in jeder individuell verschiedenen Bahn die gleichen "wesentlichen Richtungen" sich zeigen. Die beiden Deutungen schließen einander nicht aus: auch individuell verschiedene Bahnen können sich nach ihren wesentlichen Richtungen gleich sein, und diese Richtungen können sich in einer Bahn immer wieder manifestieren. Daß der Satz in dieser zweifachen Weise auszulegen ist, zeigt der Schlußsatz der Vorrede: "In welchem Sinne sie [die Sentenz in der Grabschrift des Loyola] für jeden gelten soll, muß sein freier Wille entscheiden." Das Individuum hat also darüber zu entscheiden, ob in seiner Bahn die "gefährliche Seite des Menschen" erscheint, wo er alles begehrt oder/und alles unterjocht, oder ob er den "höchsten und schönsten" Zustand erreicht. Damit ist die Bahn definitiv individuell und individuell verschieden; die Entscheidung des Individuums betrifft die Stärke und Einseitigkeit, mit der die Tendenzen in einem bestimmten Moment wirken (nicht aber ihre Richtung): Wenn er sich nicht selbst zurechtweist oder die Zurechtweisungen von außen abwehrt, manifestiert sich das In-allem-sein-möchten gefährlich als "alles Begehren" oder das Über-allem-sein-möchten gefährlich als "alles Unterjochen".

Die Richtungen, in die die anthropologischen Tendenzen die Individuen treiben, können also bei allen gleich sein und auch mehrfach in ihren Bahnen auftreten, aber die Bahnverläufe sind dennoch verschieden, weil die Bahnen näher oder ferner zum Ideal beginnen – glückliche oder unglückliche Geburt –, weil die "Zurechtweisungen" durch die Umgebung (vorwiegend in der Kindheit) förderlich oder verletzend sein können und die freiwilligen Zurechtweisungen fehlen, schwach oder energisch wirken können, endlich weil die Bahn mit dem Leben des Individuums näher oder ferner zum Ideal der vollendeten Bildung endet. Festzuhalten ist, daß es einen "höchsten und schönsten ihm erreichbaren Zustand" gibt, d.h. nicht etwa das Ideal der vollendeten Bildung, sondern das "Maximum", das auf jeder Stufe der Entwicklung seiner Kräfte und Bedürfnisse im Prinzip herstellbar ist, sei es durch eine glückliche schonende Konstellation der umgebenden Umstände von außen, sei es durch eine eigene Leistung der schönen Seele wie bei Schillers Konzeption der Anmut. Daß die exzentrische Bahn in der Tat individuell derart verschieden sein soll, bestätigen schon die Figuren in den fünf Briefen des *Fragments*.

In meiner Dissertation habe ich schon darauf hingewiesen, daß die Opposition von Kräften und Bedürfnissen mit ihren Parallelbildungen über allem/in allem, non coerceri/contineri, alles unterjochen/alles begehren mit Sicherheit aus Rousseaus *Émile* übernommen ist. Die Weisheit und das Glück, so Rousseau, beruhten auf der "égalité parfaite" zwischen unseren Wünschen (désirs, volonté) und unseren Fähigkeiten (facultés, puissance); in diesem Zustand sind alle Kräfte in Aktion und die Seele dennoch in Frieden, der Mensch findet sich wohlgeordnet.

> So hat es die Natur, die alles zum Besten macht, zunächst eingerichtet. [...] Nur im Ursprungszustand findet sich das Gleichgewicht zwischen Kraft und Bedürfnis, und der Mensch ist nicht unglücklich. Sobald sich die virtuellen Fähigkeiten betätigen, erwacht die Phantasie als die aktivste von allen und eilt ihnen voraus. Die Phantasie erweitert für uns das Maß des Möglichen im Guten und im Bösen; sie erweckt und nährt folglich die Bedürfnisse durch die Hoffnung auf ihre Erfüllung. [...] Die reale Welt hat ihre Grenzen, die imaginäre ist grenzenlos; da wir die eine nicht erweitern können, müssen wir die andere einschränken, denn aus ihrer bloßen Differenz entstehen all die Leiden, die uns wahrhaft unglücklich machen.[83]

Auch Rousseau schließt seine Argumentation mit dem Gedanken der Freiheit: "Der wahrhaft freie Mensch will nur was er kann und tut was ihm gefällt."[84] Das Problem ist jedoch bei Rousseau wie bei Hölderlin in der *Fragment*-Vorrede, wie die Freiheit des Willens entstehen kann, solange das Ungleichgewicht in der Seele herrscht, denn bei Rousseau kann wegen des Überschusses an Bedürfnissen der Wille nicht frei sein, um diese Bedürfnisse einzuschränken, und bei Hölderlin können allenfalls äußere Zurechtweisungen einen Gleichgewichtszustand erzeugen, in dem der Mensch nicht entweder hingabe- oder herrschsüchtig wäre; das Modell sieht nicht vor, wie der Mensch zur Selbstbeherrschung und damit zur Freiheit kommen kann. Die Rousseausche Opposition von Bedürfnissen und Kräften wird deshalb später nicht

---

83 Jean-Jacques Rousseau, *Émile ou de l'éducation*, éd. par François et Pierre Richard, Paris 1964, S. 63f. Den Hinweis habe ich in meiner Dissertation (wie Anm. 61), S. 31., schon gegeben.

84 Ebd. S. 69.

wieder aufgenommen; die bei Rousseau noch ganz passive Entwicklung der Phantasie wird schließlich durch den intentionalen Akt des Sich-Losreißens vom friedlichen Εν και Παν, "um es herzustellen, durch uns Selbst", ersetzt, womit der Wille und seine Entscheidungsfreiheit schon als Anfangsbedingung unseres Heraustretens aus dem Naturzusammenhang angenommen wird.

Nun gilt es noch, den Terminus "exzentrisch" zu klären. Ich habe ihn in meinem Aufsatz "Hölderlins 'Hyperion': Compendium, Roman, Rede" bereits auf Kants Aufsatz "Idee zu einer allgemeinen Geschichte in weltbürgerlicher Absicht" zurückgeführt. Kant fragt, ob vielleicht eine "Naturabsicht" in dem "widersinnigen Gange menschlicher Dinge" zu entdecken sei, wenn schon keine Menschenvernunft darin wirke; vielleicht bringe die Natur auch einen Historiker hervor, der die Geschichte nach dieser Naturabsicht darstelle.

> So brachte sie einen Kepler hervor, der die exzentrischen Bahnen der Planeten auf eine unerwartete Weise bestimmten Gesetzen unterwarf; und einen Newton, der diese Gesetze aus einer allgemeinen Naturursache erklärte.[85]

Exzentrische Bahn ist also eine unberechenbar scheinende Planetenbahn, die, von einem andern Standpunkt aus betrachtet, sich als gesetzmäßig erweist[86] und sich in einem weiteren Schritt auf eine allgemeine Naturursache zurückführen läßt. Als exzentrisch erscheinen die von Hölderlin oft so genannten Irrbahnen,[87] als gesetzmäßig entdeckt Hölderlin die "wesentlichen Richtungen", nach denen sie sich immer gleich sind, und als "allgemeine Naturursache" wird das In- und Über-sein-wollen, d.h. das Grundgesetz aller Organisation erkannt. Hölderlin ist hier also zugleich der Ptolemäus, Kepler und Newton der Bahn des Menschen im einzelnen und allgemeinen.

Wie allgemein der Erklärungsanspruch Hölderlins ist, läßt sich aus der Verwendung der "Sentenz aus der Grabschrift des Loyola" ermes-

---

85 Immanuel Kant, *Schriften zur Anthropologie, Geschichtsphilosophie, Politik und Pädagogik*, Darmstadt 1964, S. 34. Das ausführlichere Zitat mit Kommentierung in Ulrich Gaier, "Hölderlins 'Hyperion': Compendium, Roman, Rede", HJb 21, 1978/79, S. 88–143; 109f.

86 Diesen Schritt nicht zu beachten ist der Fehler derer, die die exzentrische Bahn zugleich als exzentrisch und regelmäßig ansehen, statt *beim Betrachter* einen verwirrten Blick von außen und einen verstehenden Blick von innen zu unterscheiden.

87 Belege in dem in Anm. 85 genannten Aufsatz, S. 116.

sen. Der Spruch verweist in diesem Verwendungskontext auf das *memento mori*: selbst ein so großer Geist wird schließlich von der Enge des Sargs umschlossen. Er stammt ursprünglich, wie Howard Gaskill nachgewiesen hat, aus der mittelalterlichen hymnischen Meditation über die Geburt oder den Tod Christi, die Einschließung des unendlichen Gottes in den Mutterleib oder die Grabeshöhle.[88] Dieses Heruntersteigen, die Katabasis, die Demut, Bescheidenheit, die Unterwerfung des Göttlichen unter Schicksal und Leid wird die Erkenntnis des schreibenden Hyperion im Roman sein, die ihn im Leben erhält, sie ist die bleibende religiöse Einsicht Hölderlins – "daß das Göttliche, wenn es hervorgeht, niemals ohne eine gewisse Trauer und Demuth seyn kann" (VI 294; *3, 320*) –; er setzt sie poetologisch um mit seiner Erkenntnis: "Das Reine kan sich nur darstellen im Unreinen und versuchst Du, das Edle zu geben ohne Gemeines, so wird es als das Allerunnatürlichste, Ungereimteste dastehn" (VI 290; *3, 316f.*).

Die politisch-gesellschaftliche Implikation der Sentenz hatte Platon verdeutlicht, der den Philosophen nicht erlauben wollte, sich nur in der Sphäre der reinen Gedanken und Ideen zu bewegen, sondern sie verpflichtete, wieder herunterzusteigen zu den Gefangenen in der Höhle und Anteil zu nehmen an ihren Mühseligkeiten und alltäglichen Wertvorstellungen (*Politeia* 519 c–e); damit hatte Platon der Aufstiegs- und Reinigungstendenz des Eros die entgegengesetzte Tendenz komplementär zugeordnet, die spätestens in der christlichen Lehre zur Tendenz der Liebe erhoben wird (Joh 3, 16: "Also hat Gott die Welt geliebt ...").

Auf die psychologische Implikation der Sentenz haben Barnouw und Gaskill hingewiesen, die zwei Seelen in der Brust Fausts und Werthers Widerspruch zwischen der "Begier im Menschen, sich auszubreiten" und dem "inneren Trieb, sich der Einschränkung willig zu ergeben", zitiert.[89] Herder hat in seinem Aufsatz *Liebe und Selbstheit*

---

88 Howard Gaskill, *Hölderlin's Hyperion*, Durham 1984, S. 37–41. Hans Graßl, "Hölderlin und die Illuminaten. Die zeitgeschichtlichen Hintergründe des Verschwörermotivs im 'Hyperion'", in: *Sprache und Bekenntnis.* Fs Hermann Kunisch, Berlin 1971, S. 137–160 nimmt an, daß, da Hölderlins Freunde Sinclair und Ebel Illuminaten waren, Hölderlin den Spruch in der Illuminatenschrift von Peter Philipp Wolf, *Allgemeine Geschichte der Jesuiten von dem Ursprunge des Ordens bis auf gegenwärtige Zeiten*, 4 Bde. Zürich 1789–1791; Bd. 1, S. 215 gefunden habe.

89 Gaskill, ebd. S. 37. Jeffrey Barnouw, "Der Trieb, bestimmt zu werden. Hölderlin, Schiller und Schelling als Antwort auf Fichte", DVjS XLVI,

die psychologische Implikation wieder auf die kosmologische, religiöse, soziale, ästhetische hin geöffnet: Liebe und Selbstheit, Hingabe- und Selbsterhaltungstendenz, entsprechen den kosmischen und spirituellen Kräften der "Anziehung und Zurückstoßung", sind "Takt und Pulsschlag des Lebens", Ursprung der "zwei Geschlechter [...], die im Schwunge der Empfindungen sich einander das Gegengewicht leisten sollen".[90] Wie bei Hölderlin, und wahrscheinlich als Anregung für ihn, erscheinen bei Herder die alles unterjochende und die alles begehrende gefährliche Seite:

> Auch das wird [...] offenbar, daß die Anziehungskraft einer *einzelnen* menschlichen Seele sich ins *Unendliche* weder ausbreiten könne, noch ausbreiten dörfe. Die Natur hat schmale Grenzen um jedes *Einzelne* gezogen; und es ist der gefährlichste Traum, sich unumschränkt zu denken, wenn man eingeschränkt ist, sich Despot des Weltalls zu glauben, wenn man von nichts als einzelnen Allmosen lebt. Die ganze Schöpfung mit Liebe zu umfaßen, klingt schön; aber vom Einzelnen, dem Nächsten, fängt man an. [...] Die allgemeinsten Cosmopoliten sind meistens die dürftigsten Bettler: sie die das ganze Weltall mit Liebe umfaßen, lieben meist nichts, als ihr enges Selbst.[91]

Die Liebe zu sich selbst, die Zurückstoßung des andern, die monē, der Beharrungsaspekt der neuplatonischen Trias, zugleich die Konstitution des Subjekts der Erkenntnis, ist aber anthropologisch begründet durch "unser *isolirtes einzelnes Daseyn*. [...] Wir sind einzelne Wesen, und müßen es seyn, wenn wir nicht den *Grund* alles Genußes, unser eignes *Bewußtseyn*, über dem Genuß aufgeben und *uns selbst* verlieren wollen".[92] Anthropologisches Faktum ist aber ebenso, "daß wir unser Daseyn nicht *in uns*, sondern nur durch *Reaction* gleichsam in einem Gegenstande außer uns fühlen sollen, nach dem wir also streben, für den wir leben, in dem wir doppelt und vielfach sind".[93] In der Vereinigung dieser beiden Triebe (vgl. Metr. Fg. V. 153f.) entsteht als

---

1972, S. 248–293. Das Bekenntnis Werthers findet sich im Brief vom 21. Junius (HA 6, 28f.).

90 Johann Gottfried Herder, *Sämmtliche Werke*, hrsg. v. Bernhard Suphan, Berlin 1877–1913 [SW], Bd. 15, S. 304–326; 305, 322.

91 Ebd. S. 323.

92 Ebd. S. 320f. Die Theorie von der Entstehung des Bewußtseins in der *Metrischen Fassung* (V. 129f.) ist hier vorbereitet.

93 Ebd. S. 306.

Subjekt-Objekt die Liebe, die Herder mit seiner generativen Schöpfungshieroglyphe vom einfachen Nahrungsgenuß bis zur Liebe Gottes hinaufsteigert: Die "Grade von Vereinigung der Wesen in der Natur" sind Nahrungsgenuß für den Leib; Stärkung und Erquickung der Seele durch Düfte; himmlischer Trost und Labung für das Herz durch Musik; zartere, über das materiell Erscheinende hinausgehende Gedanken für den Geist durch Bilder; edle Empfindungen, Bestrebungen, Taten durch Freundschaft und schaffende Belebung durch Liebe; göttliche, uneigennützige, himmlische, ewige, unendliche Elternliebe; unsagbare Liebe zu der Mutter/Vater-Gottheit, die in allem ist, Herkunft, Dasein und Ziel von allem, Macht, Weisheit und Liebe.[94] Für die Führung der Charaktere in Hölderlins Roman gibt Herder die Theorie vor:

> Auch in der Freundschaft ist Ein Theil immer der thätige, der andre mehr beihelfend und leidend: jener männlich, dieser weiblich; oft umgekehrt nach Geschlechtern. Einklang ist in dieser Ehe der Seelen weder angenehm noch nützlich, noch möglich. Consone Töne müßen es seyn, die die Melodie des Lebens und des Genußes geben, nicht unisone; sonst verliert sich die Freundschaft bald in bloße Gesellschaft.[95]

Ich habe schon darauf hingewiesen, daß das von Herder beschriebene und in der Loyola-Sentenz formulierte Prinzip der wechselseitigen Über- und Unterordnung zugleich das Prinzip der Organisation ist. Wenn Hölderlin und Herder nicht nur die Zustände der gelingenden Vereinigung, sondern auch die gefährlichen Vereinseitigungen darstellen, so werden die Aspekte der Geschichtlichkeit wichtig, die Herder in den drei Naturgesetzen der Organisation formuliert hat. Die Beharrungstendenz einer Organisation, also z.B. auch einer Freundschaft oder Liebesbeziehung, bedingt die Beantwortung von Störungen ihres labilen Gleichgewichts durch ausgleichende Pendelbewegungen, deren zunächst extreme Ausschläge auch zur Zerstörung der Organisation selbst, zumindest aber zu zerstörerischen Einseitigkeiten führen – das ist das Herdersche Prinzip der Nemesis –, dann aber asymptotisch

---

94 Ebd. S. 317f.

95 Ebd. S. 322. Vgl. *Hyperion*: "Frei sind wir, gleichen uns nicht ängstig von außen; wie sollte nicht wechseln die Weise des Lebens? wir lieben den Aether doch all' und innigst im Innersten gleichen wir uns. [...] Lebendige Töne sind wir, stimmen zusammen mit deinem Wohllaut, Natur! wer reißt den? wer mag die Liebenden scheiden?" (III 159; *2,174*)

sich wieder der Ruhelage nähern.[96] Da nach Hölderlins Darlegung der Mensch "im Allgemeinen und Einzelnen" nur bei einem näher oder ferner zum Ideal liegenden Punkte anfängt, ist das Ausgangsverhältnis schon gestört, das Pendeln um die Ruhelage mehr oder weniger heftig gleich von Anfang gegeben – deshalb scheinen die wesentlichen Richtungen der menschlichen Bahn immer gleich zu sein. In analoger Weise müssen die naturgesetzlichen Tendenzen zur Separation des Gleichen und Ungleichen sowie zur Verähnlichung, Bildung, Verjüngung wirken.

Versuchen wir zu überblicken, was zum Verständnis dieser 23 Zeilen Hölderlinschen Textes herangezogen wurde und was sich ergeben hat! Hölderlins philosophisches Studium Platons, Kants, Schillers, Rousseaus und Herders in Waltershausen bewirkte nach seiner Mitteilung eine völlige Umorganisation seines Romanprojekts und eine entscheidende Grundlegung seines philosophischen Denkens, die durch die spätere Begegnung mit Fichte nur gefestigt wurde und die Hölderlin bis zu den Sophokles-Anmerkungen weiter vertiefte und ausbaute. Hölderlin entdeckt mit Schillers und Herders Hilfe in Kants Begriffen Natur, Leben und Geist Ansätze, in denen Kants Schönheitslehre auf die (neu)platonische Seinslehre mit ihren Phasen der Beharrung, des Hervorgehens und der Rückwendung hin überschritten werden konnte. Dies bedeutete erkenntnistheoretisch die Überwindung der Subjekt-Objekt-Spaltung in der Konzeption eines Seins, dessen "Ausdruck" die hier anschaubare Schönheit ist, kosmologisch-naturphilosophisch mit Herder die Entwicklung einer Organisations- oder Systemtheorie, mit der von kosmischen bis in zwischenmenschliche Beziehungen, von

---

96 Herder hat im Buch XV der *Ideen* (wie Anm. 68), S. 647f. dieses Gesetz des Auspendelns gestörter Systeme als geschichtsphilosophisches "Naturgesetz" aufgestellt. In diesem Zusammenhang erscheint auch die Vorstellung von der "Zurechtweisung": "Nur stelle man sich die *Linie dieses Fortganges* nicht gerade, noch einförmig, sondern nach allen Richtungen, in allen möglichen Wendungen und Winkeln vor. Weder die Asymptote, noch die Ellipse und Zykloide mögen den Lauf der Natur uns vormalen. [...] Jeder feinere Fehler gibt eine *neue, höhere Regel der reinen allumfassenden Güte und Wahrheit.* Alle Laster und Fehler unsres Geschlechts müssen also *dem Ganzen endlich zum Besten* gereichen. Alles Elend, das aus Vorurteilen, Trägheit und Unwissenheit entspringt, kann dem Menschen seine Sphäre nur mehr kennen lehren; alle Ausschweifungen rechts und links stoßen ihn am Ende auf seinen Mittelpunkt zurück." (Briefe zu Beförderung der Humanität, wie Anm. 25, S. 126, 129)

historischen Verlaufs- bis zu Klassikmodellen, von Physik über Biologie und Psychologie bis zur Ethik sinnvolle und zueinander analogisch-metaphorische Ausdrücke formulierbar waren. Das bot sich als Erfüllung des Postulats vom einmaligen poetischen Ausdruck, vom Entwurf einer Sprache für das jeweilige Gedicht an, das später die Entwicklung der Poetik anleitet. Die Organisationstheorie hatte Herder über die Lehre von den substantiellen Kräften als den einander entgegengesetzten Ausdrücken einer einzigen Urkraft zur Grundlage des neuen "Spinozismus" gemacht, in dem die Rede von der rein auf Energien beruhenden Natur und die Rede von der alles durchwaltenden in sich dialektischen Liebe nur Ausdrücke voneinander sind. Hölderlin machte sich diesen Organisationsbegriff und diesen neuen Spinozismus zu eigen; er leitet zunächst seine Anthropologie, Psychologie und Geschichtsphilosophie an, wie die Vorrede zum *Thalia-Fragment* erkennen läßt.

Das bedeutet auch, daß er sich der Geschichtsphilosophie Herders anschließt, der, im Gegensatz zu Kants Favorisierung der Gattung zuungunsten des Individuums, die Fähigkeit der Einzelnen und der einzelnen Nationen zur Leistung des individuellen Maximums betonte, Erfüllung im jeweiligen Dasein und nicht erst am Ende der Geschichte suchte. Damit konsistent ist politisch die Bevorzugung der Girondisten vor den Jakobinern. Die Jakobiner fassen die égalité als natürliche Gleichheit aller Menschen, betrachten die Unterschiede als sekundäre Zivilisationserscheinungen und drängen auf reale gesellschaftliche und ökonomische Gleichheit aller. Die Girondisten dagegen fassen égalité als Rechtsgleichheit, die den von Natur ungleichen Menschen zu gewähren ist, da jeder die Möglichkeit der Selbstverwirklichung haben soll; sie drängen deshalb auf liberale Institutionen, z.B. die Selbstverwaltung der Provinzen, während die Jakobiner strikt zentralistisch denken. Das *Fragment* enthält zwar nicht die einst von Stäudlin gewünschten Anspielungen auf den Zeitgeist, aber die Analyse der Vorrede hat gezeigt, daß Hölderlin die individuelle exzentrische Lebensbahn als Ausdruck allgemeiner zugrundeliegender Gesetzmäßigkeit (Richtungen) und diese wieder als Ausdruck des Grundprinzips der Organisation betrachtet. Für die individuelle und allgemeine (politische) Praxis gilt demnach das Individualitätsprinzip; in der Theorie hat Hölderlin wie Herder Individualitäts- und Allgemeinheitsprinzip verbunden und auf ein höchstes Naturgesetz gegründet.

Fragment von Hyperion

Eine Vorrede gehörte zum Roman. Von den Romanen, die Hölderlin in der einen oder andern Weise benutzte, zitierte, überbot, hat nur der *Graf Donamar* keine Vorrede, und hier ist der erste Brief des Helden voll von Selbstreflexion, Mitteilung von Entschlüssen, Bekenntnis, Versuch, den Briefadressaten als stellvertretenden Leser aufzubauen. Beglaubigung und Legitimation der Herausgeberschaft sind topisch, manchmal wie bei Jacobi im *Allwill* oder Wieland im *Agathon* mit offener oder augenzwinkernder Relativierung der Behauptung, nur Herausgeber zu sein. Heinse im *Ardinghello* reflektiert mit einer Fabel auf die möglichen Wirkungen beim Publikum und seine eigene Schuldlosigkeit daran; Rousseau in der *Nouvelle Héloise* beschimpft seine Leser wie Hölderlin in der Vorrede des endgültigen Romans; Goethe im *Werther* wirbt um Empathie. Philosophierende Vorreden sind selten, weil eher abschreckend für das Publikum; auch Hölderlin hat ja im endgültigen Roman die schwere Rüstung des Vorredners im *Fragment* vollends abgelegt, nachdem schon die Vorrede zur *Vorletzten Fassung* mit der Werbung für die publikumswirksame[97] griechische Szenerie eingesetzt hatte. Wieland arbeitete im "Vorbericht der Ausgabe 1767" seiner *Geschichte des Agathon* heraus, daß es ihm nicht um historische Wahrheit, sondern um, gut aristotelisch, poetische Wahrscheinlichkeit seines Helden ging, der "das Bild eines wirklichen Menschen" sein sollte, "in welchem Viele ihr eigenes und Alle die Hauptzüge der menschlichen Natur erkennen" sollten.[98] Hölderlins Programm in der Formulierung "der Mensch, im Allgemeinen und Einzelnen" ist dasselbe; auch das Verhältnis zwischen der Individualität der exzentrischen Bahn z.B. des Titelhelden und den "wesentlichen Richtungen" aller Bahnen entspricht dem Verhältnis zwischen dem

---

97 Frau von Stein wollte von Frau Schiller den Namen des Verfassers des *Thalia-Fragments* wissen, denn "recht kindisch muß ich sagen, daß mir die griechischen Namen so wohlgefallen haben". Außerdem lobte sie "etwas Wertherisches darin". (VII 2, 16).

98 Wielands *Gesammelte Schriften*, Akademie-Ausgabe, Bd. I6 *Agathon*, hrsg. v. Wilhelm Kurrelmeyer, Berlin 1937, S. 5. – Hildegard Emmel, "*Hyperion*, ein anderer *Agathon*? Hölderlins zwiespältiges Verhältnis zu Wieland", in: Hansjörg Schelle (Hrsg.), *Christoph Martin Wieland 1983*, Tübingen 1984, S. 413–429, arbeitet heraus, daß Hölderlin mit dem *Hyperion* auf dem Gebiet des Politischen und im Frauenbild eine bewußte Gegenposition aufbaute.

Bild für viele und den "Hauptzügen der menschlichen Natur". Wieland gab ferner an, daß

> vermöge des Plans, der Karakter Agathon's auf verschiedene Proben gestellt werden sollte, durch welche seine Denkart und seine Tugend *geläutert*, und dasjenige, was darin *unecht* war, nach und nach von dem reinen Golde abgesondert würde.[99]

Daß der Name Hyperion ein Programm der Läuterung impliziert, haben wir schon erwähnt. Auch das Erzählen als Agens der Läuterung spielt in Wielands Roman eine bedeutende Rolle: In der Erzählung seiner Jugend im Buch VII und VIII nimmt Agathon Interpretationen und Reinterpretationen der erzählten Zusammenhänge im Lichte der Wertvorstellungen der Rezipientin vor (VII 1) und orientiert sich an ihrem Interesse (VII 7), während zugleich seine Erzählung das zukünftige Verhalten der Rezipientin ihm gegenüber bestimmt (IX 1). Die geheime Geschichte der Danae, als Buch XIV und XV 1773 hinzugefügt, dient dazu, durch Klärung und Erweckung von Verständnis das durch Mißverständnisse leidenschaftlich gespannte Verhältnis der beiden Liebenden zu entspannen, beide von der Bindung zu emanzipieren und einen freundschaftlichen Umgang zwischen ihnen zu ermöglichen. Agathon wird in dem 1794 hinzugefügten Buch XVI (erschienen Herbst 1794) endlich sein eigener Biograph (was die Existenz seiner "Geschichte" begründet), um sein Inneres vor dem weisen Archytas von Tarent "ganz [...] zu enthüllen", denn "die Uneinigkeit, die sich unvermerkt zwischen seinem Kopf und seinem Herzen entsponnen hatte, mußte schlechterdings aufs Reine gebracht werden".[100] Diese "Beichte" erfordert also genaueste Analyse und Wahrhaftigkeit vor sich selbst, Zartgefühl in der Darstellung dessen, was die Beziehung zur schönen Danae betrifft, endlich Zügelung der sich erhitzenden und die Sachverhalte beschönigenden oder verdunkelnden Einbildungskraft. Allerdings leisten diese bildenden Funktionen des Erzählens nicht die Therapie selbst, wiewohl der Lebensbericht dem Archytas ermöglichen soll, "meinen Zustand gründlich zu beurtheilen, und zu sehen [...], ob Hoffnung da ist, mich mit mir selbst in bessere Übereinstimmung zu bringen."[101] Agathon ist also, wenn er zu schrei-

---

99 Agathon ebd. S. 6.
100 Agathon XVI 1, S. 483.
101 Ebd. S. 492.

ben anfängt, ein "dissonanter Charakter", wie Hölderlin sagen würde, aber er ist es auch noch nach dem Schreiben; sein Schreiben bereitet nur die Heilung durch Archytas vor. Hier geht Hölderlin entscheidend über Wieland hinaus; für Hyperion ist das Schreiben selbst die Therapie. Zum Allgemeinmenschlichen im Lebensgang Agathons gehört für Wieland, daß er durch andere belehrt, geführt und verführt wird; sein entscheidender Fortschritt am Ende seiner Geschichte ist, daß er nun bewußt einen andern – und den Richtigen – um Führung bittet, weil er die "Dissonanzen in seinem Charakter" erkannt hat und keinen Weg weiß, sie selbst aufzulösen.

Wielands Roman, nach Lessings Wort der erste "für den denkenden Kopf", ist noch in anderer Hinsicht anregend für den *Hyperion*: Agathon wird, wie zitiert, auf Proben gestellt, die seinen Charakter sukzessive läutern. Dabei wird er von religiöser Schwärmerei in politische Praxis, von da in sensualistische Skepsis und wiederum in Schwärmerei, nun aber erotische, geführt. Eine zweite politische Karriere zeigt den Aufrechten ohnmächtig gegen die Intrige wie vorher die Danae-Episode den Liebenden ohnmächtig gegen "Täuschung" gezeigt hatte; das Leben in der pythagoräischen Familie des Archytas ist durch den gegenseitigen Beistand aller Beteiligten philosophisch und politisch erfolgreich, läßt jedoch die Sinnlichkeit unbefriedigt, so daß die wahre Vollkommenheit des Agathon unerzählt im Dunkeln bleibt. Sichtbar ist an dieser Skizze die Pendelbewegung der "Proben", die Wechselbäder der Ereignisse und der Philosophien, die auf Agathon einwirken, denn die beschriebenen "Proben" werden jeweils durch z.T. systematisch ausgeführte Gedankengebäude auch intellektuell an Agathon herangetragen. Hölderlin überbietet auch hier Wieland, sofern sein Hyperion nach der Belehrung durch Adamas die philosophischen Begründungen seiner wechselnden Positionen in Auseinandersetzung mit denen der andern Figuren oder mit seinen eigenen Erfahrungen selbst bildet.

Diese Geschichte der Bildung eines Charakters an selbstentwickelten philosophischen Gedankengebäuden darzustellen hatte Schiller mit den *Philosophischen Briefen* von 1786 begonnen. Seine "Vorerinnerung" ist fast so streng gedanklich bestimmt wie die des *Thalia-Fragments*; Schiller fingiert, einige Freunde hätten sich "zu dem Entwurfe verbunden, einige Revolutionen und Epochen des Denkens, einige Ausschweifungen der grübelnden Vernunft in dem Gemählde zweier Jünglinge von ungleichen Karakteren zu entwikeln, und in Form eines

Briefwechsels der Welt vorzulegen",[102] denn "die Vernunft hat ihre Epochen, ihre Schicksale wie das Herz, aber ihre Geschichte wird weit seltner behandelt":

> Sceptizismus und Freidenkerei sind die Fieberparoxysmen des menschlichen Geistes, und müssen durch eben die unnatürliche Erschütterung die sie in gut organisirten Seelen verursachen, zulezt die Gesundheit bevestigen helfen. Je blendender, je verführender der Irrthum, desto mehr Triumph für die Wahrheit, je quälender der Zweifel, desto größer die Aufforderung zu Ueberzeugung und fester Gewisheit. Aber diese Zweifel, diese Irrtümer vorzutragen, war nothwendig; die Kenntniß der Krankheit mußte der Heilung vorangehen.[103]

Denn "wir gelangen nur selten anders als durch Extreme zur Wahrheit – wir müssen den Irrthum – und oft den Unsinn – zuvor erschöpfen, ehe wir uns zu dem schönen Ziele der ruhigen Weisheit hinauf arbeiten".[104] Diese dialektische Phänomenologie des individuellen Geistes, die wahrscheinlich auch Hegel nachhaltig beschäftigt hat, die Betrachtung der "Epochen der Vernunft" als Symptome eines unterliegenden Wachstumsprozesses des Geistes hat Hölderlin offenbar stark beeindruckt. Nicht nur entschuldigt er noch im endgültigen *Hyperion* bestimmte Äußerungen des Schreibers "als bloße Phänomene des menschlichen Gemüths" (III 11; *2, 19*),[105] sondern beschreibt das Ziel der in Waltershausen entstehenden Fassung des Romans ganz im Schillerschen Sinne:

> Der große Übergang aus der Jugend in das Wesen des Mannes vom Affecte zur Vernunft, aus dem Reiche der Fantasie ins Reich der Warheit und Freiheit scheint mir immer einer solchen langsamen Behandlung werth zu sein. (VI 137; *3, 156f.*)

Nur zeigt die *Fragment*-Vorrede deutlich, daß Hölderlin nicht wie Schiller bloß die "Epochen der Vernunft", philosophische Systembildungen als Folgen einer immanenten Dialektik des Geistes sehen

---

102 NA 20, 108.

103 Ebd. S. 107f.

104 Ebd. S. 107.

105 Vgl. damit Schillers salvierende Formulierung: "Meinungen, welche in diesen Briefen vorgetragen werden, können also auch nur beziehungsweise wahr oder falsch sein, gerade so, wie sich die Welt in dieser Seele und keiner andern spiegelt." (Ebd. S. 108)

wollte, sondern den Geist und seine Erscheinungen als Moment in der gesamten “Organisation” des Menschen im allgemeinen und einzelnen betrachtete. Diese Gesamtbetrachtung der Organisation und des Wechsels von Sein, Leben und Geist, die Hegel von Hölderlin “nur verkürzt übernahm”[106] und die noch nach 1800 die Philosophien der Freunde unterschied, wird von Hölderlin schon im *Thalia-Fragment*, theoretisch dann in der *Metrischen Fassung* mit dem Irren der Liebe weitergedacht, die er pointiert an die Stelle der irrenden und den Irrtum ausschöpfenden Vernunft Schillers setzt. Denn Liebe, das haben wir in der Skizze der Organisationstheorie Herders dargelegt, ist die dreigestaltige und dreifach gerichtete Energie jeder Organisation, die sich auch in dem In- und Über-Sein und ihrer Synthese ausdrückt.

Die Vorerinnerung zu Schillers *Philosophischen Briefen* mag Hölderlin also ermutigt haben, ebenso schweres philosophisches Geschütz in seiner Vorrede aufzufahren und im folgenden dann den verehrten aber einseitigen Meister zu überbieten durch eine den ganzen Menschen mit seiner Umwelt betrachtende, d.h. die begegnenden Menschen und Umstände einbeziehende Phänomenologie der menschlichen Organisation auf ihrem Übergange von der Jugend ins Erwachsensein. Hölderlin suchte statt einer psychologischen oder logischen Geschichte der Philosophien ein Stück historischer Anthropologie zu liefern.

Dabei mußte die Lehre von der menschlichen Organisation in ihrem Verhältnis zu sich selbst und “zu allem, womit wir in Verbindung stehen”, die Bedingung für den Verlauf menschlicher Bahnen, für die Bildung philosophischer Gedankensysteme wie sittlicher Normen und ästhetischer Geschmacksbildungen enthalten und damit metahistorisch, metaphilosophisch und metapoetisch sein. Hölderlin steht also schon mit seiner *Fragment-Vorrede* auf dem Punkt, wo er seinen Hyperion sagen läßt, die Philosophie entspringe “aus der Dichtung eines unendlichen göttlichen Seyns. Und so läuft am End’ auch wieder in ihr das Unvereinbare in der geheimnißvollen Quelle der Dichtung zusammen” (III 81; *2, 91*). Der *Hyperion* in allen seinen Stufen ist damit nicht im üblichen Sinne Dichtung neben Philosophie und Geschichte, sondern ein Text, der mit dem ganzen Menschen die Bedingung der Möglichkeit dieser Haltungen des Geistes behandelt.

Das *Fragment von Hyperion* ist Teil eines Briefromans. Hölderlin kannte, wie wir gezeigt haben, Rousseaus *Nouvelle Héloise*, Goethes

---

106 Henrich (wie Anm. 47), S. 27.

Leiden des jungen Werthers, Bouterweks *Graf Donamar*, Jacobis *Allwills Briefsammlung*, auch offenbar kleinere und Mischtypen wie Schillers *Philosophische Briefe*. Sie alle, außer dem eigentlich handlungslosen *Allwill*, exponieren zunächst eine Initialspannung und lassen in dem folgenden Briefwechsel zwischen mehreren Schreibern (außer beim *Werther*) die aus dieser Anfangssituation sich ergebende Handlung sich entwickeln; hin und wieder wird Vergangenes nachgetragen, eine philosophische oder narrative Beilage hinzugefügt, aber im allgemeinen folgen die Äußerungen einander wie ein dramatischer Dialog (im *Werther*: mit nur zitiertem und angeredetem Partner). Das erzählte Geschehen ist fast immer so frisch, daß zwar durchaus die Reflexion und das Urteil des Schreibers über das kurz zuvor Getane, Gesagte und Erlebte, dabei auch Selbstreflexion und Selbstbeurteilung eine bedeutende Rolle spielen, aber doch immer mit dem handelnden Ich verbunden sind und z.B. dienen sollen, eine vergleichbare Situation das nächste Mal besser zu bewältigen. Das Schreiben und Erzählen nicht bloß als Instrument der Mitteilung der wichtigen Inhalte, sondern als eigentlicher Zweck, durch den etwa eine therapeutische Wirkung auf den Schreiber ausgeht, kommt in den genannten Briefromanen m.W. nicht vor; nur in Jacobis *Allwill* schreibt Clerdon an Sylli, die von einer ihm unerklärlichen Beklemmung befallen ist: "Du möchtest einmal ohne Zurückhaltung Dich gegen uns ergießen, uns Deinen Gemüthszustand, den wir uns nicht genug zu erklären wissen, ganz offen legen. [...] Schwester, Freundin, holde liebe Sylli – Auf! Raffe Dich, so gut Du kannst, zusammen; Du wirst Hülfe finden, denn Du hast sie in Dir selbst!"[107] Sylli geht auf das Angebot nicht ein, aber die Formulierung enthält den Gedanken, auf dem Hölderlin seinen Briefroman aufbaut: Heilung des Schreibers durch die erzählende Arbeit an seiner Trauer und Erinnerung.

Der Gedanke, durch Erzählen eines Sachverhalts etwas an sich selbst zu bewirken, gehört in die Tradition der *confessio*, des Geständnisses, der Beichte. Augustinus ist das große abendländische Muster:

> Zu eng ist das Haus meiner Seele, als daß es dich aufnehmen könnte: Es werde weit durch dich! Es zerfällt: Stelle du es wieder her! Vieles an ihm stößt deine Augen ab: Ich weiß es, ich gebe es zu. Aber wer soll es reinigen? Zu wem außer dir kann ich rufen: Von

107 Friedrich Heinrich Jacobi, *Allwills Briefsammlung*, in: *Werke*, hrsg. v. Friedrich Roth und Friedrich Köppen, Bd. 1, Darmstadt 1968, S. 13, 15.

> meinen verborgenen Fehlern reinige mich, Herr, und vor fremden bewahre deinen Knecht? Ich glaube, deswegen rede ich. Herr, du weißt es. Habe ich dir nicht meine Vergehen erzählt und mich angeklagt, mein Gott, und hast du nicht die Gottlosigkeit meines Herzens beseitigt?[108]

Diese Reinigung durch das Bekenntnis erfüllt den Satz vom Beginn des Werks: "auf dich hin hast du uns gemacht, und unruhig ist unser Herz, bis es ruht in dir", dem der Satz vom Schluß antwortet: "Wir hoffen aber, [...] in deiner erhabenen heiligen Güte zur Ruhe zu kommen. Du hingegen, das Gute, das keines Guten bedarf, bist immer in Ruhe, denn deine Ruhe bist du selbst."[109] Hölderlin hat Augustinus mit dem "Afrikaner" in der zweiten Fassung des *Einzigen* in der Spätzeit genannt,[110] das Bild der glaubensstarken Mutter Monnica, die dem entwichenen Sohn nach Italien nachreist und ihn im Glauben erhält (auch Hölderlin hatte eine solche Mutter), könnte sogar etwas mit der Verwandlung der passiv begeisterten Melite in die starke Diotima zu tun haben, die Hyperion in den Krieg begleiten will, dann aber als Priesterin zuhause harren soll und endlich doch verraten wird – viel wichtiger ist jedoch dieses große Werk einer öffentlichen Reinigung vor Gott und der Gemeinde der Christen, die ein Stück Weg von der Unruhe zur Ruhe, von der Exzentrizität des Sündenbewußtseins zur Aufnahme in die Barmherzigkeit Gottes real durch das Erzählen zurücklegt.

Diese Tatsache, daß nämlich der Text, an dessen Vollzug wir lesend teilnehmen, möglicherweise ein Stück realer Transformation eines Schreibenden ist, von der er bei der Veröffentlichung hofft, daß sie uns ebenfalls zuteil werde – diese Tatsache ist Ende des 18. Jahrhunderts literarisch reflektiert worden, nämlich im Bildungsroman, der nicht nur die Bildungsgeschichte eines Helden darstellen, sondern den Leser selbst bilden soll. Wieland im *Agathon* war darüber hinaus schon reflektiert genug, den Erzähler, die Art des Erzählens und das

---

108 Aurelius Augustinus, *Bekenntnisse*, übers. u. hrsg. v. Kurt Flasch und Burkhard Mojsisch, Stuttgart 1989, S. 36 (I 5, 6; der Ruf um Reinigung ist ein Zitat aus Ps. 18, 13f.).

109 Ebd. S. 33 (I 1, 1) und 407 (XIII 38, 53).

110 *Der Einzige*, 2. Fg. V. 80. Die StA versieht die Beziehung auf Augustinus mit einem Fragezeichen; Jochen Schmidt geht fest davon aus : *Hölderlins geschichtsphilosophische Hymnen 'Friedensfeier' – 'Der Einzige' – 'Patmos'*, Darmstadt 1990, S. 175.

Verhältnis zum Leser zu "bilden", d.h. von einem kruden Sensationsstil am Anfang den Leser zu einer gesellig-freien Mitwirkung am Erzählen selbst zu führen.

Aber nicht nur als literarische Selbstreflexion des ästhetischen Prozesses oder als transitiv dem Leser sich mitteilender Bildungsweg war diese von Augustinus gestiftete Realpräsenz des Erzähltextes, die ihn der Vollzugswirkung eines Gesangs- oder Psalmtextes nähert, am Ende des 18. Jahrhunderts wirksam, sondern auch durch die echten *Confessions* von Rousseau. Ihr Titel schon weist zurück auf Augustinus; die Auseinandersetzung mit diesem großen Meister ist mächtiger als die mit seinem zweiten Vorbild Montaigne, obwohl ihm dieser im Vorwort seiner *Essais* das stolze Wort des modernen Individuums gesagt hatte: "Ich bin es, den ich male", und seine Texte nur als privates Monument für seine Verwandten und Freunde zu schreiben sich vorgenommen hatte, damit sich ihr Andenken an seine Lebensart und Gestimmtheit lebendiger erhalte.[111] Rousseau hielt ihm zwar entgegen, er habe seine *Essais* "nur für die andern" geschrieben,[112] aber Montaigne hatte während seines Schreibens festgestellt:

> Indem ich mich für andere malte, habe ich mich in mir selbst mit klareren Farben gemalt als ich zunächst in mir hatte. Ich habe mein Buch nicht mehr gemacht als daß mein Buch mich gemacht hat, ein Buch, das substanzgleich ist mit seinem Autor,[113] das mir selbst einen Dienst erweist und Glied meines Lebens ist, nicht wie alle andern Bücher fremden Dienst tut und Ziel Dritter ist.[114]

---

111 Michel de Montaigne, *Les Essais*, ed. par Fortunat Strowski, Bordeaux 1906, Bd. 1, S. 1.

112 Jean-Jacques Rousseau, *Les Rêveries du promeneur solitaire*, éd. par Jacques Voisine, Paris 1964, S. 41.

113 "Consubstantiel à son auteur"; der Begriff der *consubstantialitas* gehört ins Glaubensbekenntnis und bezeichnet das Verhältnis des Sohnes Christus zum Vater. Die Christusfunktion des Textes wird uns im Zusammenhang des *Empedokles* noch beschäftigen.

114 Buch II, Kap. 18 "Du démentir"; ebd. Bd. II, S. 453. Am 10. Juni 1796 zitiert Hölderlin aus Montaignes *Essais*: "Ich fürchte mich nicht vor dem, was zu fürchten ist, 'ich fürchte mich nur vor der Furcht'." (VI 212; *3, 234f.*; vgl. *An die Madonna* V. 119; Montaigne ebd. Bd. I, S. 94.) Der Gebrauch eines so zitierbaren Wortes läßt natürlich offen, ob Hölderlin Montaigne gelesen hat. Herder zitierte ihn jedenfalls an einer Stelle, die Hölderlin höchstwahrscheinlich sehr wichtig war (Frühe Schriften, wie Anm. 32, S. 386) vgl. oben Anm. 55–59.

Rousseau verfolgt jedenfalls mit seinen *Confessions* mehrere Ziele. Eng an Montaigne angelehnt und doch mit der Behauptung absoluter Orginalität schreibt er:

> Ich nehme mir etwas vor, was nie ein Vorbild hatte und dessen Ausführung keinen Nachahmer haben wird. Ich will meinen Mitmenschen einen Menschen in der ganzen Wahrheit der Natur zeigen; und dieser Mensch werde ich sein. Ich allein.[115]

Die Vorrede zeigt einen dreifachen Zweck des Buches auf: Dieses nützliche und einzigartige Werk könne "als erstes Vergleichsstück für das Studium des Menschen" dienen, das mit Sicherheit erst in Gang kommen müsse; zweitens sei es "das einzige sichere Denkmal meines Charakters, das nicht durch meine Feinde verunstaltet worden wäre", drittens soll es den Feinden Rousseaus erstmals nach seinem Tod Gerechtigkeit ihm gegenüber erkämpfen.[116] Allgemeinmenschliche Studie, Rechtfertigung vor der Welt, Zeugnis der Individualität sollte dieses Werk sein – Hölderlin hat diesen Totalanspruch wohl als paradigmatisch für das Werk Rousseaus überhaupt verstanden und zum Grund seiner Kritik an diesem "Fremden" gemacht.[117] Am Ende des ersten, auch künstlerisch sorgfältig gearbeiteten Teils schreibt Rousseau: "Solcherart waren die Irrtümer und Fehler meiner Jugend. Ich habe ihre Geschichte mit einer Treulichkeit erzählt, die mein Herz befriedigt."[118] Diese Befriedigung ist angesichts der tiefen Verwundung, der Angst des tatsächlich Verfolgten und seit 1766 von Wahnvorstellungen einer universellen Verschwörung gegen seine Person Gequälten die Leistung des Schreibens, Erinnerns, Festhaltens und Zurechtstellens der vielfachen kontroversen Ereignisse seines Lebens.

Der zweite Teil steht unter ganz anderen Voraussetzungen: als Verteidigungsschrift erzwungen, in Hast und Angst aufs Papier geworfen in kurz bewohnten Räumen, wo die Zimmerdecken Augen und die Wände Ohren haben, kompromittierendes Dokument, das vor dem Zugriff der Feinde mit List geschützt werden muß,[119] hat dieser Text nicht mehr die ästhetische Freiheit des ersten Teils und kann auch die

---

115 Jean-Jacques Rousseau, *Les Confessions* I, ed. par Michel Launay, Paris 1968, S. 43.

116 Ebd. S. 39.

117 Vgl. die Analyse von *Dichtermuth*, erste Fassung, im Oden-Kapitel.

118 Confessions I (wie Anm. 115), S. 309.

119 *Les Confessions* II, ed. par Michel Launay, Paris 1968, S. 21.

"Dissonanzen im Charakter" des Scheibers nicht mehr auflösen. Die "ungeheuren Fehler, die unerhörten Unglücksfälle", die aus dem "dauernden Gegensatz zwischen seiner Situation und seinen Neigungen" entstehen,[120] werden ohne Erleichterung erzählt, hinterlassen nur Unruhe, Verdacht, Angst in der Seele des Gequälten.

Erst Rousseaus letztes Werk, *Les rêveries du promeneur solitaire*, 1776 zwei Jahre vor seinem Tod begonnen und bis auf den zehnten Spaziergang vollendet, hat wieder den Charakter der heilenden Anamnese, und Hölderlin scheint, mit der Gestalt Rousseaus, dieses Werk in vielen Punkten zu seinem Vorbild genommen zu haben. Der weise alte Mann "in seinem Pappelwalde" (III 188f.; *2, 206*), von dem der Erzähler der *Metrischen Fassung* und ihrer Prosavorstufe berichtet, weist unverkennbar auf Ermenonville, wo Rousseau die letzten Monate seines Lebens zubrachte und auf der berühmten Pappelinsel begraben ist; das um den Weisen spielende Kind, das er "mit Schmerz und Wohlgefallen" betrachtet, nimmt den Gegenstand der Neunten Promenade auf. Rousseau beginnt, abgeschnitten von der Gesellschaft, die sich verschworen hat, ihn "lebendig zu begraben",[121] als Einsiedler (*solitaire*), der nur in sich selbst Trost, Hoffnung und Frieden findet, der einerseits auf seinen Spaziergängen "reizvolle Betrachtungen" anstellt, die er zu vergessen fürchtet, der andererseits sich nicht nur von den Menschen abgetrennt fühlt, sondern dem alles außer seinem Ich "fremd" ist und der sich sogar "auf der Erde wie auf einem fremden Planeten" findet.[122] Er schreibt diese Träumereien für sich auf, damit im höheren Alter

> ihre Lektüre mir die Süßigkeit ins Gedächtnis ruft, die ich beim Schreiben genieße, und, Vergangenes auf diese Weise wiedergebärend, sozusagen meine Existenz verdoppelt. So werde ich den Menschen zum Trotz doch den Reiz der Geselligkeit genießen können und hinfällig mit mir selbst in einem andern Lebensalter umgehen wie mit einem jüngeren Freunde.[123]

---

120 Ebd. S. 19.

121 Rêveries (wie Anm. 112), S. 36; vgl. "Mir ist, als würd' ich in den Sumpf geworfen, als schlüge man den Sargdekel über mir zu, wenn einer an das meinige mich mahnt" (III 7; *2, 14*). Den verfolgten Hyperion "erwartet vieleicht das Messer des Jägers, der uns Griechen, wie das Wild des Waldes, sich zur Lust hält" (III 8; *2, 15*).

122 Ebd. S. 39f.

123 Ebd. S. 41f.

Das heißt auch, daß die durch das Schreiben, Lesen und Wiedererinnern verdoppelte Existenz nur noch der Konstitution und Bewahrung des verlorenen Selbst dient, nicht mehr wie bei Augustin der Beichte und Demütigung vor Gott im Angesicht der Gemeinde, nicht mehr wie bei Montaigne dem Andenken für die Hinterbliebenen, nicht mehr wie in den *Confessions* der Wissenschaft vom Menschen, der Herstellung der Gerechtigkeit, der Reinigung des verunstalteten Individualbildes. Das Schreiben ist ein reiner Akt der Selbstkonstitution geworden; insofern sind die *Rêveries* Rousseaus modernster Text.

Diese Selbstkonstitution zeigt dann sukzessive das Leidenlernen als Sinn der eigenen Existenz (2. Prom.), das Lernen (3. Prom.), die rechte Nutzung des Leides und der fremden Gehässigkeit (4. Prom.), die Erinnerung an Momente des Glücks durch die Naturerfahrung mitten in der Verfolgung (5. Prom.), die Gewißheit, nie in der Gesellschaft und im öffentlichen Handeln beheimatet gewesen zu sein (6. Prom.), die Wiederentdeckung der Natur durch das Botanisieren (7. Prom.), die Wiederentdeckung der Liebe zu sich selbst als reiner Grund der nur gesellschaftlich erzwungenen Eigensucht (8. Prom.), die Wiederentdeckung der andern Menschen in Gestalt der Kinder und der einfachen Beziehungen zu Unbekannten (9. Prom.), die Wiederentdeckung der Erinnerung und des Danks an Frau von Warens, die Erkenntnis, daß der Moment des Zusammentreffens mit ihr über sein ganzes Leben entschieden hat (10. Prom., fragmentarisch). Wie vollständig diese Konstitution des Selbst ist im Sinne einer "Organisation, die wir uns selbst zu geben im Stande sind", läßt sich schon an dieser Skizze erkennen; Rousseau hat lange vor Fichte die Möglichkeit der Selbstkonstitution durch die monadisch beginnende Erinnerung des erlittenen Schmerzes und die sukzessive Erbauung einer neuen Welt der Natur- und Gesellschaftsbeziehungen aus sich selbst erprobt und vorgeführt. Er hat als Basis einer neuen Religiosität, die Gott und Schicksal als "undurchdringlich" hinnimmt,[124] die Notwendigkeit und Möglichkeit der Selbsterlösung des Menschen vorgeführt. Der Text, den er schreibt, ist damit in einem strengen Sinn Teil seiner privaten Existenz, Lebensmittel für Jean-Jacques Rousseau, das anderen allenfalls zur fast voyeuristischen Betrachtung offensteht, nicht aber als Werkzeug der Selbstkonstitution und -erlösung dienen kann.

124 Ebd. S. 54.

Hier setzt nun Hölderlins poetische Inszenierung an: Das *Hyperion*-Projekt, das eine erdichtete Gestalt aus "den seeligen Tagen der Kindheit" in das tiefste Leid geraten und sich aus eigener Kraft erzählend wieder herausarbeiten läßt, ist eine Geschichte vom Menschen "im Allgemeinen und Einzelnen", also schon der Theorie nach ins Allgemeine gerichtet und, sofern theoretische Reflexionen eingebaut sind, für den Verstand des Lesers individual- und kulturhistorisch belehrend. Durch seinen erdichteten Charakter und seine fiktive Geschichte wird Hyperion zum Paradigma, zum möglichen Analogon für jeden Leser, der seinen Weg in der Einbildungskraft mitgehen kann. Durch den poetischen Ausdruck von Gedanke und Empfindung in seiner Wandlung von Dissonanz zu Harmonie wird die Selbstkonstitution und -erlösung aber erst erfahrbar, denn der Einblick in die Theorie von Geschichtsprozessen oder der Vergleich mit einem erzählten paradigmatischen Schicksal zeigen den Weg nur von der Abstraktion her oder aus der Distanz; erst die magische Gewalt des Ausdrucks, der Sprache kann den sprachlichen Vollzug, den "Gang des Ganzen" zu einer Erfahrung, einem Erleiden und einer Selbstkonstitution des Lesers machen.

Wenn dies alles geleistet werden kann, dann ist der durch die paranoiden Wahnvorstellungen erzwungene Narzißmus Rousseaus überwunden, damit aber auch die solipsistischen Potentiale der Subjektphilosophie, die das 19. Jahrhundert ausgebaut hat: Der poetische Gestus der *Verfahrungsweise*, der die endgültige Selbst-Ergreifung des Subjekts nur in der freien Entgegensetzung einer äußeren Sphäre möglich macht (IV 255–57; *2, 543–45*), ist nicht nur erkenntnistheoretisch begründbar und setzt die Poesie über die Philosophie, sondern hebt den Menschen über Liebe und Selbstheit in ihren schädlichen Formen der bloßen Hingabe und der bloßen Ichsucht,[125] befreit ihn vom Zwang des zu objektiven wie des zu subjektiven Zustands und kann damit dem modernen Subjekt allein eine Existenz als konstituiertes Selbst und als geselliges Wesen ermöglichen. Hier liegt die Begründung für die Fiktionalität des *Hyperion*; hier liegt umgekehrt auch die Begründung dafür, daß Hölderlin überhaupt einen Roman plante, in dem eine den *Rêveries* vergleichbare Selbsterlösung durch das Erinnern und das Schreiben von Anfang an der zentrale Vorgang war: es ist die Erlösungsbedürftigkeit des modernen Subjekts, der abendlän-

---

125 Herders Schrift wird in den Bestimmungen der "schönen heiligen, göttlichen Empfindung" (IV 259f.; 2, *547f.*) zitiert.

dischen Kultur, der zeitgenössischen Gegenwart in ihrer gesellschaftlichen und politischen Zerrissenheit.

Hölderlins *Hyperion* ist damit der große Gegenentwurf zu den *Leiden des jungen Werthers*. Hölderlin vollendete sozusagen den Weg Goethes von dem auf seine eigene Biographie hin durchsichtigen, der Krankheit zum Tode nicht die Selbsterlösung des Schreibers entgegensetzenden *Werther* über *Tasso*, den "gesteigerten Werther", dem gegeben ist zu sagen wie er leidet, bis zu den (erst 1795 erscheinenden) *Römischen Elegien*, wo die in der Synthese zwischen Liebeserfahrung und Antikebegegnung entstehenden elegischen Distichen Dokument, Spiegel und Werkzeug der Wiedergeburt, der Selbstschöpfung des sprechenden Ich sind: Hölderlin hat später von Hyperions "elegischem Karakter" gesprochen (III 5; *2, 13*); wenn er damit nicht auf Goethes und Schillers elegische Dichtungen direkt anspielt, ist es doch sinnvoll, seine Äußerung in diesem Zusammenhang zu sehen. Denn Elegie ist Klage als Kunst, die die "vermischte Empfindung" eines nicht vom Schmerz sprachlosen,[126] sondern eines zwischen Schmerz und Hoffnung oder Trost stehenden oder sich entwickelnden Ich zeigt: "Dem elegischen Dichter bleiben also nur Empfindungen übrig, die durch die gegenseitigen schon gemildert sind: Empfindungen, die in der Seele nach und nach entstehen".[127] Elegie in dieser Konzeption ist also die Kunstform, in der die Selbsterlösung eines modernen Subjekts als Entwicklung inszeniert werden kann.

Der schreibende Hyperion des *Thalia-Fragments* ist, genau wie der Schreiber des endgültigen Romans, ein sich Entwickelnder und diese Entwicklung Reflektierender; die schwierige Erlösung aus dem Schmerz im Erzählen und durch das Erzählen ist mit ihren "Richtun-

---

126 "Allerdings ist es widersinnisch, bei einem großen Schmerzen sich geschwätzig zu zeigen." Thomas Abbt in dem Fragment *Von Nachahmung der lateinischen Elegien* in Herders *Fragmenten III*; Herder Frühe Schriften (wie Anm. 32), S. 484. Diese Abhandlung war vor Schillers *Naiver und Sentimentalischer Dichtung* maßgeblich.

127 Ebd. S. 485. Die Beziehung zum Roman ist in dieser Abhandlung übrigens deutlich: Man betrachtet die verliebten Elegien eines alten Dichters anekdotisch "als einen kleinen Roman, darin die Geliebte erst spröde, dann erweicht, dann eifersüchtig und ungetreu wird; und der Unterschied zwischen diesem Roman und den andern Romanen ist der, daß in den letztern die Ursache dieser Erfolge weitläufig, in der verliebten Elegie aber nur die Wirkungen, die sie auf das Gemüt des verliebten Dichters hervorgebracht haben, erzählet werden." (Ebd. S. 482f.)

gen" und "Zurechtweisungen" in den erzählten Erlebnissen bereits Gegenstand der Darstellung, wenn auch die Vorrede noch nicht wie in der Endfassung das Schreiben zum eigentlichen Gegenstand des Romans macht. Hyperion beginnt wie in der Endfassung: Zurückgekehrt in sein Vaterland von einer enttäuschenden Suche nach Wahrheit, eingedenk der vergeblichen Versuche, "die Melodie unsers Herzens in den seeligen Tagen der Kindheit" (III 164; *2, 178*) zurückzubringen, erfüllt vom überzogenen Bedürfnis – "Was mir nicht Alles, und ewig Alles ist, ist mir Nichts" – und vom Gefühl der Schwäche – "Ich bin, wie eine kranke Pflanze, die die Sonne nicht ertragen kann." (III 181; *2, 196*) –, so beginnt Hyperion zu schreiben. Nach Überblicksdarstellungen seiner vergeblichen Versuche – das "fortdaurende Gefühl der Zernichtung, wenn das Daseyn so ganz seine Bedeutung verloren hat" (III 164; *2, 178*) – kommt er zur Erkenntnis, die wohl das Ziel der Entwicklung des Schreibers formuliert und die noch für den endgültigen *Hyperion* gelten kann:

> Wohl dem, Bellarmin! wohl dem, der sie überstanden hat, diese Feuerprobe des Herzens, der es verstehen gelernt hat, das Seufzen der Kreatur, das Gefühl des verlornen Paradieses. Je höher sich die Natur erhebt über das Thierische, desto größer die Gefahr, zu verschmachten im Lande der Vergänglichkeit! (III 165; *2, 179*)

Was das auf der Fahrt nach Waltershausen fast vollendete Gedicht *Das Schiksaal* erbracht hatte, nämlich die Einsicht in die bis ins Kosmische gehende und das Leben der Natur ermöglichende, vor allem aber die höchsten Formen des Menschlichen bildende Funktion des Leides und der Not, das wird auch das Ziel des Erkenntnisprozesses und des Läuterungsweges, die der schreibende Hyperion des *Fragments* sich vorsetzt. Angesichts immer deutlicheren Bewußtseins der initialen Austreibung aus dem Paradies ein Bleiben im Leben für sich zu erwerben, die Organisation von Bedürfnissen, Kräften und allem, womit wir in Verbindung stehen, sich selbst zu geben, das hat Hyperion als seine Aufgabe erkannt.

Und an dieser Stelle beginnt er zu erzählen, und zwar etwas, das er dem Freund Bellarmin, den er in Rom getroffen hat und der vielleicht Italiener ist,[128] damals noch nicht erzählen konnte, weil es ihn zu sehr ergriffen hätte:

---

128 III 165 (186, 12f.); *2, 179* und III 167 (189, 2); *2, 181*.

> Ich fürchtete mich noch vor gewissen Erinnerungen, als wir uns fanden über den Trümmern des alten Roms. Unser Geist gleitet so leicht aus seiner Bahn; müssen wir doch oft dem Säuseln eines Blatts entgehen, um ihn nicht zu stören in seinem stillen Geschäfte! Itzt kann ich wohl manchmal spielen mit den Geistern vergangner Stunden. (III 165f.; *2, 179f.*)

Das heißt, daß Hyperion seit seinen ersten mündlichen Erzählungen in Rom eine Kräftigung, eine größere Distanz zu dem einschneidendsten Erlebnis seiner Vergangenheit gewonnen hat, die ihm jetzt das freie Umgehen ("Spielen") mit der Erinnerung ermöglicht, während er damals fürchten mußte, durch den unbewältigten Schmerz seinen Geist aus der "Bahn" zu werfen: dieser Geist hat ein "stilles Geschäft" der Bewältigung des Vergangenen, in dem das bewußte Ich ihn nicht "stören" darf; der schreibende Hyperion findet sich hier also noch in sich selbst gespalten zwischen einem unbewußt arbeitenden Geist und seiner bewußten Selbsterkenntnis, aber er war schon in Rom so weit, daß er einen zerstörerischen Exzeß des Geistes durch bewußte Vermeidung einer Störung verhindern konnte: er ist noch weit von der selbstgeleisteten Organisation, jedoch sichtbar auf dem Wege dahin.

Eine hoffnungsvolle Prognose wie "Morgen werd' ich ruhiger erzählen" (III 167; *2, 182*) zeigt die Reflexion des Schreibers auf diesen Progreß, macht den Leser auf die Art des Erzählens aufmerksam und lenkt das Interesse beider auf das Ziel des Schreibers, von dem das Ende des *Fragments* handelt. Das Ende des 3. Briefs artikuliert den Wunsch, nur wenigstens ruhig nach der Wahrheit suchen zu können: "Ach! bin ich nur dort einmal angekommen, dann soll es anders werden mit mir." (III 181; *2, 196*) Die Wahrheit, die er in Westeuropa vergeblich suchte und die er jetzt, zurückgekehrt in sein heimatliches Ionien, immer noch sucht, ist die Erkenntnis dessen, was ihn gerufen hat nach dem Verlust Melites, dem vergeblichen Versuch einer Flucht in die "Abgezogenheit von allem Lebendigen" mit Hilfe der altgriechischen Literatur und dem unerwarteten Gegenzug – die "Mutter alles Lebens, die unbegreifliche Liebe" regt sich wieder:

> Da ward ich, was ich jezt bin. Aus dem Innern des Hains schien es mich zu mahnen, aus den Tiefen der Erde und des Meers mir zuzurufen, warum liebst du nicht *mich*? (III 183; *2, 198*)

Wenn er in diesem Augenblick "ward, was ich jezt bin", dann ist er jetzt ein Liebender, der eine unbekannte Geliebte sucht, die ihn wie Goethes Ganymed "aus dem Nebeltal" angerufen hat.[129] Entsprechend heißt es im 5. Brief:

> Ich weis nicht, wie mir geschieht, wenn ich sie ansehe, diese unergründliche Natur; aber es sind heilige seelige Thränen, die ich weine vor der verschleierten Geliebten. (III 184; *2, 199*)

Das ist die Gegenwart des Schreibers; sie ist wieder in mehrfacher Weise gerichtet: einmal ist seinem Herzen "wohl in dieser Dämmerung" des Gefühls, ein unbekanntes Gegenüber der Liebe zu haben; dann wieder treibt ihn die "verwegne Neugier", dann, angesichts des Knaben, der vergebens in die Sonne zu schauen versucht, resigniert er wieder, dann stellt er fest: "Aber ich kann nicht! ich soll nicht! Es muß heraus, das große Geheimniß, das mir das Leben giebt oder den Tod." (III 184; *2, 199*) Es ist die Frage, ob hinter dem Anruf Nichts, Leere, Täuschung ist wie bei Ixion, ob beim Lüften des Schleiers am Bilde zu Sais Hyperion seine Melite wie dem Hyacinth Hardenbergs sein Rosenblütchen in die Arme sinken wird oder ob ihm, wenn er "zu der Wahrheit geht durch Schuld", wie Schillers Jüngling "auf ewig

129 Der Bezug zu Goethes *Ganymed* scheint nicht zufällig: Auch dessen ambivalente Schlußsituation, die umfangend umfangene Vereinigung mit der Wolke, erscheint im *Fragment* in Verbindung mit der Suche nach der Wahrheit (in den Schulen Westeuropas): "Worte fand' ich überall; Wolken, und keine Juno." (III 164; *2, 178*). Die der liebenden Suche Ganymeds und Hyperions eingeschriebene grausame Alternative zum beglückenden Fund des/der Geliebten ist die Geschichte von Ixion, die ja nicht nur Goethe, sondern Hölderlin (im Zusammenhang des Kentaurenmythos) bis in die späteste Zeit beschäftigt hat. Zugrunde liegt mit Sicherheit bei Goethe Voltaires Dialog "Nature" (1771) in den *Questions sur l'Encyclopédie* (Voltaire, *Dialogues et anecdotes philosophiques*, ed. par Raymond Naves, Paris 1966, S. 369–371). Dort überzeugt die Natur den Philosophen, daß sie Kunst sei; der Erstaunte gibt zu: "Je mehr ich darüber nachdenke, desto mehr sehe ich, daß du nur die Kunst von ich weiß nicht was für einem großen sehr mächtigen und sehr fleißigen Wesen bist, das sich verbirgt und das sich zur Erscheinung bringt. All die Denker seit Thales und wahrscheinlich lang vor ihm haben Blindekuh mit dir gespielt; sie haben gesagt: Ich habe dich, und sie hatten nichts. Wir gleichen alle Ixion; er meinte Juno zu umarmen, und er genoß nur eine Wolke." – Für Hölderlin wird später wichtig, daß aus einer solchen aus Hybris entstandenen Täuschung einerseits die Strafe Ixions, andererseits eben doch z.B. Chiron der berühmte Erzieher hervorging.

[...] seines Lebens Heiterkeit dahin" sein wird,[130] oder ob wie der Semele die Gewalt der unvermittelten Präsenz des Göttlichen den Tod bringt – ein von Hölderlin oft zitiertes Mythologem.

Zwei Erkenntnisse sind hier festzuhalten: Der auf sich selbst reflektierende, sich selbst in einem prekären Erlösungsprozeß wissende Erzähler, den man oft erst dem endgültigen *Hyperion* zuschreibt, gehört in den Grundbestand des *Fragments*. Dieser Prozeß ist zugleich das Suchen und Irren einer Liebe, die vor der Natur als einer verschleierten Geliebten steht und zwischen dämmernder Gefühlsgewißheit und verwegener Neugier, Resignation und Trieb und Verpflichtung vermitteln muß: diese Liebeskonzeption wird fälschlich allgemein erst der Zeit nach der Begegnung mit Fichtes *Wissenschaftslehre* und der *Metrischen Fassung* zugeordnet.

Zu den Personen im *Fragment* noch einige Bemerkungen. Hyperion ist Ionier, stammt aus Smyrna; an ihm werden die von Hölderlin angekündigten Richtungen und Zurechtweisungen (z.B. durch Melite) deutlich, manchmal noch ein wenig gewaltsam, sichtbar – "Ich war gefaßt", "Ich war ganz ein andrer geworden", solche Reflexionen auf den eigenen Zustand sind häufig. Charakteristisch ist schon das Ungenügen an der Gegenwart und die Schwärmerei für die griechische Vergangenheit.

Damit trifft er sich mit Melite, zunächst und vor allem mit ihrem Vater, der nicht persönlich auftritt, aber als "sonderbarer Mann" beschrieben wird, der "aus Verdruß über die izige Lage der Griechen sich schon gar lange von Smyrna weg begeben hätte, um [in der Einsamkeit Kleinasiens] seines finstern Grams zu pflegen" (III 168; *2, 182*). Melite hat ihren Namen offenbar im Gedenken an die große griechische Vergangenheit von dem Fluß Meles erhalten,[131] wo Homer "der Herrliche manche Stunde der Begeisterung gefeiert haben soll" (III 168; *2, 182*) und wo die im dritten Brief beschriebene Homerfeier stattfindet. Melite ist deutlich nach Schillers Aufsatz *Über Anmut und Würde* gestaltet; zunächst ist von ihrer Grazie die Rede; unter Hype-

130 Beide, Schiller mit *Das verschleierte Bild zu Sais* (1795) und Novalis mit dem *Lehrling zu Sais*, könnten von Hölderlins offen gelassener Situation am Ende des *Fragments* zu ihren entgegengesetzten Lösungen angeregt worden sein.

131 Vgl. dazu meinen Aufsatz Diotima (wie Anm. 9), S. 150f. In allem, was die Frauengestalt im *Hyperion* angeht, beziehe ich mich auf diesen Aufsatz und fasse mich entsprechend kürzer.

rions leidenschaftlichem Ansturm leidet sie und geht in Hoheit und Würde über. Sie ist nicht wie später Diotima bereit, sich um Hyperions willen eine fremde Seinsweise zu geben; sie sucht die Selbständigkeit ihres Wesens auch in der Beziehung zu einem Geliebten zu bewahren und ist überzeugt, daß die vollkommene Vereinigung erst im Jenseits möglich ist. Sie wird, während Hyperion mit Adamas, dem späteren Alabanda, eine Reise zu den Altertümern macht, von ihrem Vater abgeholt, ist in dieser Hinsicht also unselbständig. Ihre Begeisterungsfähigkeit ist noch deutlich schwächer gestaltet als die der Diotima in *Hyperions Jugend*; sie ist eher von Trauer und Wehmut bestimmt, rückgewandt in die große unwiederbringliche Vergangenheit. Hyperions an Herders *Tithon und Aurora* orientierte Rede über die Notwendigkeit des Vergehens und seinen Sinn in der Verjüngung, der Adamas und Notara begeistert zustimmen, kontert sie mit dem Verweis auf die Ewigkeit (III 180; *2, 195*). Ihre Unerreichbarkeit ist nicht wie in Goethes *Tasso*, auf den Hölderlin mit dem "Auch sie! auch sie!" (III 176; *2, 190*) anspielt, eine Unerreichbarkeit des Standes, sondern des Geistes. Melite wird Hyperion nicht erst von ihrem Vater entzogen, sondern von ihrem in sich geschlossenen Wesen einer selbständigen sittlichen Persönlichkeit, wie Schiller es in seiner Schrift darlegte. Wenn Hyperion am Ende ein Liebender der Natur wird, so ist es das Prinzip, dem Schiller in der Abhandlung zu Goethes Ärger nur den Schein der Freiheit gewährt und das er im übrigen als für den Geist bedrohlich angesehen hatte. Hölderlin läßt also seinen Hyperion ebenfalls weiter als Schiller über die Kantische Grenzlinie hinaus gelangen; Melite scheint zusammen mit *Anmut und Würde* überwunden, aufgehoben in der liebenden Natur, die sich in ihrer Freiheit als Schönheit zeigen wird.

Die Metrische Fassung

Der fragmentarische Jambentext, der ein Stück weit von einer Vorfassung in Prosa begleitet wird, ist im Winter 1794/95 entstanden (die StA präzisiert: November 1794 bis Januar 1795; die FHA ist vorsichtiger: "vermutlich um die Jahreswende 1794/95 in Jena und Weimar entstanden"). In diese Zeit fällt Hölderlins Übersiedelung nach Jena (erste Novemberhälfte 1794), zunächst mit seinem Zögling Fritz von Kalb, ferner ein Besuch in Weimar um Neujahr, die Lösung des

Dienstverhältnisses bei der Familie von Kalb Mitte Januar 1795 und ein Leben auf eigene Rechnung bis zur überstürzten Abreise aus Jena Ende Mai 1795, unterbrochen nur durch eine einwöchige Fußwanderung nach Halle, Dessau, Leipzig Ende März/Anfang April.

Von Anfang an besuchte Hölderlin Fichtes Vorlesungen, verkehrte bei Niethammer und Schiller, traf dort häufig Goethe, den er wie Herder auch in Weimar aufsuchte. Den schon aus Tübingen bekannten Sinclair und andere "wahrhaft große selbsttätige mutige Herzen" (VI 139; *3, 159*) unter den Studenten muß er schon früh in Jena zu Freunden gewonnen haben. Dieser plötzlich erweiterte Umgang "schlägt mich nieder und erhebt mich wechselsweise"; Resignation beschleicht ihn, wenn er im Vorbericht der neuen Wieland-Ausgabe (mit der Endfassung des *Agathon*) liest, "die Muse Wielands habe mit dem Anfange der deutschen Dichtkunst angefangen, und ende mit ihrem *Untergange*!" (VI 139; *3, 159*) Er schalt sich zwar einen "Kindskopf" für das Gefühl des eigenen Unwerts, das daraus resultierte, "aber so was kann mir eine Woche verderben". Poetisch sollte deshalb vielleicht die neue Fassung des *Hyperion* mit den Verserzählungen Wielands konkurrieren.[132]

Neben der Arbeit am Roman befaßt Hölderlin sich in der Hauptsache mit dem Versuch, die neuen geistigen Anregungen zu verarbeiten, vor allem durch Fichtes Philosophie, dann aber auch durch die im ersten *Horen*-Heft Januar 1795 erschienenen Briefe *Über die ästhetische Erziehung des Menschen* I-IX, den ebenda erschienenen Rahmen der *Unterhaltungen deutscher Ausgewanderten*, die drei ersten Bücher von *Wilhelm Meisters Lehrjahren.*[133] Von der philosophischen Gedankenarbeit zeugen Fragmente wie *<Über das Gesez der Freiheit>*, *<Urtheil und Seyn>*, *Hermokrates an Cephalus* und *Über den Begriff der Straffe*, von denen zumindest die beiden letzten mit der Aussicht zu

---

132 Bei Hölderlins Nachlaß-Büchern befanden sich Wielands *Musarion* und *Der neue Amadis* (VII 3, 389), von dem schon früh (negativ wegen des "pornographischen" Charakters) die Rede ist (VI 10; *3, 18*), also zwei der Verserzählungen, die Hölderlin neben Wielands in Blankversen geschriebener Übersetzung der Episteln des Horaz (1782) bestimmt inspiriert haben, nicht nur Versepisteln (I 173–175, 232–234; *1, 147, 193*), sondern auch die Verserzählung *Emilie vor ihrem Brauttag* zu schreiben (vgl. Beißner III 501).

133 "Nur Göthe konnt' ihn schreiben. Besonders wirst Du Dich über das Ständchen vor Marianens Haus, u. das Gespräch über die Dichter freuen." (VI 151; *3, 172*; 19.1.95 an Neuffer.)

tun haben werden, in Niethammers "philosophischem Journale mitzuarbeiten" (VI 164; *3, 186*). In zwei wichtigen Briefen an Hegel vom 26.1.95 und an den Bruder vom 13.4.95 teilt er in Kurzfassung wichtige Resultate seines Nachdenkens mit; endlich ist die *Metrische Fassung* auf weite Strecken eine philosophische Abhandlung.

Die politischen Ereignisse – der fortgehende Koalitionskrieg gegen Frankreich, dessen Expansionstendenz sich durch Eroberung Amsterdams (Januar 1795) manifestierte, die immer wieder aufflackernden Hungeraufstände in Paris, die Formierung einer royalistischen Opposition in Frankreich, die Jakobinerprozesse in den österreichischen Ländern – das alles erzeugte eine nie dagewesene Politisierung der öffentlichen Diskussion auch in Deutschland, die gerade in Jena durch den Agitator und Katalysator Fichte besonders verstärkt wurde. Dieser hielt im Wintersemester 1794/95 Vorlesungen "Über Moral für Gelehrte", die auch Hölderlin besuchte, veröffentlichte die zur Ergänzung seiner *Wissenschaftslehre* wichtigen *Vorlesungen über die Bestimmung des Gelehrten* und war, wie Hölderlin schreibt, "die Seele von Jena" (VI 139; *3, 159*). Als er aber das akademische Leben der Studenten reformieren, d.h. die Studentenorden abschaffen wollte, verwandelte sich die Begeisterung der Studenten in Haß; die Fenster seines Hauses wurden ihm mehrfach eingeworfen – "freilich ist es von den Nicht-Ichs, die man doch *gesetzt* hat, sehr unhöflich, durch die Scheiben zu *fliegen*", schrieb Goethe[134] –, und er mußte sich im Sommer 1795 ins friedliche Oßmannstedt zu Vater Wieland zurückziehen. Einen Begriff von der Erhitzung solcher politischen Diskussionen, wo sich im geselligen Kreis plötzlich Anhänger und Gegner der Revolution wie Todfeinde gegenüberstanden, kann man sich aus Jacobis *Woldemar* (1794) und aus dem in der Konstellation wohl daraus abgeleiteten Rahmen von Goethes *Unterhaltungen* machen.[135]

Politische Abstinenz, wie Schillers *Horen*-Programm sie sich und dem Publikum angelobt hatte, war weder in der philosophischen Theoriebildung noch in der poetischen Produktion durchzuhalten: Schillers *Ästhetische Briefe* sind mit ihrem Projekt der ästhetischen Erziehung der Menschen zwecks Annäherung der Ziele, die die Französische Re-

---

134 An Voigt, 10.4.1795.

135 Friedrich Heinrich Jacobi, *Woldemar* (endgültige Ausgabe 1794, Göthe gewidmet), *Werke* Bd. 5, Darmstadt 1968, S. 88–106; Goethe, *Unterhaltungen deutscher Ausgewanderten*, HA 6, 130–134.

volution nicht erreicht und gar konterkariert hatte, ein wesentlich politisches Projekt, so wie die ihnen antwortenden *Unterhaltungen* Goethes mit ihrem Programm der sozialen Bildung ein politisches Projekt sind.[136] Hölderlin lobt denn auch in seinem Brief an Hegel vom 26.1.95 dessen Beschäftigung mit Religion; das sei ein Teil seines Arbeitsfeldes, denn er "gehe schon lange mit dem Ideal einer Volkserziehung um" (VI 156; *3, 177*); davon, unter Einschluß von "Poësie und Religion", sollen später die "Neuen Briefe über die ästhetische Erziehung des Menschen" handeln (VI 203; *3, 225*). Auch Hölderlins philosophische Bemühungen behalten also ihren im weitesten Sinne politischen Charakter, indem sie Wege suchen, Gesinnungen zu bilden und Formen des Zusammenlebens zu begründen, die vernunftlose Gewaltaktionen und staatlichen Terror überflüssig und unmöglich machen sollen. Dichtung, wie er sie versteht, hat nicht nur philosophische Inhalte und, wie wir schon am Erzähler des *Fragments* gesehen haben, Funktionen für die Selbstkonstitution des Ich, sondern auch politische Inhalte – die Liebes- und Geselligkeitstheorie von *Metrischer Fassung* und *Jugend*, die Staatstheorien im *Hyperion* – und politische Funktionen etwa in der Scheltrede des endgültigen Romans.

Mit Fichtes *Grundlage der gesammten Wissenschaftslehre*, die im Herbst 1794 zu erscheinen begann (der dritte Teil wurde erst im Sommer 1795 gedruckt), befaßte sich Hölderlin noch in Waltershausen, und zwar in Verbindung mit einer "Lectüre des Spinoza" (VI 155f.; *3, 176*). Wie er dem Bruder gestand, machte ihm "die Sache manchmal ein wenig Kopfschmerzen, um so mehr, da ich durch Studium der Kantischen Philosophie gewöhnt war, zu prüfen, ehe ich annahm". (VI 164; *3, 185f.*) Hölderlin hatte Fichte anfangs "ser im Verdacht des Dogmatismus" und hat den Verdacht im Januar 1795 noch nicht ausgeräumt: "er möchte über das Factum des Bewußtseins in der *Theorie* hinaus [...], und das ist eben so gewis, und noch auffallender transcendent, als wenn die bisherigen Metaphysiker über das Daseyn der Welt hinaus wollten – sein absolutes Ich (= Spinozas Substanz) enthält alle Realität [...]" (VI 155; *3, 176*). Der Dogmatiker, so

136 Vgl. meinen Aufsatz "Soziale Bildung gegen ästhetische Erziehung. Goethes Rahmen der 'Unterhaltungen' als satirische Antithese zu Schillers 'Ästhetischen Briefen' I–IX", in: Helmut Bachmaier, Thomas Rentsch (Hrsg.), *Poetische Autonomie? Zur Wechselwirkung von Dichtung und Philosophie in der Epoche Goethes und Hölderlins*, Stuttgart 1987, S. 207–272.

hat der Kantianer gelernt, bedient sich einiger Vernunftprinzipien, "Begriffe und Grundsätze über alle mögliche Erfahrung hinaus [...], darum eben, weil sie unabhängig von dieser erkannt werden".[137] Fichtes Konzeption eines Unbedingten als Bedingung der Möglichkeit aller Erkenntnis hatte zunächst die Funktion von Kants transzendentaler Synthesis der Apperzeption; die Bezeichnung dieser Funktion als absolutes "Ich" mußte jedoch widersprüchlich erscheinen, weil "Ich" sowohl als Ermöglichtes (das Bewußtsein des "Ich denke") wie auch als Ermöglichendes fungieren sollte, und weil es nicht nur seine Vorstellungen und Begriffe, sondern auch "alle Realität" in sich enthalten sollte.

Hölderlin sah deshalb in Fichtes absolutem Ich nur die auf das Subjekt übertragenen Bestimmungen, die Spinoza der Allsubstanz zugeschrieben hatte; wie Spinoza nach Fichte in seinem "völlig konsequenten" System über die Grenze der Kritik hinausspringe und jenseits des empirischen Bewußtseins ein reines Bewußtsein setze, "das nie zum Bewußtsein gelangt",[138] so gehe Fichte seinerseits über die Grenze hinaus, wenn er ein "im empirischen Bewußtsein gegebnes reines Bewußtsein" annimmt[139] und dieser bei Kant nur als transzendental, hinter dem als "Factum" des Bewußtseins denknotwendig erschlossenen Synthesis Bewußtsein, Tätigkeit und "alle Realität" zuschreibt.

Der leicht zu mißverstehende Realitätsbegriff Fichtes klärte sich für Hölderlin offenbar in Jena beim direkten Kontakt mit Fichte, denn der Brief an Hegel vom 26.1.95 berichtet von der Identifikation Absolutes Ich – Spinozas Substanz und dem Dogmatismusverdacht als in Waltershausen niedergeschrieben und zwar noch nicht völlig ausgeräumt, aber offenbar durch Fichte selbst wenigstens teilweise eingestanden – "Fichte bestätiget mir" heißt es vor der bedauerlichen Lücke des Briefs (VI 156; *3, 176*). In der Tat, Fichte schreibt anderswo, "daß die Dinge allerdings bloß als Erscheinungen vorgestellt, daß sie aber als Dinge an sich gefühlt werden; daß ohne Gefühl gar keine Vorstellung möglich sein würde; daß aber die Dinge an sich nur subjektiv,

---

137 Immanuel Kant, *Prolegomena zu einer jeden künftigen Metaphysik, die als Wissenschaft wird auftreten können*, hrsg. v. Karl Vorländer, Hamburg 1951, S. 314 (der Akad. Ausg.).

138 So Fichte, *Grundlage der gesamten Wissenschaftslehre*, 1794, Hamburg 1956, S. I 100f. (Zählung der Medicus-Ausgabe).

139 Ebd.

d.i. nur inwiefern sie auf unser Gefühl wirken, erkannt werden";[140] er schreibt in *Einige Vorlesungen über die Bestimmung des Gelehrten* (1794), deren Lektion Hölderlin im Wintersemester beiwohnt, "daß das Ich sich seiner selbst nie bewußt wird, noch bewußt werden kann, als in seinen empirischen Bestimmungen, und daß diese empirischen Bestimmungen notwendig ein Etwas außer dem Ich voraussetzen. Schon der Körper des Menschen, den er *seinen* Körper nennt, ist etwas außer dem Ich".[141] Die Realität der Dinge an sich ist, wie Fichte im dritten Teil der *Wissenschaftslehre* ausführt, eine gefühlte, wird zum Faktum für das Ich durch dessen Leiden und ist damit nicht Sache eines Wissens oder Erkennens, sondern des Glaubens; das Erkennen interpretiert das Leiden und erzeugt das Wie des faktischen Daß der geglaubten Dinge: "An Realität überhaupt, sowohl die des Ich, als des Nicht-Ich, findet lediglich ein Glaube statt."[142]

In der *Bestimmung des Gelehrten* führt Fichte aus, "die letzte Bestimmung aller endlichen vernünftigen Wesen [sei] absolute Einigkeit, stete Identität, völlige Übereinstimmung mit sich selbst";

> das Gefühl und die dasselbe voraussetzende Vorstellung ist nicht frei, sondern hängt von den Dingen außer dem Ich ab, deren Charakter gar nicht Identität, sondern Mannigfaltigkeit ist. Soll nun dennoch das Ich auch in dieser Rücksicht stets einig mit sich selbst sein, so muß es unmittelbar auf die Dinge selbst, von denen das Gefühl und die Vorstellung des Menschen abhängig ist, zu wirken streben; der Mensch muß suchen, dieselben zu modifizieren, und sie selbst zur Übereinstimmung mit der reinen Form seines Ich zu bringen, damit nun auch die Vorstellung von ihnen, insofern sie von ihrer Beschaffenheit abhängt, mit jener Form übereinstimme.[143]

Mit dieser Stelle scheint Hölderlin sich in der *Metrischen Fassung* auseinanderzusetzen, wo er den Weisen den Verdacht erkenntnistheoretischer Naivität abwehren läßt:

> Denke nicht, ich spreche zu jugendlich, lieber Fremdling! Ich weis, daß nur Bedürfnis uns dringt, der Natur eine Verwandschaft mit

---

140 Johann Gottlieb Fichte, *Über den Begriff der Wissenschaftslehre, oder der sogenannten Philosophie*, Anm. zur Vorrede der 1. Ausg. 1794. J.G. Fichte, *Ausgewählte Werke* in sechs Bänden, Darmstadt 1962, Bd. 1, S. 157.

141 Erste Vorlesung; ebd. S. 223.

142 Grundlage (wie Anm. 138), S. 301.

143 *Einige Vorlesungen über die Bestimmung des Gelehrten*; Ausgew. Werke (wie Anm. 140) Bd. 1, S. 225f.

> dem Unsterblichen in uns zu geben und in der Materie einen Geist zu glauben, aber ich weis, daß dieses Bedürfnis uns dazu berechtigt, ich weis, daß wir da, wo die schönen Formen der Natur uns die gegenwärtige Gottheit verkündigen, wir selbst die Welt mit *unserer* Seele beseelen, aber was ist dann, das nicht durch *uns* so wäre wie es ist? (III 192; *2, 207*)[144]

Die Existenz einer Welt der Dinge an sich außerhalb des Ich, deren Läugnung man Fichte fälschlich unterstellte, steht hier nicht einmal mehr zur Diskussion; es geht um die Beschaffenheit dieser Dinge – "was ist dann, das nicht durch uns so wäre wie es ist?" Die Vorstellung von der Beschaffenheit der Dinge wird von der Erkenntnis gebildet, die das Gefühl interpretiert, das uns die Dinge von ihrer Existenz und ihrer Beschaffenheit geben. Handelnd kann das Ich auf die Dinge einwirken und wieder auf dem Umweg über das Gefühl und seine durch die (nun veränderte) Beschaffenheit des Dings modifizierte Affektgestalt eine größere Übereinstimmung der Vorstellung vom Ding mit der Vorstellung von sich selbst erzeugen. Ohne diesen erkenntnistheoretischen Hindernislauf hatte schon Christian Wolff als Naturgesetz des Menschen, das zugleich Ziel seines humanisierenden und kultivierenden Wirkens sein sollte, die Zusammenstimmung des Menschen mit sich selbst, mit seinen Handlungen, mit den Handlungen anderer und mit den Bedingungen und Ereignissen der umgebenden Welt bezeichnet;[145] Herders durch Hölderlin übernommener Begriff der Organisation meint nur insofern etwas anderes, als Herder das zusammenstimmende System als störbar untersucht und Geschichte als Antwort von Systemen auf äußere und innere Störungen versteht.

Der Weise bestreitet also nicht, daß wir erkennend die Beschaffenheit ("wie es ist") eines Dings konstituieren oder handelnd die objektive Beschaffenheit des Dings ändern, damit es anders auf unser Gefühl und damit wieder auf unser Erkennen wirkt. Er geht weiter, indem er den Gedanken des Triebs, mit dem Fichte über Kant hinausgeht und mit dem er theoretische und praktische Vernunft zu verbinden trachtet, dazu benutzt, um das Subjekt zu objektivieren. Fichte hat festgestellt: "Der höchste Trieb im Menschen ist, laut unserer letzten Vorlesung,

---

144 Vgl. die metrische Fassung V. 102–112; deren Abweichungen profilieren die an Rousseau, Hemsterhuis und Herder orientierte philosophische Position des Weisen noch stärker.

145 Christian Wolff, *Philosophia practica universalis* II 74.

der Trieb nach Identität, nach vollkommener Übereinstimmung mit sich selbst."[146] Schon damit ist dieser Trieb ein Faktum des Bewußtseins; nun schreibt Fichte weiter:

> Es gehört unter seine Bedürfnisse, daß vernünftige Wesen seinesgleichen außer ihm gegeben seien. Er kann dergleichen Wesen nicht hervorbringen; aber er legt den Begriff derselben, seiner Beobachtung des Nicht-Ich zum Grunde, und erwartet, etwas demselben Entsprechendes zu finden.[147]

Daß ein als Faktum in unserem Bewußtsein und Organismus erscheinendes Bedürfnis naturgegeben ist und schon dadurch ein objektives Recht auf Befriedigung durch ein entsprechendes Objekt erwirbt, ist ein der Naturrechtsdiskussion des 18. Jahrhunderts geläufiger Gedanke. Heinse hatte ihn z.B. im *Ardinghello* als Grundkonsens seines utopischen Staats formuliert: "Kraft zu genießen, oder, welches einerlei ist, Bedürfnis, gibt jedem Dinge sein Recht."[148] Hemsterhuis schrieb:

> In dem wohlgeordneten Menschen ist ein einziges von Zeit zu Zeit sich äußerndes Seufzen der Seele nach dem Besseren, Zukünftigen, Vollkommenen ein mehr als geometrischer Beweis für das Wesen der Gottheit.[149]

Auch Fichte nimmt das Bedürfnis, daß wir vernünftige Wesen außer uns suchen, schlicht für die Anzeige seiner Berechtigung, denn er erhebt den "gesellschaftlichen Trieb" nach vernünftigen Wesen außer unserem Ich "unter die Grundtriebe des Menschen. Der Mensch ist *bestimmt*, in der Gesellschaft zu leben; er *soll* in der Gesellschaft leben; er ist kein ganzer vollendeter Mensch und widerspricht sich selbst, wenn er isoliert lebt".[150] Das Bedürfnis, freihandelnde vernünftige We-

---

146 Einige Vorlesungen (wie Anm. 143), S. 232.

147 Ebd.

148 Ardinghello (wie Anm. 13), S. 374. Heinse erläutert: "Jedes hat fürs erste das Bedürfnis zu essen, zu trinken, mit Kleidung und Wohnung sich zu schützen und zu sichern, die Wahrheit von dem Notwendigen einzusehen und, wenn es mannbar ist, das der Liebe zu pflegen. Vermag es nicht, sich dieses friedlich zu verschaffen, so darf es dazu die äußersten Mittel brauchen; denn ohne dasselbe erhält es weder sich noch sein Geschlecht." (Ebd.)

149 François Hemsterhuis, *Œuvres philosophiques*, ed. par. L.S.P. Meyboom, Leuwarde 1846, Tome II p. 64 (*Aristée ou de la divinité*). Ähnliche Argumentation in Rousseaus *Profession de foi d'un vicaire Savoyard* im *Émile*.

150 Fichte, Einige Vorlesungen (wie Anm. 143), S. 234.

sen unseresgleichen außer unserem Ich zu erwarten, gibt uns als Grundtrieb, der die Bestimmung und Pflicht des Menschen zur Gesellschaft begründet, auch das Recht zur Annahme, daß solche Wesen "gegeben" seien.[151] Der "gesellschaftliche Trieb" freihandelnder vernünftiger Individuen "geht auf Wechselwirkung, gegenseitige Einwirkung, gegenseitiges Geben und Nehmen, gegenseitiges Leiden und Tun: nicht auf bloße Kausalität, nicht auf bloße Tätigkeit, wogegen der andere sich nur leidend zu verhalten hätte."[152]

> Der gesellschaftliche Trieb, oder Trieb, sich in Wechselwirkung mit freien vernünftigen Wesen – als solchen – zu setzen, faßt unter sich folgende beiden Triebe: den *Mitteilungstrieb*, d.i. den Trieb, jemanden von derjenigen Seite auszubilden, von der *wir* vorzüglich ausgebildet sind [...] und dann – den *Trieb zu empfangen*, d.i. den Trieb, sich von jedem von derjenigen Seite ausbilden zu lassen, von welcher er vorzüglich ausgebildet und wir vorzüglich ungebildet sind.[153]

Viele Gedanken der *Metrischen Fassung* sind hier vorgebildet: 1. die handelnde Einwirkung auf die Dinge außer uns, um sie in Übereinstimmung untereinander und mit uns zu bringen, damit sie sich als einheitlich gestaltete und kultivierte Welt in unserer Erkenntnis abbilden lassen und uns selbst die erstrebte Einheit mit uns ermöglichen (vgl. *Metr.* V. 61–64, bes. Prosa!); 2. der "Trieb zu empfangen" von anderen freien und vernünftigen Individuen (V. 76–78 und Prosa); 3. das Bedürfnis und der Trieb, die handelnd auf das wirken oder von dem Wirkung erwarten, was jenseits des Erkenntniskreises des Ich ist, und die (objektive) Legitimiertheit dieses Bedürfnisses (V. 103–106);

---

151 Das auch für Schiller entstehende Problem der Erkenntnis einer freien Handlung bei uns und bei andern löst Fichte so, daß wir im Zusammenhang der Dinge eine anomale Veränderung beobachten, die "gar nicht mehr aus dem Gesetze, nach welchem sie vorher sich richtete, sondern bloß aus demjenigen zu erklären ist, das *wir unserer* freien Handlung zugrunde gelegt haben." (Ebd. S. 233) Dieser indirekte Schluß auf die Freiheit gilt auch für die Handlungen anderer Wesen, die ich beobachte.

152 Ebd. S. 236.

153 Ebd. S. 243. In Unkenntnis dieser Stelle meint Jeffrey Barnouw (wie Anm. 89), die Rede vom "Trieb, bestimmt zu werden", richte sich gegen Fichte. Der "Trieb zu empfangen" ist auch nicht "von den Entstehungsbedingungen des endlichen Bewußtseins abgeleitet", wie Ryan (wie Anm. 77), S. 38f. im ausschließlichen Blick auf die *Wissenschaftslehre* und deren theoretischen Teil meint. Mit den Begriffen "Bedürfnis" und "Recht" geht Hölderlin *wie Fichte* auf die "Dinge außer dem Ich" über!

4. die subjektive Konstituiertheit der Beschaffenheit des Erkannten, die jedoch auf einer differenziellen Beschaffenheit des die Dinge erleidenden Gefühls beruht, die handelnd verändert werden kann und deshalb die Bestimmung des Menschen in die Kultivierung des Mannigfaltigen zur einheitlichen Welt setzt (V. 73f. u.ö.); 5. der "höchste Trieb", in uns, mit uns und unseren Kräften, mit unseren Handlungen und unserer Welt in Übereinstimmung zu kommen (V. 146–148); 6. der Mangel in der Ausbildung unserer selbst, der durch die Wechselwirkung – Tun und Leiden, Geben und Empfangen auf beiden Seiten – mit gleichartigen freien und vernünftigen Wesen kompensiert wird (V. 149–152).

Wo sich Hölderlin deutlich von Fichte absetzt, das sind die Konzepte von Natur, Liebe und Schönheit. Was das Bild der Natur anbelangt, so haben wir in der *Metrischen Fassung* drei Positionen voneinander zu unterscheiden: a) die Position des Erzähler-Ichs zum Zeitpunkt des Besuchs bei dem Weisen, b) die Position des Weisen, der das Erzähler-Ich belehrt, c) die Position des Erzähler-Ichs zum Zeitpunkt des Erzählens.

a) Der Erzähler in seiner Jugend war tyrannisch und "unglaubig" gegen die Natur, argwöhnisch und streng gegen sich und andere Menschen, ist auf Zähmung und Beherrschung aus (V. 1– 19). b) Für den Weisen ist die Natur formlos und ungebildet, widerstrebende Materie, die wir dem "Urbilde, das wir in uns tragen, [...] dem heiligen Geseze der Einheit zu unterwerfen" (III 188/90; *2, 206*) verpflichtet sind. Dies impliziert einen Kampf, der Extremformen gegenseitiger Unterwerfung und Verwüstung, aber auch harmonisch entgegengesetzte Formen freundschaftlichen Agons annehmen kann; hier rechnen wir mit der Willigkeit der Natur zum Bildungsgeschäft und fühlen unserem Geiste einen freundlichen verwandten Geist begegnen.[154] *Wie* wir uns den Geist in der Materie, das unserem Unsterblichen verwandte schöpferische Ich in der Natur, die Seele der Welt vorstellen, ist freilich Produkt unserer anthropomorphisierenden Vorstellung; *daß* wir "dazu berechtigt" sind, beweist unser Bedürfnis, dies zu "glauben"; denn Glaube ist

---

154 "Es ist mein vester, ernster Glaube, wie der Ihrige, der Vater der Geister und der Natur versagt keiner redlichen Bemühung seinen Beistand. Wenn wir dahin trachten und ringen, wohin ein göttlicher Trieb in der Tiefe unserer Brust uns treibt, dann ist alles unser! Selbst der Widerstand ist ein Werkzeug der ewigen Weisheit, uns vest und stark zu bilden im Guten." (VI 160; *3, 181*; 12.3.1795 an die Mutter.)

nach Fichte die Weise, wie uns die Existenz eines Etwas außer unserem Ich im Gefühl präsent wird. c) Der Erzähler zum Zeitpunkt des Erzählens verurteilt seine frühere Haltung gegenüber der Natur; für ihn ist sie nun mütterlich; die rechte Haltung ihr gegenüber ist Liebe.[155] Aufgabe ist das "Geschäft des Bildens", bei dem der Mensch "die Einigkeit und hohe Stille / Den Kräften mit zu teilen [hat], die gesezlos / Der Menschen Herz bewegen" (V. 11–16); diesem und allen anderen Geschäften des Bildens kommt die Natur helfend entgegen, und der Stoff bietet sich dem Geist dazu mit Willigkeit an (V. 13–17).

Natur in der ersten Position ist Feindin, in der zweiten Gegnerin, in der dritten Helferin des Menschen. Die Haltung des Menschen in der ersten Position ist Unglaube und Argwohn, in der zweiten Glaube (Gefühlssicherheit) und Bewußtsein der bloßen Bildhaftigkeit der Vorstellung, in der dritten Liebe.

Fichte hat definiert: "Das unabhängige Nicht-Ich als Grund der Erfahrung, oder die Natur, ist mannigfaltig"[156] und damit dem Identitätsstreben des Ich entgegengesetzt, verantwortlich für alle Fehler, Mängel und Ungleichheiten der Individuen. Folglich:

> der Zweck aller Bildung der Geschicklichkeit [in der Gesellschaft] ist der, die Natur, so wie ich diesen Ausdruck eben bestimmt habe, der Vernunft zu unterwerfen, die Erfahrung, insofern sie nicht von den Gesetzen unseres Vorstellungsvermögens abhängig ist, übereinstimmend mit unsern notwendigen praktischen Begriffen von ihr zu machen. Also, die Vernunft liegt mit der Natur in einem stets dauernden Kampfe; dieser Krieg kann nie enden, wenn wir nicht Götter werden sollen; aber es soll und kann der Einfluß der Natur immer schwächer, die Herrschaft der Vernunft immer mächtiger werden; die letztere soll über die erstere einen Sieg nach dem andern davontragen.[157]

Es ist klar, daß der Erzähler in seiner Jugend durch Fichte so tyrannisch gegen die Natur geworden ist, wie er ja auch Fichte mit dem Bild von dem "Kampf, in dem / Das Licht die alte Finsternis bekämpft" (V. 7f.), direkt zitiert.[158]

---

155 Vgl. die Endposition des Erzählers im *Fragment*.

156 Fichte, Einige Vorlesungen (wie Anm. 143), S. 241.

157 Ebd. S. 244.

158 Ebd. S. 236 spricht er von "dem offenen Kriege des Lichts mit der Finsternis", in dem das Licht siegen wird und eine Versöhnung nicht möglich ist.

Der Weise in seinem Pappelwalde, sentimentalisch das Kind streichelnd, ruft das Bild Rousseaus in der letzten ausgeführten Promenade der *Rêveries* auf, wie wir schon festgestellt haben. Durch die Hilfe des Kindes kann der Argwöhnische, unter Verfolgungswahn Leidende, sich wieder der Gesellschaft der Menschen zuwenden und im Gefühl Zutrauen fassen, wie er es botanisierend schon zu der Natur gefaßt hat. Rousseau aber war in seiner *Profession de foi du vicaire savoyard* auch der Verkünder einer auf dem Gefühl und der Sinnenwahrnehmung gegründeten Gewißheit eigener und fremder Existenz, einer nach der Analogie des menschlichen Handelns mit Wille, Intelligenz und Güte ausgestatteten Gottheit, deren Werke sie nicht der Vernunft, sondern der hingerissenen Bewunderung offenbaren.[159] – Die Haltung des Glaubens als erkenntnistheoretisch wohlmotivierten "salto mortale" aus der Aporie der Vernunft vor den letzten Gründen hat Hölderlin von Jacobi im *Spinoza-Büchlein* kennengelernt.[160] – Die Auseinandersetzung mit der Natur, die in Wildheit und Barbarei führen kann (vgl. V. 66–81), aber auch Zustände der gegenseitigen Formung und Willigkeit hat, spiegelt die Untersuchungen Schillers in *Anmut und Würde* und in der ersten Reihe der *Ästhetischen Briefe*.[161]

Die Formulierungen des Erzählers in Absetzung von seiner früheren Position jedoch nehmen bis in die Bildlichkeit hinein die Lehre Herders in den *Ideen* auf, wo der Mensch als Teil der Natur zur humanisierenden Bildung der Natur berufen ist, die seit jeher auf dem Wege der Vermenschlichung, d.h. der Vereinigung des Gegenstrebigen sich befindet.[162]

---

159 Rousseau, Émile (wie Anm. 83), S. 325, 330, 332, 335, 346.

160 Fritz Mauthner (Hrsg.), *Jacobis Spinoza-Büchlein nebst Replik und Duplik*, München 1912, S. 29, 166f. Fichtes Glaubensbegriff ist von Jacobi abgeleitet.

161 Die Nähe bestimmter Äußerungen des Weisen zu Schiller wurde immer wieder betont: Wilhelm Michel, *Das Leben Friedrich Hölderlins*, Bremen 1940 (ND Darmstadt 1963), S. 146; Johannes Hoffmeister, *Hölderlin und die Philosophie*, Leipzig ²1944, S. 157. Die Reduktion der Äußerungen des Weisen auf Schiller ist jedoch nicht möglich; ich halte ihn für eine synkretistische Figur.

162 Herder, Ideen (wie Anm. 68), S. 31f. 76, 88, 115, 126, 136, 642, 657. Dieser kosmische Sinn der menschlichen Kulturarbeit ist von Marsilio Ficino im Buch XIII seiner *Platonischen Theologie* erstmals herausgearbeitet worden; er begründet nicht nur bei Herder, sondern auch bei Hölderlin den teleologischen Aspekt ihrer Geschichtstheorie.

Auch in den Konzepten von Liebe und Schönheit geht Hölderlin deutlich über Fichte hinaus, bei dem beide Begriffe so gut wie keine Rolle spielen. Hinsichtlich der Schönheit greift der Weise, wie Hölderlin schon in der *Hymne an die Schönheit*, auf den § 42 der *Kritik der Urteilskraft* zurück, wobei zwischen Prosa und metrischer Fassung noch einmal[163] der Schritt von dem "Als ob" Kants und seinem bloßen Symbolbegriff zu der Behauptung getan wird, das Lächeln des Schönen sei die Weise, wie "vor uns, / Das Heilige, das Unvergängliche" erscheine (V. 91–93). Die Argumentation läuft wie beim Glauben an den verwandten Geist in der Natur: das Schöne als Weise des Erscheinens ist unsere Projektion (V. 107–110); was aber in unserer Lust am Schönen als Zustand unseres Lebensgefühls (KdU 1) sich manifestiert, ist die übersinnliche und den Verstand übersteigende Einheit all unserer Vermögen und ihrer ungehinderten Äußerung in unserer Natur, die insofern mit der Natur überhaupt eins ist – "Das hohe Urbild aller Einigkeit" (V. 95), "das wir im Geiste bewahren" (Prosa), weil es objektive und subjektive Natur ist.[164] Diese Theorie der Schönheit hat also Kontinuität seit den *Tübinger Hymnen* und trägt weiter durch den endgültigen *Hyperion*, besonders wenn wir schon in der *Metrischen Fassung* lesen, daß die Melodien und die Dissonanzen des Schicksals dasselbe bedeuten (V. 99–101), daß also die Einigkeit sich keineswegs als Dauer-Harmonie oder gar Monotonie zeigt, sondern sich im Leid, der Trauer, der Demut, dem Wechsel, dem Häßlichen und Dissonanten ebenfalls offenbart und sogar offenbaren muß – das "εν διαφερον εαυτῳ" des Romans kündigt sich nach der "Entdeckung" des Leides auf der Reise nach Waltershausen an.

In der "menschlichen" Rede[165] des platonischen Mythos wird das Schöne wiederum funktionalisiert, und zwar als Korrelat zu Bewußtsein und Bedürfnis, denn der Eros, um den es in diesem Mythos hauptsächlich geht, steht zwischen Fülle und Armut in der Mitte und

---

163 Vgl. im Motto der *Hymne an die Schönheit* die Übernahme der Jacobischen Umdeutung der Kantschen Formulierung.

164 Vgl. die ausführlichere Darlegung im Abschnitt 'Die Vorrede des Thalia-Fragments'.

165 Das "menschliche" Sprechen der Prosa spielt auf Röm 6, 19 an, wonach der Mensch an die Sünde ausgeliefert ist, aber im Geist wiedergeboren werden soll. So ist der Mensch auch hier als Doppelwesen zwischen Unendlichkeit und Endlichkeit gedacht; Hölderlins Rede kann Christentum und Platonismus synkretistisch zusammenfügen.

vereinigt beide mit ihren Tendenzen. Daß eine auf Kant und eine auf Platon anspielende Theorie der Schönheit auf diese Weise hintereinander gestellt werden können, die zweite als Auslegung der ersten, begreift Hölderlin als für die Kantianer provozierend (V. 115), wie es ja auch der Aufsatz über die ästhetischen Ideen hätte werden sollen, dessen Gehalt er hier poetisch darstellt.

Kontaminiert werden drei griechische Mythen mit modernen Philosophemen: Der Mythos von der Geburt der Aphrodite aus dem Meer (V. 125f.) nach dem *Homerischen Hymnus* II und Hesiods *Theogonie* wird von Hölderlin wohl deshalb eingefügt, weil er die Erscheinung des Schönen aus einem "aorgischen" Lebensgrund verbildlicht.[166] Der Mythos von unserer Seele, die aus dem freien himmlischen Flug der Götter und Geister in einen Körper heruntersinkt, findet sich in Platons *Phaidros* 246c–248c und dient dort zur Erläuterung der vierten Art des Wahnsinns, in dem die Seele des Liebenden durch die erscheinende Schönheit in Verzückung gerät und sich der im Jenseits geschauten Schönheit erinnert. Die Schönheit nämlich war schon dort das Hervorleuchtendste, und sie ist auch hier "aufs deutlichste uns entgegenschimmernd" (*Phaidros* 250b–d): Hölderlin wählt damit eine Aussage Platons, wo dieser gegen seine Gewohnheit dem Hiesigen die präsente, nicht bloß abgeschattete Offenbarung des Göttlichen zubilligt; er hat zugleich über die Anamnesis der objektiven Idee eine Art Beleg für seine provokative Kant-Auslegung. Endlich findet Hölderlin in dem Mythos eine Beziehung zwischen Schönheit, Liebe, reinem und eingeschränkt-irdischem Zustand der Seele formuliert; diese Beziehung ist ihm für seine Theorie von Bewußtsein und Schönheitsbewußtsein wichtig. – Der Mythos von der Geburt des Eros aus dem *Symposion* wird verwendet, weil er eine Beziehung zwischen Unbegrenzt-Reinem und Begrenzt-Irdischem, Gott und Mensch, Ewigkeit und Zeit, Idee und Erscheinung ins Bild setzt, die Hölderlin als Philosoph immer wieder durchdachte und die ihm an dieser Stelle die Möglichkeit gab, in der Liebe den Inbegriff der kosmischen und individuellen Tendenzen zu formulieren.

Die Lesung des platonischen Mythos (*Symposion* 203a–204c) ist angeleitet von Ficinos Kommentar zum *Symposion* und Herders Auf-

---

166 Das galt schon für die Griechen, denn nach Homer Il. XIV 201 haben alle Götter und Lebewesen ihren Ursprung im Strom des Okeanos, und Tethys ist die Mutter aller seiner Kinder.

satz *Liebe und Selbstheit*; das wird sichtbar daran, daß Poros, der Vater des Eros, allegorisierend[167] als "Überfluß" der "Armut" oder "Dürftigkeit" gegenübergestellt wird. Herder hat weniger den Schönheitsbezug der Liebe ausgebaut, als in der Auseinandersetzung mit Hemsterhuis' *Lettre sur les désirs* dem Liebesverlangen und Bedürfnis zu empfangen das Bedürfnis nach Selbstheit gegenübergestellt,[168] das zugleich mit unserem "isolirten einzelnen Daseyn" das "Bewußtseyn" unserer Eingeschränktheit, aber auch damit den "Grund alles Genußes" in den verschiedenen Gestalten der Liebe enthält.[169] Dieser Zusammenhang zwischen eingeschränktem Dasein und Bewußtsein, das nur an der Schranke und durch das Leid der Endlichkeit entstehen kann, ist für Hölderlin der Grund, mit Spinoza dem "leidensfreien Geist" das Bewußtsein seiner selbst und irgendeiner Sache, mithin auch Verstand und Willen in unserem Sinne abzusprechen (V. 131–135).[170]

---

167 "Poros" heißt eigentlich derjenige, der Mittel und Wege weiß, die eben nur manchmal auch in Geldmitteln und Reichtümern bestehen. – "Porus et Penia affluentiam et egestatem significant." Marsilio Ficino, *Über die Liebe oder Platons Gastmahl*, übers. u. hrsg. v. K.P. Hasse und P.R. Blum, Hamburg 1984, S. 208. "Nach Platons Ideen ward diese [die Liebe] von der *Dürftigkeit* und dem *Überfluß* in den Gärten Jupiters gebohren." Herder, Liebe und Selbstheit (wie Anm. 90), S. 306.

168 Vgl. unsere Darlegung im Abschnitt 'Die Fragment-Vorrede', oben S. 105f.

169 Herder (wie Anm. 90), S. 320f. Auch Ficino spekuliert schon über Poros, den Sohn der Metis (mit *consilium* übersetzt), und seine Erzeugung eines glühenden Verlangens nach Erkenntnis beim Eros sofort nach dessen Geburt (Ficino, wie Anm. 167, S. 208/210).

170 Vgl. *Jakobi über Spinoza* IV 207, Z. 17–24; *2, 494*. Es ist zu vermuten, daß Spinoza dieses Konzept von Ficino hat. Von Denken oder Wollen im menschlichen Sinn kann bei dem unbewegten unendlich-ewigen Einen, das Gott bei Ficino ist, keine Rede sein; er *ist* Weisheit und Macht und Güte. Im Engel, der darunter liegenden ontologischen Stufe, liegen Saturnus und Jupiter = Sein und Leben neben einer zunächst finsteren und untätigen Potenz der Erkenntnis (Venus), die insofern mit Penia bezeichnet wird. Auf sie trifft Poros, der Lichtfunke des höchsten Gottes, und aktiviert sie als Erkenntnisstreben, das im Engelgeist reine Liebe (Eros) ist. – Es kann mit gutem Grund angenommen werden, daß Ficino z.B. für die Konzeption der "verstandlosen" Allsubstanz und für die Konzeption des *amor dei spiritualis* die entscheidenden Anregungen gegeben hat. Herder meint zwar: "die höchste Kraft [müsse] sich selbst kennen", lehnt aber andererseits "eingeschränkte Vorstellungsarten, Känntnisse a posteriori, fehlbare Berathschlagungen, willkürliche Absichten" in der Gottesvorstellung ab (SW 15, 503); gemeint ist also wohl dasselbe. Hölderlin dagegen ist strenger: er geht von

Die Gegenstrebigkeit von Liebe und Selbstheit, "Anziehung und Zurückstoßung", im Extrem "wie Meeresschleim mit allem zusammenfließen" oder "sich Despot des Weltalls zu glauben",[171] wird bei Herder, wie oben besprochen, durch eine Leiter von Formen der "Vereinigung der Wesen" zur dialektischen Synthese gebracht. "Freundschaft", nicht "Liebe", "Ehe der Seelen", in der nicht "unisone", sondern "consone Töne [...] die Melodie des Lebens und des Genußes geben", das sind Herders Forderungen an die Beziehung zwischen "gegenseitig freien" Wesen sowohl im sozialen wie im asymptotischen religiösen Bezug zwischen Mensch und Gott.[172] Herder hat in *Gott* 1787 klar gemacht, daß die "Beharrung" (entspricht Selbstheit), die "Vereinigung mit Gleichartigem" (Liebe) und die "Verähnlichung mit sich und Abdruck seines Wesens in einem andern" (Freundschafts- und Religionsbeziehung) zwar gegenstrebig wirkende Tendenzen und Gesetze, aber "im Grunde alle wieder nur Ein lebendiger Begriff sind":[173] Hölderlin kann also von da aus den Begriff der Liebe als in sich dialektisch gespannt fassen, als Liebe, Selbstheit und Freundschaft, als In-allem- und Über-allem-Sein und ihre Vereinigung, als Trieb "beschränkt zu werden, zu empfangen", Trieb "uns zu veredlen, zu befrein" und ihre dialektische Beziehung in der Liebe (V. 146–154).

Mit dieser Liebe, die die Gegensätze und ihre Vereinigung vereinigt, hat Hölderlin freilich auch die dialektische Struktur von Absolutem Ich, Nicht-Ich und Empirischem Ich Fichtes rekonstruiert,[174] aber das Zitat des platonischen Mythos macht deutlich, daß er nicht Platon aus Fichte, sondern Fichte aus Platon ableitet, und zwar aus dem Platon, wie Ficino ihn kommentiert hatte. Hier sind es als Ausdrücke der neuplatonischen Trias von Beharrung, Hervorgang und Rückwendung Formen der Liebe in tiefsinnig komplexer Strukturierung: Gemäß der von Pausanias im *Symposion* angegebenen Doppelung der Aphrodite und des Eros in eine Aphrodite Urania mit ihrem zur Idee des Schönen strebenden Eros einerseits und eine gemeine Aphrodite mit ihrem dem Körperlichen zugewandten Eros andererseits (180c–e) konzipiert

---

der Bewußtlosigkeit, auch der Genußunfähigkeit (im Gegensatz zu Spinoza!) des Reinen aus; diese geben dann den niederen Seinsstufen ihren Sinn.

171 SW 15, 305, 323, 325.

172 SW 15, 313, 322, 326.

173 SW 16, 551f.

174 So Henrich, Hölderlin und Hegel (wie Anm. 47), S. 20f.

Ficino in der Weltseele und in jeder anderen Seele eine himmlische, zu Gott zurückgewandte Venus, und eine niedrige, die in Gegenrichtung die empfangene Schönheit in der Körperwelt fortzeugen will und von ihrem Eros dabei angetrieben wird. Auch in der Menschenseele zieht der eine Eros ständig nach oben, der andere ständig nach unten. Nun ist nach Ficino die Menschenseele dadurch von allen anderen Seelen unterschieden, daß sie freigesetzt ist; dies manifestiert sich dadurch, daß ihre Beharrung nicht festgelegt ist wie die Eroten des Hervorgehens und der Rückwendung, sondern ein zweites System von Hervorgang, Beharrung, Rückwendung reflexiv, modulierend, historisch enthält: "Mitten zwischen den beiden festgelegten Eroten gibt es noch einmal drei Eroten, die in der Seele nicht wie die beiden anderen unveränderlich festgelegt sind, sondern anfangen, wachsen, abnehmen und aufhören; deshalb werden sie besser Triebe oder Affekte als 'Dämonen' genannt" (wie die beiden andern).[175]

> Wir sind nämlich zu einer Lebensweise der Betrachtung, der Tätigkeit oder des sinnlichen Genusses bereit und geneigt, je nachdem wir dazu geboren und erzogen sind. Wenn zur betrachtenden, erheben wir uns vom Anblick einer körperlichen sogleich zur Betrachtung der geistigen und der göttlichen Form. Wenn zur genußfreudigen, steigen wir vom Anblick unvermittelt zum Gelüsten des Berührens hinab. Wenn zur aktiven und sittlichen, verbleiben wir allein in der Freude des Anblicks und der Unterhaltung.[176]

Die Möglichkeiten der Entgegensetzung oder Verstärkung dieser drei Triebe mit den beiden festen Grundtrieben der Seele ist mannigfaltig; Verhältnisse der Doppelung eines festen mit einem variablen Trieb entstehen kontinuierlich und ermöglichen die Entscheidungsfreiheit und Veränderungsmöglichkeit des Menschen.

Ich habe Ficinos Lehre hier ausführlicher zitiert, weil dieses Kernstück seiner Philosophie Hölderlin offenbar die Möglichkeit gab, die philosophischen, religiösen und poetologischen Probleme zu lösen, vor die er sich seit dem komplementären Studiums Kants, Spinozas, Platons, nun in Waltershausen und Jena dem Studium Fichtes und erneut Spinozas, gestellt sah. Daß er über Herders *Liebe und Selbstheit* auch Ficinos *Symposion*-Kommentar *De amore* benutzt haben muß, geht aus der ungewöhnlichen Übersetzung "Poros" = "Überfluß", die bei Fici-

175 Ficino, Über die Liebe (wie Anm. 167), S. 214–218.
176 Ebd. S. 218/220.

no, Herder und Hölderlin erscheint, und aus der Konzeption einer in sich dialektischen Liebe hervor, die Hölderlin über Herders Trias Liebe – Selbstheit – Vereinigung hinaus und diese in *einem* Konzept kühn zusammengreifend aus Ficinos Liebestheorie entwickelt. Folgende Problemlösungen sind nun gefunden:

1. Liebe ist Subjekt-Objekt par excellence; bekannt ist Spinozas *amor dei intellectualis*, der sowohl die Liebe Gottes zum Geschöpf wie des Geschöpfs zu Gott wie Gottes durch das Geschöpf zu sich selbst oder des Geschöpfs durch Gott zu sich selbst bedeutet, und zwar deshalb, weil sich in den Richtungen dieser Liebe die Struktur von Beharrung, Hervorgehen und Rückwendung ausdrückt. Mit Ficinos Liebesbegriff ist Hölderlins Liebesbegriff nicht nur "intellectualis", sondern vereinigt in sich auch die Strebungen vom Geist in die Materie und umgekehrt, vom Endlichen ins Unendliche und umgekehrt, vom Ewigen ins Zeitliche und umgekehrt, vom Aorgischen ins Organische und umgekehrt. Göttliches im Menschen und Göttliches in der Natur stehen über die vom Menschen geschaffenen Ausdrucksweisen in liebender Kommunikation miteinander; wie bei Ficino ist Liebe der Name der den Kosmos durchwaltenden Energie, und ihre dialektisch entgegengesetzten und vereinigten Gestalten sind Naturgesetze und Gesetze für das menschliche Subjekt.

Hölderlin muß erkannt haben, daß Spinoza und Fichte mit ihren komplementären Systemen beide aus dieser neuplatonischen Quelle geschöpft und sie nur jeweils reduziert verwendet hatten, und daß deshalb beide kritisch aufeinander bezogen und zugleich überboten werden konnten. In Fichtes System tat sich zwischen der in sich geschlossenen theoretischen Welt von Absolutem Ich, Nicht-Ich und Empirischem Ich einerseits und der in der *Bestimmung des Gelehrten* eröffneten Welt des Handelns mit ihrer Gefühlswirklichkeit und deren indirekter Beeinflussung der theoretischen Welt andererseits eine Lücke auf; zudem erschien Hölderlin die Bezeichnung der obersten objektlosen Instanz als "Ich" unrichtig, weil er darin nicht wie Fichte "die Identität zweier in sich unterschiedener Momente als eines im absoluten Ich"[177] sah, sondern mit dem Begriff des Absoluten gewissermaßen

177 Helmut Bachmaier, "Theoretische Aporie und tragische Negativität. Zur Genesis der tragischen Reflexion bei Hölderlin", in: H.B., Thomas Horst, Peter Reisinger, *Hölderlin. Transzendentale Reflexion der Poesie*, Stuttgart 1979, S. 83–145; 96f.

das zentrale Postulat und mit dem Begriff des Ich eine nähere und dann allerdings eingeschränkte Bestimmung des Absoluten verband. Beide Probleme ließen sich durch das Konzept des dreigestaltigen Eros beseitigen: Die Liebe als reine Energie kann, sofern sie nur (beharrend) in sich selbst hervorgehend und zu sich zurückkehrend gedacht wird (vgl. V. 95–97), als Absolutum begriffen werden; sofern das Reine wirkend hervorgeht, um sich in der Materie auszudrücken, geschieht Trennung des Unendlich-Reinen vom Endlichen, Trennung des Endlichen vom Endlichen, des Subjekts vom Objekt, Kampf, Individualisierung im Handeln; sofern das Endliche sein Reines dem Einen Unendlichen reflexiv zurückwendet, entsteht Erkenntnis, Zusammengriff des Individuellen im allgemeinen Begriff und "höher hinauf" die Ungeschiedenheit der intellektuellen Anschauung. Jede dieser Phasen des Eros scheint selbständig und hat ihre eigenen Gesetze, aber sie hängen zusammen in einer Gesamtbewegung, bedingen und rekonstruieren einander.

Das bedeutet auch, daß Hölderlin in seiner energetischen Konzeption der Liebe nicht in die theoretische Aporie kam, die ihm Helmut Bachmaier bei der logischen Formulierung in der philosophischen Skizze <*Urtheil und Seyn*> nachgewiesen hat: "Jede der beiden Positionen ist für die jeweils andere ihr manifester Gegensatz: die Urteilung ist für die Einheit Trennung, und das absolute Sein ist die Einheit gegen die Trennung."[178] Das gegenseitige Aufeinanderbezogensein von Sein und Urteil besteht eben nur für das Denken, das auch das absolute Sein als "Etwas" und damit einem anderen Etwas gegenüberstehend denken muß. Sobald aber das Denken sich überzeugen kann, daß die "geheime Kraft" (III 204, Z. 18f.; *2, 222*),[179] die in ihm Etwasse denkt und Nicht-Etwas denken möchte, dasselbe ist, was ihm von außen begegnet, dann begreift sich das Denken selbst nur als Manifestation des Subjekt-Objekts, das in ihm denkt und gedacht wird, das handelt und behandelt wird, das liebt und geliebt wird. Das selbstbewußte Subjekt dieser Tätigkeiten ist dann genauso eine im "Irren" der geheimen Kraft sich produzierende Position wie der Zustand des

---

178 Ebd. S. 90.

179 Ich nehme wegen der Lücke in der *Metrischen Fassung* die Formulierung von *Hyperions Jugend* hinzu. Das Argument der im unstillbaren Mangel sich manifestierenden Objektivität, der "Herrlichkeit des Menschen" (III 204, Z. 1–6; *2, 222*) bleibt dasselbe wie in der *Metrischen Fassung*.

"Seyns schlechthin" (IV 216, Z. 26; *2, 503*), das nur in subjektloser und objektloser "intellektueller Anschauung" sich anschaut.[180]

Es versteht sich, daß mit einer solchen Auffassung von der in sich einen, der in Subjekt und Objekt, Geist und Substanz sich trennenden, in den Frieden ihrer selbst sich zurücksehnenden Liebesenergie nicht nur die Einseitigkeit zu beheben war, die mit Fichtes subjektivem Idealismus gegeben war, sondern auch die Einseitigkeit, die Jacobis neuer Spinozismus mit dem geforderten Salto in den Glauben und dem Problem der menschlichen Freiheit bereitete. Welchen Zugang zum Ganzen die Philosophie künftig nahm, ob vom subjektiven Idealismus oder von der Ontologie her, ob (wie Schelling) von der Transzendentalphilosophie oder von der Naturphilosophie her, das konnte nun als gleich möglicher und gleich unvollständiger Weg, Umweg, Irrweg verstanden werden, den es gleichwohl zu durchlaufen galt, denn es konnte von nun an nicht mehr auf das Ziel, sondern nur noch auf den Weg des Philosophierens ankommen.

2. Der Weg aber ist die Form der Geschichtlichkeit. Der Eros wird schon bei Platon als Zwischenwesen mit deutlichen Merkmalen der Zeitlichkeit dargestellt (Symp. 203c–204c), so natürlich auch der dreifache Eros des Ficino. Hölderlins in der Liebe vereinigte Triebe, der Trieb "unendlich fortzuschreiten" und der Trieb "beschränkt zu werden, zu empfangen" (V. 147–150), sind schon geschichtlich; der Weg der Liebe kann nur noch als eine Reihe von Situationen oder Stationen beschrieben werden, die durch die mannigfaltigen Konstellationen und Proportionen der in der Liebe entgegengesetzten Tendenzen konstituiert werden (V. 155–184).[181]

---

180 Vgl. Michael Franz, "Hölderlins Logik. Zum Grundriß von 'Seyn Urtheil Möglichkeit'", HJb 25, 1986/87, S. 93–124; 108.

181 Auch Henrich, Hölderlin und Hegel (wie Anm. 47), S. 17, erkennt in der Liebe das "Prinzip der Geschichte". Da die Stationen und Konstellationen der Liebe zugleich Philosophien generieren, ist damit auch die "pragmatische Geschichte des menschlichen Geistes" begründet, die Fichte in der *Wissenschaftslehre* (SW I 222) fordert, die für Schelling seit den *Abhandlungen zur Erläuterung des Idealismus der Wissenschaftslehre* (1796/97) zentral wurde und die Hegel dann in seinem System durchführte. Wir haben oben gezeigt, daß schon Wieland mit dem *Agathon* und Schiller mit den *Philosophischen Briefen* diese Geschichte verfolgten. Ja, man kann die ganze Kulturepochenphilosophie von Vico über Lessing zu Herder in diesem Kontext sehen.

Wie überhaupt in der *Metrischen Fassung*, so werden die allgemeinen Gesetze des Wegs der Liebe an menschlichen Lebensepochen erläutert. So offenbart sich das Größte im Kleinsten,

> Das hohe Urbild aller Einigkeit,
> Es scheint uns wieder in den friedlichen
> Bewegungen des Herzens, stellt sich hier
> Im Angesichte dieses Kindes dar. – (V. 94–98)

Es ist die Entstehung des Selbstbewußtseins und der Liebe, die das Bewußtsein des Mangels und der Bedürftigkeit erzeugen und die naturgegebene "Organisation" des Kindes als verlorenes Ideal schmerzlich bewußt werden lassen (V. 39); Geschichte erscheint von hier als Dekadenzprozeß, Abfall von der Natur, wie Rousseau ihn dargestellt hat. Mit dem Bewußtsein des Mangels aber entsteht der "Trieb / Unendlich fortzuschreiten, uns zu läutern, / Uns zu veredlen, zu befrein" (V. 146–148), gleichzusetzen mit dem "Trieb in uns, das Ungebildete / Zu bilden nach dem Göttlichen in uns" (V. 61f.): Geschichte erscheint hier als Progression, als Annäherung an das Vollkommene im unendlichen Fortschritt. Ziel ist, der eigenen und umgebenden Natur "Frieden [...] und Einigkeit zu geben" (V. 74), also das hohe Urbild, das sich schon im Kind darstellt, im Sinne der selbstgegebenen Organisation des *Fragments* zu verwirklichen.

Das dritte Konstituens der Geschichte ist der Weg oder die Bahn. Wohl kann sie als Weg der Dekadenz oder Weg des Fortschritts begriffen und funktionalisiert, aber sie muß zugleich in ihrer Selbständigkeit verstanden werden, nämlich als Erscheinung des Heiligen, Unvergänglichen in der Schönheit, als Widerschein des Urbilds der Einigkeit "in den friedlichen Bewegungen des Herzens", "im Angesichte dieses Kindes", als verstehbarer Sinn in den "Melodien" und den "Dissonanzen" des Schicksals (V. 91–101). Komplementär zu diesen Momenten des sinnlichen Scheinens der Idee sind die kämpferischen Versuche,

> das Ungebildete
> Zu bilden nach dem Göttlichen in uns,
> Die mächtig widerstrebende Natur
> Dem Geist, der in uns herrscht, zu unterwerfen, (V. 61–64)

d.h. eine solche Erscheinung des Urbilds selbst herzustellen oder durch uns zu verkörpern. Wir haben diskutiert, daß die erkennbare Beschaffenheit dieser Erscheinungen jeweils unsere Projektion ist – wir als

Subjekte konstituieren sie als Objekte –, aber daß ihr Grund durch das Faktum unseres Bedürfnisses, unserer Liebe (V. 106, V. 153f. und Prosa) als Gefühlstatsachen und Glaubenswirklichkeit objektiviert wird. Der Weg ist also die zeitliche Entfaltung der in sich dialektisch gespannten urbildlichen Einigkeit in "Zeichen" (V. 157), "schöne Formen" (V. 108, vgl. 91), "friedliche Bewegungen des Herzens" (V. 96f.), "die Melodien des Schiksaals" samt seinen "Dissonanzen" (V. 99–101) und die als Agon oder als Krieg dargestellten Phasen des Kampfes mit der Natur. Schon Herder hat die mannigfaltige Variation des Spannungsfeldes zwischen Liebe und Selbstheit im Verhältnis zu deren Objekten mit musikalischem Gleichnis dargestellt:

> Die Menge anziehender Gegenstände, die die Natur um uns legte, sind also von ihr in so mancherlei Entfernungen gesetzt, und mit so verschiednen Graden und Arten der Anziehungskraft begabet, daß eben hiedurch ein reiches und zartes Saitenspiel der Empfindungen von vielerlei Tönen und Modis in uns möglich ward, und unser Herz und Leben gleichsam eine Harmonika des Verlangens, das Kunstgebilde einer reinern, unersättlichen, ewigen Sehnsucht würde.[182]

Hölderlin betont nur, nach seinen historischen Erfahrungen und durchaus im Sinne der von Herder in den *Ideen* und *Gott* mittlerweile entwickelten Systemtheorie mit ihrem Nemesis-Theorem, die Dissonanzen stärker als dieser in *Liebe und Selbstheit* und und bereitet damit seine eigene Theodizee des Leides vor, die in dem Gedanken von der Bewußtlosigkeit, dem "Tod" des "leidensfreien reinen Geistes" schon enthalten ist (V. 131–146; *2, 164*) und nur noch der Ausführung im endgültigen *Hyperion* bedarf (III 150; *2, 164*). Der dritte Aspekt der Geschichte ist also der der Entfaltung der Einigkeit in den Wechsel, des Akkordes in die Melodie und ihre Dissonanzen, der kämpferischen Gestaltung des Ungebildeten nach dem Urbild, der Erfahrung der Schönheit und der psychischen Bewegungen als Widerschein des Absoluten.

Auch Herder hat in den *Ideen* die Geschichtsmodelle der Dekadenz, des zyklischen Wechsels und des Fortschritts profiliert und in

---

182 Herder, SW 15, 306f., vgl. 322 "Melodie des Lebens und des Genußes"; "Wie gut hat es die Vorsehung gemacht, daß sie das Saitenspiel unsrer Empfindungen nur nach und nach, in sehr verschiednen Klängen und Arten wecket" (321). Mit "Harmonika" ist eine Glasharmonika gemeint, wo Gläser durch Berühren zum Klingen gebracht werden.

einem Modell des lebendigen Daseins mit diesen Modellen als Strebungstendenzen aufgehoben.[183] Das gilt auch für Hölderlin: Da die "Ideale unseres Daseyns", die vollendete Naturorganisation und die vollendete Selbstorganisation, in der Lebenswirklichkeit nicht vorkommen, sind Dekadenz, Wechsel und Fortschritt Strebungen, die sich der in unserem Leben und in der Geschichte wirkende Eros gibt – es sind dessen Phasen des Hervorgehens, der Beharrung und der Rückwendung. Der Begriff der Herrlichkeit (V. 176) als synthetisch aufhebendes Modell, uralter Tradition entstammend und "Name" der Diotima, kündigt sich an, um bis in die Turmgedichte lebendig zu bleiben, wie ich in dem *Diotima*-Aufsatz gezeigt habe.

3. Mit der melodiös-dissonanten Geschichte des Menschen im einzelnen und im allgemeinen, dem Herderschen Saitenspiel der Empfindungen, der Melodie des Lebens mit ihren "Tönen" und "Modis" (= Tonarten) ist auch die Poetik des "Wechsels der Töne" angekündigt; mit dem Zeichencharakter des Geschichtlichen und der menschlichen Aufgabe der Selbstorganisation, mithin auch der Selbstorganisation der Zeichen, ist die Poesie in eine einzigartige Funktion gerückt: Poesie, die freie Re-Organisation und Neubezeichnung der vorgefundenen Zeichen aus den Melodien und Dissonanzen des Schicksals, ist diejenige geschichtliche Tätigkeit, die das schicksalhaft Gegebene entschlossen der geforderten Selbstorganisation zubildet, die des Ursprungs eingedenk ist und die den sich in den Zeichen vollziehenden Wechsel in Dissonanz und Harmonie schön, zu einem wahren, d.h. in freier Idealität organisierten Modell der Geschichte macht. Sie tut dies aus Dank gegen den Ursprung, aus Sehnsucht nach Sinn und zur begreifenden Deutung in Auseinandersetzung mit dem Gewesenen, Gegenwärtigen oder Kommenden, dem Werdenden und Vergehenden.

So haben wir erkannt, daß die Konfessions-Situation des Briefschreibers im *Fragment* den Ansatz darstellt, ihn in gelingender Selbstkonstitution und immer freierer Reorganisation seines gelebten Lebens zu zeigen und ihn, da er eine fiktive Person ist, zum Modell des Lesers zu machen. Der Plan in der *Metrischen Fassung* und in *Hyperions Jugend* scheint noch komplizierter: Nicht nur gibt es den Weisen im Pappelwalde, der sich in *Jugend* als der über seine Erleb-

183 Vgl. meinen Aufsatz "Metadisziplinäre Argumente und Verfahren Herders. Zum Beispiel: Die Erfindung der Soziologie", Herder Yearbook 1, 1992, 59–79.

nisse erzählende und sie im Erzählen bewältigende Hyperion herausstellt (III 207, Z. 15–21; *2, 225f.*), sondern es gibt auch den Erzähler des Textes, der als junger Mensch mit extremen Ansichten und unglücklichem Bewußtsein auf Hyperion trifft, um durch seine Erzählung sukzessive verändert zu werden (III 205, Z. 28–30; *2, 224, 5–7*) und sich selbst als Zuhörer zu beobachten (III 207, Z. 6–8; *2, 225, 20–30*). Hölderlin hat hier offenbar geplant, die innere Heilung am fiktiven Erzähler *und* am fiktivem Zuhörer sich vollziehen zu lassen;[184] da der letztere in einem späteren Stadium und mit den offenbar gereifteren Ansichten (V. 1–26; Jug. III 199; *2, 217*) die Geschichte seines damaligen Zuhörens erzählt, wäre sogar bei dem gereiften Erzähler noch eine Selbstheilung durch das Erzählen möglich – immerhin hat er gleich anfangs eine "Schuld" einzugestehen (V. 2, vgl. dagegen die Prosa; III 199, Z. 11; *2, 217, 11*).

In diesen beiden Fassungen hat Hölderlin also nicht, wie im *Fragment*, der *Vorletzten* und der endgültigen Fassung, nur den erzählten und den erzählenden Hyperion und einen stummen Briefempfänger konzipiert, sondern den erzählten, den erzählenden Hyperion, den Zuhörer und den später erzählenden Zuhörer. Eine Progression zur Selbstheilung durch die Kommunikation ist beim erzählenden Hyperion und dem jugendlichen Zuhörer wahrscheinlich, weniger wahrscheinlich beim gereiften Zuhörer als Erzähler, da dieser mit beruhigter Seele beginnt und sich in seiner damaligen Maßlosigkeit tadelt.

---

184 Friedrich Strack, "Auf der Suche nach dem verlorenen Erzähler. Zu Aufbau, Programm und Stellenwert von Hölderlins Romanfragment *Hyperions Jugend*", Euphorion 69, 1975, S. 267–293 nimmt an, daß nicht der Weise, sondern der zu Beginn auftretende Erzähler die Erlebnisse erzählt, die er z.B. mit Diotima gehabt hat, und daß der Weise so etwas wie eine verschwindende Adamas-Figur in seinem Jugendleben war. Dazu muß er aber annehmen, daß in der Textlücke 2./3. Kapitel "die Erzählsituation sich entscheidend gewandelt" hat (S. 269), daß nämlich "*nicht* der *Alte* zu Ende des dritten Kapitels das Wort übernimmt, sondern der anfangs eingeführte Ich-Erzähler" (S. 272). Aus den erzählten Erlebnissen geht aber nirgends hervor, wie der Erzähler des Anfangs "in den ersten Jahren der Mündigkeit" schon die ganzen Erlebnisse mit Diotima und im Krieg (III 217, Z. 24; *2, 237*) gehabt haben kann. Ich halte es deshalb für sinnvoller, den Erzähler des Anfangs als Wiedererzähler der Erzählung des Weisen (Hyperion) zu betrachten. An der Einheitlichkeit der Perspektive, auf die es Strack ankommt, ändert das nichts.

Dieser endgültige Erzähler, der auch Hyperions Rede noch einmal reformuliert, sollte sich offenbar gegenüber seiner früheren Gestalt und gegenüber Hyperion als Dichter zeigen. Darauf weist zunächst die metrische Gestaltung des Textes, die ja von diesem letzten Erzähler stammt; die rhythmische Prosa, in die *Jugend* die Blankverse wieder auflöst und die bis in die Endfassung die Sprachmagie des *Hyperion* wesentlich bewirkt, setzt auf der lautsyntaktischen Ebene die poetische Gestaltung durch den Erzähler fort. Die lautlichen Korrespondenzen im Text erwähne ich nur – man betrachte etwa das dreifache Stabreim-System in dem Satz: "Ich war vester und freier geworden in der Schule des Schiksaals und der Weisen" (III 199; *2, 217*). Hinzu tritt die Bildlichkeit, der Wechsel zwischen Erzählung, Schilderung, Reflexion, das Sprechen über Vergangenes, über Gegenwärtiges und die Beurteilung beider durch den Erzähler Hyperion, gedoppelt in *Metrischer Fassung* und *Jugend* nochmals durch die Erzählergestalt. Insbesondere diese besprochene Vervielfachung der Textebenen, Produktions- und Rezeptionsakte, die auf drei Stufen gleichzeitig gradweise sich vollziehende (und vom letzten Erzähler zu gestaltende) Transformation des Gelebten in Poesie ist es, die diesen beiden Fassungen hohe Artifizialität verleiht. Sie wird von der *Vorstufe der endgültigen Fassung* an durch den konsequent beobachteten Wechsel der Töne ersetzt, nachdem schon die *Vorletzte Fassung* zu der einfacheren Erzählsituation des *Fragments* zurückgekehrt ist.

Für die Lehre vom Wechsel der Töne ist bei Hölderlin die Dialogizität von Geist, Grundton, Kunstcharakter und einmal sogar Wirkungston charakteristisch, während die unmittelbaren Vorgänger in der Lehre von der poetischen Tonmodulation, Klopstock und Herder,[185] nur die Bewegung, den Übergang von einer Tonart in die andere, vom Weltzugang eines Seelenvermögens (Sinne/Gefühl, Einbildungskraft, Verstand) in den des andern theoretisch postulierten, phänomenologisch beschrieben und poetisch praktizierten. Ich gehe auf diese Lehre und ihre Begründung bei Hölderlin jetzt nicht näher ein, weise aber auf die mehrfach erscheinende Zeichenstruktur der Bahn des dreifachen Eros hin, die in der fiktionalen Inszenierung durch die Poesie nach außen gewandt und erfahrbar gemacht wird:

185 Vgl. den Abschnitt "Fiktionalität des Pragmatischen" im Kapitel "Hölderlins Poetik".

Die Bahn als ganze ist Erscheinung des aus dem freien Fluge der Himmlischen sich herablassenden Geistes, Zeichen als Verkörperung, Organisation, Bildung des Ungebildeten (sowohl der Materie wie des Geistes). Die Bahn als ganze ist zweitens Zeichen, das sich bildet, umbildet, exzentrische extreme Formen annimmt und in seiner Sukzessivität ständig auf sich referiert – "Fortgebäude" nennt Herder solche in ihrer Gesamtheit sich ständig transformierenden Systeme. Die Bahn als ganze ist drittens vergehendes, sich auflösendes Zeichen, das der Nichtung im zeichenlosen Einen oder Selbst asymptotisch zustrebt, sie aber realiter nicht erreicht.[186] Wie bei Ficinos zwei festen[187] und drei variablen Eroten erscheinen nun in der Bahngestaltung die drei Aspekte des Hervorgehens, Rückkehrens und Beharrens noch einmal, indem sie die festen Grundtendenzen dialogisch modulieren: "Dem Höchsten und dem Besten ringt unendlich / Die Liebe nach" (V. 162f.) – der Rückwendungstendenz ist hier mit dem Ringen die Hervorgehenstendenz aufmoduliert –; sie "wandelt kühn und frei / Durch Flammen und durch Fluthen ihre Bahn" (V. 163f.) – hier ist dem Beharren im Wechsel der Bahn mit Kühnheit und Freiheit die Rückwendungstendenz aufgeprägt –; "Sie wartet aber auch in frölichem / Vertraun der Hülfe, die von außen kömmt, / Und überhebt sich ihrer Armuth nicht" (V. 165–167) – hier ist der sich öffnenden Hervorgehenstendenz mit dem fröhlichen Vertrauen und der Nichtüberheblichkeit die Beharrungstendenz aufmoduliert.[188] Man sieht hier also die Genese der späteren Tonkombinationen: Damit die Liebe nicht naturgesetzlich eine immergleiche schematische Bahn wandert, damit wie bei Ficino indivi-

---

186 Das Asymptotenbild erscheint bei Herder in *Liebe und Selbstheit*, wo er seinerseits auf Hemsterhuis verweist: "Und was endlich den Genuß des höchsten Wesens anbetrift; o da bleibts immer 'Hyperbel mit ihrer Asymptote', wie unser Autor sagt, und muß es bleiben. Die Hyperbel nähert sich der Asymptote, aber sie erreicht sie nie: zu unsrer Seligkeit können wir nie den Begrif unsers Daseyns *verlieren*, und den unendlichen Begrif, daß wir *Gott* sind, *erlangen*." (SW 15, 326;) Vgl. III 236, Z. 31f.; *2, 256* und IV 213; *2, 499*.

187 Genau genommen müßten es auch bei Ficino drei feste Eroten sein: der herabsteigende, der wieder aufsteigende und der im Dasein beharrende, wie sie sich bei Hölderlin in der Bahn als ganzer dreifach zeichenhaft ausdrücken.

188 Nach den Begriffen der späteren Tonlehre hätte man es mit den Kombinationen idealisch Heroisch, naiv Idealisch und heroisch Naiv zu tun. – Die Fortsetzung V. 169ff. bringt dissonante Varianten der Modulationen.

duelle Variabilität und Unberechenbarkeit (Exzentrik) der Bahn bei gleichbleibenden wesentlichen Richtungen möglich wird, erscheint die Doppelung von Grundtendenz und modulierender Tendenz, die bei drei Elementen sechs verschiedene Kombinationsmöglichkeiten erzeugen. Multipliziert mit den Konstitutions-, System- und Auflösungstendenzen in der Bahn, ergeben sich in der Tat eine Vielzahl von Möglichkeiten, die Individualität bei äußerst geringer Zahl der zugrundeliegenden Gesetze bewirken.

Wenn schon die Bahn insgesamt und ihre einzelnen Punkte und Kurven in dieser vielfältigen Weise Zeichencharakter untereinander und für das hohe Urbild der Einigkeit haben, so gilt dies ebenfalls für die Sprache – ist doch das System von Beharrung, Hervorgehen und Rückwendung ein prinzipiell semiotisches System, wie es im Neuplatonismus jene durch und durch metaphorischen Kosmosvorstellungen erzeugt hat, in denen jedes auf alles referiert, jedes für jedes Metapher ist und wo deshalb Gott an jedem Punkt und im Ganzen ist, Logos, Sprache und Selbstverständigung. Man wird demnach erwarten, daß auch die Sprache selbst von Hölderlin im Sinne dieser Tendenzen verstanden und gestaltet wird. Für eine Erzählung wie den *Hyperion* muß das dann heißen, daß einerseits die erzählbaren Bahnen und Ereignisse und Figuren für sich Zeichencharakter im Sinne von Grundtendenz und Modulationen haben können, daß andererseits die Sprache des Erzählens und vielleicht sogar noch der Erzähler in der Bahn seines Erzählens Grundtendenz und modulierende Richtung haben können. Ein Wort wie das der *Friedensfeier* "... seit ein Gespräch wir sind ..." kündigt sich an.

Jedenfalls wird hier deutlich: sofern das Strukturgesetz der dreifachen Liebe durch den ganzen Kosmos subjektiv und objektiv gilt, ist alles Sprache und referiert potentiell aufeinander. Damit dies für den Menschen verständlich wird, muß diese Sprachlichkeit ausgestellt, inszeniert, dem Menschen zum Erleiden und Mitsprechen zubereitet werden; das ist die Aufgabe der Poesie: "Bald sind wir aber Gesang", hofft die *Friedensfeier*.

Hyperions Jugend

Die StA nimmt an, daß diese Prosa-Auflösung der *Metrischen Fassung* und ihre Fortführung zwischen Januar und Juli/August 1795 entstanden ist, die FHA hält es für unwahrscheinlich, daß Hölderlin nach der Flucht aus Jena Ende Mai 1795 noch diese Fassung fortgeführt habe. "Schließlich war jener Aufbruch, so ungeklärt er im einzelnen bleibt, eine Flucht vor Nötigungen, zu denen auch die ästhetische Doktrin dieser Fassung gehörte." (*L 10, 90*)

Wir haben gesehen, daß schon im Zusammenhang der *Metrischen Fassung* Hölderlins Philosophie und ästhetische Theorie eine Grundlegung erfahren hat, die im folgenden nur noch ausgebaut werden muß: die Gründe zum überstürzten Verlassen Jenas sollten m.E. anderswo gesucht werden. Über ein Jahr später schreibt Hölderlin über "die Luftgeister, mit den metaphysischen Flügeln, die mich aus Jena geleiteten" und die ihn für die Freundschaft mit Hegel untauglich gemacht hätten, bis sie ihn in Frankfurt wieder verließen (VI 222; *3, 244*). Auch an Niethammer schreibt er am 24.2.96:

> Ich habe viel Muße zu eigener Arbeit, und die Philosophie ist wieder einmal fast meine einzige Beschäftigung. Ich habe mir Kant und Reinhold vorgenommen und hoffe, in diesem Element meinen Geist wieder zu sammeln und zu kräftigen, der durch fruchtlose Bemühungen, bei denen Du Zeuge warst, zerstreut und geschwächt wurde. Aber der Nachhall aus Jena tönt noch zu mächtig in mir, und die Erinnerung hat noch zu große Gewalt, als daß die Gegenwart mir heilsam werden könnte. Verschiedene Linien verschlingen sich in meinem Kopf, und ich vermag sie nicht zu entwirren. Für ein continuirliches angestrengtes Arbeiten, wie es die gestellte philosophische Aufgabe erfordert, bin ich noch nicht gesammelt genug.
> (VI 202f.; *3, 224f.*)

Wohl erwartete Niethammer immer noch Beiträge Hölderlins für sein *Philosophisches Journal*, und die abgebrochenen Aufsätze *<Über das Gesez der Freiheit>*, *Hermokrates an Cephalus*, *Über den Begriff der Straffe* zeugen von Hölderlins Versuchen im Spätjahr 1794 und Frühjahr 1795, dieser Erwartung gerecht zu werden. Man mag also Entschuldigungsrhetorik bei Hölderlin vermuten, wenn er vorgibt, sich nicht konzentrieren zu können und dabei mit Sicherheit intensiv an seinem Roman arbeitet. Aber hier scheint doch der wirkliche Grund zu liegen: Hölderlin hat sich mit der *Fragment*-Vorrede, mit *<Urtheil und Seyn>*, mit der Einleitung der *Metrischen Fassung* die Grundzüge seines späteren philosophischen, poetologischen, religiösen und politischen Systems erarbeitet, eines Systems, das in jeder dieser Hinsichten die bisher bekannten Theorien zu überbieten schien und, blickt man nur auf Schelling und Hegel, in der Tat vieles vorwegnahm, was weit ins 19. Jahrhundert hinein bestimmend war. Mit dieser Entdeckung verbanden sich jedoch fast unübersteigliche Darstellungsprobleme, ganz abgesehen davon, daß der seit dem Kantstudium an strenge kritische Überprüfung eigener und fremder Gedanken gewöhnte Hölderlin mit dem Bewußtsein, auf der richtigen Spur zu sein, die höchste Skepsis sich selbst gegenüber und die ängstlichste Aufmerksamkeit für kritische Bemerkungen seiner Gesprächspartner Niethammer, Schiller und Fichte gegenüber seinen Ansichten verbinden mußte. Das Tastende der genannten Aufsatzfragmente ist nicht zu überhören; Hölderlins Schwierigkeit scheint mir vor allem darin gelegen zu haben, eingeschränkte Themen zu finden, die nicht sogleich die Darlegung des ganzen Gedankenzusammenhangs erforderten.

Vergleicht man etwa die beiden Aufsätze aus dem Bereich der praktischen Vernunft mit dem Brief an den Bruder vom 13. April 1795, so bemüht er sich in beiden Aufsätzen eher präliminar um die Beseitigung von Vorurteilen, Widerlegungen zu leichter Auffassungen des Problems, um dann vor Eintritt in die eigentliche Argumentation abzubrechen. Schwierigkeiten mochte auch die Briefform machen, die Schiller so hervorragend handhabte. Auch Herder hatte Briefe in der zu Ostern erschienenen 5. Sammlung der *Humanitätsbriefe* als für die antiautoritäre Verbreitung von "Gesinnungen der Humanität wirksam" bezeichnet und hob an ihnen den "humanisierten Vortrag" und die Tatsache hervor, daß durch Briefeinkleidung "nicht nur die Sprache, sondern auch der denkende Geist Leichtigkeit und Freiheit" gewinne.[189] Im Gegensatz zu diesen umwegigen Versuchen der philosophischen Fragmente beginnt der Brief an den Bruder mit dem Begriff der Pflicht, kommt über Gesetz und Willensfreiheit auf die Anthropologie als Quelle des Naturrechts, von da aus auf Unsterblichkeit und Gott,

---

189 Herder, Humanitätsbriefe (wie Anm. 25), S. 293. Die Kontroverse zwischen Schiller und Fichte über Schillers Darstellung philosophischer Zusammenhänge in Briefform brach erst nach Ende Juni 1795 aus, nachdem Fichte seine dann von Schiller abgelehnte Abhandlung *Über Geist und Buchstab in der Philosophie* beim Herausgeber der *Horen* eingereicht hatte. Da Fichte bis Mitte April in Jena war, bevor er sich vor den Studentenunruhen nach Oßmannstedt zurückzog, hat Hölderlin sicher Fichtes Kritik an Schillers in den *Horen* erscheinenden *Ästhetischen Briefen*, besonders den im 2. Stück erschienenen Briefen X-XVI, die Fichte vor allem ärgerten, mitgehört und mußte einen Ausbruch des Dissenses befürchten. Vielleicht war auch das eines der Motive für den Weggang aus Jena.

sofern sie aus dem "heiligen Gesez in uns" für den vernünftigen Glauben erschlossen werden können. Der Gedankengang geht mit einer starken Reinterpretation der Kantschen Ethik auf der Basis des dynamischen Spinozismus Herders einher;[190] die ganze Kurzabhandlung zeigt den kühnen und sicheren Zugriff eines Denkers, den man hinter den fast zaghaften Formulierungen der Aufsatzfragmente nicht vermuten würde.

Es scheint also eher das Bedürfnis Hölderlins gewesen zu sein, die ungeheure Ideenmasse, die ihn seit Ende 1794 beschäftigte, in Ruhe und nicht gestört durch immer wieder neue Ideen und Gesichtspunkte anderer zu ordnen, ferner seinen schon zu Ostern 1794 versprochenen Roman zu beenden. Auch hatte er für Schiller eine Übersetzung von Ovids *Phaeton* in Stanzen fertigzustellen, die er sicherlich am 23. Juli 1795 an Schiller schickte. Es gibt deshalb nach allem, was sich über die Zeit vom ersten Halbjahr 1795 sagen läßt, keinen inneren Grund, der Hölderlin hätte veranlassen können, die in Jena angefangene Arbeit an *Hyperions Jugend* Ende Mai abzubrechen.

Es gibt im Gegenteil einen Grund, der die Weiterarbeit an *Hyperions Jugend* bis in den August 1795 hinein sehr wahrscheinlich macht. Hölderlin verwendet ja vom Ende des 4. Kapitels an erstmals den Namen Diotima für die Frauenfigur des Romans. Da er das *Symposion* und Hemsterhuis' Dialog *Simon*, wo ebenfalls eine Diotima prominent ist, schon lange kannte, muß die Frage beantwortet werden, warum er zunächst Melite einführte und sie dann im Sommer 1795 umbenannte. Nun veröffentlichte Friedrich Schlegel im Juli und August 1795 einen Aufsatz *Über die Diotima*, in dem er begründete, wie eine Frau, angesichts z.B. der unterdrückten Rolle der Frauen in Athen, eine solche Selbständigkeit und philosophische Bildung erlangen konnte, daß Sokrates sie als seine Lehrerin anerkennen oder zumindest glaubhaft stilisieren konnte. Es gibt fünf Charakterika, mit

---

190 Hölderlins (VI 163; *3, 184f.*) Attribute Gottes Güte, Macht, Weisheit, insbesondere der Machtbegriff, werden von Herder gegen Spinoza herausgestellt und zur Umdeutung des logischen in den dynamischen Spinozismus gebraucht, SW 16, 478f. Hölderlin bezieht sich anthropologisch auf ein aus der Totalität der "Kräfte" des Menschen erwachsendes "Recht" auf Betätigung dieser Kräfte im Sinne des "Gewissens, des Gefühls jenes Gesezes", das für alle gelten könnte (VI 162; *3, 183*); das ist der Herdersche Standpunkt, mit dem Kants rigoroses Moralgesetz transformiert und "humanisiert" wird.

denen Schlegel die Diotima ausstattet und in denen Hölderlin mit der Diotima von *Hyperions Jugend* über die bisherige Charakterisierung seiner Frauenfigur hinausgeht: Diotima ist wie die Pythia eine Seherin, sie ist einer besonderen lyrischen Begeisterung fähig, sie ist pythagoräische Philosophin, sie ist Patriotin und sie ist, in Schlegels Worten, "Bild vollendeter Menschheit".[191]

Einen Begriff hat Hölderlin über die von Friedrich Schlegels antikmodernem Frauenideal übernommenen Charakteristika hinaus in das Bild der Diotima eingebracht: die Herrlichkeit.[192] Der Begriff lag schon in der *Metrischen Fassung* nahe, wird aber nur zweimal, für die ihr selbst unbewußte Herrlichkeit der Liebe (V. 176) und für die Herrlichkeit des Achilles verwendet (V. 248). In *Hyperions Jugend* tritt er über fünfzehnmal auf, und nun an systematisch tragenden Stellen. "Herrlichkeit Gottes", "Ehre Gottes" ist eine der möglichen Übersetzungen des Namens Diotima; so ist schon in *Jugend* der Name der Figur ein Programm wie "Hyperion" und, in sentimentalischer Funktion für den Antike-Bezug, "Melite". Diotima aber vereinigt mit ihrer Herkunft aus dem *Symposion* Platons eine aus ihrem Namen sprechende Tradition, die im Alten und Neuen Testament einerseits, in der griechischen Religiosität andererseits wurzelt. In beiden Wurzeln, die historisch in mannigfacher Weise verbunden wurden und bei Hölderlin wieder eine Verbindung erfahren, geht es um die Parusie, um die Erscheinung der Gottheit: das, was von einem Gott anschaubar ist, weil seine unverhüllte Präsenz den Menschen vernichten müßte wie Semele, die Zeus in Wahrheit zu sehen verlangte (vgl. III 204, Z. 13f; *2, 222, 21f.*) Die Herrlichkeit muß also schmerzliche Einschränkung, Verendlichung, Verzeitlichung, Herablassung, Selbstverläugnung der Gottheit sein ("menschlich gesprochen"), wenn sie auch vom Menschen her immer noch überirdische Glanzerscheinung, überwältigende

191 Vgl. meine ausführliche Darstellung in Diotima (wie Anm. 131), S. 151–155. Schlegels Aufsatz in *Kritische Friedrich Schlegel Ausgabe* Bd. I hrsg. v. Ernst Behler, Paderborn/München/Wien/Zürich 1979. Obwohl zwischen Friedrich Schlegel und Novalis der Briefkontakt im Jahr 1795 eingeschlafen war, konnte Hölderlin von Novalis bei ihrem Zusammentreffen im Frühjahr 1795 in Niethammers Haus (VII 2, 27) von Schlegels antiquarischen Arbeiten und insbesondere von der Studie über Diotima erfahren.

192 Vgl. Diotima (wie Anm. 131), S. 166–172. Zur Bedeutung des Namens Diotima vgl. Wolfgang Binder, *Hölderlin-Aufsätze*, Frankfurt a.M. 1970, S. 196–201.

Gegenwart der Gottheit ist. Dem Herabsteigen in die begrenzte Erscheinung der Herrlichkeit (Hervorgehen) entspricht komplementär die Verklärung oder Verherrlichung (Rückwendung); Christus ist der Herabsteigende, Jesus der Verklärte, er ist das Paradigma dieser *communicatio idiomatum*, des Übergangs von einer Ausdrucksform der Gottheit in die andere. In diesem Begriff der Herrlichkeit schließt sich der Kreis zu dem Loyola-Motto in der *Fragment*-Vorrede, das ja für die *communicatio idiomatum* in Jesus Christus ursprünglich geprägt war: der Gott, der in allem enthalten sein will, der Mensch, der über allem sein wird, wenn ihn der Vater erhöht hat.

Mit der Einholung dieser religiösen Dimension in den bisher nur im weitesten Sinne anthropologisch und naturphilosophisch ausgeschrittenen Zusammenhang der Motto-Struktur ist es dann gerechtfertigt, daß Hölderlin im Motto des endgültigen *Hyperion* das bisher synthetisierende *tamen* zwischen den zwei gegenläufigen Tendenzen durch *divinum est* ersetzt: Mit Diotima tritt der Begriff der Herrlichkeit und damit die religiöse Begründung von Hölderlins Philosophie in den Blick.[193] Die anthropologische Lehre wird mit dem Begriff der Herrlichkeit der Natur und der Herrlichkeit Gottes zur kosmischen Grundstruktur der Liebe:

> Sie sind unendlich, die Verirrungen der Liebe. Doch überall möcht' ich ihr sagen: verstehe das Gefühl der Dürftigkeit, und denke, daß der Adel deines Wesens im Schmerze nur sich offenbaren kann! Kein Handeln, kein Gedanke reicht, so weit du willst. Das ist die Herrlichkeit des Menschen, daß ihm ewig nichts genügt. In deiner Unmacht thut sie dir sich kund. Denke dieser Herrlichkeit!
>
> (III 203f.; *2, 222*)

Diotima wird ausdrücklich zweimal als "Herrliche" bezeichnet (III 216. 228; *2, 235. 247*); ein abendlicher Himmel umgibt sie "wie eine Glorie der Heiligen" (III 218; *2, 236*); sie wird damit den Heroen und Halbgöttern des Altertums gleichgestellt (III 208. 210. 220; *2, 226f. 228f. 238*).

Hier entsteht wieder das Problem, das schon im Zusammenhang des *Fragments* angesprochen wurde: Die Idealität der Diotima ist

193 Vgl. die Kurzdarstellung Diotima ebd. und die angegebene Literatur.

Verklärung und Projektion Hyperions,[194] die ihm sofort verschwinden muß, wenn die reale Diotima von ihrem Bild "abfällt".

> Diotima grüßte mich auch freundlich, aber die Diotima, von der ich geträumt hatte, war sie doch nicht. (III 230; *2, 249*)

Auch das Tasso-Wort, leicht abgewandelt, erscheint wieder: "Sie ist, wie alle." (III 233; *2, 252*) Wie das Problem in *Hyperions Jugend* gelöst werden sollte, ist nicht abzusehen; am Ende des Fragments will Hyperion sich offenbar von ihr trennen, um zu werden wie sie und als "neuer Mensch" vor sie zu treten.

Diese Problematik der Projektion, in der sich neben der sozialgeschichtlichen Dimension auch die erkenntnistheoretische Spaltung in faktisches Gefühl von den Dingen an sich und selbstgebildete Beschaffenheit der erkannten Objekte zeigt, hindert nicht die Entfaltung der Herrlichkeitstheologie; es ist Diotima, die als "Priesterin der Liebe" (III 216; *2, 235*) begeistert spricht.

> ich trage ein Bild der Geselligkeit in der Seele; guter Gott! wie viel schöner ists nach diesem Bilde, zusammen zu seyn, als einsam! Wenn man nur solcher Dinge sich freute, denk' ich oft, nur solcher, die jedem Menschenherzen lieb und teuer sind, wenn das Heilige, das in allen ist, sich mittheilte durch Rede und Bild und Gesang, wenn in Einer Wahrheit sich alle Gemüther vereinigten, in Einer Schönheit sich alle wiedererkennten, ach! wenn man so Hand in Hand hinaneilte in die Arme des Unendlichen – (III 223f.; *2, 242*)

Nach der für Goethes *Unterhaltungen deutscher Ausgewanderten* zentralen Lehre von der Geselligkeit, von der Selbstbeherrschung und dem Aufgebot aller Kräfte, "um lehrreich, nützlich und besonders gesellig zu sein", "Friede und Einigkeit unter uns herzustellen",[195] nach Herders wichtiger Abhandlung *Haben wir noch das Publikum und Vaterland der Alten?*, in der das Publikum als "eine mystische Person oder Versammlung, eine aufgeklärte oder aufzuklärende Gemeinheit" und

---

194 Im Januar 1795 sieht Hölderlin diese Idealisierung der Frau als persönliches Problem seiner Beziehung zu Elise Lebret und rechnet sie allgemein den Erscheinungen der Jugendlichkeit zu, um deren "Übergang [...] in das Wesen des Mannes" (VI 137; *3, 156*) es im *Hyperion* ja gehen sollte: "Guter Gott! es waren seelige Tage, da ich, ohne sie zu kennen, mein Ideal in sie übertrug, und über meine Unwürdigkeit trauerte. Könten wir doch ewig jugendlich bleiben." (VI 153; *3, 174*).

195 HA 6, S. 137–139.

insbesondere das Publikum des Christentums als "Geistesversammlung"[196] definiert wurde, hat Schiller seine *Ästhetischen Briefe* in einer Theorie der Geselligkeit enden lassen:

> Der dynamische Staat kann die Gesellschaft bloß möglich machen, indem er die Natur durch Natur bezähmt; der ethische Staat kann sie bloß (moralisch) nothwendig machen, indem er den einzelnen Willen dem allgemeinen unterwirft; der ästhetische Staat allein kann sie wirklich machen, weil er den Willen des Ganzen durch die Natur des Individuums vollzieht. Wenn schon das Bedürfniß den Menschen in die Gesellschaft nöthigt, und die Vernunft gesellige Grundsätze in ihm pflanzt, so kann die Schönheit allein ihm einen *geselligen Charakter* ertheilen. Der Geschmack allein bringt Harmonie in die Gesellschaft, weil er Harmonie in dem Individuum stiftet. [...] Alle andere Formen der Mittheilung trennen die Gesellschaft, [...] nur die schöne Mittheilung vereinigt die Gesellschaft, weil sie sich auf das Gemeinsame aller bezieht. [...] Das Schöne allein genießen wir als Individuum und als Gattung zugleich, d.h. als *Repräsentanten* der Gattung.[197]

Hölderlin hat sich mit Sicherheit auf diese Theorie der Geselligkeit als Grundlage des ästhetischen Staats bezogen, der "dem Bedürfnis nach [...] in jeder feingestimmten Seele, der That nach [...] nur, wie die reine Kirche und die reine Republik in einigen wenigen auserlesenen Zirkeln" existiert;[198] das ästhetische Reich als "göttliche Gemeinde", unter der Diotima "im Geiste" lebt wie "in einer andern Welt", die "Mitteilung" dessen "das in allen ist", das Wiedererkennen aller in der Schönheit, weil sie sich als Menschen darin wiedererkennen – mit diesen Anspielungen bezieht Hölderlin sich deutlich auf Schillers Schrift. Damit ist übrigens, neben Schlegels Aufsatz *Über die Diotima*, noch ein weiterer Beleg für den Juli 1795 als *terminus a quo* für die Entstehung dieser Teile von *Hyperions Jugend* gegeben, denn das 6. *Horen*-Heft mit dem Schluß der *Ästhetischen Briefe* wurde am 4. Juli 1795 ausgeliefert.[199]

---

196 Humanitätsbriefe (wie Anm. 25), S. 303, 318.

197 Schiller, Ästhetische Briefe XXVII; NA (wie Anm. 44) 21, 410f.

198 Ebd. S. 412.

199 Die letzte Briefserie war seit Februar 1795 in Arbeit und Anfang Juni abgeschlossen; Schiller hat die Arbeit aber gegen seine Gewohnheit nicht einmal Körner zur Begutachtung geschickt noch mit Goethe schriftlich diskutiert. Ob bei Goethes zweimaligen Aufenthalten in Jena, während derer Hölderlin ihm meistens bei Schiller begegnete (VI 169; *3, 190*), oder zwi-

Nun hat Hölderlin allerdings mit Entschiedenheit dieser Theorie der Geselligkeit die neue religiöse Dimension eingeschrieben: was sich mitteilt, ist "das Heilige, das in allen ist" (III 223; *2, 242*), und Hyperion bekräftigt, daß es sich um eine "göttliche Gemeinde" handelt (III 224; *2, 242*), und dann folgt Diotimas Bild der neuen religiösen Feste – "die Feste der Heiligen in allen Zeiten und Orten, der Heroën des Morgen- und Abendlands", "auch wer, geschäftig am stillen Heerde, mit reinem Sinne das seine that, wird nie von uns vergessen", dann folgen Erde, Sonne, Aether und Geist des Wassers in ihrer innigen Verwandtschaft mit den Menschen (III 224; *2, 243*);[200] die Natur-Liebe vom Ende des *Fragments* wird in Natur-Religion transformiert. Denn alle genannten Gegenstände der Feier und Verehrung sind Herrlichkeit (III 224, Z. 11.21; *2, 243, 7.18*), Erscheinungen, Verhüllungen, eingeschränkte Formen, Namen der eigentlichen Gottheit:

> Den Einen, dem wir huldigen, nennen wir nicht; ob er gleich uns nah ist, wie wir uns selbst sind, wir sprechen ihn nicht aus. Ihn feiert kein Tag; kein Tempel ist ihm angemessen; der Einklang unserer Geister, und ihr unendlich Wachstum feiert ihn allein.
>
> (III 224; *2, 243*)

Damit ist Schillers Ansatz in den Briefen *Über die ästhetische Erziehung* in der Weise überstiegen, wie Hölderlin es am 24.2.1796 an Niethammer skizziert:

---

schen Schiller und Hölderlin mündlich darüber verhandelt wurde, läßt sich nicht ausmachen; es ist jedoch unwahrscheinlich, da Schiller vermeiden wollte, daß Goethe ihm wie mit dem Anfang der *Unterhaltungen* eine satirische Replik in dasselbe *Horen*-Heft setzte (vgl. meinen Aufsatz "Soziale Bildung gegen ästhetische Erziehung", wie Anm. 136). Und Hölderlin beklagt sich, daß er Schiller immer nur sah, "um zu fühlen, daß ich Ihnen nichts seyn konnte" (VI 175; *3, 197*). Es ist also eher wahrscheinlich, daß über den Abschluß der *Ästhetischen Briefe* nicht zwischen Schiller und Hölderlin geredet wurde und Hölderlin zumindest die fast wörtlichen Zitierungen erst aus dem gedruckten Text entnehmen konnte.

200 Die Formulierung "Er ist ja wohl eines Festes werth, der seelige Friede mit allem, was da ist!" wurde von Wolfgang Binder separat gesetzt, so als handle es sich beim Frieden noch einmal um einen Halbgott oder eine Lebensmacht ("Hölderlins 'Friedensfeier', in: W.B., Hölderlin-Aufsätze, wie Anm. 192, S. 294–326; 305). Dagegen handelt es sich um die im Vorhergehenden beschriebenen friedlichen Verhältnisse der Menschen "mit allem, was da ist", die "eines Festes werth" sind. Damit ist Binders Versuch hinfällig, die *Friedensfeier* als Feier eines benennbaren Friedensgottes zu interpretieren.

> In den philosophischen Briefen will ich das Prinzip finden, das mir die Trennungen, in denen wir denken und existiren, erklärt, das aber auch vermögend ist, den Widerstreit verschwinden zu machen, den Widerstreit zwischen dem Subject und dem Object, zwischen unserem Selbst und der Welt, ja auch zwischen Vernunft und Offenbarung, – theoretisch, in intellectualer Anschauung, ohne daß unsere praktische Vernunft zu Hilfe kommen müßte. Wir bedürfen dafür ästhetischen Sinn, und ich werde meine philosophischen Briefe "Neue Briefe über die ästhetische Erziehung des Menschen" nennen. Auch werde ich darin von der Philosophie auf Poësie und Religion kommen. (VI 203; *3, 225*)

Die Liebe, wie sie in der *Metrischen Fassung* und in *Hyperions Jugend* konzipiert ist, ist ein solches trennendes und vereinigendes Prinzip; ihre Selbstwahrnehmung ist "intellectuale Anschauung" ohne Subjekt und Objekt. Die besprochene Offenbarung "im Schmerze", also das Prinzip der Herrlichkeit, begründet die Ur-Teilung, durch die Subjekt und Objekt, Selbst und Welt entstehen; in diesem höchsten tragischen Geschehen (die spätere Tragödientheorie wird daraus abgeleitet) offenbart sich das Eine, das absolute Sein als in vielen Hinsichten Getrenntes, sich selbst Widerstreitendes und Bekämpfendes. Philosophie kann es nicht erreichen; nur der unendliche geschichtliche Weg durch die Philosophien, die Phänomenologie des Geistes, schöpft das "System des Denkens" aus (VI 181; *3, 203*), wie wir besprochen haben. Schönheit und die Liebe zum Schönen bringen den einzelnen auf den Weg zur Vereinigung; Poesie stellt die Offenbarung und die Vereinigung im feiernden Nennen dar, Hervorgehen und Rückwendung und Beharrung werden durch sie mitteilbar "durch Rede und Bild und Gesang" (III 223; *2, 242*); Poesie ist also unmittelbares Organon der liebenden Vereinigung:

> Sie wissen, die Geister müssen überall sich mittheilen, wo nur ein lebendiger Othem sich regt, sich vereinigen mit allem, was nicht ausgestoßen werden muß, damit aus dieser Vereinigung, aus dieser unsichtbaren streitenden Kirche das große Kind der Zeit, der Tag aller Tage hervorgehe, den der Mann meiner Seele, (ein Apostel, den seine jezigen Nachbeter so wenig verstehen, als sich selber) *die Zukunft des Herrn* nennt. (VI 185; *3, 207*)

Dieses Paulus-Wort (1 Thess 4, 15) macht vollends den religiösen Sinn der Vereinigung deutlich, von der Hölderlin Diotima sprechen läßt; es wirft auch ein Licht auf die religiöse Dimension der Liebe, die von Paulus in 1 Kor 13 als die größte der religiösen Haltungen im Warten auf die Ankunft des Herrn bezeichnet. Dort steht auch, daß die Liebe nimmer aufhört, wo doch die Erkenntnis aufhören wird (V. 8), daß der Übergang vom jetzigen stückweisen Erkennen zum Sehen von Angesicht zu Angesicht wie der Übergang von Kindheit zu Mannheit ist (V. 11f., vgl. das Ziel des *Hyperion* Darstellung des Übergangs von Jugend zu Mannheit). Dort steht: "Denn unser Wissen ist Stückwerk, und unser Weissagen ist Stückwerk. Wenn aber kommen wird das Vollkommene, so wird das Stückwerk aufhören." (V. 9f.) – Hölderlin läßt den Weisen, unmittelbar nach der Einführung des Begriffs der Herrlichkeit als der Offenbarung im Schmerz, ausrufen: "Doch soll es werden das Vollkommene! Es soll! so kündet die geheime Kraft in dir sich an, woraus, vom heißen Strale genährt, dein ewig Wachstum sich entwikelt." (III 204; *2, 222*) In dieser Übersetzung des Zitats deutet sich die neue Paulus-Auslegung an, die Hölderlin für den von seinen jetzigen Nachbetern so unverstandenen "Mann meiner Seele" nach Hegels Idee für wichtig hält (VI 186; *3, 208*): das Vollkommene wird eben nur für die Unvorbereiteten kommen wie der Dieb in der Nacht (1 Thess 5, 2); für den Wartenden und Liebenden entsteht das Vollkommene aus der "geheimen Kraft in dir" und es "soll werden", d.h. die Menschen haben die Anlage und die Pflicht, das Reich Gottes, die ideale Organisation ihrer selbst und mit allem, womit sie in Verbindung stehen, sich selbst zu geben. Dies ist das neue Paulus-Verständnis, das den Menschen die Herstellung des Reiches Gottes überantwortet[201] – "Die Himmel kündigen des Staubes Ehre, / Und zur Vollendung geht die Menschheit ein" (I 148; *1, 127*), so hatte schon die *Hymne an die Menschheit* den Menschen an die Stelle Gottes gesetzt, dessen Herrlichkeit die Himmel erzählen (Ps 19, 2). Die Menschheit ist der kommende Gott; das Reich Gottes ist die unter den Menschen erscheinende Herrlichkeit[202] des Einen, den wir nicht nennen und aussprechen und den "der Einklang unserer Geister, und ihr unendlich Wachstum" allein feiert (III 224; *2, 243*).[203]

---

201 Andeutungen zur Selbstverantwortung des Menschen für das Reich Gottes bei Paulus: Röm 14, 17–19; Kol 4, 11.

202 Andeutungen, daß wir uns selbst durch unsere Trübsal eine ewige und über die Maßen gewichtige Herrlichkeit erschaffen: 2 Kor 4, 17. Herrlichkeit (δόξα) ist übrigens ein Grundbegriff der Paulinischen Theologie.

203 Eine gewisse Ähnlichkeit zwischen Diotimas Religion der benennbaren (Halb-)Götter als Herrlichkeits-Erscheinungen des unnennbaren Einen und

Man kann also feststellen, daß mit der Einführung der Diotima, die nicht nur auf die platonische Lehre von Liebe und objektiver Schönheit (und ihre neuplatonische Interpretation durch Ficino) deutet, sondern auch auf die Paulinische Liebe und das Paulinische Grundwort der Herrlichkeit, das philosophische und poetologische System Hölderlins in einer Herrlichkeitstheologie begründet wird, die den Menschen zum kommenden Gott und seine zur Feier des Unsagbaren Einen geleisteten Werke zum Beginn des Reichs Gottes macht. Die Poesie ist dafür unmittelbar instrumental.

Der Begriff Geselligkeit, von dem Diotimas Rede ausgeht und der so deutlich auf Schillers Konzept des "ästhetischen Staats" weist, hat auch eine politische Komponente, die man Schillers "auserlesenen Zirkeln" abgesprochen hat und die auch Goethe mit der politischen Dimension des *Märchens*, wo er auf den Schluß der *Ästhetischen Briefe* antwortet, einklagt. Adolf Beck hat darauf hingewiesen, daß Hölderlin mit der Formel von der "unsichtbaren streitenden Kirche" in dem zitierten Brief an Ebel vom 9.11.95 (VI 185; *3, 207*) ein von mehreren Zeitgenossen benutztes Konzept verwende, in besonderem Maße aber auf Herders *Gespräch über eine unsichtbar-sichtbare Gesellschaft* rekurriere (VI 762f.). Im Anschluß an eines der Freimaurer-Gespräche, wo Lessing die fortgehende Trennung und Monadisierung als notwendiges Strukturmerkmal der bürgerlichen Gesellschaft und ihrer Vereinigungsform im Staat herausstellt und die Freimaurerei als Mittel preist, die schädlichsten Folgen dieser Partialisierung zu beseitigen,

---

Heinses neuer Religion im *Ardinghello* ist festzustellen. Demetri, dessen Rede auf dem Dach des Pantheons die Lehre des Eins und Alles (wie Anm. 13, S. 303 u.ö.) verkündet hat, predigt am Ende auf den glückseligen Inseln "seine neue Religion", der schließlich alle anhängen: "Ein neues *Pantheon* wurde der *Natur* aufgeführt, ein *Tempel der Sonne und den Gestirnen, ein Tempel der Erde, ein Tempel der Luft und einer auf einem Vorgebirg in die See hin thronend dem Vater Neptun*, und dann noch *ein Labyrinth* angelegt *von Zedern und Eichen* zur künftigen schauervollen Nacht für Zweifler *dem unbekannten Gotte*". (Ebd. S. 368) Auch das Labyrinthische der Nacht in *Brod und Wein* (V. 29) soll Heinse wohl an diese Stelle erinnern. – Aber Heinses Spinozismus ist antichristlich, während Hölderlin, wie auch später in *Brod und Wein* und den Christushymnen, mit dem Herrlichkeitsbegriff (den er wie Schleiermacher zur Vermittlungstheologie ausbaut) die christliche Religiosität seiner neuen philosophischen Religion voll integriert. Gerade der für Hölderlin von nun an so zentrale Aspekt des Leides, der den Herrlichkeitsbegriff bestimmt, ist Heinse ganz fremd.

weist Herder auf die durch die literarische Kultur und speziell das Medium des Buchdrucks gestiftete "Gesellschaft aller denkenden Menschen in allen Weltteilen". Sie sei keineswegs eine "zerstreute, unsichtbare Kirche", sondern durch die Bücher sichtbar und omnipräsent, raumübergreifender und zeitüberdauernder als jede geheime Gesellschaft. Ihr einziger wirksamer Antrieb sei Humanität "als unumgängliche, allgemeine, erste Pflicht", ihre "Taten" seien "Poesie, Philosophie und Geschichte"; zum "großen, edlen Bau der Humanität" sei es erforderlich, "daß alle Zeiten, alle Beziehungen" einander ganz unbekannter aber gleichgesinnter Menschen zusammenwirkten. So könnten die "Vorurteile von Staatsinteresse, angeborner Religion, und das törichtste Vorurteil unter allen, von Rang und Stande" nicht auf einmal beseitigt, aber zunächst "gedämpft" und der Sieg darüber sukzessive "von innen heraus, nicht von außen hinein erfochten werden".[204]

Es handelt sich in Diotimas Rede wie im Brief an Ebel um eine "unsichtbare streitende Kirche", deren Ziel im Sinne von Hölderlins Paulus-Interpretation Humanität ist; dabei war Hölderlin von Herders *Ideen*, *Gott* und den *Humanitätsbriefen* her der religiöse Sinn der Humanitätsidee bei Herder wohlvertraut.[205] Hinsichtlich der politischen, mit Schillers *Ästhetischen Briefen* gestellten Frage an die deutschen Intellektuellen nach einer Alternative zum gewaltsamen Umsturz hat Hölderlin sich hier eindeutig zu dem schon am 26.1.95 an Hegel mitgeteilten "Ideal einer Volkserziehung" (VI 156; *3, 177*) entschieden, wie es gerade auch Herders zitierte streitende Gesellschaft der denkenden Menschen verfolgt. Was im Brief an Hegel noch nicht zu bestimmen war, inwiefern nämlich "Religion" ein Teil der Volkserziehung sein soll, ist jetzt klar: es ist die Religion der Herrlichkeit, die den Menschen zum kommenden Gott macht und in der die Feier der Heiligen und Heroen und Naturelemente nicht etwa diese als heilig anbetet wie es die Kirche mit Christus oder Heinse mit den Naturelementen tat. Nein, Diotima macht ganz klar: bei den "neuen Festen" wählt jedes von den Teilnehmenden einen Heiligen oder Heroen aus, "der seinem Herzen, seinem Leben am nächsten ist, und nennt ihn, und der herrliche Todte tritt mitten unter uns in der Glorie seiner Thaten"; auch die Naturelemente sind Gegenstand des Festes wegen des "Friedens mit allem, was da ist" (III 224; *2, 243*) – nicht die

204 Humanitätsbriefe (wie Anm. 25), S. 138–141.
205 Vgl. Irmscher, ebd. S. 817–837.

Heiligen sind heilig und eines Festes wert, sondern die Verhältnisse der Menschen zu ihnen, ihre Nähe zum Herzen und zum Leben einzelner, und der Friede mit ihnen.

Die Feier, die neuen Lieder, das Nennen vergesellschaften diese Individualbeziehungen und schaffen Übereinstimmung der Menschen untereinander; diese Einigkeit ist aber das eigentliche religiöse, sittliche, politische Ziel. Die Feier ist der Moment, wo das Individuelle, vielleicht mit Vorurteil, Religions-, National-, Klassenhaß Belastete genannt, von allen anerkannt und in der allgemeinen Anerkennung aufgehoben wird. Der Mangel dieser humanistischen Religiosität ist, daß die individuelle Vorliebe für den einen oder anderen Heiligen oder Heroen gleichsam ungeprüft von den Mitfeiernden hingenommen und mit preisendem Beifall begrüßt werden soll. Hölderlins spätere Position z.B. im <*Religions*>-Fragment macht die Begründung einer solchen Mythe aufgrund der besonderen Verhältnisse in der Sphäre eines Individuums notwendig und sieht die Vergesellschaftung nur bei gleichen Interessen und friedlichen Beziehungen als möglich an. Die Entwicklung geht jedenfalls in Richtung der “Beweisbarkeit der Mythen” und damit einer starken hermeneutischen Komponente dieser neuen Mythologie der Vernunft. Um so wichtiger wird die Funktion der Dichtung: Während Diotima den “Gesang” und die “andren Lieder” nicht näher spezifizieren kann, ist die Dichtung später auf das Singen des “eignen Gottes” für jeden gerichtet, die Erfassung und vermittelnde Benennung des Geistes einer jeweiligen individuellen Sphäre, eines Individuums, einer Nation, der Menschheit. Hier eröffnet sich die Konzeption von der Aufgabe der Dichtung bis in die späten Gesänge hinein.

Vorletzte Fassung

An der Reinschrift dieser vier Bruchstücke hat Hölderlins Bruder Karl Gock mitgewirkt; daraus kann man auf ihre Entstehung in den letzten Monaten des Jahres 1795 schließen, wo Hölderlin in Nürtingen auf die Zusage der Hauslehrerstelle aus Frankfurt wartete. Der Anfang dieser Fassung muß im Dezember an Cotta, den von Schiller gewonnenen Verleger gegangen sein, denn Hölderlin erkundigt sich am 11. Februar 1796 bei Karl, ob er noch nichts von Cotta gehört habe (VI 201; *3, 224*). Die FHA berechnet, daß das Manuskript dieser Fassung endgülig etwa 144 Druckseiten umfaßt haben muß; wieviel davon Hölderlin noch in den ersten Monaten 1796 geschrieben hat, ist nicht auszumachen – im erwähnten Brief an den Bruder sagt er, er "arbeite jezt einzig an den philosophischen Briefen, deren Plan Du kennst" (VI 201; *3, 223*), während er zwei Wochen später Niethammer eingesteht, daß die "Neuen Briefe über die ästhetische Erziehung des Menschen" wegen des Nachhalls aus Jena nicht vorankämen und er das Philosophieren als Zwang erdulde (VI 202f.; *3, 225*). In der Tat muß Hölderlin auch sich mit Übersetzungen befaßt (*Dejanira an Herkules*, *Nisus und Euryalus*,) und die Gedichte *<An Herkules>*, *Die Eichbäume* und die Elegie *Der Wanderer* (erste Fassung) entworfen haben. Die Behauptung dem Bruder gegenüber, einzig mit den philosophischen Briefen befaßt zu sein, ist also wohl nicht ernst zu nehmen. Am 15. Mai antwortet Hölderlin auf einen Brief, in dem Cotta ihn wohl zur Kürzung aufgefordert hatte; er verlangt den in Cottas Händen befindlichen Anfang zurück (VI 207; *3, 229*). Damit ist die Arbeit an dieser *Vorletzten Fassung* beendet.

Hier kehrt Hölderlin zur Vorrede und dem Briefroman zurück, wie ihn das *Fragment* zeigte; der Partner heißt wieder Bellarmin, ohne daß ablesbar wäre, wo er sich befindet und welcher Nation er angehört. Was im endgültigen Roman erst mit dem Briefwechsel zwischen Diotima und Hyperion während der Kriegsepisode geschieht, nämlich die Einschaltung von Texten, die zur Zeit des Erlebens entstanden sind, das sollte hier vielleicht die Entwicklung des Erzählers vor Augen führen, denn dieser hat, soweit ersichtlich, von Anfang her mindestens momentweise eine Ausgeglichenheit und Weisheit, wie der erzählende Hyperion des endgültigen Romans sie erst am Ende besitzt (vgl. III 243, Z. 8–19; *2, 262f.*). In der Trauerphase vor dem Erscheinen der Diotima heißt es:

> Oft saß ich stundenlang, versuchte zu schreiben, was in mir vorgieng – armes Wesen! als wäre der Jammer weg aus dir, wenn er einmal auf dem Papiere stände! – Ich trage sie noch bei mir, diese traurigen Blätter. Ein sonderbar Mitleiden hielt mich immer ab, sie zu zernichten.
>
> Lieber! du hasts ja einmal über dich genommen, mit mir zu trauern, du magst auch diß lesen. Ich weiß, du ärgerst dich nicht daran. Auch sind's nur wenig abgerißne Töne. – Ach! hätte doch mein Herz sich ausgeschüttet, sich verblutet, sich begraben in den armen vergänglichen Worten! – (III 248; *2, 268*)

In diesem Wunsch, damals, vor dem Diotima-Erlebnis schon gestorben zu sein, zeigt sich der gegenwärtige Erzähler doch wieder sehr "dissonant", und auch die Rolle Bellarmins, mit ihm zu trauern, entspricht der endgültigen Fassung. Hölderlin scheint in der *Vorletzten Fassung* mit dem Erzähler, seinen Stimmungen und den Zeitschichten des Erzählens kontrastreicher und damit für den intendierten Leser spürbarer gearbeitet zu haben. Darauf weist auch eine Stelle, die (wie es Jacobi im *Allwill* häufig tut) eine Erlebnislücke in den Erzähltext einschaltet:

> (Daß mir noch Einmal werden sollte, wie damals! O jezt, jezt war mir so! –
>
> Es ist vorüber. Ich bin nun wieder ein Kind der Zeit. Ich weiß es und sage mit Weinen: es giebt eine Vergangenheit!)
>
> (III 251; *2, 270f.*)[206]

Der Text ist zu bruchstückhaft überliefert, als daß man eine klare Linie der Entwicklung des Schreibers feststellen könnte; deutlich ist, daß weiterhin sein Schreiben als (eigentliches?) Geschehen reflektiert werden sollte. Von der Vervielfachung der Ebenen in *Metrischer Fassung* und *Jugend* scheint die Einschaltung der früher geschriebenen Papiere übrig zu sein.

Wie *Jugend* dem Gedanken der "Zurechtweisung" einer ins Extrem geratenen "Richtung" deutlich Rechnung trägt – "Indeß brachte mich doch dieser neue Stoß wieder in's Leben." (III 234; *2, 253*) –, so hält auch die *Vorletzte Fassung* an dem Modell fest:

> Meine Plane gab ich allmählig auch auf. Du verkanntest deine Bestimmung, sagt' ich mir, die sonderbaren Zufälle deiner frühern Jahre trieben dich aus deinem Kreise heraus, und es ist Zeit, daß du in deine Gränzen zurüktritst! (III 242; *2, 262*)

Ist er es hier selber, der sich zurechtweist, so wirkt Notara mit seiner bewußt veranstalteten Übung des Kleinkriegs statt des Alles oder Nichts Hyperions von außen zurechtweisend auf ihn (III 244; *2, 264*); der spätere Erzähler erkennt eine frühere Richtung zum "Gesetztsein" als falsch und weist sich nachträglich dafür zurecht, indem er sich selbst das zweite Ideal aus der *Fragment*-Vorrede – "der Friede des Lebendigen, die Einigkeit der ungeschwächten Kräfte [ist] Ordnung, Gottes Ordnung" – für damals und für jetzt als wahres Ziel vorhält (III 243; *2, 263*). In dieser Fassung wird deutlicher als in den vorherge-

---

206 Die FHA sieht die Klammern als Tilgung an.

henden die Struktur der Organisation ("Einigkeit der [...] Kräfte") und die Modalität der Bahn herausgestellt: Zurechtweisung ist nötig, wo die Tendenzen des Über- und des In-Seins ("Willen" und "Empfänglichkeit" heißen sie hier, III 243, Z. 14f.; *2, 263,6*) über die Grenzen ins Ungemessene und sogar ins Absolute, "gänzliche Vereinigung oder gänzliche Scheidung" hinausgehen (III 244; *2, 264*); Zurechtweisung ist auch nötig, wo der Mensch mit einem Minimum an Willen und Empfänglichkeit, dem "Tod des Lebens" sich zufriedengeben will aus Angst vor "Anarchie", und auf das Wachstum seiner entgegengesetzten Kräfte verzichtet. Die Zufälligkeiten des äußeren Lebens – die Ankunft eines Freundes (Notara), das Kommen des Frühlings, das Zusammentreffen mit Diotima – machen die Entwicklung der Richtungen und Zurechtweisung unberechenbar, d.h. zur exzentrischen Bahn.

Angesichts dieser besonderen Deutlichkeit und Reflektiertheit von Bahnverlauf und Ziel ist es unverständlich, warum Margarethe Wegenast aus dem Fehlen des Begriffs der Zurechtweisung in der Vorrede auf eine "entscheidende konzeptionelle Änderung der exzentrischen Bahn" schließt, wobei "exzentrisch" bisher die "Abweichung" von einer "determinierten Bahn" geheißen habe.[207] Hölderlin hat ja nie von einer determinierten Bahn und deren Abweichungen gesprochen. Nun aber sei "die Exzentrizität selbst nicht mehr durch eine ihre Auflösung intendierende Zurechtweisung o.ä. relativiert" (ebd.): Exzentrizität wird also wie bei Ryan und Kurz als Relationsbegriff zu einem "Zentrum" gesehen, "aus dem heraus" eine Bewegung geschieht und zu dem sie zurückkehren muß.[208] Exzentrisch sei nun "die Determination selbst",

---

207 Wegenast (wie Anm. 19), S. 98 und Anm.

208 Ryan, der die *Fragment*-Vorrede, wie besprochen, mit der *Vorl.*-Vorrede "erklärt", behauptet denn auch trotz des später (Hölderlins 'Hyperion', wie Anm. 77, S. 52) betonten "Abstands" der beiden Vorreden, daß in der *Fragment*-Vorrede "der Geist trotz der scheinbaren Selbständigkeit seiner 'Bildung' doch letzten Endes von der Natur umfangen ist [...]: die Exzentrizität bleibt zwar bestehen, nur wird sie der Ganzheit der Natur untergeordnet" (S. 15). Darin liegt aber gerade der Hauptunterschied der *Frg.*-Vorrede zu der *Vorl.*-Vorrede, daß dort am Ende des Prozesses eine von uns selbst hergestellte Organisation steht und von der Natur keine Rede mehr ist, während sie in der *Vorl.*-Vorrede in einer Weise mitgedacht ist, die Ryan nun wiederum mißversteht: "Nicht mehr spricht Hölderlin von einer selbstgeschaffenen 'Organisation', von einem 'Zustand der höchsten Bildung' [vgl. aber III 236, Z. 18; *2, 256, 20f.*!], sondern das Ziel der Entwicklung wird in einen Bereich verlegt, der die 'höchste Bildung' über-

die die Bahn durch den "initiierenden Akt des Sich-Losreißens" annehme, den "intentionalen Zugriff auf die 'Welt' im Sinne eigener Lebensgestaltung", dem "Einsetzen des – per se intentional ausgerichteten – Bewußtseins" (ebd.). Damit bezeichne das Exzentrische "die wesenhafte innere Ambivalenz des Menschen in seiner *doppelten* Bezogenheit auf das (und damit zugleich sein) Zentrum: einerseits den existentiell-ursprünglichen, 'kindlichen' Bezug, andererseits den bewußtseinsmäßig bedingten, intentional gebrochenen, der jedoch jenes grundlegende, unmittelbare Verhältnis nicht beeinflußt." (ebd.) Wie bei Ryan ist hier das Problem, daß trotz des Ausdrucks "Bezug" an ein substantielles "Zentrum" gedacht wird, "von" dem man sich auf einer "exzentrischen" Bahn wegbewegt und das, da es die Substanz Spinozas sein soll, auf eine grundlegende unmittelbare Weise bestehen bleibt und wegen seiner Unendlichkeit die Bahn tatsächlich enthalten muß – eine Vorstellung, die kaum zu denken ist.

Hölderlin schreibt nun aber (III 236f.; *2, 256f.*): Der "einzige Sinn des Worts" "Seyn" ist "seelige Einigkeit"; synonym dafür stehen das "friedliche Εν και Παν der Welt", das "Eine unendliche Ganze", "jener unendliche Friede", "jene unendliche Vereinigung". Das heißt,

---

steigt, ja überhaupt für das Bewußtsein unfaßlich ist. Das 'Seyn' wird in diesem Sinne auch dem in sich vollendeten Bewußtsein entgegengesetzt, ja übergeordnet; alle 'Vernunft' und alles 'Streben' sind von einem übergreifenden Zusammenhang getragen, ohne daß dies von den Menschen gewollt oder auch nur gewußt wird. [...] Dieses 'Seyn' offenbart sich in der Natur"; so wird "die Subjektivität einem umfassenden Ganzen eingeordnet und die Natur in ihre ursprünglichen Rechte wieder eingesetzt". (S. 49f.) Danach müßte Hölderlin formulieren, das Ziel unseres Strebens sei, unser Bewußtsein in der Natur zu verlieren (so sehen manche die "Hyperion-Stufe" von Hölderlins Denken), oder zumindest, unser Streben sei, daß unser Bewußtsein dem unwißbaren Ganzen "eingeordnet" werde oder sei, d.h. passiv von dem "Zusammenhang getragen" wird, der uns als "unvordenklicher Grund" schon immer trägt, "ohne daß dies von den Menschen gewollt oder auch nur gewußt wird". Hölderlin schreibt aber klar, daß unser Ziel ist, das "friedliche Εν και Παν der Welt [...] herzustellen, durch uns Selbst", daß wir nicht der Natur "eingeordnet" sein sollen, sondern streben "uns *mit* der Natur zu vereinigen *zu* Einem unendlichen Ganzen", einem Frieden, den wir "wiederzubringen" streben. Das heißt, der Friede ist von uns hergestellt, der Mensch leistet bewußt die "Wiederbringung aller Dinge", unser Bewußtsein und die Natur bleiben selbständige Teile des unendlichen Ganzen, das real herzustellen nicht möglich ist (und schon, entgegen Ryans Meinung S. 50, in der *Frg.*-Vorrede als Ideal gedacht ist, das nur "mehr oder weniger vollendet" erreichbar ist).

es handelt sich, wie bei Diotimas Rede über die neuen Feste in *Jugend*, nicht um eine Sache, eine Substanz, sondern um eine Beziehung. Es ist eine Beziehung des Friedens und der Einigkeit oder, am Ende, der Vereinigung; es ist der von Diotima gepriesene "Friede mit allem, was da ist" (III 224; *2, 243*) oder die in der *Fragment*-Vorrede genannte Zusammenstimmung innerhalb unserer Bedürfnisse und Kräfte und "mit allem, womit wir in Verbindung stehen" (III 163; *2, 177*). Von dieser Beziehung der Welt, des Friedens, in der zwischen Allem eine harmonische Beziehung herrscht, weil nur Eines in Allem wirkt, reißen wir uns los, um sie "herzustellen, durch uns selbst". Das kann sich nicht etwa auf den Kosmos insgesamt oder eine objektive Substanz beziehen, sondern auf das, was für uns "Welt" ist, d.h. das, "womit wir in Verbindung stehen". Weil damit erst das Selbst-Bewußtsein beginnt, wird der Zustand der Einigkeit, der diesem Bewußtsein vorausliegt, Sache des Glaubens, d.h. fühlbare, aber nicht wißbare Realität. "Natur" ist jetzt, anders als im *Fragment*, eine selbständige Einheit, die uns zunächst umfaßt, mit der wir "zerfallen" und mit der wir uns, ebenfalls selbständig bleibend, am Ende wieder zu vereinigen streben "zu einem unendlichen Ganzen", das dann die selbständige Natur und unser Selbst als Teile enthält und das vorwegnimmt, was die <*Verfahrungsweise*> später die "Einheit des Einigen" nennt. Die Welt, d.h. das Objekt unseres Bewußtseins, steht mit uns in dem bekannten Verhältnis des In- und Über-Seins mit seinen Extremen des Alles oder Nichts, die hier nun deutlich als psychologische Phänomene ("Oft ist uns, als ...") oder als erkenntnistheoretische Einschränkung auf einen rigorosen Idealismus – "es wäre überhaupt gar nichts, (für uns)" – gekennzeichnet werden. Damit sind auch wieder, im Sinne der besprochenen "Geschichte des Denkens" die entsprechenden philosophischen Systeme, z.B. die Ontologie des Spinoza und der subjektive Idealismus Fichtes, als Phasen eines Gesamtprozesses relativiert.

Der angestrebte Endzustand ist, wieder in Anspielung auf Paulus, der "Friede alles Friedens, der höher ist, denn alle Vernunft". Wo aber Paulus (Phil 4,7) vom Frieden "Gottes" spricht, der höher ist als alle Vernunft und der die "Herzen und Sinne in Christus Jesus" bewahren soll, spricht Hölderlin deutlich davon, daß den "Frieden alles Friedens", d.h. wieder die Einheit des (je selbständigen) Einigen, "wiederzubringen [...] das Ziel all' unseres Strebens" sei: die Wiederbringung, apokatastasis tōn pantōn, bedeutet nach Origenes die Wiederherstellung des ursprünglichen Zustandes der Schöpfung, des Reiches

Gottes, verbunden mit der Erlösung aller Sünder, auch des Teufels. Nun ist bei Hölderlin aber nicht Christus oder Gott derjenige, der diese Erlösung bewirken soll, sondern die Menschheit; sie ist nicht nur ihre eigene Erlöserin, sondern auch die der Schöpfung insgesamt. Dies ist Spinozas Lehre so weit wie nur möglich entgegengesetzt; es geht dem Streben auch nicht mehr nur um die "fundamentale Wahrheit des 'hen kai pan'",[209] sondern um eine Vereinigung unseres Selbst-Welt-Verhältnisses *mit* der Natur, nicht um Einigkeit, sondern um Vereinigung, nicht um Frieden, sondern um Frieden alles Friedens (vgl. noch III 90, Z. 21f.; *2, 101*).

Zweifellos sind also spinozistische Elemente in dieser Vorrede anzutreffen, aber in der bei Hölderlin schon bekannten Weise mit Elementen der subjektiv idealistischen Philosophie so verbunden, daß beide als die ontologisch bzw. idealistisch perspektivierte Ausdrucksform einer höheren Philosophie erscheinen. Es ist deshalb auch nicht sinnvoll, für die neben der als solche intendierten aktiven Selbständigkeit des Menschen bei Spinoza fehlenden zwei Theoreme der Individualität und der Schönheit einen "ästhetischen Spinozismus" Hölderlins zu konstruieren, wie dies Wegenast tut.[210] Eher gilt es bei dem von Hölderlin selbst angegebenen Gewährsmann zu suchen, an dem man immer noch schwer "sündigt", nämlich bei dem "heiligen Plato".

Spinozas Theorie der Individualität beruht auf der Individualität des Körpers,[211] d.h. bei ihm erstreckt sich die Individualität nur auf die inadäquaten Erkenntnisse aus körper- und erfahrungsbezogenen Vorstellungen, nicht jedoch auf die wesentliche Individualität der Perspektive, mit der etwa die Monade bei Leibniz die Welt und Gott erkennt; für Spinoza hat die Seele vielmehr eine adäquate Erkenntnis von Gott, und zwar seiner ewigen und unendlichen Wesenheit, durch ihre *scientia intuitiva*,[212] darüber hinaus der Affektationen seiner *modi* in Gestalt der Einzeldinge, soweit diese ebenfalls intuitiv, d.h. adäquat eingese-

---

209 Wegenast (wie Anm. 19), S. 101f.

210 Ebd. S. 102.

211 Benedict de Spinoza, *Ethik nach geometrischer Methode dargestellt*, übers. v. Otto Baensch, Leipzig o.J. [Meiners phil. Bibl. 92]; Teil II (Lehrsatz 12 und 13 (S. 61–63). Der Status des Vielen, um so mehr des Individuellen, blieb für Spinoza, wie er Tschirnhaus gegenüber zugab, ein offenes Problem.

212 Ebd. Ethik II Lehrsätze 47 und 40 Anm. 2.

hen werden.[213] Nun hat Hölderlin schon in der *Fragment*-Vorrede mit der finalen Betonung der freien Willensentscheidung die Individualität stark betont; der Begriff der Exzentrik zielt auf die Individualität der Bahn, und noch der Schluß des *Hyperion* kündet: "Frei sind wir, gleichen uns nicht ängstig von außen; wie sollte nicht wechseln die Weise des Lebens? wir lieben den Aether doch all' und innigst im Innersten gleichen wir uns." (III 159; *2, 174*)[214] Leibniz' Monadenlehre ist Hölderlin seit dem Studium in Tübingen bekannt; schon damals hat er die bekannte Spiegelmetapher umgekehrt – "Meine Welt ist deiner Seele Spiegel, Meine Welt, o Sohn! ist Harmonie" (I 132; *1, 112*) –, um dem Idealismus der fensterlosen Monade eine transzendentalphilosophische und zugleich ontologische Gegenposition zu geben.[215]

Eine derartige, über den körpergebundenen Individualitätsbegriff Spinozas und über den idealistischen Leibniz' hinausgehende "subjektiv-objektive" Individualitätsvorstellung findet sich beim "göttlichen Plato" und seinem Ausleger Ficino.[216] Zugleich läßt sich im folgenden Zitat, das die Pausanias-Rede aus dem *Symposion* auslegt, Ficinos "spinozistischer" immanenter Gottesbegriff,[217] der vielleicht sogar eine

---

213 Ebd. Ethik V Lehrsätze 24–26.

214 Vor allem Alabanda betont die Unzerstörbarkeit des individuellen Lebenskeims: III 141; *2, 155*. – Die Lehre von der notwendigen Selbstteilung der unendlichen Einigkeit wird erst im Konzept der radikalen Individualisierung vollständig und erhält darin ihre höchste tragische Spannung. Deshalb geht auch die Poetik von der Stufung des Individuellen, Allgemeinen und Reinen aus (IV 248; *2, 535f.*).

215 Vgl. im 1. Kapitel den Abschnitt "Total-Vorstellungen: transzendental, historisch, mythisch".

216 Die großen Ausgaben Venedig 1491, Basel 1532 und Venedig 1581 trugen entweder "Divus Plato" (Venedig 1491) oder "Divinus Plato" im Titel (British Museum 191, 182; Cosenza 1403, II/5.). Hölderlin spielt wahrscheinlich darauf an, betont aber mit der Bezeichnung "heilig" statt "göttlich" die rettende, ganz und heil machende Funktion (so eine mögliche Etymologie des Worts, die Hölderlin verwendet hat, vgl. Rolf Zuberbühler, *Hölderlins Erneuerung der Sprache aus ihren etymologischen Ursprüngen*, Berlin 1969, S. 73f.).

217 Walter Dreß, *Die Mystik des Marsilio Ficino*, Berlin und Leipzig 1929, stellt fest, daß "die Immanenz Gottes, die für Ficino keine Frage ist, im Neuplatonismus nicht vorgebildet zu sein" scheint und "daß die Religionsphilosophie Ficinos dem ursprünglichen Neuplatonismus gegenüber eine durchaus neue, aus dem Geist der Renaissance geborene Konzeption darstellt. Die Unsterblichkeit, die Göttlichkeit des Menschen ist ihr Thema" (S. 148f.). Als Hauptquelle Hölderlins genügt der *Symposion*-Kommentar

Grundlage für Spinoza war, und obendrein die Theorie von der Schönheit als Herrlichkeits-Offenbarung dieser immanenten Gottheit ablesen, die ja bei Spinoza ganz fehlt:

> Sofern er die Wirklichkeit aller Dinge ist und sie nährt, heißt Gott das Gute. Sofern er belebt, besänftigt, schmelzt oder anspannt,[218] heißt er das Schöne. Sofern er die drei Erkenntnisvermögen der Seele, Verstand, Gesicht und Gehör zu dem in den Dingen lockt, was im höheren Sinne erkannt werden soll, heißt er Schönheit.[219] Sofern er in dem Erkennenden als Vermögen liegt und es auf das Erkannte anwendet, heißt er Wahrheit. Endlich, als das Gute, zeugt, lenkt und vollendet er; als das Schöne erleuchtet er [alle Dinge] und durchströmt sie mit Anmut.
>
> Nicht ohne Grund haben die alten Gottesgelehrten die Güte ins Zentrum, die Schönheit in den Umkreis gesetzt: die Güte nämlich in den einen Mittelpunkt, die Schönheit aber in vier Kreise. Das eine Zentrum von Allem ist Gott, die vier Kreise um Gott Geist, Seele, Natur, Materie. [...] Warum wir Gott aber Zentrum, warum wir jene vier Kreise nennen mögen, erläutern wir kurz folgendermaßen:
>
> Das Zentrum eines Kreises ist ein Punkt, einer, unteilbar, fest. Von ihm aus werden viele geteilte bewegliche Linien [Radien] zum Umkreis geführt, der ihnen in diesen Hinsichten vergleichbar ist; dieser teilbare Umkreis wird ja um das Zentrum wie um eine Achse gedreht. Und das ist nun das Wesen des Mittelpunktes, daß er wohl einer, ungeteilt, unbeweglich ist, aber dennoch in vielen, ja in allen geteilten und beweglichen Linien überall anzutreffen ist: der Punkt ist nämlich überall in der Linie. Weil aber nichts von einem andern berührt werden kann, das ihm nicht gleichartig ist, müssen die überallher vom Umkreis zum Zentrum laufenden Linien diesen so gearteten Mittelpunkt mit einem ihrer Punkte berühren, der ebenfalls einfach und unbeweglich ist. Wer mag verneinen, daß Gott zu Recht das Zentrum von allem genannt wird, da er in allem ist als einer, vollkommen einfach und unbeweglich? Und alle von ihm Hervorge-

---

De amore; obwohl sich im übrigen Werk Ficinos viele Parallelstellen zu den von Hölderlin verarbeiteten Stellen fänden, beschränke ich mich deshalb soweit wie möglich auf Nachweise aus diesem verbreiteten Text.

218 "Ut vivificat, lenit, mulcet et excitat, pulchrum." Vgl. damit die schmelzende und die energische Schönheit in Schillers *Ästhetischen Briefen*.

219 Ficino unterscheidet also zwischen *pulchrum* als Name Gottes und *pulchritudo* als Name Gottes an den Dingen, sofern sie auf das menschliche Erkennen zu organisiert sind wie Licht und Farben auf das sonnenhafte Auge (ebd. S. 40): Ansatz für die Reduktionskonzepte der subjektiv idealistischen und der kritischen Philosophie.

brachten Vieles, Zusammengesetztes und auf gewisse Weise Bewegliches sind und so, wie sie aus ihm ausfließen, in ihn nach dem Muster der Radien und des Umkreises zurückfließen? So sind Geist, Seele, Natur, Materie geneigt, aus Gott hervorgehend wieder in ihn zurückzukehren und umringen ihn, auf ihn gerichtet, gemäß ihren Kräften von allen Seiten. Und wie sich der Mittelpunkt überall in den Radien und im ganzen Kreis findet und die einzelnen Radien mit ihrem (Ruhe-)Punkt den Kreismittelpunkt berühren, so sät sich Gott, Allmittelpunkt, einfachste Einheit und reinste Tathandlung (*actus*) allem ein, nicht nur deshalb weil er jedem gegenwärtig ist, sondern weil er allen von ihm Geschaffenen ein innerstes, einfachstes, höchstes Teil oder Vermögen eingegeben hat, das Individualität (*rerum unitas*) genannt wird; von dieser hängen ab und auf diese beziehen sich bei jedem einzelnen Ding wie von ihrem Mittelpunkt und auf deren Mittelpunkt alle übrigen Teile und Kräfte. Jedes Geschaffene muß notwendig sich zuerst in diesem seinem Zentrum, zu dieser seiner eigenen Einheit versammeln, bevor es seinem Schöpfer anhängt, damit es durch seinen eigenen Mittelpunkt, wie wir schon oft wiederholt haben, dem Allmittelpunkt anhänge.[220]

Nun können wir also deutlich verstehen, aus welchem Grund die Gottesgelehrten die Güte ins Zentrum, die Schönheit in den Kreis setzen. Die Güte aller Dinge nämlich ist der eine Gott selbst, durch den das Ganze gut ist; die Schönheit aber ist der Strahlenglanz Gottes, der jenen vier auf bestimmte Weise um Gott sich drehenden Kreisen einwohnt. Dieser Strahlenglanz bildet alle Gattungsbegriffe aller Dinge in jenen vier aus. Wir pflegen jene Gattungsbegriffe im Geiste "Ideen", in der Seele "Begriffe", in der Natur "Samenformen" (*semina*), in der Materie "Gestalten" zu nennen. Mithin erscheinen vier Herrlichkeiten (*splendores*) in den vier Kreisen: die Herrlichkeit der Ideen im ersten, der Begriffe im zweiten, der Samenformen im dritten, der Gestalten im letzten.[221]

Dieser "heilige Plato" – Ficino wird als selbständiger Philosoph erst im 20. Jahrhundert allmählich entdeckt, im 18. Jahrhundert trotz beginnender Einsprüche noch vielfach mit Platon identifiziert – dieser "heilige Plato" spricht auf seine bildliche Weise die zentralen Vorstellungen aus, die Hölderlin mit der Schulung der kritischen Philosophie Kants und dem durch Fichtes subjektiven Idealismus geschärften Problembewußtsein im Sinne der modernen Philosophie zu rekonstruieren

220 Ficino, Über die Liebe (wie Anm. 167), S. 40–44, Übersetzung von mir (die Übersetzung von K.P. Hasse ist in manchen Punkten nicht exakt).
221 Ebd. S. 48.

sich vornimmt. (Hier wird keinesfalls behauptet, Hölderlin habe seine philosophischen Erkenntnisse einfach von Ficinos "Platon" übernommen: nein, sie sind ihm gewissermaßen Mythen der Vernunft, die, gälten sie auch vor der strengen kritischen Wissenschaft, in der Tat die Probleme der zeitgenössischen Philosophie lösen könnten – Hölderlin hat diese Mythen als heuristische Vorstellungen genommen, die er zu beweisen suchte, um mithin auch den etwa von Kant mit distanzierter Ironie behandelten Platon zu "retten".)

Ficino definiert den immanenten Gott als Allmittelpunkt und Mittelpunkt in allem; da dieser Gott sich auf den vier Seinsebenen (den vier "Kreisen") manifestiert und in Stufen hervorgeht, um aus ihnen wieder zu sich zurückzukehren, wird auch die Individualität jedes Geschöpfs auf jeder Seinsebene gesichert: es hat sein Zentrum in sich und hängt erst über dieses Zentrum, das den Allmittelpunkt abbildet und zugleich offenbart, mit Gott zusammen. Die Spiegelmetapher Leibniz' ist wie Spinozas göttliche Allsubstanz übrigens bei Ficino ebenfalls vorgebildet: Gott ist wie ein Handwerker, der tausend Spiegel (= Seelen) macht und um sich herum aufstellt; in jeder spiegelt er sich auf andere Weise, jede bildet ihn anders ab, jede strebt ihm auf anderem Weg wieder entgegen,[222] und genau das, die Kultivierung der Erde, die Zähmung der Tiere und Pflanzen, die Humanisierung der Gesellschaft und des Lebens zwischen Mensch und Umwelt auf allen möglichen Wegen geleistet zu sehen, das ist das Ziel des Handwerkers Gott mit seinen tausend Spiegeln.[223] Da der Mensch freigesetzt ist, diesen Auftrag zu erfüllen oder nicht, ist das Spiegeln nicht wie bei Leibniz eine Art Gesetztsein auf einen bestimmten Punkt in der Gradation zwischen Perzeptionen und Apperzeptionen, sondern eine gesollte Leistung, die Potenzielles mehr oder weniger gut aktuiert. Man sieht, wie auch hier Hölderlin (nach Herders Vorbild in den *Ideen*, deren Anthropologie in wesentlichen Punkten an Ficino orientiert ist) über die reduzierten und dadurch exakteren Systeme des 17. und 18. Jahrhunderts zurückgreift auf die Universalphilosophie der Renaissance, um deren philosophische Dichtungen zu rekonstruieren.

---

222 Marsile Ficin, *Théologie platonicienne de l'immortalité des âmes*. Texte critique établi et traduit par Raymond Marcel, Bd. 1–3 Paris 1964–1970; Bd. 2, S. 166f.

223 Ebd. Bd. 3, S. 72; Marsilio Ficino, *Opera omnia*, 2 Bde. Basel 1561 (NDr Turin 1962), S. 665.

Wir haben ja verfolgt, wie in Vorbereitung der Zitierung der platonischen Mythen von der Einkörperung der Seele und der Geburt des Eros Hölderlin in Kants *Kritik der Urteilskraft* das ontologische Substrat aufgespürt hat, welches die menschliche Natur an die allgemeine Natur, und das in der Lust am Schönen sich äußernde Lebensgefühl an das allgemeine unerklärliche Leben bindet, mithin das Schöne für uns tatsächlich zum Modus des Vorhandenseins des Seins im einzigen Sinne des Worts macht. Das in der Opposition von Spinozas Ontologie und Fichtes Subjektphilosophie zum Gegenstand philosophischer Suche und Spektulation gewordene absolute Subjekt-Objekt konnte er mit Hilfe einer Trieblehre konstruieren, die den dreifachen Eros Ficinos und die neuplatonische Trias von Beharrung, Hervorgehen und Rückwendung durch Rekurs auf Fichtes und Schillers Trieblehre modernisiert und durch Bewußtseinstatsachen des Strebens, des Bedürfnisses, der Reflexivität kritisch absichert, zugleich aber aus diesen Tatsachen die Rechtfertigung zum Verlassen des Spiegelkabinetts der Subjektivität zieht.

Die bei Ficino vorgegebene Definition Gottes als absolute *unitas*, die mit der Einheit des absoluten Ich und mit der Einheit der spinozistischen Substanz koinzidierte, ließ die Aufgabe erkennbar werden, die religiöse Dimension zu rekonstruieren, die bei Spinoza gegeben und bei Fichte impliziert war. Hier, so haben wir gesehen, führt Hölderlin mit dem Namen Diotima das alte Theologumenon der Herrlichkeit ein, sichert es philosophisch als notwendige Zeichen- und Vermittlungsstruktur und hat damit die Rechtfertigung für Glauben und Liebe zu alten und neuen Mythen, zur Anreicherung des Eros über seine bloß funktionale Triebkonzeption hinaus zu einem "Saitenspiel der Empfindungen" für die religiösen Gegenstände – Halbgötter, heldische und vorbildliche Menschen, Eltern, Freunde, Naturelemente –, das wie bei Herders *Liebe und Selbstheit* vom sinnenhaften Genuß über Liebe, Freundschaft, Elternzärtlichkeit bis zur christlichen Agape reicht. Das Konzept der Herrlichkeit mit seinen Richtungen der Herunterlassung, der Erscheinung und der Verklärung erlaubt es ihm vor allem, wie Ficino und Herder den Menschen nicht nur als Produkt, sondern als Agenten der göttlichen Herrlichkeit zu fassen und die Humanität, die er sich selbst und seiner Welt mitteilen soll, als Gegenstand religiöser Verehrung und festlichen Preises zu sehen. Das Konzept der Herrlichkeit in seinem Aspekt der Herunterlassung, der notwendigen Einschränkung und Demütigung des Unendlichen, der Offenbarung im

Schmerz, in Häßlichkeit und Zerstörung ermöglicht eine neue Theodizee, gibt dieser Religion tragische Tiefe und dem Leidenden Kraft für ein Bleiben im Leben.

Das theologische Konzept der Herrlichkeit ist endlich ein fundamental poetisches Konzept. Es reicht auf der einen Seite in die uralten Spekulationen von Offenbarung und Verhüllung im Erscheinen, den Mythos vom Schleier der Isis/Maja, die kabbalistische Lehre von den Sephirot (Abglänzen Gottes) und die neuplatonischen Seinsstufen zurück; auf der anderen Seite läßt es sich durch die moderne Sprachphilosophie etwa Herders in seiner Abhandlung *Über den Ursprung der Sprache* oder den Fragmenten *Über die neuere deutsche Literatur* begründen. Danach ist Welt überhaupt sprachlich verfaßt, durch analogische und metaphorische Beziehungen unendlich auf sich deutend; die menschliche Sprache ist eine Sprache über diese Sprache, d.h auch das Erkennen und Denken sind prinzipiell sprachlich verfaßt und als orts-, zeit- und kulturgebundene Semiosen in die Zeit eingelassen. Sprachen und andere vom Menschen geschaffene Semiosen bilden Nationen, Kulturen und Geschichtszusammenhänge, die dann selbst wieder als Herrlichkeit Gottes verstanden werden.[224] Ein dialektisches genetisches Modell ("Schöpfungshieroglyphe"), ein systemtheoretisches Modell ("Organisation") und ein teleologisches Modell ("Nemesis") arbeitet Herder zur gedanklichen Fassung und zur Konstruktion von Zeitverläufen in Geschichte und sprachlicher Zeichensukzession heraus;[225] Hölderlin benutzt sie als Verfahrungsweise des poetischen Geistes, zur Strukturierung dialogischer Beziehungen in "Tönen" einer Psyche, einer Sphäre, der Sprache des Gedichts, und zur Beschreibung und Konstruktion des Werdens im Vergehen. Denn die Dichtung ist nur die Inszenierung, die Ostension dieser fundamentalen Sprachlichkeit der Natur und der Geschichte. Ihre Aufgabe ist es, diese Sprachlichkeit überhaupt zum Bewußtsein zu bringen, die opaken Dinge und Verhältnisse transparent zu machen auf Bedeutung und letztlich Unsagbares, das Netz der Analogien, Metaphern, dialektischen Beziehungen des Selbstseins im Anderssein und der Aufhebung in seiner Dichte anschaulich zu machen, kurz: den Geist ins Wort zu fassen. Das ist, angesichts der skizzierten Philosophie Hölderlins, eine zugleich erkenntnistheoretisch, moralisch, politisch, gesellschaftlich, kulturhisto-

224 Herder, Frühe Schriften (wie Anm. 32), S. 773, Z. 7–9 mit Komm. z. St.
225 Vgl. die in Anm. 183 genannte Arbeit.

risch und religiös relevante Funktion, die Hölderlin der Dichtung damit zuschreibt und die er mit höchstem Anspruch an sich zu erfüllen sucht.

Der Anspruch ist, daran sei noch einmal erinnert, nicht nur ein poetischer. Wir waren ja ausgegangen von der Erklärung der "spinozistischen" Passagen der Vorrede zur *Vorletzten Fassung* und hatten den "heiligen Plato" als denjenigen ermittelt, bei dem die Zusammenhänge vom Einen und Allen, der Herrlichkeit, Schönheit, Bildungsaufgabe des Menschen, Pathos der Individualität schon einmal vorgedacht waren. Da Hölderlin die Bilder Ficinos nicht als fertige Lösung sah, sondern es als seine Aufgabe betrachtete, mit den Mitteln und unter den Kriterien der zeitgenössischen Philosophien jenen "heilen" sinnvollen Kosmos zu rekonstruieren, den der Renaissancephilosoph vorgestellt hatte, mußte er im Grunde alle zeitgenössischen Philosophien überbieten. Der Wille, sie auch im Praktischen, Politischen und Religiösen zu überbieten, war vorhanden, traf aber auf taube Ohren der Zeitgenossen. Poesie jedenfalls ist bei Hölderlin nur der integrale Ausdruck all dieser Ansprüche, nicht eine abgesonderte Geistestätigkeit neben anderen, sondern ihrer aller Vollzug, der sich im Vollzug zugleich selbst anschaut und begreift.

Hyperion. Erster Band, im Kontext

Der erste Band des endgültigen Romans erschien zu Ostern 1797 bei Cotta, der zweite folgte im Oktober 1799. Die Arbeit an der endgültigen Fassung, während der Hölderlin offenbar segmentweise die früheren Textstufen überarbeitete und diese "Vorstufen der endgültigen Fassung", von denen einige erhalten sind, noch einmal veränderte, begann im Mai 1796, wurde dann aber durch den Vorstoß einer französischen Armee bis Frankfurt "auf frappante Art unterbrochen" (VI 212; *3, 234*; 10.6.96): Hölderlin floh mit Frau Gontard und den Kindern sowie der Erzieherin Marie Rätzer nach Kassel und Bad Driburg – Heinse, Freund der Familie Gontard, gesellte sich dazu und führte mit Hölderlin Gespräche, die bis in *Brod und Wein* und den *Rhein* nachhallten –; die Rückkehr fand erst im September statt.

Eine direkte Spiegelung des Romantexts in Hölderlins Briefen findet sich in dem am 10. Juni 1796 abgeschickten Brief, wo er Neuffer über Susette Gontard schreibt: "Lieblichkeit und Hoheit, und Ruh und Leben, u. Geist und Gemüth und Gestalt ist Ein seeliges Eins in diesem Wesen." (VI 213; *3, 235*)[226] Was hier im Brief gleichsam als Vorstufe der endgültigen Fassung entworfen wird, nimmt Beschreibungen der Diotima aus der vor-frankfurter Zeit auf und idealisiert Susette, liest sie literarisch und philosophisch, um dann wieder mit der Gewißheit "es giebt ein Wesen auf der Welt" (ebd.) in Hyperions Briefe einzugehen. – Auch die beiden großen geschichtsphilosophischen Entwürfe im 26. und 30. Brief des Ersten Bandes korrelieren unmittelbar mit dem Brief an den von den französischen Verhältnissen enttäuschten und desillusionierten Freund Ebel vom 10. Januar 1797, so daß man annehmen kann, diese wichtigen theoretischen Partien seien um die Jahreswende 1796/97 entstanden.

Das träfe sich auch gut mit der Verarbeitung von Fichtes *Grundlage des Naturrechts*, die er im Juni erhielt (VI 228, 231; *3, 250, 253f.*); Paul Böckmann und Helmut Bachmaier bringen das *Fragment philosophischer Briefe/<Über Religion>* zu Recht in Verbindung mit Fichtes Werk und bestätigen damit inhaltlich die Datierung der FHA auf das 2. Halbjahr 1796 oder Anfang 1797.[227] Denn das Religions-Fragment impliziert, wie Bachmaier gezeigt hat, einen Gesellschaftsvertrag, den Hölderlin über Fichte hinaus allerdings auf religiöse Verhältnisse gründet. Denn der Sphärenbegriff,[228] den Fichte zur Begründung von Rechtsverhältnissen zwischen freien Individuen einsetzt, die ihre Wirkungskreise gegenseitig anerkennen, kann Hölderlin nach seiner "religiösen Wendung", die wir mit der Einführung des Herrlichkeits-

---

226 Vgl. Becks Anmerkungen VI 799f.

227 Paul Böckmann, "Hölderlins mythische Welt", in: *Hölderlin-Gedenkschrift*, hrsg. v. Paul Kluckhohn, Tübingen 1943, S. 11–49; 26–28. Ders., "Über eine Frage Hölderlins: 'Saget, wie bring' ich den Dank?", *Schiller Jb* 24, 1980, S. 182–204; 197f. Helmut Bachmaier, "Der Mythos als Gesellschaftsvertrag. Zur Semantik von Erinnerung, Sphäre und Mythos in Hölderlins Religions-Fragment", in: Poetische Autonomie (wie Anm. 136), S. 135–161; 148–150. – In der FHA wird eine Beziehung zu Fichtes Rezension zu Kants Schrift *Über den ewigen Frieden* hergestellt, die im *Philosophischen Journal* im Juni 1796 erschien (vgl. *L 14, 21*). Die Begrifflichkeit dieser Rezension deckt sich jedoch weitgehend mit der des *Naturrechts*.

228 Vgl. Hölderlins Verwendung des Sphärenbegriffs im Brief an den Bruder vom November 1796, VI 227; *3, 250*. Neben Bachmaiers Aufsatz vgl. meinen Vortrag "Hölderlins vaterländische Sangart", HJb 25, 1986/87, S. 12–59; bes. S. 30ff.

begriffs und des Namens Diotima dokumentierten, in Fichtes oder auch Rousseaus[229] eingeschränkter juristischer Bedeutung nicht mehr genügen. Die Wirkungskreise eines Menschen, einer Nation, eines Halbgottes oder Gottes selbst sind die Erstreckungen, Spielräume und Organisationsformen ihrer Herrlichkeit, die Art, wie sich im Individuellen das Eine als vereinigender Geist manifestiert.[230]

In meinem Vortrag über "Hölderlins vaterländische Sangart" habe ich nachgewiesen, daß "Vaterland" eben die Sphäre des nationellen Ichs ist, sofern es fähig wird, den vereinigenden Geist als Zusammenstimmung aller Individuen der Nation untereinander und mit allem, zu dem sie in Verbindung stehen, einwohnend zu machen. Vaterland ist die Sphäre einer Nation, die Reich Gottes geworden ist. Das bedeutet im einzelnen Geselligkeit unter den Menschen im hohen Sinne der Diotima-Rede aus *Hyperions Jugend* (IV 278f.; *2, 567f.*). Es bedeutet Verhältnisse zur Natur und zur Arbeit, die über die "Noth", den "mechanischen Zusammenhang" sich erheben (IV 275; *2, 564*), weil auch in ihnen sich das Göttliche offenbart, weil in jedem Moment für das Ganze gelebt, gehandelt und gedacht wird. Dies gilt in der Sphäre jedes einzelnen, es gilt in der Sphäre einer Nation so, daß die einzelnen erkennen, daß sie eine "gemeinschaftliche Sphäre haben, in der sie

---

229 Zu Rousseaus Verwendung des Sphärenbegriffs im *Contrat social* vgl. Bachmaier, Der Mythos (wie Anm. 227), S. 157. In anthropologischer Bedeutung wird der Sphärenbegriff verwendet in Rousseaus *Émile* an der für die *Fragment*-Vorrede entscheidenden Stelle, vgl. meine in Anm. 61 genannte Dissertation, S. 30–36 und den Vortrag "Hölderlins vaterländische Sangart", wie Anm. 228, S. 32 mit Anm. 96.

230 Der Begriff der Sphäre nimmt hier Elemente aus dem Zusammenhang der Magie und Naturphilosophie des 18. Jahrhunderts auf, die vor allem Swedenborg bekannt gemacht hatte. Vgl. meinen Aufsatz "Nachwirkungen Oetingers in Goethes 'Faust'", *Pietismus und Neuzeit* 10, 1984, S. 90–123; 106f. Dort auch eine Darstellung der Herrlichkeitstheologie Oetingers, die Hölderlin wahrscheinlich gekannt hat (S. 114–123). – Herders Sphärenbegriff in der Abhandlng *Über den Ursprung der Sprache*, der ihm zur Definition des Menschlichen im Sinne des Wählens einer "Sphäre der Bespiegelung" und des dadurch gegebenen Verhältnisses von Gesetztsein und Freiheit, Freitätigkeit und Selbstfestlegung ist zweifellos die anspruchsvollste und bedeutungsvollste Verwendung des Sphärenbegriffs, die auch Fichtes exakten aber eingeschränkten Gebrauch übersteigt; vgl. Herder Frühe Schriften (wie Anm. 32), S. 711–723 und die Analyse in meinem Buch *Herders Sprachphilosophie und Erkenntniskritik*, Stuttgart 1988, S. 97–103.

menschlich, d.h. über die Nothdurft erhaben wirken und leiden" (IV 278; *2, 567*); es gilt letztlich in der Sphäre der Menschheit und ihrer Geschichte, sofern die Nationen darin untereinander zu einer höheren "mehr als mechanischen" oder abstrakten Zusammenstimmung kommen müssen, um jeweils Humanität als "Maximum" ihrer kulturellen Möglichkeiten zu leisten – die Weise, wie das Abendland von den Griechen zu lernen hat, ohne sich zu unterwerfen und ohne die Griechen zu vereinnahmen, wie also eine Beziehung gegenseitiger freier Wechselbestimmung möglich wird, beschäftigt Hölderlin bis in die späten Anmerkungen zu den *Sophokles-Übersetzungen*.

Mit dem auf die Sphäre als "Herrlichkeit" gegründeten Begriff des Vaterlandes ist auch die "vaterländische Wendung" Hölderlins vollzogen, über die man früher so viel gestritten hat und die Hölderlins Werk nach 1800 vom früheren Werk absetzen sollte.[231] Das erste Substantiv des endgültigen *Hyperion* ist "Vaterlandsboden", in den beiden ersten Briefen erscheint der Begriff mit starker Betonung; der Bruderbund mit Alabanda zielt darauf, gemeinsam "das Vaterland [zu] erretten" (III 29; *2, 37*); Hyperions Ersetzung des gebietenden Staats durch Geist, Liebe, Begeisterung und "die neue Kirche" (III 31f.; *2, 40*) ist ein vaterländisches Programm wie die Volkserziehung, für die Diotima ihren Hyperion zu gewinnen sucht. Schon der erste Band des Romans steht also unter dem Zeichen des Vaterlands, in dem sich Begriffe wie Natur, Schönheit, Liebe, Geist zur Organisation einer Sphäre sammeln.[232]

Daß die Gedanken des Religionsfragments und vaterländische Orientierung des *Hyperion* und Hölderlins "vaterländische Wendung"

---

231 Zum Beispiel: Wilhelm Michel, *Hölderlins abendländische Wendung*, Weimar 1922; Walter Hof, "Zur Frage einer späten 'Wendung' der 'Umkehr' Hölderlins", HJb 11, 1960, S. 120–159. Der Begriff der "vaterländischen Umkehr" V 271; *2, 921*.

232 Nachweise im 2. Band: Beim Zusammentreffen mit Alabanda beschwört Hyperion die "Vaterlandserde" (III 107; *2, 120*); Diotima soll sich "den künftigen Vaterlandsfesten" sparen (III 108; *2, 121*); Diotimas Identifikation mit den "hohen Spartanischen Frauen" (III 115; *2, 129*) ist patriotisch (vgl. Diotima, wie Anm. 9, S. 155); in ihrer Lebensinterpretation bezeichnet Diotima das von Hyperion inspirierte begeisterte Leben der "Vaterlandsgenossen" als "mein schönster Traum, mein erster und mein lezter" (III 130f.; *2, 144*); zuletzt identifiziert sich Diotima mit der Gemahlin des Brutus, Porcia, die sich den Tod gab, "da im Todeskampf ihr Brutus und das Vaterland rang" (III 147; *2, 161*).

überhaupt einen konkreten politischen Anlaß hatten, zeigt Hölderlins Antwort vom 10. Januar 1797 auf den Brief Ebels, den er schon im Oktober 1796 erhalten haben muß. Ebel, begeisterter Republikaner und Anhänger der Französischen Revolution, hatte sich im September 1796 nach Paris begeben, um an Ort und Stelle das ihn Begeisternde zu erleben. "Der Docktor Ebel hat dem Hoelderlin einen sehr kläglichen Brief von *Paris* geschrieben [...], er ist äußerst unzufrieden und in allen seinen Erwartungen betrogen worden, und würklich zu bedauren."[233] Ihm schrieb Hölderlin: "Sie sagen es selbst, Lieber! man solle von nun an dem Vaterlande leben. Werden Sie es bald thun? Kommen Sie! Kommen Sie hieher!" (VI 230; *3, 252*) Für den Zeitmoment der Gegenwart gilt nämlich folgende Hoffnung:

> Und was das Allgemeine betrift, so hab' ich Einen Trost, daß nemlich jede Gährung und Auflösung entweder zur Vernichtung oder zu neuer Organisation nothwendig führen muß. Aber Vernichtung giebts nicht, also muß die Jugend der Welt aus unserer Verwesung wieder kehren. Man kann wohl mit Gewißheit sagen, daß die Welt noch nie so bunt aussah, wie jezt. Sie ist eine ungeheure Mannigfaltigkeit von Widersprüchen und Kontrasten. Altes und Neues! Kultur und Rohheit! Bosheit und Leidenschaft! [...] Strenge ohne Menschlichkeit, Menschlichkeit ohne Strenge! [...] Man könnte die Litanei von Sonnenaufgang bis um Mitternacht fortsezen und hätte kaum ein Tausendtheil des menschlichen Chaos genannt. Aber so soll es seyn! Dieser Charakter des bekannteren Theils des Menschengeschlechts ist gewiß ein Vorbote außerordentlicher Dinge. Ich glaube an eine künftige Revolution der Gesinnungen und Vorstellungsarten, die alles bisherige schaamroth machen wird. Und dazu kann Deutschland vieleicht sehr viel beitragen. Je stiller ein Staat aufwächst, um so herrlicher wird er, wenn er zur Reife kömmt.
>
> (VI 229; *3, 251f.*)

Bis in Einzelformulierungen hinein wirken sich hier die Geschichtstheorien im 1. Band des *Hyperion* aus:

> Von Pflanzenglük begannen die Menschen und wuchsen auf, und wuchsen, bis sie reiften; von nun an gährten sie unaufhörlich fort, von innen und außen, bis jezt das Menschengeschlecht, unendlich aufgelöst, wie ein Chaos daliegt, daß alle, die noch fühlen und sehen, Schwindel ergreift; aber die Schönheit flüchtet aus dem Leben der Menschen sich herauf in den Geist; Ideal wird, was Natur

233 Susette Gontard an ihren Mann, 27.10.1796; VII 2, 79.

> war [...]. Daran, an diesem Ideale, dieser verjüngten Gottheit, erkennen die Wenigen sich und Eins sind sie, denn es ist Eines in ihnen, und von diesen, diesen beginnt das zweite Lebensalter der Welt.
> (III 63; *2, 73*)

Auch die Athener sind still aufgewachsen, nichts trieb sie zu unzeitiger Reife, und das war die Voraussetzung für die volle Entfaltung der Menschheit unter den Athenern im Gegensatz etwa zu den Spartanern, den Ägyptern und Nordländern (III 77–82; *2, 88–94*); daß die Deutschen ebenfalls bescheiden, ohne Aufhebens sich heranbilden, läßt hoffen, daß sie in der künftigen Neugestaltung Europas eine wichtige Rolle haben werden. Die französische Revolution hat nur das Chaos vollends hergestellt, das die Voraussetzung zur Verjüngung und Wiedergeburt ist; was kommen muß, ist eine "Revolution der Gesinnungen und Vorstellungsarten" – "die Schönheit flüchtet aus dem Leben der Menschen sich herauf in den Geist; Ideal wird, was Natur war". Das heißt, die Europäer und insbesondere die Deutschen werden nicht einfach wieder Athener, sondern deren Natur wird Ideal, ihr Leben Geist.[234]

Für Hyperion und Diotima liegt Athen wie ein Chaos da; die Trümmer des Altertums sind Zeichen für die Gärung[235] und Auflösung, die seither unter den Menschen fortgeschritten ist und eine verjüngte Neubildung ermöglicht. Für Hölderlin und Ebel ist die eigene Gegenwart in Gärung aufgelöst, die Verwirrung der Menschen ist ein Chaos, die Revolution wird kommen, aber es wird nicht ein blutiger Umsturz der Institutionen, sondern eine Revolution der "Gesinnungen und Vorstellungsarten" sein. Die 1796/97 entstandenen oder entworfenen Gedichte *Die Muße*, *An die klugen Rathgeber*, *Die Völker schwie-*

234 Was damals still aufwuchs, war entsprechend "Volk", bei den Deutschen ist es ein "Staat". D.h. Europa befindet sich in der gleichen Anfangssituation, aber auf einer höheren Entwicklungsstufe, die die athenische Entwicklung schon hinter sich gelassen hat.

235 Geschichtliche Auflösungsprozesse hat schon Rousseau als *fermentation* bezeichnet, vgl. *Discours sur l'origine de l'inégalité parmi les hommes*, in: J.J. Rousseau, *Du contrat social* [...] *Discours* [...], Paris 1954 (Classiques Garnier), S. 71, wobei Rousseau auf das biblische Bild vom Sauerteig anspielt, das bei ihm im negativen Sinn die Auflösung der Unschuld und Natürlichkeit bedeutet (vgl. 1 Kor 5, 6–8). Auch später wird der Gärungsbegriff verwendet, vgl. Kurz, Mittelbarkeit (wie Anm. 71), S. 139. Bei Hölderlin bekommt das Gärungsbild wieder seinen positiven Sinn im Gleichnis Jesu: "Das Himmelreich ist einem Sauerteig gleich ..." (Mt 13, 33).

gen, schlummerten, *Der Wanderer* reden vom "Geist der Unruh", der sich in den Völkern regt "wie Feuer, das im Herzen / Der Erde gährt" (I 238; *1,* 373),[236] vom Hereinbrechen der neuen beßren Welt (I 224, *1, 189*) und dann dem Reifen der schönen lebendigen Natur im Menschen (I 226; *1, 191*). Es ist Herders Aufsatz *Tithon und Aurora*, den Hölderlin wohl in Vorbereitung der Antwort an Ebel und der Geschichtstheorie des *Hyperion* noch einmal gelesen hat, wo statt der gewaltsamen Revolution eine ständige Verjüngung, eine Palingenesie als Geschichtsgesetz gelehrt wurde, die man erkennen und fordern müsse, um nicht von ihrer unnachläßlichen Notwendigkeit, müßig geblieben, überrollt und erdrückt zu werden. In der Elegie *Der Wanderer*, die 1796 in erster Fassung entstanden und 1797 an Schiller geschickt wurde, wird auf Herders Titel-Mythos angespielt, in unmittelbarer Nachbarschaft der Ideen der Verjüngung und der "Vaterlandserde" (*Der Wanderer* I, V. 37–50).[237]

Hölderlin führt hier auch schon, neben der Analogisierung der menschlichen Psyche mit der geographischen Beschaffenheit der Erde,[238] die Bestimmung des Vaterländisch-Vollkommenen als Mitte zwischen zwei Klima-Extremen durch, wie es Ovid in seinen *Metamorphosen* I 45–51 angedeutet hatte.[239] So liegt Griechenland und insbesondere Athen in der glücklichen Mitte zwischen den Ägyptern und den Nordländern, wie der Athenerbrief ausführt. Über diese Mittel-

---

236 Vgl. I 236f.; *1, 186*.

237 Vgl. Hölderlins vaterländische Sangart (wie Anm. 228), S. 38–42. Auch die zweite, 1800 entstandene Fassung der Elegie (V. 46–50) enthält die Ideengruppierung.

238 Im ersten Entwurf begann Hölderlin: "Süd und Nord ist in mir." (I 513; *L 6, 17*) Hier kündigt sich die Verwendung der mythischen Geographie an, die Herder im 1. Buch der *Ideen* vorgelegt hatte. Die gedankliche Grundlage, nämlich die immanente Humanität der Erde und der Erdgeschichte, die sich in der Menschengeschichte im Sinne einer Wechsel-Vervollkommnung fortsetzt, ist bei Herder und Hölderlin dieselbe.

239 Die subjektiv-pädagogische Seite kehrte Rousseau, Émile (wie Anm. 83), S. 187 heraus: "S'il n'a longtemps parcouru des plaines arides, si les sables ardents n'ont brûlé ses pieds, si la réverberation suffocante des rochers frappés du soleil ne l'oppressa jamais, comment goûtera-t-il l'air frais d'une belle matinée? comment le parfum de fleurs, le charme de la verdure, l'humide vapeur de la rosée, le marcher mol et doux sur la pelouse, enchanteront-ils ses sens?" Im Zusammenhang mit der Erziehung Henry Gontards setzte Hölderlin sich noch einmal intensiv mit Rousseaus Erziehungskonzepten auseinander.

maß-Theorie hinaus, die, auf Triebe und Tendenzen angewandt, wieder der vollkommenen Organisation, dem "Ideal unseres Daseyns" entspricht und, in Herders Terminologie, einen Maximum-Zustand des Systems ermöglicht, hat Hölderlin in den genannten Gedichten schon den neu zugeeigneten[240] Gedanken der Sphäre auf die spezifische abendländische Situation in der Geschichte angewandt. In dem Gedicht *An die klugen Rathgeber* heißt es:

> Des Weins Gewächs verschmäht die kühlen Thale,
> Hesperiens beglükter Garten bringt
> Die goldnen Früchte nur im heißen Strahle,
> Der, wie ein Pfeil, in's Herz der Erde dringt;
> Was warnt ihr dann, wenn stolz und ungeschändet
> Des Menschen Herz von kühnem Zorn entbrennt,
> Was nimmt ihr ihm, der nur im Kampf vollendet,
> Ihr Weichlinge, sein glühend Element? (I 223; *1, 188*)

Das heißt, Hesperien, das Abendland ist von Natur kühler und bedarf besonderer Sonnenglut, um Trauben zu voller Reife zu bringen, deshalb darf dem Jüngling sein Enthusiasmus nicht zu früh verboten oder abgeraten werden; der Wanderer durchmißt deshalb zuerst, von der Vaterlandssonne geweckt (V. 81), die brennende Zone, dann das entgegengesetzte Extrem der "nordischen" Voraussetzung des eigenen Wesens, um dann in die idyllische Mitte des Vaterlands einzukehren.[241] Das spezifische Bild der Deutschen im *Hyperion* ist denn auch das der "Barbaren von Alters her" (III 153; *2, 168*), d.h. derjenigen, die durch Hypertrophie des Verstandes und Nützlichkeitsdenkens und durch Gefühlskälte von der schönen Mitte der Menschheit abweichen.

> Der Mensch kann sich aber auf eine doppelte Weise entgegengesetzt seyn: entweder als Wilder, wenn seine Gefühle über seine Grundsätze herrschen; oder als Barbar, wenn seine Grundsätze seine Gefühle zerstören. Der Wilde verachtet die Kunst, und erkennt die Natur als seinen unumschränkten Gebieter; der Barbar verspottet und entehrt die Natur, aber verächtlicher als der Wilde fährt er häufig genug fort, der Sklave seines Sklaven zu seyn.[242]

---

240 Vgl. die Sammlung von Stellen zu dem früheren Parallelbegriff "Element" VI 784.

241 Diese "vaterländische" Dimension der ersten Elegie Hölderlins, ihre Beziehung zu Schillers *Spaziergang*, zu Klopstocks Ode *Der Rheinwein* ist genauer ausgeführt in dem in Anm. 228 genannten Aufsatz.

242 Schiller, Ästhetische Briefe, NA 21, S. 318.

Der Gefahr der Barbarei muß Leidenschaft, ja Leid, und Begeisterung, also der "heiße Strahl" des himmlischen Feuers, entgegengesetzt werden, damit "die schöne, die lebendige Natur" im Jüngling reifen und, wie von Schiller am Ende des 4. *Ästhetischen Briefs* gefordert, "Totalität des Charakters" entstehen kann. Der Scheltbrief soll die Deutschen aus ihrer Barbarei treiben, durch die Beschimpfung sie ärgern, leidenschaftlich machen und damit der erhofften "Revolution der Gesinnungen und Vorstellungsarten" zuführen: dieser Brief ist die Einlösung dessen, was Schiller im 9. *Ästhetischen Brief* vom Künstler fordert:

> Der Künstler ist zwar der Sohn seiner Zeit, aber schlimm für ihn, wenn er zugleich ihr Zögling oder gar noch ihr Günstling ist. Eine wohlthätige Gottheit reisse den Säugling bey Zeiten von seiner Mutter Brust, nähre ihn mit der Milch eines bessern Alters, und lasse ihn unter fernem griechischem Himmel zur Mündigkeit reifen. Wenn er dann Mann geworden ist, so kehre er, eine fremde Gestalt, in sein Jahrhundert zurück; aber nicht, um es mit seiner Erscheinung zu erfreuen, sondern furchtbar wie Agamemnons Sohn, um es zu reinigen.[243]

Gegen die Barbarei, mit "klugem Rat" das "Herz zu morden", gegen den furchtbaren, zum Schergen gewordenen Verstand wehrt sich schon empört der Jüngling *An die klugen Rathgeber*; Hyperion der Grieche, "unter fernem griechischem Himmel zur Mündigkeit gereift", kommt nach Deutschland, als Künstler,[244] mit seinem Roman *Hyperion* und der darin enthaltenen Scheltrede, um "sein Jahrhundert [...] wie Agamemnons Sohn [...] zu reinigen". Goethe, obwohl er in seiner *Iphigenie* den Orest gespielt hatte (worauf Schiller hier anspielt), hat sich gegen die ihm zugedachte Rolle zunächst gewehrt und erst in den *Xenien* Geschmack daran gefunden – Hölderlin schreibt 1797 auch seine ersten "Xenien", zum Teil gegen Goethe und Schiller! –, Hölder-

---

243 Ebd. S. 333.

244 Die so offenbar intendierte Einlösung der Schillerschen Forderung an den Künstler löst auch das in der Forschung mehrfach diskutierte Problem, ob nun Diotimas Schlußprophetie "die dichterischen Tage keimen dir schon" (III 149; *2, 163*) sich in einer Fortsetzung des Romans erst einlösen müsse oder was sonst aus dem Eremiten werde: Der Text der Briefe Hyperions ist schon Dichtung; da Hyperion den Scheltbrief schreibt, übernimmt er die Rolle, als Künstler "in sein Jahrhundert zurück" zu kehren. Das heißt auch, daß er nach dem Schreiben des Schlußbriefs nicht mehr Eremit, sondern vaterländisch wirkender Künstler sein wird.

lin aber kommt als Hyperion und in dessen Künstlerschaft fiktional gedoppelt vom griechischen Himmel zurück. Auch seine Scheltrede ist deshalb fiktional gedoppelt, ist nicht der direkte reinigende Muttermord wie bei Orest, sondern nach dem Prinzip "Ideal wird was Natur war" ein intellektuelles Geschehen, nicht eine Tötung des Lebendigen, sondern eine Tötung des Toten,[245] ein leidenschaftlicher Ruf zur Vereinigung und Belebung des Zerstückten und Abstrakten.

Hinsichtlich der Richtung auf das Vaterland und der Funktion als Agens in dem gegenwärtigen historischen Zustand des eingetretenen Chaos, das der Übergang zur erhofften Revolution der Gesinnungen und Vorstellungsarten sein soll, ist also der *Hyperion* fest ins Netz des politischen und geistigen Geschehens von 1796/97, wie Hölderlin und seine Freunde es interpretierten, eingeknüpft; das gilt schon für den 1. Band, wie diese in die Gedichte und das *Religions-Fragment* "ausgelagerten" Gedankengänge und Vorstellungen zeigen.

Einen zweiten in dem Erinnerungsbegriff des *Religions-Fragments* in dieser Zeit endgültig geklärten Problembereich des Romans, nämlich die Selbstkonstitution des schreibenden Hyperion und ihre Bedeutung, werden wir im letzten Abschnitt dieses Kapitels besprechen.

Hyperion. Zweiter Band, im Kontext

Die Planung für den zweiten Band wird, wie z.B. die Überlegungen zum Vaterländischen und zur Scheltrede ergeben haben, schon um die

245 Die Schlußstrophe *An die klugen Rathgeber* zitiert Mt 8, 22 "Begräbt sie nur, ihr Todten, eure Todten!" Die Differenz zwischen der griechischen "tödtlichfactischen" Weise, "wo das Wort den Körper ergreift, daß dieser tödtet", und der hesperisch vaterländischen "tödtendfactischen", wo "das Wort aus begeistertem Munde schreklich ist, und tödtet" (V 270; *2, 920*f.), besprechen noch die *Anmerkungen zur Antigonae.* Die "vaterländische Umkehr" wird dort übrigens fast mit den Worten des Briefs an Ebel als "Umkehr aller Vorstellungsarten und Formen" bezeichnet, "wo die ganze Gestalt der Dinge sich ändert, und die Natur und Nothwendigkeit, die immer bleibt, zu einer andern Gestalt sich neiget, sie gehe in Wildniß über oder in neue Gestalt" (V 271; *2, 921*) – während der Ebel-Brief, wie oben zitiert, nur "Vernichtung" oder "neue Organisation" kennt und mit Herder Vernichtung negiert, wird hier als ein in den späten Entwürfen wichtiger Begriff die "Wildniß" als Zustand der Gestaltlosigkeit eingeführt. Im übrigen bleibt der Gedankengang von Januar 1797 bis 1804 unverändert.

Jahreswende 1796/97 abgeschlossen gewesen sein. Wie weit die Vorstufe zur endgültigen Fassung oder gar die Formulierung der endgültigen Fassung um diese Zeit gediehen war, läßt sich nur für einige Passagen vermuten. Am 4. Juli 1798 teilte Hölderlin dem Bruder Karl zwei Stellen aus dem zweiten Band mit, von denen die spätere, aus der Abschiedsrede Alabandas stammende, gegenüber dem endgültigen Text noch Abweichungen aufweist. Daß der *Hyperion* ganz abgeschlossen war, bevor Hölderlin um den 25.9.1798 aus dem Hause Gontard "fortging", ist auszuschließen, da Hölderlin mit Übersendung des zweiten Bandes im November 1799 an Susette sich rechtfertigt, "daß Diotima stirbt", und doch das Buch zugleich "*unsern* Hyperion" nennt (VI 370; *3, 399*), wo man also annehmen muß, daß Susette über den Fortschritt des Romans bis zuletzt genau unterrichtet war. Das heißt, daß der gesamte Briefkomplex im Zusammenhang mit dem Tod Diotimas erst in Homburg entstanden sein muß. Der Band erschien gedruckt Ende Oktober 1799.

Das einschneidendste Ereignis für Hölderlin war in dieser Zeit der Weggang aus Frankfurt. Neben der schweren psychischen Belastung und Beeinträchtigung der Arbeit, die durch die Trennung von Susette entstand – die Demütigungen durch den Hausherrn waren schon nicht zu ertragen gewesen –, bedeutete dieser Weggang konkrete Einbußen: Der Umgang mit Hegel, dem Hölderlin ab Januar 1797 eine Hauslehrerstelle in Frankfurt verschafft hatte, fiel weg, damit intensiver philosophischer Austausch und beruhigender Einfluß. Gesichertes Einkommen, freies Logis und Lebensunterhalt fielen weg und mußten durch billige Miete und äußerst reduzierte Kost kompensiert werden, damit die Ersparnisse reichten, bis durch schriftstellerische Arbeit neue Einnahmequellen erschlossen werden konnten. Krankheit zehrte am Ersparten, die Schriftstellerei brachte nicht das Erhoffte ein; im April 1799 mußte Hölderlin die Mutter um Auszahlung einer Summe aus dem väterlichen Erbe bitten. Ein im Juni 1799 dem Freund Neuffer bekanntgemachter Plan, "eine poëtische Monatschrift herauszugeben" (VI 323; *3, 351*), stellte sich als undurchführbar heraus, weil der Verleger Steinkopf in Stuttgart sich nicht mit den aus Hölderlins Feder kommenden Arbeiten zufriedengeben wollte, sondern bekannte Namen unter den Mitarbeitern verlangte (VI 366; *3, 395*); die Enttäuschung betraf nicht nur das Finanzielle, sondern traf den Empfindlichen zutiefst bei seinem letzten Versuch, seine dichterische Arbeit so weit von den zur Mitwirkung aufgeforderten Kollegen und vom Publikum anerkannt zu finden, daß sich darauf eine bescheidene Existenz aufbauen ließ.

Es waren Jahre des Scheiterns; die Auflösung ins politische Chaos mit den nach dem Frieden von Campoformio 1797 nur kurz verebbenden Koalitionskriegen, mit der Enttäuschung über die antidemokratische Haltung der siegreichen französischen Heere[246] hatte nicht nur ökonomische Auswirkungen auf Hölderlins Leben – Steinkopf scheint auch "wegen des Krieges" den Journalplan immer skeptischer betrachtet zu haben (VI 367; *3, 397*): Ein Schriftsteller, der sich als vaterländischer Dichter fühlt, muß das Chaos und das Unglück der die Vereinigung und den Frieden konterkarierenden Ereignisse unmittelbar als persönliches Unglück erfahren, so wie er umgekehrt die persönlichen Demütigungen als Ausdruck der Verachtung der vaterländischen Ideale verstehen muß (vgl. II 351; *3, 515*).

> Aber wer erhält in schöner Stellung sich, wenn er sich durch ein Gedränge durcharbeitet, wo ihn alles hin und her stößt? Und wer vermag sein Herz in einer schönen Gränze zu halten, wenn die Welt auf ihn mit Fäusten einschlägt? Je angefochtener wir sind vom Nichts, das, wie ein Abgrund, um uns her uns angähnt, oder auch vom tausendfachen Etwas der Gesellschaft und der Thätigkeit der Menschen, das gestaltlos, seel- und lieblos uns verfolgt, zerstreut, um so leidenschaftlicher und heftiger und gewaltsamer *muß* der *Widerstand* von unsrer Seite werden. [...] Wird so nicht unser Reinstes uns verunreinigt durch Schiksaal, und müssen wir nicht in aller Unschuld verderben? (VI 253f.; *3, 277*)

Diese Schutzlosigkeit, die im Grunde eine Folge des Gebots *contineri a minimo* ist, darf aber auch nicht durch ein übermäßiges Selbstvertrauen kompensiert werden:

---

246 Der Rastatter Kongreß, zu dem Hölderlin Sinclair im November 1798 für zwei Wochen begleitete, zeigte die Franzosen mit den deutschen Fürsten paktierend und den revolutionären Bestrebungen in Deutschland gegenüber abweisend; im März 1799 ließ General Jourdan verkünden, in den besetzten Territorien würden keine "Unruhen", d.h. revolutionäre Bestrebungen, toleriert. Sinclair wurde in einen Hochverratsprozeß hineingezogen; Hölderlin entging diesem Schicksal nur knapp, obwohl er sich gegen konkretes revolutionäres Handeln immer gewehrt haben muß: seine Freunde unterschieden deutlich zwischen Republikanern "mit Leib und Leben" und ihm, "der es im Geist und in der Wahrheit ist" (VII 2, 136).

> Ich fühle immer mehr, wie unzertrennlich unser Wirken und Leben mit den Kräften zusammenhängt, die um uns her sich regen, und so ist natürlich, daß ich es lange nicht hinreichend halte, aus sich selber zu schöpfen, und seine Eigenthümlichkeit, wäre sie auch die allgemeingültigste, blindlings unter die Gegenstände hineinzuwerfen. (VI 261; *3, 285*)

Auf der einen Seite, wie es der Brief an den Bruder zum Jahreswechsel 1798/99 sagt, hat Hölderlin einen täglichen Kampf zu führen, sein auf diese Weise gleichsam notwendig mit allem Geschehen verknüpftes schutzloses Ich im Leben zu erhalten – "die Welt zerstört uns bis auf den Grund, wenn wir jede Belaidigung geradezu ins Herz gehen lassen" (VI 301; *3, 328*). Auf der andern Seite entwirft er für ein wieder im Sinne der Scheltrede barbarisch erschlafftes und von der Philosophie nur in die "freie einsame Wüste" der Spekulation geführtes Volk die als "Panacee" (Allheilmittel) rettende Funktion der Poesie, die nicht nur den einzelnen zur "lebendigen Ruhe" sammelt, "wo alle Kräfte regsam sind, und nur wegen ihrer innigen Harmonie nicht als thätig erkannt werden", die vielmehr im Sinne des *Religions-Fragments* die Menschen in ihren charakteristischen Individualitäten vereinigt, "immer mehr, zu einem lebendigen tausendfach gegliederten innigen Ganzen, denn eben diß soll die Poësie selber seyn, und wie die Ursache, so die Wirkung" (VI 304–307; *3, 331–333*).

Die Ambivalenz dieser Erfahrungen bestimmt auf der einen Seite die im *Hyperion* ausgeführte Hoffnung, durch eine verletzend drastische Scheltrede inmitten hoher versammelnder Poesie den Deutschen diese Panacee einzuflößen, auf der anderen Seite die im *Empedokles*-Projekt verfolgte Absicht, den zum Dichter geborenen Philosophen zum politisch-religiösen Opfer des untergehenden und übergehenden Vaterlandes zu machen.

Denn die Zeit der Arbeit am zweiten Band des *Hyperion* ist zugleich die Zeit der Arbeit am *Empedokles*-Projekt, das mit dem im August 1797 formulierten "Frankfurter Plan" beginnt und wohl schon im Frühjahr 1800, ein halbes Jahr nach dem Erscheinen des zweiten Bandes von *Hyperion*, liegengelassen wird. Es ist auch die Zeit der beginnenden intensiven Pindar-Übersetzung – die benutzte Ausgabe erschien im April 1798[247]– und damit der Beginn der Umstellung auf

247 Zu Hölderlins Befassung mit Pindar Günther Zuntz, *Über Hölderlins Pindar-Übersetzung*, Diss. Marburg 1928; Friedrich Beißner, *Hölderlins Über-*

den Stil der späten Gesänge in den Dichtungen, deren Sphäre die Grenzen des Privaten und sogar des Nationellen übersteigen sollte. Es ist die Zeit, wo die spärlichen Momente der poetischen Sammlung nur Kurzoden zustande kommen ließen – in *Die Kürze* macht Hölderlin den Zusammenhang explizit –; es sind lyrische "Fragmente" im Sinne der Romantiker und ihrer seit 1798 im *Athenäum* erscheinenden Fragmente, wie Hölderlin in <*Reflexion*> (IV 233–236; *2, 520–523*) Prosafragmente im Gattungszusammenhang von Novalis' *Blütenstaub*-Fragmenten schrieb, die im ersten Heft der neuen Zeitschrift im Mai 1798 erschienen waren; Friedrich Schlegels *Fragmente* folgten im Juli. Wie Novalis und Friedrich Schlegel ging es Hölderlin dabei um die Verbindung von Poesie, Kritik, Philosophie und Leben;[248] es ist, als hätte Hölderlin einen Beitrag zum *Athenäum* liefern wollen – immerhin konnte er A.W. Schlegel als sicheren Beiträger zu seinem eigenen Journal nennen (VI 357; *3, 386*). Die Planung des Journals, wie er sie Neuffer und Steinkopf mitteilte (VI 323f., 335f.; *3, 352f., 363f.*), liegt allerdings (neben Anspielungen auf das *Horen*-Programm) so nahe an der Konzeption des *Athenäum*, daß Hölderlins "Iduna" eher als überbietende Konkurrenz (vgl. VI 335; *3, 363*) zu der Romantiker-Zeitschrift erscheint und die "Fragmente" Hölderlins wohl für das eigene Journal bereitgelegt wurden. Das gilt auch für eine Reihe Aufsatzbruchstücke, die sich mit dem *Gesichtspunct aus dem wir das Altertum anzusehen haben* befaßten und aus der Analyse der Homerischen Charaktere die anthropologisch-psychologische Erscheinungsform der Poetik des Wechsels der Töne entwickelten.

Mit diesen Werken ist der zu Ende geführte *Hyperion* wieder eng verbunden. Den *Empedokles* kann man, mindestens in der Frankfurter Konzeption, als tragische Umkehrung des Romans sehen: Hyperion arbeitet sich schreibend, erzählend, sich als Selbst er-innernd und sammelnd aus dem Abgrund der Auflösung in der unendlichen Natur heraus, in den es ihn nach Diotimas Tod auf der Flucht verlockt wie den

---

setzungen aus dem Griechischen, Stuttgart 1931, ^{2}1961; Maurice B. Benn, *Hölderlin and Pindar*, s'Gravenhage 1962; Albrecht Seifert, *Untersuchungen zu Hölderlins Pindar-Rezeption*, Münchner germanistische Beiträge 32, München 1982.

248 Die unglückliche Bandaufteilung der FHA verweist die sieben Fragmente in die "Entwürfe zur Poetik"; das gilt nur für den ersten Teil der Serie. Überhaupt sind nur wenige der in diesem Band versammelten Aufsätze ausschließlich poetologisch.

"großen Sicilianer", "der einst des Stundenzählens satt, vertraut mit der Seele der Welt, in seiner kühnen Lebenslust sich da hinabwarf in die herrlichen Flammen" (III 151; *2, 166*)[249] – bei *Empedokles* geht es zunächst um die zeitkritisch begründete Plausibilität, dann um die national- und kulturhistorische Notwendigkeit dieser Auflösung des Individuellen im Unendlichen. – Mit den Pindar-Übertragungen verbindet den *Hyperion* Hölderlins Bemühen, die Leistung Pindars, der in seinen Dichtungen Individuum, Polis, Kosmos, Kunst, Mensch und Gott verknüpfte, für die zeitgenössische Moderne systematisch zu rekonstruieren, denn, wie Hölderlin dem Bruder nach einer Scheltrede auf die Deutschen und dem Preis der erlösenden Poesie zuruft:

> O Griechenland, mit deiner Genialität und deiner Frömmigkeit, wo bist du hingekommen? Auch ich mit allem guten Willen, tappe mit meinem Thun und Denken diesen einzigen Menschen in der Welt nur nach, und bin in dem, was ich treibe und sage, oft nur um so ungeschikter und ungereimter, weil ich, wie die Gänse mit platten Füßen im modernen Wasser stehe, und unmächtig zum griechischen Himmel emporflügle. (VI 307; *3, 334*)

Die Kurzoden, die im Juni und August 1798 an Neuffer gingen und im Spätherbst in dessen *Taschenbuch 1799* erschienen, beleuchten einander nicht nur gegenseitig wie die Fragmente der Romantiker, sondern sie nehmen manchmal bis in Formulierungen hinein zentrale Gedankengänge des Romans auf und kommentieren ihn – die Markierung des Bezugs wird durch *Diotima* und *Abbitte* hergestellt; das letztere ist eine Palinodie, ein Anti-*Hyperion* hinsichtlich des Schicksals der Diotima, implizit für Susette geschrieben (vgl. VI 370; *3, 399*). Auch die an Schiller Anfang August 1798 geschickten Oden *Dem Sonnengott*, *Der Mensch*, *Sokrates und Alcibiades*, *An unsre großen Dichter*, wohl auch *Vanini*, behandeln anthropologische, philosophische und zeitkritische Themen des *Hyperion*. Wie an den homerischen Figuren in den Aufsatzfragmenten bestimmte "Töne" demonstriert werden, so sagt

---

249 Das Thema erscheint brieflich schon am 2.6.1796: "Freilich sehnen wir uns oft auch, aus diesem Mittelzustand von Leben und Tod überzugehn in's unendliche Seyn der schönen Welt, in die Arme der ewigjugendlichen Natur, von wo wir ausgegangen. Aber es geht ja alle seine stete Bahn, warum sollten wir uns zu früh dahin stürzen, wohin wir verlangen." (VI 210; *3, 232*) Die zwei am 4.7.1798 zitierten Stellen aus dem Roman enthalten Alabandas Rechtfertigung für seinen "Selbstmord" und, entgegengesetzt, Hyperions Rechtfertigung für das Bleiben im Leben.

Hyperion: "Lebendige Töne sind wir" (III 159; *2, 174*), und die entstehende Tragödie beabsichtigt, "in lauter großen selbstständigen Tönen, harmonisch wechselnd fortzuschreiten", während die Verserzählung *Emilie vor ihrem Brauttag* darauf angelegt ist, "in tiefen vollen elegischbedeutenden, und durch das Sehnen und Hoffen, das sie ausdrüken, vielsagenden Tönen, harmonisch wechselnd fortzuschreiten" (VI 340; *3, 368*). Also auch poetologisch sind die Dichtungen und ihre theoretische Reflexion aufs engste miteinander verbunden. Am Beispiel des *Hyperion* erkennen wir also immer wieder die durchgängigen Beziehungen innerhalb von Hölderlins Werk, zu der zeitgenössischen und antiken Literatur, ja Weltliteratur, zur zeitgenössischen Philosophie und Theologie, die ebenso auf dem Hintergrund ihrer Geschichte verstanden und überboten werden, vor allem aber zu dem historischen Zeitmoment und seiner Auswirkung auf das eigene paradigmatisch oder als "eminenter Fall" gesehene und gelebte Leben.[250]

Compendium, Roman, Rede

Mit dem endgültigen *Hyperion* habe ich mich in meinem Aufsatz "Hölderlins 'Hyperion': Compendium, Roman, Rede"[251] ausführlicher befaßt; ich gebe hier eine in einzelnen Punkten weiterführende Zusammenfassung. Die drei Termini im Titel nehmen Bezug auf die Vor-

250 Goethes Ausdrücke aus dem berühmten "Symbolbrief" vom 16.8.1797 an Schiller verwende ich bewußt (Johann Wolfgang Goethe, *Briefwechsel mit Friedrich Schiller*, Gedenkausgabe hrsg. v. Ernst Beutler, Bd. 20, Zürich 1950, S. 395), weil diese Erkenntnis des eminenten Falles für Goethe "den Widerspruch, der zwischen meiner Natur und der unmittelbaren Erfahrung lag, den in früherer Zeit ich niemals lösen konnte", sogleich aufhob (ebd. S. 39) und damit auch die an Goethes autobiographischen Werken hervorgehobene repräsentative Interpretation der eigenen Persönlichkeit und Erfahrung einleitete. Eine Woche nach dieser grundlegenden Entdeckung suchte Hölderlin ihn auf (ebd. S. 404), der sich schon seit den Überlegungen zum *confessio*-Charakter des *Hyperion* paradigmatisch verstand. Goethe riet ihm, "kleine Gedichte zu machen und sich zu jedem einen menschlich interessanten Gegenstand zu wählen" (ebd.) – "menschlich interessant" heißt im Kontext dieser Überlegungen "symbolisch", bezeichnet dasjenige, wodurch auch das persönlich Erlebte zum "eminenten Fall" wird. Die Oden dieser Zeit können alle als Befolgung dieses Rates gesehen werden, der Hölderlin, vielleicht mit Ausnahme seiner "Scheue des Accidentellen" (VI 340; *3, 368*), durchaus entgegen kam.

251 Wie Anm. 1.

rede, wo Hölderlin befürchtet, einige mögen sein Buch "lesen, wie ein Compendium, und um das *fabula docet* sich zu sehr bekümmern, indeß die andern gar zu leicht es nehmen" (III 5; *2, 13*); die intellektualistische Lektüre als Handbuch ist ebenso möglich wie die bloß ästhetische als Roman. Hölderlin "verspräche gerne diesem Buche die Liebe der Deutschen", d.h. offenbar eine synthetische intellektuell-ästhetische Rezeption, die die beiden genannten Lektüren einschließt, aber mit emotionaler Betroffenheit und Antwort über sie hinausgeht. Wenn die damit zu ganzheitlicher Lektüre und liebender Kommunikation aufgeforderten Leser als "die Deutschen" angesprochen werden, zeigt sich das Buch als politisches Instrument im weitesten Sinne: die Scheltrede auf die Deutschen, das Scheitern des revolutionären Handelns bei Hyperion, die von Diotima empfohlene Volkserziehung als bessere Alternative lassen erkennen, daß Hölderlin mit dem Schreiben dieses Buches für die Deutschen genau diese bessere Alternative gewählt hat und sich mit der Spaltung seines Lesepublikums gleich in der Vorrede diejenigen Deutschen als Leser gewinnen möchte, die der integrativen Lektüre, der Liebe und der Begeisterung für die Schönheit fähig sind.

Dem Compendien-, d.h. Handbuch- und Lehraspekt gehe ich in verschiedenen Ansätzen nach: Anthropologische Grundlegung der Geschichte arbeitet die Analyse des Verhältnisses antagonistischer Triebe zum Unbedingten und zur Wechselbestimmung sowie ihrer Vereinigung durch den Eros heraus; die Kontinuität der Motto-Formulierung seit der *Fragment*-Vorrede läßt auf Kontinuität dieser anthropologischen Grundlage schließen. Vor allem Herders Systemtheorie in den *Ideen* und *Gott*, Herders Vereinigungskonzept in *Liebe und Selbstheit* und die ontologische Fundierung dieser Anthropologie in Herders dynamischem Spinozismus werden zur Korrektur bisheriger Deutungen von Hölderlins "Vereinigungsphilosophie" herangezogen.

Unter Rückgriff auf Kants *Idee zu einer allgemeinen Geschichte in weltbürgerlicher Absicht* kann der Begriff der exzentrischen Bahn bei Hölderlin geklärt werden. Kant unterscheidet drei Erkenntnisstufen: "So brachte sie [die Natur] einen Kepler hervor, der die exzentrischen Bahnen der Planeten auf eine unerwartete Weise bestimmten Gesetzen unterwarf; und einen Newton, der diese Gesetze aus einer allgemeinen Natursache erklärte."[252] Exzentrisch, d.h. als Irrbahnen mit Vor- und

---

252 Wie Anm. 85.

Rückgängen und Schleifen erscheinen die Bahnen der Planeten und, so Kant und Hölderlin, der Individuen und Nationen dem naiven Blick des erdgebundenen Betrachters. Wie Kepler die geozentrische Beobachterposition des Ptolemäus aufgibt und die Planetenbahnen relativ zur Sonne bestimmt, will Kant bei der Geschichtsbetrachtung nicht mehr nach einer "vernünftigen eigenen Absicht" der Menschen suchen, sondern konzipiert eine Naturabsicht (die gegen die Intentionen der Menschen sie zur Vernunft zwingt); Hölderlin findet entsprechend in der *Fragment*-Vorrede die "wesentlichen Richtungen" und ihre Zurechtweisung, die sich in allen Entwicklungen gleich zu sein scheinen. Während Kant die allgemeine Naturursache nicht mehr formuliert (man kann die Entfaltung aller Anlagen als Zweckursache der Natur annehmen), gibt Hölderlin das System antagonistischer Triebe zum In- und Über-Sein an (das Herder als allgemeines Naturgesetz formuliert hat).

Die exzentrische Bahn kann also nicht als wiederholter Ausgang von und Rückkehr zu einem Zentrum betrachtet werden (Ryan und andere); der Terminus erscheint übrigens in der Endfassung nicht mehr und sollte deshalb nicht einfach als für sie gültig angenommen werden. Es ist ein Aspekt des Compendiums *Hyperion*, daß Hölderlin in den *verschiedenartigen* Lebensgängen Hyperions, Diotimas und Alabandas wie in den verschiedenartigen Entwicklungsgängen etwa der Athener, Spartaner, Ägypter, Nordländer dieselben wesentlichen Richtungen aufzeigt, wenngleich in verschieden starker Ausprägung, und die Entwicklung jeweils auf systemische Modelle zurückführt. Ein bloßes Kreisen durch den Mittelpunkt der seligen Einheit des Seins, das ja für den Menschen im allgemeinen und einzelnen zutreffen müßte, kann die deutliche Verschiedenheit in den Charakteren und Schicksalen der Figuren und der Nationen nicht erklären, reduziert das Interesse im Roman fälschlicherweise auf Hyperion und läßt Hölderlins vielleicht allerersten Versuch einer systematischen Psychologie unbeachtet im Dunkeln.

Detaillierte Analyse der Kulturepochen-Theorie im Brief XXVI des 1. Bandes zeigt zwei ineinander verschränkte Entwicklungsgänge, den universalgeschichtlichen und einen individualgeschichtlichen. Hyperion erläutert den Gedanken der Geburt der Welt in der Liebe und der Wiedergeburt in der Freundschaft; Diotima realisiert durch eine Geste der Freundschaft diese Wiedergeburt und bekräftigt damit, daß sie bereits zu dieser Freundschaft fähig ist, während Hyperion von ihr nicht die beiden Hände der Freundin, sondern die eine Hand der Ehefrau verlangt (III 64.68; *2, 73.78*) und damit wie Werther den alten Institutionen verhaftet bleibt. Diotima, im chaotischen Übergang der Zeit geistig schon jenseits der Schwelle in das idealisch wiedergeborene Reich der Schönheit fortgeschritten, findet im entscheidenden Krisenmoment ihres heldischen Daseins (vgl. I 242; *1, 197*) keinen Halt an einem ebenbürtigen Partner und stirbt ihren Tod im Geist.[253]

Detaillierte Analyse des "Athener-Briefs" XXX des 1. Bandes zeigt zunächst, daß Hölderlin wie für den universalen Kulturgeschichtsgang, so auch für die Entwicklung Athens die siebenstufig dialektische Schöpfungshieroglyphe Herders als genetische Struktur verwendet: Schönheit von Natur, Kunst, Religion, Sinn für Freiheit als Folge der Geistesschönheit, Dichtung, Philosophie und wieder Dichtung als Zusammenführung des philosophisch Unvereinbaren sind die genetisch aufeinander aufbauenden Stufen, in denen sich das "Maximum" der athenischen Kultur aus der schönen Naturorganisation dieses still aufgewachsenen Volkes entfaltet. Mit dem "εν διαφερον εαυτῳ (das Eine in sich selber unterschiedne) des Heraklit" (III 81; *2, 92*) hat Hölderlin ein Denkprinzip des Vorsokratikers, das für "Ganzes und Nichtganzes, Einträchtiges Zwieträchtiges, Einklang Zwieklang, und aus Allem Eins und aus Einem Alles" gelten sollte[254] und in seiner

253 Vgl. Diotima (wie Anm. 9), S. 146–149, 160–162. Dort gehe ich ausführlich auf die literarische Reihe von Frauen als (sozialgeschichtlich begründete) Projektionen von Männern ein, die sich in den Dialektiken der Aufklärung verfangen haben, und stelle Diotima als die moderne Heroine des Bewußtseins heraus, die die Gedanken, die sie vergiften, in klarer Erkenntnis ihrer potentiellen Tödlichkeit aus Liebe zu Hyperion einnimmt, an dessen "geheime Kraft" sie glaubt und dessen historische Sendung sie befördern will. Aus diesem Aspekt der Diotima-Figur ist der Opfer-Gedanke in der 3. Fassung des *Empedokles* und seine geschichtsphilosophische Begründung entwickelt.

254 Hermann Diels, *Die Fragmente der Vorsokratiker*, 8. Aufl. hrsg. v. Walther Kranz, Berlin 1956, Bd. 1, S. 152f. = Frg. 10. Diese bei Aristoteles *De mundo* 5, 396 b7 überlieferte Stelle verbindet ἓν und πᾶν als wechselweise auseinander Entstehende in der Art, wie später die Neuplatoniker das Alles aus dem Einen hervorgehen und ins Eine zurückgehen ließen. Diels/Kranz machen auf eine Parallelstelle bei Platon, *Sophistes* 242 d aufmerksam: "Unser eleatisches Volk aber, vom Xenophanes und noch früher her beginnend, trägt seine Geschichte (μῦθος) so vor, als ob das, was wir *Alles* nennen, nur *Eins* wäre [Hölderlins "Dichtung eines unendlichen göttlichen Seyns"]. Gewisse ionische und sizilische Musen

Allgemeinheit polemisch behauptet werden mußte (Frg. 51 Diels), als "Wesen der Schönheit" interpretiert. Auch Eryximachos im *Symposion* bespricht nicht das Wesen der Schönheit, sondern die Wirkung des Eros in der Tonkunst, der eine Harmonie der Eintracht bewirke, die "aus dem vorher Entzweiten, hernach aber einig Gewordenen" entstanden sei (187 ab). Hölderlin, der ohnehin eine nicht von Heraklit oder bei Platon überlieferte Formulierung verwendet, fügt den Paradoxen des Heraklit noch weitere hinzu: Sein Partizip ist aktivisch (man müßte "das Eine sich in sich unterscheidende" übersetzen), er bringt eine passivische Übertragung ("unterschiedne"); die Rede ist von einem Prinzip oder vom Eros, er aber nennt es "das Wesen der Schönheit", also dasjenige, dem der Eros bei Platon nachstrebt.

Erklärend kann man die Stellen im Umkreis hinzufügen, wo Hyperion "volle lautre Schönheit" nennt, was der Mensch "in sich fühlte, wenn in ihm die Kräfte seines Wesens, wie die Farben am Irisbogen, in einander spielten", wenn "in Stunden der Begeisterung alles innigst übereinstimmt", wo "die Harmonie der mangellosen Schönheit" gekannt, aber "nie gedacht wird", wo "das Unendlicheinige" "da [ist] im Leben und Geiste" (III 81; *2, 92*): Der "Dichtung eines unendlichen göttlichen Seyns" wird mit der in Stunden der Begeisterung erfahrenen innigsten Übereinstimmung der Kräfte des eigenen Wesens eine Erfahrung harmonisch entgegengesetzt, dem gedichteten Objektiven ein erfahrenes Subjektives, das durch das geglaubte Objektive verstehbar wird, den Glauben daran aber erst rechtfertigt – der Glaube an das Mangellose wird übrigens wieder mit dem Mangelbewußtsein des philosophischen Zweiflers gerechtfertigt –; dieses Erfahrene steht immer noch jenseits des Denkbaren, aber es ist nicht mehr ein Eines

---

[Heraklit und Empedokles] aber haben späterhin gemerkt, es wäre sicherer, beides zusammenflechtend zu sagen, das Seiende sei *Vieles* und auch *Eines* und werde durch Feindschaft und Freundschaft zusammengehalten. Denn als sich veruneinigend vereinige es sich immer, sagen die strengeren Musen [Heraklit]; die weicheren [Empedokles] aber lassen nach, daß sich dies immer so verhalten solle, und sagen, abwechselnd sei das Ganze bisweilen *Eins* und durch Aphrodite befreundet, dann wieder *Vieles* und sich selbst feindselig, erregt durch Streit." (Übersetzung Schleiermacher.) Die Stelle ist wohl nicht nur Entstehungsort für die Formel des Hen kai Pan überhaupt und speziell für Heinses Eins-Alles-Pantheismus (vgl. Baeumer im *Ardinghello*, wie Anm. 13, Komm. zu S. 303, 14–17), sondern hat vielleicht Empedokles für Hölderlin durch seine legendäre Verwirklichung der eigenen Philosophie interessant gemacht.

unendliches Sein, sondern ein "Unendlicheiniges", d.h. eine teilbare Einheit oder/und ein aus der Teilung zur Einigkeit Gekommenes.

Das Bild des Lichtes, dessen prismatisch aufgefächerte Farben "in einander spielten", gibt diesen Sachverhalt genau wieder, es ist außerdem eine der traditionellen Veranschaulichungen der Herrlichkeit,[255] die Anzeige einer ersten Abstufung der reinen Einheit, die sich nach Ficino, wie wir gesehen haben, in der Herrlichkeit der überbegrifflichen Ideen des "Geistes" als Schönheit manifestiert. Schon diese erste Schönheit ist durch Hervorgehen und Rückwendung als in sich bewegt und gespannt sowie in Spannung zum reinen Eins stehend zu denken. Da sie nur als innigste Zusammenstimmung gefühlt, d.h. intellektuell angeschaut werden kann, kann Hyperion sie als *Wesen* der Schönheit bezeichnen. "Man konnt' es aus einander sezen, zertheilen im Geiste, konnte das Getheilte neu zusammendenken, konnte so das Wesen des Höchsten und Besten mehr und mehr erkennen und das Erkannte zum Geseze geben in des Geistes mannigfaltigen Gebieten": Die unterhalb der "nie gedachten" mangellosen Schönheit arbeitende Philosophie trennt nun das, was als "Moment der Schönheit kund geworden" ist, d.h. die im Innern erfahrene und intellektuell angeschaute Einigkeit, und fügt das Getrennte neu zusammen; auf der dritten Seinsstufe der Seele (nach Ficino) zeigt sich erneut das Eine in sich selber unterschiedne, nun als Trennung und Vereinigung der Begriffe. Diese können häßlich sein, Zwang und Notwerk produzieren: Verstand und Vernunft bedürfen der Geistes- und Herzensschönheit (III 83; *2, 94*), um wirklich Philosophie zu sein – auf dieser dritten Seinsstufe zeigt sich Schönheit als Anleitung und als Ziel für die strebende Vernunft. Mit den Bildern vom verjüngenden Frühlingslicht und dem in die Werkstatt des Künstlers leuchtenden Maitag, die im Zusammenhang mit dem Verstand erscheinen, spielt Hölderlin vielleicht noch auf die Schönheiten im *splendor* der Natur und im *splendor* der Gestalten der Materie an.

Klar ist jedenfalls, daß Hölderlin das in eine paradoxe Schwebe gesetzte "große Wort [...] des Heraklit" als Grund für die neuplatonische Trias von Beharrung, Hervorgehen und Rückwendung, für die im selben Zusammenhang stehende Theorie der Schönheit und Herrlichkeit nicht als Ideen im Sinne Platons, sondern als Formen der offenbarend-verhüllenden Manifestation eines gedichteten "unendlichen gött-

255 Vgl. *Faust* V. 4721–27.

lichen Seyns" verstand oder besser: synkretistisch interpretierte. Damit ist das zentrale Theorem des *Hyperion* eng an die im Zusammenhang der Vorstufen erarbeiteten philosophischen Grundlagen Hölderlins geknüpft, die wir dort als moderne philosophische Rekonstruktion der als Heuristik benutzten Bilder Ficinos erkannt haben. Der Rückgriff geht hier weiter, bis in die vorsokratische Philosophie zurück, aber auch für sie erweist sich die Grundlage als tragfähig.

Dichtung aber ist nicht nur der Anfang, sondern auch "das Ende dieser Wissenschaft" für Hölderlin, der nur dann philosophiert, wenn ihm die reine Sammlung, das freie Ineinanderspielen der "Kräfte seines Wesens, wie der Farben am Irisbogen" nicht gelingen will und er ins "Hospital" der Philosophie muß (VI 289; *3, 315*). Schon in Jena war er sich klar, daß das Ziel jedes philosophischen Systems, "die Vereinigung des Subjects und Objects [...] nur durch eine unendliche Annäherung möglich ist" (VI 181; *3, 203*). Wie diese Vereinigung "ästhetisch, in der intellectualen Anschauung" sich zeigt (ebd.), so "läuft am End' auch" nach Hyperions Aussage "das Unvereinbare in der geheimnisvollen Quelle der Dichtung zusammen" (III 81; *2, 91*) – die paradoxe Formulierung von der Quelle als Ziel, die noch in *Andenken* wiederkehrt, bezeichnet die dritte neuplatonische Ekstase der Rückwendung, mit der tatsächlich alles Hervorgegangene in den Ursprung zurückgeht, nun aber wohlunterschieden, aus lauter selbständigen Individuen bestehend, die in der Bedingung der Möglichkeit ihrer Selbständigkeit und Individualität sich eins wissen. Und diese ist eben Dichtung, die damit natürlich nicht bloß ästhetische Wortkomposition ist, sondern *poiesis*, "unser ursprünglicher Trieb [...], der darauf geht, das Ungebildete zu bilden, das Ursprüngliche Natürliche zu vervollkommnen", der "Urgrund aller Werke und Thaten der Menschen [in dem wir] uns gleich und einig fühlen mit allen, sie seien so groß oder so klein" (IV 221f.; *2, 508f.*). Man kann mit großer Wahrscheinlichkeit annehmen, daß diese in Herders Schöpfungshieroglyphe und Moritz' "Bildungskraft"[256] vorgedachten Gedanken mit der spezifisch

256 In Herders *Aeltester Urkunde des Menschengeschlechts* wird im Gedanken der Naturpoesie die Identität der schöpferischen Kraft Gottes und des Menschen gelehrt sowie die Identität des dreifach dialektischen Verfahrens nach der Schöpfungshieroglyphe gefordert; Karl Philipp Moritz, *Über die bildende Nachahmung des Schönen* (in: *Schriften zur Ästhetik und Poetik*, hrsg. v. Hans Joachim Schrimpf, Tübingen 1962, S. 63–93, bes. 74ff.) arbeitete aufgrund von Herders *Gott* die Theorie der Organisation des Kunst-

Hölderlinschen Wassermetaphorik Friedrich Schlegels *Gespräch über die Poesie* angeregt haben.[257]

Wenn nach Diotimas Schluß-Prophetie Hyperions "dichterische Tage keimen", so heißt das nicht nur, daß er wird poetisch schreiben können, sondern daß er zunächst jenes Ziel aller Philosophie, die intellektuelle Selbstanschauung der in ihm bildenden Kraft durch "Auflösung der Dissonanzen" in seinem Charakter durch Sammlung all seiner Kräfte zur "innigen Harmonie" (VI 305; *3, 332*) erreichen wird.[258]

---

werks durch den Bildungstrieb, die Bildungskraft heraus, die im Menschen Natur ist. Wackenroders "zwei wunderbare Sprachen" in den *Herzensergießungen* 1797 sind von Herder und Moritz inspiriert.

257 Der Kontakt zwischen den Schlegels und Hölderlin wurde wohl aufgrund der günstigen Rezension A.W. Schlegels zu Hölderlins Beiträgen in Neuffers *Musenalmanach* (I 558f.) durch Schelling hergestellt (VI 968); man kann mit Sicherheit annehmen, daß Schlegels wenn auch unbestimmte Zusage zur Mitarbeit an Hölderlins "Iduna" (VII 1, 136) auf der Kenntnis nicht nur der Kurzoden, sondern insbesondere des *Hyperion* Bd. 1 beruht. – Friedrich Schlegel schreibt, in der Poesie seien die Individuen "durch höhere Zauberkraft einig und in Frieden. Jede Muse sucht und findet die andre, und alle Ströme der Poesie fließen zusammen in das allgemeine große Meer." (1. Abschnitt des *Gesprächs*)

258 Beck (VI 914) weist auf die Nähe dieses Gedankens der Sammlung des Menschen durch die Kunst zu Goethes Aufsatz *Über Wahrheit und Wahrscheinlichkeit der Kunstwerke* (Oktober 1798; HA 12, S. 67–73) hin, wo eine höhere (die eigentliche von Aristoteles gelehrte!) Mimesis von der bloßen Abbildung unterschieden wird: "Nun, so sagen Sie mir: warum erscheint auch mir ein vollkommnes Kunstwerk als ein Naturwerk? [Antwort] Weil es mit Ihrer bessern Natur übereinstimmt, weil es übernatürlich, aber nicht außernatürlich ist. Ein vollkommenes Kunstwerk ist ein Werk des menschlichen Geistes, und in diesem Sinne auch ein Werk der Natur. Aber indem die zerstreuten Gegenstände in eins gefaßt und selbst die gemeinsten in ihrer Bedeutung und Würde aufgenommen werden, so ist es über die Natur. Es will durch einen Geist, der harmonisch entsprungen und gebildet ist, aufgefaßt sein, und dieser findet das Fürtreffliche, das in sich Vollendete auch seiner Natur gemäß. [...] der wahre Liebhaber sieht nicht nur die Wahrheit des Nachgeahmten, sondern auch die Vorzüge des Ausgewählten, das Geistreiche der Zusammenstellung, das Überirdische der kleinen Kunstwelt; er fühlt, daß er sich zum Künstler erheben müsse, um das Werk zu genießen, er fühlt, daß er sich aus seinem zerstreuten Leben sammeln, mit dem Kunstwerke wohnen, es wiederholt anschauen und sich selbst dadurch eine höhere Existenz geben müsse." (HA 12, 72) Hölderlin geht aber hinsichtlich der Integration der faktischen Welt in die "Kunstwelt" und hinsichtlich der Vereinigung nicht nur des Individuums, sondern vieler Menschen durch das Kunstwerk entscheidend über Goethe hinaus.

Poesie sammelt aber nicht nur den Dichter oder den einzelnen Liebhaber, "sie nähert die Menschen, und bringt sie zusammen" – Hölderlin nimmt hier den in Tübingen erarbeiteten Gedanken der hymnischen Vereinigung der Menschen im Gesang wieder auf –:

> sie vereinigt sie nemlich, wenn sie ächt ist und ächt wirkt, mit all dem mannigfachen Laid und Glük und Streben und Hoffen und Fürchten, mit all ihren Meinungen und Fehlern, all ihren Tugenden und Ideen, mit allem Großen und Kleinen, das unter ihnen ist, immer mehr, zu einem lebendigen tausendfach gegliederten innigen Ganzen, denn eben diß soll die Poësie selber seyn, und wie die Ursache, so die Wirkung. (VI 305f.; *3, 333*)

Die realen Rezipienten soll die Poesie sich einverwandeln – "bald sind wir aber Gesang" –, das heißt nach unserer Analyse des *poiesis*-Begriffs, daß jeder sich in seine schöpferische Bildungskraft sammeln soll und diese individuellen Ausprägungen der Bildungskraft wiederum harmonisch zusammenstimmen werden; die Menschen in der Vereinigung des Individuellen werden selbst zum Gedicht, und über den *poiesis*-Begriff nicht nur metaphorisch, sondern energetisch-substantiell. Dann wird eingelöst, was die große anthropologische Geschichtsphilosophie im Brief an den Bruder vom 4. Juni 1799 mit dem Paradoxon besagt,

> daß der Kunst- und Bildungstrieb mit allen seinen Modifikationen und Abarten ein eigentlicher [d.h. von ihrem Wesen her geforderter] Dienst sei, den die Menschen der Natur erweisen. Aber wir sind schon lange darinn einig, daß alle die irrenden Ströme der menschlichen Thätigkeit in den Ocean der Natur laufen, so wie sie von ihm ausgehen. Und eben diesen Weg, den die Menschen gröstentheils blindlings, oft mit Unmuth und Widerwillen, und nur zu oft auf gemeine unedle Art gehn, diesen Weg ihnen zu zeigen, daß sie ihn mit offenen Augen und mit Freudigkeit und Adel gehen, das ist das Geschäfft der Philosophie, der schönen Kunst, der Religion, die selbst auch aus diesem Triebe hervorgehn. [...] Philosophie und schöne Kunst und Religion, diese Priesterinnen der Natur,[259] wirken

259 Anspielung auf Herders "heiliges Dreieck" von "Poesie, Philosophie und Geschichte" als Agenten des "einzigen Antriebs" der Humanität (Humanitätsbriefe, wie Anm. 25, S. 140). Aber Hölderlin tauscht hier Geschichte, die bei Herder nur Handlungsanweisungen gibt, gegen Religion um, die den Menschen die höhere Welt in der eigenen Sphäre ahnen und entfalten lehrt; ferner ist nicht der Antrieb des Menschen Humanität, sondern der Mensch (mit seinem Humanitätsstreben) Triebrad der Natur.

> demnach zunächst auf den Menschen, sind zunächst für diesen da, und nur, indem sie seiner reellen Thätigkeit, die unmittelbar auf die Natur wirkt, die edle Richtung und Kraft und Freude geben, wirken auch jene auf die Natur und wirken mittelbar auf sie reell. Auch dieses wirken jene drei, besonders die Religion, daß sich der Mensch, dem die Natur zum Stoffe seiner Thätigkeit sich hingiebt, den sie, als *ein mächtig Triebrad*, in ihrer unendlichen Organisation enthält, daß er sich nicht als Meister und Herr derselben dünke[...]."
> (VI 329; *3, 357*)

Hölderlin kehrt hier zu dem Herder der *Ideen* zurück, wo der Mensch das Agens ist, das mit seiner Kultivierungsleistung das immanente Wesen und Ziel der Natur, nämlich Humanität als vollständige Zusammenstimmung von allem mit allem, realisiert; er kehrt über Herder zu Ficino zurück, dessen Lehre gewesen war, daß der Mensch durch seine Kultivierungsarbeit die Welt zum immer genaueren Ausdruck Gottes machen und so zu ihm zurückbringen oder zum Reich Gottes gestalten müsse.[260] Wenn auf diese Weise Poesie zunächst auf die Menschen und über sie auf die Natur zurückwirkt, von der der Bildungstrieb ausgeht, so ist die neuplatonisch interpretierte Struktur des ἓν διαφέρον ἑαυτῷ wieder erfüllt, nun aber über Geist und Seele noch eine Seinsstufe weiter bis in die Natur geführt, zu der der Mensch als gestaltendes, bildendes, organisiertes und organisierendes Wesen, aber auch als physisch leidendes Geschöpf gehört.

Wenn das Kunstwerk in diesem Raum Wirkung tun soll, wie Hölderlin es ja für die Wirkung der Philosophie und schönen Kunst und Religion auf die reelle Tätigkeit der Menschen fordert, dann ist durch diesen "Rede"-Charakter der Poesie der in sich geschlossene Charakter des Kunstwerks nach der Lehre Moritz', Schillers und Goethes aufgekündigt: das Kunstwerk setzt seine ordnende poietische Funktion über die "kleine Kunstwelt" hinaus fort und macht tendenziell die Welt zum Kunstwerk; umgekehrt wird es dann in einer neuen Weise not-

---

260 Schelling gegenüber redet er von der "sogenannten Humanität" und nennt die "Iduna" ein "humanistisches Journal", vielleicht um über die stark religiöse Komponente seiner Philosophie mit Schelling nicht wieder in Streit zu geraten (VI 346; *3, 375*); Schelling "bittet ihn, sich des durch Herder so in Mißkredit gekommenen Wortes *Humanität* zu enthalten" (VII 1, 136), was er auch weitgehend befolgt, ohne deshalb die von Ficino und Herder zugeeignete Anthropodizee und die Grundzüge der Geschichts- und Kulturphilosophie aufzugeben.

wendig und sinnvoll, Realia wie Namen von Personen (Sinclair, Heinse, Rousseau), Ereignisse, Daten, Örter in das poetische Werk aufzunehmen oder literarische und nichtliterarische Texte, Philosophien und Religionen durch Anspielung und Markierung im Text der Dichtung anwesend zu machen: sie sind dann jeweils Elemente der Sphäre, deren höherer mehr als mechanischer, deren intellektuell-historischer Zusammenhang in poetischer Mythe gefaßt und zur Religionsform dieser Sphäre gemacht wird.

Diese Poesie auf anthropologischer Grundlage enthält tatsächlich die drei Priesterinnen "Philosophie und schöne Kunst und Religion" und ist damit das, was sie ermöglicht und worin sie sich jeweils vollenden – Philosophie vollendet sich in Dichtung als der Vereinigung des Unvereinbaren, Selbstanschauung des Subjekt-Objekts im Bildungstrieb; Religion vollendet sich in Dichtung als der Darstellung, Herrlichkeit des höheren Zusammenhangs einer Sphäre; schöne Kunst vollendet sich in Dichtung als Natur, als Tätigkeit des Bildungstriebs.

Wir haben hier ein Programm der Transzendentalpoesie und der progressiven Universalpoesie vor uns, wie Friedrich Schlegel es in den *Athenäums*-Fragmenten 1798 formuliert hatte, wobei Hölderlin die religiöse Wendung, die Schlegel erst nach Schleiermachers *Reden über die Religion* 1799 vollzog, seit seinem Projekt der "Neuen ästhetischen Briefe" durchdacht hatte.[261] Auch fehlt bei Schlegel, soweit ich sehe, die für Hölderlin mit Herder und dem "heiligen Plato" zentrale Idee des Dienstes an der Natur, den der Mensch mit seiner poietischen Tätigkeit leistet und die seinem Dasein und Leiden erst Sinn gibt. Allenfalls Novalis sieht den Menschen, in derselben Tradition stehend, als Agenten der Wiederbringung: "Wir sind auf einer *Mission*. Zur Bildung der Erde sind wir berufen."[262]

Der schreibende Hyperion: Selbstergreifung durch Erinnerung

Novalis schreibt auch: "Die höchste Aufgabe der Bildung ist, sich seines transzendentalen Selbst zu bemächtigen, das Ich seines Ichs zu

---

261 An Niethammer, 24.2.1796 (VI 203; *3, 225*); dort schon die Trias der "Priesterinnen".

262 *Novalis Werke*, hrsg. u. komm. v. Gerhard Schulz, ²München 1969, S. 330, Nr. 32; auch in *Blütenstaub* aufgenommen. Ich vermute aber auch Kenntnis von *Hyperion* Bd. 1 bei Novalis, damit auch Kenntnis des Geschichtstheorems der Wiedergeburt im Brief XXVI.

sein."[263] Ein vom Philosophischen her mindestens ebenso anspruchsvolles Ziel verfolgt Hyperion; er sucht nämlich darüber hinaus die Selbstergreifung der poietischen Individualität und damit jene intellektuelle Anschauung, in der Subjekt und Objekt eins sind, wo das Göttliche sich im Eingeschränkten offenbart, wo die Kunst übergeht ins Leben.

Die Ausdrucksform dieser Selbstergreifung ist zunächst einmal die Ergreifung des Ich in seiner zeitlichen Sukzession und Kontinuität durch das Erzählen der eigenen Vergangenheit. Daß dieses Erzählen nicht Selbstzweck ist, "daß vielmehr die Schreibsituation Hyperions eine bedeutsame Konstituente des Werks darstellen sollte", hat Maria Cornelissen 1962 erstmals formuliert und im vollendeten Roman in dieser Darstellungstechnik die Möglichkeit erkannt, "die neue, aus dem entzweienden Erleben und der Reflexion hervorgegangene Identität von Subjekt und Objekt sichtbar zu machen".[264] Ryan greift den Gedanken auf, indem er behauptet, daß "die ganze Situation und Haltung des Erzählers [...] schon dem erzählten Geschehen als dessen organische Entfaltung inne[wohnt], so daß das ganze Werk einen einzigen Nachweis der Legitimität des Erzählers bildet". Warum "also die Tätigkeit des Erzählens selber in den Mittelpunkt rückt und den eigentlichen Schwerpunkt der Romanstruktur in sich trägt", wird bei ihm nicht klar, denn "das Erzählen selbst" ist nach den vier "exzentrischen Bahnen" des Erlebens nur "eine weitere exzentrische Bahn", deren Ziel "die Versöhnung der neu aufbrechenden Dissonanzen" ist, die mit der "Ruhe" kurz vor Schluß erreicht sei (III 150; *2, 164*).[265] Wieso, in

263 Ebd. S. 329; Nr. 28; ebenfalls in *Blütenstaub*.

264 Maria Cornelissen, "Das Salamis-Fragment des 'Hyperion'", HJb 12, 1961/62, S. 222–231; 223.

265 Ryan, Hölderlins Hyperion (wie Anm. 77), S. 225f.; im Verständnis der Stelle III 150 unterläuft ihm ein ziemlich gravierender Lesefehler. Wo Hölderlin schreibt: "ich bin ruhig, denn ich will nichts bessers haben, als die Götter. Muß nicht alles leiden? Und je treflicher es ist, je tiefer! Leidet nicht die heilige Natur? [...] Ja! ja! werth ist der Schmerz, am Herzen der Menschen zu liegen, und dein Vertrauter zu seyn, o Natur!", meint Ryan, Hyperion erkenne "den 'Schmerz, am Herzen der Menschen zu liegen' und zugleich 'Vertrauter' der Natur zu sein, als die höchste dem Menschen erreichbare 'Ruhe'" (S. 225). Eindeutig geht es um Hyperions Erkenntnis, daß nicht nur die Menschen leiden, sondern auch die Natur; der Schmerz liegt also am Herzen der Menschen und ist Vertrauter der Natur und ist es wert, beides zu sein. Erst in dieser Anerkennung lösen sich Hyperions Dis-

der Lesung Ryans, der "Schmerz, am Herzen der Menschen zu liegen" eine besondere Nähe zum "Zentrum" bedeuten soll, wird nicht erklärt. Jedenfalls ist Hyperion nach Ryans Meinung nicht fertiggebildet, weil ihm nach Diotimas Wort "die dichterischen Tage" erst keimen; sein Erzählen "dient in einem gewissen Sinne nur als Vorbereitung, es führt Hyperion bis in den Vorhof seines Dichtertums".[266] Dichter ist erst Hölderlin; die Bahn des Dichters sei nicht mehr exzentrisch, sondern "hyperbolisch".

Nun hat aber Diotima dem erlebenden, nicht dem erzählenden Hyperion das schon beginnende Keimen der dichterischen Tage bescheinigt (III 149; *2, 163*). Sein Erzählen kann also, ja, muß ein dichterisches sein, denn da Hyperion nach Hölderlins Briefroman-Form den Text verfaßt, würde ein nach Abschluß der vorliegenden Briefe beginnendes Dichtertum bedeuten, daß der Text des *Hyperion* von Hölderlin als nicht poetischer Text bezeichnet wird, und Ryans Behauptung, der Roman stelle "eine in erstaunlicher Komplexität durchgestaltete Leistung einer echten Erzählkunst dar",[267] wäre durch sein eigenes Argument vom undichterischen Hyperion besiegt. Es wäre ja auch sehr verwunderlich, wenn ein Text, der eine metrische Vorstufe hatte und in dieser sein Produziertwerden von einem Poeten inszenierte, ein Text, dem allenthalben lyrische Stilqualitäten attestiert werden, den Susette nicht einmal einen Roman, sondern "ein schönes Gedicht" nennen wollte (VII 1, 75), nun als "noch nicht dichterisch" sich herausstellen sollte. Unsere Aufgabe soll sein, dieses Mißverständnis zu klären.

Dichtung, so haben wir oben erkannt, ist nach der Aussage des Athenerbriefs nicht identisch mit Kunst, die zwar "dichterisch" sein kann, dies aber nicht wegen ihres Regelcharakters, sondern wegen des durch sie sich artikulierenden Bildungstriebs, der *poiesis* ist. Dieser kann als Trieb wirken wie in der "Dichtung eines unendlichen gött-

---

sonanzen auf: der Mensch erkennt, daß (im Gegensatz zu *Hyperions Schicksalslied*) Götter, Menschen und Natur hinsichtlich des Leides gleichgestellt sind, daß das Leid für alle gleich und notwendig ist, denn "die Wonne, die nicht leidet, ist Schlaf, und ohne Tod ist kein Leben".

266 Ebd. S. 327 und der Schlußabschnitt 229–236.

267 Ebd. S. 226. Dagegen polemisiert manchmal etwas albern und im ganzen verständnislos Walter Silz, *Hölderlin's Hyperion. A Critical Reading*, Philadelphia 1969, S. 20 und passim. Wertvoll in dem Buch sind die Analysen der Parallelen zu *Werthers Leiden* (S. 5–20) und des "lyrischen" Stils. Bedeutend ausgewogener in der Kritik und ertragreich an interpretatorischen Einsichten ist Howard Gaskill, Hölderlin's Hyperion (wie Anm. 88).

lichen Seyns", er kann nach dem Durchgang durch die Philosophie bewußt und reflektiert wirken wie in der Dichtung, in der das Unvereinbare der Philosophie zusammenläuft. Auch ein im bloßen Affekt Schreibender (Hyperion am Anfang) kann dichterisch schreiben, ein bloß frühere Briefe Abschreibender kann "in einem holden Traume" (III 124; *2, 137*) und damit dichterisch abschreiben, weil dieser Traum ein Gegengewicht schafft gegen den Realismus der "tiefsten Tiefe meiner Laiden", durch die der Schreiber danach den Freund führt. Die antiklassizistische Poetik, die eine solche Aufnahme des Heterogenen in homogene Kontexte rechtfertigt wie die neue Anthropologie und Theologie die Aufnahme des Leides in das Leben des Menschen und die Herrlichkeit der Natur, enthält das vierte der Schöpfungsserie von Fragmenten:

> Nur das ist die wahrste Wahrheit, in der auch der Irrtum, weil sie ihn im ganzen ihres Systems, in seine Zeit und seine Stelle sezt, zur Wahrheit wird. Sie ist das Licht, das sich selber und auch die Nacht erleuchtet. Diß ist auch die höchste Poësie, in der auch das unpoëtische, weil es zu rechter Zeit und am rechten Orte im Ganzen des Kunstwerks gesagt ist, poëtisch wird. [...] Das ist ewige Heiterkeit, ist Gottesfreude, daß man alles Einzelne in die Stelle des Ganzen sezt, wohin es gehört; deswegen ohne Verstand, oder ohne ein durch und durch organisirtes Gefühl keine Vortreflichkeit, kein Leben.
>
> (IV 234f.; *2, 521f.)*

Daß im zweiten Band des *Hyperion* mit den Briefwechseln aus den Zeiten während des Kriegs und danach sowie mit dem Text der Schlußvision mehr und mehr Elemente aufgenommen werden, die nicht der Situation des "jetzt" schreibenden Hyperion entstammen, zeigt diesen als Auswählenden und Beurteilenden, der dem Geschriebenen immer freier gegenübersteht. Daß es sich bei dem Geschriebenen immer noch um Eigenes, Erlebtes, Erlittenes handelt, zeigt symptomatisch an, daß das Ich des Erzählers nun vom erzählten Ich und seinen Erfahrungen nicht mehr abhängt und gequält wird, sondern daß es, in der freien Ergreifung jenes Ichs, sich selbst in seinem Anderssein ergreifen kann und Licht wird, "das sich selber und auch die Nacht erleuchtet". Das Dichterische des Bildungstriebs schafft und bildet in der Selbstergreifung sich selber, das Poetische wird "höchste Poësie", die auch noch eine unpoetische Scheltrede, eine politische Stellungnahme, eine empörende Leserbeschimpfung in das Geschriebene aufzunehmen wagt.[268] Der Unterschied zumindest zu Novalis bleibt der, daß Hölderlin die Rede nicht magisch idealistisch poetisiert, das Leid und den Tod nicht künstlich versüßt, die Werte und Modalverhältnisse zwischen Wirklichem, Möglichem, Notwendigem, Idealem nicht experimentell verkehrt, sondern im Gegensatz dazu als Aufgabe der Dichtung sieht, die falschen "Zahlen und Figuren" der bürgerlichen Lebenswelten nicht nur zum Verschwinden zu bringen, sondern eine wirkliche praktikable Neuordnung der jeweiligen "Sphäre" zu schaffen, in der der Dichter wie Gott "alles Einzelne in die Stelle des Ganzen sezt, *wohin es gehört*". Insofern werden hier klassische und romantische Poetik sowie Poetik und Rhetorik in eine poetologische Gesamtkonzeption integriert.[269]

Ich will diese Hinweise auf die dichterische Entwicklung des schreibenden Hyperion von dem Keimen der dichterischen Äußerung

---

268 Vgl. die Diskussion über die Affinität zum Romantischen und zum Bildungsroman: Cyrus Hamlin, "The Poetics of Self-Consciousness in European Romanticism: Hölderlin's *Hyperion* and Wordsworth's *Prelude*", *Genre* 6, 1973, S. 142–177; Jürgen Jacobs, *Wilhelm Meister und seine Brüder*, München 1972; dagegen hatte Lawrence Ryan mit Recht vor der vorschnellen Verwendung des Terminus "Bildungsroman" gewarnt und Beziehungen zur Poetik Fr. Schlegels hergestellt: "Hölderlins *Hyperion* – ein romantischer Roman?" in: Jochen Schmidt (Hrsg.), *Über Hölderlin*, Frankfurt a.M. 1970, S. 175–212. In der fragwürdigen Meinung, Goethe und Wieland predigten den "sozial angepaßten Menschen" und die Romantiker stellten dem "den Typus des introvertierten, im sozialen Abseits angesiedelten Individuums entgegen", kommt Gerhart Mayer zu dem fragwürdigen Ergebnis, Hyperion könne "als 'poetischer' Priester der Natur nur außerhalb der geistfernen Gemeinschaft seines Volkes existieren". G.M., "Hölderlins Hyperion – ein frühromantischer Bildungsroman", HJb 19/20, 1975–1977, S. 244–257; 252. Die enge Beziehung zur romantischen Poetik des Selbstbewußtseins und der poetischen Initiation stellt Gaskill (wie Anm. 88), S. 64 heraus.

269 Ausgehend von anderen Texten habe ich 1986 angenommen, daß Hölderlin das Programm der romantischen Transzendentalpoesie erst nach 1800 integriere. (Hölderlins vaterländische Sangart, wie Anm. 228, S. 58f.) Nach den Befunden an den Vorstufen des *Hyperion* und des endgültigen Romans ist eine Poetik, die der Dichtung die intellektuelle Anschauung des Subjekts-Objekts und die Selbstergreifung der poetischen Subjektivität zuschreibt, seit Waltershausen 1794 im Werden und leitet die Erinnerungsstruktur des Erzählens seit dem *Fragment* und die Aufgabe des Erzählens als Befreiung der Erinnerung vom Leidenschaftlichen der Erinnerungen an (vgl. III 165; *2, 179*).

bis zur "höchsten Poesie" und zur intellektuellen Selbst-Anschauung des poetischen Geistes nun am Text belegen.

Wenn die Vorrede von Hyperions "elegischem Karakter" und der "Auflösung der Dissonanzen in einem gewissen Karakter" spricht, so kann der Leser sich zusammenreimen, daß Hyperion zunächst vom Schmerz überwältigt klagen wird, daß aber auch nach Auflösung der Dissonanzen die Klage nicht verschwinden, sondern beherrscht und harmonisch sein wird. Reiner, unmittelbar wirkender Schmerz ist sprachlos; in der Nachahmung wahrscheinlich sind nur Empfindungen, wie zitiert, "die durch die gegenseitigen schon gemildert sind", so daß die Einbildungskraft erst in die Lage kommen kann, "ihren natürlichen Ausdruck in einen Ausdruck der Kunst" zu übertragen.[270] Der erste Satz des Romans spricht von "Freude und Laid", d.h. von einer gemischten Empfindung; in den ersten Briefen wechselt die "Höhe" der Vorstellung, "Eines zu seyn mit Allem, was lebt", mit dem Absturz in die "Schmerzen der Sterblichkeit", die Verzweiflung, die Todesangst: die Amplitude zwischen "Freude und Laid" ist extrem, aber durch die Anwesenheit beider wird sozusagen im Pendelschwung durch die Mitte momentan Sprache möglich. Die Amplitude ist auch eine des Todes und Selbstverlustes: Abschnürung der Kehle, Messer des Jägers einerseits, Verstummen des ganzen Wesens, selige Selbstvergessenheit, Vergessen daß es Menschen gibt, Rückkehr, Auflösung ins Leben der Gottheit andererseits. In den beiden ersten Briefen ist der schreibende Hyperion auf jede Weise außer sich, faktisch und in seinen Phantasien vom Tode bedroht und angezogen. Aber auch die Poetik kennt eine Form des Außersichseins: die von den Musen inspirierte Begeisterung. Mit ihrem traditionsreichsten Bild setzt der Roman ein: "wie die Biene unter Blumen, fliegt meine Seele oft hin und her...":

> Denn alle rechten Dichter alter Sagen sprechen nicht durch Kunst, sondern als Begeisterte und Besessene alle diese schönen Gedichte, und ebenso die rechten Liederdichter, und so wenig die, welche vom tanzenden Wahnsinn befallen sind, mit vernünftigem Bewußtsein tanzen, so dichten auch die Liederdichter nicht bei vernünftigem Bewußtsein diese schönen Lieder, sondern wenn sie von Harmonie und Rhythmus erfüllt sind, dann werden sie den Bacchen ähnlich, und begeistert, wie diese aus den Strömen Milch und Honig nur wenn sie begeistert sind schöpfen, wenn aber ihres Bewußtseins

---

270 Herder, Frühe Schriften (wie Anm. 32), S. 484f.

> mächtig, dann nicht, so bewirkt auch der Liederdichter Seele dieses, wie sie auch selbst sagen. Es sagen uns nämlich die Dichter, daß sie aus honigströmenden Quellen aus gewissen Gärten und Hainen der Musen pflückend diese Gesänge uns bringen, wie die Bienen, auch selbst so umherfliegend.[271]

Wenn gegen Ende des Romans das poetische Subjekt immer selbstbewußter handelt, so bedeutet das den Erwerb der Fähigkeit zu höherer Begeisterung: "Beruf und Wonne des Dichters" ist es ja, auf der "unendlichen Stufenleiter" der Begeisterung auf und ab zu steigen, aber "Da wo die Nüchternheit dich verläßt, da ist die Gränze deiner Begeisterung" (IV 233; *2, 520*). Was Hyperion am Anfang ergriffen hat, ist die Begeisterung des Leides (vgl. Diotima beim Abschied, III 98f.; *2, 111f.*), deren "Maas" nur durch die Begeisterung der Freude hergestellt wird.[272]

Der dritte Brief beginnt mit dem Dank für die Bitte Bellarmins, "dir von mir zu erzählen", womit er "die vorigen Zeiten mir in's Gedächtniß" bringt. Hyperion gewinnt hier also noch nicht Erinnerung, sondern "erquikenden Schlaf", nicht Selbstvergessenheit, aber Gegenwartsvergessenheit. Die Reflexionen auf das Wesen der Kindheit und die Entwicklung des Kindes unter der Führung eines edlen Geistes zeigen das Erquickende dieses Schlafes, nämlich die Gewinnung verallgemeinbarer Erkenntnisse und Erziehungsgrundsätze – Hyperion begibt sich ins "Hospital" der Theorie und Philosophie. Das Erzählen könnte ihm schon "Lust" bereiten (III 15; *2, 22*), wenn ihm das Gedeihenlassen des "schönen Traums" nicht durch den Gedanken an die Ge-

271 Platon, *Ion* 533e-534b. "Vaterländisch begeisterte Dichtung" signalisiert mit der Anspielung auf Klopstocks Ode *Der Rheinwein* das Bild vom Meer, das den glühenden Bergen die Füße kühlt, vgl. Hölderlins vaterländische Sangart (wie Anm. 228), S. 40f.

272 Es ist für das Verständnis des späteren Werks und der Entwicklung Hölderlins wichtig festzuhalten, daß Hölderlin diese Begeisterung der Ausrufe "Eines zu seyn mit Allem, was lebt", sofern sie die Verlockung zum Selbstmord artikulieren, als durchaus gefährlich und negativ mit den Anfällen der Verzweiflung in Parallele stellt; Hyperions Entwicklung ist seit dem *Fragment* darauf angelegt, ihn aus dieser lebensbedrohenden Ekstase herauszuführen. Man darf diese deshalb nicht zu einer Phase in Hölderlins Werk machen. Im gleichen Sinne argumentiert Mark William Roche, *Dynamic Stillness. Philosophical Conceptions of 'Ruhe' in Schiller, Hölderlin, Büchner, and Heine*, Tübingen 1987, S. 63–119; bes. 73 Anm. 14.

genwart zerstört würde. Man erkennt die feine Abstufung, mit der Hölderlin den Schreiber einem bewußten Handeln zuführt.

Der fünfte Brief beginnt schon aktiv: Er sinkt nicht mehr in den Schlaf, sondern er entflieht sich in die Vergangenheit; damit ist auch ein Ich konstituiert, das zwar vor seiner Gegenwart flieht, aber sie immer noch behält, das eine Vergangenheit hat und eine zukünftige Verjüngung hofft, zweifelnd freilich, denn "das ungeheure Streben, Alles zu seyn" hebt den Menschen anscheinend aus dem Kreislauf des Alterns und Verjüngens der Natur heraus – damit ist der Wunsch nach Selbstauflösung im All der Natur definitiv überwunden, denn dieses ungeheure Streben wird als "edler" anerkannt.

Im sechsten Brief erscheint erstmals der Erinnerungsbegriff: "Auch manches seeligen Feierabends erinnere ich mich aus dieser Zeit" (III 20; *2, 27*). Erinnern ist ein Handeln, das rückbezüglich das Subjekt in sich hineinführt, das es damit zugleich zum Subjekt und zum Objekt seines Handelns macht, denn das innen Angetroffene ist ein Vergangenes, das in dem Handeln Gegenwart erhält. Der Gegenstand, dessen man sich erinnert, wird spätestens in der Handlung in ein Verhältnis der Wechselbestimmung zum Subjekt gesetzt; dieses konturiert sich also nicht nur durch den Akt der Einkehr, sondern auch durch eine Gegenstandsbeziehung. Der Erinnerungsbegriff ist konstitutiv im *Religions-Fragment*, wo Hölderlin herausarbeitet, daß Erinnerung die Wiederholung in Gedanken (das Gedächtnis) übersteigt, weil sie das Denken des Subjekts gleich mitkonstituiert und nur als das Innewerden des Geistes, des höheren Zusammenhangs einer Sphäre verstanden werden kann.[273] Mit der Erinnerung wird also Hyperion "des Geistes mächtig" und damit der poetischen Verfahrungsweise (IV 241; *2, 528*), wenn auch zunächst in der engen Sphäre seines persönlichen Lebens.

Im siebten Brief ruft der schreibende Hyperion nach einer Figur seiner Vergangenheit: "O du, mein Freund und Kampfgenosse, mein Alabanda, wo bist du?" (III 27; *2, 35*) Es ist ein inszenierter Ruf, denn der Brief geht an Bellarmin; die fiktionale Darstellung der Sehnsucht ersetzt die bloße Mitteilung. Während von Adamas nur wenige Worte,

---

273 Dazu vgl. Helmut Bachmaier, "Hölderlins Erinnerungsbegriff in der Homburger Zeit", in: Christoph Jamme und Otto Pöggeler (Hrsg.), *Homburg v.d.H. in der deutschen Geistesgeschichte*, Stuttgart 1981, S. 131–160; ders., Der Mythos (wie Anm. 227); Dieter Henrich, *Der Gang des Andenkens*, Stuttgart 1986, S. 131–148.

aufgelesene Ähren, überliefert werden, erzählt Hyperion ganze Gespräche mit Alabanda. Sicher nicht, weil da sein Gedächtnis zuverlässiger wäre, sondern weil er sich im besprochenen Sinne Alabandas "erinnert": "sichtbarer, gegenwärtiger, unverkennbarer lebt er in mir, ganz, wie er einst dastand, ein feurig strenger furchtbarer Kläger, wenn er die Sünden des Jahrhunderts nannte" (ebd.). Das heißt, die Gespräche sind aus dieser Erinnerung gebildet, gewinnen wenn auch erfunden eine höhere Authentizität dadurch, daß sie aus dem Geist jener Gestalt und Zeit gesprochen sind.

Das gilt um eine Stufe verstärkt von Diotima, die noch vor ihrer realen Erscheinung die Sphäre, das Element von Hyperions Innerstem ist: "Schon damals kannt' ich dich, schon damals bliktest du, wie ein Genius, aus Wolken mich an, du, die mir einst, im Frieden der Schönheit, aus der trüben Wooge der Welt stieg! [...] Wie in schweigender Luft sich eine Lilie wiegt, so regte sich in seinem Elemente, in den entzükenden Träumen von ihr, mein Wesen." (III 23; *2, 31*) Diotima braucht nicht mehr erinnert zu werden; wenn Hyperion sich selbst nicht verliert, ist auch Diotima da. Andererseits entsteht hieraus das psychologische Problem, daß Hyperion ein "sterblich Mädchen" namens Diotima zur lebensweltlichen Inszenierung dieses Elements seines Innersten macht, die dann konsequenterweise lebensweltlich erlischt, wenn er sein Leben von sich werfen will. Diotimas Reden und Handlungen waren, nachdem sie diese Rolle bewußt auf sich nahm, schon damals in gewissem Sinne Erinnerung, Ausdruck von Hyperions wesenhaftem Lebenselement, und sie sind es im Schreiben deshalb potenziert, wo er sein Selbst im Anderssein aus einer vergangenen Gestaltung erinnert.

Gegen Ende des ersten Buches bedenkt der Schreiber erstmals eingehender, wie sein Leser sich zum Erzählten einstellen wird: "Kannst du es hören, wirst du es begreifen, wenn ich dir von meiner langen kranken Trauer sage?" (III 39; *2, 48*) Diese Sorge erscheint am Schluß des ersten Buches, wo die Formel "So dacht' ich." erstmals vorkommt, als bedingt durch das vergebliche Bemühen, sich selbst zu verstehen: "Wie das alles in mich kam, begreif ich noch nicht." Es geht also nicht mehr nur um das Erinnern, sondern jetzt um das Verstehen und Deuten. Denn am Beginn des zweiten Buches fängt Hyperion an, nach der Regel seines Lebens zu suchen:

> Oder schau' ich auf's Meer hinaus und überdenke mein Leben, sein Steigen und Sinken, seine Seeligkeit und seine Trauer und meine

> Vergangenheit lautet mir oft, wie ein Saitenspiel, wo der Meister alle Töne durchläuft, und Streit und Einklang mit verborgener Ordnung untereinanderwirft. (III 47; *2, 56*)

Dieser Beobachtung des Zusammenhangs im Vergangenen entspricht verstärkte Selbstbeobachtung. Das Erzählen erscheint als Leistung, zu der es Disponiertheit ("lausch' ich dem wunderbaren unendlichen Wohllaut in mir") und Kraft braucht: "Ich habe lange gewartet auf solche Festzeit, um dir einmal wieder zu schreiben. Nun bin ich stark genug; nun laß mich dir erzählen." (III 48; *2, 57*) Zugleich beginnt er sich im Zusammenhang zu sehen mit andern, belehrt sie, sieht sich paradigmatisch und sagt eine Wirksamkeit voraus, die ihn über sein Eremitendasein hinausführen wird:

> O ihr, die ihr das Höchste und Beste sucht, in der Tiefe des Wissens, im Getümmel des Handelns, im Dunkel der Vergangenheit, im Labyrinthe der Zukunft, in den Gräbern oder über den Sternen! wißt ihr seinen Nahmen? den Nahmen deß, das Eins ist und Alles?
>
> Sein Nahme ist Schönheit.
>
> Wußtet ihr, was ihr wolltet? Noch weiß ich es nicht, doch ahn' ich es, der neuen Gottheit neues Reich, und eil' ihm zu und ergreiffe die andern und führe sie mit mir, wie der Strom die Ströme in den Ocean. (III 52f.; *2, 62*)

Hyperions lebensbedrohendes Problem wird nun die Gewalt der in ihm lebenden Erinnerung an Diotima. Ihren Gesang kann er nicht vergessen, er tönt ihm in seine unaufhörlichen Träume. Er muß die Erinnerung künstlich fragmentieren, muß sich täuschen, um nicht den Tod der Freude und Trauer zu sterben, denn nun gesteht er es sich und dem Freund: Diotimas Grab ist nahe; seine Übersiedlung nach Salamis bedeutet nicht nur Vaterländisches, sondern auch die bisher größte Annäherung an Diotimas Grab seit ihrem Tod (III 59f.; *2, 69*). Aber alle diese Entwicklungen zeigen an, daß er nun fähig wird, sich der vollen Wucht der Erinnerung, ihrer Präsenz und Lebendigkeit zu stellen und trotz der Gedanken an Tod und Selbstmord (ebd.) das Leid auszuhalten. Die Mittel sind zunächst Selbsttäuschung, Fragmentierung der Erinnerung, Trost mit allerlei Phantasien.

Der nächste Schritt ist die Konkretisierung und damit Abschwächung der Erinnerung in "Erinnerungen" (III 62; *2, 72*), d.h. die Totalerinnerung wird an raumzeitliche Situationen angeknüpft, die Präsenz der Diotima in einen Wechsel ihrer Erscheinungen aufgelöst: Diotima beim Gespräch über die Freundschaft, Diotima als Hörerin und Deuterin von Hyperions Jugend, Diotima, die sich zum Halt Hyperions machen läßt und ihn in die Schranken weist.

Und hier wird zum ersten Mal das Erzählen nicht als von außen gewünschte willkommene Ablenkung, sondern als bewußte Leistung der Selbstveränderung gefaßt:

> Ich will dir immer mehr von meiner Seeligkeit erzählen. Ich will die Brust an den Freuden der Vergangenheit versuchen, bis sie, wie Stahl, wird, ich will mich üben an ihnen, bis ich unüberwindlich bin. [...] Ich will nicht zagen; ja! ich will stark seyn! ich will mir nichts verhehlen, will von allen Seeligkeiten mir die seeligste aus dem Grabe beschwören. (III 69; *2, 79*)

Auch der Leser ist damit nicht mehr nur der Empfänger; er muß mit dem Ich wachsen, das sich der "tödtenden Wonne meiner Erinnerungen" nun in vollem Maße aussetzt und sich nichts mehr verbirgt:

> Aber nur dir, mein Bellarmin, nur einer reinen freien Seele, wie die deine ist, erzähl' ich's. So freigebig, wie die Sonne mit ihren Strahlen, will ich nicht seyn; meine Perlen will ich vor die alberne Menge nicht werfen. (ebd.)

Hyperion, dessen Sonnenname sein Gleichnis dementiert, spaltet sein Publikum wie Hölderlin mit der Vorrede; das heißt, der Leser muß sich selbst bewußt werden, wohin er gehört. Der Prozeß der Subjektkonstitution geht auf den Rezipienten über. – Der stoische Wille zur Unempfindlichkeit hat sein Pendant in der unwiderstehlichen lebensbedrohenden Verlockung des Erzählens:

> Ich sollte schweigen, sollte vergessen und schweigen. Aber die reizende Flamme versucht mich, bis ich mich ganz in sie stürze, und, wie die Fliege, vergehe. [...] – o Bellarmin! die Sinne vergehn mir und der Geist entflieht. Ich seh', ich sehe, wie das enden muß. Das Steuer ist in die Wooge gefallen und das Schiff wird, wie an den Füßen ein Kind, ergriffen und an die Felsen geschleudert. (III 75f.; *2, 85f.*)

Hier ist die tötende Wonne des Erzählens, das schmerzlich-lustvolle Offenbaren in die Schrift, der Zwang des Sich-Erinnerns so stark geworden, daß Hyperion vor der Konsequenz des Selbstmordes steht.[274]

---

274 Dazu Howard Gaskill, "Ich sehe, wie das enden muß. Observations on a Misunderstood Passage in Hölderlin's *Hyperion*", MLR 76, 1981, S. 612–618.

Die Rettung ist der "herrliche Kampf", den Hyperion mit der großen Stunde in seinem Leben kämpft, die er im Athenerbrief beschreibt (ebd.). Daß er den Athenerbrief schreiben kann, bedeutet, daß er den Kampf bestanden und eine kolossalische Gestalt der Zukunft und des Altertums sich so zugeeignet hat, daß sie ihn nicht mehr verläßt. Das kann nur heißen, daß er den damals versäumten Sinn und Auftrag seines Lebens, nämlich Erzieher des Volks zu neuer Blüte zu werden, als Gestalt seiner Zukunft jetzt annimmt. So wie Diotima ihn damals aus seinem privaten Glücksbedürfnis in die Öffentlichkeit gewiesen hat, so beendet das Erzählen von dem "herrlichen Kampf" Diotimas "mit dem heiligen Chaos von Athen" (III 86; *2, 97*) die Phase, wo der Schreiber Hyperion in bezug auf sein Schreiben, sein Umgehen mit der Erinnerung, seine Selbstkonstitution nur aus dem eigenen Ich schöpft.

Im zweiten Band greift die Erinnerung über die persönliche Vergangenheit hinaus; der Mensch vergleicht sich und erkennt das universale Gesetz der Herrlichkeit, der Offenbarung im Leiden.

> O Bellarmin! wer darf denn sagen, er stehe vest, wenn auch das Schöne seinem Schiksaal so entgegenreift, wenn auch das Göttliche sich demüthigen muß, und die Sterblichkeit mit allem Sterblichen theilen! (III 94; *2, 106*)

Dann folgt, vor der Abschrift der ersten Briefserie nach dem Abschied von Kalaurea, eine lange und insgesamt höchst bedeutende Reflexion; ich fasse die Hauptpunkte zusammen (III 102f.; *2, 115f.*): Das Erzählen als Wiederholung der Leiden und Unruhe ist sinnvoll, "weil jeder Athemzug des Lebens unserm Herzen werth bleibt, weil alle Verwandlungen der reinen Natur auch mit zu ihrer Schöne gehören". Das Bild der Natur ist hier nicht mehr nur das der "wandellosen, stillen und schönen" (III 8; *2, 15*), sondern das der in ihrer Reinheit sich verwandelnden; auch Schönheit ist nicht mehr nur "wandellos" (III 58; *2, 68*), sie offenbart sich im Wechsel. Über der erfahrungslosen Ruhe wird ein "Frieden" gefunden, der es erlaubt, "ruhig zu bleiben, bei jedem Blik ins menschliche Leben", auch wenn die Unruhe der Jugend wieder aufgeregt wird. Der Geist, den die Erinnerung schon ergriffen hat, wird über dem erzählenden Subjekt zu einem höheren Subjekt-Objekt der Natur, das am Ende mit allem uns aussöhnt. Selbstreflexion und Hinweis an den Leser: die Briefe zeigen, wie des Schreibers Seele "täglich stiller wird und stiller"; der Schreiber schaut von der Warte des umfassenderen Geistes aus sich und sein Schreiben an. Hat am

Ende des ersten Bandes das Ich des Schreibers durch seinen Kampf mit der Erinnerung sich gerettet und sich eine neue Richtung gegeben, so betrachtet nun der Geist dieses Ich.

Der Geist läßt es sogar schweigen und in einem "holden Traume" sein, während es vergangene Briefe abschreibt; hier setzt auch die bildende Kraft der Erinnerung aus: Diotima und Hyperion sprechen nicht, wie der schreibende Hyperion es sich erinnert hat, sondern in ungefilterter Sprache der "tatsächlichen" Vergangenheit; der Schreiber reflektiert auch darüber (III 103; *2, 116*). Nun aber, nachdem der Geist das Ich hat träumen lassen, tritt es wieder gestärkt hervor:

> Nun schreib' ich wieder dir, mein Bellarmin! und führe weiter dich hinab, hinab bis in die tiefste Tiefe meiner Laiden, und dann, du lezter meiner Lieben! komm mit mir heraus zur Stelle, wo ein neuer Tag uns anglänzt. (III 124; *2, 137*)

Jetzt führt der Erzähler den Leser, hat ein Ziel und kennt die Zukunft. Das Leid ist notwendig, auch seine Wiederholung im Schreiben und Lesen, damit im Durchwandern des Leides der Geist auch damit sich aussöhnen kann. Das Schreiben und Lesen ist damit auch rückblickend zu einem Weg der Erlösung geworden – wir haben den Konfessionscharakter des *Hyperion* besprochen.

Nach der zweiten abgeschriebenen Briefserie, die mit dem Tod Diotimas endet, fragt Bellarmin, der sich aus dem ersten Band an die Gefahr des Gedankens von Diotimas Tod für den Schreiber erinnert, offenbar besorgt nach Hyperions Befinden. "Bester! ich bin ruhig, denn ich will nichts bessers haben, als die Götter. Muß nicht alles leiden? und je treflicher es ist, je tiefer! Leidet nicht die heilige Natur?" (III 150; *2, 164*) Hyperions Ruhe ist eine Ruhe des Geistes, der das Leiden des Ich anerkennt, weil Leiden die Götter, die Natur und die Menschen gleichermaßen betrifft als Bedingung alles Lebens im Durchlaufen aller Vollendungen.[275]

---

275 Viele Mißverständnisse hat Ryans Behauptung erzeugt, mit dieser Formulierung "Bester! ich bin ruhig ..." gebe Hyperion "seine abschließende Stellungnahme, die nicht ans Ende verlegt wird, sondern unmittelbar auf die Wiedergabe von Diotimas Abschiedsbrief folgt" (Ryan, wie Anm. 77, S. 221). Roche (wie Anm. 272), S. 80ff. und Anm. 30 argumentiert mit Recht dagegen. In Hyperion, Compendium (wie Anm. 1) hatte ich Scheltrede und Schlußvision als satirische und idyllische Oratorik behandelt, mit denen Hyperion über die Position "Bester! ich bin ruhig ..." aktiv hinausgeht und an die Öffentlichkeit tritt.

Die Ruhe ist jedoch nicht Trägheit, der Friede nicht friedlich, sondern aufs Aggressivste kämpferisch gegen die Geistlosigkeit, wie die Scheltrede zeigt. Damit tritt Hyperion der Schreiber aus seinem Eremitendasein heraus, übernimmt das Amt des Volkserziehers, des Reinigers, des Priesters der göttlichen Natur, der aus seinem betrachtenden Dasein heraus aktiv in die Öffentlichkeit hineinwirkt. An dieser Stelle tritt auch der Roman aus seiner fiktionalen Geschlossenheit heraus; Hyperion der Grieche beginnt nicht mit der Erziehung des eigenen Volkes, sondern mit dem Volk Bellarmins, und für den deutschen Leser ist klar, daß hier der Autor einen Moment hinter seiner Figur authentisch erscheint. Das ist, wie wir gezeigt haben, poetologisch begründete Konsequenz, die mit Friedrich Schlegels romantischer Ironie das Verfahren und einen Teil der Absicht gemein hat: im Zerbrechen der Fiktionalität erfaßt die poetische Subjektivität sich selbst in der bestimmten Gestalt, die sie sich für das bisherige Fingieren des Textes gegeben hat, und schaut sich in der Negation dieser Bestimmtheit für den Moment dieser Negation in Freiheit und Reinheit an.

Dies kann Hölderlin jedoch nicht genügen, ergreift diese Anschauung doch nur ein Identisches, dessen Identität aus der Bedingung der Negation eines Nichtidentischen und damit wieder eines Subjekt-Objekt-Verhältnisses gewonnen wird. Hölderlin hatte sich schon in <*Urtheil und Seyn*> mit dieser Form der Identität nicht begnügt. Noch zwei Stationen hat der Weg Hyperions:

> Bellarmin! Ich hatt' es nie so ganz erfahren, jenes alte feste Schiksaalswort, daß eine neue Seeligkeit dem Herzen aufgeht, wenn es aushält und die Mitternacht des Grams durchduldet, und daß, wie Nachtigallgesang im Dunkeln, göttlich erst in tiefem Laid das Lebenslied der Welt uns tönt. (III 157; *2, 172*)

Die Erfahrung wurde damals gemacht, die Erkenntnis ist die des Schreibers, das Wort ist alt: Hyperion ist als Schreiber mit sich als Erlebendem und dem Schicksal versöhnt, so daß die Erfahrung, die Erkenntnis und die Einsicht in die Unvordenklichkeit dieser Erkenntnis nur Offenbarungs- oder Herrlichkeitsstufen voneinander sind. Das Leid als Prinzip und Bedingung der Offenbarung auch für den poetischen Prozeß wird erkannt, dessen Göttlichkeit als Lebenslied einer poetischen Welt erst in tiefem Leid "uns tönt": Die Stelle steht unmittelbar nach dem Entschluß Hyperions, Deutschland zu verlassen, wo er so gekränkt worden war und wo ihn nun der Frühling aufhielt; im tiefsten

Leid, wo mit der Scheltrede die Fiktion zerbrochen ist und negiert wurde, tönt der Moment, wo das Lebenslied der Nachtigall wieder einsetzt, göttlich. Die Fiktion stellt sich für den Leser wieder ein, der Schreiber faßt sich wieder, die Poesie tönt nach dem Prosageräusch der Rede neu. Hier erkennt und ergreift sich alles im höheren Geist und bezieht sich auf ein gemeinsames Prinzip der Offenbarung durch das Leid. Dasjenige aber, was aus Einsicht und Erkenntnis das Notwendige tut, ist nach Spinozas *Ethik* frei mit der Freiheit Gottes.

Die letzte Stufe der Selbstergreifung ist die in Anführungszeichen gesetzte Schlußrede.[276] Ich wiederhole hier meine Analyse aus "Compendium, Roman, Rede": Die Einleitung betont: "Worte sprach ich, wie mir dünkt, aber sie waren, wie des Feuers Rauschen, wenn es auffliegt und die Asche hinter sich läßt –" (III 159; *2, 174*). Der Erzähler Hyperion kann sich jedenfalls nicht an die Worte erinnern, die er gesprochen hat, bezeichnet sie außerdem als nicht mehr zeichenhaft, sondern elementar verzehrend. Trotzdem steht die Passage als Zitat, welches gerade auf Bewahrung des Wortlauts hinweist (als einziger längerer Text im Roman ist diese Passage durchgängig mit Anführungszeichen vor jeder Zeile als Zitat gekennzeichnet). Innerhalb des Zitats und am Schluß wird das Gesagte auf "So dacht' ich" bezogen; daraus ist auf ein Denken in Worten, ein Zeichen und Vermittlung gewordenes Denken zu schließen. Zugleich aber ist dieses Denken ein Sagen (Z. 10 bzw. *14*), der ganze Text ist Rede, Anrede und Frage, an die Natur und ihre Elemente, an Diotima, an die Seele der Welt; erst am Schluß stehen Aussagen. Es gibt also keinen bestimmten Verfasser – der erzählte Hyperion hat nichts Verständliches gesprochen, der schreibende Hyperion würde sich nicht zitieren –, keine bestimmte

---

276 Ich stimme deshalb mit der im übrigen hervorragenden Studie von Roche (wie Anm. 272) S. 89 nicht überein, der in der Scheltrede die "climax" des *Hyperion* sieht. Nach meiner Analyse sieht Hölderlin auch nicht in der Stelle "Bester! ich bin ruhig ..." das Idyllische in der Terminologie von Schillers Abhandlung *Über naive und sentimentalische Dichtung*, aus dem dann entgegen der Schillerschen Reihenfolge das Satirische hervorgeht (ebd. S. 90f.), sondern die Schlußvision scheint mir Hölderlins Versuch der Einlösung der von Schiller als Aufgabe für die "Theorie der Idylle" aufgestellten Frage, wie "die Bewegung hervorzubringen [sei], ohne welche doch überall keine poetische Wirkung sich denken läßt. Die höchste Einheit muß seyn, aber sie darf der Mannichfaltigkeit nichts nehmen; das Gemüt muß befriedigt werden, aber ohne daß das Streben darum aufhöre." (NA 20, 473).

Zeichenart – Gedanke oder zitierbares Wort –, keine bestimmte Kommunikationsform – Gedachtes oder Anrede oder Frage –, keinen bestimmten oder viele Adressaten – Natur, Diotima, Weltseele –: der Text ist auf eine unerhörte Weise nur da, Faktum, Zeichen eines unendlichen über alles Bestimmte hinweg sich vollziehenden Prozesses.

Auf allen genannten Ebenen, so können wir im jetzigen Kontext hinzufügen, wird in einer Doppelbewegung Individuelles verallgemeinert und dann vollends ins Unendliche Reine entgrenzt, und umgekehrt wird Reines in die Form des Allgemeinen und in die Bestimmtheit des Individuellen eingeschränkt: Durch die Explizierung des Sprechakts "und sage ..." wird der Text als Rede des erzählten Hyperion gekennzeichnet, durch den Kommentar "Worte, sprach ich, wie mir dünkt" jedoch nur als damaliger Sinn möglicher Worte, als Gemeinsames möglicher Formulierungen verallgemeinert. Dieser Sinn aber bleibt auch nicht bestehen, denn die Worte "waren, wie des Feuers Rauschen, wenn es auffliegt und die Asche hinter sich läßt", d.h. der Sinn ist ein sich selbst produzierender und im Produzieren sich verzehrender: es handelt sich um reine Sprache, Monolog, momentane Anwesenheit des Logos mit ungeheurer Präsenz, die jedoch nichts Bleibendes, kein Zeichen und keinen Sinn hinterläßt. Daß dies so ist, zeigen, in umgekehrter Richtung, die Anführungszeichen: mit ihnen distanziert sich der schreibende Hyperion von Sinn und Wort dessen, was dasteht[277] – die ständige Betonung der Auflösung und Nichtunterscheidung widerspricht ja auch allem, was er unter Schmerzen gelernt hat, nämlich der Bedeutung des Leides in der Trennung ("Muß nicht alles leiden? Und je treflicher es ist, je tiefer!").

Kann man den schreibenden Hyperion als denjenigen bezeichnen, der, sich erinnernd, den erzählten Hyperion enthält und damit die allgemeinere Instanz ist, so schreibt er hier etwas, von dem er sich in seiner Erinnerung unterscheiden möchte: es ist die Individualität des damaligen Hyperion, mit der er sich trotz der Kontinuität der Person nicht mehr identifiziert. Der Schreiber setzt sein (erinnertes) Ich als Nicht-Ich sich gegenüber, wobei dieses "sich" wieder ein individualisiertes Ich ist; das Subjekt Hyperion, erinnert und erinnernd, schaut sich als Subjekt-Objekt an. Dies war faktisch schon immer im Erzählen seiner selbst der Fall, kommt aber nun mit den Anführungszeichen definitiv zum Bewußtsein. Diese Zeichen markieren denn auch, daß

277 Vgl. Roche (wie Anm. 272), S. 108 Anm. 108.

der schreibende Hyperion sich des Prozesses bewußt wird, der ihn von jener damaligen Bewußtseinsform entfernt hat: es ist die Geschichte des "Geistes", jener Tätigkeit des Vereinens, Erinnerns, Aussöhnens, die sich im zweiten Bande über der Tätigkeit des Ich und diese ermöglichend ihrer selbst inne wurde. Sie ist es nun, die sich als geschichtlich inne wird und im Ich das Bewußtsein der Unterscheidung von sich selbst erzeugt; der höhere Geist schaut sich als das zu verschiedenen Zeiten verschieden Einigende einigend an. Jenseits der individuellen Ichs von damals und jetzt, jenseits des allgemeinen schreibenden Ich ist das, was in Hyperion als unendliches Sein Kontinuität und Beharrung hat, was in ihm als Leben hervorgeht, sich verwandelt, verjüngt und Geschichte hat, was in ihm als Geist das immer Einigende und Versöhnende ist. Jenseits der Subjektivität Hyperions, aber durch sie, schaut sich das Sein, das Leben, der Geist an; das ist die in der Poesie möglich werdende intellektuelle Anschauung, in der weder Subjekt noch Objekt denkbar sind. Deshalb ist dieser Text nur "da"; er ist reine sich produzierende *poiesis*, die sich bis ins Individuellste einschränkt und dieses ins Allgemeine und Reine wieder auflöst.

Mit dieser intellektuellen Anschauung, die sich durch ihn produziert, wird sich im Gegenzug der schreibende Hyperion seiner Individualität und Geschichtlichkeit bewußt; sie hat nun den Sinn bekommen, nicht nur *wie* die Götter und die Natur zu leiden, sondern das Leiden und Offenbaren und Bewußtwerden der Götter und Natur *durch* die eigene eingeschränkte und geschichtliche Existenz zu leisten, sei es durch poetische Klage, Satire oder Darstellung des Ideals. Deshalb steht am Schluß das Wort "Nächstens mehr." Es ist ein Wort Hyperions, das dessen gewandeltes Bewußtsein betrifft, daß sein Geschäft auf Erden nicht "aus" ist wie er anfangs meinte (III 8; *2, 15*),[278] sondern weitergeht. Es ist nicht ein Wort Hölderlins, das eine Fortsetzung des Romans ankündigt, denn das Programm der Vorrede von der Auflösung der Dissonanzen ist eingelöst, sofern das Leid nicht idealisch negiert wird wie in der in Anführungszeichen gesetzten Rede, sondern als ontische Gegebenheit von Sein, Leben und Geist und als Anthropodizee, als Rechtfertigung und Sinn des menschlichen Da-

---

278 Vgl. Roche (wie Anm. 272), S. 79 Anm. 27, der die Beziehung zu *Don Carlos* V. 1237 hervorhebt. Jürgen Link, "'Traurender Halbgott, den ich meine!' Hölderlin und Rousseau", LiLi 63, 1986, S. 86–114; 93 weist mit gleicher Plausibilität auf Rousseaus Wort "Tout est fini pour moi sur la terre" in der ersten Promenade hin.

seins, erkannt und anerkannt worden ist. Und auch die Prophetie Diotimas von den dichterischen Tagen Hyperions ist eingetroffen, denn wir haben gesehen, wie von dem *Ion*-Zitat im zweiten Satz an der Bildungstrieb zunächst das Ich- und Selbstbewußtsein Hyperions wieder aufbaut und nach der tiefsten Gefahr der Selbstauflösung ein "Bleiben in mir" wieder ermöglicht, und wie im zweiten Band über diesem Ich der unendliche Geist sich als gemeinsames Einigendes in Mensch und Natur fühlbar macht, sich am Ende mit Sein und Leben im Ich als beharrend, hervorgehend und in sich zurückkehrend ausdrückt und durch das Ich sich zur Anschauung bringt.

Der Weg des Dichters Hyperion verläuft also von der poetischen Begeisterung des Leidens und des Schwärmens, die der *Ion* beschreibt,[279] bis zu jener "höchsten Poësie", der "ewigen Heiterkeit" und "Gottesfreude, daß man alles Einzelne in die Stelle des Ganzen sezt, wohin es gehört; deswegen ohne Verstand, oder ohne ein durch und durch organisirtes Gefühl keine Vortreflichkeit, kein Leben" ist (IV 235; *2, 522*): so setzt Hyperion die sich selbst produzierenden Worte der Schlußrede an diese Stelle und ermöglicht damit, daß durch ihn, den schreibenden Hyperion, ewige Heiterkeit und Gottesfreude sich offenbart.

279 Sofern der *Ion* den Ausgangspunkt einer Laufbahn bis zur "höchsten Poësie" markiert, ist nicht nur Hyperion der sich stets Übersteigende, sondern Hölderlins *Hyperion* ein "Hyper-Ion".

Hölderlins Poetik

Der gebannte Blick auf die Homburger poetologischen Fragmente verhindert bei vielen Hölderlinforschern die Wahrnehmung der reichen Poetik Hölderlins, über die er nicht geschrieben, die er jedoch mit offenbarer Konsequenz in seinen Dichtungen angewandt hat. Die Homburger Fragmente wurden ja auch nur entworfen, weil das Projekt der "Iduna" Material verlangte, das beim Zustandekommen des Journals rasch auszuarbeiten war, und sie sollten durchaus nicht nur Darlegungen über die Prinzipien der eigenen Dichtung sein, sondern eine systematische philosophische Poetik, die auch andere Werke der Literatur zu erschließen vermag und Kriterien ihrer Beurteilung abgibt, wie der Brief an Schütz von 1799/1800 zeigt (VI 381f.; *3, 411f.*).

Die Aufgabe einer Einführung kann es nicht sein, die Argumentation der poetologischen Fragmente im einzelnen nachzuvollziehen; das wäre bei diesen schwierigsten poetologischen Texten der deutschen Literatur schon aus Raumgründen unmöglich und wurde zudem in mehreren Monographien schon geleistet.[1] Ich will vielmehr versuchen, die Formen fiktionalen[2] Handelns, die in Hölderlins Dichtung wiederholt

---

1 Lawrence Ryan, *Hölderlins Lehre vom Wechsel der Töne*, Stuttgart 1960; Ulrich Gaier, *Der gesetzliche Kalkül. Hölderlins Dichtungslehre*, Tübingen 1962; Michael Konrad, *Hölderlins Philosophie im Grundriß. Analytischer Kommentar zu Hölderlins Aufsatzfragment 'Über die Verfahrungsweise des poetischen Geistes'*, Bonn 1967; Jürgen Simon, *Der Wechsel der Töne im Drama. Beobachtungen zu Hölderlins Trauerspiel 'Der Tod des Empedokles' (III)*, Diss. Tübingen 1967; Fred Lönker, *Welt in der Welt. Eine Untersuchung zu Hölderlins 'Verfahrungsweise des poetischen Geistes'*, Göttingen 1989. Weitere Arbeiten werden im folgenden zitiert.

2 Den Begriff der Fiktionalität verwende ich für jede Form sprachlichen oder kommunikativen Handelns, die ästhetisch relevant werden kann, d.h. in der sich menschliches Handeln in auffälliger Weise auf menschliches Handeln richtet und damit seinen Vollzugscharakter und die "Gemachtheit" ("Fiktionalität") des Textes vorzeigt oder inszeniert. "Fiktivität", d.h. das Vorzeigen des Bildens von Vorstellungswelten durch Semantisierung des Semantischen, ist nur eine der möglichen Teiloperationen des Fiktionalen, wird aber meist damit gleichgesetzt. (Grundzüge dieser Poetologie in Ulrich Gaier, *System des Handelns. Eine rekonstruktive Handlungswissenschaft*, Stuttgart 1986, bes. S. 461–479. Ich benutze die dort angegebene Skizze fiktionaler semiotischer Akte als Heuristik.)

erscheinen, zusammenzustellen, um so für die Arbeit an den Texten Blickrichtungen und Frageweisen zu eröffnen. Auch die poetologischen Fragmente sind deshalb nicht in ihrem Gedankengang Gegenstand der Darstellung, sondern in ihren auf Dichtungen anwendbaren Resultaten, die ich an Hölderlins Texten paradigmatisch aufzeige oder für die ich auf vorgelegte Interpretationen verweisen kann.

Fiktionalität des Lautlichen

Es gibt nach Hölderlin im poetischen Prozeß einen Augenblick, wo "die Sprache geahndet wird" (IV 261; *2, 550*):

> Indem sich nemlich der Dichter mit dem reinen Tone seiner ursprünglichen Empfindung in seinem ganzen innern und äußern Leben begriffen fühlt, und sich umsieht in seiner Welt, ist ihm diese eben so neu und unbekannt, die Summe aller seiner Erfahrungen, seines Wissens, seines Anschauens, seines Denkens, Kunst und Natur wie sie in ihm und außer ihm sich darstellt, alles ist wie zum erstenmale, eben deßwegen unbegriffen, unbestimmt, in lauter Stoff und Leben aufgelöst, ihm gegenwärtig, und es ist vorzüglich wichtig, daß er in diesem Augenblike nichts als gegeben annehme, von nichts positivem ausgehe, daß die Natur und Kunst, so wie er sie kennen gelernt hat und sieht, nicht eher *spreche*, ehe *für ihn* eine Sprache da ist, d.h. ehe das jezt Unbekannte und Ungenannte in seiner Welt eben dadurch für ihn bekannt und nahmhaft wird, daß es mit seiner Stimmung verglichen und als übereinstimmend erfunden worden ist, denn wäre vor der Reflexion auf den unendlichen Stoff und die unendliche Form irgend eine Sprache der Natur und Kunst für ihn in bestimmter Gestalt da, so wäre er *in so fern* nicht innerhalb seines Wirkungskreises, er träte aus seiner Schöpfung heraus [...]. (IV 263f.; *2, 552*)

Man ersieht aus diesem Zitat aus dem *Wink für die Darstellung und Sprache*, daß Hölderlin zu jedem Gedicht eine eigene Sprache findet,[3] für die er zwar die vorhandene deutsche Sprache benutzt, aber fiktionalisiert, d.h. er versieht die vorgefundene Sprache mit allen Zeichen der Entstehung und des bewußten Gebrauchs, lockert die gebräuchli-

3 Diese Findung einer Sprache wird im Prozeß des Gedichts noch einmal abgebildet als Findung einer "durchgängigen Metapher" für die letzte Partie des Gedichts.

chen Fügungen, macht "Fehler" und harte, schwer lesbare Formulierungen, setzt andererseits Beziehungen und Responsionen, die in der Alltagssprache nicht vorkommen, benutzt auch keines der eingeführten poetischen Mittel ohne Grund. Kurz, Hölderlin erneuert die Sprache in allen ihren Aspekten. Wir beginnen mit der Fiktionalisierung des Lautlichen.

Die Komposition der Wörter einer Sprache aus Lauten wird von Hölderlin dadurch inszeniert, daß er noch in den Gesängen nach 1800,[4] vor allem aber schon im *Hyperion* durch unzählige klangliche Responsionen die Sprache aus Klang und Geräusch, aus der Musik gewissermaßen, entstehen läßt. Ich analysiere einen Satz aus *Hyperion* (III 52; *2, 61*):

Aber sie kommen, sie wägen Aeonen des Kampfes auf,			
die Augenblike der Befreiung,			
wo das Göttliche den Kerker sprengt,	öttli		k-e-k-e-t
wo die Flamme vom Holze sich löst	i-l-ö-t	o-a-o-o	
und siegend emporwallt über der Asche,			o-a-a
ha! wo uns ist, als kehrte	u-i	a-o-a	k-e-t
der entfesselte Geist, vergessen der Leiden,			
der Knechtsgestalt,		a	k-e-t
im Triumphe zurük	i-u-u-ü		
in die Hallen der Sonne.		a-o	

Es ist natürlich schwierig, die Beziehungen alle graphisch festzuhalten. Man muß übrigens bedenken, daß Hölderlin als Schwabe die Tendenz hatte, ü wie i, ö wie e, e·ı wie ei zu sprechen. Der Text, als Ganzes mit dieser Tendenz deklamiert, schwingt sich in eine Lautmusik ein. Daß diese nicht um ihrer selbst willen steht, zeigen Responsionen wie

4 Dazu Wilhelm Killmayer, "Zur Lautstruktur bei Hölderlin", HJb 28, 1992/93.

“der entfesselte Geist, vergessen der Leiden”, wo durch Verwendung derselben Vokale und Konsonanten, aber in variierter Reihenfolge, die Wiedergeburt gewissermaßen vormusiziert wird; ex negativo zeigt es eine Zeile wie “die Augenblike der Befreiung”, die praktisch keine Anbindung im Hörkontext hat, damit so das Unerhörte, Fremde, Einbrechende dieser Augenblicke Hörereignis wird.

Hölderlin verwendet aber nicht nur diese “absolute” Musik, die nicht Inhalte mitteilt, sondern die “vor” ihnen liegenden mentalen und affektiven Gesten, Bewegungen, Richtungen hieroglyphisch zur Lese-Erfahrung bringt. Nicht selten kündigt er anagrammatisch einen Namen, einen zentralen Begriff an, läßt ihn wie in den zerstreuten Steinchen eines Mosaiks im vorbereitenden Text aufleuchten und dann endlich als fertiges Lautbild ertönen. Vor der ersten Nennung des Namens der Diotima heißt es (III 53; *2, 62*):

Und du, du hast mir den Weg gewiesen!	d...d...i...i
Mit dir begann ich.	mit di...a...i
Sie sind der Worte nicht werth, die Tage,	i...i...o...i...a
da ich noch dich nicht kannte –	da i...o...di...i...a
O Diotima, Diotima, himmlisches Wesen!	Diotima

Das Vorherrschen des [i] in diesem Anagramm darf wohl darauf zurückgeführt werden, daß Hölderlin den Namen auf dem [i] betonte, wie die Verwendung in metrisch geordneten Zusammenhängen ausweist (I 220; *1, 179* u.ö.). Das Anagramm findet sich offenbar schon da, wo der schreibende Hyperion noch die ganze Erlebniskette mit Alabanda vor sich hat und Diotima ohne Namensnennung noch als Traum, als künftige Geliebte erscheint. Nimmt man die andern Begriffe hinzu, die bei der ersten Einführung des Namens Diotima (a.a.O.) zentral sind: “Eins und Alles”, dessen “Name Schönheit” ist, “Diotima”, die dorthin den “Weg gewiesen” hat, dann erschließt sich der folgende Text wie ein Anagramm dieser vier Lautkomplexe (Diotima-Anagramme kursiv) (III 23; *2, 31*):

> Wie seelig *hieng ich oft an ihm*, wenn es, in Stunden des Ahnens, leise, *wie das Mondlicht*, um die besänftigte Stirne mir spielte? *Schon damals kannt' ich dich, schon damals bliktest* du, wie ein Genius, aus *Wolken mich an, du, die* mir einst, im Frieden der Schönheit, aus der trüben Wooge der Welt stieg! Da kämpfte, da glüht' es nimmer, diß Herz.
>
> Wie in schweigender Luft sich eine Lilie wiegt, so regte sich in seinem Elemente, in den entzükenden Träumen von ihr, mein Wesen.

Natürlich läßt Hölderlin sich nicht entgehen, auch lautmalerisch Geräuschbilder zu musizieren (III 21; *2, 28f.*):

> Zur Linken stürzt' und jauchzte, wie ein Riese, der Strom in die Wälder hinab [...]; rechts wälzten Wetterwolken sich her über den Wäldern des Sipylus; ich fühlte nicht den Sturm, der sie trug, ich fühlte nur ein Lüftchen in den Loken [...].

Der Eindruck heller und dunkler Vokale wird im *Rhein* (V. 16–22) benutzt, um den Blick des Betrachters von den schneeglänzenden Bergspitzen bis in die dunkle Schlucht der Via Mala hinunterzuführen:

> Jezt aber, drinn im Gebirg,
> Tief unter den silbernen Gipfeln
> Und unter fröhlichem Grün,
> Wo die Wälder schauernd zu ihm,
> Und der Felsen Häupter übereinander
> Hinabschaun, taglang, dort
> Im kältesten Abgrund ...

Aber nicht nur die in Konsonanten und Vokalen sich auffächernden Tonfarben der Sprache, auch das ganze Spektrum der Möglichkeiten im Bereich der Atemführung durch kürzere oder längere Kola, Pausen und Zäsuren, Hebung und Senkung der Stimme, rasche oder gedehnte Abfolge von Druckakzenten nutzt Hölderlin, um beim Sprechen, aber auch noch in der subvokalen Realisation seiner Texte Ruhe oder Unruhe, Ärger, Zorn, Gereiztheit, alle Affekte und Seelenzustände dem nachvollziehenden Rezipienten zuzufügen. Hyperion hat Alabandas "Freunde" kennengelernt (III 35; *2, 43f.*):

> Wie eine ergrimmte Schlange, wenn sie unerbittlich herauffährt an den Knieen und Lenden, und alle Glieder umklammert, und nun in die Brust die giftigen Zähne schlägt und nun in den Naken, so war mein Schmerz, so faßt' er mich in seine fürchterliche Umarmung. Ich nahm mein höchstes Herz zu Hülfe, und rang nach großen Gedanken, um noch stille zu halten, es gelang mir auch auf wenige Augenblike, aber nun war ich auch zum Zorne gestärkt, nun tödtet' ich auch, wie eingelegtes Feuer, jeden Funken der Liebe in mir.
> Er muß ja, dacht' ich, das sind ja seine Menschen, er muß verschworen seyn mit diesen, gegen dich! Was wollt er auch von dir? Was konnt' er suchen bei dir, dem Schwärmer?

Das ganze musikalische Potential der Sprache wird von Hölderlin genutzt, nicht nur im Sinne einer "absoluten" Sprachmusik, sondern auch wie beim Kunstlied der Zeit zur semantisch ausdrückenden Begleitung und hieroglyphischen Direktübertragung von Affekten, Seelenzuständen, Strebungen, Bewegungen und Richtungen. Wie weit der Wechsel der Töne sich auch in diesem Medium ausprägt, ist noch nicht untersucht; ich möchte meine vorläufigen Eindrücke hier nicht festschreiben. Die Differenzen des Tons, wenn Hyperion über sich selbst oder über den erzählten Hyperion schreibt, sind hier besonders interessant und aufschlußreich.

Nach der Semantisierung des Lautlichen können wir die Syntaktisierung des Lautlichen in Gestalt von Metrum, Reim, Reimschema, Strophe kürzer behandeln, da die wichtigsten Formen in unseren nach Werkgruppen geordneten Kapiteln besprochen werden: die hymnische Reimstrophe und der Klopstock-Stolbergische Dithyrambus im Zusammenhang der hymnischen Dichtung der Studienjahre, Odenstrophen im Odenkapitel, Distichen im Elegienkapitel, pindarische Hymnen im Kapitel über die Gesänge. Hier nur wenige allgemeine Bemerkungen:

Alle diese Phänomene sind ebenfalls Formen der Fiktionalität im angegebenen Sinn, denn sie wenden in merklicher, vorzeigender Weise ordnende Handlungen (Syntaxis) auf lautende Handlungen an (so wie bei den vorhin besprochenen Phänomenen lautende auf lautende mit dem Ergebnis der "absoluten Sprachmusik" und semantische auf lautende mit dem Ergebnis des musikalischen Ausdrucks durch die Sprache). Das Metrum ordnet im Deutschen die Folge von betonten und unbetonten Silben, die in der natürlichen Lautung realisiert werden, in einer mehr oder weniger strengen wiederkehrenden Sukzession. Dadurch entstehen Takt und Rhythmus im kleinräumigen Bereich, d.h. eine Reihung von kleinen Einheiten betonter und unbetonter Silben (Takt), die durch die Füllung mit längeren und kürzeren Wörtern, starken und schwachen Sinntönen vielfältig moduliert und durch intentionale Verstöße irritiert werden (Rhythmus).[5] Man vergleiche, am besten laut lesend, die folgenden Verse aus *Griechenland*; sie modulieren ein festes trochäisches Schema, fünfhebig, alternierend weiblich/männlich (I 179; *1, 152f.*):

5 Dazu Dietrich Seckel, *Hölderlins Sprachrhythmus*, Leipzig 1937.

– ⏑ – ⏑ – ⏑ – ⏑ – ⏑
– ⏑ – ⏑ – ⏑ – ⏑ –
Wo Aspasia durch Myrthen wallte,
Wo der brüderlichen Freude Ruf
Aus der lärmenden Agora schallte,
Wo mein Plato Paradiese schuf,
...
Wo in tausend süßen Dichterstunden,
Wie ein Göttertraum, das Alter schwand,
Hätt' ich da, Geliebter! dich gefunden,
Wie vor Jahren dieses Herz dich fand;

Nur dem Betonungsfall der jeweiligen Versfüllung folgend müßte man etwa so notieren:

⏑ ⏑ – ⏑ ⏑ ⏑ – ⏑ ⏑ ⏑
⏑ ⏑ – ⏑ ⏑ ⏑ – ⏑ –
⏑ ⏑ – ⏑ ⏑ ⏑ – ⏑ – ⏑
⏑ ⏑ – ⏑ ⏑ ⏑ – ⏑ ⏑
...
– ⏑ – ⏑ – ⏑ – ⏑ – ⏑
– ⏑ – ⏑⏑| ⏑ – ⏑ –
⏑ ⏑ –|⏑ – ⏑|– ⏑ – ⏑
⏑ ⏑ – ⏑ ⏑ ⏑ – – –

Noch komplexer werden die Verhältnisse, wo wie in den griechischen Odenstrophen feste Ordnungen von (in der deutschen Wiedergabe) betonten und unbetonten Silben und wechselnden Versfüßen vorgeschrieben sind und der Rhythmus dann diese Metren ergreift. Die aus der germanischen Tradition stammenden Stabreime verwendet Hölderlin, wie wir oben gesehen haben, sehr häufig, jedoch nicht im Sinne von Metren. Die aus arabisch-christlicher Tradition stammenden Reime verwendet Hölderlin, neben ungereimten antikisierenden Formen, bis etwa 1795, als Schiller und Goethe mit den in den *Horen* veröffentlichten Elegien, mit *Herrmann und Dorothea* und den *Xenien* die Verwendung antiker Formen in Spannung zu modernen Themen gezeigt hatten und zum Wetteifer anspornten.

Festgelegte Metren, durch Reime geschlossene Zeilen, durch Metren und durch Reimschemata konstituierte Strophen sind Ordnungsformen, in denen sich durch Aneinanderreihung, Verschränkung, Opposition, Spiegelung Einheiten und Einheiten von Einheiten bilden. Das ist die Funktion syntaktisierenden Handelns, soweit dieses in der Lautung seine Basis hat. Zugleich liegt es auf der Hand, daß jede der so zustande kommenden Formen einen hieroglyphisch semantischen Ausdruckswert hat, wie das beim Hören jambischer und trochäischer und daktylischer Verse unmittelbar in die Ohren fällt. Den Ausdruckscharakter der beiden wichtigsten von Hölderlin verwendeten Odenstrophen besprechen wir am Beginn des Odenkapitels.

Die Gestalt der späten Gesänge ist vom Vorbild Pindars bestimmt,[6] dessen Gesänge Hölderlin sich seit 1798 in mühevoller Übersetzungsarbeit zueignete. Wie bei Pindar, dessen Vers man bis ins 19. Jahrhundert für metrisch ungeregelt hielt, sind Hölderlins Verse ungleich lang, ohne festes Betonungsschema, verwenden als wiederkehrende Elemente antike Kurzverse und Klauseln, etwa im *Rhein* an den Strophenenden:

... Küsten Moreas	– ◡ ◡ – ◡
... Rasen des Halbgotts	– ◡ ◡ – ◡
... Seele gegeben	– ◡ ◡ – ◡
... geboren, wie jener	◡ – ◡ ◡ – ◡

Im übrigen schafft sich sozusagen jeder Vers seine individuelle musikalische Verwirklichung. In vielen, aber durchaus nicht allen Gesängen verwendet Hölderlin ein triadisches Strophenschema aus zwei gleichlangen und einer kürzeren Strophe; in manchen Entwürfen findet man Punkte vor den Zeilen, die man als Zählpunkte identifiziert hat. Auch wenn eine durch 3 teilbare Strophenzahl gegeben ist – die man keinesfalls wie Dietrich Uffhausen als Schema für Gedichtrekonstruktionen ansetzen darf[7] –, darf man nicht annehmen, daß ein Triadenende einen Sinnabschnitt bildet und daß ein Sinnabschnitt nur auf ein Strophen- oder Triadenende fallen darf. Das zeigt sich beim *Rhein*, dessen Sinnabschnitte die 15 Strophen in Partien von 2, 2, 1, 1, 3, 3, 3 teilen, es zeigt sich auch bei den Elegien, etwa in *Brod und Wein*, wo z.B. die sechste Teil-Elegie deutlich durch einen Sinnabschnitt geteilt wird. Wie beim Einzelvers der Gesänge muß man in den Strophen und den ganzen Dichtungen davon ausgehen, daß mehrere strukturierende Prinzipien auf verschiedenen Ebenen der Fiktionalität gleichzeitig wirksam sind und nicht dieselben Einschnitte oder Kno-

---

6 Dazu vor allem Albrecht Seifert, *Untersuchungen zu Hölderlins Pindar-Rezeption*, München 1982; ders. "Die Rheinhymne und ihr Pindarisches Modell. Struktur und Konzeption von Pythien 3 in Hölderlins Aneignung", HJb 23, 1982/83, S. 79–133.

7 Dietrich Uffhausen, *Friedrich Hölderlin "Bevestigter Gesang". Die neu zu entdeckende hymnische Spätdichtung bis 1806*, Stuttgart 1989.

tenpunkte erzeugen. Diese Dichtungen sind gewissermaßen nicht Kerbtiere mit äußerem Panzer, sondern Wirbeltiere mit einer komplexen Organisation von innen her stützender, bildender und zusammenhaltender Kräfte.

Als Syntaktisierung von Lautlichem hat auch Adorno ein stilistisches Phänomen der Gesänge und späten Fragmente verstanden: die Parataxis.[8] Adorno geht von den Passagen mit nebeneinanderstehenden Namen oder Abstrakta etwa in den Revisionsentwürfen zu *Patmos* aus, erklärt sie als Vermeidung unwahrer Versöhnung[9] sowohl in klassizistischer Rundung der Form als auch im logischen Urteil, dessen Elemente nicht mehr diskursiv, sondern sinnverweigernd in einer musikhaften Reihung verbunden seien, so daß hier der Anfang des Prozesses liege, "der in die sinnleeren Protokollsätze Becketts mündet".[10] Der Erklärung kann ich nicht zustimmen, da nach meinem Verständnis das Phänomen nicht aus einer Unterbestimmung, sondern einer Überbestimmung mit Sinn resultiert, die, da mehrere Lesungen ermöglicht und provoziert werden sollen, in einer syntaktischen Sperrung und Isolierung der Elemente resultiert und obendrein aus den "Lücken" das Ungesagte und Unsagbare hervorsprechen läßt. Die Theorie dafür ist in *Germanien* formuliert (II 151f. *1, 337*):

Wo aber überflüssiger, denn lautere Quellen
Das Gold und ernst geworden ist der Zorn an dem Himmel,
Muß zwischen Tag und Nacht
Einsmals ein Wahres erscheinen.
Dreifach umschreibe du es,
Doch ungesprochen auch, wie es da ist,
Unschuldige, muß es bleiben.

In dreifacher Formulierung, die folglich eine Überbestimmung mit Sinn ist, soll das Wahre erscheinen; damit es aber zugleich auch "ungesprochen" da sein und bleiben kann, muß diese dreifache Sinnbestimmung sich zugleich teilweise oder ganz negieren: lückenhaft erscheinen, sich aufheben, sich = O setzen.[11] Ich kann also die "Para-

---

8 Theodor W. Adorno, "Parataxis. Zur späten Lyrik Hölderlins", in: ders., *Noten zur Literatur III*, Frankfurt a.M. 1965, S. 156ff.; zuerst in: *Neue Rundschau* 75, 1964, S. 15–46 (danach wird zitiert).

9 Ebd. S. 29.

10 Ebd. S. 29, 32f., 36, 37.

11 Der letzte Fall wird in dem Fragment <*Die Bedeutung der Tragödien*> dargelegt (IV 274; *2, 563*).

taxe" der Gesänge in den meisten Fällen nur als Extremform der Hypotaxe verstehen und möchte sie nicht als Syntaktisierung des Lautlichen auffassen, was sie nach Adornos Deutung der tendenziellen Musikalisierung und Sinnentleerung wäre.

Pragmatisierung des Lautlichen, das heißt die Kontextualisierung bestimmter lautlicher Phänomene mit den Sphären ihrer Entstehung, Funktion und Wirkung, ist vor allem für eine traditionsbewußte und geschichtskundige Zeit wie die Hölderlins ein bedeutendes fiktionales Verfahren. Die von Hölderlin verwendeten metrischen und strophischen Formen sind durchweg architextuelle[12] Zitate, zum Teil sogar in mehrfacher Staffelung. Die Odenstrophen rufen Klopstock und Stolberg als zeitgenössische Muster auf, diese Horaz, und dieser wieder Alkaios, Sappho und Asklepiades (nach welchem antiken Dichter dieses Namens die Strophe auch benannt sein mag). Horaz schon verwendete die sechshundert Jahre alten Metren und Strophen der griechischen Vorgänger in der Absicht, seine Zeitgenossen durch sie z.B. an die politische Erneuerungsdichtung des Alkaios zu erinnern und sich als seinen legitimen Nachfolger in der Beschwörung und Aufrichtung politisch-gesellschaftlicher Werte im Zeitalter des Augustus zu erklären. Auch Klopstock geht es als *Lehrling der Griechen* wie Horaz, den er in diesem Gedicht ausdrücklich parodiert, um ein neues Verhältnis von Dichter und Herrscher, im *Zürchersee* um Freundschaft als Alternative zur hierarchischen Struktur der Gesellschaft. Mit diesen Strophen werden also potentiell Programme aufgerufen; es ist im Einzelfall zu entscheiden, wie stark Hölderlin die Pragmatisierung einsetzt. In *Heidelberg* etwa, liest man das Gedicht in diesem pragmatischen Kontext, leuchten plötzlich Begriffe wie "Vaterlandsstädte", Burg "von den Wettern zerrissen [...] alternde Riesenbild" in ihrem zeitgeschichtlich politischen Sinn auf und ergeben mit Strom und Brücke, lebendigem Efeu, duftenden Gärten und fröhlichen Gassen zusammen das Bild eines neu sich formierenden, unter den noch schwer hereinhängenden Trümmern einer abgelebten monarchischen Vergangenheit lebendig und dynamisch emporwachsenden Vaterlandes.

Vergleichbares gilt für die Elegien, die sich weniger an den antiken Elegikern direkt, als an Goethe und Schiller in ihrer neuen Elegiendichtung orientieren. Da es sich hier nicht so sehr um den Ge-

---

12 Begriff von Gérard Genette, *Palimpsestes – La littérature au second degré*, Paris 1982.

brauch der elegischen Strophe, des Distichons, handelt als um die Gattung, d.h. eine bestimmte pragmatische Konvention, gehe ich hier nicht näher darauf ein. Auch in der Verwendung der Formen Pindars zitiert Hölderlin nicht nur die prosaischen Verse und die triadischen Langstrophen, sondern er zitiert eine Dichtung, die pangriechische, d.h. vaterländische Ereignisse (Wettkampfsiege z.B. bei den olympischen Spielen) zum Anlaß nahm, um begeistert das Göttliche im Kosmos des Vaterlandes oder in dem Herkunftsort des Wettkämpfers zu singen.

Wir haben nun vier Formen der fiktionalen Behandlung des Lautlichen besprochen, die lautliche, semantische, syntaktische und pragmatische, und die Bedeutung dieser Formen für die Konstitution von Hölderlins Texten erkannt, in denen sie untereinander und mit anderen Formen fiktionalen Handelns zusammenwirken.

Fiktionalität des Semantischen

Indem die vier sprachlichen Grundhandlungen, die lautliche, semantische, syntaktische und pragmatische, nun auf das semantische Handeln des Bedeutens und Repräsentierens von Semiosen (Vorstellungen, Konzepten, anderen Zeichen) angewandt werden, erzeugen sie weitere Formen des fiktionalen Handelns, deren Rekonstruktion wir wieder als Heuristik zugrunde legen, um Hölderlins poetische Verfahren zu entdecken.

Hyletisierung des Semantischen

Eine "Hyletisierung"[13] des Semantischen wird dadurch erzielt, daß Bedeutungsleistung unauflöslich an einen bestimmten Wortlaut gebunden wird. Das ist bei der Verfügbarkeit von Synonymen und Umschreibungen in der Alltagssprache nicht der Fall; wir sind deshalb gewöhnt, einem Text seinen mitgeteilten Sinn zu entnehmen und ihn, sobald die Wörter diesen Dienst erfüllt haben, als Wortlaut zu vergessen. Selten können wir deshalb eine Rede im Wortlaut wiedergeben, während sie

---

13 In dem in Anm. 2 genannten Buch bezeichne ich den Aspekt des Zeichens, der mit Laut, Schrift, generell Zeichenträger, seiner Konstitution und Veränderung zu tun hat, als "Hyle" (Stoff) und rede in dem allgemein semiotischen Zusammenhang von Hyletisierung.

uns sinngemäß im Gedächtnis bleibt. Nun ist nach Herders Theorie vom Ausdruck poetische Sprache dadurch gekennzeichnet, daß nicht nur zwischen Empfindung und ihrer Mitteilung ein hieroglyphisches oder musikalisches Ausdrucksverhältnis herrscht (das wir in Hölderlins sprachmusikalischer Fiktionalität gefunden haben), sondern daß zwischen Gedanke und Ausdruck eine ebenso einmalige und charakteristische Beziehung herrscht wie zwischen der Seele und dem "Körper, den sie bewohnet".[14] Hölderlin leistet auf verschiedene Weisen, daß man als Leser genötigt wird, mehrfach zu demselben Ausdruck zurückzukehren, oder daß man bei flüchtiger Lektüre das Gefühl hat, das Ganze noch einmal lesen zu müssen. Wenn dies der Fall ist, müssen es die Zeichen, die Wortkombinationen sein, die sich nicht in einem einfachen Mitteilungsakt verbrauchen und dann vergessen sind. Die oben diskutierten Anagramme z.B. des Namens Diotima lassen ein Wort etwa in der Formulierung "wie das Mondlicht" unter zwei Gesichtspunkten erscheinen: wir haben den musikalischen schon diskutiert; nun bedeuten aber die drei Wörter außerdem noch das, was sie repräsentieren. Hieße es "wie der Schein des Erdtrabanten", dann wäre das Anagramm zerstört, der Sinn eindeutig gemacht und beliebig ersetzbar, etwa durch "wie Lunas Schimmer". Nur in den von Hölderlin gewählten Wörtern kommen beide Funktionen zusammen, deshalb sind sie unersetzbar, der Gedanke (nämlich diese Doppelfunktion) "klebt am Ausdruck", hat sich genau diesen Körper gebildet. Käme es Hölderlin beispielweise darauf an, zusätzlich eine weitere Funktion in die Formulierung aufzunehmen, etwa die Tonkombination stärker zu profilieren, so müßte er für Anagramm, semantische Repräsentation und Tonindikator zugleich einen Wortkörper suchen; "wie fahles Mondlicht", "wie hartes Mondlicht" je nach intendiertem Ton würden die Funktionen erfüllen. Man erkennt hier unschwer, wie die Listen versuchter und verworfener Formulierungen in Hölderlins Manuskripten zustande gekommen sind.

Semantische Bedeutung einerseits, Toncharakter andererseits haben alle Formulierungen Hölderlins von der Einführung der Poetik der Töne an[15] zu tragen. Das Anagrammatische in unserem Beispiel kann

---

14 Johann Gottfried Herder *Frühe Schriften 1764–1772*, hrsg. v. Ulrich Gaier, Frankfurt a.M. 1985, S. 402–407; vgl. unser *Hyperion*-Kapitel oben S. 89f.

15 Natürlich befolgt Hölderlin auch schon vor der Einführung dieser überprüfbaren Tonregeln die Gesichtspunkte der in der Rhetorik entwickelten Lehre vom angemessenen Ausdruck (aptum).

aber ersetzt werden durch eine zweite Bedeutung, die das Wort bei anderer Lesung annimmt, also Homonymie. Als Beispiel wähle ich aus *Dichtermuth* (2. Fassung) die dritte Strophe (II 64; *1, 303*):

Denn, seitdem der Gesang sterblichen Lippen sich
Friedenathmend entwand, frommend in Laid und Glük
Unsre Weise der Menschen
Herz erfreute, [...]

Das Wort "Weise" bedeutet als etwas von uns, den Dichtern Gemachtes im Gegensatz zu dem autorlosen "Gesang" die Liedmelodie (vgl. "Volksweise"), Übersetzung des lat. *modus*, einen Begriff, den die Minne- und Meistersänger alternativ zu "Ton" verwendeten. Im Blick auf "frommend", d.h. nützlich und förderlich (entsprechend dem Horazischen *prodesse*) wird in "Weise" ein etymologischer Anklang an "Weisung" geweckt; im Blick auf "erfreute" (entsprechend *delectare*) ist es die Art und Weise, wie die Dichter ihre "Weise" vorbringen und gestalten, die das Herz erfreut. Mit "Weise" haben wir also ein an dieser Stelle in diesen Funktionen unersetzbares[16] Wort, das als Homonym drei Bedeutungen annehmen kann, abgesehen davon, daß es in den naiv Idealischen Tonverhalt der Strophe passen muß, was durch die etymologische Grundbedeutung "weise" d.h. wissend, im Zusammenhang betrachtend, und deren damit idealische, auf Vereinigung gehende Tendenz gewährleistet ist – "Weise" erscheint damit in einer Beziehung zu dem naiven "Frieden" des Gesangs, der die natürlichen ungeschiedenen Verhältnisse in einem Rousseauischen Urzustand meint: nach der Differenzierung und Aufspaltung dieser Ungeschiedenheit (Zeichen dafür sind "*unsre* Weise", die "der *Menschen* Herz" erfreut) muß die Dichtung in der Gesellschaft vereinigende Funktion erfüllen. So bekommt das Wort obendrein noch einen geschichtsphilosophischen Index und eine soziologische Dimension.

Solche Homonymien sind bei Hölderlin häufig; sie nehmen in der Spätdichtung zu und bedingen tendenziell die Isolation des auf diese Weise von allen Seiten wie ein Diamant angeschliffenen und Bedeutung zurückspiegelnden Wortes. (Deshalb geht die "Parataxis" nicht mit Adornos Meinung auf Sinnentleerung, sondern auf Bedeutungsfülle zurück.) Das Wort wird tendenziell, z.B. durch grammatisch ge-

---

16 Hätte im 18. Jahrhundert das Wort "Ton" noch die Bedeutung "Liedmelodie" gehabt wie bei den Meistersingern, wäre "Weise" ggf. ersetzbar gewesen.

sperrte Konstruktionen, isoliert, damit es in der Rezeption nicht mit einer Lesung "verbraucht" erscheint, sondern zu immer neuer Lesung einlädt oder beim Sprechen des Textes mit dem vollen Gewicht dieser Bedeutungsfülle gesprochen wird.[17]

Neben dem Anagramm und der Homonymie gibt es noch eine Fülle anderer Gründe dafür, nur diesen und keinen anderen Wortlaut für eine semantische Bedeutung zu wählen. Nur noch zwei Beispiele. In der Kurzode *Die scheinheiligen Dichter* beklagt der Sprecher die bloß ornamentale Benutzung von Götternamen durch die Dichter des aufgeklärten Zeitalters; er schließt: "Und ist ein großes Wort vonnöthen, / Mutter Natur! so gedenkt man deiner." Hier wird die Formulierung "Mutter Natur" als einer der von den scheinheiligen Dichtern zum Schmuck gebrauchten Ausdrücke sozusagen in Anführungszeichen gesetzt; die folgende Anrede "deiner" zeigt aber, daß es dem Sprecher Ernst ist, daß für ihn Mutter Natur eine (mythische) Realität ist. Ein und derselbe Ausdruck ist also zitiert und nicht zitiert, Ornament und Göttername, historisch entleertes und bedeutungsgeladenes Wort. Ähnliches gilt für alle Zitate und Anspielungen, besonders wenn sie intertextueller Markierung dienen. Das ist etwa der Fall bei dem Zitat aus Stolbergs *Hymne an die Erde* in *An Diotima* (I 210; *1, 371*):

> Komm und siehe die Freude um uns; in kühlenden Lüften
> Fliegen die Zweige des Hains,
> Wie die Loken im Tanz'; und wie auf tönender Leier
> Ein erfreulicher Geist
> Spielt mit Reegen und Sonnenschein auf der Erde der Himmel

Bei Stolberg heißt es:

> Erde, du Mutter zahlloser Kinder, Mutter und Amme!
> Sei mir gegrüßt! sei mir gesegnet im Feiergesange!
> Sieh! o Mutter, hier lieg' ich an deinen schwellenden Brüsten,
> Lieg', o Grüngelockte, von deinem wallenden Haupthaar
> Sanft umsäuselt, und sanft gekühlt von thauenden Lüften![18]

---

17 Hölderlin steht damit in der Stiltradition des "nachdrücklichen" oder "körnigen" Sprechens und Schreibens im 18. Jahrhundert, vgl. Heinrich Küntzel, *Essay und Aufklärung. Zum Ursprung einer originellen deutschen Prosa im 18. Jahrhundert*, München 1969, S. 160–167.

18 Christian Graf von Stolberg, Friedrich Leopold Graf von Stolberg, *Gesammelte Werke*, 20 Bde. in 10 Bden., Hamburg 1820/21, ND Hildesheim, New York 1974; Bd. 1, S. 201. Beide, Stolberg und Hölderlin, beziehen sich auf das von Horaz carm. I 21 empfohlene Lob für das Tempetal mit

Während aber bei Stolberg der Feiergesang, das heilige Lied im Dichter aufgrund der von der Erde zugesäuselten Wonne entsteht (ebd.), nimmt Hölderlin die mit den Locken angedeutete Personifikation mythisch ernst und läßt die Erde mit fliegenden Locken tanzen und den Himmel im Medium von Regen und Sonnenschein musizieren. Das Locken-Zitat dient also der Erinnerung an Stolbergs Gedicht, wo die Erde trotz "dichtrischer Eichen"[19] auf den Menschen nur durch substantiellen Genuß einwirkt, und der ostensiven Überbietung durch Hölderlins mythische Naturauffassung. Der Ausdruck ist durch diese intertextuellen Bezüge auf Stolberg und Horaz wie durch Hölderlins inszenierte Neuinterpretation sozusagen potenziert fiktional und wiederum unersetzbar. Dasselbe gilt für intertextuelle Anspielungs-Cluster wie in den mannigfachen Überbietungen und Umdeutungen von Novalis' *Hymnen an die Nacht* in den ersten Strophen von *Brod und Wein*.

Semantisierung des Semantischen

Wird die bestehende und gebrauchssprachlich bewußte Repräsentationsleistung eines Wortes, Ausdrucks, einer Geschichte noch einmal zur Repräsentation einer anderen Vorstellung oder eines Sachverhalts benutzt, so wird das Semantisieren, das Übertragen von Repräsentationsfunktion auf ein Trägermedium (z.B. einen Lautkomplex) als solches fiktional vorgeführt: es entstehen Tropen und Bilder, Gleichnisse und Personifikationen, der ganze Bereich der uneigentlichen Rede. Ich lasse mich gar nicht auf die Vorführung und Analyse von Beispielen ein; es liegt auf der Hand, daß Hölderlin alle Register der sprachlichen Bildlichkeit zu ziehen versteht.

Ich weise hier insbesondere darauf hin, daß Hölderlin metaphorische und analogische Verfahren nicht nur im Mikrobereich der Einzelformulierung verwendet hat, sondern im Makrobereich der Stoffwahl. Der *Allgemeine Grund* zum *Empedokles* wendet Hölderlins religiöse und ontologische Einsicht, "daß die höchste Kraft in ihrer Äußerung zugleich auch die bescheidenste ist, und daß das Göttliche, wenn es hervorgeht, niemals ohne eine gewisse Trauer und Demuth seyn kann" (VI 294; *3, 320*), auf die Dichtung an, die ja auch Äußerung eines

---

dem "Haupthaar seiner Haine" (*nemorum coma*). Coma wie gr. κόμη bezeichnet auch allgemein die Mähne, den dichten langen Bewuchs.

19 Ebd. S. 209. Vgl. Hölderlin *Der Prinzessin Auguste von Homburg* V. 4 (I 311; *1, 226*).

"Innigen" ist, wobei die Tiefe dieses Innigen bestimmt, welche Dichtungsgattung zu wählen ist:

> Es ist die tiefste Innigkeit, die sich im tragischen dramatischen Gedichte ausdrükt. Die tragische Ode [also Lyrik] stellt das Innige auch in den positivsten Unterscheidungen dar, in wirklichen Gegensäzen, aber diese Gegensäze sind doch mehr blos in der Form und als unmittelbare Sprache der Empfindung vorhanden. Das tragische Gedicht verhüllt die Innigkeit in der Darstellung noch mehr, drükt sie in stärkeren Unterscheidungen aus, weil es eine tiefere Innigkeit, ein unendlicheres Göttliche ausdrükt. (IV 150; *2, 426*)[20]

Je tiefer also die Innigkeit, je verwandter, dem göttlichen Eins der Welt das Einige ist, das sich äußern soll, desto uneigentlicher, bescheidener, demütiger, fremder muß die Darstellung sein, in der es erscheint. Hier zeigt sich Hölderlins neuplatonisches Denken in Stufen des Seins, auf denen sich das zentrale Eine jeweils äußert so, daß jede der Äußerungen eine analogische Metapher der anderen Seinsstufen ist, jedoch um so entgeisteter, dem Ursprung fremder, je weiter weg vom Zentrum die Seinsstufe ist.[21]

> Auch im tragisch dramatischen Gedichte spricht sich also das Göttliche aus, das der Dichter in seiner Welt empfindet und erfährt, auch das tragisch dramatische Gedicht ist ihm ein Bild des Lebendigen, das ihm in seinem Leben gegenwärtig ist und war; aber wie dieses Bild der Innigkeit überall seinen lezten Grund in eben dem Grade mehr verläugnet und verläugnen muß [...], je unendlicher, je unaussprechlicher, je näher dem *nefas* die Innigkeit ist [...], um so weniger kann das Bild die Empfindung unmittelbar aussprechen, es muß sie so wohl der Form als dem Stoffe nach verläugnen, der Stoff muß ein kühneres fremderes Gleichniß und Beispiel von ihr seyn, die Form muß mehr den Karakter der Entgegensezung und Trennung tragen. Eine andre Welt, fremde Begebenheiten, fremde Karaktere, doch wie jedes kühneres Gleichniß, dem Grundstoff um so inniger anpassendes, blos in der äußeren Gestalt heterogenes, denn wäre diese innige Verwandtschaft des Gleichnisses mit dem Stoffe, die karakteristische Innigkeit, die dem Bilde zum Grunde liegt, nicht sichtbar, so wäre seine Entlegenheit, seine fremde Gestalt, nicht erklärlich. (IV 150f.; *2, 426f.*)

---

20 Dieses Verhältnis von Innigkeit und notwendiger Äußerung wird anläßlich des Tragischen in <*Über den Unterschied der Dichtarten*> IV 267–269; *2, 554–561* ausführlich dargestellt und begründet.

21 Vgl. die Darlegung oben S. 156f.

Aus dieser Notwendigkeit, einen "fremden analogischen Stoff" zur Darstellung seiner eigenen "Totalempfindung" zu wählen, greift Hölderlin zum Empedokles-Stoff, der ihn nicht für sich interessiert, sondern als "Metapher einer intellectuellen Anschauung", nämlich der Anschauung des Göttlichen seiner eigenen Zeit, Lebenswelt, Sphäre, das sich nicht direkt abbilden und zur Sprache bringen läßt. Den Stufenweg bis zu dieser freien Entgegensetzung einer äußeren Sphäre (IV 255f.; *2, 544*), in der man sich als enthalten betrachten, von der man aber auch abstrahieren kann, um sich als dasselbe im andern zu begreifen, diesen Stufenweg beschreibt anthropologisch für den allgemeinen Menschen und insbesondere poetologisch für den poetischen Prozeß die <*Verfahrungsweise*>; in dem *Wink für die Darstellung und Sprache* wird dazu noch einmal die Entwicklung einer "Sprache" für das "zukünftige Gedicht" aus der "Erkenntniß" einerseits und der Wahl des Stoffs andererseits in Analogie gesetzt (IV 260–265; *2, 549–553*), so daß man vom Gedicht tatsächlich als der "Metapher Eines Gefühls" oder "großer Bestrebungen" oder "einer intellectuellen Anschauung" reden kann (IV 266; *2, 554*). Innerhalb des Gedichts tritt der analoge Weg zur Entgegensetzung einer frei gewählten Sphäre als Metapher noch einmal auf; das zeigen die zur späten Dichtung hin immer deutlicher in einen neuen Stoff mündenden "Katastrophen" der Gedichte – Beispiel: *Der Rhein*, wo am Anfang vom Fluß, nach Str. 6 von Mittlerfiguren zwischen Gott und Mensch gesprochen wird –; das formuliert das dem *Rhein* später beigegebene poetologische Prinzip:

> Das Gesez dieses Gesanges ist, daß die zwei ersten Parthien der Form <nach> durch Progreß u Regreß entgegengesezt, aber dem Stoff nach gleich, die 2 folgenden der Form nach gleich dem Stoff nach entgegengesezt sind die lezte aber mit durchgängiger Metapher alles ausgleicht. (II 722; *1, 856*)

Im *Rhein* bilden die durchgängige Metapher nach der Str. 6, wie gesagt, die Mittlerfiguren/Göttersöhne, die über drei triadische Strophengruppen hinweg von verschiedenen Gesichtspunkten her besprochen werden (vgl. unsere Analyse). Man kann, wie z.B. die Analysen von *Lebenslauf* und *Dichtermuth*/*Blödigkeit* im Oden-Kapitel zeigen, dieses "Gesez" mit Gewinn auch auf andere Gedichte anwenden; die Formulierung "Das Gesez *dieses* Gesanges ..." ist bestimmt für eine Titelnotiz gedacht gewesen, wie *Friedensfeier* sie in der Druck-Reinschrift aufweist. Die Metapher, die Übertragung einer problematischen, spannungsreichen Reihe widersprüchlicher Versuche in eine frei gewählte Sphäre, in der alles ausgeglichen wird, findet sich also in der jeweils zweiten Hälfte folgender Prozesse: 1) des allgemein menschlichen Lebens, 2) der poetischen Verfahrungsweise, 3) der Findung eines poetischen Stoffs und einer Sprache, 4) des Gedichtvollzugs selbst. Wir werden im nächsten Teilkapitel sehen, daß es sich bei einem so strukturierten Prozeß und der Findung einer Metapher nach der Mitte des Prozeßverlaufs um Hölderlins Gebrauch der Herderschen Schöpfungshieroglyphe handelt.

Deutlich ist jedenfalls, daß die Metapher eines der grundlegenden Verfahren der Poetik Hölderlins ist, das in neuplatonischen und christlichen Überlegungen vom Heruntersteigen des Göttlichen und seiner (metaphorischen) Veränderung auf diesem Wege wurzelt. Wir haben diese Überlegungen im *Hyperion*-Kapitel von der *Metrischen Fassung* an verfolgt und bis zum endgültigen Roman in eine Anthropodizee des Leides münden sehen. Das bedeutet dann, daß Ansätze zu einer solchen Poetik der metaphorischen Äußerung des Innigen, der erinnernden Sammlung aufgespannter Widersprüche und gegenstrebiger Tendenzen in einer durchgängigen Metapher nach der Mitte des Gedichts, der Unterscheidung von Grundstimmung und Äußerung, eigentlichem und uneigentlichem, metaphorischem Ton (IV 267; *2, 555*) schon von 1794 an vermutet werden können; angesichts des "vornehmlich retrospektiven Charakters von Hölderlins poetologischen Reflexionen"[22] ist es jedenfalls nicht sinnvoll, die Spuren möglicher Anwendung der in den poetologischen Fragmenten niedergelegten Poetik erst in den Dichtungen von 1799 an zu suchen. Auch muß man damit rechnen, daß Hölderlin nicht alle die vielfältigen Aspekte seiner Poetik, auch nicht alle Ausformungen des Metaphorischen gleichzeitig entwickelt und angewendet hat. Vielmehr ist an sukzessive, erprobende Entwicklung und Einführung von Teilen der Theorie zu denken, die im Zusammenhang mit dem *Iduna*-Projekt teilweise formuliert und auch danach ergänzt wurde. So verwendet er die Schöpfungshieroglyphe, wie im Hymnen-Kapitel gezeigt, schon von 1790 an; die durchgängige Metapher im zweiten Teil dieser Hieroglyphe ist das Theorem, das als Erinnerung des schreibenden Hyperion die gattungserneuernde Besonderheit dieses Briefromans ausmacht, das nach Ausweis des endgülti-

---

22 Peter Szondi, *Hölderlin-Studien. Mit einem Traktat über philologische Erkenntnis*, Frankfurt a.M. 1970, S. 159.

gen Titels den eigentlichen Gegenstand des Romans bildet und als Darstellungsprinzip schon im *Thalia-Fragment* leitend ist. In den musikalisch wechselnden Konstellationen der Figuren des Romans, die Hyperion selbst als "lebendige Töne" bezeichnet und die nach Diotimas Wort im Wechsel das Vollendete darstellen, werden wir den Wechsel der Töne exemplifizieren, der damit spätestens in die Konzeption der Endredaktion des Romans eingegangen sein muß.

Syntaktisierung des Semantischen

Werden die Repräsentationsleistungen von Wörtern und Aussagen in bestimmte Ordnungen gebracht, die den ihnen folgenden Leser dazu veranlassen, bestimmte ostensive Denkbewegungen zu vollziehen und auf die Ordnung, in der die Aussagen präsentiert werden, eigens zu achten, so haben wir das Verfahren der Syntaktisierung des Semantischen. Jeder Plan der Anordnung von Gedanken und Vorstellungen bei einer Erzählung oder einer wissenschaftlichen Darstellung, schon der Aufbau des alten Schulaufsatzes mit Einleitung, Hauptteil, Schluß sind Ordnungsformen des Semantischen, die aber im jeweiligen Kontext einen institutionalisierten Charakter angenommen haben und nur da zum Bewußtsein kommen, wo sie mangelhaft erfüllt werden.

In der Tat hat man oft genug, wo solche "Mängel" gezielt gesetzt wurden, um den Leser zum Nachdenken über den Denkweg zu bringen, den ihn der Verfasser führt, schlicht den Verfasser eines Fehlers oder einer Denkschwäche beschuldigt. Herders Schrift *Über den Ursprung der Sprache* ist ein solcher Fall. Der erste Satz "Schon als Tier, hat der Mensch Sprache"[23] wird später ganz offensichtlich dementiert oder zumindest in einer Weise nachträglich interpretiert, die man am Anfang nicht vermuten konnte, wenn es heißt: "Konnte ein Mensch je eine einzige Handlung tun, bei der er völlig wie ein Tier dachte: so ist er auch durchaus kein Mensch mehr, gar keiner menschlichen Handlung mehr fähig."[24] Noch heute hält man Herder wegen solcher eklatanten Diskrepanzen für einen konfusen Denker, legt aber dabei unbewußt den Maßstab der systematischen Abhandlung an den Text, in der alle Aussagen aus der Perspektive einer einmal gefaßten Überzeugung kommen und aufeinander abbildbar oder systematisch

---

23 Herder Frühe Schriften (wie Anm. 14), S. 697.

24 Ebd. S. 718, Vgl.: "Aber der sinnlichste Zustand des Menschen war noch menschlich ..." (ebd. S. 721).

aneinander anschließbar sein sollen. Nun ändert aber Herder die Perspektive; der ominöse erste Satz, aus der späteren Sicht gesprochen, hätte etwa lauten müssen: "Betrachten wir – was sich als unzureichend herausstellen wird, aber einer bei den Materialisten modischen Betrachtungsweise entspricht – den Menschen nur als Tier, so hat er schon Sprache." Der erste Satz in Herders Formulierung spricht eine unzureichende Erkenntnis aus oder spricht eine richtige Erkenntnis unzureichend aus; er wird aus der späteren Warte korrigiert; der Leser wird veranlaßt, auf den Denkweg zurückzublicken, den der Verfasser durch seinen Text mit ihm gegangen ist. "Progressive Erkenntnis" hat Georg Meggle dieses Verfahren der auffälligen, fiktionalen Syntaktisierung des Semantischen genannt;[25] Kleist hat in seinem Essay *Über die allmähliche Verfertigung der Gedanken beim Reden* darüber reflektiert.

Wenn nun Hölderlin seinen schreibenden Hyperion mit der Klage über seinen tödlichen Schmerz beginnen, mit der Einsicht in die kosmische und anthropologische Notwendigkeit des Schmerzes enden läßt, wenn der, der sich anfangs an die Stätten seiner Kindheit in Griechenland zurückverkriecht, am Ende mit einem kulturkritischen Manifest gegen die Barbarei der Deutschen auftritt, dann ist auch das progressive Erkenntnis: die Ansichten des Schreibers verkehren sich in wesentlichen Punkten ins Gegenteil – man war das aus dem *Werther* beim Verfasser einer Serie von Briefen gewöhnt, aber nicht beim Erzähler einer Reihe vergangener Erlebnisse und Ereignisse, von dem man eine einheitliche Perspektive erwartete. Noch Walter Silz hat in seiner Kritik an der Brief-Einteilung einer fortlaufenden Erzählung bewiesen, daß er den Gedanken an eine auf diese Weise sich kontinuierlich ändernde Perspektive des Erzählers nicht zu fassen vermag.[26] Hier haben wir es also mit einer auffälligen Syntaktisierung des Semantischen zu tun, die den spezifischen fiktionalen Charakter des Erzählens im *Hyperion* bewirkt.

Dasselbe gilt, wenn etwa in der ersten Fassung der Ode *Dichtermuth*, die wir im nächsten Kapitel analysieren, die Aufforderung zur Wehr- und Sorglosigkeit (1. Strophe) in die Feststellung der Nach-

---

25 Georg Meggle, "Analogie und progressive Erkenntnis. J.G. Herders Erkenntnistheorie als Sprachtheorie", in: A. Goetze und G. Pflaum (Hrsg.), *Vergleichen und Verändern*. Fs. H. Motekat, München 1970, S. 52–73.

26 Walter Silz, *Hölderlin's Hyperion. A Critical Reading*, Philadelphia 1969, S. 17–23.

denklichkeit und besseren Rüstung in der Endstrophe übergeführt wird: Das Gedicht vollzieht einen Denkweg, der zum Gegenteil, zumindest zu einer deutlichen Korrektur der Anfangsposition führt. Und schon in der *Hymne an die Göttin der Harmonie* wird die Ahnung der Göttin und der Blick des Einzelnen in die Vergangenheit in die Gewißheit der Präsenz der Göttin und den Entwurf einer gemeinsamen Zukunft umgewandelt.

In den Jahren 1799/1800 beginnt Hölderlin, die Mitte seiner Texte und die in ihr sich vollziehende Katastrophe, Umkehr, deutlicher zu betonen; das zeige ich im Oden-Kapitel an der Umarbeitung der ersten in die zweite Fassung von *Dichtermuth* und in der Erweiterung der Kurzode *Lebenslauf*: Auf diese auffällige Syntaktisierung des Gedankengangs, die den "Untergang oder Übergang des Vaterlandes" (IV 282; *2, 447*), also den Geschichtsverlauf im Gedicht spiegelt, läßt sich auch in syntaktischer Hinsicht das im Manuskript des *Rhein* notierte "Gesez dieses Gesanges" anwenden (II 722; *1, 856*). Die zwei ersten Partien sollen dem Stoff nach gleich, der Form nach durch Progreß und Regreß entgegengesetzt sein – wieder eine Syntaktisierung des Semantischen –, die zwei folgenden der Form nach gleich, dem Stoff nach entgegengesetzt sein, worauf "die lezte aber mit durchgängiger Metapher alles ausgleicht": *metaphora* ist vom Stoff her die Übertragung in ein Thema, eine Sphäre, einen Wirklichkeitszusammenhang, der in der in den vier ersten Partien besprochenen Sphäre zunächst unerkannt, nun aber erkannt als ihr höherer Zusammenhang enthalten war. Die Form dieser Metapher ist Durchgängigkeit, d.h. das neue Thema bestätigt sich, macht auf sich aufmerksam, konkretisiert sich in den restlichen Teilen des Gedichts.[27] Während in der früheren Konzeption des Gedichtverlaufs der gesamte Bogen der progressiven Erkenntnis inszeniert werden sollte, tritt seit der Jahrhundertwende der Untergang und Übergang, das Werden im Vergehen in der Mitte der Zeit stärker hervor: der Leser soll die "Revolution der Gesinnungen und Vorstellungsarten" (VI 229; *3, 252*) und die Bildung einer neuen Welt in jeder Gedichtsphäre einüben und erlernen.

---

27 Der Begriff "durchgängig" weist darauf hin, daß diese Partie mehrere Teile enthält. Ich sehe das "Gesez dieses Gesanges" deshalb nicht als Abweichung von dem siebenstufigen Aufbau, den z.B. die Tontabellen zeigen, sondern als Beibehaltung dieses Aufbaus mit dem neuen Interesse, das syntaktisch-semantische Geschehen nach der dort besprochenen und bezeichneten "Katastrophe" des Gedichts in besonderer Weise hervorzuheben.

Zugrunde liegt allen besprochenen Varianten die von Herder so genannte und in seinem Buch *Aelteste Urkunde des Menschengeschlechts* auf die vorderasiatischen Anfänge der westlichen Kultur zurückgeführte "Schöpfungshieroglyphe", ein nach den sieben Schöpfungstagen organisiertes und gemäß den Verhältnissen der an ihnen geschaffenen Dinge zueinander strukturiertes Verlaufsmodell eines genetischen, auf Ausschöpfung eines Problemkreises oder entfaltende Ordnung einer Sphäre gerichteten Denkens. Die Folge Licht – Himmel – Erde und Pflanzen – Lichter – Fische und Vögel – Landtiere und Mensch – Vollendung der Werke und Ruhe läßt sich verschieden gruppieren. Herder hat z.B. den sinnenhaften Zugang, der dem Blick folgt und Einheit – Gegensatz von oberer Wasser- und unterer Erd-"Feste" – Einheit – Gegensatz in der Belebung des Wasser-Luftbereichs und des Erdbereichs – Einheit als Wechselspiel eines in Zusammenziehung und Ausbreitung atmenden Kosmos sieht. Er hat auch[28] den "dialektischen" Zugang, wo dem grenzenlosen, nur von der Finsternis geschiedenen Hervorgehen des Lichts die Befestigung des Himmels mit Trennung des Gleichartigen darüber und darunter entgegengesetzt und dann auf der Erde in Verbindung gebracht wird: dort wird Erde gegen Wasser befestigt wie am Himmel; zugleich wächst mit der Pflanzenwelt Leben auf, endlos wie das Licht sich fortpflanzend nach Arten durch Frucht und Samen. Die Lichter am vierten Tag beziehen sich zurück auf das Licht (I), haben aber nach Arten und Funktionen (III) als Sonne, Mond und Sterne das Gleichartige geteilt (II), versenden Licht (I), hängen an der "Feste des Himmels" (II) und scheinen auf die Erde (III). Diese Lichter sind also eine zusammengreifende Reflexionsstufe über der ersten dialektischen Triade; sie "scheiden Tag und Nacht und geben Zeichen, Zeiten, Tage und Jahre": blickt man noch einmal zurück, so ermöglichen diese Lichter in gewissem Sinn die Trennung von Licht und Finsternis (I), die Unterscheidung des Gleichartigen durch Zeichen (II), das in der Zeit sich aus-

---

28 Z.B. Johann Gottfried Herder, *Sämmtliche Werke*, hrsg. v. Bernhard Suphan, Berlin 1877–1913 [SW], Bd. VI, S. 291f. Die folgende Darstellung ziehe ich "idealtypisch" aus Herders vielen Beschreibungen zusammen. Herders syntaktisierende Semantik, die die argumentative Verwendung der Schöpfungshieroglyphe mit sich bringt, wird durch Formulierungen wie "Verknüpfung der Begriffe nach Gesetzen" und "Kalkül unserer Gedanken" deutlich (SW XIII, 236); den Kalkülbegriff verwendet Hölderlin entsprechend.

breitende Wachstum des Lebens (III). Die vierte Stufe ist also nicht nur nachträgliche Reflexion, sondern als Einheit des Getrennten, für sich Bestehenden überhaupt die geistige Ermöglichung der ganzen Schöpfung.[29] Ihr steht am fünften Tag die Schaffung der Meerestiere und Vögel gegenüber, das Beseelte gegen das Geistige, die schnelle unberechenbare Bewegung ("Weben") gegen die langsame gesetzmäßige, das sich fruchtbar Vermehrende gegen die dauernde, gleichbleibende Zahl der Lichter. Dieser Gegensatz wird am 6. Tag mit der Schaffung der Landtiere und des Menschen, der als Herrscher über alles gesetzt wird, verbunden: die Landtiere entsprechen den Fischen und Vögeln, der Mensch einerseits durch Beseelung ihnen, andererseits durch seine Herrschaft dem Geistprinzip der Lichter. Die zweite Triade läßt sich also dialektisch als Dreischritt von Einheit – Vielheit – Vereinigung des Vielen verstehen; zugleich bleibt sie reflexiver Gegensatz der ersten Triade, sofern jede Stufe (auch die fünfte und sechste) auf die Ergebnisse der drei ersten zurückblickt. So bildet sich zwischen der ersten und der zweiten Triade wiederum ein dialektischer Gegensatz aus, und zwar nach der reflexiven Umkehr (Hölderlins Katastrophe) zwischen dritter und vierter Stufe. Der Gegensatz zwischen positiver und reflexiver Genese wird in der siebten Stufe der Vollendung und betrachtenden Ruhe vollends aufgehoben. So zeigen sich drei triadische Systeme in einer hochdifferenzierten Fülle von Beziehungen und Wiederaufnahmen, in der Tat syntaktisierte Semantik und, nach Herders Interpretation, Lehrmethode Gottes (nicht etwa Erzählung, wie die Schöpfung entstanden ist) und zudem "höchstes und simpelstes Ideal der Dichtkunst",[30] die Regel des schaffenden Gottes.

Hölderlin wird mit dieser Schöpfungshieroglyphe an vielen Stellen, zu verschiedenen Zeiten und in verschiedenen Kontexten in Berührung gekommen sein. Ganz sicher mit der Schöpfungsgeschichte, vielleicht schon als Kind mit deren spekulativer Auslegung durch die württem-

---

29 Diese vierte Stufe wird deshalb in der pythagoräischen Tradition der Hieroglyphe als "Brunnen der ewigen Natur" verstanden, vgl. die Frage Fausts auf Wagners vierte Äußerung in ihrem auf sieben Äußerungen Wagners beruhenden Gespräch: "Das Pergament, ist das der heil'ge Bronnen, / Woraus ein Trunk den Durst auf ewig stillt?" (V. 566f.) Die Traditon der Hieroglyphe habe ich beschrieben in *Krumme Regel. Novalis' "Konstruktionslehre des schaffenden Geistes" und ihre Tradition*, Tübingen 1970, soweit Novalis' Lektüre sie aufgearbeitet hat.

30 Herder SW VI, 322.

bergischen Pietisten, insbesondere Oetinger;[31] im Stift studierte er z.B. Platons *Symposion* mit den sieben nach der Dialektik der Stufen geordneten Reden und dem ebenfalls siebenstufig dialektischen Weg zur Idee des Schönen in der Diotima-Rede des Sokrates. Für sein Magisterspecimen studierte er Herders *Geist der Ebräischen Poesie* mit der Analyse von Psalmen nach der poetischen Regel der Hieroglyphe; wir haben darauf hingewiesen. Um Herder, bei dem er auf den Hauslehrerposten hoffte, adäquat begegnen zu können, muß er seine Werke extensiv gelesen haben; wir haben in der Waltershäuser Zeit eine Fülle von Bezugnahmen auf Herder festgestellt. Jedenfalls läßt sich die Anwendung der Schöpfungshieroglyphe als gedanklich strukturierendes Prinzip (syntaktisierte Semantik) von den Tübinger Hymnen (vgl. unsere Analyse der *Hymne an die Muse*) bis in die Spätzeit der Gesänge beobachten.[32] Und sie findet nicht nur Anwendung in der Dichtung, sondern auch, wie bei Herder, in den theoretischen Arbeiten; so sind die sieben Fragmente <*Reflexion*> (IV 233–236; *2, 520–523*) danach geordnet, und die <*Verfahrungsweise*> folgt sowohl im Ganzen wie in den einzelnen Textteilen dieser Struktur.[33] Daß die Schöpfungshieroglyphe bei Herder und Hölderlin – übrigens auch bei Goethe, Schiller,

---

31 Vgl. in meiner Dissertation 'Der gesetzliche Kalkül' (wie Anm. 1), S. 323–356 den Anhang "Die Lehre Oetingers" mit dessen von Jakob Böhme beeinflußter Beschreibung der einzelnen Stufen. Hölderlins Verhältnis zum Pietismus besprechen Walter Dierauer, *Hölderlin und der spekulative Pietismus Württembergs: gemeinsame Anschauungshorizonte im Werk Oetingers und Hölderlins*, Zürich 1986, und Gerhard Schäfer, "Der spekulative württembergische Pietismus als Hintergrund für Hölderlins Dichten und Denken", *Turmvorträge* 1989/90/91, hrsg. v. Valérie Lawitschka, Tübingen 1991, S. 46–78.

32 Vgl. meine Analyse "Hölderlins vaterländischer Gesang 'Andenken'", HJb 26, 1988/89, S. 175–201, insbesondere die Zusammenfassung im Schaubild S. 195.

33 Aus Raumgründen und aus Gründen der Überlastung einer "Einführung" mit Gedankengängen derartigen Schwierigkeitsgrades lasse ich mich nicht auf die Einzelanalyse der <*Verfahrungsweise*> ein, kann also die Strukturierung nach der Schöpfungshieroglyphe hier nur behaupten. Insgesamt zu kurz ist meine erste Analyse in meiner Dissertation (wie Anm. 1), S. 64–105; die ausführliche Analyse des Eingangssatzes (S. 64–73) mag aber als Beleg dienen. Dieser Satz ist übrigens eine analoge Bildung zu dem ebenfalls nach der Schöpfungshieroglyphe gebauten Satz in Goethes Aufsatz *Literarischer Sansculottismus* (Goethes *Werke*, Hamburger Ausgabe, hrsg. v. Erich Trunz, Bd. 12, Hamburg 1953, S. 240, 35 – 241, 11).

Novalis,[34] Friedrich Schlegel, Jean Paul und anderen – nicht nur in poetischen, sondern auch in theoretisch-philosophischen Texten angewandt wurde, geht auf die Annäherung von Philosophie und Dichtung bei allen Genannten zurück und ist die Signatur des Gedankens, daß die theoretische Äußerung nur Teilaspekt einer Äußerung des ganzen Menschen sein konnte, wenn sie sich nicht wie bei vielen Aufklärern einseitig und zerstörerisch verselbständigen sollte. Da ist dann die Schöpfungshieroglyphe das Verfahren eines zum ganzen Menschen im ganzen Kosmos hinführenden genetischen Prozesses und selbst wiederum, in ihrer hermetischen Tradition, als ganze Figur das Bild des Urmenschen Adam Kadmon;[35] zeichenhaft verwendetes Verfahren einer integral anthropologischen Aussage.

Hölderlin verwendet in den Dichtungen bis zum Ende der neunziger Jahre die Schöpfungshieroglyphe wie etwa in den poetologischen Fragmenten als gedankengenerative Methode, ähnlich wie z.B. dann Hegel den dialektischen Dreischritt (den er in Frankfurt aus der Schöpfungshieroglyphe entwickelte); erst danach machte er durch die Betonung der Andersheit der reflexiven zweiten Triade als "durchgängige Metapher" fiktional auf die Anwendung eines semantisierend und syntaktisierend semantischen Verfahrens aufmerksam. In der Tat lassen sich auch die Bestimmungen der vier ersten Partien im "Gesez dieses Gesanges" auf die vier Anfangsstufen der Hieroglyphe des Schöpfungsberichts beziehen: Licht und Himmel sind vom "Stoff" her

---

34 Zu Herders eigener Anwendung vgl. meine Kommentare zu den Bänden 1 und 3 der Klassiker-Ausgabe, ferner mein Buch *Herders Sprachphilosophie und Erkenntniskritik*, Stuttgart-Bad Cannstatt 1988, und "Herders 'Aelteste Urkunde des Menschengeschlechts' und Goethe", *Bückeburger Gespräche über Johann Gottfried Herder 1988*, hrsg. v. Brigitte Poschmann, Rinteln 1989, S. 133–150; darin auch zu Goethes Verwendung der Hieroglyphe. Ebenso über Goethe und vor allem Novalis in dem in Anm. 29 genannten Buch. Zu Schiller erscheint ein Kapitel in meinem Buch über *Anthropologie und Poetik*, wo die Verwendung der Hieroglyphe in den *Ästhetischen Briefen* nachgewiesen wird.

35 Johann Georg Hamann, *Sokratische Denkwürdigkeiten. Aesthetica in nuce*, hrsg. v. Sven-Aage Jørgensen, Stuttgart 1968, S. 83, schreibt: "Die verhüllte Figur des Leibes, das Antlitz des Hauptes, und das Äußerste der Arme sind das sichtbare Schema, in dem wir einher gehn; doch eigentlich nichts als ein Zeigefinger des verborgenen Menschen in uns"; der verborgene Adam Kadmon in uns wurde z.B.bei Robert Fludd im Figurenschema des Leibes mit den sieben Punkten Kopf – zwei Arme – Nabel – zwei Beine – Scham – Standort abgebildet. Herder spielt darauf an.

vergleichbar, Licht ist der Form nach das Hervorgehende (Progreß); Himmel befestigt den Ursprung des Lichts (Regreß). Erde mit Pflanzen, Himmel mit Lichtern sind dem Stoff nach entgegengesetzt, dagegen der Form nach als lebendige bzw. geistige Einheit von Selbständigen gleich. Die durchgängige Metapher der Schöpfungsgeschichte ist Herrschaft; sie beginnt in der vierten Partie mit der Konstitution und Einteilung der Zeit durch die Lichter, erscheint auf der fünften Stufe als die den Fischen und Vögeln anempfohlene Vermehrung und Ausfüllung ihrer Elemente (Herrschaft durch Masse und Okkupation); sie erscheint auf der sechsten Stufe als Einsetzung des Menschen in die Herrschaft über Fische, Vögel und Landtiere und zugleich als anempfohlene Vermehrung und Anfüllung der Erde; sie erscheint auf der siebten Stufe als Herrschaft Gottes über sich selbst und über den siebten Tag, den er segnet und durch seinen Verzicht auf weitere Schöpfung als Zeitspanne heiligt, in der Gott auf sich selbst wirkt und sich in seiner Schöpfungsmacht selbst ergreift. – "Das Gesez dieses Gesanges" erweist sich damit als Variante der Interpretationen, die die Schöpfungshieroglyphe zuläßt, eine Variante, die den ostensiven Untergang der ersten und Übergang zur zweiten metaphorischen Sphäre hervorhebt und damit die deutlich fiktionale Anwendung der Schöpfungshieroglyphe betont.

Pragmatisierung des Semantischen

Diese fiktional genutzte Sprachhandlung liegt dann vor, wenn Zeichen – Sprachvarianten, Wörter, Bilder, Sätze – auf Gebrauchskontexte verweisen, aus denen sie stammen und in denen sie so charakteristisch verwendet worden sind, daß sie sie dem Rezipienten ins Gedächtnis rufen können. Man sieht, es handelt sich hier um den gesamten Bereich der Anspielung, Zitierung, Parodie und Travestie, um Dialogizität und Intertextualiät, soweit sie sich im Semantischen abspielen.

Hölderlin adressiert besonders in der Zeit nach 1800 eine Reihe seiner Gedichte an Freunde und Gönner – Sinclair, Heinse, den Landgrafen von Hessen-Homburg und seine Tochter Auguste. Man hat beobachtet, daß er nicht nur offenbar reale Gespräche mit diesen Persönlichkeiten im Gedicht weiterführt und sie damit in ihrem symbolischen, das Vaterland und die Zeit angehenden Wert herausstellt, sondern daß er die Sprache und die Interessen des Angeredeten in besonderer Weise anspricht. So hat Jochen Schmidt überzeugend nachgewiesen, daß im Gesang *Patmos*, der dem Landgrafen von Hessen-Homburg gewidmet ist, dessen pietistische Denkhaltung und literarisches Interesse an Klopstock durch eine große Zahl in den Text eingeschmolzener Bibelzitate, besondere hermeneutische Verfahren des Pietismus und Anspielungen auf Dichtungen Klopstocks angesprochen wurden.[36] Muß es dem Dichter, der "jedem den eignen Gott" singen will, doch angelegen sein, die "Sphäre" des Adressaten so präzis zu erfassen, daß dieser seinen Lebenskreis in dem Gedicht wiedererkennt und dann bereit ist, dessen höheren Zusammenhang fassen zu lernen, den der Dichter ihm in poetischer Mythe und neuer Sprache einer "durchgängigen Metapher" für diesen höheren Zusammenhang ausspricht.

In einem vergleichbaren Sinn arbeitet Hölderlin mit Wortbedeutungen und Konnotationen, die aus der Etymologie gewonnen sind.[37] Auch dies ist eine Konsequenz pragmatisierend semantischen Denkens: Je stärker der Gedanke des Vaterländischen, der Rückkehr zum "freien Gebrauch des Eigenen" (VI 426; *3, 460*) wird,[38] desto notwendiger wird auch die Rückkehr an die Quelle der Bedeutung des Einzelworts der Sprache – nicht um des Archaisierens willen, sondern um der Fiktionalität, der Bewußtmachung ursprünglicher Bedeutungen und Zusammenhänge in der eigenen Sprache willen, die den Blick des vaterländisch angesprochenen Lesers für diese höhere Sphäre belebt. Wenn z.B. in V. 4 von *Friedensfeier* vom "Seeliggewohnten Saal" die Rede ist, so läßt sich die Formulierung zweifach verstehen: der Saal ist den Angeredeten so gewohnt, daß sie selig darin sind (bei Saal – seelig spielt noch versteckt eine Art Homonymie mit), und der Saal ist mit Bewußtsein und Absicht bewohnt worden, damit man sich darin selig fühlt. "Gewohnt" wird also einmal als Partizip Perfekt, einmal als Adjektiv genommen, ist einmal Resultat einer Handlung, einmal Beschreibung eines Zustands, und beides ist möglich aufgrund der

---

36 Jochen Schmidt, *Hölderlins geschichtsphilosophische Hymnen 'Friedensfeier', 'Der Einzige', 'Patmos'*, Darmstadt 1990, S. 185–288; bes. 185–193.

37 Dazu die hervorragende Arbeit von Rolf Zuberbühler, *Hölderlins Erneuerung der Sprache aus ihren etymologischen Ursprüngen*, Berlin 1969; zu einem eingeschränkteren Aspekt vgl. Wolfgang Binder, "Hölderlins Namenssymbolik", in: W.B., *Hölderlin-Aufsätze*, Frankfurt a.M. 1970, S. 134–260.

38 Vgl. meinen Vortrag "Hölderlins vaterländische Sangart", HJb 25, 1986/87, S. 12–59.

etymologischen Verwandtschaft zwischen “wohnen” und “gewöhnen”. Diese alte Identität des Zufriedenseins, Sich-Auskennens und des Wohnens wird für den Leser erahnbar gemacht und mit der Heilsvorstellung “selig” verbunden; es erscheint das Zugleichsein von Aktiv und Passiv, Wechselbestimmung des Subjekts und seiner Sphäre – eine ganze Lebenslehre der Interaktion von Mensch und Lebenswelt, vom bewußten Bleiben und Vertrautmachen, Humanisieren der Sphäre und deren beseligender Rückwirkung auf den Menschen läßt sich aus diesen zwei Wörtern ableiten.

Ein weiterer Bereich pragmatisierter Semantik ist die Intertextualität, wo das zitierende oder anspielende Erinnern an einen Text eines anderen Autors diesen Fremdtext möglicherweise als ganzen, zusammen mit der öffentlichen Bewertung von Text und Autor mit den besonders interessanten oder kontroversen Eigentümlichkeiten des Textes ins Gedächtnis ruft. Solche Zitate oder Anspielungen eröffnen pragmatische Gesprächsräume, in denen der eigene mit dem fremden Text in bestimmte Beziehung gebracht werden kann. An den Tübinger Hymnen und am *Hyperion* haben wir gesehen, daß diese Beziehung bei Hölderlin meist überbietenden Anspruch hat. Der fremde Text gibt die Folie des Interesses und den Gesichtspunkt an, unter dem Hölderlin weitergedacht, ein Problem verschärft, eine Figur veredelt hat. Nehmen wir als Beispiel folgende Äußerung über Diotimas Reden:

> Was ist alles künstliche Wissen in der Welt, was ist die ganze stolze Mündigkeit der menschlichen Gedanken gegen die ungesuchten Töne dieses Geistes, der nicht wußte, was er wußte, was er war?
> (III 57; *2, 66*)

Unschwer erinnert man sich hier an Fausts Reden zu Margarete:

> Ein Blick von dir, ein Wort mehr unterhält
> Als alle Weisheit dieser Welt. (V. 3079f.)
> Ach, daß die Einfalt, daß die Unschuld nie
> Sich selbst und ihren hei'gen Wert erkennt! (V. 3102f.)

Diotima soll wie Margarete als “naiv” gesehen werden, aber ihre Naivität ist die von Schillers Anmut, die als Leistung der schönen Seele verstanden wird, während Margaretes Naivität die eines geradeherausredenden, ungekünstelten Betragens ist, in das doch (wie die Szene *Am Brunnen* zeigt) so viel verbiegende Erziehung eingegangen ist, daß man weder von einem Naturkind noch von einer schönen Seele reden kann. Nur Faust mit seinen Projektionen macht sie dazu, und wie sie weder der Projektion des Engels noch der der Puppe mehr gerecht wird, verläßt er sie. Diotima aber, zunächst erstaunt durch Hyperions idealisierende Liebe und verwirrt davon, daß er sich an ihr Halt suchen möchte, nimmt dann bewußt die Idealisierung auf sich, die ihr in dem Moment den Tod bringt, als Hyperion sich von dem Ziel abwendet, das sie mit ihm gemeinsam anstrebt. Hölderlin konnte die Weiterführung von *Faust I* nach der Szene "Dom" noch nicht kennen; so erschien ihm Margarete als weitgehend unbewußtes Opfer; er dagegen zeichnete Diotima als Heroine des modernen Bewußtseins.[39] Ist einmal das intertextuelle Verhältnis zwischen *Hyperion* und *Faust I* ins Blickfeld gekommen, so erschließen sich andere Stellen in ähnlicher Weise als "Antworten" oder "Überbietungen", z.B. Margaretes Murren über ihre schwere Arbeit im Haushalt und Diotima als "edles Mädchen, das die allwohlthätige Flamme besorgt, und, ähnlich der Natur, die herzerfreuende Speise bereitet" (III 57; *2, 66*), oder Margaretes strenge bigotte Mutter und Diotimas edle, wohlwollende und, wie sich bei Hyperions Abschied zeigt, freisinnig zu einer Naturreligiosität hinneigende Mutter. Das Beispiel zeigt also, wie eine solche intertextuelle Beziehung ein ganze Netz von Bezügen, eine Lesart, eine spezifische Verstehbarkeit im Diskussionshorizont der Zeit oder auch der Tradition herstellt.

Nur noch erwähnt sei ein weiteres, für Hölderlins Dichtung außerordentlich wichtiges Feld der Nutzung pragmatisierter Semantik: das Aufrufen philosophischer Denksysteme und Lehrgebäude mittels eines für sie charakteristischen Stichwortes und die Zitierung von Mythologemen und Götterfiguren aus verschiedenen Religionen, ferner die Erweckung von Kultursphären und historischen Epochen durch Erwähnung charakteristischer Szenen und Gestalten. Besonders bedeutsam ist hier für ihn, der etwa den höheren Zusammenhang zwischen griechischer und christlicher Religiosität sucht, die Zitierung von ambivalenten Symbolen wie Brot und Wein, die im christlichen Abendmahl prominent sind, aber auch bei Demeter und Dionysos für die mystischen Initiationen der Griechen eine zentrale Rolle spielen. Daß Hölderlin dann versucht, hinter diese Ausformungen des Religiösen, vergleichbar mit Schleiermacher in seinen *Reden über die Religion*, eine Struktur

39 Ausführlich dargelegt in meinem Aufsatz "Diotima, eine synkretistische Gestalt", *Turmvorträge 1989/90/91*, hrsg. v. Valérie Lawitschka, Tübingen 1991, S. 141–172.

der Religiosität überhaupt zu stellen und sie z.B. mit Namen elementarer Gottheiten zu benennen,[40] bezieht dann alle pragmatisierend-semantisch aufgerufenen Göttersysteme in eine universale Sphäre ein.

Fiktionalität des Syntaktischen

Syntaxis ist jede Ordnungsform, im besonderen die grammatische Ordnung der Sätze. Über größere Ordnungen hat Hölderlin immer nachgedacht, vor allem im Zusammenhang mit politischen Überlegungen. Dabei hat der von Herder in der Schrift *Gott. Einige Gespräche* und im Buch XV der *Ideen* exponierte und als allgemeines Ordnungsprinzip dargestellte Begriff der Organisation mit dem Grundprinzip der Wechsel-Unterordnung aller Kräfte und Elemente und den Tendenzen zur Beharrung, zum Hervorgehen mit Sortierung des Gleichen/Ungleichen, zum Rückgang mit Anähnlichung des Fremden bzw. an das Fremde (Vereinigung) bis in Hölderlins Spätzeit eine tragende Rolle gespielt. Im Zusammenhang der Vorrede zum *Thalia-Fragment* des *Hyperion* hatten wir Anlaß, die Organisationstheorie darzulegen. Ein Brief an Seckendorf vom 12. März 1804 spricht von der "Architektonik des Himmels" (VI 437; *3, 471*) und benennt mit dem Begriff "Architektonik" den Titel des Werkes von Johann Heinrich Lambert, aus dem Herder in *Gott* Grundzüge seiner Organisationstheorie entnommen zu haben angab.[41] Ja sogar noch in den *Anmerkungen zur Antigonae* nennt er Dialog und Chöre "leidende Organe des göttlichringenden Körpers" (V 270; *2, 921*). Ein bedeutendes Zeugnis vom Jahresende 1798 setze ich her, weil es unter dem Begriff der Organisation zugleich geschichtsphilosophische, diskurstheoretische, religionsphilosophische und gesellschaftstheoretische Erkenntnisse formuliert. Hölderlin meldet Sinclair die Lektüre von Diogenes Laertius' Philosophengeschichte *Leben und Meinungen berühmter Philosophen*, wohl im Zusammenhang mit dem *Empedokles*:

> Ich habe auch hier erfahren, was mir schon manchmal begegnet ist, daß mir nemlich das Vorübergehende und Abwechselnde der menschlichen Gedanken und Systeme fast tragischer aufgefallen ist,

---

40 Vgl. das Kapitel "Der vaterländische Christus" in meiner Dissertation Der gesetzliche Kalkül (wie Anm. 1), S. 276–316.

41 Herder, SW XVI, 469.

> als die Schiksaale, die man gewöhnlich allein die wirklichen nennt, und ich glaube, es ist natürlich, denn, wenn der Mensch in seiner eigensten, freiesten Thätigkeit, im unabhängigen Gedanken selbst von fremdem Einfluß abhängt, und wenn er auch da noch immer modifizirt ist von den Umständen und vom Klima, wie es sich unwidersprechlich zeigt, wo hat er dann noch eine Herrschaft? Es ist auch gut, und sogar die erste Bedingung alles Lebens und aller Organisation, daß keine Kraft monarchisch ist im Himmel und auf Erden. Die absolute Monarchie hebt sich überall selbst auf, denn sie ist objectlos; es hat auch im strengen Sinne niemals eine gegeben. Alles greift in einander und leidet, so wie es thätig ist, so auch der reinste Gedanke des Menschen [...]. Resultat des Subjectiven und Objectiven, des Einzelnen und Ganzen, ist jedes Erzeugniß und Product [...], so ist auch daraus klar, wie innig jedes Einzelne mit dem Ganzen zusammenhängt und wie sie beede nur Ein lebendiges Ganze ausmachen, das zwar durch und durch individualisirt ist und aus lauter selbstständigen, aber eben so innig und ewig verbundenen Theilen besteht. Freilich muß aus jedem endlichen Gesichtspunct irgend eine der selbstständigen Kräfte des Ganzen die herrschende seyn, aber sie kann auch nur als temporär und gradweise herrschend betrachtet werden. (VI 300f.; *3, 327f.*)

Hier ist in der Praxis der von der Argumentation berührten Gebiete vorgeführt, was Hölderlin im Brief an Schiller vom 2. Juni 1801 "die nothwendige Gleichheit nothwendig verschiedener höchster Prinzipien und reiner Methoden" nennt (VI 422; *3, 454*): die Organisationstheorie, auf die Hölderlin immer wieder nachdenkend und weiterführend zurückkommt, leistet offenbar diese Begründung aller Philosophie, Religion und Poesie in einer höchsten einfachen Ordnung, die zugleich auf die Einbeziehung und Verarbeitung von Zufall und Unordnung angelegt ist.

Hyletisierung[42] des Syntaktischen

Wird nun die Organisation, die Wechsel-Unterordnung und -Bestimmung selbständiger Einheiten, in räumliche und zeitliche Verhältnisse entfaltet, so entstehen z.B. die Sammlungen selbständiger Gedichte, die jedoch einander gegenseitig ergänzen, beleuchten und erklären. Dies trifft zu für die Tübinger Hymnen, die Frankfurter Kurzoden und die späte Sammlung der "Nachtgesänge", die Hölderlin im Dezember

---

42 Zum Begriff Hyletisierung vgl. Anm. 13.

1803 dem Verleger Wilmans zur Veröffentlichung schickte (VI 436; *3, 470*). Vielleicht können sogar die Pindar-Fragmente als eine solche Sammlung gelten. Die Tübinger Hymnen hängen zum Beispiel untereinander durch die in vielen zentrale kosmische Kraft der Liebe zusammen; jede ordnet aber den Kosmos unter einem mythisierten subjektiv-objektiven Prinzip und rekonstruiert dabei z.T. die Gesichtspunkte der anderen Perspektiven. Vergleichbar sind, wie ich im Oden-Kapitel zeige, die Frankfurter Kurzoden, die als romantische poetische Fragmente jeweils die Ergänzung durch andere in verschiedener Weise ermöglichen und notwendig machen. Ich führe dies im Oden-Kapitel andeutungsweise aus; im ganzen ist diese Hyletisierung des Syntaktischen jedoch noch kaum erforscht.

Andere Formen, Ordnungen als materiale Gestalt von Texten erscheinen zu lassen, sind etwa die Abschnitte, die in die Briefe von *Emilie vor ihrem Brauttag* gesetzt sind und die Hölderlin beim Druck nur recht genau zu reproduzieren bat (VI 341; *3, 369*); es sind die Sinnabschnitte, die durch die Schöpfungshieroglyphe und den Tonwechsel bedingt sind, die als Verlaufsformen den Text strukturieren und die Hölderlin durch diese Abschnitte als Wechsel, als jeweiligen Übergang und Neueinsatz hervortreten lassen will. Der ganze Bereich der Kürze und Länge der Zeilen in den späten Gesängen könnte sich als in diesem oder einem anderen Sinne darstellend erweisen; ich will hier jedoch keine Vermutungen wagen.

Semantisierung des Syntaktischen

Wenn Hyperion schreibt: "Ich kann nur hie und da ein Wörtchen von ihr sprechen" (III 59; *2, 69*) und dann ein sehr kurzer Brief folgt, so wird der Leser darauf hingewiesen, daß der Schreiber mit seiner Erinnerung zu kämpfen hat und die Kürze des Briefs durch das Leid, die noch ungeschehene Verarbeitung bedingt ist; umgekehrt läßt sich aus der Länge des Alabanda-Briefs (III 24–39; *2, 31–48*) schließen, daß der Schreiber diese Phase seines erlittenen Lebens in der Erinnerung bewältigt hat. Hier wird also Kürze und Länge der Briefe – Ordnungsform des Sukzessiven – zum semantischen Ausdruck der Disposition des Verfassers benutzt.

Semantisierung des Syntaktischen im grammatischen Sinne liegt etwa beim Beginn der späteren Fassungen von *Patmos* vor:

> Voll Güt' ist; keiner aber fasset
> Allein Gott. (II 179; *1, 357)*

Diese Formulierung ist in folgende Sätze auflösbar: Voll Güt' ist Gott; voll Güt' ist allein Gott; keiner aber fasset Gott, keiner allein aber fasset Gott; keiner aber fasset Gott allein. Höchst bedeutsam an der Zugehörigkeit von "Allein Gott" zu beiden Sätzen ist die Tatsache, daß Gott im ersten Satz Subjekt, im zweiten Objekt ist; die Identität von (grammatischem) Subjekt und Objekt bildet die in Gott zu denkende Einheit von absolutem Subjekt und absolutem Objekt ab. Die Mehrfachzugehörigkeit des "Allein" verändert dessen Bedeutung: Wenn es zum ersten Satz gezählt wird, bedeutet es "ausschließlich"; wenn es zum zweiten Satz gezählt wird, bedeutet es "als einzelner" oder "rein, ohne Vermischung"; die Identität in dem Wort "allein" zeigt in dem Fall, wo es zu beiden Sätzen gezählt wird, die höhere Einheit von Ausschließlichkeit und Gemeinschaft, von Reinheit und Vermischung. Dieses auffällige fiktionale Satzgefüge macht also wesentliche Elemente von Hölderlins Philosophie intuitiv faßbar.

Weniger anspruchsvoll, auch in der rhetorischen Tradition verankert, sind die Stellungsfiguren wie etwa das Hyperbaton "Schöpferischer, o wann, Genius unsers Volks / Wann erscheinest du ganz, Seele des Vaterlands" (II 10; *1, 236*) oder der absichtliche, ebenso dem Ausdruck des hohen Affekts dienende Satzbruch:

> Ach! mir – in diesem schmerzlichen Gefühl meiner Einsamkeit, mit diesem freudeleeren blutenden Herzen – erschien mir *Sie*;
> (III 166; *2, 180*)

Das sind zwei ineinander verschränkte Sätze: (1) mir mit diesem ... Herzen erschien *Sie*; (2) in diesem schmerzlichen Gefühl meiner Einsamkeit erschien mir *Sie*; der Satz (1) betrachtet die Erscheinung als für das Ich intendiert, der Satz (2) betrachtet sie als kontingent neben andern Umstandsbestimmungen. Der Bruch in der Grammatik deutet drauf hin, daß Hyperion noch im nachträglichen Schreiben, vom Affekt erfaßt, das Geschehen nicht klar zu deuten vermag.

Syntaktisierung des Syntaktischen

Hier geht es darum, daß eine gegebene Ordnung durch eine weitere, quer dazu liegende Ordnung durchkreuzt oder bestätigt wird. Das augenfälligste Verfahren dieser Art ist das Vers- oder Strophenenjambement, wo die grammatische Einheit des Satzes nicht nur die manchmal starke Versgrenze, sondern sogar die im Schriftbild und in der Deklamation markante Grenze der Strophe überspringt. Beispiele sind etwa die Ode *Der Tod fürs Vaterland* mit zwei echten Strophenenjambements und einer großen Zahl von Versenjambements, die Elegie *Heimkunft* mit dem Enjambement zwischen dem fünften und sechsten Teil, und der Gesang *Die Wanderung* mit dem starken Enjambement zwischen erster und zweiter Strophe. Die Überlagerung der Strophenordnung durch ein anderes Prinzip zeigt sich auch bei der Einführung von Personenrede, die über mehrere Strophen hin durchgehalten wird. So spricht etwa die *Göttin der Harmonie* drei Strophen lang in der Mitte der ihr gewidmeten Hymne; in der Elegie *Brod und Wein* beginnt die Rede Heinses, mit der er den verzweifelten Sprecher des Anfangs tröstet und aufrichtet, im letzten Distichon des siebten Teils und geht über dessen Grenze hinweg sicher bis zum Ende des achten, wonach vielleicht der Sprecher wieder mit zustimmendem "Ja!" einsetzt, wahrscheinlich aber Heinse seine Rede vollends durch den neunten Teil hindurchführt. Auch zum Beispiel im Gesang *Germanien* zieht sich eine durchgängige Rede vom Ende der viertletzten Strophe bis zum Schluß des Gedichts. Diese Überlagerung von Ordnungsformen sollte davor warnen, Grenzen von Strophen oder Strophengruppen (Triaden) etwa immer als Sinngrenzen aufzufassen. Die Analyse des *Rhein* wird zeigen, daß die Schöpfungshieroglyphe oder "Das Gesez dieses Gesanges", die den Sinn des Gesangs strukturieren, eine Einteilung des Textes herstellen, die nichts mit der durch 3 teilbaren Strophenzahl zu tun hat. So weisen auch die je 30 Briefe in den zwei Bänden des *Hyperion* darauf hin, daß der Schreiber regelmäßige Verhältnisse gesucht hat, aber schon die Aufteilung auf die je zwei Bücher differiert, ganz abgesehen von der Länge der Briefe.

Man muß also generell davon ausgehen, daß Hölderlin verschiedene Ordnungsprinzipien in seinen Texten übereinanderlegt und unabhängig voneinander befolgt. Faßt man ein Ordnungssystem als Explikation von Sinn in Raum und Zeit, in Einheiten und ihre Verhältnisse untereinander, so bedeutet die Syntaktisierung des Syntaktischen, die Überlagerung von Ordnungen in Gegenläufigkeit und Harmonie die fiktionale Vorführung der Sinnentfaltung in der Sukzession des Textes und der Verteilung und Interrelation seiner Elemente; da mehrere gleichzeitig befolgte Ordnungsprinzipien kaum gleichzeitig rezipiert werden können, entsteht schon im Syntaktischen eine Inkommensurabilität des Textes, der wir im Bereich der Tonlehre wieder begegnen werden; diese poetische Inkommensurabilität resultiert aus der Überfülle des Sinns und kann als Nachbildung der Schöpfung Gottes in ihrer Fülle verstanden werden, die von keinem allein zu fassen ist. Solche Überfülle von Sinn streben auch mehrfach lesbare Sätze an, wie wir sie schon analysiert haben und in den folgenden Kapiteln analysieren werden.

Pragmatisierung des Syntaktischen

Vieles an den unter dem Aspekt der Pragmatisierung des Lautlichen oben besprochenen tradierten literarischen Formen und Gedichtgattungen kann auch unter dem Gesichtspunkt der Pragmatisierung von Ordnungsformen aufgefaßt werden: Die Ordnung der Metren in einem Vers, einer Strophe läßt sich als Konstitution einer bestimmten Tonart von Dichtung oder umgekehrt als Etablierung einer Ordnung im Medium von Lauten verstehen und tradieren. Wir werden deshalb das dort Gesagte nicht wiederholen. Die Gesänge jedoch, orientiert am Muster Pindars, das Hölderlin seit 1798 in mühevoller Abeit genau zu erfassen strebte, sind durch ihre manchmal triadische Strophenordnung – z.B. zwei längere, eine kürzere Strophe – und durch das tradierte Verfahren der "schönen Unordnung" als pragmatisierte Syntaxen verstehbar: An dieser Ordnung und Unordnung orientiert sich zumindest seit Klopstock wieder die heilige und vaterländische Poesie, in deren Tradition Hölderlin bewußt eintritt.

Dasselbe gilt für kommunikative Ordnungsformen wie den Briefroman, wo ein bestimmtes System von Schreiber und Adressat und, gegenüber dem auktorialen Roman, eine starke Perspektivität der Darstellung und ihre Transformation in der Zeit angenommen werden, wie auch im allgemeinen eine tagebuchähnliche Nähe der erzählten Ereignisse zu ihrer Niederschrift. Wir haben gesehen, wie Hölderlin im *Hyperion* diese Tradition aufnimmt und zugleich in entscheidender Weise transformiert oder weiterentwickelt. Ähnlich verfährt er mit der Gattung der Elegie. Geht man von den zwei großen zeitgenössischen Modellen aus, Goethes *Römischen Elegien* und Schillers *Elegie/Der Spaziergang*, so ist schon rein äußerlich etwa *Heimkunft* mit ihren numerierten Teilen eine Verbindung dieser zwei Modelle; das Element der kulturhistorischen und geschichtsphilosophischen Wanderung wie bei Schiller ist beibehalten, auch die Anrede an geliebte Menschen wie bei Goethe, aber es ist nicht die Geliebte, sondern es sind die Verwandten, nicht ihr Leib lehrt den Sprecher die Antike verstehen, sondern er kommt aus dem Ursprünglichen, dem Chaos und versucht denen im Vaterland das Wort und die Namen und Sprache zu bringen, die dann im entscheidenden Moment nicht zu Gebote stehen. So ist die elegische Klage mit dem erotischen und dem belehrenden Element aus der nicht-klagenden (d.h. der "sympotischen") Elegientradition verschmolzen und in einer gegenüber den Mustern bedeutsamen Weise vertieft. In dieser überbietenden Verschmelzung der Traditionen und sogar der neuesten Muster erreicht Hölderlin die Fiktionalität der Gattung, die Verwendung der tradierten Syntaxis der Elemente und Verfahren so, daß der Leser ihres ostensiven Gebrauchs gewahr werden kann.

Fiktionalität des Pragmatischen

Pragmatik beschreibt die Eröffnung von Weltzugängen durch Zeichen und Systeme von Zeichen. In den vorhergehenden Teilkapiteln hatten wir es mit intertextuellen Verfahren der Pragmatisierung zu tun, d.h. mit der Verwendung fertiger Zeichensysteme in Gestalt literarischer Texte oder Gattungen. Man kann deshalb auch im jetzigen Zusammenhang der Fiktionaliät des Pragmatischen, d.h. der Inszenierung und ostensiven Vorführung der Verarbeitung gegebener Zeichensysteme, als Beispiele die Zusammenführung griechischer und christlicher Göttervorstellungen nennen, ferner die Analogisierung natürlicher und gesellschaftlicher Verhältnisse, das Ineinanderzitieren verschiedener literarischer Traditionen oder Werke, die Zusammenführung von Gattungen wie etwa des Briefromans mit dem auktorialen Roman.

Ich will mich hier mit Hölderlins spezifischer pragmatischer Theorie befassen, der Lehre vom Wechsel der Töne. Diese Lehre gehört zu seinem Programm, Poesie beurteilbar und lehrbar zu machen.[43] Wir

---

43 Vgl. noch die *Anmerkungen zum Oedipus*: "Es wird gut seyn, um den Dichtern, auch bei uns, eine bürgerliche Existenz zu sichern, wenn man die Poësie, auch bei uns, den Unterschied der Zeiten und Verfassungen abgerechnet, zur μηχανη der Alten erhebt. Auch andern Kunstwerken fehlt, mit den griechischen verglichen, die Zuverlässigkeit; wenigstens sind sie bis izt mehr nach Eindrüken beurtheilt worden, die sie machen, als nach ihrem gesezlichen Kalkul und sonstiger Verfahrungsart, wodurch das Schöne hervorgebracht wird." (V 195; *2, 851*) Vgl. den Brief an Schütz von Ende 1799; VI 381f.; *3, 410–412*.

bekommen es in der Hauptsache in den für die geplante Zeitschrift "Iduna" entworfenen Aufsatzfragmenten aus der Homburger Zeit 1798/99 zu fassen; Hölderlin hat es jedoch zweifellos früher bedacht und in der eigenen Dichtung als Regelwerk angewendet. So spricht er einmal vom "Styl des Lieds Diotima" (IV 272; *2, 560*); damit bezeugt er die Verwendung einer Variante des Tonwechsel für 1797. Die Aussage Hyperions: "Lebendige Töne sind wir" (III 159; *2, 174*), verbunden mit der Erkenntnis Diotimas: "Wir stellen im Wechsel das Vollendete dar; in wandelnde Melodien theilen wir die großen Akkorde der Freude" (III 148; *2, 163*) kann sehr wohl auf die Interpretation der Beziehungen der drei Hauptfiguren als Wechsel der Töne gedeutet werden, wie im folgenden zu erproben ist. Das bedeutet, daß der im Vorwort angekündigte "elegische Karakter" Hyperions zugleich eine Angabe seines idealischen Tons ist[44] und daß die ganze Planung des *Hyperion*, mindestens seit der Vorstufe der endgültigen Fassung, vom Tonwechel bestimmt sein muß. Die Anmerkungen zu den Sophokles-Übersetzungen sind in ihren ersten Abschnitten Weiterentwicklungen der Poetologie der Homburger Aufsätze, vor allem im Blick auf das Tragische und das Gleichgewicht der Teile in der Tragödie; in ihren analytischen Teilen lassen sie sich als Anwendungen der Schöpfungshieroglyphe und des Tonwechsels auf die Tragödien des Sophokles verstehen.[45] Ein Satz wie der folgende gibt in gedrängter Form den anthropologischen Sinn des Tonwechsels an:

> Das Gesez, der Kalkul, die Art, wie, ein Empfindungssystem, der ganze Mensch, als unter dem Einflusse des Elements sich entwikelt, und Vorstellung und Empfindung und Räsonnement, in verschiedenen Successionen, aber immer nach einer sichern Regel nacheinander hervorgehn, ist im Tragischen mehr Gleichgewicht, als reine Aufeinanderfolge. (V 196; *2, 851f.*)

Als "Phantasie Empfindung Leidenschaft" hatte eine der Homburger Abhandlungen die drei Töne bezeichnet; da Hölderlin im heroischen Ton wegen der trennenden Energie Verstand und Leidenschaft ver-

---

44 Vgl. das Notat "Her. el." im Entwurf für die Fortsetzung der dritten Fassung des *Empedokles* (IV 168; *2, 446*).

45 Schon das Homburger Fragment <*Wechsel der Töne*> gab in den zwei Tabellen des tragischen Wechsels die *Antigone* und den *Ajax* des Sophokles als Paradigmata an. (IV 239; *2, 526*).

bunden sieht,[46] kann man die Parallelität zwischen den Formulierungen behaupten und damit die Durchgängigkeit des Wechsels der Töne bis in die späten Gesänge annehmen, was sich auch bei der Analyse der poetischen Texte nachweisen läßt.

Hölderlin muß die Lehre vom Wechsel der Töne aufgrund eines gründlichen Studiums der philosophischen und poetologischen Literatur des 18. Jahrhunderts entwickelt haben.[47] Besonders intensiv und früh hat er sicher Klopstock und Herder zur Kenntnis genommen. In Klopstocks Aufsatz *Von der heiligen Poesie*[48] wird vom Dichter die Fähigkeit verlangt, durch seine Dichtung die ganze Seele in Bewegung zu setzen; einen den Verstand interessierenden Gegenstand muß er so darstellen können, daß auch die Phantasie beflügelt oder das Herz gerührt wird; ein Bild der Phantasie muß auch den Verstand befriedigen oder den Affekt erwecken; ein gefühlsmäßiger Willensentschluß soll vom Verstand gebilligt werden oder die Phantasie begeistern. Mit den Tonbezeichnungen Hölderlins für Empfindung, Phantasie und Räsonnement verglichen, sind von Klopstock damit sämtliche sechs Doppelkombinationen der Töne durchgespielt, und vom Dichter ist der Übergang von einem in den andern Ton verlangt. Klopstock spricht außerdem von einem verborgenen Plan des Gedichts, läßt aber nicht erkennen, daß dieser irgend etwas mit dem geforderten Übergang von Vermögen zu Vermögen zu tun habe.

Dafür ist Herder wichtiger. Nicht nur hat er, wie oben besprochen, die Schöpfungshieroglyphe als Verlaufsstruktur des Gedichts beschrieben, sondern sie im *Geist der Ebräischen Poesie* bei der Analyse von Psalmen nachgewiesen und mit der "Veränderung der Tonart" und einer "Abwechslung der Stimmen" in Zusammenhang gebracht.[49] Sei-

46 Vgl. IV 149; *2, 425*: "das Bewußtseyn, das Nachdenken, oder die physische Sinnlichkeit" als heroischer Äußerungston der tragischen Ode; "Gedanken und Leidenschaften" ebenfalls als heroischer Äußerungston IV 244, Z. 4 und 7; *2, 531*.

47 In meinem Aufsatz "'... ein Empfindungssystem, der ganze Mensch': Grundlagen von Hölderlins poetischer Anthropologie im 18. Jahrhundert", in: *Der ganze Mensch. Anthropologie und Literatur im 18. Jahrhundert.* DFG-Symposion Wolfenbüttel 1992, hrsg. v. Hans Jürgen Schings, Stuttgart 1993 habe ich einen Teil dieser Tradition dargestellt.

48 Friedrich Gottlieb Klopstock, *Von der heiligen Poesie*, in: *Sämmtliche Werke*, Leipzig 1839, Bd. IX, S. 176. Vgl. auch Hans Ulrich Rülke, *Gottesbild und Poetik bei Klopstock*, Konstanz 1991.

49 Herder, SW 12, 214–219.

ne Rede vom "lyrischen *ambitus*", den ein ausgearbeiteter Psalm habe, und den er in seiner Analyse beschrieb, legte einen eigenen Ton, eine eigene Station in der Melodie der Empfindungen und Vorstellungen auf jeder Stufe der Schöpfungshieroglyphe nahe; hier hat Hölderlin, der zu seiner Magisterarbeit 1790 dieses Werk Herders las, höchstwahrscheinlich mit seinen poetologischen Überlegungen eingesetzt und die Anregungen zur komplexesten Poetologie des 18. Jahrhunderts ausgearbeitet.

Der Begriff "Ton" bei Hölderlin ist am besten verständlich, wenn man ihn von lat. *tonus* her als Spannungszustand versteht. Es gibt drei Spannungszustände, die mit großer Wahrscheinlichkeit auf die neuplatonischen Zustände des Seins *monē*, *proodos* und *epistrophē* zurückgehen, die Hölderlin bei Proklos und Ficino und in ihrer modernen Darstellung in Herders Schrift *Gott* kennengelernt hat – Beharrung, Hervorgehen und Rückwendung, oder Beharrung, Unterscheidung/Vergleichung und Verähnlichung. Ontologisch unterscheidet Hölderlin Ursprünglicheiniges, Trennung und, nach der äußersten Spannung und dem höchsten Widerstreit, neue Einigkeit; die Phasen lassen sich auch als Sein und Einigkeit, die in der intellektuellen Anschauung vorhanden ist, als Leben des Ganzen und Lebhaftigkeit der Teile, als intellektuell anschauender Geist und in der Einigkeit im Übermaß des Innigen sich fühlender Geist verstehen (IV 268f.; *2, 556f.*). Es ist bedeutsam, daß Hölderlin auf dieser ontologischen Ebene Sein, Leben und Geist als Beharren, Hervorgehen und Rückwendung zur Vereinigung aus der neuplatonischen Tradition beibehalten hat,[50] während seine philosophischen Freunde Hegel und Schelling nur eine "reduzierte" Ontologie aus der gemeinsamen Basis weiterführten. In geschichtliche Bewegung gerät das Ursprünglicheinige durch einen mythischen Urakt, der notwendig angenommen werden muß – die "Willkür des Zevs" (ebd.)[51] –; er

50 Bei Ficino "stehen Leben und Denken als *actus rectus* und *actus reflexus* in einer festen Beziehung zueinander [...], und indem man beide auf das dingliche Fundament der Substanz bezieht, ergibt sich die Dreiheit von *essentia*, *vita* und *intelligentia*, die mehrfach als festes Schema begegnet und offenbar von den Neuplatonikern entlehnt ist" (Paul Oskar Kristeller, *Die Philosophie des Marsilio Ficino*, Frankfurt a.M. 1972, S. 30).

51 Vgl. die analoge, wahrscheinlich aus der Kabbala kommende Vorstellung bei Hemsterhuis, der sich auch überlegt, wie ein ursprünglich einiges Sein, eine spinozistische Substanz in Teile und Individuen sich trennen könne: "C'est une force étrangère qui a décomposé l'unité totale en individus; et cette force est Dieu." *Lettre sur les Désirs*, in: François Hemsterhuis, *Œuvres*, éd. par L.S.P. Meyboom, Leuwarde 1846, I 68.

setzt die wirkliche Trennung in Gang, die das Ganze befähigt, sich leidend in seinen getrennten und bestimmten Teilen und in deren Widerstreit dennoch als Einiges zu fühlen und bewußt zu werden. Die neue Einigkeit, die dann angestrebt wird, ist Vereinigung von bestimmten, unterschiedenen, sich in ihrer Unterscheidung und in ihrer Einigkeit bewußt gewordenen Individuen, oder: die ursprüngliche Einigkeit ist an ihnen zur Sprache gekommen.

Diese Äußerung, die Trennung, das Hervorgehen des Einigen in die Unterschiedenheit ist nämlich "sprechend" (IV 270, Z. 11; *2, 558*), d.h. ontologisch gesehen ist alles Wirkliche Sprache – Hölderlin hat die neuplatonische, bei Hamann und Herder stark ausgebaute Vorstellung vom Sprachcharakter der Welt weitergeführt, dies ist die Grundlage z.B. für seine von Herder übernommene mythische Geographie, die Sprache der Flußläufe und Gebirgszüge; wir werden dies im Kapitel über den *Rhein* mit den Nachweisen aus Herder darlegen.

Dies bedeutet, daß Dinge, Ereignisse, Verhältnisse in der Welt ebenso die Sprache der Töne sprechen, der ganze Kosmos nach alter pythagoräischer und neuplatonischer Tradition tönt und spricht. So kann denn auch der Dichter, wenn er einen angemessenen poetischen Wirkungskreis in dieser allgemeinen Welt gefunden hat, darin "objectiv und reell Idealisches dem Idealischen, lebendiges dem Lebendigen, individuelles dem Individuellen" gegenüberliegend finden (IV 244; *2, 532*) und damit in der poetischen Sphäre die Sprache der Töne seines Geistes entdecken. Nur darf er nicht die fertige pragmatische Erschließung dieser Sphäre durch die Alltagssprache als gegeben annehmen:

> Indem sich nemlich der Dichter mit dem reinen Tone seiner ursprünglichen Empfindung in seinem ganzen innern und äußern Leben begriffen fühlt, und sich umsieht in seiner Welt, ist ihm diese eben so neu und unbekannt, die Summe aller seiner Erfahrungen, seines Wissens, seines Anschauens, seines Denkens, Kunst und Natur wie sie in ihm und außer ihm sich darstellt, alles ist wie zum erstenmale, eben deßwegen unbegriffen, unbestimmt, in lauter Stoff und Leben aufgelöst, ihm gegenwärtig, und es ist vorzüglich wichtig, daß er in diesem Augenblike nichts als gegeben annehme, von nichts positivem ausgehe, daß die Natur und Kunst, so wie er sie kennen gelernt hat und sieht, nicht eher *spreche*, ehe für *ihn* eine Sprache da ist [...]. (IV 263f.; *2, 552*)

Weder die "Sprache der Natur", noch die menschengemachte "Sprache der Kunst" (ebd.) sind für den Dichter brauchbar, denn dieser hat fiktional die Entstehung von Sprache aus dem Zusammenspiel eines Geistes mit einer bestimmten Sphäre, einem poetischen Wirkungskreis vorzuführen, d.h. den eigenen Gott dieser Sphäre zu singen.

Die drei Spannungszustände sind also auch Seinsweisen der Seele des Dichters wie des Menschen im allgemeinen; die vermögenspsychologische Anwendung des Beharrungsaspekts auf die Sinnlichkeit und Empfindung, des Hervorgehensaspekts auf die energisch trennenden, unterscheidenden und strebenden Verstandeskräfte und Leidenschaften, des Rückwendungsaspekts auf die begeisterte und nach Vereinigung sich sehnende Phantasie haben wir schon gesehen und damit auch die Möglichkeit erkannt, durch eine Berührung und Befassung aller dieser Vermögen in harmonischer Weise die ganze Seele in freies Zusammenspiel mit sich selbst zu bringen. Erinnert man sich an Kants Lehre in der *Kritik der Urteilskraft*, wonach wir schön nennen, was uns die im freien Zusammenspiel unserer Erkenntniskräfte entstehende Lust erfahren läßt, so versteht man wiederum Hölderlins oben zitierten Anspruch, das Schöne nach einer sicheren Regel und Verfahrungsart herauszustellen: gelingt es ihm nämlich, eine Verfahrungsart zu finden, durch die die Vermögen der Seele in freies Zusammenspiel miteinander gebracht werden können, so ist das Ziel erreicht und, wie er fordert, dem Dichter die gesellschaftliche Funktion und bürgerliche Existenz gesichert (V 195; *2, 851*). Hölderlins Rekonstruktion der nach Kant ins Spiel kommenden Erkenntnisvermögen durch die Töne läßt eine Identifikation von Tonkombinationen zu, die als "geradentgegengesetzt", und solchen, die als "harmonisch entgegengesetzt" empfunden werden müssen (IV 246; *2, 534*): Wird das in seiner Besonderheit Beharrende mit der Tendenz zur Allgemeinheit, zur Vereinigung konfrontiert, so wird es aufgelöst; wird das energisch Trennende, Unterscheidende, frei Strebende im Beharrenden, Besonderen festgesetzt, so wird das Streben erstickt; wird das Einige, die Freude des Geistes getrennt, aufgespalten und Begriffen unterworfen, so stirbt die Freude in der Prosa der Nüchternheit (vgl. IV 246; *2, 533*). Harmonische Verhältnisse entstehen jedoch da, wo die Geistigkeit des Einigen ein Individuelles, Besonderes findet, an dem sie sich verkörpert, ausdrückt und ausspricht; da, wo dem Streben das Ziel der Vereinigung, dem Begriff die Idee, der Kraft die Freude vorgestellt und beigesellt wird; da, wo das Beharrende nicht in seiner Genügsamkeit einschläft, sondern energisch entfaltet und entwickelt wird. Die Möglichkeit zur Erzeugung solcher harmonischentgegengesetzten Verhältnisse ist gegeben durch die freie Wahl einer Sphäre, in der der Mensch sich als enthalten betrachten und bestimmen kann, von der er aber auch, da sie frei gewählt ist, abstrahieren und sich durch diese Negation selbst ergreifen kann (übrigens ein Akt romantischer Ironie):

> Auf diese Art erreicht er seine Bestimmung, welche ist – Erkenntniß des Harmonischentgegengesezten in ihm, in seiner Einheit und Individualität, und hinwiederum Erkentniß seiner Identität, seiner Einheit und Individualität im Harmonischentgegengesezten. Diß ist die wahre Freiheit seines Wesens [...]. (IV 257; *2, 545*)

Das heißt, daß die harmonischentgegengesetzten Verhältnisse unter den Tönen diejenigen sind, die "Freiheit" ankündigen und damit nicht nur die "Bestimmung" des poetischen Ich auf seinem Weg durch das Gedicht, sondern auch die Möglichkeit seiner Selbsterkenntnis und Selbstergreifung und vor allem Schönheit. Betrachtet man die Tontabellen, die Hölderlin für die drei Stilarten notiert hat, so stellt man fest, daß die Richtungstöne (Kunstcharakter) alle harmonischentgegengesetzt aufeinander folgen, die Grundtöne mit Ausnahme der Katastrophe zwischen Stufe 3 und 4 ebenfalls, daß aber die Verhältnisse zwischen Grundton und Richtungston auf den Stufen 1–3 geradentgegengesetzt sind; am Beispiel der lyrischen Stilart (ein Doppelpfeil zeigt gerade, ein einfacher Pfeil harmonische Entgegensetzung an):

	n	↔	Id	
↓				↓
	her	↔	N	
↓				↓
	id	↔	Her	
↕				↓
	her	→	Id	
↓				↓
	id	→	N	
↓				↓
	n	→	Her	
↓				↓
	her	→	Id	

Das bedeutet, daß die Sphäre in sich harmonisch entgegengesetzt ist, das sprechende Ich im Grund ebenfalls, daß es sich aber innerlich umwenden muß ("Katastrophe"), um seine Beziehungen zur Sphäre harmonisch entgegengesetzt zu gestalten, d.h. sich ihr nicht in Negation und Fürsichsein gegenüberzusetzen, sondern sich als in ihr enthalten und durch sie bestimmt, sie zugleich als frei gewählt und im schöpferischen Subjekt enthalten und durch es bestimmt zu sehen.

Hölderlin löst damit eine Reihe philosophischer Probleme seiner Zeit. Mit dem Gedanken der Wechselbestimmung zwischen Subjekt und frei gewählter Sphäre nimmt er die Formel der Organisationstheorie wieder auf, die er schon im *Thalia-Fragment* 1794 anhand der Loyola-Sentenz explizierte, die damals aber in ihrer harmonischen Ausprägung nur einen "Zustand" bezeichnete. Immerhin war schon in dieser Form die erkenntnistheoretische Problematik des Ungenügens am subjektiven Idealismus in dem Sinne gelöst, daß dem subjektiven ein objektiver Idealismus komplementär zur Seite gestellt wurde – das Subjekt ist nicht nur über, sondern auch in allem – und daß damit das Erkennen als bestimmend und bestimmt, als wahrsetzend und wahrnehmend erscheinen konnte. Nun aber wird eine Sphäre frei gewählt; das Subjekt findet sich nicht nur in einer immer schon gegebenen Sphäre vor, es setzt sich auch nicht in einem nicht bewußt zu machenden Akt als absolutes Ich (wie bei Fichte) ein Nicht-Ich gegenüber: sofern die Tathandlung schon vorgängig anzunehmen ist, wiederholt es als bewußtes Ich diesen Akt erinnernd, d.h. es inszeniert fiktional diese Selbst- und Weltkonstitution und bringt sie sich damit zur Erfahrung; zugleich inszeniert es fiktional die Umfassung und Bestimmung des empirischen Ich durch eine ihm gegebene Sphäre.

Diese Doppelung der Beziehungen zwischen Subjekt und Welt hat nicht nur erkenntnistheoretischen Wert, sondern sie bestätigt praktisch das Subjekt ihm selbst als frei handelndes, doch nur, sofern es zugleich sich für die Geltungsdauer dieser Freiheit den Bedingungen einer bestimmten Sphäre unterwirft. Endlich ist diese Handlung eine eminent ästhetische, durch die fiktionale Doppelung die theoretischen und praktischen Verhältnisse des Menschen ihm, weil frei gewählt, lustvoll zur Erfahrung bringende Handlung. Und weil diese Lust sich bei der Er-Innerung an die Konstitution von Mensch und Welt und ihrem organisch-wechselbestimmenden Verhältnis einstellt, ist sie zugleich eine Lust an der sich einstellenden Passung, Ausdrucks- und Sprachbeziehung zwischen Subjekt und Welt und damit an der Zusicherung, daß Mensch und Welt nicht nur in einer teleologischen Als-ob-Beziehung einander zugeordnet sind.

All das zeigt, daß dieser fiktionale Akt eine universale Poiesis ist, in der sich die z.B. bei Kant und Fichte aufgetretenen Probleme des subjektiven Idealismus lösen. Dabei muß man betonen, daß es sich nicht um eine oberflächliche Harmonisierung handelt, denn die freie Wahl einer Sphäre, die harmonische Entgegensetzung, wird für den Menschen, den Dichter und die poetische Rede im Gedicht erst möglich nach dem Durchgang durch die geradentgegengesetzten, äußersten Widersprüche, nach der "Katastrophe". Hier wendet sich das Subjekt um, springt aus dem inneren harmonischen Wechsel seiner Spannungszustände heraus, um eine "durchgängige karakteristische Beziehung" auf eine selbstgegebene Einheit, einen "unendlichen Gesichtspunct" anzunehmen (IV 251; *2, 538*). Der fast tödliche Schmerz, die radikale Dissonanz ist nicht nur Durchgangsstadium, sondern sogar Bedingung dafür, daß der Mensch seine "Bestimmung" erreicht (IV 257; *2, 545*), also wirklich Mensch wird. Denn erst dadurch erfährt er,

> wie er schlechterdings im Widerspruche mit sich selber, im nothwendigen Widerstreite 1) des Strebens zur reinen Selbstheit und Identität, 2) des Strebens zur Bedeutenheit und Unterscheidung, 3) des Strebens zur Harmonie verbleiben, und wie in diesem Widerstreite jede dieser Bestrebungen sich aufheben und als unrealisirbar sich zeigen muß, wie er also resigniren, in Kindheit zurükfallen oder in fruchtlosen Widersprüchen mit sich selber sich aufreiben muß, wenn er in diesem Zustande verharrt (IV 255; *2, 543*).

Und hier kann ihn nur der poetische Akt der freien Wahl und Entgegensetzung einer Sphäre erlösen, der ihm endlich sogar noch die "Hyperbel aller Hyperbeln", die Selbstergreifung der "ursprünglichen poëtischen Individualität" ermöglicht (IV 252; *2, 540*), sofern er in der gewählten Sphäre gesetzt und als Setzendes zugleich aus ihr abstrahierbar ist. Was Hölderlin hier, bis hin zu existenzialistischen Modellen des Selbstentwurfs und der Begründung von Erkenntnis, Praxis, Politik in der Ästhetik vorweggenommen hat, deute ich hiermit nur an; jedenfalls handelt es sich schon für ihn um viel mehr als eine "bloße" Poetik, erscheint doch umgekehrt die Poesie in diesem umfassenden Sinne der Selbst-Erdichtung als transzendentale Handlung überhaupt, die in religiösem, philosophischem, theoretischem, praktischem, politisch-historischem Sinne die Bedingung der Möglichkeit des seiner "Bestimmung" gemäßen Menschseins ist.

Grundlage dieser umfassenden Theorie ist das Konzept der "Töne", die wir als Spannungszustände in ihrem ontologischen, religiös-metaphysischen, vermögenspsychologischen, anthropologischen, poetologischen Sinn besprochen haben. Die Anwendung dieser reinen Handlungsstrukturen oder Gesten, ihrer Sprach- und Widerspruchsrelationen läßt sich bei Hölderlin noch weiter verfolgen – es ist evident, daß er damit in bestimmter Weise Bezug nimmt auf die zeitgenössische poetologische Diskussion,[52] daß er auf die in philosophisch gestützten "Diskursen" sich aus den *genera cogitandi* entwickelnden Welterklärungsmodelle rekurriert[53] und sie in "höherer poetischer Logik" zu dem Empfindungssystem Mensch wieder progressiv zusammenfügen möchte.

Wichtig ist, daß der Forscher keine dieser Anwendungen absolut oder als primär setzt, sondern sie jeweils als Zeichen, als Sprache des reinen *tonus* versteht, die metaphorisch transparent auf eine ganze Welt solcher "Sprachen" bleibt. Eine ganze Welt, die von der Elementarreligion mit Aether, Sonne, Flüssen und Erde über die mythologischen, literarischen, gedanklichen, gesellschaftlichen Traditionen bis zur individuellen Lebenssphäre alle Welten als Elemente umfaßt und in Sprach- oder Widerspruchsverhältnisse zueinander bringt.

Mit den "Tönen" hat Hölderlin, semiotisch gesehen, ein pragmatisches Konzept, das man als generativ bezeichnen kann: es schafft Handlungssphären, Welten und ihre Veränderungen, liegt allen gleichermaßen zugrunde und läßt sie als Sprache oder als zerstörenden Widerspruch gegenseitig aufeinander wirken. Nach Hölderlins Überzeugung gilt dies schon für unsere Lebenswelt überhaupt in ihren verschiedenen Verhältnissen und Sphären. Wenn aber schon das gewöhnliche Leben poetisch ist, vielstimmiges Gespräch, in dem unser "Bildungstrieb" (IV 221; *2, 508f.*) die Spannungszustände annimmt, Sphären und Verhältnisse als seine Sprachen organisiert, wie hebt sich dann noch die Dichtung vom Leben ab? Welchen Sinn hat sie? Eben den Sinn des Fiktionalen, das Lebensvorgänge und Handlungsformen so inszeniert und vorführt, daß sie wahrgenommen, zum Bewußtsein gebracht und dann frei gebraucht werden können (vgl. VI 426; *3, 460*).

Die Dichtung leistet dies durch fiktionale Doppelung, durch die Fiktion eines mehr oder weniger einheitlichen sprechenden Ich und durch die mehr oder weniger fremde poetische Sphäre, zu der es sich verhält. Die Konfrontation des Subjekts und seiner Töne – im Drama oder im Roman als Aufeinandertreffen verschiedener Menschen gestaltet –, die Konfrontation der Elemente einer Sphäre miteinander – in *Heidelberg* etwa Stadt, Vogel, Brücke, Strom, Tal und Ebene, Burg –,

52 Dazu vgl. Szondi (wie Anm. 22).
53 Dazu vgl. meinen in Anm. 47 genannten Aufsatz.

das schafft die inszenierten neugefundenen Zusammenhänge oder Widersprüche, die zum Bewußtsein kommen, zunächst als Zustände und Wechsel im Subjekt oder in der Sphäre mit mannigfachen Sprach- und Widerspruchsbezügen, dann vor allem als Verhältnisse zwischen Subjekt und Sphäre. Und der ganze inszenierte Vorgang wieder ist mögliche Sprache des Lebenszusammenhangs, in dem Autor und Leser sich tatsächlich befinden.

Dichtung ist also Sprache, die das Gespräch des Lebens bewußt macht, gemeinsame Sprache und Namen dafür entwirft und damit die Menschen zur Einstimmung in dieses Sprechen, d.h. tendenziell zum "Gesang" auffordert – "bald sind wir aber Gesang" (III 536; *1, 341*). Wenn vaterländisch ist, was gemeinsame Sprache stiftet, so ist alle Dichtung Hölderlins vaterländisch; speziell dieser Aufgabe widmet sie sich, wo sie sich das "Vaterland, Natur und Menschen insofern sie in einer besondern Wechselwirkung stehen" (IV 282; *2, 447*), zum Gegenstand macht und globale Geographie, Geschichte, Religiosität etc. als Sphäre wählt, um den abendländischen Menschen, speziell den Deutschen, die Erfahrung ihrer Humanität als "ganze Menschen", den Sinn für den gemeinsamen vaterländischen Geist und die Sprache für gemeinsames Handeln zu geben, das eine neue Kultur und Gesellschaft begründen sollte.

Ich deute noch an, wie diese Pragmatik der Töne in der Dichtung fiktional ausgeformt wird.

Hyletisierung des Pragmatischen

"Lebendige Töne sind wir", schreibt Hyperion (III 159; *2, 174*) und gibt damit zu vermuten, daß die Hauptfiguren des Romans, Hyperion, Alabanda, Diotima, die drei Spannungszustände verkörpern und damit als psychologische Hyletisierungen dieser generativen Prinzipien zu verstehen sind. Hölderlin hat in der Tat in seinen theoretischen Fragmenten Ansätze zu einer systematischen beschreibenden Psychologie aufgrund der Töne geliefert, und wenn die Vermutung zutrifft, so ist der *Hyperion* (auch) ein psychologischer Experimentalroman, in dem systematisch erprobt wird, wie drei reine Verkörperungen der universalen Spannungszustände aufeinander wirken müssen.

In dem Fragment *Ein Wort über die Iliade* werden die drei Charaktertypen, jeder mit seiner eigenen Vortrefflichkeit und seinem eigenen Mangel, vorgestellt. Der natürliche Mensch bildet mit seiner einfachen beschränkten Sphäre "ein harmonisches Ganze", es scheint ihm an Energie, dann wieder an tiefem Gefühl und Geist zu mangeln; dem Naiven fehlt Heroisches und Idealisches. Der heroische Mensch "interessirt uns mehr durch Größe und Stärke und Beharrlichkeit seiner Kräfte und Gesinnungen, durch Muth und Aufopferungsgaabe, aber er dünkt uns zu gespannt, zu ungenügsam, zu gewaltsam [d.h. ihm fehlt der Friede des Naiven], zu einseitig in manchen Fällen, zu sehr im Widerspruche mit der Welt", d.h. ihm fehlt die Allgemeinheit und die Versöhnungstendenz des Idealischen. Dieser zeichnet sich durch "Harmonie seiner inneren Kräfte" aus, durch vollständige, integre, seelenvolle Rezeptivität, durch Bedeutung der Welt im einzelnen und ganzen für ihn und in seinen Äußerungen; seine Mängel sind beim Gefühl für den Geist des Ganzen die fehlende Schätzung für das Individuelle, Besondere, die dem Naiven eigen ist, sowie die fehlende Klugheit und Verständigkeit, die dem Heroischen eigen sind (IV 226f.; *2, 513f.*).[54] Für die psychologische Anwendung, also die hyletische Form der Tonlehre, ist noch bedeutsam,

> daß kein Mensch in seinem äußern Leben alles zugleich seyn könne, daß man, um ein Daseyn und Bewußtseyn in der Welt zu haben, sich für irgend etwas determiniren müsse, [...] daß aber andere Vorzüge, die wir vermissen, deßwegen nicht ganz fehlen bei einem ächten Karakter, und nur mehr im Hintergrunde liegen [...]
> (IV 227; *2, 514*).

Leider bricht die Überlieferung des Textes hier ab; der noch angefangene Nebensatz "daß diese vermißten Vorzüge ..." hätte wohl weitergeführt werden sollen in dem Sinne, daß bei veränderten Situationen die im Hintergrund des Charakters liegenden Vorzüge durch eine neue "Determinierung", die er sich gibt, zum Vorschein kommen. Dies jedenfalls zeigt der *Hyperion*.

Als Beispiel analysiere ich die Entwicklung Alabandas, da sie bis auf ihre zwei Endstufen im 7. Brief des Ersten Bandes sich vollzieht und damit leicht überschaubar ist. Alabanda wird als "Titan" unter dem Zwergengeschlechte eingeführt, das "seine Höhe maß und seine Stärke"; sein glühender verbrannter Römerkopf (Reminiszenz an *Graf*

54 Der natürliche Charakter wird in dem Fragment *<Über die verschiednen Arten, zu dichten>* noch einmal geschildert und dann mit dem natürlichen Äußerungston des Epischen Gedichts in Analogie gesetzt.

Donamar) weist auf seinen energiegeladenen, heroischen Grund. Alabanda begegnet nun täglich Hyperion,

> und es war jedesmal ein herrlicher Moment, wann das Auge dieses Menschen, für dessen Blik der freie Aether zu enge schien, so mit abgelegtem Stolze sucht' und strebte, bis es sich in meinem Auge fühlte und wir erröthend uns einander nachsahn und vorüber giengen. (III 24; *2, 32*)

Der Stolz wird abgelegt, Alabanda errötet, wenn er Hyperion nachsieht, der unbändig hinausstrebende Blick will sich im Blick Hyperions begrenzen, sich in seinem Auge fühlen, ins Enge begeben. Das heißt, der Heroische äußert sich naiv; Alabanda beginnt einen "epischen" Kursus des Wechsels der Töne.

Nach dem Ruf des Schreibers Hyperion: "O du, mein Freund und Kampfgenosse ..." erscheint ein anderes Bild: Alabanda als "feurig strenger furchtbarer Kläger, wenn er die Sünden des Jahrhunderts nannte" (III 27; *2, 35*): hier zeigt sich Alabanda, unter dem Einfluß des idealischen Hyperion, selbst idealisch in seiner Anklage, die auf eine ideale Norm rekurriert, und heroisch in der feurigen furchtbaren Strenge seiner Äußerung. An den kolossalischen Entwürfen phantasiert Alabanda mit – Unmännlichkeit, Kindlichkeit wird ausgeschlossen, seine Verständigkeit und Tapferkeit, heroische Eigenschaften, werden betont. Der Satz: "Aber oft ist auch die mühelose Begeisterung kriegerisch und klug" (ebd.) formuliert besonders deutlich den idealisch Heroischen Tonverhalt Alabandas auf dieser zweiten Stufe, die in der Schöpfungshieroglyphe des Epischen den unendlich aufstrebenden Gegensatz zu dem im Beschränkten gebremsten Einsatz der erste Stufe darstellt.

Ein neues Bild zeigt Alabanda, mit Hyperion umschlungen, Platon über Altern und Verjüngen im *Symposion* Platons (207d) lesend: hier hat er ganz den zu dieser Zeit naiv Idealischen Ton des erlebenden Hyperion angenommen (vgl. III 24; *2, 31f.*). Das zeigt sich in seiner ungewöhnlichen Bewegtheit, in den Reden über das Kind, das vergeblich nach Schönem und Wahrem suchen wird, über die Vergeblichkeit großer Taten und hoher Worte, die ohne Wiederklang im hohen Herzen des Volks bleiben. Die naiv Idealische Stimmung auf der dritten Stufe des epischen Kursus ist die Stimmung der Trauer – die Eingeschränktheit der Anfangssituation ernüchtert die Begeisterung der zweiten Situation wieder –, einer Trauer, die in Gefahr der Resignation gerät.

Hyperions Worte über die Beseitigung des Abgelebten zugunsten des "jungen Lebens, das für eine neue Welt heranreift" (III 28; *2, 36*), verwandeln Alabanda schlagartig; die Klage und Sehnsucht, in denen er sich auf der dritten Stufe geäußert hat, verwandeln sich in begeisterte Gewißheit seines neuen Grundtons, und die beschränkte Resignation des dritten Grundtons erscheint in der Äußerung des vierten Tonverhalts als klares Ziel dieser Begeisterung: Revolution, Beseitigung der Knechte und Barbaren, der trägen Klötze, die "dem Siegeslauf der Menschheit" im Wege liegen. Das Idealische des Grundtons, den Alabanda jetzt erreicht hat, ist der "Geist" des Epischen, der eine ursprüngliche Ausrichtung der zugrundeliegenden "Grundstimmung" wiedertönt und beim Dichter die Wahl der Stilart, des Anfangsgegensatzes zwischen Grundton und Kunstcharakter eines Tonwechsels bestimmt; im epischen Tonwechsel, der wie bei Alabanda heroisch Naiv anfängt, ist dieser den Anfangsgegensatz versöhnende Geist das Idealische, das Alabanda nun als Grundton der vierten Stufe rein erreicht hat (IV 267, Z. 23–30; *2, 555*). Deshalb ruft er aus: "Das ist endlich einmal meine Melodie", er beruft sich auf den "Gott in uns, dem die Unendlichkeit zur Bahn sich öffnet", und Hyperion stellt fest:

> Der Geist dieses Menschen faßte einen oft an, daß man sich hätte schämen mögen, so federleicht hinweggerissen fühlte man sich.
> (III 29; *2, 37*)

Alabanda hat hier den idealischen Grundton gefunden, der seinem titanischen Wesen die innere Einheit und seinem Leben das einheitliche Ziel gibt. Dieser Fund stellt eine Art Neubeginn oder wirkliche Begründung der Freundschaft mit Hyperion dar, denn im Idealischen treffen sich nun der "Geist" Alabandas und die ursprüngliche Grundstimmung Hyperions. Deshalb heißt es wohl: "Nur in den ewigen Grundtönen seines Wesens lebte jeder, und schmuklos schritten wir fort von einer großen Harmonie zur andern." Auch der heroische Wirkungston (vgl. IV 274; *2, 559*) stellt sich als Resultat ein: "Voll herrlicher Strenge und Kühnheit war unser gemeinsames Leben." (III 29f.; *2, 38*)

Unterbrochen von Reflexionen des Schreibers Hyperion über die Unaufhaltsamkeit der Veränderung und die Gefährdung in der Seligkeit solcher Freundschaft, geht die Erzählung auf das Gespräch am Ende der Reise nach Chios über. Alabanda erscheint Hyperion als "Geist auf seiner kühnen Irrbahn [...], wo er so regellos, so in ungebundner Fröhlichkeit, und doch meist so sicher seinen Weg verfolgte" (III 30; *2, 38*), d.h. Alabanda hat den naiven Äußerungston der vierten Stufe zu seinem Grundton gemacht, irrt fröhlich und regellos, dabei kühn und ungebunden, d.h. in heroischer Äußerung, auf seiner Bahn. Der naiv Heroische Tonverhalt Alabandas bringt auch sogleich die Trennung von dem weiterhin naiv Idealischen Hyperion: Alabanda fühlt sich geängstigt, eingeengt und beschränkt durch die Freundschaft, empfindet sie als Fesselung (III 31; *2, 39*), vertritt gegenüber dem aus Begeisterung wachsenden Staatskonzept Hyperions die Vorstellung eines Staates, der mit "Gewalt" erzwingt, was nach Hyperion (naiv Idealisch) die Liebe und der Geist geben sollten, und verspottet schließlich Hyperions Begeisterung, d.h. auch seinen eigenen idealischen Geist, als Schwärmerei. Auf dieser fünften Stufe von Alabandas Entwicklung setzt die Erinnerung ein; er hat Hyperion seine Jugend erzählt, die das Kind zu früh in den Kampf zwang, und aus seiner Vergangenheit kehren die furchtbaren Freunde wieder, anläßlich derer das Zerwürfnis vollständig wird, weil Hyperion unfähig ist, diese alte Freundschaft Alabandas mit "gesunderem Blike" (III 36; *2, 44*) zu sehen. Alabanda ist ruhig und zeigt Stolz, dann aber Entrüstung, weil er sich von Hyperion nicht beugen lassen will und lieber noch die letzte Kette der Freundschaft mit einem "Grillenfänger" zerreißt (III 36f. *2, 45*). Bis zum Abschied herrscht also der naiv Heroische Tonverhalt im Betragen Alabandas.

Auf der sechsten, heroisch Idealischen Stufe seines epischen Wechsels zeigen ihn der Brief mit der Aufforderung an Hyperion, der Rebellion beizutreten, und das Zusammentreffen in Vorbereitung der Kämpfe. Der Brief hat den erlebenden Hyperion (der durch Diotima in seinem eigenen tragischen Wechsel weiter gefördert wurde) auf dessen fünfte heroisch Idealische Tonstufe gehoben, so daß nun die Tonverhältnisse gleich, die Stufen allerdings verschieden sind: Alabanda tritt auf der sechsten Stufe in ein synthetisches Verhältnis der Versöhnung seines idealischen Geistes (Stufe 4) mit seiner kampfbetonten Vergangenheit und seinem ersten Grundton ein, während der erlebende Hyperion, im Gegensatz zu seinem naiven Geist (seine Stufe 4), sich jugendlich heroisch begeistert in einen unbesonnen angefangenen Kampf stürzt. So ist der Tonverhalt gleich, die Freunde stimmen zusammen in ihrer heldischen Begeisterung, aber der eine im Bewußtsein gealtert zu sein und um die Jugend zu kämpfen (III 106–108; *2, 118–121*), der andere jugendlich eingenommen von der heroischen

Vergangenheit mit Alabanda, nachdem doch Diotima ihm längst den kampflosen Weg der natürlichen Bildung des Volks gezeigt hatte.

Mit dem Scheitern des Aufstandes, der Plünderung nach der Schlacht bei Mistra, gehen beide Freunde in den idealisch Naiven Tonverhalt über; bei Alabanda bedeutet das aber das Ende, während es für Hyperion seine sechste Stufe, die Verbindung zwischen dem erkannten Wesen der vierten und der Kurzschlußhandlung auf der fünften Stufe, damit die Erkenntnis des Fehlers, der Schuld und die Todessehnsucht mit sich bringt. Jener Alabanda, der, als Hyperion durch einen der Plünderer verwundet war, unter die Verbrecher stürmte "wie ein strafender Gott, der führte nun so sanft mich aus dem Getümmel, und seine Thränen nezten mein Kleid" (III 118; *2, 131*); diese idealisch Naive Haltung, in der der "königliche Jüngling" so herzzerreißend "sanft" und "still" geworden ist (III 120; *2, 133*), in der er den verwundeten Hyperion "mit tausend zärtlichen häuslichen Sorgen" pflegt (III 125; *2, 138*), in der er sich selbst durch die imaginierte Liebe zu Diotima fremd geworden ist (III 136; *2, 150*), hält durch bis zu seinem Schlußbekenntnis, wo der idealische Geist unverstellt sich artikuliert:

> Weist du, sagt' er unter andrem, warum ich nie den Tod geachtet? Ich fühl' in mir ein Leben, das kein Gott geschaffen, und kein Sterblicher gezeugt. Ich glaube, daß wir durch uns selber sind, und nur aus freier Lust so innig mit dem All verbunden. [...] Was lebt, ist unvertilgbar, bleibt in seiner tiefsten Knechtsform frei, bleibt Eins und wenn du es scheidest bis auf den Grund, bleibt unverwundet und wenn du bis ins Mark es zerschlägst und sein Wesen entfliegt dir siegend unter den Händen. (III 141; *2, 155*)

An dieser Skizze erkennt man, daß Hölderlin seine Figuren nach den Tonverhältnissen und der Schöpfungshieroglyphe psychologisch konstruiert hat; an Alabanda haben wir einen vollständigen epischen Kursus verfolgt. Diotima durchläuft, so meine Ergebnisse, einen lyrischen, der erlebende Hyperion einen tragischen Kursus. (Der schreibende Hyperion hat seinen eigenen Tonwechsel.) Die Figuren beeinflussen einander in ihren Tönen, begleiten, entfalten, widersprechen einander gegenseitig. Die Schicksale der Figuren, die Leistungen und Fehler in ihrem Handeln mit- und gegeneinander, sind durch ihre jeweilige Stufe im Schöpfungsweg der Hieroglyphe und durch den ihrem Wesen und "Stil" entsprechenden Tonverhalt auf dieser Stufe bestimmt. Das heißt, daß der Kontingenz eines Ereignisses, etwa des

Zusammentreffens von Hyperion und Alabanda in Smyrna, jeweils eine bestimmte Rezeptivität in den Figuren begegnet, die das Kontingente auf ihre Weise sich zueignet und dabei das Richtige und Falsche tut, das ihr bei ihrem Stand in der spezifischen Geschichte ihres Geistes möglich ist. Die Konsequenz ist, daß das Handeln des einzelnen fast gesetzmäßig bestimmt ist, daß aber der Kontakt, das Gespräch mit anderen ihn, wie man an Alabanda sieht, in rasanter Weise verändern kann. Die Sittlichkeit und Verantwortlichkeit für das gute Handeln erscheinen somit nicht mehr wie bei Kant, Fichte oder Schiller auf die freie Subjektivität gegründet, sondern auf die Gesellschaft der Menschen, letztlich: die im Vaterland versammelte Gemeinschaft oder die Menschheit. Diotima zieht selbst diese Konsequenz:

> Beständigkeit haben die Sterne gewählt, in stiller Lebensfülle wallen sie stets und kennen das Alter nicht. Wir stellen im Wechsel das Vollendete dar; in wandelnde Melodien theilen wir die großen Akkorde der Freude. (III 148; *2, 163*)

Nur die Trias der Figuren, ihr Zusammentönen zu zweit und zu dritt (das letzte nur vermittelt) ergibt das Ganze, denn wir haben gehört, "daß kein Mensch in seinem äußern Leben alles zugleich seyn könne, daß man, um ein Daseyn und Bewußtseyn in der Welt zu haben, sich für irgend etwas determiniren müsse" (IV 227; *2, 514*). Der ganze Mensch, wie der sittliche, der religiöse, der politische Mensch stellt sich erst in der Gemeinschaft, in der gerad- und harmonischentgegengesetzten, durch Leiden und Seligkeit bestimmten Zusammenwirkung aller her. Hölderlins Roman bildet also in der Hyletisierung der pragmatischen Prinzipien die vaterländische Gesellschaft, ja die Menschheit in ihrer historischen Entfaltung ab.

Semantisierung des Pragmatischen

Hölderlins Tonlehre ist, wie schon mehrfach erwähnt, aufgrund ihres neuplatonischen Entstehungszusammenhangs eine Sprachtheorie; immer geht es um die Äußerung eines Innigen, die Unterscheidung und den Streit des bei dieser Äußerung entstehenden Individuellen bis zur Sprachlosigkeit, die Entwicklung einer neuen Sprache aufgrund der Entdeckung, daß sich die "sekundäre" Innigkeit der entstandenen Individuen im Geist, in der "Einheit des Einigen" (IV 249; *2, 537*) enthalten erfahren kann und sich als neue unterschiedene Innigkeit, als

"Welt in der Welt, und so als Stimme des Ewigen zum Ewigen" fühlt und darstellt (IV 250; *2, 538*).

So sind die Töne als Spannungszustände Äußerungsformen einer absoluten "Einigkeit mit allem, was lebt" (IV 267; *2, 556*), die das "Eine" der Neuplatoniker meint,[55] die vom menschlichen Geist als Eines in ihm und in allem geschaut, vom Verstande und den übrigen Erkenntnisvermögen jedoch nur in ihren abgeleiteten sprachlichen Äußerungen, Metaphern, Übersetzungen begriffen werden kann. Mit Ficinos Eros-Theorie, die Hölderlin schon in Tübingen intensiv rezipierte,[56] erfaßte er dieses neuplatonische System der universellen Sprachlichkeit der Welt nicht in seiner plotinisch statischen, sondern in seiner zwischen Statik und Dynamik dialektisch beweglichen Form; "Sprache" und "Sprachschaffung",[57] *ergon* und *energeia*[58] der Sprache sind Hölderlins Themen weit über die im engeren Sinne linguistischen Bereiche hinaus.

Die Welt in ihren verschiedenen Aspekten ist Äußerung, und es ist insbesondere die Aufgabe der Dichtung, diese Sprachartigkeit fiktional zu inszenieren. Die Lehre vom Wechsel der Töne ist hierfür nur ein besonders deutliches Beispiel. Die für eine Dichtung gewählte Stilart mit ihrem Anfangs-Tonverhalt und den daraus folgenden Tönen ist Äußerung für eine bestimmte Modifikation der Grundstimmung, die ihrerseits als gattungstragend "Metapher" ist – beim lyrischen Gedicht z.B. Metapher eines Gefühls – (IV 266; *2, 554*). Das Gefühl des sprechenden Ich ist Sprache des Autor-Ich, das seinerseits die eigene Gegenwart und Lebenssphäre ausspricht und anspricht. Die Geschichtsepoche aber ist Sprache des Einen oder Göttlichen, das sich im Wechsel, in der Zeit und Geschichte äußern muß. Jede dieser Äußerungsformen ist geradentgegengesetzt oder harmonischentgegengesetzt, richtet sich störend, zerstörend, aufhebend gegen das Wesen des Zugrundeliegenden oder behebt komplementär einen Mangel des Zugrundeliegenden. Jede dieser Äußerungsformen ist mehr oder weniger radikal und verfremdend; je nach der Intensität des sich äußernden Innigen wird

55 Vgl. Werner Beierwaltes, *Denken des Einen. Studien zur neuplatonischen Philosophie und ihrer Wirkungsgeschichte*, Frankfurt a.M. 1985.

56 Vgl. das Kapitel über die Tübinger Hymnen.

57 Ausdrücke Herders in der Ursprungsschrift; Frühe Schriften (wie Anm. 14), S. 750.

58 Humboldts Begriffe; vgl. Leo Weisgerber, "Zum Energeia-Begriff in Humboldts Sprachbetrachtung", Wirkendes Wort 4, 1953, S. 374–377.

sie mehr oder weniger kühnes fremdes Gleichnis (IV 266–269, 150f.; *2, 554–556. 426f.*); diese Differenzen bestimmen die Gattungen, die im nächsten Abschnitt besprochen werden.

Der Charakter der Äußerung und Sprache wird dadurch fiktional vorgeführt, daß sich in jeder Phase eines Gedichtverlaufs zwei Töne als Grundton und Kunstcharakter gegenüberstehen und miteinander in Dialog treten. Während der Grundton die "idealische Stimmung" des sprechenden Ich zeigt und in der Auseinandersetzung mit der gewählten Stoffsphäre wechselt, trägt diese eine "künstlich reflectirte Stimmung" (IV 250; *2, 537*) und heißt deshalb "Kunstcharakter"; umgekehrt ist dieser Stoff das "eigentlich ausgesprochene im Gedichte" (IV 244; *2, 531*), während das sprechende Ich und seine Stellvertreter (z.B. die Romanfiguren) uneigentlich, metaphorisch sind gegenüber dem Autor. In der Ode *Heidelberg* zum Beispiel zeigt das sprechende Ich Stimmungen – es liebt die Stadt schon lange, es wurde auf der Brücke angefesselt, die Ferne war reizend –, und es überträgt Stimmungen auf den Stoff – es möchte die Stadt Mutter nennen und ihr ein Lied schenken –, Stimmungen, die dann selbständig von den Elementen des Stoffs her tönen: die Brücke schwingt sich leicht, der Jüngling, der Strom ist traurig-froh, die Stadt hatte ihm Quellen geschenkt, die Gestade sahen ihm nach etc. bis zu den fröhlichen Gassen. Diese Sphäre, der sinnliche Stoff, ist das eigentlich Ausgesprochene im Gedicht; die Unfestigkeit des sprechenden Ich zeigt sich daran, daß es nach der Analogisierung mit einem Element des Stoffs (dem Strom, der mit dem Herzen analog gesetzt wird) in der Mitte des Gedichts verschwindet und in der zu sich selbst sprechenden Stoffsphäre aufgehoben ist.

Immer dialogieren also zwei Töne miteinander, auf jeder Stufe des poetischen Prozesses – dies muß gegen die übliche Praxis betont werden, die nur jeweils den Kunstcharakter verwirklicht finden will –, und manchmal artikuliert sich noch der dritte Ton als Wirkungston, wie wir es als Resultat des Zusammenlebens von Hyperion und Alabanda gesehen haben. Man kann mit einiger Übung, vor allem im Nachhören der Spannungsverhältnisse in den Formulierungen, die dialogierenden Töne erfassen. Einige Beispiele:

"Lange lieb' ich dich schon" (II 14; *1, 242*): "Lange schon" blickt auf eine Zeitstrecke zusammenfassend zurück, bleibt aber unbestimmt; Liebe zu einem angeredeten Du ist konkret, begnügt sich mit und in dieser begrenzten Beziehung. Der Grundton des liebenden Ich ist naiv, es äußert sich aber durch den Blick, der über den von Liebe erfüllten gegebenen Moment hinaus in die unabsehbare Vergangenheit geht und sie zusammenfaßt, idealisch. Der Anfangsgegensatz einer lyrischen Stilart ist konstituiert, der sich in der Strophe noch mehrfach fassen läßt – "kunstlos Lied", "Vaterlandsstädte", "Ländlichschönste", "so viel ich sah". Der Text beginnt mit dem Kunstcharakter, d.h. das erste tontragende Wort ist idealisch – "lange" –, und die invertierende Satzgrammatik weist auf die (sozusagen endlich geschehende) Äußerung eines Sprechers als Zursprachebringen eines Inneren hin.

"Echo des Himmels! heiliges Herz!" (II 33; *1, 295*) Das Echo ist unselbständiger Widerklang, naive Äußerung des Herzens, das nicht sich selbst ausspricht, sondern die Stimme des Himmels wiedergibt und damit dienend gedacht ist. Dies ist der heroisch Naive Einsatz eines epischen Kursus. Vergleichbare Formulierungen in der ersten Strophe: "verstummst", "unter den Sterblichen", "schlummerst ... verwiesen". An der letzten Formulierung wird die Dissonanz der geradentgegengesetzten Töne besonders deutlich: das von Götterlosen "verwiesene" Herz leidet natürlich ob der täglichen Verbannung in die Nacht; dennoch äußert es sich "schlummernd", d.h. in einer Form des Schlafes, die als besonders leicht, glücklich, genügsam und friedlich zu denken ist. Die zweite Fassung fügt das heroische "freies" in die Zeile, muß deshalb "schlummerst" zu "schläfst" kürzen, gewinnt aber mit der Formulierung "schläfst, freies!" praktisch ein Oxymoron[59] des heroisch Naiven Tonverhalts, in der Inversion N-her fast wie ein Echo der 1. Zeile, die wieder mit dem Kunstcharakter anfängt.

Eine Vielzahl weiterer Beispiele habe ich in den einzelnen Kapiteln zu den Dichtungen analysiert.

Der Dialog der Töne, durch den im Wechsel das Vollendete dargestellt wird, ist wohl der allgemeinste Fall dessen, was Michail Bachtin als Dialogizität beobachtet und beschrieben hat. Was bei ihm Karnevalisierung, sprachliche Subversion einer offiziellen Sprache und Diskursform durch inoffizielle Sprache, Ambiguität und inneres Umkippen von Wörtern und Formulierungen im historischen Zusammenhang sich bekämpfender und ablösender Herrschaftsdiskurse ist, das praktiziert Hölderlin, ebenfalls Pragmatisches semantisierend, im Wechsel und Dialog von Spannungszuständen, die sich, wie wir gezeigt haben, durchaus bis zu Diskurssystemen verselbständigen können, aber auch schon auf der Mikroebene und im einzelnen Wort miteinander dialo-

59 Vgl. "helle Nacht" in der 1. Zeile von *Heimkunft*.

gieren. In dem Fragment <*Das Werden im Vergehen*> wird ja auch explizit beschrieben, wie sich beim Übergang von Kulturepochen das Werdende im Vergehenden sprachlich ankündigt und das Vergehende im Werden erinnert wird.

Syntaktisierung des Pragmatischen

Die geregelte Aufeinanderfolge der Töne im Grundton, im Kunstcharakter und zwischen ihnen sowie der Übergang von einer Tonstufe zur nächsten bedeutet, wenn man die Töne als generative Prinzipien für Diskurse, Sphären-Zusammenhänge und kosmische Verhältnisse nimmt, eine Syntaktisierung des Pragmatischen, der Handlungsräume und Beziehungsformen; das Vollendete wird nicht in einer statischen Gestalt, sondern in einer harmonischen Sukzession und dem dialektischen Wechsel des auseinander Hervorgehenden dargestellt.

Den Wechsel der Töne im Gedicht haben wir besprochen und gehen deshalb nicht noch einmal darauf ein. Nun zeigt sich aber, daß Hölderlin auch den Geschichtsprozeß poetisch versteht, wie er ja die Verfahrungsweise des poetischen Geistes mit dem Gang und der Bestimmung der Menschenbildung im allgemeinen verglichen hat. Das Fragment <*Das Werden im Vergehen*> beschreibt den Weg des untergehenden und neu entstehenden Vaterlandes nach dem Kalkül der Schöpfungshieroglyphe, wie das die <*Verfahrungsweise*> für die genannten Entwicklungsprozesse getan hat. *Der Tod des Empedokles* sollte einen solchen Übergang zum Problem machen und ein kühnes fremdes Gleichnis für den Tod Christi einerseits, für die eigene Gegenwart andererseits bereitstellen.

Hölderlin hat auch die Geschichtsepochen und Kulturkreise der Antike und Moderne in einem Tonverhältnis aufeinander bezogen. Schon in der Abhandlung *Der Gesichtspunct aus dem wir das Altertum anzusehen haben* stellt er in der Nachfolge von Youngs Essay *Conjectures on Original Composition* fest, daß die aus der Antike überlieferte gestaltete Kultur die Modernen zu erdrücken droht, wo doch der "Bildungstrieb", der gemeinsame "Urgrund aller Werke und Taten der Menschen", "darauf geht, das Ungebildete zu bilden, das Ursprüngliche Natürliche zu vervollkommnen" (IV 221f.; *2, 508f.*). Die Abhandlung bricht ab, bevor "unsere besondere Richtung *Handeln*" (IV 222; *2, 509*) etwa gegen die der Griechen genauer expliziert werden kann; jedenfalls aber ist klar, daß Hölderlin in der Bestimmung des Verhältnisses zwischen Antike und Gegenwart seine Antwort auf die seinerzeit in der “Querelle des anciens et des modernes” diskutierte Frage sucht, ob die Alten aufgrund ihrer Ursprungsnähe ewige Muster geschaffen hätten, die man nur nachahmen, denen man nur nacheifern könne, oder ob die Modernen dadurch, daß sie auf den Errungenschaften der Alten weiterbauen können, ganz selbstverständlich bessere Leistungen erzielen müßten. Herder hatte mit seiner Theorie des in einer bestimmten Entwicklungsstufe der Menschheit erreichbaren Maximums und dessen nur strukturelle Analogie zu anderen Maxima[60] dem Streit für den deutschen Bereich ein Ende gesetzt – die scheinbaren Wiederaufnahmen etwa durch Schiller und Friedrich Schlegel basierten bereits auf dieser Theorie und gingen wie die Wiederaufnahme Hölderlins der Frage der Herstellbarkeit eines modernen Maximums in struktureller Analogie zum antiken oder besser athenischen nach, das damit vom Muster oder Steinbruch zum Gegenstand wissenschaftlicher Analyse wurde.

Der vielbesprochene[61] Brief an Böhlendorff vom 4. Dezember 1801 interpretiert Antike und Moderne aufgrund eines entgegengesetzten Tonverhältnisses: Den Griechen ist das “Feuer vom Himmel” ursprünglich und natürlich, und ihre Kultur begann, als Homer “die abendländische *Junonische Nüchternheit* für sein Apollonsreich” erbeutete und sich das Fremde aneignete (VI 426; *3, 460*). In Tönen/Spannungszuständen ausgedrückt, stand am Anfang der griechischen Entwicklung also ein heroisch Naives Verhältnis; die Leidenschaft und Energie des asiatischen Ursprungs wird in direktentgegengesetzter Äußerungsform durch die Klarheit, Präzision, Besonnenheit der naiven Darstellung begrenzt (IV 228–232; *2, 515–519*), so wie in der von Homer eingeleiteten griechischen Entwicklung die schöne plastische, überall durchgebildete Gestalt der Verhältnisse als das Kennzeichen besonders der attischen Kultur und Gesellschaft stilisiert wird. Da Hölderlin keine diesbezüglichen Andeutungen macht, will ich nicht spekulieren, ob und wie er den Tonwechsel im Sinne eines epischen

---

60 Herder, *Ideen zur Philosophie der Geschichte der Menschheit*, Buch XV. Schon die Idee der nationalen Klassik in Herders Fragmenten *Über die neuere deutsche Literatur* von 1766/67 macht die Querelle obsolet.

61 Vgl. Peter Szondi, “Hölderlins Brief an Böhlendorff vom 4. Dezember 1801, Kommentar und Forschungskritik”, Euphorion 38, 1964, S. 260–275. Zum folgenden vgl. auch meinen Vortrag “Hölderlins vaterländische Sangart”, HJb 25, 1986/87, S. 12–59, bes. 28ff.

Kursus in der griechischen Geschichte abgebildet sah. Jedenfalls aber spricht er vom "Fortschritt der Bildung", in dem "das eigentliche nationelle [...] immer der geringere Vorzug" werde, d.h. die Griechen sind "des heiligen Pathos weniger Meister" (VI 426; *3, 460*). Daß die Griechen auf die Darstellung, die Kunst, die Gestalt so ausschließlichen Wert gelegt und das Vaterländische, den "*freien* Gebrauch des *Eigenen*" (ebd.) versäumt haben, sagt ein spätes Fragment:

meinest du,
Es solle gehen,
Wie damals? Nemlich sie wollten stiften
Ein Reich der Kunst. Dabei ward aber
Das Vaterländische von ihnen
Versäumet und erbärmlich gieng
Das Griechenland, das schönste, zu Grunde. (II 228; *1, 399*)

Das entspricht der z.B. von Montesquieu und Herder vertretenen Meinung: "durch seine Liebe zum Schönen gieng Griechenland unter."[62] In der Katastrophe, der Umwendung des Tonwechsels soll der den Anfangsgegensatz versöhnende "Geist" erscheinen, der dann die freie Wahl einer Sphäre und mit der Abstraktionsmöglichkeit von ihr auch den freien Gebrauch des Eigenen, des ursprünglichen Grundtons ermöglicht. So sollen nach der "vaterländischen Umkehr" (V 271; *2, 921*) der angenommene Bildungston (bei den Griechen also die Klarheit der Darstellung) als frei zu gebrauchende oder abzulegende Ausdrucksform oder Grundstimmung, aber auch das "eigentliche nationelle", die Leidenschaft, das "heilige Pathos" als Grundstimmung und als Ausdrucksform frei verfügbar sein. Diese notwendige Entwicklung wurde bei den Griechen offenbar versäumt; es mag sein, daß die Deutung von Christus als letztem der griechischen Götter (II 93; *1, 289*), als "stiller Genius, himmlisch / Tröstend, welcher des Tags Ende verkündet' und schwand" (II 94; *1, 290*), die aus "Syrien" kommende idealisch Naive Umkehr andeutet, die die Griechen aus eigener Kraft nicht leisteten.

"Bei uns ists umgekehrt." Die Nüchternheit ist "abendländisch", "die Klarheit der Darstellung [ist] uns ursprünglich so natürlich wie den Griechen das Feuer vom Himmel" (VI 425f.; *3, 460*). Wie Homer das Naive sich als Fremdes aneignete, so mußte umgekehrt das Abendland sich die "schöne Leidenschaft", "das Feuer vom Himmel", "das heilige Pathos" aneignen, um auf den Weg der Kultur zu kom-

62 Herder SW 17, 376.

men. Das ist ein harmonischentgegengesetztes Spannungsverhältnis, wie es im "Normalfall" die zweite Hälfte des Tonwechsels bestimmt.[63] Der vermittelnde Halbgott, der die Kulturentwicklung anleitet, ist deshalb nicht wie Herakles ein Reiniger oder Dionysos ein Gesetzgeber und Gestalter (II 162; *1, 348*), sondern ein schuldlos Leidender, Christus, an dem die leidenschaftliche Trauer und die Erinnerung hängt, das Kennzeichen der hier vorweggenommenen zweiten Hälfte des Tonwechsels. Wegen dieser Vorgeschichte der Gegenwart, dem Entstehen der abendländischen, immer "noch kinderähnlichen Kultur" (VI 436; *3, 470*), hat Hölderlin sich in der Zeit der Gesänge[64] mehr und mehr mit Rom, Italien, dem Mittelalter, dem Katholizismus befaßt, wie spätere Fassungen und Fragmente zeigen. Denn bei einer vaterländischen Umkehr in der Mitte der Zeit, die er dringend erhoffte, mußte die Erinnerung zu Ende gebracht, abgearbeitet, aufgelöst und in eine neue unendliche Realität überführt werden (vgl. IV 284f.; *2, 449f.*): der diese Phase anleitende Halbgott tritt nach abgelegter Knechtsgestalt aus der Werkstatt der Zeit (III 534f.; *1, 341*); der freie Gebrauch des eigentlich Nationellen wird möglich und "muß so gut gelernt seyn, wie das Fremde" (VI 426; *3, 460*); Hölderlin lehnt deshalb den "müden Flug" der empfindsamen Liebeslieder ab, betont die Techné und den Kalkül in seiner Dichtung und konzentriert sich auf Gedichte, die "unmittelbar das Vaterland angehn [...] oder die Zeit" (VI 435; *3, 469*), "Vaterländische Gesänge" und "Nachtgesänge". Wenn die vaterländische Umkehr, die er in *Friedensfeier* als noch nicht eingetreten, aber als vorbereitet und bevorstehend verkündet (V. 13–15, 112–122, 156), tatsächlich eintritt, werden diese Gesänge die Grundlage des neuen Selbstverständnisses, der neuen Fähigkeit zum freien Gebrauch von Natur und Kunst darstellen. Hölderlin hat bis zu den Sophokles-Anmerkungen in dieser Naherwartung gelebt;[65] auch die in *Mnemosyne* manchmal vermutete Zurücknahme dieser Erwartung kann ich nicht erkennen (vgl. das Kapitel über die *Gesänge*).

---

63 Hölderlin hat solche Fälle bedacht, vgl. die zwei tragischen Tabellen in <*Wechsel der Töne*> (IV 239; *2, 526*).

64 Vielleicht hat damit schon die "Neigung zu den mittlern Zeiten" zu tun, die Goethe ihm am 22. August 1797 auszureden versuchte. Goethe HA Briefe II, 302.

65 Vgl. meinen in Anm. 61 genannten Vortrag, S. 47f. mit den Hinweisen zum "eigentlicheren Zevs" der Abendländer.

Die Syntaktisierung des Pragmatischen, die wir hier in der Zeitstruktur der Geschichte untersucht haben, zeigt die Geschichte als Poiesis oder umgekehrt die Dichtung als fiktionale Ausstellung des Geschichtsgangs. Der Dichter ist damit wirklich dem Höchsten "geeignet" (II 46; *1, 305*).

Pragmatisierung des Pragmatischen

Sphären, die sich sichtbar umstrukturieren oder in denen sich eine neue Sphäre mit neuer Sprache, neuen Beziehungsformen und Organisationen bildet, sind Fälle der fiktionalen Ausstellung dessen, was Hölderlin, nach Rousseau und Fichte, Sphäre nennt und was den Wirkungskreis, den Lebens- und Handlungszusammenhang von Menschen als Subjekten und als Gemeinschaft meint. Der Dichter, so haben wir gesehen, setzt sich in seinem Arbeitsprozeß in freier Wahl eine Sphäre gegenüber, und das Gedicht bildet noch einmal diesen Untergang und Übergang der Sphäre ab.

Werden die den Zusammenhang in Sphären bildenden und umbildenden Energien in wechselseitiger Einwirkung aufeinander vorgeführt, so kommt dem Rezipienten zu Bewußtsein und Erfahrung, daß er selbst poietisch Sphären bildet und umbildet. Diese Form und Leistung der Fiktionalität ist in Hölderlins Gattungslehre gegeben. Sie will ich abschließend skizzieren, obwohl eine umfassende Untersuchung zu diesem interessanten und differenziert ausgearbeiteten Aspekt von Hölderlins Poetik noch aussteht. Ausgangspunkt ist das Fragment <*Über den Unterschied der Dichtarten*>, wo Hölderlin das lyrische, das epische und das tragische Gedicht und ihre Stilarten behandelt und sie systematisch so aufeinander bezieht, daß sie einen geschlossenen Kreis bilden. Wir folgen zunächst den Aussagen zum lyrischen Gedicht (IV 266; *2, 554*).

Es ist "dem Schein nach idealisch" und "in seiner Bedeutung naiv", d.h. das naiv Idealische Tonverhältnis, das den ersten Tonverhalt der lyrischen Stilart ausmacht, bestimmt die ganze Gattung des Lyrischen, und zwar in allen seinen Stilarten und unbeschadet des Wechsels der Töne im Verlauf der Gedichts; "Schein" und "Bedeutung" entsprechen deshalb keinesfalls den Begriffen "Kunstkarakter"[66] und "Grundton". Die Bedeutung wird sofort erläutert: "Es ist eine fort-

66 Im vorliegenen Aufsatz steht für "Kunstcharakter" der Begriff "Sprache".

gehende Metapher Eines Gefühls." Fortgehende Metapher heißt zunächst, daß das Gefühl "übertragen", in einem Zeichenmedium abgebildet wird; fortgehend bedeutet, besonders wenn man den Ausdruck als Eindeutschung von *translatio continuata* versteht, dem in der lateinischen Rhetoriktradition üblichen Terminus für "Allegorie", daß dieses Eine Gefühl sich in einer Reihe von Schattierungen ausdrücken wird, die alle verschieden aber doch zusammengehörig sind. (Eine *translatio continuata* im üblichen Sinn ist z.B. in dem bekannten Kirchenlied "Es kommt ein Schiff, geladen ..." die Reihe Schiff, Ladung, Segel, Mast für Sohn, Wort, Liebe, Heiliger Geist.) Naiv ist das lyrische Gedicht in seiner Bedeutung deshalb, weil es nur dieses eine Gefühl entfaltet und ausschreitet und sich präsent hält.

Die lyrische Gattung hat mit dieser Bedeutung eine "Grundstimmung", die variieren kann. "Grundstimmung" wird von "Grundton" unterschieden; Grundton erscheint erst in der endgültig gewählten Stilart, während die Variationen der Grundstimmung die Wahl der Stilart bestimmen.[67] Grundstimmung muß die Beziehung zwischen Fühlendem und gewählter Sphäre bezeichnen, die Art, wie sich das fühlende poetische Ich in der Sphäre enthalten sieht, denn die Grundstimmung des lyrischen Gedichts enthält "eine Einigkeit [...], die am leichtesten sich giebt", d.h. die im Vergleich zu den Einigkeiten des epischen und des tragischen Gedichts weniger durch Leiden gekennzeichnet ist. Dies wird in Abgrenzung zum tragischen Gedicht näher ausgeführt (IV 268f.; *2, 556f.*): Die individuelle Welt, der eine "lyrische (individuellere) Stimmung" entspricht, strebt "in ihrem vollendetsten Leben und reinsten Einigkeit sich aufzulösen", d.h. was den "höheren unendlicheren Zusammenhang" in diesem individuellen Lebenskreis ausmacht (IV 276; *2, 565*), strebt sich aufzulösen und die Ganzheit von Sphäre

67 Hölderlin ist allerdings nicht ganz konsequent in der Trennung von "Grundstimmung" und "Grundton". Seit Dieter Jähnig, *Vorstudien zur Erläuterung von Hölderlins Homburger Aufsätzen*, Masch. Diss. Tübingen 1955 werden diese Unterschiede sogar in den konstituierten Texten der StA, FHA, L durch Ersetzung von Hölderlins auf "Grundstimmung" bezogenen Pronomina verwischt. Alles soll sich nur auf "Grundton" beziehen; damit wird die von Hölderlin gegenüber den Stilarten gewahrte Einheit der Gattung zerstört. Vgl. meine Korrektur in Der gesetzliche Kalkül (wie Anm. 1), S. 142–152; Peter Szondi, Hölderlin-Studien (wie Anm. 22) setzt sich S. 136–138 mit meinen Einwänden auseinander, seinen Ablehnungsgrund (Zuordnung der 7. Olympischen Hymne) beseitige ich im vorliegenden Text durch Korrektur meiner damaligen Auffassung (vgl. Anm. 70).

und fühlendem Subjekt damit zu vernichten. Die Sphäre scheint ihr Zentrum zu verlieren und "in dem Puncte, wo sie sich individualisirt, in dem Theile, worinn ihre Theile zusammenlaufen, zu vergehen". Erst da, wo dieses Ganze sich auflöst oder aufzulösen droht, wo "sich Fühlender und Gefühltes scheiden wollen",[68] wo die Teile ihr verbindendes Zentrum verlieren, entsteht "innigstes Gefühl", fühlt sich "erst die individuelle Welt in ihrer Ganzheit", weil in ihrer drohenden Vernichtung "die individuellere Einigkeit am lebhaftesten und bestimmtesten gegenwärtig ist, und wiedertönt". In dem Moment der realen Auflösung der Einigkeit – das ist die Mitte des Gedichtvollzugs – sind das Gefühl des Verlorenen und der Schmerz in den auseinanderfallenden Teilen am stärksten, das Ganze fühlt sich rein, weil es real gar nicht mehr existiert, die Einigkeit, von der der Gedichtvollzug ausging, tönt als rein geistiges Prinzip, als Idee, wieder. So ist etwa in *Heidelberg* die Einigkeit zwischen fühlendem Ich und Stadt, der Mutter-Kind-Bezug des Anfangs in der vierten Strophe aufgelöst; das Ich erscheint noch synekdochisch und verallgemeinert in "das Herz" und dient als verdeutlichende Analogie für das Tun des Stroms; danach ist vom Ich nicht mehr die Rede, es redet nur noch an: Fühlender und Gefühltes haben sich getrennt, der Punkt, in dem sich alles konzentrierte, individualisierte, nämlich das Herz, wirft sich, "liebend unterzugehen, / In die Fluthen der Zeit" (II 14; *1, 242*); das Ganze von Ich und Stadt fühlt bei diesem Abschied und Untergang noch einmal "traurigfroh" die verlorene Einigkeit.

Weil die Grundstimmung aller lyrischen Dichtungen ein Gefühl ist, das auf Präsenz und Konkretheit, "sinnliche Verknüpfung und Darstellung" (IV 266; *2, 554*) geht, zeigt sie sich "in ihren Bildungen und der Zusammenstellung derselben gerne wunderbar und übersinnlich"; der idealische "Schein" des Lyrischen ist sprunghaft, unverbunden, die sinnliche oder kausale Verknüpfung der aus der Sphäre aufgerufenen Dinge fehlt, die Dinge scheinen wunderbar beseelt und fähig zu handeln und zu fühlen: die "schöne Unordnung" des Odischen, die Beseelung der Dinge in der Begeisterung des Dichters, das Übersinnliche, ja Erhabene, das die Sprache und die Stoffelemente charakterisiert, gelten als Kennzeichen für die lyrische Gattung in allen Stilarten und jeweils im ganzen Vollzug.

---

68 Wegen dieser Formulierung vermutete ich oben, daß "Grundstimmung" die Beziehung zwischen Fühlendem und gewählter Sphäre bezeichnet.

Ebenfalls unabhängig von der Stilart nennt Hölderlin die "energischen heroischen Dissonanzen", die die Tendenzen der Grundstimmung und des Scheins "vereinigen". Die Grundstimmung würde, wenn sie nur "im idealischen Bilde" des Scheins spräche, "ihre Wirklichkeit, ihr Lebendiges" verlieren, eben das naive Leben, das diese Gattung mit ihrer einfachen individuellen gefühlten Sphäre bestimmt; sie würde dagegen "im unmittelbareren Ausdruk", d.h. wenn sie nicht mit der Bildsprache des Scheins in ständigem Dialog stünde, "ihre Tendenz zur Erhebung" ins Idealische, Übersinnliche und Wunderbare verlieren. Der heroische Spannungszustand in seiner Energie vereinigt das präsente Leben mit der Erhebung von der Wirklichkeit des Bestehenden, wirkt deshalb dissonant auf jede der beiden Tendenzen und vermittelt sie darum auch – Hölderlin mag musikalisch an verminderte Septakkorde gedacht haben. In jedem lyrischen Gedicht braucht es also neben der "Wirklichkeit und Heiterkeit und Anmuth" des unmittelbareren Gefühlsausdrucks und dem Übersinnlichen, Wunderbaren, Unverknüpften der Bilder aus der Sphäre Bewegung, Handlung, Geschehen: in *Heidelberg* die wie ein Vogel über den Strom sich schwingende Brücke, das Angefesseltwerden des Sprechers, das Fortziehen und Sich-Werfen in den Untergang, das Hereinhängen der Burg, die von den Wettern zerrissen ist, usw.

Nun erst, nachdem die Trias der Tendenzen für jedes lyrische Gedicht besprochen ist, kommen die Stilarten und damit verbunden die spezifische Weise, wie die Schöpfungshieroglyphe auf ihren Stufen durch Tonverhalte erfüllt wird. "Ist ihr Grundton", d.h. die subjektive fühlende Seite der Grundstimmung, "heroischer, gehaltreicher, [...] hat er also an Idealität weniger zu verlieren, so fängt [sie] naiv an".[69]

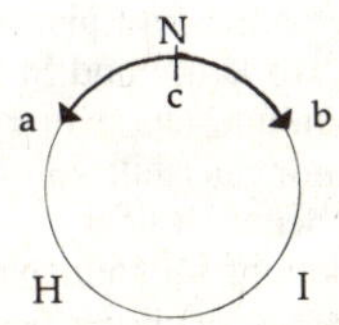

Wenn (a) der Grundton, der subjektive Spannungszustand, weniger vereinigend, erhebend, zur Ganzheit und Idealität tendierend ist als vielmehr unterscheidend, trennend, energisch, gehaltreich, dann fängt

69 Die StA bewahrt mit "Innigkeit" den von Hölderlin zunächst notierten Wortlaut; ich folge der FHA und L mit dem in die darunterliegende Zeile gesetzten "Idealität". Vgl. *L 14, 174.*

die Grundstimmung mit dem naiven Kunstcharakter des ersten Tonverhalts der epischen Stilart (heroisch Naiv) an.[70] Hölderlins Beispiel ist die 7. Olympische Ode Pindars für den Faustkämpfer Diagoras, eine Dichtung, die mit einem naiven Vergleich voll "Wirklichkeit und Heiterkeit und Anmuth" einsetzt:

> Wie wenn eine Schale einer von reicher Hand
> Ergreift, die drinnen schäumt vom Tau des Weinstocks,
> Und wird sie schenken,
> Dem jungen Eidam zutrinkend von Haus zu Haus ...[71]

Die begrenzende Schale, mit der der Text (naiv) einsetzt, enthält aber in heroischem Gegensatz dazu den schäumenden Wein, der Schenkende (naive Äußerung) "ergreift" die Schale: Heroisches tönt schon als Grundton in der vergleichenden Äußerung mit. Das sprechende Ich aber, wenn es dann auftritt, sendet die Frucht seines Nachdenkens an die Preisträger – hier ist der gehaltreiche Grundton, das Leben und Erhebung vereinigende Heroische deutlich.[72]

Ist (b) der Grundton der lyrischen Grundstimmung "idealischer, [...] hat [er] also an Leben weniger zu verlieren, so fängt sie heroisch

---

70 Hier korrigiere ich meine frühere Auffassung, wonach "anfangen" sich auf den Grundton einer Stilart bezieht (Der gesetzliche Kalkül, wie Anm. 1, S. 144–147): offenbar meint Hölderlin mit "anfangen" den Textanfang, die erste tontragende Formulierung einer Dichtung, und diese trägt, wie wir an einer Reihe von Beispielen festgestellt haben, immer den Ton des Kunstcharakters. In der Zuordnung der Beispiele Hölderlins komme ich nun zu denselben Ergebnissen wie Ryan und Szondi, nicht aber hinsichtlich ihrer übrigen Annahmen; v.a. halte ich den deutlichen Unterschied zwischen Gattung ("Grundstimmung" bzw., im Epischen, "Grundton, der wohl auch verschiedener Stimmung seyn kan") und Stilarten fest sowie das Erscheinen, die Ablesbarkeit von mindesten zwei Tönen auf einer Tonstufe.

71 Pindar, *Siegeslieder*, zusammengestellt von Uvo Hölscher, Frankfurt a.M. 1962, S. 24 (Übersetzung Schadewaldt).

72 Daß der "athletische Wettkampf für Pindar wie für Hölderlin ein Symbol dessen ist, was in der Charakteristik der heroischen *Bedeutung* des Epos *große Bestrebungen*, auch: *Energie* und *Bewegung und Leben* heißt", kann nicht ohne weiteres, wie Szondi meint, als "Beweis" für die epische Stilart des Gedichtes dienen (Hölderlin-Studien, wie Anm. 22, S. 137); das Epos ist zwar "die Metapher großer Bestrebungen", aber nicht notwendig die Stilart eines lyrischen Gedichts. Nachzuweisen ist für die erste Tonstufe der epischen Stilart vielmehr, daß die Äußerungsform naiv, darstellend, anschaulich und der unmittelbarere Ausdruck *des sprechenden Ich* (nicht z.B. des Boxers Diagoras!) heroisch, energisch, handelnd, schaffend ist.

an", d.h. das Gedicht wird eine tragische Stilart mit idealisch Heroischer erster Stufe haben. Ein Beispiel wird nicht gegeben; wir haben im Odenkapitel der Ode *Lebenslauf* als "tragische Ode" interpretiert. Ist (c) der Grundton "am innigsten, hat er an Gehalt, noch mehr aber an Erhebung, Reinheit des Gehalts zu verlieren, so fängt sie [die Grundstimmung] idealisch an". Dies wird dann eine lyrische Stilart mit naiv Idealischem Anfangs-Tonverhalt; daß der Einsatz wieder mit dem idealischen Kunstcharakter erfolgt, haben wir an *Heidelberg* gesehen. Hölderlin gibt auch dafür kein Beispiel an.

Alle drei Gattungen werden auf diese Weise behandelt.[73] Die entscheidende Differenz, das Begründende der Gattungen, liegt in der Art der Einigkeit, die die Grundstimmung enthält; Extreme sind dabei die lyrische und die tragische Gattung. Wie besprochen, enthält die lyrische, individuellere Stimmung eine leicht sich gebende Einigkeit, eine individuelle Welt und Lebenssphäre, deren Auflösung und Neuorganisation gleichsam zu den erwartbaren Ereignissen für das fühlende oder mitfühlende poetische Ich gehört. Die Einigkeit, die der Grundstimmung der tragischen Dichtung vorausliegt, ist die umfassendste, unvordenkliche "Einigkeit mit allem, was lebt, die zwar von dem beschränkteren Gemüthe nicht gefühlt, die in seinen höchsten Bestrebungen nur geahndet, aber vom Geiste erkannt werden kann" (IV 267f.; *2, 556*). Diese Einigkeit ist nichts anderes als das höchste ontische Prinzip oder die Substanz Spinozas oder das neuplatonische Eine, jedoch in Hölderlins Formulierung auseinandergefaltet in die drei Aspekte des Seins (alles), des Lebens (was lebt) und des Geistes (Einigkeit). Der Zugang zu diesem Allumfassenden, Ursprünglichsten kann nicht fühlend oder mitfühlend wie in der Lyrik, nicht mitstrebend oder verstehend und begreifend sein wie im epischen Gedicht, er geschieht vielmehr durch den Geist, die Instanz der Einheit, Vereinigung, Versöhnung und Zusammenstimmung, die diese Einigkeit nicht als Objekt begrifflich erkennt, sondern "intellektuell anschaut". Damit ist die Gewißheit des Geistes als eingeschränkter Einigkeit gemeint, in einer unendlich großen Einigkeit mit allem, was lebt, aufgehoben zu sein. Dieser Un-

73 Als einziges Beispiel für die heroischepische Stilart wird die *Ilias* angegeben mit der Anfangsformulierung, die wörtlich übertragen "Den Zorn singe, Göttin ..." lautet. In der Tat fängt auch hier der Text mit dem heroischen Gegenstand der Äußerung einer dann erst genannten idealischen Figur, der Muse oder Göttin an; die Stilart der *Ilias* ist danach tragisch mit idealisch Heroischem Einsatz.

endlichkeit gegenüber kann sich kein individuelles Subjekt profilieren; demgemäß wird das sprechende Ich in ein System von dramatischen Sprechern aufgelöst. Andererseits ist die Sphäre das Unendliche; die Auflösung geschieht von einem Zentrum her, dem die Sprecher nicht mehr mitfühlend gegenüberstehen, sondern das gewissermaßen in jedem von ihnen ist und sie selbst samt ihren Verhältnissen und Beziehungsformen von innen her aufsprengt.

Die Gattungen sind also pragmatisch durch Wirkungskreise, Lebensräume, nationelle, kulturelle, epochale, gesamthistorische Sphären und ihre innere Organisation, Desorganisation, Neuorganisation begründet;[74] die Dichtung stellt durch die Doppelungen von Gattung und Stilart, Sprecher und Sprechern, Untergang oder Übergang der Sphäre die Pragmatisierung des Pragmatischen, seine Veränderung und (auch politische) Veränderbarkeit fiktional aus und bringt sie zum Bewußtsein. Die Dichtung dient damit dem Ganzen, der Einigkeit mit allem was lebt, sie geht das Vaterland an oder die Zeit, und sie dient dem individuellen Leser, der die jeweils gewählte Sphäre als die seinige oder sich als ihren Teil erkennt und ihren Gott gesungen findet.

Damit schließe ich die Untersuchung von Hölderlins Poetik ab; das von mir angelegte heuristische Fragesystem kann wie ein Baugerüst abgenommen werden, das nun den Blick auf ein in seiner Geschlossenheit und Durchdachtheit sicher einmaliges poetologisches System freigibt, von dem Hölderlin mit Recht annehmen konnte, daß die durch dieses System angeleitete Dichtung alle Philosophie übersteigt (und sie sogar transzendental ermöglicht), weil die Dichtung konsequent den *ganzen* Menschen in allen erdenklichen Verhältnissen fiktional dem Leser vorstellt und ihn der Bestimmung des freien Gebrauchs seiner selbst und der Welt entgegenführt.

---

74 Auf Sondergattungen wie Elegie oder Gesang geht Hölderlin in dem hier besprochenen Aufsatz nicht ein; briefliche Äußerungen lassen darauf schließen, daß er sie nach demselben Prinzip behandelte wie die Hauptgattungen, von denen er ja nur die Eckpunkte des Lyrischen und des Tragischen sphärentheoretisch begründet hat (für das Epische fehlt die entsprechende Ausführung), so daß neben dem Epischen noch eine unbestimmte Zahl von Sondergattungen zwischen diesen Eckpunkten Platz hat.

Das Empedokles-Projekt

Dieses Trauerspiel beschäftigt Hölderlin von Frühherbst 1797 bis zum Jahreswechsel 1800/1801; fünf bis sechs Texte gehören in den engeren Zusammenhang des Projekts:

1) Der Frankfurter Plan in einem Schulheft Henry Gontards; er wird wohl zu Recht mit einer Bemerkung Hölderlins im Brief an den Bruder Karl vom August oder September 1797[1] in Verbindung gebracht: "Ich habe den ganz detaillirten Plan zu einem Trauerspiele gemacht, dessen Stoff mich hinreißt." (VI 247; *3, 270*)

2) Die erste Fassung, ohne Titel und Angaben über Gattung und Zahl der Akte. Vorhanden sind zwei Akte. StA und FHA vermuten den Beginn der Arbeit erst nach der Beendigung des *Hyperion* und der Übersiedelung nach Homburg Ende September 1798. Wann die Fassung aufgegeben wurde, ist nicht zu erkennen.

3) Die zweite Fassung, von der Hölderlin dem Bruder im Brief vom 14. Juni 1799[2] eine Reihe von Versen zitiert (VI 331; *3, 359f.*). Im Brief an Neuffer vom 4. Juni 1799 gibt Hölderlin erstmals den Titel preis: die ersten Hefte der geplanten Zeitschrift "Iduna" würden "enthalten ein Trauerspiel, den Tod des Empedokles, mit dem ich, bis auf den lezten Act fertig bin" (VI 323; *3, 351*). Die FHA schließt daraus, daß damit noch die 1. Fassung gemeint sein müsse, die sie "vor Abschluß der letzten Szene" abbrechen sieht (*FHA 13, 547*; *L 12, 29*) und damit als fast vollendet betrachtet; folgerichtig ergibt sich die Vermutung, daß Hölderlin das kurze Fragment der zweiten Fassung zwischen der Nachricht an Neuffer und einem Brief des Verlegers Steinkopf geschrieben habe, den er am 18. Juni 1799 erhielt und beantwortete, also in einem Zeitraum von vierzehn Tagen. Danach habe Hölderlin sich *Emilie vor ihrem Brauttag* und den Vorbereitungen zum Journal gewidmet, die ihn "fast 2 Monathe" vergeblicher Mühe kosteten, so daß er im September "noch ein Vierteljahr" Arbeit

---

1 Beck datiert auf "August (oder Anfang September) 1797" (VI 845f.), Sattler auf "September" (FHA 12, 13; vgl. L 12, 8).

2 So dezidiert die FHA 12, 17; die StA hält im Text an dem Datum Schwabs (4. Juni 1799) fest, gibt aber aus sachlichen Gründen eher dem Regest Schlesiers mit dem Datum 14. Juni 99 recht.

in das Trauerspiel (die 3. Fassung) meinte investieren zu müssen (VI 366f.; *3, 396*). Die StA sieht als möglich an, daß die zweite Fassung schon vor dem 4. Juni 1799 begonnen und daß sie es sei, die "bis auf den lezten Act fertig" war, galt es doch, den Verleger Steinkopf zu gewinnen, und überdies sei es "nicht unwahrscheinlich, daß von der zweiten Fassung, wenigstens im Brouillon (H^3), beträchtliche Teile verloren gegangen sind" (IV 355). Entscheidbar ist hier nichts. Eine Reinschrift des Beginns dieser Fassung trägt erstmals die Überschrift *Der Tod des Empedokles. Ein Trauerspiel in fünf Acten.* Während die 1. Fassung deutlich zum Blankvers tendiert, experimentiert Hölderlin hier, wohl im Zuge der durch die Pindar-Übersetzungen seit 1798 angeregten Versuche, mit pindarischen Versen, wenn auch nicht in der metrischen Responsion der etwa gleichzeitig entstandenen Hymne *Wie wenn am Feiertage ...*, sondern in den prosaischen Versen der späteren Gesänge.

4) Der *Grund zum Empedokles*, aus dem die 3. Fassung herauswächst, kann als Versuch Hölderlins betrachtet werden, sich nach längerem Aussetzen mit der Arbeit an dem Trauerspiel den "Stoff" wieder zu vergegenwärtigen und vor allem die theoretischen Fundamente für eine Neukonzeption zu erarbeiten. Die stilistisch durchgeformten Ausführungen legen die Vermutung nahe, daß Hölderlin die Veröffentlichung vielleicht im Zusammenhang mit der Publikation des Dramentextes plante. Das gilt wohl nicht für den ersten Abschnitt über die tragische Ode, der vermutlich im Zusammenhang mit dem Entwurf der Ode *Bundestreue* (später: *An Eduard*) entstanden ist; auch er hat den Charakter eines zur Veröffentlichung bestimmten, nicht nur für Hölderlins Selbstverständigung notierten Textes und läßt sich in diesem Sinne den poetologischen Fragmenten der Homburger Zeit an die Seite stellen – Hölderlin hat offenbar auch nach dem Scheitern des Zeitschriftenprojekts an die Publikation theoretischer Aufsätze gedacht.

5) Die dritte Fassung, deren erster Szenenentwurf unmittelbar an den *Grund zum Empedokles* anschließt, entstand vermutlich im Dezember 1799; ausgeführt ist – am Ende fragmentarisch – der erste Akt; für die folgenden vier Akte hat Hölderlin nur Personenangaben für die Szenen, Hinweise auf den Tonverhalt und Zusammenfassungen der Inhalte notiert. In dieser Fassung kehrt er wieder zum Blankvers zurück. Die Arbeit daran muß ungefähr am Jahresende 1799 liegengeblieben sein.

6) Das Aufsatzfragment <*Das Werden im Vergehen*> ("Das untergehende Vaterland ...") wurde noch vor der Beendigung der Entwürfe zur dritten Fassung auf den gleichen Seiten der Handschrift skizziert (IV 418); man kann den Text wie den *Grund zum Empedokles* als vorläufige Fixierung der geschichtsphilosophischen Erkenntnisse betrachten, die die dritte Fassung anleiten sollten – vorläufige Fixierung, weil die Handschrift Raum für die genauere Ausarbeitung wohl zum Zwecke der Veröffentlichung frei läßt. Die Tatsache, daß noch nach der vorläufigen Fixierung des Aufsatzes die Entwürfe für die Fortsetzung des Trauerspiels notiert wurden, macht die Annahme unplausibel, daß die im Aufsatzfragment gewonnenen Erkenntnisse das Trauerspiel in irgend einer Weise unmöglich gemacht hätten. Für die Zurückstellung des Plans müssen andere Gründe gefunden werden.

Die Odenentwürfe 'Empedokles' und 'Buonaparte'

Bei seiner Flucht aus Griechenland, wo er verstoßen war und als Freiwild gejagt wurde, kam Hyperion nach Sizilien und bestieg den Aetna:

> Da fiel der große Sicilianer mir ein, der einst des Stundenzählens satt, vertraut mit der Seele der Welt, in seiner kühnen Lebenslust sich da hinabwarf in die herrlichen Flammen, denn der kalte Dichter hätte müssen am Feuer sich wärmen, sagt' ein Spötter ihm nach.
>
> O wie gerne hätt' ich solchen Spott auf mich geladen! aber man muß sich höher achten, denn ich mich achte, um so ungerufen der Natur ans Herz zu fliegen, oder wie du es sonst noch heißen magst, denn wirklich! wie ich jezt bin, hab ich keinen Nahmen für die Dinge und es ist mir alles ungewiß. (III 151f.; *2, 166*)

Das Bild des "großen Sizilianers" markiert die Bereitschaft des erlebenden Hyperion zum Selbstmord, den er aus Geringschätzung seiner selbst angesichts der mütterlichen Erhabenheit der Natur jedoch unterläßt; in dieser Geringschätzung bestärkt ihn das Gegenbild der Größe des Empedokles. Dessen Tod geschah in "kühner Lebenslust" und Vertrautheit mit der "Seele der Welt"; er hat nichts zu tun mit Flucht,[3]

3 Klaus Pezold, "Zur Interpretation von Hölderlins 'Empedokles'-Fragmenten", WZUL 12, 1963, S. 519–524 meint "in der Empedokles-Episode des 'Hyperion', in der Ode und im Frankfurter Plan letztlich die Weltflucht

wie Hyperions Tod eine Flucht wäre. Sofern Empedokles "des Stundenzählens satt" ist, enthebt er sich durch seinen Tod in der Gewißheit höheren und reineren Lebens der schmerzlichen Sukzession der eingeteilten Zeit im hiesigen Dasein, er enthebt sich in einem freien Akt der Eingeschränktheit seiner individuellen Subjektivität – Bernhard Böschenstein stellt hier zu Recht die "grundsätzliche Paradoxie von Individualität und Totalität" im "neuzeitlichen Ich" fest.[4] Hyperion, wie vermerkt, hält sich für zu gering für solch lebenslustigen und zugleich erhabenen Tod; der Vergleich markiert seine Verzweiflung und Selbstverachtung; der schreibende Hyperion aber wird mit der Anthropodizee des Leidens diesen Empedokles dementieren. Leiden wie die Natur, zeitliche Sukzession im darstellenden Wechsel, Individuation als Form der leidenden und streitenden Selbst-Entfremdung der Einigkeit alles Lebenden rechtfertigen erst den Menschen und geben seinem Dasein Sinn. Ist Empedokles für den erlebenden Hyperion zu groß, so ist er für den schreibenden Hyperion kein Vorbild mehr, vielleicht sogar eine Warnfigur: der schreibende Hyperion ist in dieser Phase längst von seinem Aetna heruntergestiegen, aus seiner Einsiedlerhütte hervorgetreten und schickt sich an zu geißelnder Anklage gegen die Deutschen.

So ist auch in dem Entwurf der späteren Ode *Empedokles*, der aus dem Jahr 1797 stammt, von vornherein die faszinierte Bewunderung, aber auch die Ablehnung dieser Verschwendung von "schönen Kräften" und die Betonung der eigenen Resistenz gegen die Versuchung zu hören: "Und ich möchte ihm folgen, dem heiligen Manne, / hielte die zarte Liebe mich nicht." (I 554)

Der Entwurf *Empedokles* steht auf einem Blatt, auf dessen Rückseite der Entwurf einer Ode *Buonaparte* steht. Der französische Feldherr hatte sich 1795 durch Niederschlagung eines Royalisten-Auf-

---

des bedeutenden, von seiner Umwelt enttäuschten Einzelnen" sehen zu können (S. 522). Zum Gegenwartsbezug vgl. besonders Christoph Prignitz, "Zeitgeschichtliche Hintergründe der 'Empedokles'-Fragmente Hölderlins", HJb 23, 1982/83, S. 229–257.

4 Bernhard Böschenstein, "Hölderlins 'Tod des Empedokles'", in: Ulrich Fülleborn, Manfred Engel (Hrsg.), *Das neuzeitliche Ich in der Literatur des 18. und 20. Jahrhunderts*, München 1988, S. 219–232; 219f. Daß diese Beziehung auf das neuzeitliche Ich zutrifft, zeigt auch Goethes Faust, der durch den Selbstmord "Zu neuen Sphären reiner Tätigkeit" (V. 705) gelangen will, nachdem die Selbstvergottung gescheitert ist.

stands erstmals einen Namen gemacht; sein Italienfeldzug 1796 richtete sich gegen die Hauptbastion der monarchistischen Staatsverfassung, Österreich – Hölderlin gedachte in dem Hymnus *Dem Allbekannten* die Siege von Lodi und Arcole zu feiern (II 832; *1, 1057*) und war trotz der Sorge um die Seinen begeistert über "die Riesenschritte der Republikaner" (VI 215; *3, 238*) in ihrem Kampf gegen die Habsburgische Monarchie; später knüpften sich, inspiriert von Sinclair, ähnliche Hoffnungen an die mit dem Rastatter Kongreß zusammenhängenden Entwicklungen in Süddeutschland. Aber

> der Glaube an die Möglichkeit einer gesellschaftlichen Neugestaltung der engeren Heimat wurde von der tatsächlichen Entwicklung im Frühjahr und Sommer 1799 schwer enttäuscht. Zwar kam es zu dem erhofften Vormarsch der Franzosen, aber bereits am 16. März erließ General Jourdan eine Proklamation gegen alle revolutionären Bestrebungen. Das Direktorium hatte die Opposition nur unterstützt, um einen Druck auf den Herzog ausüben und ihn zum Bündnis mit Frankreich zwingen zu können. Für die demokratische Bewegung in Württemberg bedeutete das einen kaum wieder auszugleichenden Rückschlag.[5]

Anfangs bedeutete Napoleon für Hölderlin offensichtlich die Hoffnung auf Beseitigung des monarchistischen Systems überhaupt und im Raum der Heimat; seine militärischen Erfolge schienen der Beweis für die Brüchigkeit der alten Regimes und die Reife der Zeit für die neuen republikanischen Ideen:

> Die Völker schwiegen, schlummerten, da sahe
> Das Schiksaal, daß sie nicht entschliefen und es kam
> Der unerbittliche, der furchtbare
> Sohn der Natur, der alte Geist der Unruh.
> Der regte sich, wie Feuer, das im Herzen
> Der Erde gährt, das wie den reifen Obstbaum
> Die alten Städte schüttelt, das die Berge
> Zerreißt, und die Eichen hinabschlingt und die Felsen.
>
> (I 238; *1, 373*)

Der Odenentwurf *Buonaparte* spricht vom "Geist dieses Jünglings", der weit stärker als "des Lebens Wein, der Geist / Der Helden" das Gefäß, den Dichter sprengen müßte, wollte er ihn zum "Stoffe" machen; unberührt müsse er ihn lassen "wie den Geist der Natur" – nicht

---

5 Pezold (wie Anm. 3), S. 522.

im Gedicht könne er leben und bleiben, "Er lebt und bleibt in der Welt" (I 239; *1, 374*). Die Welt ist das Gedicht des Schicksals, in dem der Geist Napoleons aufbewahrt werden kann; er selbst ist überwältigend wie der "Geist der Natur" und wohl Verkörperung des Sohns der Natur, des alten Geists der Unruh, der jetzt "die alten Städte schütttelt" oder "wie Lämmer, zerreißt [...], der auch dein Sohn, o Natur, ist / Mit dem Geiste der Ruh' aus Einem Schoose geboren" (I 237; *1, 196*).

Alle diese Bilder und Motive erscheinen wieder in dem Odenentwurf *Empedokles*: auf der Suche nach Leben stürzt sich der Kühne in den "alten gährenden Becher", verschwendet seine Kräfte wie Kleopatra Perlen in Wein auflöste. Was ihn treibt, ist sein gebietendes und pochendes Herz, die "schönen Kräfte deines Lebens", die das Leben der Welt suchen, denn "Kühn war, wie das Element das ihn hinwegnahm, / Der Getödtete, kühn und gut"; dagegen wird wie vom "Geiste der Ruh" das sprechende Ich durch die "zarte Liebe" im Leben festgehalten. Empedokles treibt also das "Feuer, das im Herzen der Erde gährt", der Geist der Unruh, wie Buonaparte. In Empedokles drängt die individuell eingeschränkte Kraft des Lebens aus ihren Schranken zurück ins "Element", ins bodenlose Leben, in Buonaparte verkörpert sich das Element, das gärende Feuer, der Geist der Unruh und vernichtet die tötende Einschränkung des politischen Lebens der Völker. Buonaparte ist vom Dichter nicht zu gestalten, wie der Geist der Natur selbst, wohl aber seine Kehrfigur Empedokles. Wie die Entwürfe auf zwei Seiten eines Manuskriptblatts stehen, so kann Empedokles als "kühneres fremderes Gleichniß und Beispiel" (IV 150; *2, 426)* für Buonaparte oder besser die revolutionären, entgrenzenden Bewegungen in der Zeit dienen, die sich in Buonaparte eine Gestalt und ein Werkzeug geschaffen haben. Wir werden sehen, daß die Christus-Anspielungen und die Agis-Beziehungen weitere historische Lesarten des Stücks schaffen und es damit zu einer Art "Compendium" revolutionär entgrenzender Bewegungen in der Geschichte machen; Buonaparte bleibt dabei offenbar der zeitgenössische Bezugspunkt für Hölderlin.

Denn das Briefidyll *Emilie vor ihrem Brauttag*, geschrieben Ende Juni/Anfang Juli 1799, ist schon in gewissem Sinn ein antinapoleonisches Gedicht. Emilies geliebter Bruder Eduard hat sich als freiwilliger Kämpfer Pasquale Paoli (1725–1807) angeschlossen, der Korsika von der Besatzung befreien will. Die Korsen, von den Genuesern beherrscht und unterdrückt, suchten in immer wieder aufflackernden Aufständen seit dem Mittelalter ihre Freiheit zu erringen; im 18. Jahrhundert wurden die Erhebungen besonders heftig, und 1768 hatten die Korsen die Genueser unter Führung von Paoli praktisch von der Insel verdrängt, als Genua sie an die Franzosen verkaufte. Paoli verteidigte die Insel noch ein Jahr gegen die neue Okkupation, mußte dann aber nach England fliehen. 1789 wurde er auf Betreiben Mirabeaus mit anderen korsischen Patrioten zurückgerufen, von Louis XVI zum Kommandanten von Bastia und von den korsischen Mitbürgern zum Verwaltungspräsidenten erhoben. Er protestierte heftig gegen die Hinrichtung von Louis XVI, wurde 1793 beim Konvent als Verräter denunziert, organisierte einen Aufstand und eroberte mit Hilfe der Briten im Mai 1794 Bastia und Calvi: im Juni 1794 konstituierten sich die Korsen als unabhängiges Königreich unter britischem Schutz. Frankreich jedoch konnte den britisch orientierten Vorposten auf seiner Südflanke nicht tolerieren, griff 1796 von Livorno aus an und zwang die Engländer zum Abzug; von da an blieb Korsika französisches Territorium.

Napoleon Bonaparte, Korse aus Ajaccio, träumte als junger Mensch von der Befreiung Korsikas aus französischer Herrschaft, unterstützte die Unabhängigkeitsbewegung finanziell, sagte sich aber bei dem entscheidenden Aufstand Paolis 1793 von der Separatistenbewegung los und floh mit der Familie Bonaparte aufs französische Festland, um sich in den Dienst des Konvents und des Direktoriums zu stellen, die seit 1795 mehr und mehr eine Politik der Besetzung und Eroberung fremder Territorien betrieben.

Hölderlin wählte mit dem korsischen Aufstand in der *Emilie* einen aktuellen Stoff – es muß sich um den von 1793 handeln, da hier ausländische Freiwillige, besonders Engländer, beteiligt waren –, und er wählte den Stoff einer nationalen Befreiungsbewegung, die Napoleon von seiner Herkunft und Vergangenheit her verraten hatte und für deren Niederschlagung er nach der Unterdrückung der württembergischen und anderen Revolutionsbestrebungen durch die Franzosen Mitte 1799 sogar paradigmatisch stehen konnte. Der Bräutigam Emilies heißt nicht umsonst Armenion – die deutsch-griechisch-römische Bildung des Befreiernamens Hermann deutet auf vaterländische Erneuerung der Deutschen aus dem Geist der Antike – und erscheint zum ersten Mal, als der Vater den gefallenen Helden im "Varusthal" nachtrauert (I 283f.; *2, 589*).

So ist die *Emilie* ein antifranzösisches und speziell antinapoleonisches Gedicht; angesichts des immer offener machtpolitischen Vorgehens der französischen Republik und ihrer Armeen (z.B. im gescheiterten Ägyptenfeldzug Napoleons 1798) wird Empedokles, der zunächst als kühnes Gleichnis eines bewunderten Exponenten des Weltgeistes Napoleon gesehen werden konnte, mehr und mehr zu einem Warnstück für einen solchen Exponenten, der den rechten Augenblick zum Zurücktreten und Verschwinden versäumt, denn

> Es muß
> Bei Zeiten weg, durch wen der Geist geredet. (IV 73; *2, 347*)

In diesem Sinne sind auch die theoretischen Überlegungen zu der den Untergang und Übergang des Vaterlands durch Vereinigung der Gegensätze in sich leistenden Mittlerfigur im *Grund zum Empedokles* und im <*Werden im Vergehen*> zu verstehen: mit ihnen versichert Hölderlin sich der Geschichtsnotwendigkeit seiner impliziten Forderung, Napoleon solle sich zurückziehen, um ein tragisches Absterben und Positivwerden des gemeinsamen Geistes in sich zu verhindern. So utopisch diese von mir aufgrund der Parallelität Bonaparte – Empedokles vermutete Forderung Hölderlins an Napoleon sich ausnehmen mag, so auffällig ist es, daß Hölderlin das Empedokles-Projekt in dem Moment liegen läßt, als Napoleon tatsächlich "positiv" wird: Am 16. November 1799 schreibt er an die Mutter:

> Eben erfahre ich, daß das französische Directorium abgesezt, der Rath der Alten nach St. Cloux geschikt, und Buonaparte eine Art von Dictator geworden ist. (VI 374; *3, 404*)

Es handelt sich um den bewaffneten Handstreich vom 8./9. November, mit welchem Napoleon das Directoire absetzte und sich zum Ersten Konsul machte. Diesen Cäsarismus hatte Hölderlin mit dem *Empedokles* vorhergesehen, vor ihm hatte er gewarnt. Nach diesem Staatsstreich war das Trauerspiel, wenn es denn diesen Gegenwartsbezug hat, durch die Geschichte tragisch bestätigt und überholt. Im Entwurf eines Briefes an Ebel wohl Ende November/Anfang Dezember 1799 heißt es über die von dem Freund beklagten Verhältnisse in Paris, das Zerrissenwerden der schwachen und das Wirken der "gründlichen", tiefgründigen großen Menschen,

> daß auch die grösten ihre Größe nicht allein ihrer eigenen Natur, sondern auch der glüklichen Stelle danken, in der sie thätig und lebendig mit der Zeit sich in Beziehung sezen konnten, aber ich begreife nicht, wie manche große reine Formen im Einzelnen und Ganzen so wenig heilen und helfen, und diß ists vorzüglich, was mich oft so stille und demüthig vor der allmächtigen alles beherr-

Hyperions Athen (STA III 85f.): “die sechszehn Säulen … das alte Thor”

“die Stelle des alten Bacchus-Theaters”

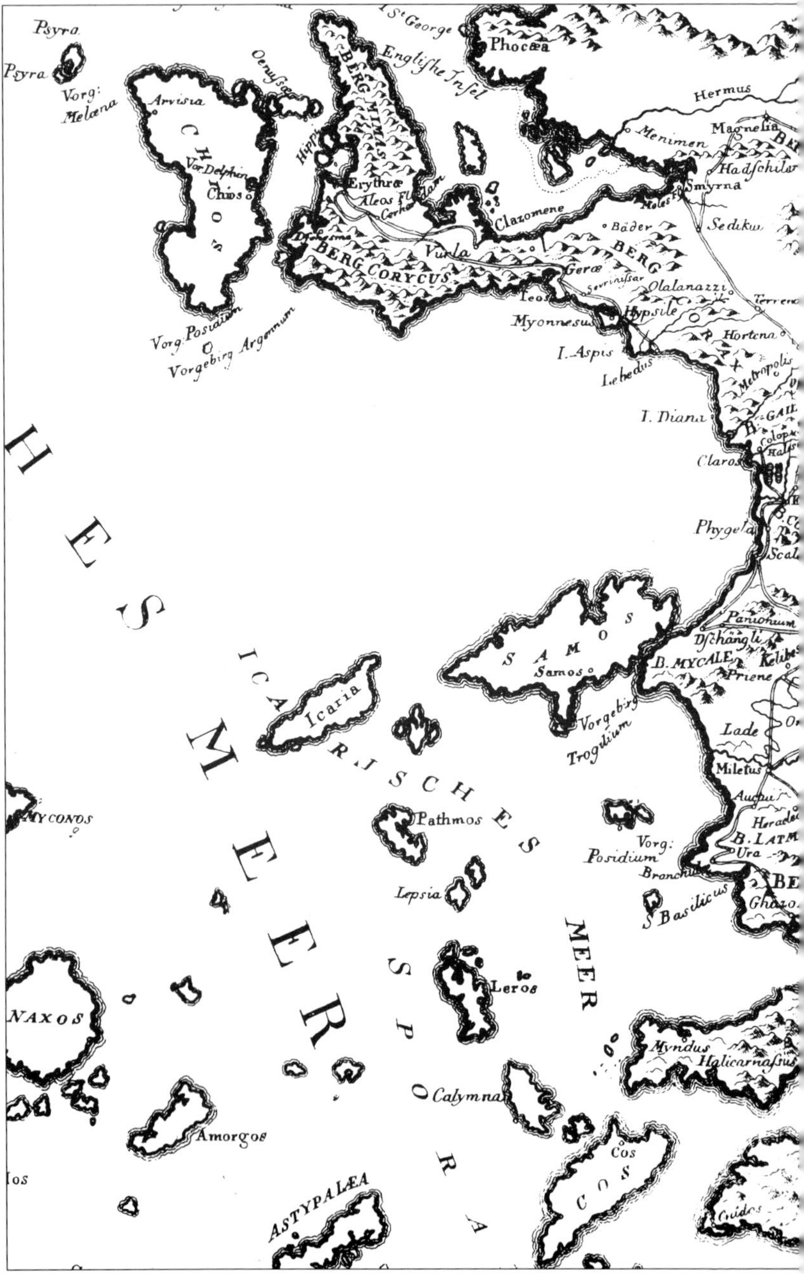
Psyra
Psyra
Vorg: Melæna
Arvisia
CHIOS
Vor Delphin
Chios
Vorg. Posidium
Vorgebirg Argennum
Oenussæ
St George
Englische Insel
BERG MIMAS
Erythræ
Aleos Fl.
Phocæa
Hermus
Menimen
Magnelia
Hadschilar
Smyrna
Clazomene
Bäder
BERG
Sediku
BERG CORYCUS
Vurla
Geræ
Sevrinissar
Olalanazzi
Teos
Myonnesus
Hypsile
Hortena
I. Aspis
Lebedus
Metropolis
I. Diana
Claros
Phygela
Scala
SAMOS
Samos
Vorgebirg Trogilium
Panionium
Dschangli
B. MYCALE
Kelibes
Priene
Lade
Miletus
Heraclea
B. LATM
Ura
Branchi
Vorg: Posidium
Basilicus
Ghazo
ICARIA
Icaria
ICARISCHES MEER
HESMEER
MYCONOS
Pathmos
Lepsia
Leros
MEER
NAXOS
Myndus
Halicarnassus
Calymna
Amorgos
Cos
COS
Ios
ASTYPALÆA
SPORA
Gnidos

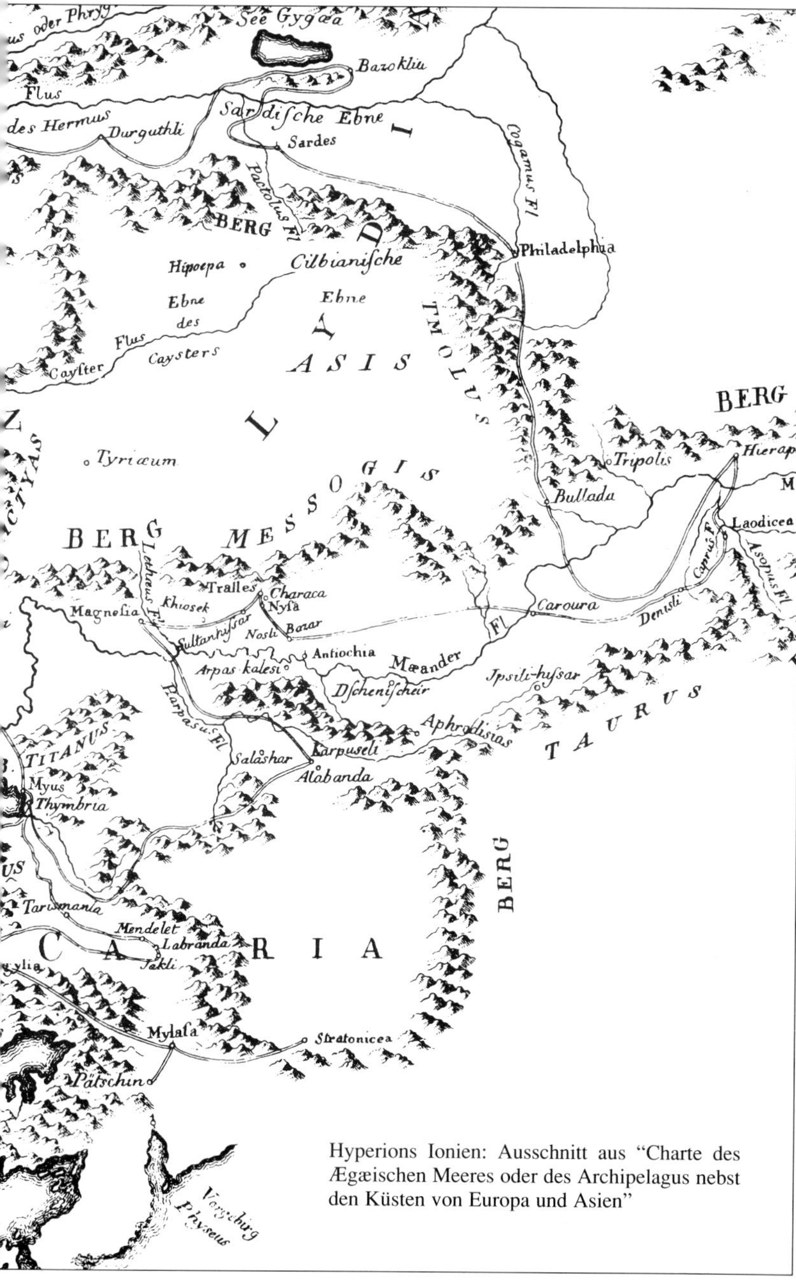

Hyperions Ionien: Ausschnitt aus "Charte des Ægæischen Meeres oder des Archipelagus nebst den Küsten von Europa und Asien"

“den Theseus-Tempel”

“auf Suniums grüner Spize, unter den horchenden Schülern [Platons] gelagert”

schenden Noth macht. Ist diese einmal entschieden und durchgängig wirksamer, als die Wirksamkeit reiner selbstständiger Menschen, dann muß es tragisch und tödtlich enden, mit Mehreren oder Einzelnen, die darinnen leben. (VI 378; *3, 408*)

Der Frankfurter Plan

Die Charakterisierung des Empedokles zu Beginn des Planes zeigt ihn als Menschen, der an der Beschränkung des Menschseins überhaupt, an der *condicio humana* leidet: Rousseauischer Kulturhaß, Verachtung bestimmter Interessen und Tätigkeit, Feindschaft gegen einseitige Existenz, wie sie Schiller im sechsten *Ästhetischen Brief* und Hölderlin im Scheltbrief des *Hyperion* anprangerten, Leiden an der Individuation und Sukzessivität des Vorhandenen, das sind die Charakteristika, die Empedokles noch deutlicher als Faust in seinem Anfangsmonolog an den Grundbedingungen des menschlichen Daseins in Besonderheit, Raum und Zeit verzweifeln lassen (IV 145; *2, 421*). Unruhig wie Faust, "unstät, leidend" – vom "Geist der Unruh" getrieben –, ist er "auch in wirklich schönen Verhältnissen unbefriedigt": dieser Ausdruck distanziert ihn vom Rezipienten und verbietet irgendeine Identifikation mit Hölderlin. Selbst die "wirklich schönen Verhältnisse" kommen ihm gewissermaßen als verfluchtes dumpfes Mauerloch vor "blos weil sie besondere Verhältnisse sind" und ihn damit auch zum besonderen, hier und jetzt lebenden Individuum machen. Gott will er sein wie Faust, will "mit allgegenwärtigem Herzen innig, wie ein Gott, und frei und ausgebreitet, wie ein Gott, in ihnen leben und lieben", d.h. wohl wie Faust "innig" als Übermensch und, nach dem Scheitern dieses Versuchs "ausgebreitet" als "Allmensch" leben, wie Wolfgang Binder Fausts zweiten Versuch bezeichnet hat, Gott zu werden durch Teilhabe an allem, "was der Menschheit zugeteilt ist".[6]

---

6 Wolfgang Binder, "Goethes klassische 'Faust'-Konzeption", DVjS 42, 1968, S. 55–88, wiederabgedruckt in: Werner Keller (Hrsg.), *Aufsätze zu Goethes 'Faust I'*, Darmstadt 1974, S. 106–150; 137. Die Verse 1770ff. markierten in der 1790 veröffentlichten Fassung *Faust. Ein Fragment* den Einsatz des zweiten Teils nach der großen Lücke zwischen Szene 'Nacht' und 'Studierzimmer' II. Hölderlin, der wegen eines mehrmaligen Zusammentreffens mit Goethe das *Fragment* sicher gelesen hat und wohl auch in Jena von den dort kursierenden Deutungen als Menschheitstragödie Kennt-

Die *hamartia*, der Fehltritt Fausts, der die bis ans Ende von *Faust II* führende Tragik anleitet, ist der Entschluß zur Magie in ihren verschiedenen, von der Zeichenmagie der Renaissance bis zu den magischen Zwängen moderner wirtschaftlicher Großprojekte reichenden Formen, einer Magie, die Fausts Bewußtsein immer unglücklich zwischen Progressivität und Retardation schwanken und ihn nicht zum Da-Sein kommen läßt.[7] Bei Hölderlin, und das würde seinen Plan undramatisch machen, gibt es scheinbar keinen solchen Fehltritt: In Konsequenz seines gegen alle Einschränkung revoltierenden "Gemüths" und seiner "Philosophie" stößt Empedokles sich irgendwann an einem Besonderen, das ihm das eingeschränkte Leben in der Gesellschaft vollends unerträglich macht, so daß er sich in die Einsamkeit, die weniger eingeschränkten Verhältnisse der Natur zurückzieht. Die "Versuchungen" geschehen durch "Ehre und Liebe, die einzigen Bande, die ihn an's Wirkliche knüpfen" (IV 147; *2, 423*): im 2. Akt ist es die Liebe seines "Lieblings, der ihn wirklich bewegt und fast aus seiner Herzenseinsamkeit zurükzieht" (IV 146; *2, 423*), im 3. Akt sind es die Liebe seiner Frau und die Ehre der ihm errichteten Statue, die ihn tatsächlich zurückbringen. Äußerungen der "Entrüstung gegen menschliche Dürftigkeit", die er im 2. Akt "gegen das Volk" getan hatte, werden "von einigen seiner Schüler" verraten; das Volk stürzt seine Statue und verjagt ihn; er faßt den Entschluß, sich in den Aetna zu stürzen, wobei ihn die Liebe des Schülers nicht mehr zurückhält. Er betrachtet am Ende den Entschluß, "durch freiwilligen Tod sich mit der unendlichen Natur zu vereinen", "als eine Nothwendigkeit, die aus seinem innersten Wesen folge" (IV 147f.; *2, 424*), d.h. die Abwendung, Zuwendung und zweite Abwendung von der menschlichen Gesellschaft, die Enttäuschung vor allem durch die Ehre haben ihn zur Erkenntnis dessen geführt, was er für sein innerstes Wesen hält und dem er dann konsequent folgt.

---

nis nahm, kannte also diese zwei Versuche Fausts, in der Gelehrtentragödie durch magische Steigerung gottgleich zu werden und in der Gretchentragödie (die allerdings nur bis 'Dom' publiziert war) "frei und ausgebreitet, wie ein Gott [...] zu lieben" d.h. zum Beispiel in der biederen Margarete das Zauberbild der Frau Welt aus 'Hexenküche' verwirklicht zu finden.

7 Vgl. bis zum Erscheinen meiner Kommentare zu *Faust I* und *II* vorläufig mein Nachwort in Johann Wolfgang Goethe, *Faust-Dichtungen*, Stuttgart 1992 (Reclam UB 8837), S. 579–612.

Emil Staiger hat sein "Erschrecken" vor diesem "kläglichen [...] Entwurf der tragischen Fabel" geäußert; Hölderlin sei vom Tod des Empedokles im Aetna fasziniert gewesen, weil "die innige Andacht der Brüdergemeinde" seiner pietistischen Erziehung "in Hölderlin zur Ekstase" geworden sei und er nun vergeblich versucht habe, "aus diesem ekstatischen Augenblick ein Drama" zu machen.[8] Im Widerspruch zum *Hyperion*, vor allem zum Odenentwurf *Empedokles* setzt Staiger (wie auch noch einige heutige Interpreten) Empedokles gleich Hölderlin, obwohl doch auch dieser Frankfurter Plan deutliche Distanzsignale enthält: Empedokles ist "auch in wirklich schönen Verhältnissen unbefriedigt"; am Ende wird der Liebling "von dem Geist und von den großen Bewegungen in dem Gemüthe seines Meisters so sehr überwältigt, daß er dem Befehle desselben blindlings gehorcht und geht" (IV 148; *2, 424*). Der blinde Gehorsam des Schülers hat zweifellos etwas Negatives, wie auch seine Überwältigung, die nicht etwa Überzeugung und zustimmende Einsicht ist. Alles, was in dem Erkenntnisprozeß des Empedokles auf den Sturz in den Aetna hinführt, wird mit den Signalen der Perspektivität versehen: "Der Horizont sei ihm nur zu enge, *meint er*" (IV 146; *2, 422*); "Die zufälligen Veranlassungen zu seinem Entschlusse fallen nun ganz *für ihn* weg und er *betrachtet ihn als* eine Nothwendigkeit ..."; "*findet er* überall Bestätigung seiner *Denkart*, seines Entschlusses" (IV 148; *2, 424*). Das bedeutet aber, daß auch die Überzeugung, die Selbstauflösung sei eine "Nothwendigkeit, die aus seinem innersten Wesen folge", von Hölderlin als perspektivisch gebrochen erklärt wird: Die Selbstauflösung ist weder anthropologische Notwendigkeit (aller Menschen) noch psychisch-pathologische Notwendigkeit (dieses Menschen Empedokles).

Es ist einerseits das "Gemüth", das Empedokles den Horizont zu enge werden läßt, aber in diesem Gemüt knüpfen ihn auch Ehre und Liebe ans Wirkliche. Andererseits ist es die "Philosophie", die gegen die dialektischen Ansätze dieser Gemütsverfassung die eine individuationsfeindliche Seite verstärkt und festhält: Empedokles ist ein Ideologe, seine Philosophie barbarisch im Sinne der Schelte Schillers und des *Hyperion*-Briefs gegen die Deutschen; die Absurdität dieses bis ins Extrem radikalisierten Idealismus wird daran deutlich, daß seine Konsequenz nur der Selbstmord sein kann. Es ist noch einmal das An-

8 Emil Staiger, "Der Opfertod von Hölderlins Empedokles", HJb 13, 1963/64, S. 1–20, 3–5.

fangsproblem des schreibenden Hyperion mit seinem Wunsch "Eines zu seyn mit Allem, was lebt" (III 9; *2, 16*), aber Empedokles hat keine Erinnerungen, die ihn ins menschliche Leben zurückführen, wie es die Aufgabe des Schreibens im Roman ist. Empedokles ist nicht aus Schmerz über Schuld und Leid in diese Stimmung gekommen, sondern durch seine Philosophie, die eine melancholische, der "Erheiterung" (IV 146; *2, 422*) bedürftige Gemütsneigung verabsolutierte. Das Philosophieren wirkt also als "magischer Idealismus", hält den Menschen in seinem Denken und vor allem in seinem Handeln und seinen Beziehungen zu anderen Menschen in einer einseitigen, eingeschränkten Perspektive und Haltung fest, die sich absurderweise gegen alles Einseitige, Eingeschränkte des menschlichen Daseins richtet. Philosophie als Selbstmagie – hier zeigt sich die *hamartia* des Empedokles und zugleich eine Überbietung des *Faust*, soweit er durch das *Fragment* bekannt war, denn für Faust ist die Magie etwas Vorhandenes, dem man sich "ergeben" kann; Goethe hat erst mit Wette und Pakt das Moment der Selbstmagie als aktiver Selbstfestlegung in einem "Wahn" eingeführt (*Faust*, V. 1718–1723).

Nun kommt aber hinzu, daß Empedokles nicht ein Einzelner ist, der sich in seiner ideologischen Einseitigkeit endlich konsequenterweise beseitigen muß, sondern er hat, wiederum im Widerspruch zu seinem Kulturhaß, seiner Verachtung bestimmter Interessen und Tätigkeiten, Schüler, ja einen "Liebling". Die Schüler werben weitere Anhänger; der Dissens zwischen dem Liebling und den andern Schülern (IV 145f.; *2, 421f.*) bringt den inneren Widerspruch der Lehre mit dem tatsächlichen Handeln bereits zur Sprache: Empedokles mit seiner Schule sucht ein Machtfaktor in der Gesellschaft zu werden, die er als solche ablehnt; der Ideologe der höchsten Allgemeinheit, Bestimmungs- und Unterschiedslosigkeit im Namen einer vorgesellschaftlichen Naturhaftigkeit wird in dem Augenblick, wo er sich nicht stumm aus der Gesellschaft entfernt, sondern in ihr seine Lehre verkündet, zum bestimmten, unterschiedenen, einseitig interessierten und tätigen Element dieser Gesellschaft, hat "Neider" und führt "harte Reden" gegen das Volk und "menschliche Dürftigkeit" (IV 147; *2, 423*). Hier zeigt sich die ironische Tragik des Empedokles.

Was Hölderlin hier schildert und warum er sein Tragödienprojekt wohl hinreißend fand (VI 247; *3, 270*), ist der zur Ideologie radikalisierte Rousseauismus der jakobinischen *montagnards*, der Bergpartei, auf die Hölderlin im Zusammenhang mit Empedokles' Aetna sogar noch anspielen konnte. Während er selbst die Girondisten favorisierte, hielt er die *montagnards* für "Volksschänder" (VI 88; *3, 105*) und verabscheute die *terreur* der Guillotine. Wir haben damit das tragische und das unmittelbar zeitkritische Potential des Frankfurter Plans erkannt. Der Besuch bei Goethe in Frankfurt, von dem dieser am 23. August 1797 an Schiller berichtet, hat wohl den unmittelbaren Anlaß zu der intertextuellen Bezugnahme zum *Faust* und wohl zur Niederschrift des Frankfurter Plans geführt.[9] Beziehungen zu Napoleon sind in dem Plan noch nicht auszumachen – es ist ja nicht exakt zu bestimmen, wann die Odenentwürfe *Buonaparte* und *Empedokles* entstanden sind; Napoleon hatte sich aber in seiner Schrift *Le souper de Beaucaire* (1793) nach seinem Abfall von den korsischen Patrioten ausdrücklich als *montagnard* bekannt und konnte so auch noch in den Monaten nach Fixierung des Frankfurter Plans zum Exponenten einer in sich tragisch widersprüchlichen und in Terror umschlagenden Ideologie werden.

Die erste Fassung

Der im Odenentwurf und im Frankfurter Plan erarbeitete Gedankengang, daß eine an sich idealische Denkweise in Terror umschlagen kann, sobald sie sich als Ideologie, als gesellschaftliche Macht zu behaupten sucht, wird im Verlauf des Jahres bis zum wahrscheinlichen Beginn der Arbeit an der ersten Fassung in psychologischer, soziologischer, religiöser, ontologischer und poetologischer Hinsicht vertieft und differenziert. Die Lehre vom Grund und seiner Äußerung, von der um so fremderen und widersprechenderen Äußerung, je tiefer und inniger der Grund ist, diese für Hölderlins Dichtung fundamentale Lehre ist ja nur die poetologische Anwendung einer in allen Bereichen gültigen und sie konstituierenden Struktur, die Hölderlin in dieser Zeit ausarbeitet und in das frühere Konzept der Organisationstheorie differenzierend einbaut.

Psychologisch lehrt ihn das persönliche Leid im Hause Gontard, daß des Bruders Karl Liebe ihn besänftigt,

---

9 Der 22. August 1797 ist damit wohl auch der *terminus post quem* für den S. 287 erwähnten Brief (vgl. oben Anm. 1).

> so wie im Gegentheil die Kälte und geheime Unterjochungssucht der Menschen mich, bei aller Vorsicht, deren ich fähig bin, doch immer überspannt und zu unmäßiger Anstrengung und Bewegung meines innern Lebens aufreizt. [...] Je angefochtener wir sind vom Nichts, das, wie ein Abgrund, um uns her uns angähnt, oder auch vom tausendfachen Etwas der Gesellschaft und der Thätigkeit der Menschen, das gestaltlos, seel- und lieblos uns verfolgt, zerstreut, um so leidenschaftlicher und heftiger und gewaltsamer *muß* der *Widerstand* von unsrer Seite werden. [...] Wird so nicht unser Reinstes uns verunreinigt durch Schiksaal, und müssen wir nicht in aller Unschuld verderben? (VI 253f.; *3, 277*)

Ein Jahr später, im Brief an Neuffer vom 12. November 1798, wo er dem Freund gegenüber erstmals sein "Trauerspiel" nennt, zeichnet er den Übergang von der privaten Erfahrung in die Dichtung nach und gibt diese als therapeutische Äußerung zu erkennen:

> Weil ich zerstörbarer bin, als mancher andre, so muß ich um so mehr den Dingen, die auf mich zerstörend wirken, einen Vortheil abzugewinnen suchen, ich muß sie nicht an sich, ich muß sie nur insofern nehmen, als sie meinem wahrsten Leben dienlich sind. Ich muß sie wo ich sie finde, schon zum voraus als unentbehrlichen Stoff nehmen, ohne den mein Innigstes sich niemals völlig darstellen wird [...], um sie als untergeordnete Töne wiederzugeben, unter denen der Ton meiner Seele um so lebendiger hervorspringt. Das Reine kan sich nur darstellen im Unreinen und versuchst Du, das Edle zu geben ohne Gemeines, so wird es als das Allerunnatürlichste, Ungereimteste dastehn, und zwar darum, weil das Edle selber, so wie es zur Äußerung kömmt, die Farbe des Schiksaals trägt, unter dem es entstand, weil das Schöne, so wie es sich in der Wirklichkeit darstellt, von den Umständen unter denen es hervorgeht, nothwendig eine Form annimmt, die ihm nicht natürlich ist, und die nur dadurch zur natürlichen Form wird, daß man eben die Umstände, die ihm nothwendig diese Form gaben, hinzunimmt. So ist z.B. der Karakter des Brutus ein höchstunnatürlicher, widersinniger Karakter, wenn man ihn nicht mitten unter den Umständen sieht, die seinem *sanften* Geiste diese *strenge* Form aufnöthigten.
>
> (VI 289f.; *3, 316f.*)

Kurz darauf wird die Struktur vollends ontologisch und theologisch gewandt, was ihren Ursprung in der neuplatonisch-christlichen Lehre von der *katabasis*, der Herunterlassung des Einen ins Viele, des Unendlichen ins Endliche, des Gottes in die Schöpfung, des allmächtigen Vaters in den leidenden Sohn aufdeckt:

> O, Lieber! wann wird man unter uns erkennen, daß die höchste Kraft in ihrer Äußerung zugleich auch die bescheidenste ist, und daß das Göttliche, wenn es hervorgeht, niemals ohne eine gewisse Trauer und Demuth seyn kann? (VI 294; *3, 320*)

Denkt man an den Frankfurter Plan zurück, so ist mit der Struktur von Grund und Äußerung jetzt die Tragik eines edlen Menschen und Idealisten besser faßbar, der bloß durch die Tatsache der Äußerung seiner Herzensmeinung in einem bestimmten historischen Kontext das Gegenteil von dem bewirkt, was seine Herzensmeinung eigentlich besagt:

> O stille! gute Götter! immer eilt
> Den Sterblichen das ungedultge Wort
> Voraus und läßt die Stunde des Gelingens
> Nicht unbetastet reifen. (IV 37; *2, 312*)

Schiller hat sich im *Wallenstein* mit derselben Problematik der tragischen Verkehrung des Wesens und der Intention durch die Auffassung der Umgebung zur selben Zeit beschäftigt. Octavio Piccolomini, dem das Reich am Herzen liegt und der seine Besorgnis äußert, wird wie ein gemeiner nützlicher Denunziant mit einem Fürstentitel bezahlt; Max, der nur lieben will, muß seine Liebe dem politischen Kalkül opfern; Wallenstein, der sich durch Sammlung seines Heers nur in das Bewußtsein der Handlungsfähigkeit setzen will, wird als gefährlicher Täter getötet. Bei Schiller und Hölderlin entsteht zur gleichen Zeit – und für Hölderlin nach schmerzlichem Abbruch der Kommunikation – eine fundamental tragische Geschichtsauffassung, die vielleicht bei beiden mit dem terroristischen Handeln von Männern wie Danton, Marat, besonders Robespierre zusammenhängt. Diese mußte man doch zweifelsfrei gleichzeitig als Idealisten einschätzen, so wie nun Napoleon, der zunächst die Ideale der Revolution sichern half, sich auf die militärische Unterdrückung revolutionärer Bestrebungen außerhalb Frankreichs einließ und sich endlich selbst zu "einer Art Dictator" aufschwang. Tragisch ist diese Auffassung, weil sie nicht vermutet, daß diese Menschen eben ihren Idealismus verloren hätten, etwa durch Macht korrumpiert worden wären, sondern weil sie erkennt, daß schon dem Versuch der Äußerung, der Verwirklichung, der Durchsetzung einer Idee in der gesellschaftlichen Wirklichkeit ihre Verkehrung und Verfälschung notwendig mitgegeben ist. Zudem ist diese Verkehrung in ihrer Art und Stärke unvorhersagbar, da sie von den jeweiligen historischen Gegebenheiten abhängt. Hölderlin findet sogar diese radikale Historisierung und "Verunreinigung" des Reinen, Edlen, Göttlichen, Idealen noch im Denken, in der vermeintlich "freiesten Thätigkeit" des Menschen bestätigt; er schreibt an Sinclair am 24.12.1798:

> Ich habe dieser Tage in Deinem Diogenes Laërtius gelesen [einer antiken Philosophendarstellung, aus der Hölderlins Informationen über die Philosophie des Empedokles stammen]. Ich habe auch hier erfahren, was mir schon manchmal begegnet ist, daß mir nemlich das Vorübergehende und Abwechselnde der menschlichen Gedanken und Systeme fast tragischer aufgefallen ist, als die Schiksaale, die man gewöhnlich allein die wirklichen nennt, und ich glaube, es ist natürlich, denn, wenn der Mensch in seiner eigensten, freiesten Thätigkeit, im unabhängigen Gedanken selbst von fremdem Einfluß abhängt, und wenn er auch da noch immer modifizirt ist von den Umständen und vom Klima, wie es sich unwidersprechlich zeigt, wo hat er dann noch eine Herrschaft? Es ist auch gut, und sogar die erste Bedingung alles Lebens und aller Organisation, daß keine Kraft monarchisch ist im Himmel und auf Erden. (VI 300; *3, 327*)

Die Historisierung der "menschlichen Gedanken und Systeme" ist hier so radikal wie die der sonstigen Tätigkeiten des Menschen; der Gedanke wird und bleibt nur mit der Form seiner Äußerung in Zeichen und den Umständen seiner Äußerung wirklich; diese Momente bilden zusammen das Leben, die Organisation des historisch sich bewegenden Wirklichen. Hölderlin wird wie Hegel in der *Phänomenologie des Geistes* nach Gesetzen der Veränderung dieser Organisation selbst suchen; dies ist seine Aufgabe in den Elegien und Gesängen, während er im *Empedokles* noch die typologische Beziehung, die Strukturanalogie bestimmter Zustände und Übergänge der Organisation von Mensch und Gesellschaft/Umständen in den Vordergrund stellt.

Solche Strukturanalogie historischer Verhältnisse haben wir schon im Frankfurter Plan zwischen Empedokles und den Jakobinern, in den Odenentwürfen speziell noch zwischen Empedokles und Bonaparte erkannt. Nun, da der freie Tod oder der Opfertod des Unschuldigen ebenfalls historisiert gedacht werden muß, stellt sich noch die Strukturanalogie zwischen dem Tod des Empedokles und dem Tod Jesu, vielleicht gar einem notwendigen Tod in der Gegenwart ein, denn

> Es mußte alles so kommen, wie es jezt überhaupt, und in der Religion besonders ist, und es war mit der Religion fast so wie jezt, da Christus in der Welt auftrat. (VI 310; *3, 337*)

So erklären sich die deutlichen Anspielungen auf das Leben Jesu: Er nennt sich selbst einen Gott (Szene I 2, II 5), was tatsächlich auch für Empedokles gilt.[10] Er wird durch den etablierten Priester (Hermokrates/Schriftgelehrte) und die Regierungsgewalt (Kritias/Pilatus) wegen religiöser Anmaßung und Volksverhetzung angeklagt. Die Personenkonstellation um Empedokles hat auffallende Ähnlichkeit mit der um Jesus: Von den ihm nachfolgenden Frauen hat er Panthea wunderbar geheilt[11] wie Jesus die Maria Magdalena, sein "Geliebter" Pausanias[12] heißt bei Hölderlin "der Jünger", Empedokles ist sein "Meister" (IV 26; *2, 301*); Pausanias ist außerdem stolz wie der "Adler" des Jupiter (IV 6; *2, 283*) – der Adler ist zugleich das Evangelistensymbol des Lieblingsjüngers Johannes. Vor der Trennung von Pausanias in II 5 gibt ihm Empedokles noch den Auftrag:

> Bereit ein Mahl, daß ich des Halmes Frucht
> Noch Einmal koste, und der Rebe Kraft,
> Und dankesfroh mein Abschied sei; (IV 79; *2, 353*)

Die Erinnerung an das Abendmahl und die Stiftung von Brot und Wein als Leib und Blut des Christus durch Jesus drängt sich hier unweigerlich auf; die erste Fassung bricht ab, bevor dieses Mahl stattfindet.

Hier sind wir an einem der schwierigsten und weitreichendsten Probleme der Interpretation des *Empedokles*: Ist die erste Fassung mit dem vorhandenen Text so gut wie zu Ende, oder folgen noch drei Akte? Von der Antwort auf diese Frage hängt ab, ob man den Schlußmonolog des Empedokles II 6 als Vorbereitung eines tragisch Sterbenden betrachten soll – "Freude" ist sein letztes Wort – oder ob die wirkliche Veranlassung eines tragischen Todes erst noch folgen sollte. Analog zum Schicksal Jesu etwa: Abendmahl mit Todesbewußtsein, Verrat durch einen Jünger (vgl. den Frankfurter Plan!), Garten Gethsemane/z.B. Aetna, Ergreifung und Anklage, schmählicher Tod. Diogenes Laertius berichtet verschiedene Versionen über Empedokles' Ver-

---

10 Empedokles habe von sich gesagt: "Ich aber wandle vor euch als unsterblicher Gott, und erhaben / Über das Sterbliche werd' ich von allen verehrt wie gebührlich." Diogenes Laertius, *Leben und Meinungen berühmter Philosophen*, übers. v. Otto Apelt und Hans Günter Zekl, [3]Hamburg 1990, S. 140, wiederholt S. 142.

11 "... er habe eine gewisse Pantheia aus Akragas, die von den Ärzten aufgegeben war, geheilt" (Diogenes Laertius, wie Anm. 10, S. 143).

12 "... war Pausanias sein Geliebter, dem er auch sein Gedicht von der Natur widmete" (ebd. S. 139).

schwinden: der Tod durch Sprung in den Aetna habe den Zweck gehabt, seine Reputation, "er sei zum Gott geworden, zu bestärken"; andere kämen mit Erzählungen über Exil, versuchte und von Anhängern betriebene, aber durch Neider verhinderte Rückkehr und endgültige Auswanderung auf die Peloponnes.[13] Dem Exil entspricht im Frankfurter Plan der erste Rückzug auf den Aetna, der versuchten Rückkehr die durch die Statue, durch Liebe und Ehre bewirkte, dann von den Neidern und dem aufgehetzten Volk durchkreuzte Rückkehr, der endgültigen Auswanderung die zweite Flucht auf den Aetna und der Sprung in den Krater. In der ersten Fassung geht Empedokles nicht freiwillig ins Exil, sondern wird nach heftiger Selbstanklage wegen des Frevels, sich selbst einen Gott zu nennen, von Priester, Archon und Volk aus der Stadt verjagt; sein Tod wäre hier ein Tod aus Not, Verzweiflung, Zwang, Sühne. Der Trunk Wasser auf dem Aetna (II 3) versöhnt ihn mit der Natur; die Versöhnung mit dem Volk und die Bitten um Rückkehr, die Ablehnung der Krone[14] könnten den Bitten des Lieblings im Frankfurter Plan entsprechen, die ihn fast, aber nicht ganz zur Rückkehr bewegen. Eine wirkliche Rückkehr, schmähliche Vertreibung und tragischer Tod könnten noch folgen; sie könnten parallel zu den "noch fehlenden" Phasen des Todes Jesu ablaufen.

Allgemeine Meinung ist allerdings, daß Hölderlin sein argumentatives und motivliches Pulver schon am Ende des zweiten Aktes verschossen habe. Die Analyse der Selbstvergottung nach der gar nicht intendierten Vergötterung durch das trunkene Volk, die Selbstanklage und Verfluchung durch den Priester, die quasi mechanische Erwartung der Tötung durch den blasphemisch gestörten Gesamtorganismus (Empedokles hofft auf einen Rächer I 3, um sich nicht durch erzwungenen Selbstmord zu schänden) zeigen ein Nemesis-Modell des Todes, in dem nach Herders Vorstellung[15] das gestörte Gleichgewichtssystem des Ganzen im Pendeln zurückschlägt und den Störer vernichtet. Hier scheinen alle Elemente eines Todes tragischer Schmach gegeben; auch der geschichtsphilosophische Aspekt ist insoweit enthalten, als Empedokles das von den Gegnern in I 2 beklagte Dauer-Fest benutzt, um die alten Ordnungen von Grund auf zu erschüttern und das Volk zu ei-

---

13 Diogenes Laertius, ebd. S. 142–144.

14 Ebenfalls von Diogenes Laertius berichtet, ebd. S. 141.

15 Johann Gottfried Herder, *Ideen zur Philosophie der Geschichte der Menschheit*, Buch XV; *Gott. Einige Gespräche*, 5. Gespräch und öfter.

ner neuen Ordnung vorzubereiten. Daß das Volk sich dann auf ihn fixiert und in ihm den Gott und den König sehen will, daß er im Bestreben, das Feuer und die Gärung noch zu intensivieren, sich öffentlich als Gott bezeichnet und damit die ursprüngliche reine Intention radikal verkehrt, stellt den unmittelbar zeitgenössischen Bezug zu den unablässigen Festen der Französischen Revolution, zu Figuren wie Robespierre und Napoleon her, die nicht nur vom Volk gefeiert und mit der Gloriole des Wunders der Zeit umgeben wurden, sondern diesen Tendenzen durch gezielte "Öffentlichkeitsarbeit" Vorschub leisteten.

Ein idealer, unerzwungener Tod, ein rechtzeitiges Hinweggehen dessen, durch den der Geist geredet, die Aufrichtung des politischen Vermächtnisses und des Gedenkens an den Erlöser des Volks werden im zweiten Akt (vor allem II 4) vorbereitet. Die zentralen geschichtsphilosophischen Gedanken, über die der *Grund zum Empedokles* und *Das Werden im Vergehen* Rechenschaft geben, sind hier schon ausgesprochen: Die "geschichtsphilosophische Uhr", von der Bernhard Böschenstein spricht,[16] wird in ihrem Funktionieren erklärt und läuft dann regelgemäß, wenn Empedokles am Ende des unvollendeten zweiten Akts tatsächlich verschwunden ist.

So sind denn viele der Ansicht, diese überlangen zwei Akte seien schon praktisch das ganze Stück, entweder als zweiaktige Tragödie[17] oder mit einer geringfügigen Ergänzung als dreiaktiges Stück, das "a continual increase of splendour, a sustained crescendo of inspiration" verlange,[18] oder als fünfaktiges Stück, das aus den vorhandenen zwei Akten zurechtgeschneidert werden sollte (*FHA 13, 547*; *L 12,29*). Nur Beißner[19] behauptet, dem vorhandenen Text müßten noch drei Akte folgen, hat aber wenig mehr als das philologische Argument, daß Frankfurter Plan, zweite und dritte Fassung fünf Akte haben sollten und für die erste Fassung nur der entsprechende Titelvermerk oder Plan fehlt.

---

16 Böschenstein (wie Anm. 4), S. 222.

17 So Wolfgang Schadewaldt, "Die Empedokles-Tragödie Hölderlins", in: W.S., *Hellas und Hesperien. Gesammelte Schriften zur Antike und zur neueren Literatur*, hrsg. v. Ernst Zinn, Zürich/Stuttgart 1960, S. 753–766. Ebenso Johannes Hoffmeister, *Hölderlins 'Empedokles'*, aus dem Nachlaß hrsg. v. Richard M. Müller, Bonn 1963, S. 49.

18 Maurice B. Benn, "The Dramatic Structure of Hölderlin's 'Empedokles'", MLR 62, 1967, S. 92–97; 96.

19 Friedrich Beißner, "Hölderlins Trauerspiel 'Der Tod des Empedokles' in seinen drei Fassungen", *Neophilologus* 42, 1958, S. 186–212.

Ich möchte keineswegs behaupten, Hölderlin habe hinsichtlich des Textbestands noch drei ganz neue Akte geplant gehabt – Teile der überlangen Akte I und II konnten in späteren Szenen verwendet werden. Auch behaupte ich nicht, daß Hölderlin die beiden Akte konzeptionell bewahrt wissen wollte – schließlich hat er die erste Fassung aufgegeben und sich ohne grundlegende Änderung der Konzeption der zweiten Fassung zugewandt. Ich möchte nur dafür argumentieren, daß Hölderlin, solange er an der ersten Fassung arbeitete, sein Trauerspiel nicht mit dem zweiten Akt beendet sah:

1) Was vorliegt, ist in Hölderlins Sinn noch nicht tragisch. Wenn wir das wohl schon vor Mitte 1799 geschriebene und damit parallel zur ersten Fassung des *Empedokles* entstandene poetologische Fragment *<Über den Unterschied der Dichtarten>* als Anhaltspunkt nehmen, so muß beim tragischen Gedicht die Trennung der ursprünglichen Einheit bis zu einem Punkt fortschreiten, wo das Ganze sich dadurch in vollem Maße fühlt, daß seine Teile in eine "höchste Spannung des Widerstreits" zueinander geraten und ihre Bestimmtheit, ihre Unterscheidung voneinander "zum Leiden, und *möglichst* absoluter Entschiedenheit und Vereinzelung werde" (IV 268f.; *2, 556*). Wendet man dies auf den *Empedokles* an, müßte Agrigent mit Empedokles im Zentrum zu einem Punkt geführt werden, wo jeder mit jedem streitet und kämpft, wo auch um Empedokles selbst Zank und Verrat sich ausbreiten, Empedokles mit sich in Zwiespalt gerät. Der Zeitpunkt, wo Empedokles sich einen Gott nannte und verflucht wurde, ist offenbar nicht als dieser Moment höchster Spannung zu betrachten, denn er wird in die Vergangenheit verlegt und nur in seinen Folgen gezeigt; außerdem steht das Volk mit dem Priester und dem Archon geschlossen gegen Empedokles. Auch die Kehrsituation im zweiten Akt, wo Empedokles wieder versöhnt werden soll und der Priester beschimpft wird, ist nicht dieser Moment. Empedokles vermutet zwar:

> haadert
> Das lebenslose Volk, damit sichs fühl'?
> Und haben sie hinausgeschmäht den Mann,
> Den sie gefürchtet, suchen sie ihn wieder,
> Den Sinn an seinem Schmerze zu erfrischen? (IV 57; *2, 332*)

Das Hadern des Volks unter sich, das Leiden des Einzelnen könnten den Moment der "höchsten Spannung des Widerstreits" und der Fühlung des Ganzen darstellen – ein Beweis, daß diese Stelle der ersten

Fassung auf die Theorie der genannten Abhandlung referiert –, aber Empedokles täuscht sich ja, denn alle wollen sich versöhnen: der Moment der höchsten Spannung ist noch nicht eingetreten, Empedokles wird seinen Todesentschluß so lange nicht verwirklichen, bis im Ganzen von Agrigent absolute Vereinzelung, totaler Streit und Aufruhr herrschen, die er dann wohl durch einen besonderen Akt zu besänftigen hat, in dem er zu dem Erlöser wird, auf dessen Tat (und Opfer) die Entstehung eines verjüngten Staatswesens aufbauen kann. Dies alles steht am Ende des zweiten Akts in der vorliegenden Form noch aus.

2) Die typologische Analogie des Schicksals Jesu verlangt eine Fortführung mindestens zum angekündigten Abendmahl, sinnvollerweise bis zum Opfertod, an dem Leid und Streit sich am höchsten entzünden könnten. Über den Text der ersten Fassung führt auch die Figur der Delia hinaus, die als Athenerin die Anbetung des Empedokes durch die Agrigentiner als Götzenverehrung kritisiert – in Athen würde er allenfalls Bewunderung ernten – (I 1) und die im Gegensatz zu Panthea und Pausanias keinerlei Verständnis für den Todeswunsch des Empedokles aufbringt (II 8). Treffen Delia und Empedokles aufeinander (was wahrscheinlich ist, wenn das geplante Abendmahl stattfindet), könnte es sogar soweit kommen, daß Delia ihn an der Richtigkeit seines Entschlusses irre macht, daß sie ihm den Glauben an seine historische Mission im Sinne der "geschichtsphilosophischen Uhr" nimmt oder wenigstens Zweifel einjagt, ob er die wirklich erlösende Tat schon vollbracht hat und mit Recht stirbt – sie hätte dann die Funktion, die später der prophetische Greis Manes übernimmt.

3) Auch Empedokles weist implizit, abwehrend über den zweiten Akt hinaus: Die Götter hätten ihn einmal gewarnt; würde er jetzt nicht folgen, sähe es aus, als hätte er die Botschaft nicht verstanden und brauchte schmerzhaftere Zeichen:

> Drum fordert nicht die Wiederkehr des Manns
> Der euch geliebt, doch wie ein Fremder war
> Mit euch und nur für kurze Zeit geboren,
> O fodert nicht, daß er an Sterbliche
> Sein Heilges noch und seine Seele wage! (IV 71; *2, 345*)

Genau das hat aber Jesus getan, obwohl auch er gebeten hatte, der Kelch möge an ihm vorübergehen. Da Empedokles so auffällig darum bittet, man möge die Natur das Gefäß ihrer Offenbarung, nämlich ihn selbst, zerbrechen lassen,

Damit es nicht zu andrem Brauche dien',
Und Göttliches zum Menschenwerke werde.
Laßt diese Glüklichen doch sterben, laßt
Eh sie in Eigenmacht und Tand und Schmach
Vergehn, die Freien sich bei guter Zeit
Den Göttern liebend opfern.[20] Mein ist diß. (IV 73; *2, 347*),

da er so auffällig bittet, ist zu vermuten, daß dieser Wunsch nicht erfüllt wird; und wenn er selbst dieses Los "längst/Am jugendlichen Tage" sich geweissagt hat (ebd.), wird ein Widerspruch in Empedokles sichtbar: es ist nicht die Natur, die das Gefäß zerbricht, sondern er selbst; er stirbt für sich, nicht für Agrigent, denn bei seiner jugendlichen Weissagung konnte er den Geschichtsgang der Auflösung dieses Volks nicht vorhergesehen und einberechnet haben. Auf Jesus typologisch projiziert: auch dieser war sich seiner Sohnschaft bewußt und konnte sich darum eine Rückkehr zum Vater weissagen; hätte er so gehandelt, wie Empedokles hier beabsichtigt, hätte er, wie das Volk es von ihm erwartete, z.B. den Elia mit seinem Feuerwagen rufen können, der ihn abholen und das Menschenwerk der Kreuzigung verhindern sollte (Mt 27,47.49). Aufgrund der typologischen Beziehung, die Hölderlin ja auffällig betont hat, ist es unwahrscheinlich, daß er den Empedokles als Retter des Volks stilisiert, ihn aber im Vergleich zu dem typologisch zitierten Jesus mit halbem Erlösungswerk friedlich abtreten läßt, als "Morgenwolke nur,/Geschäfftslos und vergänglich" (IV 71; *2, 345f.*).

4) In diesem Sinne verlangt auch die typologische Beziehung zur Zeitgeschichte eine Fortführung ins politische Handeln. Schon der historische Empedokles griff ins politische Geschehen ein, indem er seine Popularität nutzte, um gegen den von zwei Männern drohenden "Beginn der Tyrannenherrschaft" durch ihre Verurteilung zum Tode vorzugehen. "Das war der Anfang seiner staatsmännischen Tätigkeit." Durch "die Macht seines Wortes" habe er, wiederum gegen Tyrannis argumentierend, "erreicht, daß die Akragantiner dem Parteihader entsagten und dem Grundsatz des gleichen bürgerlichen Rechtes huldigten", wie er selbst ja die Königswürde ablehnte.[21] Empedokles war also eine Art Jakobiner, setzte seine Überzeugung von republikanischer

---

20 Die Klassiker-Ausgabe hat hier eine Zeile mehr: "... opfern, denen alles / Erstgeborene der Zeit heilig ist. Mein ...".

21 Diogenes Laertius (wie Anm. 10), S. 141, 145.

Rechtsgleichheit mit Wort und Gewalt durch und geriet, so sah es wohl Hölderlin, wie Robespierre und Napoleon durch Ausübung einer magischen Macht über das Volk bzw. über die stärksten militärischen Gegner, mit sich in Widerspruch dadurch, daß er sich einen Gott nannte und seine Magie "prahlerisch und selbstgefällig" nutzte.[22] Robespierre, der Terrorist aus Idealismus, hatte schmachvoll unter der Guillotine geendet; Napoleon, der neue Hoffnungsträger, mußte zurücktreten und eigentlich ein ähnlich schmachvolles Ende nehmen, das ihn als Erinnerungsträger etablieren konnte. Dies zu analysieren und historisch zu fordern sollte die Fortsetzung von Hölderlins *Tod des Empedokles* in den drei fehlenden Akten leisten.

Die zweite Fassung

Der Textbestand ist gegenüber der ersten Fassung gering: Wir kennen die Entwürfe zu drei Szenen des ersten Akts, die den Szenen I 2, 3, 4 der ersten Fassung entsprechen, und zu zwei Szenen des zweiten Akts, die den Szenen II 7, 8 der ersten Fassung entsprechen. Während er in der ersten Fassung zum – nicht immer glatten[23] – Blankvers tendiert, experimentiert Hölderlin hier mit dem prosaischen, ungleich langen und metrisch ungeordneten Vers, den er später in den Gesängen gebraucht. Die Szene I 1 der ersten Fassung sollte vielleicht zunächst wieder verwendet werden; darauf weisen die Namen "Panthea. Delia" in der ersten Zeile der Handschrift hin (L 13, 250). Die Reinschrift von Titel, Personenverzeichnis, Ortsangabe und "Erster Act. Erster Auftritt" bringt aber ohne Nennung der beiden Frauen das Gespräch zwischen Mekades und Hermokrates vor der im Hintergrund tobenden Menge der Agrigentiner (L 13, 300).

---

22 Ebd. S. 142.

23 Die StA tendiert dazu, geglättete Blankverse zu präsentieren, manchmal durch Weglassung der nicht sauber metrisch durchgeformten Passagen. Die FHA dagegen deutet eine Anzahl Striche am Rand des Manuskripts als Tilgungsabsicht Hölderlins und kürzt deshalb den Text der ersten Fassung beträchtlich. Vgl. Katharina Grätz, "Der Empedokles-Text der Großen Stuttgarter Ausgabe und der Frankfurter Ausgabe. Editionskritik und Folgerungen für die Neu-Edition im Deutschen Klassiker Verlag", HJb 28, 1992/93.

Erkennbare Differenzen zur ersten Fassung sind folgende: In dem Analyse-Gespräch I 1 wird Empedokles von Hermokrates stärker in Wechselbezug zum Volk gesehen, der "Übermut" und die Behauptung der Göttlichkeit bzw. des alleinigen Mittlertums[24] werden als psychologisch notwendige Reaktion auf das hohle, nachäffende, unselbständige Echo aus dem Volk gedeutet. So hätten den Frevler Empedokles, der wie Prometheus Göttliches profan gemacht habe, die von ihm Verführten wieder verführt, ein Vorgang, der nach der Weisheit des alten Priesters gesetzmäßig so abläuft.

Der einsame Empedokles, der nach des Priesters richtiger Analyse das Göttliche aus sich hinausgeschwatzt hat und von allen guten Geistern verlassen ist, will sich wie Hyperion erzählend noch einmal des alten Einklangs mit der Natur versichern. Sein geplanter Tod ist nicht mehr Einlösung einer alten Selbstweissagung, sondern ein verzweifelter Selbstbeweis, daß es das Lebendige, den höheren Zusammenhang noch gibt und er wenigstens ein "Licht aus eigner Flamme" entzünden kann. Die Selbstverfluchung des Empedokles, die Nemesis, die der eigene Übermut auf ihn zurückschlagen läßt, ist viel stärker als in der ersten Fassung und macht die Verfluchungsszene (I 5 der ersten Fassung) in ihrer vollen Länge unnötig, obwohl Hermokrates sie in I 1 ankündigt.

Delia, die maßvolle Athenerin mit dem Blick von außen in die Sphäre der Agrigentiner, wird mit ihrer Opposition gegen diesen "zu gerne" gestorbenen Tod noch stärker gemacht als in der ersten Fassung. Sie könnte Empedokles in der Folge durchaus verunsichern und in Zweifel versetzen, ob sein Todeswunsch nicht nur eine private, individuelle Reaktion ist und nicht die große historische Tat, von deren Sinn er nun auch das Volk überzeugt (IV 117; *2, 385*).

Die zweite Fassung ist also härter, profiliert die Gegensätze schärfer und bezieht den Empedokles von Anfang an stärker auf seine historische Funktion und das Volk der Agrigentiner. Die Fassung geht nicht

24 Möglicherweise spiegelt sich in dieser von Mekades berichteten übermütigen Rede vom alleinigen Mittlertum zwischen Göttern und Menschen (IV 94–96; *2, 365f.*) die Lektüre von Friedrich Schleiermacher, *Über die Religion. Reden an die Gebildeten unter ihren Verächtern*, Berlin 1799; in der fünften Rede wird das Christentum als Religion bestimmt, die den Mittlergedanken als Wesen der Religion überhaupt zum Zentrum der Religion gemacht habe, also Religion der Religion sei (hrsg. v. Rudolf Otto, [6]Göttingen 1967, S. 194f.). Hölderlin setzt sich mit dem Gedanken vor allem im *Einzigen* kritisch auseinander.

weiter als die erste, obwohl sie möglicherweise in verlorenen Handschriften weitergegangen sein kann, da ja Hölderlin am 4. Juni 1799 über sein Trauerspiel schreibt, er sei damit "bis auf den lezten Act fertig" (VI 323; *3, 351*); natürlich war hier auch der Verleger zu überzeugen – das Verhältnis zwischen Zweckoptimismus und Tatsachen ist an den Angaben über die theoretischen Aufsätze etwa abzuschätzen.

Die dritte Fassung

Im *Grund zum Empedokles* verschafft Hölderlin sich theoretisch Gewißheit über den tragischen Moment und Charakter im Geschichtsprozeß des Übergangs einer Konstellation von Natur und Kunst (Menschenwerk) in eine neue Konstellation sowie über die Eignung des Empedokles-Stoffes zur Darstellung eines solchen Geschichtsprozesses. Ich hebe aus dem Aufsatz nur die Gesichtspunkte heraus, die für die Neukonzeption des Stücks relevant sind.

Der erste Abschnitt über die tragische Ode gehört allenfalls als Vergewisserung über die Verknüpfung der Stufen der Schöpfungshieroglyphe im tragischen Tonwechsel in die Begründung des *Empedokles*.[25] Der zweite Abschnitt über den "Allgemeinen Grund" rechtfertigt mit der Theorie von der mit zunehmender Innigkeit des Grundes immer fremder werdenden Äußerung die Wahl des Empedokles-Stoffes, wo z.B. Agrigent als Symbol, Gleichnis, künstlicher fremder Stoff für den "Grundstoff" aus der Welt des Dichters, also das zeitgenössische Mitteleuropa dient. Der gewählte Stoff muß dem Grundstoff von innen her ähnlich sein und Anklänge erzeugen ("charakteristische Innigkeit"); "Leben", d.h. Spannung, Bewegung, Veränderung muß die Fremdheit kompensieren; der "Geist" in der gewählten und in der eigenen Lebenssphäre muß derselbe sein, d.h. der "höhere Zusammenhang", das Verbindende in und zwischen dem "Intellektuellen" mit dem "Historischen" muß dieselbe intellektuelle Anschauung ergeben, so daß das Fremde dem Produzenten und Rezipienten als Deutung des Eigenen dienen kann. Hölderlin hat hier über die poetologischen Aufsatzfragmente hinaus, unter Verwendung analoger Kategorien zur *Verfahrungsweise* (dort: Individuelles, Allgemeines, Reines, IV 248; *2, 535*), das Verhältnis von poetischer Welt und Lebenswelt bestimmt.

---

25 Vgl. die Verwendung dieses Abschnittes als Analysehilfe bei der Interpretation einer tragischen Ode im Oden-Kapitel.

Im *Grund zum Empedokles* beginnt Hölderlin mit der Begründung seiner Tragödie und der Wahl des Empedokles-Agrigent-Stoffes auf sehr hoher ontologischer Abstraktionsstufe. Das Begriffspaar aorgisch[26] – organisch beschreibt Zustände des Seins, wo es entweder als Eines unbegrenzt, ungegliedert, ununterschieden und allem zugrundeliegend, innewohnend und alles umfassend gedacht wird, oder wo es als Seiendes, Unterschiedenes und Unterscheidendes, Gegliedertes, in Verhältnissen der Abhängigkeit und Wechselwirkung sich Aufbauendes, Veränderndes und Vergehendes gedacht wird. Die Kategorien "Seyn" und "Urtheil" aus der Notiz <*Urtheil und Seyn*> bilden dieses Verhältnis logisch ab; die Reflexionen zu Gott als Vater und Sohn oder Göttlichem und Mittlertum (vg. die Ode *Natur und Kunst oder Saturn und Jupiter*) spiegeln das Verhältnis theologisch und kosmologisch; die Gedanken zum Charakter und seiner Äußerung unter gegebenen Umständen (der sanfte Brutus erscheint streng, der Dichter Empedokles als politisch Handelnder), die Lehre vom Grundton und Kunstcharakter wenden es psychologisch bzw. poetologisch an.

Dahinter steht Herders neuplatonische Interpretation der Lehre Spinozas in *Gott. Einige Gespräche*; Herder anerkennt, daß Spinoza "Zeit und Ewigkeit, das Endlos-Unbestimmte und das durch sich Unendliche richtig unterschieden hatte" und daß "Welt [...] ein System der Dauer zu- und nacheinander geordneter Dinge ist, deren keinem das absolute Dasein oder die unwandelbare Ewigkeit ohne Maß und Zeitendauer zukommt"; "organische Kräfte" (statt Spinozas Modifikationen der Substanz) sind Energien der Offenbarung und des Ausdrucks des Unendlichen, oder: "In der Generation [dem Entstehen, Bilden, Umbilden] allein liegt das Wunder einer eingepflanzten, einwohnenden Macht der Gottheit, die sich, wenn ich so kühn reden darf, in das Wesen jeder Organisation gleichsam selbst beschränkt hat und in diesem Wesen nach ewigen Gesetzen unverrückt und unwandelbar, wie die Gottheit allein wirken kann, wirket."[27] Herders Theorie der Organisation, die er vor allem im fünften dieser Gespräche darlegt, haben wir als grundlegend für Hölderlins Philosophie mindestens seit

26 Vgl. Hans Schwerte, "Aorgisch", GRM 34, 1953, S. 29–38.

27 Johann Gottfried Herder *Werke*, hrsg. v. Wolfgang Proß, Bd. 2, München 1987, S. 760, 763, 766. (Entspricht in der Ausgabe *Sämmtliche Werke*, hrsg. v. Bernhard Suphan, Bd. XVI, den Seiten 445–456. Hölderlins Ode *Vanini* ist von Vaninis *Ode auf Gott* inspiriert, die Herder ebd. S. 434 abdruckt.)

dem *Thalia-Fragment* erkannt. "Organisation" ist in beider Sinne jedes einzelne Ding, jedes Lebewesen, die Welt als Gesamtheit der Lebewesen, der Mensch als Einzelner, als Volk, Nation, Gesellschaft sowie alle Produkte des Menschen; "Organisation" heißt bis ins Mikroskopische gehende Durchgliederung unter dem Prinzip der wechselseitigen Unterordnung von Kräften,[28] Gliedern und Organismen, die in stetigen Prozessen der Umbildung, des Entstehens und Vergehens begriffen ist. Für Hölderlin gelten die Begriffe Natur und Kunst analog zum Aorgischen und Organischen, wobei allerdings die Begriffe schon gradweise angesetzt werden müssen: die (wirkliche) Natur ist aorgischer, der Mensch als Exponent des Künstlichen ist organischer. Leben vermittelt zwischen Aorgischem und Organischem. Dem reinen Leben nach sind Natur und Kunst komplementär, der Mensch ist die "Blüte der Natur", die Natur ist im Menschen Gefühl; ihre harmonische Beziehung ist göttlich und vollendet. Dieses reine Leben will Hölderlin in seiner Tragödie darstellen, vor die Erkenntnis bringen, und das heißt natürlich, daß die Tragödie im Rezipienten Aorgisches organisch macht, Gefühl zur Erkenntnis bringt, im Gegenzug jedoch Organisches aorgisch macht, Erkenntnis in einen Umbildungsprozeß, in eine Revolution der Gesinnungen und Vorstellungsarten versetzt.

Um vor die Erkenntnis zu kommen, muß das reine Leben sich trennen, die harmonische Einigkeit in Streit auseinandertreten, wo dann die beteiligten Glieder und Elemente erst in ihrer individuellen Bestimmtheit erfaßbar werden. Verlauf und Ziel dieses Streits sind: Auseinandertreten von Organischem und Aorgischem in äußerste Extreme, im Moment der höchsten Feindseligkeit der Schein der höchsten Versöhnung, da in ihrem Kampf die Extreme je sich in der Gestalt ihres Gegenteils äußern und das Aorgische organisch, das Organische aorgisch werden muß, um sich jeweils zur Wehr zu setzen: wenn die Streitenden sich je in der Form des Gegners äußern, scheint sich jedes im Gegner zu begegnen; es entsteht der Schein, als ob sie miteinander jeweils im Grunde übereinstimmten. Danach Fortgang der Wechselwirkungen, als ob der Schein wirklich wäre, und in dieser komplexeren Wechselwirkung tatsächlich zunehmende Integration des Gegnerischen ins eigene Wesen: Bildung der Natur, Verallgemeinerung und geistige Belebung des Menschen und seiner Verhältnisse.

28 Kant, KdU § 66 reduziert das Verhältnis von Substanzen und Kräften auf das logische Verhältnis von Zweck und Mittel.

Am Ende neue Harmonie, aber jede Seite ist doppelt, fühlt sich in sich und erkennt sich im andern, "und die Verbindung ist unendlicher", d.h. zugleich als komplexere Verbindung organischer und als doppelt gefaßte, gefühlte und erkannte Verbindung aorgischer.

"In der Mitte liegt [der Kampf, und] der Tod des Einzelnen" (IV 153; *2, 429*), d.h. eines Schein-Organs, in dem sich die Gegensätze in ihrer höchsten Feindseligkeit und zugleich scheinbaren Versöhnung sichtbar individualisieren. Je mehr im Fortgang sich unter dem "glüklichen Betrug der Vereinigung" tatsächlicher Austausch anbahnt und im Ganzen vollzieht, desto mehr wird dieses Einzelne als "Trugbild" erkannt und schließlich überflüssig, weil es seine historische Funktion als Erinnerungs-Orientierung für die Gestaltung der Natur und die neu belebte Gesellschaftsorganisation erfüllt hat. Das Aufsatzfragment *<Das Werden im Vergehen>* analysiert dieselben Vorgänge und arbeitet dabei die Formen der Auflösung und Neubildung in der Realität und in der Erinnerung/Vorstellung insbesondere heraus.

In dieses prozessual sich auflösende und neubildende System von Natur und Kunst wird nun der Stoff Empedokles-Agrigentiner-Agrigent eingebaut: "So ist Empedokles ein Sohn seines Himmels und seiner Periode, seines Vaterlandes, ein Sohn der gewaltigen Entgegensezungen von Natur und Kunst in denen die Welt vor seinen Augen erschien." (IV 154; *2, 430f.*) Entgegen stehen einander "der lebhafte allesversuchende Kunstgeist seines Volks"[29] und "der glühende Himmelsstrich und die üppige Sicilianische Natur" (IV 158; *2, 434*). Empedokles ist in der Auseinandersetzung dieser in seiner Periode in Extreme auseinandertretenden Gegensätze das Einzelne, in dem sich ihr Streit zu versöhnen scheint. Er muß nun "Opfer seiner Zeit" (IV 157; *2, 433*) werden, damit die Versöhnung nicht in dem Idol gefangen bleibt, sondern sich im Ganzen von Natur und Gesellschaft (dem "Vaterland") in der leitenden Erinnerung an dieses Trugbild real ausbreiten kann. Neu gegenüber den bisherigen Konzeptionen des Stücks ist die theoretische Begründung des "Gegners", der eine Art organischer Komplementärfigur zu dem aorgischen Empedokles bilden soll:

> Zum Helden geboren, ist er nicht sowohl geneigt, die Extreme zu vereinigen, als sie zu bändigen, und ihre Wechselwirkung an ein

---

29 "... acuta illa gens et controversa natura", scharfsinnig und streitsüchtig veranlagt seien die Agrigentiner, schreibt Cicero, *Brutus* XII 46 nach Aristoteles.

> Bleibendes und Vestes zu knüpfen, das zwischen sie gestellt ist, und jedes in seiner Gränze hält, indem es jedes sich zu eigen macht. Seine Tugend ist der Verstand, seine Göttin die Nothwendigkeit. Er ist das Schiksaal selber, nur mit dem Unterschiede, daß die streitenden Kräfte in ihm an ein Bewußtsein, an einen Scheidepunct vestgeknüpft sind, der sie klar und sicher gegenüberhält, der sie an einer (negativen) Idealität bevestiget und ihnen eine Richtung giebt.
> (IV 162; *2, 438f.*)

Die Konzeption des Gegners, der weit stärker profiliert ist als der früher nur die Staatsgewalt repräsentierende Kritias bzw. Mekades, fügt den bisher gegebenen Möglichkeiten des Tragischen eine weitere hinzu: Empedokles ist in einer "reinen" Betrachtungsweise gar keine Person, sondern nur eine Funktion, ein in dem nach der "geschichtsphilosophischen Uhr" ablaufenden Prozeß notwendiges Einzelnes, in dem sich die Gegensätze im Moment höchster Feindseligkeit zu versöhnen scheinen und das schwinden muß, um nicht für das Bewußtsein aller die Gegensätze ein für allemal versöhnt zu enthalten. Man kann hier von einer objektiven oder ontologischen Tragik sprechen, sofern das Sein überhaupt, um ins Dasein zu kommen, sich in Leid und Trennung und Individuation begeben muß und der stellvertretende Tod des Einzelnen notwendig wird, damit Dasein und Sein sich höher vereinigen und tiefer durchdringen können.

In einer "individuellen" Betrachtungsweise ist Empedokles, zum Dichter geboren und durch die Umstände zum Handeln eines religiösen Reformators und Politikers gezwungen, ein tragischer Einzelner. Indem er sich dazu bringen läßt, sich gegen seinen eigentlichen Grund, die Dichtung und Philosophie, in dem fremden Element des gesellschaftlich direkten Handelns zu äußern, begeht er den Fehltritt, der seinen Tod bedeutet. Sofern die Umstände, sein Volk im Zustand der vaterländischen Auflösung, ihn dazu verpflichten, weil er die Lösung der historischen Probleme allein vorzuzeigen fähig ist, hat dieser Fehltritt tragisch sittliche Notwendigkeit. Er wird damit zum "Opfer seiner Zeit", in dem sich die objektive Tragik in einem subjektiv notwendigen tragischen Schritt ausdrückt oder in dem das sittliche Subjekt in Einstimmung mit der objektiven Notwendigkeit in den Tod einwilligt und im Tod gerechtfertigt wird. Empedokles ist auch in dem Sinne individuell zu sehen, als er dem prophetischen Greis Manes gegenüber zunächst, seiner zyklischen Philosophie gemäß, sich als Individuum sieht, durch das der sterbende Geist des Volkes seinen "Schwanensang” tönen läßt (IV 138; *2, 415*); er verficht also anfangs eine ganz andere Geschichtstheorie und sieht sich in einer anderen Rolle: nicht wie Hölderlin sie vorsieht, nicht wie Manes, ihn versuchend und nach seiner Identität befragend, sie ihm entgegenstellt (IV 135f.; *2, 412f.*), und nicht wie Empedokles sie offenbar in seinen letzten Reden erkennt, anerkennt und auf sich nimmt (IV 168; *2, 446*). Der vierte Akt des Dramas, in dem der Tod des Empedokles geschehen sollte, wäre danach in aristotelischer Tradition ein Akt der *anagnorisis*, der Erkenntnis der tieferen Zusammenhänge geworden, wie ja überhaupt z.B. durch die Einführung des Chors der antikische Charakter dieser dritten Fassung stark hervortritt, der wohl durch die Profilierung des objektiv Tragischen gerechtfertigt ist. Man darf aber nicht vergessen, daß Hölderlins geborener Dichter die politische Äußerung, in der er sich zeigen muß, nicht wie der antike Empedokles als natürliche Gestalt seiner selbst empfindet, sondern mit modern gespaltenem Bewußtsein an der Diskrepanz zwischen seiner Anlage und seiner Äußerung leidet – “diese Anlage sollte nicht in ihrer eigentümlichen Sphäre wirken und bleiben, er sollte nicht in seiner Art und seinem Maas, in seiner eigentümlichen Beschränktheit und Reinheit, wirken und diese Stimmung durch den freien Ausdruk derselben zur allgemeineren Stimmung, die zugleich die Bestimmung seines Volks war, werden lassen” (IV 156; *2, 432*). Diese moderne Unglücklichkeit seines Bewußtseins erscheint am deutlichsten da, wo er, um die Versöhnbarkeit von Natur und Kunst sinnlich zu zeigen, dem Volk “bis ins Äußerste gehorcht” und “mit Liebe und Widerwillen” eine “Probe” ablegt, wohl irgendein magisches Wunder vollbringt, im Bewußtsein, daß er damit “desto sicherer untergeht” (IV 161; *2, 438*). Das individuelle Tragische trägt also, dem objektiven reinen Tragischen entgegengesetzt, durchaus subjektiv moderne Züge, der individuelle Tod ist schmachvoll.

Zwischen diese beiden Formen des Tragischen stellt Hölderlin nun, in einer “allgemeinen” Betrachtungsweise, die Opposition zwischen Empedokles und dem Gegner. Dichter steht gegen Held wie in Goethes *Tasso*, Versöhnung und magische Vertauschung der streitenden Extreme gegen ihre Bändigung, Begrenzung und Festsetzung. Die beiden sind Brüder, kommen also aus einem Ursprung und erscheinen als anthropologische Alternativen, Spannungszustände, denen man die Töne des Idealischen und des Heroischen zuordnen möchte; Panthea und Pausanias könnten Aspekte des Naiven hinzufügen. Der Kampf zwischen dem idealischen und dem heroischen Bruder, die einander doch gegenseitig brauchen und die ihrer "beederseitigen tragischen Bestimmung" bewußt sind (IV 164; *2, 442*), bringt und hält nicht nur die dramatische Entwicklung in Gang. Vielmehr scheint ihr schon im 1. Akt sich zuspitzender "Zwist" darauf hinauszulaufen, daß im 3. Akt Empedokles seine Wunder-Probe vollbringt und danach von dem eifersüchtigen Bruder wegen Gotteslästerung angeklagt und zum Tod im Aetna veranlaßt wird (4. Akt) – eine moderne Version der Tragödie von Kain und Abel. Der Bruder wäre einerseits das im reinen Sinne objektiv notwendige Werkzeug, welches das Trugbild zum Verschwinden bringen muß, er wäre andererseits im individuellen Sinne Bruder des Empedokles, ein anderer Ton mit gleicher Stärke und Genialität, der mit ihm wetteifert und ihn töten muß, weil sie sich zu ähnlich sind, und er wäre drittens im "allgemeinen" Sinne mythisch der Kain zu seinem Bruder Abel, anthropologisch das *alter ego,* in dem man sich selbst liebt und haßt, bei dem man wie Kleists Penthesilea Küsse und Bisse verwechselt und gleich achtet.

Die drei Szenenfragmente, die von der dritten Fassung vorliegen, zeigen im Blick auf die hinsichtlich der Vollständigkeit der ersten Fassung diskutierten Fragen, daß der Handlungsinhalt dieser beiden Akte praktisch in den expositorischen Anfangsmonolog des Empedokles I 1 aufgenommen und damit beim Beginn der Handlung vergangen ist. Das bekräftigt die zur ersten Fassung vertretene Ansicht, daß Hölderlin auch in der ersten Fassung noch Stoff genug für weitere drei Akte hatte. – Prominent in der dritten Fassung sollte die Figur des Manes werden, der die in den früheren Fassungen sich mit Delia, der Athenerin, ankündigende fremde Perspektive auf das Geschehen in Agrigent verkörpern und damit die Rolle des geschichtsphilosophischen Analytikers und Kommentators haben sollte.

Eine großartige Konzeption dieser Tragödie zeichnet sich ab, die objektive, anthropologische und subjektive, antike und moderne Tragik vereinen sollte, in der sich das individuelle Geschehen in Agrigent als Fall einer typologischen Reihe mit Prometheus, Empedokles, Christus und den Zeitgenossen Robespierre und/oder Napoleon zeigen und zugleich eine ontologische Grundgesetzlichkeit offenbaren sollte. Diese Tragödie hätte wahrscheinlich in wetteifernder Überbietung zu Goethes *Faust, Tasso* und Schillers *Wallenstein*[30] stehen sollen und können.

---

30 Von den Weimarer Aufführungen der drei Teile des *Wallenstein* zwischen Oktober 1798 und April 1799 hat Hölderlin wenigstens mündliche Berichte erhalten können; die Druckfassung erschien erst 1800.

Es bleibt die Frage nach den inneren Gründen, warum Hölderlin seine Entwürfe liegen ließ. Ein Grund ist wohl poetologischer Natur: Hölderlin hatte wahrscheinlich von Schillers *Wallenstein* erfahren und mußte, da er stets mit dem Meister gewetteifert hatte, um sich seine Teilnahme zu verdienen (VI 364; *3, 393*), ungeduldig darauf warten, das Stück studieren zu können. Der Brief an Schiller vom Ende August/Anfang September 1799 (VI 364f.; *3, 393–395*) spricht von der tragischen Form als der natürlichsten Ausdrucksform des Tons, den er sich "vorzüglich zu eigen zu machen wünschte", betont die fast ausschließliche Arbeit am Trauerspiele *Der Tod des Empedokles* während des Homburger Aufenthalts und legt nahe, daß der treue Schüler sich durch genaues Studium von Schillers Dramen einen Begriff des Tragischen und des dramatischen Gedichts zu machen suchte. Modellanalysen der *Räuber* und des *Fiesco*, die Absicht eines Studiums der "Übrigen" und insbesondere des *Don Carlos* zeigen, auf wie veraltetes Material er sich stützen muß – Hölderlin kannte bestimmt Schillers kritische Haltung gegenüber dem eigenen Jugendwerk –; die geheime Hoffnung Hölderlins scheint zu sein, daß Schiller ihm, wenn nicht den Text des *Wallenstein* zugänglich mache, so doch eine detaillierte Darlegung über Plan/Absicht, Form, Auffassung des Tragischen gebe, um den Treuen auf den neuesten Stand der Poetik der Tragödie zu bringen. Schiller antwortete nicht auf Hölderlins Brief, der *Empedokles* mußte liegenbleiben, bis der Text greifbar war.[31]

Ein zweiter Grund ist politischer Natur. Ich habe schon am Beginn dieses Kapitels nahegelegt, daß Hölderlin den *Empedokles* als Gleichnis zeitgenössischer Vorgänge schrieb und daß Napoleon Bonaparte, vielleicht daneben Robespierre, eine "allbekannte" historische Gestalt war, die den Untergang der alten und den Übergang in die neue Gesellschaftsordnung in sich vereinigen und verkörpern konnte.

---

31 Ich vermute also nicht theoretische Gründe für die Aufgabe des Projekts. Wenn nach dem späteren Text <*Die Bedeutung der Tragödien*> im Tragischen "das Zeichen an sich selbst als unbedeutend = 0 gesezt wird" (IV 274; *2, 563*), so heißt das nicht, daß damit Tragödie als poetische Form unmöglich gemacht wäre. Diesen Kategorialsprung vom semiotischen Geschehen *in* der Tragödie zur Tragödie selbst scheint Helmut Bachmaier nahezulegen, "Theoretische Aporie und tragische Negativität. Zur Genesis der tragischen Reflexion bei Hölderlin", in: Helmut Bachmaier, Thomas Horst, Peter Reisinger, *Hölderlin. Transzendentale Reflexion der Poesie*, Stuttgart 1979, S. 83–145; 145.

Robespierre war untergegangen und zum Trugbild geworden, hatte die “geschichtsphilosophische Uhr” bestätigt. Aber nun ließ Napoleon sich zum Diktator machen. Geschah das, um die mögliche Versöhnung von Natur und Kunst erst zu zeigen, oder hatte Napoleon den “Sturz in den Aetna” versäumt, hielt die Wechselbeziehung der Extreme in sich fest und brachte die begonnene Verjüngung zum Absterben? Hatte Napoleon den Höhepunkt vielleicht noch gar nicht erreicht, die magische Probe der Versöhnung noch gar nicht vollbracht, oder hatte er sich schon überlebt, wurde “positiv” und tödlich durch die Usurpation der vaterländischen Lebensenergien in seiner individuellen Person? Es ist klar, daß Hölderlin, wenn diese Gleichnis-Beziehung zwischen Empedokles und Napoleon stimmt, die ganze Ausrichtung der Tragödie, ja seine Geschichtsphilosophie und Poetologie durch die historische Entwicklung tangiert sah und tatsächlich warten mußte, wie die Ereignisse sich entwickelten und wie Napoleon sich verhielt. Jedenfalls legte Hölderlin die Blätter des Stuttgarter Foliobuchs, das die dritte Fassung und den Plan zur Fortsetzung samt dem Aufsatzfragment *<Das Werden im Vergehen>* enthält, so um, daß sie vom Anfang an den Schluß des Bandes kamen (vgl. L 13, 373).

Unter dem Gesichtspunkt dieses Wartens, wie insbesondere Napoleon sich im Kontext der aktuellen Geschichtsentwicklung verhalten würde, ist wahrscheinlich *Friedensfeier* doch, wie vielfältig vermutet und bestritten, unter zeitgeschichtlichem Aspekt ein Napoleon-Gesang: die “Freundesgestalt”, die der Fürst des Festes annimmt und in der er seine Gottheit verhüllt, ist die des “Allbekannten”, Napoleon, der den Frieden von Lunéville geschmiedet hat. Und dann kommt die Erwartung, daß der Meister nun vom Bild verklärt aus seiner Werkstatt tritt; wie die Kreuzgestalt Jesu nicht mehr zum Fest geladen werden kann, so auch nicht der Werkmeister in der Arbeitskleidung des Kriegshelden, wenn sich auch in beide Gestalten der ruhigmächtige Sohn des “Alllebendigen” verhüllt hat: dieser “Jüngling” wird zum “Fürsten des Fests” berufen zu einer Zeit, “Da Herrschaft nirgend ist zu sehn bei Geistern und Menschen” – Napoleon aber, sollte er auf diese Weise gemeint gewesen sein, ließ sich, statt zurückzutreten, 1802 zum Konsul auf Lebenszeit und 1804 durch Plebiszit zum Kaiser der Franzosen ausrufen und vom Papst krönen. Prometheus – Empedokles – Christus – Napoleon: die typologische Reihe galt nicht mehr; Hölderlin mußte sich auf den vaterländischen Gesang konzentrieren.

Offen bleiben kann die Frage, ob Hölderlin eine Tragödie "Agis" geschrieben hat (vgl. IV 320–326; *FHA 12, 16–22*). Die von Plutarch erzählte Geschichte des spartanischen Königs Agis IV., der von 245–241 v. Chr. regierte, bedeutende soziale Reformen durchzusetzen versuchte und an der Habgier und Treulosigkeit von Freunden scheiterte, ist von Hölderlin mit Sinclair und anderen Rastatter Freunden als möglicher Dramenstoff zumindest diskutiert worden. Aus diesem Stoffkreis stammt das Element des kulturellen Untergangs in Hölderlins Tragödie, dem sich in Sparta Agis und Kleomenes, einer seiner Nachfolger, vergeblich entgegenzustemmen suchten (vgl. III 100; *2, 112*); in der Zeit des historischen Empedokles, dem 5. Jahrhundert v. Chr., erfuhr Akragas zwar den von Empedokles mitgestalteten Übergang zur Demokratie, nicht aber den kulturellen Untergang (nach der 405 erfolgten Zerstörung durch Karthago erlebte es im 4. und 3. Jahrhundert neue Blüte). Der Agis-Stoff gehört in die Reihe der von Hölderlin durchdachten Beispiele geistiger und sozialer Reformen und der Opferung ihrer Initiatoren; die Assoziation im *Empedokles* ergänzt das "Compendium" der Reformen und die typologische Reihe der gekreuzigten Erlöser. Der historische Stoff einer "Agis"-Tragödie, hätte Hölderlin sie denn geschrieben, wäre jedenfalls besser als der des liegengebliebenen *Empedokles* geeignet gewesen, den tragischen "Untergang" eines Staatswesens nach einem vollzogenen "Übergang" zur Gleichheit und Demokratie abzubilden – damit hatte Hölderlin ja sich auseinanderzusetzen, als Napoleon nach Lunéville immer noch an der monarchischen Herrschaft festhielt.

ODEN

Den größten Anteil an den lyrischen Formen haben bei Hölderlin die Oden im antiken Stil. Einige Versuche des Schülers üben die reimlosen, streng metrisch geordneten Vers- und Strophenmaße ein; Vorbild waren wohl Stolberg und Klopstock, obwohl Hölderlin sich mit seltenen Ausnahmen auf zwei antike Strophen beschränkte und nicht wie etwa Klopstock die Fülle der bei Horaz gesammelten Maße ausschöpfte oder darüber hinaus eigene erfand. Die gereimte Lyrik hymnischen Charakters beherrscht zwischen 1790 und der Jahreswende 1795/96 Hölderlins Produktion neben dem entstehenden *Hyperion*; mit dem Eintritt in das Haus Gontard erscheinen nach erneuter Lektüre Stolbergs[1] Elegie, Hexametergedicht, Epigramm und, im Juni 1798 an Neuffer geschickt, die Frankfurter Kurzoden. Der Sendung folgte eine weitere im August, wie auch eine an Schiller. Von da an sind Oden neben der Elegie und dem pindarischen Gesang die wesentlichen dichterischen Formen Hölderlins, von einzelnen Experimenten wie dem Trauerspiel, der Verserzählung in Briefform *Emilie vor ihrem Brauttag* und der großen Hexameterdichtung *Der Archipelagus* abgesehen; noch unter den Turmgedichten finden sich einige Oden.

> Ein Ding in vierzeilichten Strophen, voll Strohfeuers oder totes Feuers, voll verworrener Konstruktionen, die über das Ende der Strophe laufen, untermischt mit hinkenden Reimen heißt eine – horazische Ode. Pindar kennt man zum Glück nicht: sonst würde man noch ärgere Mißgeburten hervorbringen: die mit dem dreifachen Haupt des Cerberus, der Strophe, Antistrophe und Epode, aus neun Rachen Unsinn bellen, und sich nennen – pindarische Oden.[2]

---

1 Vgl. Adolf Beck, "Hölderlin und Friedrich Leopold Graf zu Stolberg. Die Anfänge des hymnischen Stiles bei Hölderlin", Iduna 1, 1944, S. 88–114; 105–113. An der lyrischen Ergreifung der Natur in den homerischen Hexameterhymnen Stolbergs *Hymne an die Erde*, *Hymne an die Sonne* hat Hölderlin sich orientiert, sie aber zugleich durch anthropologische, geschichtsphilosophische und metaphysische Implikate überboten.

2 Johann Gottfried Herder *Frühe Schriften 1764–1772*, hrsg. v. Ulrich Gaier, Frankfurt a.M. 1985, S. 456–475 "Von der horazischen Ode"; 456. Vgl. Karl Vietor, *Geschichte der deutschen Ode*, München 1923.

Ode heißt eigentlich "Lied", "Gesangsvortrag"; diese Herdersche Satire von 1767 auf die im 18. Jahrhundert zunehmenden Versuche der Nachahmung Horaz' und sogar Pindars zeigt, daß die seit der Antike übliche Vermengung der pindarischen Langstrophenform und der durch Horaz in der Nachfolge der griechischen Odendichter tradierten Ein-, Zwei- oder Vierzeilerformen noch im Schwange war und Herder mit seinem Fragment "Über die horazische Ode" an der poetologischen Unterscheidung arbeitete. Gegenüber der Elegie mit ihrer vermischten, z.B. von Klage in Trost übergehenden Empfindung hält die Ode einen Hauptton durch: "Die reinen, oder richtiger, die merklich reinen Empfindungen der Lust, gehören, so wie ihr Gegenteil, wenn sie die Seele nicht ganz übermannet, und ihr zum Ausdruck gleichsam den Atem benommen haben, für die Ode", wie Thomas Abbt festsetzt, wobei Herder klarstellt, daß die Ode keinesfalls "ein wirklicher Ausbruch von Leidenschaft und Empfindung" sei; "nach der gewöhnlichen Bedeutung" sei sie "schon immer künstliche Sprache, [...] ein poetischer Ausdruck einer wahren Empfindung [...]; die Empfindung bleibt die wahre, nur sie ist schon so gelindert, daß die Einbildungskraft gleichsam ihren natürlichen Ausdruck in einen Ausdruck der Kunst überträgt".[3] An Ramler, einem perfektionistischen Horaz-Nachahmer, hebt Herder "Allegorie", "Wohlklang" und "die Anordnung zum Ganzen der Ode" hervor[4] – mit "Allegorie [...] im weitesten Verstande" meint er die "Fiktionen [...], poetischen Erdichtungen, Bilder und Farben", die "das schönste Ganze der Ode" machen und den gewählten Gegenstand "neu, ehrwürdig, und sinnlich" erscheinen lassen.[5] Das bedeutet, daß der künstliche Ausdruck der Empfindung sich, weil er durch die Einbildungskraft gebildet wird, die Gestalt einer poetischen Fiktion oder Allegorie annimmt – Hölderlin nennt "das lyrische, dem Schein nach idealische Gedicht [...] eine fortgehende Metapher Eines Gefühls" (IV 266; *2, 554*), wobei "fortgehende Metapher", *translatio continuata*, die Wiedergabe des lateinischen Ausdrucks für eine durchgeführte Allegorie ist. – Die "Anordnung zum Ganzen der Ode" wird in den *Literaturbriefen* folgendermaßen erklärt:

3 Herder, ebd. S. 484.
4 Ebd. S. 457–466.
5 Ebd. S. 457.

> Es gibt mancherlei Ordnungen, in welchen die Gedanken unsrer Seele auf einander folgen können. Die Ordnung der *Zeit*, des *Raums*, der *Vernunft*, des *Witzes*, der *Scharfsinnigkeit* usw. Die Ode verwirft alle diese Ordnungen. Sie schreibt nicht *historisch*, wie der *epische*, nicht *topisch*, wie der *malerische* Dichter: sie folgt auch nicht der Ordnung der Vernunft, wie etwa der *Lehrdichter*. Die Ordnung, die ihr wesentlich ist, kann die *Ordnung der begeisterten Einbildungskraft* genannt werden. *Eine einzige ganze Reihe höchstlebhafter Begriffe*, wie sie nach dem Gesetz einer begeisterten Einbildungskraft auf einander folgen, ist *eine Ode*. Die Mittelbegriffe, welche die Glieder mit einander verbinden, aber selbst nicht den höchsten Grad der Lebhaftigkeit besitzen, werden von dem Odendichter übersprungen, und daraus entsteht die anscheinende Unordnung, die man der Ode zuschreibt. [...] so muß der Plan der Ode dem Dichter ungemeine Schwierigkeiten machen: denn hier muß die Vernunft überdenken, was die feurige Begeisterung für einen Weg nehmen würde. Man muß durch Nachdenken und Vernunftschlüsse ergründen, welche Ideen die lebhaftesten sein, und in welcher Ordnung sie nach dem Gesetz der Einbildungskraft auf einander folgen werden. Der Dichter muß sich also in beide Verfassungen zugleich setzen: er muß nachdenken und empfinden.[6]

Herders Kritik ist, daß Ramler durch das horazische Vorbild zu sehr gefesselt wird. An Klopstock, der "weniger horazische Züge" habe, hebt er hervor, seine Oden seien "meistens *Selbstgespräche des Herzens*: *sein Psalm* läßt *Empfindungen*, eine nach der andren fortrauschen; wir hören *Welle* über *Welle* schlagen: eine wird die höchste, und es erfolgt eine Stille: wir stehen in Gedanken, bis plötzlich eine neue Folge von Ideen uns mit einer süßen gedankenvollen Betäubung berauscht"; "in einigen Stücken [...] sind freilich vortreffliche horazische Züge, insonderheit in der *Ode auf den Zürchersee*; allein nie das *Ganze*, nie der *Hauptton*, nie der *Wohlklang* des Horaz".[7] Herder unterscheidet also zwei Typen der Ode, den "horazischen", der über einem Hauptton der Empfindung durch eine durchgeführte "Allegorie" aus sprunghaft gewählten, "höchstlebendigen Begriffen" der "begeisterten Einbildungskraft" ein "Ganzes" herstellt, und den Klopstockschen, der auf der hymnischen Aufstufung von Gedanken und Empfindungen aufbaut und berauschende Wirkung anstrebt. Eine dritte

---

6 Ebd. S. 469f.

7 Ebd. S. 473.

Gattung, in der "philosophischer Odengeist" herrscht und Weisheit mit Schwung redet,[8] wird an Johann Peter Uz exemplifiziert.

Die Ode mit ihren Varianten stellt sich also in dieser Hölderlin sicher bekannten Theorie als Gattung dar, in der eine reine unvermischte Empfindung den Schwung philosophischer Aussage oder die Begeisterung für die allegorisierende Einbildungskraft oder die Energie für eine Selbstaufstufung der Empfindung und der Gedanken liefert: die "fortgehende Metapher" kann also durch den Verstand, die Phantasie oder die Empfindung selbst hergestellt werden; jedenfalls liegt schon in dieser Theorie immer eine Doppelung vor, die Hölderlin in seiner Poetik als Grundstimmung und Stilart bezeichnet und in der beide als Tendenzen wirken.

Mit wenigen Ausnahmen verwendet Hölderlin zwei Odenstrophen, die alkäische und die asklepiadeische, die beide der antiken Tradition entstammen. Die Verwendung solcher Strophenmaße hatte im 18. Jahrhundert Demonstrationswert: Man wies sich durch die Verleugnung des der romanisch-arabischen Tradition entstammenden Reims als *Lehrling der Griechen* aus, so der Titel einer von Klopstocks frühesten Oden nach Horaz' Muster; die Abwendung von der französischen Kultur und Literatur zugunsten des griechischen Paradigmas hatte patriotischen Sinn. Da man sich an Horaz als Muster orientierte, ahmte man einen Römer nach, der schon einmal die Orientierung am griechischen Vorbild inszeniert hatte, um als Seher-Dichter das klassische Zeitalter des Augustus mit Preis und Kritik zu begleiten. So war die Verwendung antikischer Formen auch eine Demonstration klassischen Willens, wobei man, wie Herder deutlich gemacht hatte, die Fesselung durch das Muster zu vermeiden und die innere Spannung zwischen zitierter antiker Form und modernem Gehalt zu leisten hatte.

Wolfgang Binder hat in seinem Aufsatz "Hölderlins Odenstrophe"[9] das alkäische und das asklepiadeische Maß in Hölderlins Verwendung außerordentlich feinsinnig und überzeugend gegeneinander charakterisiert. Als "Musterstrophen" wählt er zwei aus den Kurzoden, die ich hier mit dem von Hölderlin beobachteten metrischen Schema wiedergebe:

---

8 Ebd. S. 474.

9 Wolfgang Binder, *Hölderlin-Aufsätze*, Frankfurt a.M. 1970, S. 47–75.

Du schweigst und duldest, und sie versteh'n dich nicht,
Du heilig Leben! welkest hinweg und schweigst,
Denn ach, vergebens bei Barbaren
Suchst du die Deinen im Sonnenlichte, (I 242; *1, 197*)

(Alkäische Odenstrophe)

⏑ – ⏑ – ⏑ – ⏑ ⏑ – ⏑ –
⏑ – ⏑ – ⏑ – ⏑ ⏑ – ⏑ –
⏑ – ⏑ – ⏑ – ⏑ – ⏑
– ⏑ ⏑ – ⏑ ⏑ – ⏑ – ⏑

Wer das Tiefste gedacht, liebt das Lebendigste,
Hohe Jugend versteht, wer in die Welt geblikt
Und es neigen die Weisen
Oft am Ende zu Schönem sich. (I 260; *1, 205*)

(Asklepiadeische Odenstrophe)

– ⏑ – ⏑ ⏑ – – ⏑ ⏑ – ⏑ –
– ⏑ – ⏑ ⏑ – – ⏑ ⏑ – ⏑ –
– ⏑ – ⏑ ⏑ – ⏑
– ⏑ – ⏑ ⏑ – ⏑ –

Der fließende Charakter der alkäischen Strophe entsteht dadurch, daß in der mit betonten und unbetonten Silben arbeitenden deutschen Metrik[10] weder innerhalb der Zeilen, noch zwischen den Zeilen, noch zwischen den Strophen betonte Silben aufeinanderstoßen und Pausen, Haltepunkte, Zäsuren im Sprechfluß entstehen lassen. Die asklepiadeische Strophe ist dagegen konstituiert durch eine Mehrzahl solcher Haltepunkte: Zäsuren in den beiden ersten Versen (man beachte auch die Spiegelung der Doppel- bzw. Einfachsenkung an der Mittelzäsur), Aufeinandertreffen betonter Silben im Übergang von erster zu zweiter, zweiter zu dritter Zeile und im Übergang von Strophe zu Strophe. Dadurch entsteht ein Charakter der Setzung und Gegensetzung, während die alkäische Strophe den Charakter des Flusses und Übergangs, der Entwicklung und Bewegung hat; Binder verwendet die charakterisierenden Ausdrücke "skelettierend" und "undulierend" nach Goethe, hebt das Geistige gegen das Naturhaft-Elementare, den Gesetz- gegen den Erfahrungscharakter heraus. Ich nehme an, daß Hölderlin damit den verstandesmäßig trennenden Geist "philosophischer" Oden von dem Bildzusammenhänge schaffenden der Oden der Einbildungskraft und dem in Empfindungswellen sich aufstufenden der hymnischen Oden unterscheiden wollte. Diese Zusammenhänge sind noch nicht untersucht.

---

10 Die griechische und lateinische Metrik arbeitet mit kurzen und langen Silben, daher auch die tradierte Notation mit Strichen und Bogen.

Im folgenden gehe ich auf die Frankfurter Kurzoden ein, die ich als Reihe romantischer “Fragmente” betrachten möchte, sowie auf die Ode *Dichtermuth/Blödigkeit*, an der sich die Entwicklung bis in die Spätzeit paradigmatisch beobachten läßt.

Die Frankfurter Kurzoden als Fragmente

Hölderlins Studienfreund Neuffer plante ein *Taschenbuch für Frauenzimmer von Bildung auf das Jahr 1799* herauszubringen und bat Hölderlin um Beiträge. Dieser schickte ihm im Juni 1798 eine erste Serie von Kurzoden (mit einem Epigramm) und entschuldigte sich, daß er auch anderen für ihre Zeitschriften Beiträge versprochen habe (VI 272; *3, 297*); im August folgten weitere Kurzoden; an Schiller gingen mit Datum des 30. Juni 1798, tatsächlich erst Anfang August die Kurzoden *Dem Sonnengott*, *Sokrates und Alcibiades*, *An unsre großen Dichter*, *Vanini* und die zwölfstrophige Ode *Der Mensch*.

Neuffer veröffentlichte 1798 im *Taschenbuch 1799* folgende Gedichte: *An die Parzen*, *Diotima* (Du schweigst ...), *An ihren Genius*, *Abbitte*, *Ehmals und Jezt*, *Lebenslauf*, *Die Kürze*, *Die Liebenden*, *Die Heimath*, *Der gute Glaube*, *Ihre Genesung*, *Das Unverzeihliche*, *An die jungen Dichter*, *An die Deutschen*. Im *Taschenbuch 1800* folgten neben *Emilie vor ihrem Brauttag* noch *Menschenbeifall*, *Die scheinheiligen Dichter* (diese hatten zu der ersten Sendung gehört), ferner *Stimme des Volks* (vielleicht auch Teil der ersten Sendungen) und *Sonnenuntergang*, eine verkürzte Fassung der von Schiller nicht aufgenommenen Ode *Dem Sonnengott*; Schiller hatte nur *Sokrates und Alcibiades* und *An unsre großen Dichter* gedruckt.

Kurze Gedichte mit menschlich interessanten Themen zu machen hatten ihm Schiller und Goethe geraten;[11] Hölderlin hatte nicht nur, in Antwort auf die *Xenien* von 1797, selber eine Reihe von Xenien-Epigrammen mit Spitzen gegen die beiden Großen geschrieben, die nun mit ihrer bitterbösen Aggressivität gegen alles, was sie für inferior hielten, ihre Größe auch literaturpolitisch ausmünzten und eine arrogante Diktatur des Weimarer Geschmacks und Dichtungsverständnisses aufrichteten. Er hatte sich schon vor diesen Ratschlägen, orientiert an Stolbergs Hexameterhymnen, an Dichtungen versucht, die die Natur

11 VII 1, 46f. und Goethe an Schiller, 23. August 1797.

wie schon im *Hyperion* menschlich interessant zeigen, die nicht mehr beschreibend sind oder, wie Schiller in der *Elegie* (*Der Spaziergang*), die Natur als Symptomträger menschlicher Kultur oder Unkultur betrachten, sondern Mensch und Natur als selbständige Glieder eines nach Geist und Leben einheitlichen Seins verstehen: Eine erste, noch nicht odische, "Organisation" aus selbständigen Gedichten wird entworfen.

Hermeneutik der Natur klärt menschliche Verhältnisse – der freie Bund der *Eichbäume*, von denen jeder ein Gott und jeder eine Welt ist, orientiert das widersprüchlich tendierende eigene Leben; Hermeneutik des Menschen findet ihr Analogon in der Natur – "Süd und Nord ist in mir" sollte ursprünglich *Der Wanderer* beginnen. Der *Frühling* verjüngt faktisch die Menschen und erweckt die Gewißheit, daß das Herz auch in seiner Liebe nicht altert. Der *Aether* ist geistig-materielle Lebensluft, die einerseits ganz faktisch den Menschen wie alle Wesen anweht und durchdringt, andererseits in ihm über das allgemeine Höherstreben hinaus die Sehnsucht nach Freiheit aus der "Gefangenschaft" des irdischen Daseins und dann wieder die besänftigte Zufriedenheit des hiesigen Lebens beschert. Das Elegienfragment *An einen Baum* zog offenbar die Analogie zwischen Baum und Liebenden so weit, daß die überströmende Liebe als Duft verstanden wird, den der "Gott unserer Liebe" hinausmischt "in's glänzende Meer des Tages, / Und in das Abendroth und in die Woogen der Nacht". Das Fragment *An Diotima* ("Komm und siehe ...") scheint aus der Verjüngung der Natur durch einen belebenden Regen die analogische Konsequenz zu ziehen, daß Diotima nun in einer neuen verjüngten Welt leben kann, sie, die nach den Kurzelegien *An Diotima* ("Schönes Leben ...") und *Diotima* ("Komm und besänftige ...") in einer geist- und griechen- und naturfeindlichen Gegenwart "wie die zarten Blüthen im Winter" lebt. Damit ist von der Natur über die Geliebte zur Gegenwart und der kulturell-politischen Situation die Verbindung gezogen. Natur, Verjüngung und Wandlung, kulturell-politische Erneuerung sind auch die Themen der Hexameterdichtung *Die Muße* und des meist in Blankversen gehaltenen Bruchstücks *Die Völker schwiegen, schlummerten*. Gut möglich, daß sogar der Entwurf eines in prosaischen Versen konzipierten Gedichts *Buonaparte* in diese Gruppierung gehört: ich möchte nämlich vorschlagen, die genannten Dichtungen bereits als eine Gruppe, eine Organisation von Texten zu betrachten, die jeweils kurz und mit Zeichen der Unvollständigkeit versehen – *Die Muße* endet mit unfertigem Vers – die gedankliche Komplettierung durch die übrigen Texte der Gruppe herausfordern. Besonders auffällig ist das Kommentarverhältnis von *An Diotima* und *Diotima*, den beiden Epigrammen mit den vergleichbaren Motiven und Formulierungen und den so markanten Differenzen zwischen privater und öffentlicher Adressierung und Argumentation. Nicht etwa ist *An Diotima* nur für das Poesiealbum Susettes gedacht, sondern es ist in der Gruppe derjenige Text, der in deutlicher Beziehung zu einem öffentlich orientierten, auf die vaterländische Situation antwortenden Gegenstück eine private, ganz persönliche Ebene von Sprecher und Hörerin einzieht, auf welcher alle andern Gedichte ebenfalls gelten und ihren spezifischen Wert erhalten.

Eine Organisation im Herderschen und Hölderlinschen Sinn besteht aus selbständigen Gliedern, die jeweils ihrer Art und Ausrichtung gemäß zum Bestand der Organisation, zur Funktion nach außen und innen, zur Mannigfaltigkeit der Umweltbeziehung des Ganzen beitragen, die vom Ganzen abhängen und von denen das Ganze hinsichtlich ihrer Leistung abhängt. Dieser Organisationsgedanke, der schon in der Vorrede des *Thalia-Fragments* und der Loyola-Sentenz wirksam war, dient hier offenbar zur Konstitution eines Sinnganzen aus Einzelgedichten, die durchaus für sich stehen können, aber in diesem Zustand genommen offen sind, ein Weiterdenken vom Leser verlangen und dies in mehreren Richtungen zulassen. Beispiel und poetologische Anleitung dazu ist wieder das Gespann *An Diotima* und *Diotima*: im letzteren wird die entfremdete Existenz und der Lebensversuch Diotimas in feindlicher Umwelt als Argument für das Herbeirufen der lebendigen Schönheit benutzt, und zwar ambivalent – als Hoffnungsruf, dessen Realisierbarkeit durch die Existenz der Diotima als Vorbotin glaubhaft wird, als Notruf, weil Diotima unzeitige Erscheinung und in ihrer Existenz bedroht ist. So wie diese Gedichte aufeinander bezogen sind, läßt sich die ganze Gruppe lesen: die einzelnen Gedichte stehen zu allen anderen in Beziehung und erhalten von ihnen in wechselseitiger Sinnbestimmung und -anreicherung die Bedeutungsdimensionen, die sie potentiell enthalten, aber nicht artikulieren.

Hölderlin hat wohl solche Organisation von Dichtungen nach der Publikation von Goethes *Römischen Elegien* bedacht, in denen Goethe eine Anzahl der Themen, die Hölderlin nun organisierte, ebenfalls organisiert hatte (übrigens im dreifachen Durchgang durch die Schöpfungshieroglyphe). Jedenfalls konnte er mit Recht Schiller auf dessen wohl wiederholte Warnung vor der Abstraktion und seine Empfehlung kürzerer Gedichte antworten, er habe bereits in dieser Richtung experimentiert (VI 249; *3, 272*): Kürzere Gedichte können geschrieben werden, wenn sie ihre gedankliche Vollständigkeit, ihre Weiterführung, Begrenzung, Transposition auf andere Ebenen, Anwendung auf analoge Lebensbereiche durch andere kurze Gedichte erhalten, mit denen sie in lockerem äußerem Verbund, aber durch das Publikationsorgan oder wenigstens durch den Namen des Autors zusammengehalten, erscheinen. Das heißt: Hölderlin hat das Konzept der romantischen Fragmente Hardenbergs und Friedrich Schlegels vorweggenommen, wenn man nicht Goethes allerdings weniger divergent tendierende *Römische Elegien* dafür in Anspruch nehmen will. *Blüthenstaub* oder *Glauben und Liebe* oder Schlegels *Fragmente* und *Ideen* sind ja ebenfalls keineswegs Sammelsurien willkürlich und unzusammenhängend gefaßter Gedankensplitter, sondern trotz ihrer äußeren Selbständigkeit und der räumlichen Entfernung von thematisch zusammengehörigen Fragmenten deutlich aufeinander zugearbeitet, mit Anknüpfungssignalen und -appellen versehen. Was hier an verschiedenen Stellen, aber ausgehend von Jena und vielleicht von einem Frühsommerabend im Haus Niethammers, gedacht und erprobt wird, ist statt des rigiden Systems die lebendige Organisation selbständiger und sich frei in Beziehungen begebender Gedanken – das ist natürlich zugleich die Inszenierung des utopischen politischen Zustands einer Gesellschaft freier Individuen, die sich aus Einsicht und Sorge um das gemeine Wohl vereinigen, enger und lockerer, aber jedenfalls unter Einbeziehung aller auf allen Interessen- und Sinnebenen.

Im Mai 1798 erschien die erste Nummer des *Athenäum* mit Hardenbergs *Blüthenstaub*-Sammlung; die Sammlung *Glauben und Liebe* in den *Preußischen Jahrbüchern* (Juni 1798) hat Hölderlin wahrscheinlich nicht zu Gesicht bekommen. Auch diese Sammlungen sind nicht ohne Zusammenhang, so autonom die einzelnen Fragmente sich geben: sie kommentieren, ergänzen, transponieren einander auf die verschiedensten Weisen und bilden so, ähnlich wie schon Hölderlins Frankfurter Hexameterhymnen, Kurzelegien und Epigramme, eine lebendige Organisation von Gedanken, die der Leser je nach seinen Fähigkeiten realisieren, kritisieren, erweitern und in andere Lebensbereiche übertragen kann.

Hölderlin lieferte seine erste Serie Kurzoden im Juni 1798 ab; es ist sehr wohl denkbar, daß er sie im Mai/Juni geschrieben hat, und zwar in Verfolgung seiner früheren Frankfurter Versuche mit kurzen, einander antwortend zuorganisierten Gedichten, nun aber in Überbietung der *Blüthenstaub*-Sammlung Hardenbergs: Dieser hatte Prosafragmente geliefert mit einem eingestreuten Epigramm (vgl. den poetischen Anfang in *Glauben und Liebe*); Hölderlin liefert poetische Fragmente, mit einem eingestreuten Epigramm (*An ihren Genius*). Novalis berührt eine Anzahl von Themen (unter anderem das der Organisation) wiederholt und in den besprochenen intertextuellen Beziehungen, aber mit der auch durch die Genese der Fragmente nahegelegten Absicht, diese Beziehungen als zufällige und deshalb im Lesen nur erahnbare Echos erscheinen zu lassen; Hölderlin jedoch inszeniert offenbar diese Beziehungen durch Motivresponsionen, engere Gruppenbildung, Variationstechniken etc., so daß das Corpus der von Neuffer veröffentlichten, ja sogar einschließlich der an Schiller geschickten Texte eine einzige ihre Organisationsstruktur demonstrierende Dichtung von Fragmenten ist – daß sie nicht als solche erkannt wurde, liegt an der Ungewöhnlichkeit der Form und der Tatsache, daß Goethes *Römische Elegien*, an deren Beispiel man immerhin die Form hätte sehen lernen können, noch ganz unter dem Eindruck ihrer skandalösen Pikanterie rezipiert wurden, und daß Herders *Volkslieder*, die ebenfalls in Verhältnissen gegenseitiger Kommentierung und gemeinsamer Argumentation arrangiert waren,[12] schon gar nicht unter diesem Gesichtspunkt der Kunst gelesen, sondern als fast aleatorische Versammlung von Einzelstücken verstanden wurden. Der genaue Leser Hölderlin mag in beiden Sammlungen, zumindest in der Goethes, die innere Gesetzmäßigkeit gesucht und gefunden haben.

Daß er seine Kurzoden als Fragmente verstanden hat, belegt ohne weitere Umstände die Tatsache, daß er viele von ihnen später zu "vollständigen" Gedichten erweitert hat. Diese Erweiterung ist dann sinnvoll, wenn die Erfahrung mit der Leserrezeption zeigt, daß die viel interessantere multiple Komplettierung jedes einzelnen Fragments durch die Menge der andern Fragmente und das Ganze schlicht nicht verstanden wird.

---

12 Vgl. meine Analysen des Aufbaus der einzelnen Bücher von *Volksliedern* in Johann Gottfried Herder, *Volkslieder, Übertragungen, Dichtungen*, hrsg. v. Ulrich Gaier, Frankfurt a.M. 1990, S. 973–76, 1000–02, 1030–33, 1085–88, 1112–14, 1150–52.

Daß die 23 an Neuffer und an Schiller geschickten Kurzgedichte insgesamt eine Organisation von einander wechselseitig kommentierenden, ergänzenden, transponierenden etc. Einheiten bilden, kann man durch Analyse der mehrfach wiederkehrenden Motive leicht feststellen. Ohne Vollständigkeit zu behaupten, gebe ich folgende in mindestens zwei oder mehr Gedichten wiederkehrende Motive oder Themen an: Der Sprecher – Die Geliebte – die Anderen, und zwar das zeitgenössische deutsche und das ideale antike Publikum. Leben – Tod, Liebe – Leid, Streben – Ruhe, Natur – Kunst, Götter – Schönheit. Das sind nur die Ergebnisse "unter dem Strich", jedes einzelne Gedicht stellt eine bestimmte Konstellation einiger dieser Motive her und antwortet damit auf andere Konstellationen.

Die Liebenden z.B. verknüpft die Motive Sprecher – Geliebte, Tod, Gott, Leid (Trennung). *Das Unverzeihliche* verknüpft die Motive Leid (Störung), die Liebenden (Verallgemeinerung der Konstellation Sprecher – Geliebte), die Andern, Gott, Kunst (zu ergänzen: Freundschaft, Geist). Die erste Konstellation ist von innen her aus der Beziehung der Liebenden gebildet, die zweite vom Publikum, den anderen her; "ein Gott in uns" ist transponiert in den objektiven, die Störung nicht vergebenden Gott; die Untat der Störung der Liebenden ist in eine Reihe anderer Störungen einbezogen, die schlimm genug sind, den anderen als Gewohnheit angelastet, aber noch von Gott verziehen werden. Die beabsichtigte Trennung der Liebenden wird also durch das zweite Gedicht als "gut und klug" im Blick auf die Störung durch die anderen erkennbar, aber zugleich auch als ein Tun, das Gott nicht vergibt, weder der objektive noch der im Innern waltende, wobei sich "ein Gott in uns" mit "Gott" identisch zeigt und die Warum-Frage des ersten Gedichts objektiv beantwortet wird. Daß sich auf diese Weise im privaten Erleben "Gott" manifestiert und sich als unerklärlicher Schrecken offenbart, ist ein Gottesbeweis, der den eigenen Gebrauch des Gottesbegriffs und die Kritik des bloß ornamentalen Gebrauchs der Götter oder der Natur bei den *Scheinheiligen Dichtern* anleitet. Auf diese Weise hängen die beiden Gedichte untereinander zusammen; daß sich von diesem Gespann Verbindungen zu den auf die Geliebte bezogenen Gedichten *Diotima*, *An ihren Genius* und *Abbitte* und zu denjenigen ergeben, in denen die Zeitgenossen angeklagt werden oder das Ich auf sich selbst als Liebender oder als Dichter reflektiert, versteht sich. So läßt sich jedes der Gedichte zum Ausgangspunkt nehmen und bezieht dann unter spezifischer Perspektive alle andern ein.

Betrachten wir paradigmatisch die Kurzode *Lebenslauf*. Die drei ersten Phasen – Aufstreben des Geistes, Niederziehen der Liebe, Gebeugtwerden durch das Leid – werden im Praeteritum berichtet, wobei die letzte Form ambivalent auch Praesens sein kann.[13] Die zusammenfassende Deutung als Lebensbogen von Ursprung zu Ursprung wird im Praesens rückblickend gegeben – die Form "beugt" wird vom Anfang her praeterital als Teil des überblickenden Vollzugs, von der vierten Position her praesentisch als Teil der Deutung lesbar, denn diese wird nun von einem Ich gesprochen, das in der Betrachtung einerseits sich selbst gefunden und erkannt hat, andererseits die Objektivität und den bloßen Geschehenscharakter anerkennen muß, die mit dem Leid gegeben sind, drittens vermittelnd eine Ordnung (Bogen) und einen Sinn ("Kehre, woher ich kam") in einer allgemein als Form des Lebensvollzugs verstandenen Bahn erfaßt. Der Geist und die Liebe sind Zustände, die in dem Sprecher als Triebkräfte wirkten, und zwar einander entgegengesetzt und korrigierend – der Zug der Liebe ist "schön" und stellt offenbar einen freien Mittelzustand her; das Leid betrifft zwar den Geist, wird aber von innen oder außen her bewirkt, so wie in der letzten Rede der Ursprung und das Ende der Bahn dem Ich objektiv vorgeordnet sind und sogar des Lebens Bogen eine objektiv gegebene Struktur zu sein scheint, obwohl sie vom Ich vollzogen wird. Ein erst im Zusammenhang des *Rhein* formuliertes "Gesetz des Gesangs" (II 730; *1, 856*) wird hier exemplarisch sichtbar. Die beiden ersten Partien sind einander dem Stoff nach gleich – Geist und Liebe sind seelische Zustände und zugleich metaphysische Wesenheiten –, aber der Form nach durch Progreß und Regreß entgegengesetzt – der Geist strebt hoch auf (und hinaus), die Liebe zieht schön nieder (und zurück). Die beiden folgenden Partien sind dem Stoff nach entgegengesetzt – vom Schicksal zugefügtes Leid, vom Ich durchlaufener Bogen –, aber der Form nach gleich – die zwangsmäßige Beugung und die gesetzmäßig durchlaufene Bahn führen zum gleichen Ziel, dem Ursprung. Das im Zusammenhang des *Rhein* formulierte Gesetz spricht dann von einer weiteren Partie, die mit durchgängiger Metapher alles ausgleiche. Diese Partie fehlt hier – wir haben auch von der Strukturform (der

13 Eine Praeteritalform "lebt ich" ohne Apostroph erscheint z.B. in Hölderlins Abschrift von *An die Parzen*. Die endgültige Fassung legt mit "beuget" die Form auf Praesens fest, hat aber auch schon Praesens bei "zwingt".

Schöpfungshieroglyphe) her gesehen ein Fragment vor uns,[14] und die erweiterte Ode *Lebenslauf* fügt diese fünfte Partie mit der durch die drei Schlußschritte der Schöpfungshieroglyphe gehenden "durchgängigen Metapher" hinzu; sie wird durch die im Menschenleben erfahrene Existenz und Absicht der Himmlischen gestiftet, die sich als universelles Fehlen von persönlicher Lenkung und als Bestätigung der menschlichen Freiheit zeigt.[15]

In der Organisation der Fragmente wird die "fehlende" Schlußpartie durch die anderen Fragmente ergänzt, und zwar angesichts der Motiv- und Themenvielfalt in möglicherweise vielen verschiedenen Varianten. In der Strophe *Lebenslauf* berichtet der Sprecher drei Stationen vergangenen Geschehens, wendet sich dann darauf zurück – wir haben diese "Katastrophe" (Umwendung) an der Ambivalenz beobachtet, die das "beugt" von der Erkenntnis der vierten Station aus erhält, denn in dieser Erkenntnis wird die Gleichheit von äußerer und innerer Form der Beugung zurück in den Ursprung festgestellt. Mit dieser Erkenntnis des Zusammenhangs von innen und außen, der offenkundigen Gesetzmäßigkeit des Lebensbogens ist jedoch noch kein Sinn des Lebens, keine Folgerung, keine Anwendung gegeben: der Abschluß des Textes ist möglich, bleibt aber vorläufig.

Anschließbar wäre zum Beispiel aus dem Gedanken- und Motivbestand der anderen poetischen Fragmente der Aspekt des zu vollendenden Werkes, wie er in *An die Parzen* zum Ausdruck kommt, oder der allgemeinere Aspekte der Ernte, den *Die Heimath* darlegt. Anschließbar wäre gemäß *Stimme des Volks* die Reflexion auf den Unterschied oder die Gleichartigkeit der Bahnen der Ströme, des Volks und des sprechenden Ich, anschließbar wäre das Problem der Störung einer Bahn, das *Abbitte* und *Die Liebenden* anspricht; damit in Zusammenhang die Reflexion auf die störenden Zeitgenossen, die Geliebte Diotima und die "Ihrigen", die Athener, die nach den Ausführungen des *Hyperion* in ungestörter Entwicklung aufwuchsen und deshalb auch sinnvoll sich entwickelnde Lebensbahnen nicht stören würden. Anschließbar wäre endlich der Komplex der Natur und der Götter, den

14 Die letzte der unter dem Titel <*Wechsel der Töne*> erscheinenden Tontabellen (IV 240; *2, 527*) zeigt auch nur bis zur vierten Stufe geführte Tonsequenzen.

15 Genauere Interpretation müßte die Veränderung der ersten Strophe und die Selbstreflexion des Ich erst auf der sechsten Position bedenken.

die "Fragmente" *An die jungen Dichter* und *Die scheinheiligen Dichter*, *Menschenbeifall* und *Stimme des Volks* von verschiedenen Seiten exponieren und den Hölderlin selber als durchgängige ausgleichende Metapher gewählt hat.

Angesichts der durch die Fragmentform und die Organisation von Fragmenten an den Leser gestellten Aufgabe, "aufzubrechen wohin er will" und seine Freiheit zu verstehen, diese Gedichte auf die verschiedensten Weisen poetisch weiterzudenken, bedeutet die Rückkehr zur abgeschlossenen vollständigen Form eine Art Resignation: Nicht einmal Neuffer, nicht einmal Schiller verstehen diese Freiheit, die Erhebung des Lesers zum Dichter, denn beide haben durch willkürliche Weglassung im Druck gezeigt, daß sie den Organisationscharakter der Sammlungen nicht verstanden haben. Natürlich spielt bei der Auflösung der Organisation und der Ausarbeitung von Langfassungen auch die politische Resignation eine Rolle, denn die Kriege gingen weiter, und mittlerweile war Napoleon "eine Art von Dictator geworden" (VI 374; *3, 404*) und damit vollends jede Hoffnung auf eine in ihren Gesinnungen und Vorstellungsarten revolutionierte Gesellschaft geschwunden, deren Struktur durch die Organisation und gegenseitige Komplettierung von Fragmenten genau abgebildet wurde.

Auch der Tonwechsel läßt sich paradigmatisch an *Lebenslauf* zeigen. Der Geist als das idealisch vereinigende, versöhnende Prinzip äußert sich hoch aufstrebend, reißt sich also von dem los, was er seiner Natur nach ist, trennt sich, gibt sich eine bestimmte Richtung; die Äußerung ist also heroisch, in gewaltsamer grammatikalischer Inversion fängt mit diesem Ton der Text an. Der Gegensatz der zweiten Tonkombination wird schon grammatikalisch deutlich an der nicht invertierten Satzordnung; die Liebe als in sich vollendeter Zustand in der Beziehung von Menschen (hier nicht als strebender Eros wie in der *Metrischen Fassung* des *Hyperion* verstanden) müßte ebenfalls ihrem Wesen nach nicht durch Bedürfnis oder Willen getrieben nach außen wirken, sondern genügsam, "naiv", in sich ruhen; sie wird jedoch durch das Streben des Geistes gestört und wirkt seiner Richtung deshalb mäßigend entgegen, um so in ihrer Äußerung als Geist zu wirken und die unmögliche Vereinigung von leidvoll trennendem Streben und genügsamer Liebe doch irgendwie zu schaffen – es ist das Unterfangen Diotimas, die Hyperions ausreißende Gedanken an einen Faden binden will: "Das liebe Mädchen suchte sich und mir durch einen Scherz zu helfen, aber es war wenig damit gethan." (III 66; *2, 76*)

Diese beiden ersten Schritte werden im *Grund zum Empedokles* genau geschildert:

> Die tragische Ode fängt im höchsten Feuer an, der reine Geist, die reine Innigkeit hat ihre Grenze überschritten, sie hat diejenigen Verbindungen des Lebens, die nothwendig, also gleichsam ohnediß zum Contact geneigt sind, und durch die ganze innige Stimmung dazu übermäßig geneigt werden, das Bewußtseyn, das Nachdenken, oder die physische Sinnlichkeit[16] nicht mäßig genug gehalten, und so ist durch Übermaas der Innigkeit, der Zwist entstanden, den die tragische Ode gleich zu Anfang fingirt, um das Reine darzustellen. Sie gehet dann weiter durch einen natürlichen Act aus dem Extrem des Unterscheidens und der Noth in das Extrem des Nichtunterscheidens des Reinen, des Übersinnlichen, das gar keine Noth anzuerkennen scheint [...] (IV 149; *2, 425*)

Hier sind die zwei ersten Schritte, die idealisch Heroische Trennung des Geistes von seinem innigen Frieden und die naiv Idealische Nichtanerkennung der trennenden Bestrebung deutlich abgebildet. Heißt es nun "das Laid beugt ihn gewaltiger", so ist das Leid wieder wie die Liebe ein Zustand des Geistes, ein "heroischer" Zustand, in den ein äußeres Schicksal oder/und sein eigenes Streben ihn gebracht hat und "gewaltiger", wiederum heroisch, auf ihn einwirkt. Er wird dadurch gebeugt, seinem Anfangsstreben entgegen in sich zurückgebogen; da aber diese Gewalt von ihm selbst, von der Leiderfahrung auf ihn selbst ausgeübt wird, entsteht eine durch das innere Leid erzwungene Selbstbeschränkung des Geistes, die der naiven Selbstgenügsamkeit äußerlich ähnelt:

> [...] von da fällt sie in eine reine Sinnlichkeit, in eine bescheidenere Innigkeit, denn die ursprünglich höhere göttlichere kühnere Innigkeit [der zweiten Stufe] ist ihr als Extrem erschienen, auch kann sie nicht mehr in jenen Grad von übermäßiger Innigkeit fallen, mit dem sie auf ihren Anfangston ausgieng [das Heroische der ersten Stufe, mit dem der Text beginnt], denn sie hat gleichsam erfahren, wohin

---

16 Was vom Geist in *Lebenslauf* nicht mäßig genug gehalten wird, ist offenbar das Bewußtsein; darauf weist das Possessivpronomen hin – "Geist" ist seinem Wesen nach überindividuell, nicht auf persönliche Besitzverhältnisse einzuschränken. Die Innigkeit der Kindheit wird im Lebenslauf zunächst durch das Erwachen des Ich-Bewußtseins durchtrennt, und diese Trennung ist das Streben nach Selbst-Bewußtsein, Beanspruchung des Geistes für sich.

> diß führte, sie muß aus den Extremen des Unterscheidens [I] und Nicht-unterscheidens [II] in jene stille Besonnenheit [her] und Empfindung [Naiv] übergehen [...] (IV 149; *2, 425*)

Da, wo in der Beugung "mein Geist" "meinen Geist" berührt, entsteht die Selbstreflexion und Bewußtheit des Ich, das überhaupt mit der Privatisierung des Geistes schon immer die Trennung und das mit ihr entstehende Leid hervorgerufen hat. Wenn nun die Empfindung, doch bloß immer bei sich geblieben zu sein (eine "naive" Empfindung), nicht den Gedanken der Nutzlosigkeit erzeugen soll ("wenn sie nicht in dieser Bescheidenheit tragisch enden soll", ebd.), dann muß dieses bei sich Bleibende sein Beisichbleiben als tatsächliches Hervorgehen und zu sich Zurückkehren anerkennen, das also zu sich kommt, Ich wird, das überhaupt Hervorgehen und Zurückkehren ist, "Lebens Bogen", und das aus dem Geist in den Geist geht. Das ist ein Beisichbleiben und Zusichkommen des Reinen (des Geistes), ein Beisichbleiben und Zusichkommen des Allgemeinen (des Lebens), ein Beisichbleiben und Zusichkommen des Individuellen (des Ich). Erst im Anerkennen der Trennung bei sich wird das Beisichbleibende sich seiner bewußt; das ist die naiv Heroische Erfahrung der vierten Stufe, wo Ich, Leben und Geist sich als zeichenhafte Existenzstufen voneinander erfassen:

> [...] wo sie freilich den Kampf der einen angestrengteren Besonnenheit [III] nothwendig, also ihren Anfangston und eigenen Charakter [das Heroische von Stufe I, das in Stufe III Grundton ist] als Gegensaz empfinden [naiv], und in ihn [das Heroische] übergehen muß, (IV 149; *2, 425*)

Der heroische Kampf des Geistes mit sich wird in der Tat als notwendig erfaßt, es ist einfach "des Lebens Bogen"; wenn er zugleich als Gegensatz erfaßt wird, anerkennen sich Geist, Leben und Ich als Bleibende; sofern sie als Bleibende in diesen Gegensatz übergehen, tun sie dies frei im Bewußtsein der Notwendigkeit (wenn sie nicht in der Stagnation und Bewußtlosigkeit tragisch enden wollen): mit dem Ichbewußtsein ist das Bewußtsein der Gesetzmäßigkeit des Lebensbogens und das Bewußtsein der Apriorität des Geistes als Ursprung und Ziel gewonnen.

Hier endet die Kurzode. Ihren Tonwechsel konnten wir als die ersten vier Stufen des tragischen Kursus identifizieren und mit den ersten vier Stufen der tragischen Ode nach dem *Grund zum Empedokles* in Parallele setzen. Die 1800 ausgeführte Ode *Lebenslauf* ändert in der ersten Strophe vor allem die Anredesituation und schafft mit dem "umsonst nicht", das die Rückkehr des Bogens zum Ausgangspunkt beurteilt, die Anknüpfung für weitergehende Erläuterung; durch die Einführung des angeredeten Du ist das Ziel nicht mehr Selbstvergewisserung, sondern Belehrung und Trost für den Angeredeten aus einer gemeinsamen ("auch du") und nun gedeuteten Erfahrung. Die Stufen und Charakteristika des Tonwechsels bleiben erhalten.

In der neuen zweiten Strophe werden mit "Aufwärts" und "hinab" die heroischen Grundrichtungen des Bogens rekapituliert, Streben und Beugung als Inhalt der Erfahrung in Erinnerung gebracht. Das verbindende "oder" und der Ausrufcharakter deuten an, daß unter bestimmtem Gesichtspunkt die Freude des Strebens und das Leid der Beugung zu vereinigen und als gleichwertig zu sehen sind; dieser erste Ausruf zeigt also schon den heroisch Idealischen Tonverhalt der fünften tragischen Stufe an; man sieht auch, daß dieselben zwei Töne wie in der Anfangskombination jetzt, in umgekehrter Anordnung, nicht mehr aus dem Frieden in Leid und Trennung führen, sondern aus der anerkannten Trennung und divergenten Bestimmtheit der Richtungen zur Vereinigung tendieren:

> [...] aber weil sie ihn [die naive Empfindung den Heroischen Charakter auf der 4. Stufe] als Gegensaz empfindet, gehet dann das idealische das diese beeden Gegensäze vereiniget, reiner hervor, der Urton [das Heroische, das auf der 5. Stufe als Grundton erscheint] ist wieder und mit Besonnenheit gefunden [...] (IV 149; *2, 425*)

Nun wird erklärt, was "aufwärts" und "hinab" gleich gültig sein läßt: Im Reich des Werdens und im Reich des Todes, selbst noch in der erhabensten grauenerregenden Vorstellung beider herrscht "ein Grades, ein Recht";[17] es gibt also die Einheit, in der diese in sich Einigen, Verschiedenen, Selbständigen vereinigt sind, nämlich Elemente der Ordnung und der Gesetzmäßigkeit neben allem, was für den Menschen stumm oder extrem schief ist; auf den nur partialen Zugang des Menschen deutet "*ein* Grades, *ein* Recht", diese (heroische) Erkenntnis der Eingeschränktheit wird kompensiert durch die Frageform, die, rheto-

---

17 Vgl. Johann Gottfried Herder *Werke*, hrsg. v. Wolfgang Proß, Bd. 2, München 1987, S. 826 (*Gott. Einige Gespräche*): "[...] allenthalben aber habe ich auch im scheinbar-größesten Chaos die *beständige Natur* d.i. unwandelbare Regeln einer in jeder Kraft wirkenden höchsten Notwendigkeit, Güte und Weisheit gefunden".

risch verneint, vom hörenden Du die (Idealische) Einstimmung zu dieser wenigstens partialen Erkenntnis erheischt.

"Diß erfuhr ich." Rückblickend auf die besprochenen Einzelsituationen und ihr Gemeinsames, d.h. idealisch alles zusammenfassend konstituiert sich zum ersten Mal das Ich, wiederum idealisch als die transzendentale Synthesis, die alles auf sich bezieht und sich als durchgängig in allem reflektiert. Dieses Ich sagt nun, daß es das Besprochene "er-fahren", als Weg und Lebensbogen durchlaufen und zur Erfahrung, zur *empeiria* für sich gemacht hat. Dieser Rekurs auf die sinnenhafte existenzielle Erfahrung ist Kennzeichen der naiven Äußerungsform dieser idealischen Synthesis. Auch die Himmlischen, die das Ich idealisch als Bedingung der Möglichkeit seiner eigenen Existenz und Kontinuität als die "Alleserhaltenden" bezeichnet, sind "naiv" mit ihm umgegangen, haben das Ich vielleicht überhaupt nicht, jedenfalls nicht vorsichtig geführt. Für diese Stufe sieht der *Grund zum Empedokles* "eine mäßige freiere Reflexion oder Empfindung" vor (IV 149; *2, 425*); es ist die idealische Reflexion, die Ich, Himmlische, Erfahrung, Weise der Himmlischen im zusammenfassenden Überblick zueinander ins Verhältnis setzt und zugleich sich eingesteht, daß dies nicht beweisbare Erkenntnis ist ("nie ... daß ich wüßte"), sondern Empfindung, aus der (naiven) Erfahrung geschöpfter Glaube.

Die letzte Strophe läßt das sprechende Ich (naiv) verstummen und nur die Rede der Himmlischen zitieren: mit dieser Art der Äußerung trennt (Heroisch) das Ich sich selbst in ein verstummendes privates Ich und eines, das die Rede der Himmlischen wiedergibt und zustimmend übernimmt; das Ich ist "Mensch" geworden, Sprecher und Vollzieher des Willens der Himmlischen, hat aber damit schon wieder die Zulänglichkeit der Individualität des Ich verloren, das sich als Erfahrendes im Rückblick auf der sechsten Stufe konstituiert hatte. Auch die individuelle Erfahrung erweist sich als unzureichend: "Alles prüfe der Mensch" – hier kommt es auf die Stück für Stück (Heroisch) durchlebte, durchprüfte, durchlittene, erfahrene (naiv) Totalität des Einzelnen an, der nur die Gattung Mensch gewachsen ist; Ziel dieser Erfahrung ist, ihn kräftig (Heroisch) zu nähren (naiv), ihn durch Leid, Freude, Not, Verzweiflung stark zu machen,[18] damit er die Anwesenheit der Himmlischen in Allem und in sich selbst erfahren lernt: Nichts tut er, hat er, ist er wirklich für sich, für alle muß er zu danken lernen

---

18 Vgl. *Brod und Wein* V. 116.

(naiv Heroisch); er hat die Freiheit aufzubrechen (Heroisch), aber auch sie hat er nicht autonom, sondern von den Himmlischen. "Wohin er will" ist dreifach zu lesen: einerseits besteht die Sittlichkeit seiner Freiheit darin, die Richtung seines Aufbruchs individuell zu wählen ("Größers wolltest auch du"); andererseits ist die Rede vom Menschen überhaupt, d.h. die Wählbarkeit der Richtungen und die Freiheit ist normiert durch das, was er *als Mensch* wollen soll, so daß außerhalb der ihm aufgegebenen Humanität keine wahrhaft freie Wahl möglich ist; drittens könnte man an "wohin er will" im Sinnzusammenhang der Strophe anschließen: "denn überall bricht er in Himmlisches auf". Es gilt von der Alleinheit des Göttlichen her gleich, wie der Mensch handelt, denn auch seine Inhumanität ist aufgehoben im Ganzen und Göttlichen; der Inhumane fügt sich damit nur Sinnlosigkeit, Verlust des Zusammenhangs mit dem Ganzen und mit den andern zu und wird, wo er den Zusammenhang stört, gleichsam automatisch bestraft, wie es Manes in der dritten Fassung des *Empedokles* lehrt.

Die siebte Stufe der tragischen Ode sieht nach dem *Grund zum Empedokles* vor, daß die Ode nach der mäßigen freieren Reflexion oder Empfindung der sechsten Stufe "sicherer freier gründlicher (d.h. aus der Erfahrung und Erkentniß des Heterogenen) in den Anfangston zurük" (IV 149; *2, 425*) geht. Der Anfangston war das Heroische, die ersten Worte "Größers wolltest ...", "Hoch auf ..." haben ihn markiert; in ihn kehrt die Ode am Schluß zurück, nachdem das Heterogene, nämlich die unendliche Differenz der Menschen und der Himmlischen, des Individuums und der Menschheit (naiv) erfahren und anerkannt sind. Tragisch ist die Ode eben dadurch, daß diese tröstlich-schmerzliche Erkenntnis der absoluten Aufgehobenheit des Einzelnen im Ganzen und der führungslosen Freiheit des Menschen am Ende eines Prozesses steht, in dem das Ich, das sich im Lebensbogen konstituierte und momentan sich selbst genug schien, sich als Agenten eines unendlich Größeren erfassen muß, nach dem es am Anfang keineswegs gestrebt hat.

An dieser Ode haben wir beobachtet, wie sie im Organisationsverbund mit den anderen Frankfurter Kurzoden in einstrophiger Fassung als Fragment fungierte, in Wechselbestimmung, -kommentierung und -komplettierung mit den anderen Fragmenten stand. Bei der Auflösung des Verbundes wurde die Formulierung der Strophe leicht abgewandelt und aus dem vorhandenen Motivbestand der Kurzoden ein Schluß festgesetzt, während die Organisationsform der Fragmente mehrere Weiterführungen erlaubt hätte.

Der Fragmentcharakter wurde auch dadurch bestätigt, daß die Bestimmung der “Parthien” nach dem “Gesez des Gesanges” in der Randnotiz zu *Der Rhein* in der einstrophigen Fassung bis zur vierten Partie möglich war. Die dreistrophige Weiterführung der späteren Fassung gleicht nun mit der “durchgängigen Metapher” der Wegbeschaffenheit alles aus, was an Problem, Rätsel und Spannung zwischen Individuen und allgemeinem Lebenslauf, Streben, Liebe und Leid, Ursprung und Ziel sich aufgetan hat. Dabei zeigt sich die Mehrteiligkeit dieser fünften Partie, die eben nur wegen der Durchgängigkeit der Übertragung als Einheit betrachtet wird; Mehrteiligkeit nicht wegen der drei Strophen im Verhältnis zu der einen Strophe, die vier Teile in sich birgt, sondern wegen der festgestellten kommunikativen Stufen von Ausruf und Frage in der zweiten, Feststellung und Begründung in der dritten, zitierter Rede in der vierten Strophe und den gedanklichen Erkenntnissen von der Durchgängigkeit des Graden (nach der Erkenntnis des Bogens), von der Unebenheit des Pfads, den das Ich selbst geht, das sich gegenüber den Himmlischen konstituiert, von der wohlzuverstehenden Freiheit, jeden Lebensbogen zu wählen, jedes Größere zu wollen, das man will. Die fünfte Partie ist also dreiteilig und wird nur wegen der durchgängigen Metapher, hier des Weges und seiner Beschaffenheit, als Einheit behandelt.

Dieses Ergebnis eines insgesamt siebenteiligen Durchgangs hat sich ebenfalls bestätigt in der Anwendung der Bestimmungen über die tragische Ode aus dem *Grund zum Empedokles*, wo die Beschreibung der vier Anfangsstufen zugleich eine Beschreibung der vier Phasen der ersten Strophe war und die Beschreibung der fünften bis siebten Stufe sich problemlos auf die zweite bis vierte Strophe des Gedichts haben anwenden lassen. Dies galt endlich auch für die sieben Tonverhältnisse des tragischen Kursus, wobei sich jedesmal deutlich Grundton und Kunstcharakter nicht nur im Sinne nebeneinander vorkommender Töne, sondern als Grund und Äußerung oder Richtung unterscheiden ließen. Wir haben also an dieser Ode wesentliche Aspekte von Hölderlins Poetik exemplifizieren können, wobei sich zugleich poetologische Äußerungen von 1799 (mit Gültigkeit für eine Kurzode von 1798) bis 1801 aufeinander beziehen ließen.

Dichtermuth/Blödigkeit

Exemplarisch soll nun eine Ode besprochen werden, die in ersten Entwürfen vom Herbst 1799 vorliegt, eine erste Reinschriftfassung im Herbst 1800 erfahren hat (die aus der Abschrift der Prinzessin Auguste von Hessen-Homburg bekannt ist), die im Winter 1800/1801 umgearbeitet wurde – Beißner behandelt den dabei entstandenen Text mit Recht als zweite Fassung – und die im Winter 1803/1804 noch einmal umgearbeitet wurde, um 1805 als einer der neun *Nachtgesänge* in Wilmans' *Taschenbuch für das Jahr 1805. Der Liebe und Freundschaft gewidmet* zu erscheinen. Das Gedicht hat also eine Entstehungszeit, die über entscheidende Jahre hinweg reicht; aufgrund der drei vollendeten Fassungen lassen sich einigermaßen gesicherte Aussagen über die Entwicklung Hölderlins in bezug auf die Rechtfertigung des Dichtens machen. Jochen Schmidt hat denn auch das Gedicht als Beweis für seine These vom späten Widerruf gesehen;[19] dies gilt es zu überprüfen.

Im Herbst 1799 muß es zu Auseinandersetzungen zwischen Sinclair und Hölderlin gekommen sein, in denen gerüchtweise Hölderlin den Freund "um ein Haar bei einem Streit über Tisch ermordet" hätte.[20] Der erste, *Bundestreue. An Sinklair* überschriebene Entwurf der späteren Ode *An Eduard* sagt denn auch: "Verflucht die Asche des / der zuerst / Die Kunst erfand aus Liebesbanden / Saile zu winden" (II 462); offenbar ging es bei dem Streit darum, daß Sinclair, der "Republikaner mit Leib und Leben", Hölderlin unter Berufung auf ihre Freundschaft dazu drängen wollte, eine politische Umwälzung in Deutschland ebenfalls "mit Leib und Leben" zu unterstützen, während Hölderlin Republikaner "im Geist und in der Wahrheit" war (VII 2, 136) und noch in der weniger aggressiven Ode *An Eduard* deutlich machte, daß er dem Freund auf sein Gebot zwar "in's / Ende der Tapferen" hinunterfolgen würde, aber "mit Gesange", mit dem Saitenspiel, das ihm als letztes "zum Angedenken / Reicherer Tage zurükgeblieben" sei.

---

19 Jochen Schmidt, *Hölderlins später Widerruf in den Oden 'Chiron', 'Blödigkeit' und 'Ganymed'*, Tübingen 1978. Zur 2. und 3. Fassung vgl. auch Walter Benjamin, "Zwei Gedichte von Friedrich Hölderlin", in: W.B., *Illuminationen. Ausgewählte Schriften*, Frankfurt a.M. 1961, S. 22–46.

20 VII 3, 462; vgl. *L 5, 284*, Bezug darauf *305*.

Hölderlin hatte in dieser Zeit offenbar sein Dichtertum nicht nur vor der im wesentlichen verständnislosen Mutter zu verteidigen, sondern vor dem philosophisch gebildeten, seine Dichtung hochschätzenden, in den politischen Hoffnungen auf Erneuerung durchaus mit ihm einigen Freund, von dem ihn offenbar nur die Einschätzung der Mittel trennte, die zu der erhofften Erneuerung führen konnten. Hölderlin scheint gegenüber Sinclair seine Position verteidigt zu haben, daß seine Dichtung nicht nur ein gleichwertiges, sondern sogar das einzige Mittel sei, um die "Revolution der Gesinnungen und Vorstellungsarten" (VI 229; *3, 252*) zu bewirken, die er als Voraussetzung einer echten, evolutionär auch die politischen Institutionen im Lauf der Zeit umgestaltenden Entwicklung für nötig erachtete. Die Entwürfe und Fassungen von *Dichtermuth/Blödigkeit* dienen dieser Auseinandersetzung mit der jakobinisch gesinnten Intelligenz Deutschlands, für die Sinclair nur nächster Ansprechpartner und Exponent war.

Entwürfe

Schon die Entwürfe bringen ein Motiv, das Hölderlin bereits 1795 nach der Flucht aus Jena mit der Aufgabe der Hoffnungen auf eine Universitätskarriere und mit der bedingungslosen Hinwendung zur Dichtung verbunden hatte: Im Zentrum des Gedichts *An die Unerkannte* wird nach der Kenntnis derjenigen gefragt,

> Die, wenn uns des Lebens Leere tödtet
> Magisch uns die welken Schläfe röthet,
> Uns mit Hofnungen das Herz verjüngt,
> Die den Dulder, den der Sturm zertrümmert,
> Den sein fernes Ithaka bekümmert,
> In Alcinous Gefilde bringt? (I 197; *1, 169*)

Die Antwort ist hier: Es handelt sich um die Göttin Leukothea, die dem schiffbrüchigen und steuerlos auf einem Floß treibenden Odysseus einen weißen Schleier reichte und ihn ermutigte, sich furchtlos den Wogen anzuvertrauen; Odysseus ging das höhere Risiko ein, gelangte schwimmend ans Ufer des paradiesischen Landes der Phäaken und von da in die Heimat.[21] So wendet Hölderlin nun die Worte der

21 *Odyssee V, 333–53* (vgl. *L 5, 305*). Hölderlin war wohl durch Herders Epigramm *Leukotheas Binde* auf das Motiv erneut aufmerksam geworden und übernahm dessen Ermahnung zur Selbständigkeit: "*Leukotheas Binde.*

Göttin allgemeiner an: "Auf und wandle nur wehrlos / Fort durchs Leben und sorge nicht" (II 529); dieses Motiv bleibt bis zum Schluß bestehen und leitet in einem Aspekt wohl das Schwimmerbild der ersten Fassung an. Zugleich markiert es die erste Intertextualität, den Dichter als Odysseus, der sich furchtlos der doch immerhin risikoreichen Führung durch ein unbekanntes göttliches Wesen überläßt.

Die Entwürfe arbeiten einen zweiten Motivkomplex heraus, der in der ersten Fassung durch das Schwimmermotiv ersetzt wird und später nicht mehr erscheint: das Motiv des Alpenwanderers. Es ist gebaut wie das Schwimmerbild – "wie drunten im Thal, oder den steigenden / Pfad an schauriger Kluft, oder in schweigender / Wolke droben" (II 531; *L 5, 312f.*): in diesen drei Aspekten der Bergwanderung sind naive Leichtigkeit, heroischer Kampf und vertrauensvolles Vorantasten in äußerer Blendung durch den Nebel der Wolke im Glauben an das Ziel und die Wahl des richtigen Wegs einzeln benannt. Diesen Einzelaspekten, die der Dichter wie der Alpenwanderer furcht- und arglos bewältigt, steht der feindliche Augenblick gegenüber, der den unachtsamen Liebenden ergreift und wo ihn "die schmeichelnde Lebenswooge [...] schwindelnd hinunterzieht" (II 533); hier sind mit schmeichelnd, Woge und hinunterziehen die drei Aspekte in *einem* Augenblick verbunden, das Leben ist nicht mehr Folge verschiedener Pfade, sondern Totalität aller seiner Erscheinungsformen auf einmal und deshalb nicht zu bewältigen; der Dichter geht unter. Das Motiv der Alpenwanderung ist vielleicht eine Anspielung auf Rousseaus *Nouvelle Héloise*, wo St. Preux über seine Alpenwanderung berichtet, er sei

> traurig über seine Leiden und getröstet durch Julies Freude weggegangen, was mich in einem gewissen Zustand der Mattigkeit hielt, der nicht ohne Reiz für ein empfindsames Herz ist. Ich stieg langsam und zu Fuß ziemlich rauhe Pfade hinan [...]. Ich wollte träumen und wurde immer von irgendeinem unerwarteten Schauspiel abgelenkt. Manchmal hingen ungeheure Felsentrümmer über meinem Kopf. Manchmal näßten mich hohe und tosende Wasserfälle mit ihrem dichten Wasserstaub. Manchmal öffnete ein ewiger Wildbach zu meiner Seite einen Abgrund, dessen Tiefe die Augen nicht zu ermessen wagten. [...] Nachdem ich hoch oben in den Wolken gewandert war, erreichte ich einen heiteren Ort, von dem aus man

---

Lerne die Lehren der Schule; doch, gleich der *Leukothea* Binde, / Bist du am Ufer, so wirf sie in die Wellen zurück." Herder, Volkslieder (wie Anm. 12), S. 769; das Epigramm erschien 1795 in den *Horen*.

> in der Gewitterzeit Donner und Wetter unter sich sich bilden sieht – zu schmeichelhaftes Bild von der Seele des Weisen, das in der Wirklichkeit nicht vorkommt oder nur da vorkommt, von wo man die Allegorie genommen hat.[22]

Das Problem der Figuren in Rousseaus Roman ist, daß sie zu viele widersprechende Rollen zugleich bewältigen wollen – St. Preux will Lehrer und Liebhaber Julies und Freund des Ehepaars Wolmar sein, Julie ebenfalls Liebende, Ehefrau und Freundin. Hölderlin scheint dies direkt mit dem Schicksal Rousseaus und z.B. dessen Versuch in den *Confessions* in Verbindung gebracht zu haben, sich selbst als Individuum ein authentisches Denkmal zu setzen, sich kämpferisch vor den Mitlebenden zu rechtfertigen, endlich "das erste Vergleichsstück für das Studium des Menschen" zu liefern[23] und damit wie seine Figuren in der *Nouvelle Héloise* zugleich naiv, heroisch und idealisch einem ebenso totalen Anspruch gegenüberzutreten. – Sollte die Rousseau-Beziehung (hier) noch nicht plausibel erscheinen, so kann für das Motiv der Alpenwanderung auch das persönliche Erlebnis der Schweizerreise 1791 mit Hiller herangezogen werden, nach dem der Weg im Tal, der Anstieg neben dem donnernden Waldstrom und der Pfad in der Region der Wolken in dem Hexameterhymnus *Kanton Schweiz* beschrieben sind: hier, im "Land, der göttlichen Freiheit" hatte Hölderlin noch des Tages geharrt, "Wo in erfreuende That sich Schaam und Kummer verwandelt" (I 145; *1, 124*). Inzwischen hatte er den Erkenntnisprozeß des *Hyperion* durchlaufen, in dem die voreilige revolutionäre Handlung als in die Katastrophe führend erkannt wurde. Entsprechend wird jetzt, handle es sich um eine Anspielung auf den Genfer Bürger Rousseau oder nur auf die private Schweizerreise, der jeweils eingeschränkte und in seinen Anforderungen wechselnde Lebensbezug dem totalen Anspruch eines revolutionären Momentes gegenübergestellt, dem jedenfalls der dichterische Mensch nicht gewachsen ist. Das Bild der Alpenwanderung bringt demnach mit der Anspielung auf das Land bestehender demokratischer Freiheit zugleich die Warnung vor voreiliger revolutionärer Handlung.

---

22 Jean-Jacques Rousseau, *Julie ou La nouvelle Héloise*, ed. par Michel Launay, Paris 1967, S. 44f. (Brief I 23).

23 Jean-Jacques Rousseau, *Les confessions*, ed. par Michel Launay, Bd. 1, Paris 1968, S. 39 (Vorwort).

Der dritte Bildkomplex, den die Entwürfe schon ausarbeiten und der bis in die erste Fassung sich erhält, ist der von Orpheus. Kennzeichen des feindlichen Augenblicks, des furchtbaren Lebens ist "der Mänadische Reigentanz", der ihn ergreift und nach dem "der Strom das Haupt des Zerrissenen / Und sein Saitenspiel wälzt" (II 533; *L 5, 310*). Orpheus ist der exemplarische mythische Dichter, der durch die Magie seines Gesangs wilde Tiere besänftigen, auf tote Gegenstände wirken, Menschen befreunden und verändern konnte. Der von den Mänaden des Dionysos zerrissene Orpheus ist nach dem zur Not zwischen Skylla und Charybdis, aus den Reizen Kalypsos und den Nachstellungen Poseidons allein davongekommenen Helden, nach dem im Verfolgungswahn umgekommenen Gesellschaftsphilosophen und Dichter Rousseau nun der göttliche Dichter, der vom feindlichen Leben und bewußtseinszerstörenden Wirbel hinuntergezogen wird. Die Paradigmata des Helden, des "erfahrenden" Wanderers und des göttlichen Dichters sind vielleicht wieder im Sinne der drei Töne gewählt: Keiner, der sich dem Totalanspruch aussetzt, ist ihm ohne göttliche Hilfe gewachsen. Der Mut des Dichters ist gerechtfertigt, sofern im Prinzip die Schicksalsgöttin ihn zum Gesange nährt, sofern er wie der Alpenwanderer sich zu jedem Pfad in der angemessenen Weise verhalten kann und sich vor dem mänadischen Augenblick hütet, endlich sofern er, wenn trotz aller Vorsicht dieser Augenblick ihn überwältigt hat, schuldlos, edel, in edlem Beruf starb. Die Argumentation gegen die Vereinnahmung für Sinclairs revolutionäre Absichten ist klar: Es muß dem Menschen überhaupt und dem Dichter insbesondere um die Erhaltung seiner selbst im Dienste der Göttin, um die Vermeidung des mänadischen, auflösenden Augenblicks gehen.

Diese Feststellung ist für die Beurteilung der These Schmidts vom "späten Widerruf" wichtig. Seine These beruht auf der Annahme eines "von Anfang an maßgebenden Drangs zur Entindividualisierung":

> Von der Jugendhymne 'An das Schiksaal' bis zur letzten Hymne 'Mnemosyne' beherrscht der Gedanke einer grenzenlosen Befreiung das lyrische Werk. Umfassenden Ausdruck findet diese Tendenz im 'Empedokles'. Besonders aus den Anfängen des 'Empedokles'-Projekts geht hervor, daß der immer wiederkehrende Wunsch nach radikaler Befreiung auch aus negativen gesellschaftlichen Erfahrungen resultiert. Es ist aber das entscheidend Neue der späten Gedichte, daß sie die Entgrenzung nicht mehr als Erlösung aus der Enge des Daseins ersehnen, sondern sie abzuwehren versuchen, weil die

> tatsächliche innere Gefährdung so stark ist, daß nun die Furcht vor der Zerstörung überwiegt.[24]

Der Befund schon des *Hyperion* war jedoch, daß die am Anfang vom schreibenden Hyperion geäußerte Sehnsucht nach Auflösung im All der Natur zu den seelischen Tendenzen gehört, die am Ende durch das Ausharren im als notwendig für Mensch und Natur anerkannten Leid überwunden und in ihr Gegenteil, das erzieherische Engagement für die Menschen umgekehrt werden: Schon im *Hyperion* widerruft Hölderlin diese ihn immer gefährdende Tendenz, der *Empedokles* hat Vergleichbares gezeigt, und die aus der Zeit der Arbeit an diesem Trauerspiel stammenden Entwürfe zur Ode *Dichtermuth* zeigen exemplarisch dasselbe. Der These vom späten Widerruf kann ich also wegen der Einschätzung der Ausgangslage im Jahr 1799 nicht zustimmen, während ich mit der Interpretationstendenz hinsichtlich der Spätstufen völlig übereinstimme. Nach meiner Auffassung gibt es für Hölderlin nicht eine eigene Hingabe an die Todeslust zu widerrufen; die Spätfassungen zeigen nur eine Verschärfung der Warnungen vor ihr.

Dichtermuth, Erste Fassung

Da diese Fassung nur in einer Abschrift der Prinzessin Auguste vorliegt, die sich die im November 1800 an Sinclair geschickte Reinschrift Hölderlins kopiert hat (vgl. *L 5, 305, 316f.*), findet sie sich nicht in allen Ausgaben. Ich möchte an ihr unter anderem beschreibend in die sprachliche "Feinmechanik" von Hölderlins Dichtung einführen und setze sie deshalb vollständig her (StA II 62f.; *1, 302f.*):

Dichtermuth

1 Sind denn dir nicht verwandt alle Lebendigen?
Nährt zum Dienste denn nicht selber die Parze dich?
Drum! so wandle nur wehrlos
Fort durch's Leben und sorge nicht!

2 Was geschiehet, es sei alles geseegnet dir,
Sei zur Freude gewandt! oder was könnte denn
Dich belaidigen, Herz! was
Da begegnen, wohin du sollst?

---

24 Schmidt (wie Anm. 19), S. 2.

3 Denn, wie still am Gestad, oder in silberner
Fernhintönender Fluth, oder auf schweigenden
Wassertiefen der leichte
Schwimmer wandelt, so sind auch wir,

4 Wir, die Dichter des Volks, gerne, wo Lebendes
Um uns athmet und wallt, freudig, und jedem hold,
Jedem trauend; wie sängen
Sonst wir jedem den eignen Gott?

5 Wenn die Wooge denn auch einen der Muthigen,
Wo er treulich getraut, schmeichlend hinunterzieht,
Und die Stimme des Sängers
Nun in blauender Halle schweigt;

6 Freudig starb er und noch klagen die Einsamen,
Seine Haine, den Fall ihres Geliebtesten;
Öfters tönet der Jungfrau
Vom Gezweige sein freundlich Lied.

7 Wenn des Abends vorbei Einer der Unsern kömmt,
Wo der Bruder ihm sank, denket er manches wohl
An der warnenden Stelle,
Schweigt und gehet gerüsteter.

Beachten wir zunächst die wörtlichen und gedanklichen Korrespondenzen in dem Text:

Strophe	1–4–6–7:	Lebendige, Lebendes (starb er, klagende Haine, warnende Stelle)
	2–4–6:	Freude, freudig, freudig
	3–4–5:	Wasser-Aspekte, Lebendes wallt, Woge
	3–4–5–6–7:	tönen/schweigen, atmen/singen, Halle/schweigen, klagen/tönen, warnen/schweigen
	1–4–7:	Dienst, gerne, gerüsteter
	1–4–7:	Parze, eigner Gott, warnende Stelle

Es zeigt sich einerseits eine konzentrische Struktur, die in der räumlichen Mitte, der 4. Strophe, auch ihren gedanklich-motivlichen Drehpunkt hat. So ergibt sich eine Tendenz zur Geschlossenheit und Ausgewogenheit in dieser ersten Fassung. Andererseits werden jedoch die tektonisch-antithetischen Möglichkeiten, die in den zwei Asklepiadeen der Strophe mit ihren Zäsuren liegen, nicht genutzt: An keiner Stelle wird ein solcher Vers gebraucht, um wie in der oben angegebenen "Musterstrophe" eine gleichgliedrige Antithese oder Opposition aufzubauen ("Wer das Tiefste gedacht, liebt das Lebendigste, / Hohe Jugend versteht, wer in die Welt geblikt"); vielmehr werden die Zäsuren häufig syntaktisch überspielt, der Hebungsprall dient der Herausarbeitung der sinngemäßen Betonungen (verwandt/alle, nicht/selber, auch/einen, noch/klagen, Fall/ihres). Nimmt man noch die Tatsache hinzu, daß von der Empfehlung der Wehrlosigkeit in Str. 1 zur Feststellung "gehet gerüsteter" in Str. 7 offenbar ein Lernprozeß des sprechenden Ich vorgeführt wird, in dem die Anfangsaussage keinesfalls mit der Schlußerkenntnis verrechenbar und gar als Meinung Hölderlins zitierbar ist, dann steht der konzentrischen Tendenz eine prozessuale, strebende Tendenz gegenüber; da der Sprecher durchgängig argumentiert (nicht etwa beschreibt, erzählt, anredet), kann man die strebende Tendenz als Grundhaltung, die konzentrisch geschlossene als Äußerung betrachten und schon aus diesem formalen Befund ein heroisch Naives Ausgangsverhältnis, d.h. eine Ode epischer Stilart vermuten.

Die Sprechsituation ändert sich mit jeder Strophe:

Str. 1 fingiert den Dialog des Sprechers mit einem ungenannten Partner, entweder einem wirklichen Du oder dem als Du angeredeten Ich. Du oder Ich sind wohl die im Titel genannten Dichter. Die Antwort "Ja" auf die zwei Eingangsfragen wird nicht hörbar, aber mit dem bekräftigenden "Drum" impliziert.[25]

Str. 2 fingiert den Dialog des Sprechers mit seinem Herzen. Die Anfangssituation wird dadurch nachträglich auf die Situation eines Selbstgesprächs hin festgelegt: Hat der Sprecher sich zunächst als Dichter in "öffentlicher Funktion" angeredet, so ist es jetzt sein Innerstes, sein Herz. Die am Schluß implizierte Antwort ist, ebenfalls der Tendenz von Str. 1 entgegengesetzt, "Nichts".

Str. 3 setzt einerseits mit der Begründung "Denn" die auf Überzeugung ausgehende Rede von Str. 1 und 2 fort; andererseits ist nach

---

25 "Drum", ein schwäbischer Ausdruck, zeigt an, daß der Sprecher Zweifel, die er über die Ansicht des Partners gehabt hat, durch dessen Antwort als ausgeräumt ansieht und "darum" in der Argumentation fortfahren kann.

den beiden implizierten Antworten “Ja” und “Nichts” eine weitergehende Argumentation gegenüber dem in 2 angesprochenen Herzen nicht mehr nötig. Entweder hat sich also der Sprecher doch noch nicht vollständig überzeugt, oder er muß sich nun, seine Zuversicht rechtfertigend, an die Öffentlichkeit oder/und an andere Dichter wenden; damit wird die offengebliebene Möglichkeit des Partners aus Str. 1 doch wieder aufgenommen und so eine Verbindung der Redehaltungen aus Str. 1 und 2 erzielt.

Schon das letzte Wort der Str. 3, vollends aber Str. 4 stellt den Sprecher, der bisher allein war oder höchstens einen zweiten Dichter anredete, in die größere Gruppe der Dichter und diese wiederum in das Volk. Ich, Wir und Volk sind funktionell aufeinander bezogen; alle denkbaren Sprechsituationen der drei ersten Strophen sind darin aufgehoben, das sprechende Ich durch seine Zugehörigkeit zu den Dichtern des Volks definiert. Mit dem Gesang des eignen Gottes für jeden ist eine Sprechsituation benannt, die allgemein die Aufgabe des Dichters, im reinsten Sinne den göttlichen Gegenstand und im individuellsten den Zweck der vorliegenden Ode, angibt – den eignen Gott des Sprechers zu singen.

In Str. 5 nimmt der Sprecher fiktiv den Standpunkt des Betrachters von außen ein (“einen der Muthigen” statt: einen von uns); so bleibt die Stufung Individuelles – Allgemeines – Reines erhalten, aber der Sprecher hat die Position gewechselt, indem er nicht mehr aus der Perspektive seiner Individualität spricht, sondern gewissermaßen die des Volks einnimmt.

Dieser Gegensatz mit Str. 4 wird in Str. 6 ausgeglichen, weil der Sprecher jetzt die hypothetisch angenommene Außenperspektive des Volks verläßt und sich ihm mit detaillierten Informationen über die Stimmung des Untergehenden (freudig) und die Nachwirkungen in seiner Sphäre und bei seinem Publikum belehrend-argumentativ zuwendet. Denkbar ist auch das Argument, daß ein so mutiger Dichter immer freudig stirbt etc., so daß neben die individuelle Kenntnis die allgemeine tritt und diese wieder in die reine des Volks mündet. Der Gesang hat sich verselbständigt und tönt als bleibendes Echo aus der Sphäre zurück, die ja durch den Dichter ihren Gott gewonnen hat und mit der Klage selbst dichterisch wird. Dichter, Publikum, Sphäre, Gesang, Individuelles, Allgemeines, Reines sind hier in eine Organisation von gegenseitiger dichterischer Sprache, Echo und transitiver dichterischer Kraft gebracht.

In Str. 7 spricht der Sprecher über Einen der Unsern; das ist wiederum nicht "einer von uns", sondern einer, der sich zu uns gehörig fühlt: Das ist nicht nur der Sprecher oder ein anderer Dichter des Volks, sondern kann auch der Hörer des Gedichts sein, sofern er sich zum Volk, der Gemeinde der Auftraggeber rechnet, in der jedem Mitglied der eigene Gott gesungen wird. Der Hörer muß sich entscheiden, ob er hier mitgemeint ist, er muß sich selbst ergreifen und bekennen, so wie der Sprecher sich eindeutig selbst ergreift und als Bruder des Gefallenen bekennt. Während nun der Vorbeikommende andenkt, nachdenkt und schweigt, redet die Stelle des Untergangs, ist ein symbolischer, dichterischer Ort geworden. Die Quellen poetischer Sprache haben sich also vervielfältigt; in der Schlußstrophe sind es: der Sprecher, die warnende Stelle und, impliziert, die Lieder der "Unsern", sofern sie von Dichtern gesungen oder von Hörern gewußt und mitgesungen werden.

Die Sprechsituation führt also, von Strophe zu Strophe sich ändernd, im dialektischen Vollzug der Schöpfungshieroglyphe durch Gegensätze, Verbindungen und Aufhebungen gehend, von einer unklaren Sprechsituation des Anfangs über die Selbstdefinition in der Mitte zur Selbstergreifung am Ende. Das magisch sich Ausbreitende der dichterischen Kraft und Rede vervielfältigt die Quellen poetischer Sprache bis hin zur Sprache von Bäumen und eines Ortes; die Rede vom Dichtermut findet in dieser Erhaltung und Ausbreitung der poetischen Kraft eine Rechtfertigung.[26]

Befassen wir uns nun mit der Argumentation; sie will ja beantworten, warum und inwiefern das sprechende Ich als Dichter mutig sein darf.

Die beiden ersten Strophen sind durch zwei Fragen (Antwort: Ja) und zwei Befehle bzw. zwei Befehle und zwei Fragen (Antwort: Nichts), durch eine unbestimmt nach außen bzw. eine bestimmt nach innen gehende Anrede deutlich als Gegensätze komponiert und durch Progreß und Regreß gekennzeichnet, während sie dem Stoff nach gleich sind, nämlich Argumente für die Zuversicht des Sprechers zusammentragen. Str. 1 ermutigt ihn genetisch durch Hinweis auf die substantielle Verwandtschaft mit allen Lebendigen und die (wohl für

26 Analyse der Sprechsituation noch um einiges ausführlicher in meinem Aufsatz "Zur Tradition von Hölderlins 'kalkulablem Gesetz'", *Schwäbische Heimat* 4, Dezember 1969, S. 293–301; 294–299.

Menschen allgemein geltende) spirituelle Dienstbeziehung zur Schicksalsgöttin, woraus sich Empfehlung des (substantiell) wehrlosen und (spirituell) sorglosen Fortwandelns (Progreß) ergibt. Genügen diese umfassenden Sicherungen, auf die sich der Sprecher als Mensch und als Dichter beruft, nicht schon? Offenbar nicht: weder Wehrlosigkeit noch Sorglosigkeit (beides naive Zustände) lassen sich durch Argumente (heroisch) herstellen, wie es der heroische Grundton des zweifelnden und bedrohten Ich in seiner Äußerung versucht. Die zweite Strophe äußert zunächst einen spirituellen ("es sei alles geseegnet dir") und einen substantiellen ("Sei zur Freude gewandt") Wunsch für das Herz; nicht mehr genetisch aus der Vergangenheit und Bestimmung wird argumentiert, sondern in die Zukunft hinein gewünscht. Begründung für den Wunsch und seine Erfüllung ist das Postulat, daß dem Herzen (substantiell) nichts ein Leid zufügen und ihm (spirituell) nichts entgegenstehen könnte, "wohin es soll". Aufgrund seiner eigenen Freudebereitschaft kann der Sprecher tautologisch behaupten, sein Herz, aus dem diese Freude kommt, könnte durch nichts beleidigt werden – die idealische Grundstimmung negiert in diesem Regreß ins Innerste alles Negative, alles heroisch Leid Zufügende, denn mit dieser idealischen Freude wird der Dichter seiner unzerstörlichen Teilhabe am Eins und Alles der Welt gewahr. Ebenso sind im Spirituellen "da, wohin du sollst", keine Hindernisse denkbar – auch das ist selbstredend, denn *nach* Erreichung des Ideals und Sollensziels ("da, wohin"!) ist kein Widerstand mehr anzunehmen. Der Regreß ins Abstrakteste anerkennt ebenfalls keine Widerstände in der Praxis. Bisher hat der Sprecher seine Zuversicht aus einer Art von magischer Selbstbeeinflussung gezogen; sie genügt nicht, sonst würde die Argumentation nicht weitergehen. Odysseus, dem furchtloses Schwimmen im feindlichen Element angeraten wurde, ließ sich in der Tat nicht sofort auf die Empfehlung der Leukothea ein, sondern wartete angesichts des Risikos eines möglicherweise böswilligen Ratschlags, bis Poseidon sein Floß vollends zertrümmert hatte. So muß auch hier, wo der Sprecher nur als Lebender und allgemeiner Mensch, durch Freude im Herzen und ein angestrebtes Sollensideal gesichert ist, eine kraftvollere Rechtfertigung für Existenz und Leistung des Dichters gefunden werden.

Wie Odysseus wartete, bis der Ernstfall eintrat, und sich dann erst schwimmend dem Element anvertraute, das ihn mit Meeresglätte und plötzlich bedrohlicher Woge, mit tosender Brandung und mit dem seichteren, aber gegenströmenden Wasser einer Flußmündung jeweils lebensgefährlich umgab, wie Odysseus durch Festklammern am Felsen, durch die klare von Athene eingegebene Besinnung aus der Brandung auftauchend, durch das schutzflehende Gebet an den Flußgott sich jeweils situationsgerecht verhielt,[27] so wird auch bei Hölderlin der Schwimmer den drei Gestalten des Wassers ausgesetzt und "wandelt", d.h. in diesem Zusammenhang "wandelt sich" in seinem Verhalten entsprechend den jeweiligen Forderungen des gefährlichen Elements.

Es gibt einen zweiten intertextuellen Bezug des Schwimmerbildes, der auch durch das ersetzte Bild vom Alpenwanderer gestützt wird: Rousseaus fünfte Promenade in den *Rêveries du promeneur solitaire*. Er beschreibt dort Zustände eines vollen Glückes am Bielersee, eines Glückes, das in der Seele keine Leere läßt:

> So ist der Zustand, in dem ich mich oft bei der Insel St. Pierre in meinen einsamen Träumereien befunden habe, sei es in meinem Boot liegend, das ich nach dem Willen des Wassers treiben ließ, sei es an den Stränden des heftig bewegten Sees sitzend, sei es anderswo, am Ufer eines schönen Flusses oder eines Baches, der über die Kiesel murmelte.[28]

Rousseau vertraut sich nicht als Schwimmer dem Element an, aber die Verdichtung der drei Wasseraspekte ist auffällig und war Hölderlin, der Rousseau auf der Petersinsel und das Treibenlassen auf dem See mehrmals zitiert, zweifellos bewußt. Wahrscheinlich hat er (oder schon Rousseau) die Beziehung zu Odysseus absichtlich hergestellt, der zwar schwimmt, bei dem die Wasseraspekte aber nicht in der totalisierenden Dichte erscheinen; Rousseaus Beobachtersituation ist die *condition moderne* gegenüber dem antiken Heros, der sich direkt mit dem Element auseinandersetzt.[29] Das Glück, das er von diesen Wasserträumen

27 *Odyssee* V 382–453.

28 Jean Jacques Rousseau, *Les rêveries du promeneur solitaire*, éd. par Jacques Voisine, Paris 1964, S. 102.

29 Es ist bemerkenswert, daß der junge Herder zur Unterscheidung der ursprünglichen Poesie der Ode (zu der noch die griechische zählt) von der modernen dasselbe Bild wählt: "Statt im ganzen Strome des Affekts zu schwimmen", zeigen sich "die meisten Odendichter [...] als Sänger, deren höchster Zweck ist, eine fremde Natur nachzuahmen. Sie schwimmen nicht: sie stehen am Fluß und betrachten." Herder *Frühe Schriften* (wie Anm. 2), S. 91. Im Kontext wird auf Rousseau (natürlich nicht die *Rêveries*) und auf die *Odyssee* (Circe) angespielt. – Für Hölderlin ist noch in den *Sophokles-Anmerkungen* die physische Auseinandersetzung gegen die

erfährt, ist aber wie der momentane Erfolg des göttlichen Dulders Odysseus die augenblickshafte Entschädigung eines "Unglücklichen, den man von der menschlichen Gesellschaft abgeschnitten hat, und der auf Erden nichts Nützliches für andere noch für sich mehr tun kann".[30] Während aber Odysseus bei den Phäaken seine ganze Lebensgeschichte erzählt und weiter in die Heimat drängt, hat Rousseau in den *Rêveries* die *Confessions* schon mit offenem Schluß beendet und sucht den Schlaf. Das Schwimmerbild, das gegenüber der zu großen Allgemeinheit und abstrakten Idealität der beiden ersten Argumentationen die drei "Haupttöne" der Lebenspraxis in ihrer Verschiedenheit geltend macht, ist ambivalent zwischen dem naiv erfahrenden Odysseus und dem idealisch-sentimentalischen Rousseau, zwischen der substantiellen Auseinandersetzung mit der jeweiligen sinnlichen Wirklichkeit und dem bloß meditativen Genuß, so wie der Schwimmer dem Sprecher die verschiedenen "Töne" des Lebens vorhält, aber doch nur im Gleichnis.

Das Bild wird noch um eine Schattierung ambivalenter und problematischer, wenn man, vom "Wandeln" des Schwimmers ausgehend, an das Wandeln des Petrus auf dem Meer denkt, Jesus entgegen, dessen Gottessohnschaft er gläubig sich und den andern beweisen will: "Als er aber den Wind sah, erschrak er und hob an zu sinken, schrie und sprach: Herr, hilf mir!" (Mt 14,30) Petrus zeigt die Gefahr, daß der Glaube und die Zuversicht wankend werden und in der Unberechenbarkeit der substantiellen oder/und spirituellen Situation nicht mehr tragen. Wie das Bild als solches über sich hinausdrängt (obwohl der Satz und das Argument am Ende von Str. 3 zu Ende sein könnten), so bedarf es wirklicher und eindeutiger Gründe für die Rechtfertigung des Dichtermuts, denn die Argumente der ersten Strophe haben sich als zu allgemein und äußerlich, die der zweiten als zu abstrakt und innerlich, die der dritten als zu sehr vom Einzelfall abhängig gezeigt, der das Zusammenstimmen von Außen und Innen, Situation und Disposition in trivalenter Weise fordert und problematisiert.

Str. 4 bringt die nicht-bildliche Begründung für Zuversicht und guten Mut: es bedarf der Begründung gar nicht, ist hier die erstaunliche Auskunft, denn "wir" sind "gerne, wo ...", sonst könnten "wir" unsere Aufgabe nicht erfüllen. Wie kommt es zu dieser Wendung

---

bloß abstrakte die zentrale Unterscheidung zwischen dem antiken und dem modernen tragischen Prozeß.

30 Rêveries (wie Anm. 28), S. 103.

("Katastrophe"), mit der auch das naiv Idealische Tonverhältnis sich in das idealisch Naive umkehrt? Antwort: Wenn und nur soweit einer "Dichter des Volks" ist und es leisten kann, "jedem den eignen Gott" zu singen, muß er nicht Mut suchen, sich trösten, aufmuntern, bereden, mit literarischen Analogien und einem Gleichnis aus dem Sport Sicherheit geben, sondern hat die Gewißheit seiner Berufung und göttlichen Aufgabe (idealisch) und kann sich ihr ohne Gedanken an Sicherheit und Rechtfertigung "gerne" (Naiv) zuwenden. Der Anlaß zur Sorge hat bestanden, besteht nicht mehr, denn das Ich hat sich durch seine Zugehörigkeit zur Gruppe der Dichter des Volks definiert – genau genommen hat es sich bisher noch gar nicht als Dichter bezeichnet (der Dienst für die Parze kann jeden Menschen angehen). Die Beziehungen sind jetzt gereinigt, in Reines, Allgemeines und Individuelles gestuft: "alle Lebendigen" in Str. 1, das waren die Mitgeschöpfe in ihrer Summe; nun erscheint "Lebendes", d.h. das, was Leben, Reines, Göttliches substantiell (wallt) und spirituell (atmet) trägt; die extrem entgegengesetzte Vorstellung ist "jedes". Das "Lebende" umgibt den Dichter wie Wasser den Schwimmer, "jedem" ist er einzeln zugeordnet und gegenübergestellt; dem entspricht die Formel vom "eignen Gott" (die die unspezifische der "Parze" reinigt). Vermittelnd zwischen Reinem und Individuellem steht das Volk, das einerseits aus einzelnen besteht, aber nur in ihrem geistigen Zusammenhang und in ihrer Ursprünglichkeit als Menschen[31] "Volk" genannt werden darf. Dichter des Volks sind also diejenigen, die substantiell aus dem Volk stammen und sich ihm zugehörig fühlen, die aber spirituell "Volk" als Zielkategorie einer das Reich Gottes in der Humanität anstrebenden Dichtung betrachten. Solche Dichter suchen sich das Lebende in der Sphäre, den "höheren mehr als mechanischen Zusammenhang" im Dasein jedes einzelnen:

> Ich sage, jener unendlichere mehr als nothdürftige Zusammenhang, jenes höhere Geschik, das der Mensch in seinem Elemente erfahre, werde auch unendlicher von ihm empfunden, befriedige ihn unendlicher, und aus dieser Befriedigung gehe das geistige Leben hervor, wo er gleichsam sein wirkliches Leben wiederhohle.
>
> (IV 276; *2, 565*)

31 Dahinter stehen die durch Herder aufgestellten Begriffe des Volks als der ursprünglichen Menschheit und des Ziels der Humanitätsentwicklung, vgl. meine Darstellung in Herder, Volkslieder (wie Anm. 12), S. 865–878.

Diesem Leben, das als substantiell gelebtes und spirituell erinnertes ein "Lebendes" ist, nähern sie sich wie der Schwimmer unter drei Aspekten: "freudig, und jedem hold,/Jedem trauend", d.h. sie nehmen es idealisch, naiv, idealisch Naiv als Reines, Einzelnes oder Allgemeines, als Lebendes, jedes oder Volk. Die Dichter sind nötig, denn sie vermögen den "eignen Gott", der der höhere Zusammenhang jeder Sphäre ist und nur poetisch ausgesprochen werden kann (IV 278–280; *2, 567–570*), als "Mythe" auszusprechen und so dem Gesang, d.h. der Verallgemeinerung der einzelnen religiösen Vorstellung, zuzuführen. Indem die Dichter jedem den eignen Gott *singen*, führen sie alle zum Mitsingen und damit in die göttliche Seinsform des Volks. Damit ist die Begründung für den Mut des Sprechers gefunden: wenn und sofern er ein Dichter des Volks ist, hat er diesen Mut und muß ihn gar nicht zu sichern, zu begründen suchen. Diese Selbstdefinition als Mitglied der Dichter des Volks hat ihm eine neue Daseinsform, eine neue Wirkungssphäre und Aufgabe gegeben; sein Singen ist zugleich Singen des Gottes dieser Sphäre. Das sprechende Ich sieht sich durch sein Bekenntnis zum Dichtertum plötzlich von einer Sphäre, einer Welt umfangen und getragen. Dem *Religionsfragment* gemäß müßte nun auch der Gott dieser Sphäre, d.h. der Gott der Dichter, gesungen werden. Dies geschieht von der 2. Fassung ab – wir haben hier einen Grund für die Umarbeitung.

Formal sind, dem beim *Rhein* präzisierten "Gesetz des Gesanges" gemäß, die Str. 3 und 4 dem Stoff nach verschieden (Schwimmer, Dichter; Gleichnis, Realität), der Form nach gleich (drei Aspekte des Bezugs zum umgebenden Element). Die folgenden drei Strophen behandeln einen einzigen Gegenstand: den Tod des Dichters und seine Folgen; man kann also wieder von einer "durchgängigen Metapher" sprechen, die sich deutlich über mehrere Teile hinwegzieht und die "alles ausgleicht", d.h. die Unzulänglichkeit der anfangs gefundenen Trostgründe eingesteht, hinsichtlich des wirklichen Dichterlebens korrigiert, hinsichtlich des erinnerten Dichtens rechtfertigt:

In Str. 5 wird das Schwimmerbild wieder aufgenommen – das trägt zur Konzentrik des Textes bei, läuft aber Hölderlins poetologischer Forderung entgegen, wonach, wie die Mitte des poetischen Prozesses die Ahnung und Entwicklung einer neuen Sprache einleitet (IV 261; *2, 549f.*), so auch in der Mitte des Gedichts, nach der vierten "Parthie", eine neue "durchgängige Metapher" gefunden werden muß. So hatten die Entwürfe den Alpenwanderer vor, das Schwimmerbild nach der Mitte, und die 2. und 3. Fassung führen "Sonnengott" bzw. "Himmels Gott" als durchgängige Metapher nach der Mitte ein. – Wenn die "Wooge" nun "schmeichlend hinunterzieht", so sind im Element die drei Aspekte der fernhintönenden Flut, des Gestades und der schweigenden Wassertiefe (Str. 3) gleichzeitig wirksam und verlangen vom Schwimmer Mut, Vertrauen und Treue zugleich (vgl. Str. 4). Dieser Totalanspruch an den Menschen durch die Sphäre erlaubt ihm in seinem Verhalten keine Bestimmtheit und Einschränkung mehr, die ihm die Begegnung mit dem Element in wechselnden Situationen des Kampfs mit der Brandung, des vorsichtigen Schwimmens über der Tiefe und des wachsamen Umgangs mit den Strömungen in Ufernähe gestattet und aufgenötigt hat. Der "feindliche Augenblick" mit seinem "Mänadischen Reigentanz" (so die Entwürfe) ergreift nun den Menschen unversehens von allen Seiten, ertränkt ihn, löst ihn auf, da er jede Bestimmtheit seiner selbst verliert.

Da der Dichter sich eigens mit allen Aspekten des Seins, dem Leben als Lebendem, Volk und den Individuen, dem Geist als Atmendem, Gesang und eigenem Gott befaßt, ist er in besonderer Gefahr, einem solchen Moment des überwältigenden Totalanspruchs sich auszusetzen und den Wechsel der Töne nicht mehr zu leisten – die Tatsache der Nennung der drei Aspekte der Sphäre und des Verhaltens dazu auf je einer Tonstufe in Str. 3, 4, 5 macht diese Gefahr unmittelbar evident (obwohl die Tonformulierungen für die drei Aspekte jeweils den geforderten Tonkombinationen nId, idN und nHer entsprechen).

Rousseau, der, wie oben gesagt, in den *Confessions* die drei Leistungen des individuellen Dokuments, der kämpferischen Rechtfertigung und der anthropologischen Studie zugleich leisten wollte, der nach Aussage des *Rhein* (V. 153–158) ein sterblicher Mann ist, sich liebend "den Himmel [...] auf die Schultern gehäufft" hat und zudem die "Last der Freude" trägt, die vielleicht die Freude des zu schaffenden Reichs Gottes ist (vgl. Röm 14, 17), Rousseau wird "überrascht" und "erschreckt", wenn er diese Lasten und seine Schwäche bedenkt. Zieht er sich im *Rhein* an den Bielersee zurück, so sind die *Rêveries*, wo er diesen Rückzug als vergangenen Glücksmoment berichtet, das letzte unvollendete Dokument dieses Lebens, das in einem sich selbst besprechenden Schweigen endet. Rousseau mag sehr wohl einer der Mutigen gewesen sein, den der Totalanspruch überforderte, den seine Zeit an ihn stellte, und der sich im Versuch einer totalen Antwort übernahm. Die "blauende Halle", in der die Stimme (Her) des Sängers nun schweigt (n), ist noch einmal der Hinweis auf diese Totalität – "blauend" bezieht sich auf das substantiell wallende Element des Wassers, Halle, von Hölderlin vielleicht mit der Echowirkung des Hallens in Verbindung gebracht, bezieht sich auf das spirituelle atmende Element des Geistes; der Dichter ist in beiden zu Hause.

Daß auch Orpheus in dieser Fassung "Einer der Muthigen" ist und die Dichterschicksale sich hier gleichen, zeigen die klagenden Haine, von denen Ovid schreibt (Met. XI 44–47). Die Jungfrau aber, im Mythos von Orpheus ohne spezifische Stelle, könnte Nausikaa sein, die Odysseus gerettet hat, die ihn liebt und um sein Gedenken bittet (Od. VIII 461f.) und die nicht nur vom Sänger Demodokos Lieder über den Kampf um Troja und die Taten des Odysseus hören wird, sondern in Gestalt der *Odyssee* auch die von Odysseus als Sänger (Od. XI 368) selbst gesungenen Lieder. Der Tod der Dichter[32] weckt die Klage um sie – hier zeigt sich der heroisch Idealische Tonverhalt der Strophe –, ihre Lieder bleiben und breiten sich aus; die Sphäre, die durch sie bestimmt wird, reicht von den Menschen bis zur pflanzlichen Natur – von Orpheus wird berichtet, daß Bäume ihren Ort verlassen haben, um nach seiner Musik zu tanzen. Diese Sphäre spricht und singt nun; dem Singen des Gottes der Sphäre aus der im Wechsel bewältigten Totalität des Lebenden (Str. 4), dem Schweigen des Sängers angesichts der im Zugleich nicht zu bewältigenden Totaliät des Lebenden antwortet nun, beide Aspekte verbindend, die poetisch singende lebendige Sphäre, die ihres Sängers und des von ihm gesungenen Gottes gedenkt.

Auch in Str. 7 geht es noch um den Fall des Dichters und nun in deutlicher Erinnerung an die Aussagen der ersten Hälfte des Gedichts – damit werden in der siebten Strophe die "persönliche" und die "metaphorische" Hälfte der Ode verbunden. Hatte der Sprecher sich zunächst Wehrlosigkeit und Sorglosigkeit empfohlen und zu begründen gemeint, so wird er nun durch die Stelle, "wo der Bruder ihm sank", vor ähnlichem Schicksal gewarnt, denkt manches wohl, d.h. ge-

32 Das Schicksal des Odysseus scheint mit diesem Tod des Orpheus und dem zumindest seelischen Tod Rousseaus nicht zu harmonieren. Es war Hölderlin aber sicher bewußt, daß die Phäaken, im äußersten Westen wohnend und mit geheimnisvollen Kräften ausgestattet, eigentlich Totenbegleiter sind und daß Odysseus auf ihrem Schiff nur schlafend die Heimat erreichen darf.

denkt des Gefallenen und seines Schicksals und besorgt ähnliche Gefahr für sich selbst – deshalb schweigt er an dieser Stelle (N), nicht überwältigt wie der Bruder, sondern aus freier Einsicht (id). Zugleich geht er "gerüsteter", wandelt nicht mehr wehrlos fort durchs Leben, sondern ist geschützt gegen dieses Schicksal und gerüstet zur Erfüllung seines Dienstes: auch damit wird zurückgegriffen auf den Anfang (Dienst für die Parze) und die Mitte des Gedichts (Dichter des Volks, Singen des eignen Gottes). Aus diesem Ergebnis der Sorge (id) und des Genügens (N) für die Aufgabe geht deutlich hervor, daß der Tod oder Fall die zu vermeidende Ausnahmesituation ist und daß die Anfangsreden von Wehr- und Sorglosigkeit, von Leid- und Widerstandslosigkeit, von der Leichtigkeit des Schwimmers durchweg korrekturbedürftig sind, im Nachhinein als notwendige Selbsttröstungen, magischer Idealismus eines an sich zweifelnden, ängstlichen und seiner Aufgabe ungewissen Sprechers erkennbar.

Dichtermut ist keineswegs die durchgängige Stimmung des Gedichts: Am Anfang muß der Sprecher sich Mut zureden mit Argumenten, die am Ende sich als ungenügend herausstellen; am Ende hat er Mut, Zutrauen zu sich selbst, seiner Aufgabe und seiner Sphäre gewonnen, aber verbunden mit Einsicht und Vorsicht, ja sogar "Schweigen", d.h. Nichterfüllung seiner Aufgabe da, wo er ihr nicht gewachsen wäre. Was wir schon in der Analyse der Sprechsituation erkannt haben, bestätigt sich in der Inhaltsanalyse: das Sprecher-Ich ergreift sich am Ende hinsichtlich seiner Aufgabe und ihrer Bedingungen angesichts eines Extremfalls (Tod/Fall des Dichters); darüber hinaus ergreift es sich als poetisches Ich durch Rückblick auf den Prozeß seines Sprechens und seiner Erkenntnisgewinnung.

In der Beschreibung des Textes haben wir neben dem Aufbau der Argumente und Motive die Strukturierung nach dem "Gesetz des Gesanges" beobachtet, ferner die dreifach dialektische Struktur der Schöpfungshieroglyphe angemerkt und den Tonwechsel eines epischen Kursus jeweils mit Grundton und Richtungston festgestellt; auf jede Strophe fällt hier ein Tonverhältnis und eine Stufe der Schöpfungshieroglyphe sowie eine "Partie" des Gesetzes (mit der über drei Teile/Strophen durchgängigen Metapher der fünften Partie). Die Befunde, die wir an der Ode *Lebenslauf* für eine tragische Ode und hier für die epische Ode ermittelt haben, stimmen bis auf die geänderten Tonverhältnisse strukturell überein. Episch ist der Charakter der vorliegenden Ode aufgrund der zu einem Ergebnis strebenden, immer über sich hinausdrängenden Argumentation, die schließlich bei einer zum Ausgangspunkt konträren Erkenntnis und Haltung anlangt.

Nun ist zu fragen, warum ein in so vielen Hinsichten vollendetes Gedicht wieder geändert wird.

Dichtermuth, Zweite Fassung

Wesentliche Änderungen der wohl im Winter 1800/1801 begonnenen Neufassung treten erst in der dritten Strophe mit der Ersetzung des Schwimmerbildes durch einen historischen Rückblick auf (II 64f.; *1, 303f.*):

Dichtermuth

1 Sind denn dir nicht verwandt alle Lebendigen,
Nährt die Parze denn nicht selber im Dienste dich?
Drum, so wandle nur wehrlos
Fort durchs Leben, und fürchte nichts!

2 Was geschiehet, es sei alles geseegnet dir,
Sei zur Freude gewandt! oder was könnte denn
Dich belaidigen, Herz! was
Da begegnen, wohin du sollst?

3 Denn, seitdem der Gesang sterblichen Lippen sich
Friedenathmend entwand, frommend in Laid und Glük
Unsre Weise der Menschen
Herz erfreute, so waren auch

4 Wir, die Sänger des Volks, gerne bei Lebenden
Wo sich vieles gesellt, freudig und jedem hold,
Jedem offen; so ist ja
Unser Ahne, der Sonnengott,

5 Der den fröhlichen Tag Armen und Reichen gönnt,
Der in flüchtiger Zeit uns, die Vergänglichen,
Aufgerichtet an goldnen
Gängelbanden, wie Kinder, hält.

6 Ihn erwartet, auch ihn nimmt, wo die Stunde kömmt,
Seine purpurne Fluth; sieh! und das edle Licht
Gehet, kundig des Wandels
Gleichgesinnet hinab den Pfad.

7 So vergehe denn auch, wenn es die Zeit einst ist
Und dem Geiste sein Recht nirgend gebricht, so sterb'
Einst im Ernste des Lebens
Unsre Freude, doch schönen Tod!

Eine zweiaspektige Geschichte wird in den neuen Strophen 3 und 4 entworfen: Zunächst ist der Gesang (auch grammatisches) Subjekt, das keinen Autor und keinen Adressaten, nur eine Wirkung hat und sich selbst den Lippen der sterblichen Menschen entwindet. Dann ist "unsre Weise" grammatisches Subjekt, durch das Possessivpronomen an "uns" geknüpft, die sich in Str. 4 als Sänger herausstellen; Weise ist Melodie und Verfahrungsart (technē), womit wieder die spirituelle und die substantielle Seite erscheint, die in Str. 1 und 2 auseinandergelegt sind, nun aber in einem Homonym zusammengefaßt erscheinen. Auf dieser Stufe wirkt der Gesang zweifach, nämlich frommend und erfreuend, worin umschwer das *prodesse* und *delectare* des Horaz erkennbar sind, und zwar, wegen des Partizips, tendenziell in der nicht durch *aut ...aut*, sondern durch *simul et ...et* verbundenen Form,[33] die bei Hölderlin den Nutzen offenbleibend als Begleiterscheinung, Folge, Grund, Zweck des Erfreuenden erscheinen läßt; auch der Adressat ist hier bestimmt: das Herz der Menschen (n), das erfreut wird (Id).[34] Den drei Aspekten des Wasser-Elements entspricht hier die Trias von Gesang als subjektloser Atem/Geist des Friedens ("naiver" Aspekt), unsere Weise als nützliches Verfahren ("heroischer" Aspekt in naiv Idealischer Formulierung), unsere Weise als herzerfreuende Melodie ("idealischer Aspekt"). In welcher Beziehung die drei Aspekte zueinander stehen, ist völlig offen: Durch "seitdem" werden sie zeitlich bestimmt, ob aber als gleichzeitige Erscheinungen (seitdem ABC ...) oder als gestufte Erscheinungen (seitdem A, seitdem B/C ...)[35], ist unklar. Ob

33 "*Aut prodesse volunt aut delectare poetae / aut simul et iucunda et idonea dicere vitae*" (Horaz, *Ars poetica* v. 333f.).

34 Auch die Wiedergabe von *prodesse* mit "frommend", förderlich, ist aus Gründen des naiv Idealischen Tonverhalts verständlich. "Nutzen" wäre verstandesbestimmt, heroisch aufzufassen, während "frommend", vom Anfang aus voranbringend, fördernd und (etymologisch korrekt) fromm machend den naiv Idealischen Grund- und Richtungston genau enthält: Hölderlin wählt also für den dritten, sachlich "heroischen" Aspekt des Gesangs den dem Tonverhalt angemessenen Ausdruck.

35 Wegen des fehlenden Kommas nach "Glük" und der Horaz-Anspielung habe ich B/C zusammengezogen. Zur Not ließe sich sogar noch das Partizip

also der subjektlos sich produzierende Gesang[36] als gleichursprünglich mit "unserer", d.h. von einer selbstbewußten Gruppe produzierten Weise zu denken ist oder ob die letztere sekundär ist, läßt sich aus den Formulierungen nicht entnehmen.

Der Übergang zu Str. 4 ist noch problematischer, da mit einem intendierten grammatikalischen "Fehler" behaftet, der die Umwendung, die Katastrophe in einem sprachlogischen Bruch sinnfällig macht und sie dem Rezipienten sozusagen zufügt: Die Konstruktion "seitdem ... erfreute, so waren auch wir ... gerne bei Lebenden" läßt sich nicht eindeutig auflösen, sondern hält mehrere Möglichkeiten offen. Entweder man läßt das "so" weg, dann hat man die Verhaltensweise der Sänger des Volks als gleichursprünglich mit dem Gesang und der Weise – jede Form der Dichtung ist gleichursprünglich und eigentlich zeitlos; das ist die "reine" Betrachtungsweise. Oder man liest das "so" etwa als "in Folge davon" und hat dann eine historische Abfolge, die den Zustand der Gegenwart begründet – erst der subjektlose Gesang, dann die Weise einer Gruppe, dann das Verhalten der "Sänger des Volks", so daß hier eine historisch begründete Selbstdefinition, ein Bewußtsein der Aufgabe dieser Gruppe von Subjekten als Ende einer Entwicklung erscheint; das ist die "allgemeine" Betrachtungsweise. Oder man vergißt das "seitdem", sieht darin eine Art vergleichendes "wie", dann hat man die Trias der Dichtungswirkungen parallel zu der Trias der Haltungen – "freudig, und jedem hold, / Jedem offen"; das ist die "individuelle" Betrachtungsweise. Der "Fehler" der Kombination "seitdem – so" markiert also die Katastrophe, der Satz geht anders weiter als er begonnen hat und ermöglicht die drei aufeinander bezogenen Lesungen der Seinsstufen in der Mitte des Gedichts. Die dritte und vierte "Parthie" zeigen sich damit wieder als dem Stoff nach verschieden (Gesang vs. Dichter), während sie der triadischen Form nach gleich sind. Reines, Allgemeines, Individuelles, die Kennzeichen der Mitte der poetischen Verfahrungsweise, zeigen sich auch in der Stufung Lebende – Volk – vieles, und ein weiteres Mal in der Stufung Sonnengott – unser Ahne – wir, die Sänger: der Sonnengott ist nach den

---

auf den Gesang zurückbeziehen, dann wäre noch eine Variante "seitdem A/B, seitdem C" anzunehmen.

36 Diese Vorstellung ist sicher in Beziehung zu der durch Lessing und Herder eingeleiteten und von den Romantikern weitergetragenen Theorie der subjektlosen Volkspoesie zu sehen, vgl. Herder, Volkslieder (wie Anm. 12), S. 848–852.

orphischen Hymnen auch Apollon, der Gott der Dichter. Hier wird also der höhere Zusammenhang des Wirkungskreises der Dichter (den die 1. Fassung nicht formulierte) mythisch-allegorisch benannt: Die von Orpheus gestiftete mythische Verbindung zwischen Apollon und dem Sonnengott eröffnet Beziehungen auf Zeit und Geschichte und Geschick, nimmt also den spirituellen Aspekt auf, der mit "Parze" in Str. 1 benannt war und die Ansätze zur Geschichte des Gesangs anleitete; zugleich ist die Sonne die Quelle des Lichts und Lebens und faßt damit die substantielle Seite der Wirkungssphäre der Dichter: der uralte Mythos der Sonne bringt in ein sinnenfälliges und erfahrbares Bild, was keine begriffliche Formulierung vermag, nämlich die Einheit in und über den Reichen des Geistes und des Lebens in der Welt.

Wenn das so ist, warum meinte der Sprecher in den ersten Strophen sich Mut zureden zu müssen? Nimmt man die "reine" Lesung von der Gleichursprünglichkeit von Gesang, Weise und Volkssängern, dann indiziert die Mutlosigkeit den Zweifel des Sprechers, ob er sich überhaupt Dichter nennen darf. Nimmt man die "allgemeine" Lesung von der Geschichtlichkeit, so kann es objektive Gründe für die Mutlosigkeit geben – Dichter sind da und der Sprecher gehört zu ihnen, aber da ist kein Volk, nichts Lebendes, keine Gesellung. Nimmt man die "individuelle" Lesung von der durchgängigen Analogie, so können objektive Gründe (das Volk hört nicht zu) und subjektive Gründe (der Sprecher ist ein schlechter Dichter) hindern, daß aus der Anwesenheit des Dichters wirkender Gesang wird. Die Unsicherheit, Mutlosigkeit, Zweifelgeplagtheit des Sprechers ist also viel tiefer gegründet als in der 1. Fassung; Hölderlins wachsende Einsicht in die Fruchtlosigkeit seines Dichtens und die um so schwieriger werdende Rechtfertigung gegenüber dem Aktionismus Sinclairs haben die Gewaltsamkeit seines argumentativen Strebens verstärkt.

In Str. 5 treten wieder die drei in Str. 3 und 4 aufgefächerten Aspekte zugleich auf, nun aber als Aspekte der Wirksamkeit des Sonnengottes: Er gönnt allen sein Licht ohne Unterscheidung (obwohl mit "Armen und Reichen" eine unterscheidende Formulierung gewählt ist: Heroische Formulierung eines naiven Zustands); die Zeit ist flüchtig, die Dichter vergänglich, müssen gehalten werden: gegenüber der Friedlichkeit des täglichen Lichtes erscheint hier der Gedanke an den durch die geschichtliche Zeit bedingten Untergang der Dichter. Der Sonnengott hält die Dichter wie Kinder aufrecht, die am Gängelband laufen lernen sollen: hier ist die geschichtliche Zeit in die Zukunft gerichtet, die Dichter Werdende. Die drei Handlungsformen des Gottes – Präsenz, Verhinderung des Untergangs, Förderung des Werdens – lassen sich einerseits als Sicherung und Verpflichtung der Dichter, mithin als Grund ihres Mutes und Rechtfertigung ihres Beharrens in ihrer Aufgabe verstehen. Sie geben zugleich Gründe für die Mutlosigkeit des Sprechers an: Vielleicht gehört er zu den "Armen", vielleicht ist es aber die Flüchtigkeit der sich zum Untergang neigenden Zeit, die die Frage von *Brod und Wein* aufkommen läßt: "Wozu Dichter in dürftiger Zeit?" Oder es ist das unbewältigte Kommen einer neuen Zeit, das den Dichter an sich zweifeln läßt. Vielleicht sind es alle drei Aspekte – man darf nicht vergessen, daß Hölderlin in dieser Zeit den *Grund zum Empedokles* und *Werden im Vergehen* schrieb –; jedenfalls wird hier die geschichtliche Situation als Problem sichtbar, dem das sprechende Ich noch nicht gewachsen ist, da es sich in der total umfangenden Fürsorge des Gottes nicht bestimmen kann.

Aus der Analogie zwischen dem Untergang der Sonne und dem gleichgesinnten Hinabgehen des Lichtes entwickelt Str. 6 ein Kriterium, anhand dessen der Sprecher sich wird bestimmen können: Wenn "die Stunde kömmt", wird der Sonnengott erwartet und genommen, und das Licht folgt freiwillig, "kundig des Wandels". Naturgesetze wirken im substantiellen Sinne mit Notwendigkeit und im rechten Augenblick, spirituell ist es edel, das Notwendige freiwillig (her Id) zu antizipieren. Jochen Schmidt hat auf die stoische Herkunft dieser Motive und Formulierungen hingewiesen;[37] auch Spinoza ließe sich dafür heranziehen.

Die Str. 7 ist beherrscht vom Wunsch, ebenso zu rechter Zeit zu sterben. Diese rechte Zeit, die "Stunde", tritt dann ein, "wenn es die Zeit einst ist / Und dem Geiste sein Recht nirgend gebricht [...] / Einst im Ernste des Lebens". Drei Bedingungen knüpft der Sprecher an den "schönen Tod" unserer Freude: Es muß "Zeit" sein, d.h. die Freude muß zur Reife, zum Ziel gekommen sein; dieser Moment ist eingetreten, wenn der Geist überall sein Recht findet, d.h. Vereinigung, Versöhnung, Zusammenstimmung auch des Widersprechendsten stiften kann, und wenn das Leben "im Ernste" da ist, d.h. durchgängig herrscht und nichts Totes und Träges bleibt. Der Zusammengriff des spirituellen und des substantiellen Aspekts, der Gesichtspunkte des subjektiven Zweifels und der (zu) allgemeinen Gründe für Zuversicht

37 Schmidt, Widerruf (wie Anm. 19), S. 104–106.

in der ersten Hälfte, sowie der Erkenntnisse über die allseitige Präsenz und Wirksamkeit des Gottes und seinen zeitlichen Wandel schafft hier ein endgültiges Kriterium: Reich Gottes muß herrschen, bevor "unsre Freude [...] schönen Tod" sterben kann. An diesem Kriterium sich selbst und die Zeit zu messen, wird hier Aufgabe des Sprechers und des Hörers – wieder ergreift sich das poetische Subjekt am Ende des dichterischen Vollzugs der Schöpfungshieroglyphe.

Daß hier eine Stimmung der "Euthymie" herrsche, "des frohen Lebensmutes, ja der Lebensfreude, die sich aus dem Vertrauen auf die Beheimatung in einem harmonischen Kosmos ergibt",[38] kann ich nicht erkennen; die "Folgerung, daß der Tod nie unzeitig kommen kann",[39] ist durch die Bedingungssätze und das adversative "doch" am Schluß, die Schmidt nicht berücksichtigt, ausgeschlossen. Vielmehr muß die Antwort auf die Frage, ob das Reich Gottes jetzt eingetreten sei, negativ ausfallen: wenn also die Freude jetzt vergeht oder stirbt, ist es ein unzeitiger und unschöner Tod. Tod der Freude, notabene, nicht Tod des wirklichen Menschen; diese Differenz machte schon die 1. Fassung mit "Freudig starb er" – solange die Freude des Sängers nicht mitstirbt, bleibt nach der dort gefaßten Erkenntnis sein Lied erhalten. Hier, in der 2. Fassung, steht der wirkliche Tod nicht in Rede, wohl aber der viel schlimmere, der unzeitige Tod der Freude, der Verlust des Dichtermutes in der feindseligen Geschichtssituation und im Zweifel an sich selbst. Das idealisch Naive Wünschen auf einen schönen Tod der Freude, wenn das Reich Gottes gekommen ist, ist ein Zeichen, daß jetzt die Freude und Hoffnung noch lebendig sind.

Blödigkeit

Für Friedrich Wilmans' *Taschenbuch für das Jahr 1805. Der Liebe und Freundschaft gewidmet* überarbeitete Hölderlin im Dezember 1803 neun "Nachtgesänge", und zwar *Chiron*, *Thränen*, *An die Hofnung*, *Vulkan*, *Blödigkeit*, *Ganymed*, *Hälfte des Lebens*, *Lebensalter*, *Der Winkel von Hahrdt*. Es ist anzunehmen, daß auch in dieser Gruppe die Wechselbestimmungen der "Organisation" herrschen; ich möchte diese Frage offenlassen; die Untersuchung dieser Beziehungen sollte dann den Vergleich mit früheren "Organisationen" wie den Frankfurter Kurzoden und den Tübinger Hymnen einbeziehen.

---

38 Ebd. S. 105.
39 Ebd. S. 109.

Blödigkeit

1 Sind denn dir nicht bekannt viele Lebendigen?
Geht auf Wahrem dein Fuß nicht, wie auf Teppichen?
Drum, mein Genius! tritt nur
Baar in's Leben und sorge nicht!

2 Was geschiehet, es sei alles gelegen dir!
Sei zur Freude gereimt, oder was könnte denn
Dich belaidigen, Herz, was
Da begegnen, wohin du sollst?

3 Denn, seit Himmlischen gleich Menschen, ein einsam Wild
Und die Himmlischen selbst führet, der Einkehr zu,
Der Gesang und der Fürsten
Chor, nach Arten, so waren auch

4 Wir, die Zungen des Volks, gerne bei Lebenden,
Wo sich vieles gesellt, freudig und jedem gleich,
Jedem offen, so ist ja
Unser Vater, des Himmels Gott,

5 Der den denkenden Tag Armen und Reichen gönnt,
Der, zur Wende der Zeit, uns die Entschlafenden
Aufgerichtet an goldnen
Gängelbanden, wie Kinder, hält.

6 Gut auch sind und geschikt einem zu etwas wir,
Wenn wir kommen, mit Kunst, und von den Himmlischen
Einen bringen. Doch selber
Bringen schikliche Hände wir.

"Blödigkeit" (II 66; *1, 318f.*) heißt Kleinmut, Schüchternheit, Schwäche.[40] Sie wird durch den Gedichtsprozeß korrigiert und differenziert wie die in umgekehrter Hinsicht korrekturbedürftige Behauptung vom Mut des Dichters in den früheren Fassungen. Das Gedicht wird, abgesehen von Änderungen in der Formulierung, um eine Strophe verkürzt; die sechste und siebte Stufe der Schöpfungshieroglyphe und des Tonwechsels sind in den zwei durch Punkt getrennten Teilen der Str. 6 zusammengezogen. Daß solche Verdichtungen nicht selten sind, haben

---

40 Falsch ist natürlich die Implikation *L 5, 305*, bei "Blödigkeit" handle es sich um die Verkündung der Absicht, sich geisteskrank zu stellen.

wir an den Frankfurter Kurzoden gesehen und an *Lebenslauf* beschrieben. Der Gang des Ganzen ist ähnlich wie in der 2. Fassung, wird aber mit neuen zeitspezifischen Akzenten versehen: es geht um die Aufgabe von Dichtung und Dichtern in einem durch die "Aufklärung" gekennzeichneten Zeitalter. Hatte doch noch Goethe in der *Zueignung* von "Der Dichtung Schleier aus der Hand der Wahrheit" gesprochen,[41] und Schiller verkündete in den nochmals 1803 veröffentlichten *Künstlern* die Wahrheit als Ende und Ziel der Schönheitsempfindung.

So sind nun die Lebendigen "bekannt", der Fuß geht "auf Wahrem, wie auf Teppichen"; was den Genius, den leitenden Geist des Sprechers sicher, sorglos und hüllenlos sein läßt, sind Wissen und Wahrheit, die ihm seine Aufgabe leicht machen und Schüchternheit nicht rechtfertigen. Der Genius, noch nicht unbedingt als leitendes Prinzip eines Dichters erkennbar (Dichtung erscheint auch nicht im Titel), ist nicht mehr auf die Geschöpflichkeit überhaupt und das Vertrauen auf ein allgemeines Schicksal angewiesen, das den Menschen zum Dienste gebraucht und ihn so lange erhält, wie dieser Dienst erforderlich ist: Hier sind es vom Menschen erworbene Kenntnisse und Erkenntnisse, die ihn sichern und mit Selbstgewißheit erfüllen können. Dennoch geht die Argumentation, deren heroisch Naiver Tonverhalt durch "bekannt" und "wie auf Teppichen" besonders deutlich wird, weiter: die Scheu ist noch nicht überwunden.

Alles Geschehen soll "gelegen" sein, der Sprecher soll alles als günstig, passend, als Gelegenheit verstehen, die er ergreifen und nutzen kann.[42] Daß nun alles "zur Freude gereimt" sein soll, zeigt den Zugriff der Kunst, die unter Nutzung vorhandener Lautkorrespondenzen Einklänge schafft. Ist in den früheren Fassungen mit "zur Freude gewandt" unklar, wer diese Wendung alles Geschehens zur Freude leistet, so wird nun wieder deutlich, daß der Sprecher hier auf menschliche Tätigkeit und Leistung vertraut: Alles Geschehen soll vom Menschen mit dem Geist der Vereinigung erfüllt und durch bewußte Kul-

---

41 HA 1, 152.

42 Diesen Zuruf hat Hölderlin auch ständig an sich selbst gerichtet. Seine Briefe zeugen jahrelang davon, wie er "die Scheue vor dem Stoff", die Angst vor Beleidigung, den Anblick des Unmenschlichen und Herzlosen, die Erfahrung der Kälte, Verständnislosigkeit der Menschen untereinander nicht mehr zu vermeiden, sondern zu bewältigen und als "untergeordnete Töne" zu nutzen sucht, "unter denen der Ton meiner Seele um so lebendiger hervorspringt" (VI 290; *3, 316*).

turleistung in Verhältnisse der Organisation überführt werden. Da Hölderlin nicht reimt, wird der unerfüllbare Charakter des Wunsches, das vergebliche Sich-Abmühen in dieser Aufgabe handgreiflich: Der idealisch Heroische Tonverhalt zeigt sich mit einer Art tragischer Ironie.

Str. 3 stellt ein grammatisches Problem[43] und behält zudem den "Fehler" der Sequenz "seit ... so" bei. Ich löse den Nebensatz folgendermaßen auf: Denn seit der Gesang (wie das die Himmlischen tun) 1) Menschen, ein einsam Wild, 2) die Himmlischen selbst, 3) der Fürsten Chor, nach Arten der Einkehr zuführt... Über die Zuordnung von "Himmlischen gleich" in Z. 9 läßt sich alternativ lesen, daß der Gesang 1) Menschen, ein einsam Wild, wie Himmlische behandelt und 2) die Himmlischen selbst ... der Einkehr zuführt; diese Alternative scheint mir jedoch wegen der zwei Appositionen zu Menschen (ein einsam Wild, Himmlischen gleich) weniger wahrscheinlich. Der Sprecher deutet hier erstens auf die Funktion des Gesanges als Lyrik in menschlichen Situationen, wo der mit seinem Schmerz oder seinem Glück, seiner Liebe, seinem Zorn im Affekt Vereinsamte durch das Lied sich den andern mitteilt und damit in den Stand der Kultur und Gesellschaft jeweils übergeht. Er deutet zweitens auf die Funktion des hymnischen Gesanges, der die Himmlischen durch das menschliche Wort in die Kultur einbezieht. Er deutet drittens auf die Funktion des panegyrischen Gesangs, der die Fürsten durch das Lob aufeinander vergleichend bezieht, ihnen Kriterien guten Handelns benennt und sie ebenfalls an die Gesellschaft bindet, in der der Gesang gehört werden soll. "Nach Arten" betrifft einerseits den Gattungsunterschied von Lyrik, Hymnik und Panegyrik, andererseits die Differenz anthropologischer, religiöser und gesellschaftlicher Organisationen oder Sphären, die durch die Gesangsgattungen bekräftigt und mitkonstituiert werden, drittens wohl einen Geschichtsgang von Rousseaus einsamem Wilden über theokratische zu monarchischen Gesellschaften; "nach Arten" bezeichnet auch die Selbstgenügsamkeit (naiv) und Geschlossenheit dieser Organisationen, die aber nun (Idealisch) durch den Gesang "der Einkehr zu" geführt werden. "Einkehr" bezeichnet substantiell das Eintreten in ein Gasthaus zum gemeinsamen Genuß nach vielleicht an-

---

43 Bei der Lösung der Zuordnungsprobleme in diesem Satz ist der erste Schritt die Vergegenwärtigung der durch das Metrum gegebenen Betonungsverhältnisse. In Z.9 wird dadurch die Bildung eines weiteren Kolons nahegelegt, das ich durch Kommata andeute: "Dénn, seit, Hímmlischen gléich, Ménschen ..."

strengender Zeit der Wanderung; Einkehr bezeichnet spirituell, etymologisch gelesen, die Vereinigung von Auseinandergetretenen, die eine Kehre, eine Umwendung (vgl. die "Katastrophe" des Gedichts an dieser Stelle) voraussetzt, zu der der Gesang führt. Der Gesang wird damit eine Funktion haben, die über die bisherige Bestätigung der einzelnen Sphären "nach Arten" deutlich hinausgeht.

"Volk" ist nun erst in dieser Fassung als Kategorie für die durch die Dichter in umfassender Sphäre vereinigten, zur Einkehr geführten Epochen, Sphären und Organisationen erkennbar. Weder das Schwimmerbild noch die Wirkintentionen des Gesangs ließen wie die jetzt gewählten Sphären das Volk als die Sphäre der Vermittlung so deutlich erscheinen. Man mag sich vor Augen halten, daß Herder in seinem Alterswerk *Adrastea* 1802/03 den "Volksgesang" als Quelle aller Dichtung, das Volk als Ursprungs- und Zielkategorie der Menschheit besprochen hatte[44] und in seiner *Zueignung der Volkslieder* in diesen die lebendige "Stimme des Volks, der zerstreueten Menschheit"[45] hörte. Auf dieses neue Verständnis des Volks als mystisches Individuum, das die Einheit in den zerstreuten Einheiten, die gemeinsame eine Stimme der in den Menschen, den Gesellschaften, Völkern und ihren Sphären aufgeteilten Menschheit meint, ist wahrscheinlich die auffällige Synekdoche "Zungen des Volks" zurückzuführen. Während in den früheren Fassungen "Dichter" bzw. "Sänger" des Volks ihre persönliche Selbständigkeit, kreative Verantwortung und poetische Dignität im Sinne des Originalitätsdenkens betont und das Volk als Auftraggeber, Publikum und Maßgeber betrachtet hatten, hat der Sprecher und seine Gruppe auf diese selbständige Subjektivität verzichtet; Volk (idealisch) ist damit durch die Sänger als Organe, Zungen (Naive Äußerungstendenz) dasjenige, was in Wahrheit den Gesang hervorbringt. Der Gedanke eines leitenden Schutzgeistes in Str. 1 ist mit diesem mystischen Individuum in seine reinste Formulierung gekommen; zugleich ist klar, daß unter dieser Voraussetzung Schüchternheit nicht mehr am Platz ist.

Der Sprecher hat durch fortgesetzte Versuche in den ersten Strophen ermittelt, daß Dichtung nicht auf Wahrheiten und Erkenntnissen

---

44 Johann Gottfried Herder, *Sämmtliche Werke*, hrsg. v. Bernhard Suphan, Berlin 1877–1913, Bd. XXIV, S. 263–277.

45 Herder, Volkslieder (wie Anm. 12), S. 429. Vgl. in "Volksgesang" die Formulierung "eine lebendige Stimme der Völker, ja der Menschheit" (SW XXIV, S. 266).

allein, nicht auf Sinnzuordnung und Form allein, nicht auf Gattungstradition und Adressatenbezug allein zu gründen ist, sondern selbst wieder auf poiesis: auf dem zum mystischen Individuum, zum eigentlichen poetischen Subjekt mythisch erhobenen Volk, das ja z.B. von Herder deutlich als dynamisch auf sich selbst als Ziel zustrebende, sich selbst erschaffende Menschheit in den Menschen verstanden wurde. Bei Hölderlin steht dieser Gedanke in Parallele mit seiner nie nachlassenden Hoffnung auf das Reich Gottes, das mit "Volk" in diesem Sinne seine mythische Verkörperung und das Versprechen seiner Realisierbarkeit erhält; neu gegenüber den früheren Positionen ist die eindeutige Instrumentalisierung des menschlichen Subjekts als Organ dieses höheren "schöpferischen [...] Genius unsers Volks" (II 10; *1, 236*). Es ist aber nicht nur der Geist, der sich durch den Menschen hindurch als dichterische Sprache artikuliert, sondern "Volk" bleibt weiterhin die Mittelkategorie zwischen "Lebenden" und "vielem", das sich gesellt: Nicht wie bei Hegel wird der Mensch unter dem Gesichtspunkt des objektiven Geistes betrachtet, nicht wie bei Schelling unter dem Gesichtspunkt der objektiven Natur, sondern bei Hölderlin ist "Volk" das Allgemeine zwischen Individuellem und Reinem, und es ist das Geschichtliche zwischen Spirituellem und Substantiellem, Geist und Leben, die schon seit den Entwürfen die zwei Seiten jeder Argumentationsstufe in dem Gedicht dargestellt hatten. Und so ist auch "Zungen" eine Synekdoche im substantiellen und eine Metonymie im spirituellen Sinn, nimmt man "Zungen" nicht sogar im lutherschen Gebrauch als "Sprachen".

Wie gesagt, der "Fehler" in der Konstruktion "seit – so" zwischen dritter und vierter Stufe ist auch hier durchgeführt. Die Trias der Gesangsarten kann als Zeitfolge von Lied, Hymnik und Panegyrik gelesen werden, dann stößt sie auf die Behauptung, die Dichter hätten sich als "Zungen des Volks" immer "jedem gleich" verhalten. Dasselbe gilt, wenn man komparativisch liest, dann tritt die Diskrepanz zwischen den "Arten" und dem Gleichheitsgesichtspunkt auf: wenn der Gesang unterscheidet, können die Dichter nicht jedem gleich gegenübertreten. Endlich tritt die Diskrepanz zwischen den Sphären Mensch, Götter und Fürsten oder den Epochen Naturstand, Theokratie, Monarchie einerseits und der Sphäre Volk als Raum der *égalité* auf. Erst der Vergleich mit "des Himmels Gott" macht deutlich, daß das Volk und seine Zungen über den drei anderen Sphären stehen und sie umfassen: Volk als Reich Gottes umgreift Menschen in anthropologischer

Perspektive, die Götter ihrer Sphären und die Herrschaftsstrukturen ihrer Gesellschaft.

Des Himmels Gott, der Gott der Himmlischen, gönnt substantiell allen das Tageslicht, spirituell allen das Licht der Aufklärung, den "denkenden Tag"; wieder verwendet Hölderlin einen Ausdruck zugleich unbildlich und metaphorisch. Gemeint ist "höhere Aufklärung", von der das *Religionsfragment* spricht (IV 277; *2, 567*), die nicht nur die anthropologischen, religiösen, sozialen Verhältnisse in einer Sphäre klärt, sondern die Reich-Gottes-Verhältnisse in allen Sphären. Damit steht die Argumentation hier wieder vor dem Totalitätsproblem; dessen Überflutungsgefahr wird bei den Dichtern noch größer, weil des Himmels Gott, für sie über die höhere Aufklärung hinaus sorgend, ihren Schlaf oder Tod hindert und ihr Werden fördert. Der historische Augenblick, an dem die Einkehr aller sich vollziehen soll, ist in dieser Fassung eindeutig als jetzt sich vollziehende "Wende der Zeit" erkannt – einer der seltenen Punkte in Hölderlins Dichtung, wo erkennbar wird, daß er seine Gegenwart als Werden im Vergehen, als "Untergang oder Übergang des Vaterlandes" (IV 282; *2, 447*) verstanden hat, als jetzt sich vollziehende Einkehr in das Reich Gottes, zu der sein Gesang Wesentliches beizutragen hatte. Es ist entscheidend zu erkennen, daß Hölderlin bis in diese Spätzeit der *Nachtgesänge* nicht von dieser Überzeugung abgewichen ist.

Der erste Satz der Str. 6 bestimmt Sinn und Funktion des Dichtertums; er führt in seinem Bau vor, daß Dichtung heroisch Idealisch Vereinigung des Unterschiedenen und ständige Um- und Weiterdeutung der erzielten Vereinigung ist; der Satz ist sozusagen die substantielle Organisation von Dichtung, über die er im spirituellen Sinn eine Aussage macht: Wenn wir kommen, d.h. vom Vater gehalten nicht sterben, schlafen oder noch unfähig zu gehen sind, sind wir 1) "gut", mit der an "Gott" anklingenden und von ihm gewährten Zusammenstimmung mit seinem Reich ausgestattet; 2) gut zu etwas: allgemein nutzbringend; 3) gut einem zu etwas: individuell nutzbringend; 4) geschickt: (von Gott) gesandt; 5) geschickt zu etwas: begabt für eine bestimmte Leistung in vielen Einzelfällen; 6) geschickt einem zu etwas: einem Individuum brauchbar. Auch der Bedingungssatz hat drei Aspekte: 1) Wenn wir kommen: vom Vater vor Schlaf/Tod bewahrt und zum (neuen) Gehen erzogen (Rechtfertigung des Arguments vom "Gehen" in Str. 1); 2) kommen mit Kunst: hier wird das Argument von der Kunst in Str. 2 gerechtfertigt; das gelernte Gehen ist neue

Fähigkeit zur Kunst; 3) von den Himmlischen einen bringen: Rechtfertigung der behaupteten Leistung des Gesangs in Str. 3, für eine bestimmte Sphäre "den eignen Gott" zu singen. Was alle früheren Behauptungen, Fragen und Wünsche jetzt als richtig erkennen und die sich in ihnen ausdrückende Schüchternheit unnötig erscheinen läßt, ist die neugewonnene Sicherheit, im Dienst des Vaters zu stehen und sein Reich als Volk Gottes aufrichten zu sollen. Erkauft ist diese Sicherheit, wie wir gesehen haben, durch Verzicht auf die Behauptung der poetischen Subjektivität des Dichters: hier entsteht "Blödigkeit" neu in dem Sinne der Schwäche, die aber "gut" ist, weil im Reich Gottes eine sich als autonom behauptende Subjektivität nicht existieren kann.

Der Schlußsatz hebt zunächst die Bedingungsform der sechsten Stufe auf und macht aus dem dort chiliastisch erhofften Kommen idealisch Naiv eine Tatsache: Die Dichter kommen und werden leisten, was von ihnen erwartet wird. Dann wird mit dem betonten "selber" der Anteil der Dichter an dem neuen Geschehen gefaßt: Es sind ihre Hände, also die Werkzeuge der poiesis. Das poetische Subjekt ergreift sich wieder, jedoch nicht als autonom schaffend, sondern als instrumental. "Schickliche Hände" sind 1) geschickt im Sinne der Begabung und Kunst, 2) schicklich, geziemend im Umgang mit den Himmlischen, 3) schicksalsgerecht, der Wende der Zeit angemessen.

Diese letzte Fassung ist nicht mehr eine Ode über den Dichter, sondern eine Ode über die Dichtung; insoweit kann man von einer deutlichen Umorientierung sprechen. Einen Widerruf darf man mindestens in dem von Jochen Schmidt gemeinten Sinn nicht darin sehen, denn weder die erste noch die zweite Fassung propagieren die Auflösung im All der Natur. Die erste Fassung warnt vor dem bewußtseinzerstörenden Totalbezug zum Lebenden als Natur und Geist, erkennt aber, daß dieser Totalbezug zum Risiko des Dichtertums gehört, dem deshalb einzelne zum Opfer fallen. Die zweite Fassung spricht vom schönen Tod der dichterischen Freude und stellt dafür Bedingungen auf, die in der Gegenwart des Sprechers nicht erfüllt sind; der Fall, wo die Freude des Dichters mit Recht vergeht, weil sie sich als Reich Gottes verwirklicht hat, ist nicht gegeben. Die dritte Fassung sieht die Wende der Zeit gekommen, des Himmels Gott macht den Dichter zu seinem Werkzeug; der Dichter entsagt konsequenterweise seiner Persönlichkeit und Autonomie und stellt sich als Herz, Zunge, Hand instrumental in den Dienst des kommenden Volks und Reichs Gottes.

Die erste Fassung artikuliert den Heroismus des dichterischen Daseins, die zweite den Heroismus des dichterischen Daseins in dürftiger Zeit, die dritte den Heroismus des Dienstes, der Entsagung im Sinne der Gottheit, die den Dichter ergriffen hat und gebraucht.

Distichische Dichtung

Metrisches

Wie die Ode ist die Elegie schon in der Antike nicht so sehr durch ihren Anlaß und Charakter, als durch ihre Strophe bestimmt, das elegische Distichon. Es besteht aus einem Hexameter und einem Pentameter; beide sind, übertragen in die deutsche Metrik, sechshebige Verse mit bestimmten Gesetzmäßigkeiten, von denen ich hier nur die wichtigsten nenne. Der Hexameter setzt mit betonter Silbe ein und endet immer mit einem Kolon aus Daktylus und Trochäus (– ⏑ ⏑ – ⏑). Werden allein Hexameter verwendet, ergibt das den langen Atem und den fließenden Gang epischer Dichtung, z.B. im *Archipelagus*:

> Kehren die Kraniche wieder zu dir, und suchen zu deinen
> Ufern wieder die Schiffe den Lauf? umathmen erwünschte
> Lüfte dir die beruhigte Fluth, und sonnet der Delphin,
> Aus der Tiefe gelokt, am neuen Lichte den Rüken? (II 103; *1, 253*)

Der Pentameter setzt ebenfalls mit betonter Silbe ein und hat eine Zäsur nach der dritten Hebung, d.h. hier prallen im Deutschen zwei betonte Silben aufeinander; ferner hat er eine festgelegte zweite Vershälfte aus zwei Daktylen und einem einsilbigen Versfuß (– ⏑ ⏑ – ⏑ ⏑ –). Zwischen dem Ende des Pentameters und dem trochäischen oder daktylischen Beginn der nächsten Strophe entsteht bei der Reihung dieser zweizeiligen Strophen (Distichen) also wieder der Zusammenprall zweier betonter Silben und damit eine Art zweiter Zäsur, z.B. in *Heimkunft*:

> Drinn in den Alpen ists noch helle Nacht und die Wolke,
> Freudiges dichtend, sie dekt / drinnen das gähnende Thal. /
> Dahin, dorthin toset und stürzt die scherzende Bergluft,
> Schroff durch Tannen herab / glänzet und schwindet ein
> Stral. / (II 96; *1, 291*)

Dieses durch die metrische Gesetzmäßigkeit des Pentameters bewirkte zweimalige Anhalten unterstützt den reflexiven Charakter vieler Elegien, wie auch der durch die Zäsur geschaffene Parallelismus der Pentameterhälften zu parallelen oder gegensätzlichen oder verschränkten Formulierungen einlädt, die im Gegensatz zu dem eher reihenden und erzählenden Charakter des Hexameters stehen. Dieser Gegensatz zwischen Fließen und Anhalten, z.B. Erzählen und Reflektieren oder Kommentieren war es, der das Distichon für poetische Zwecke brauchbar machte, in denen durch das Gedicht eine Veränderung des Rezipienten bewirkt werden sollte.

Epigramme

Das Epigramm, ursprünglich Aufschrift auf einem Gedenkstein, Inschrift auf einer Weihgabe oder in einem Heiligtum, hat vom Anlaß der Stiftung, eventuell von den Vorzügen des Verstorbenen, von der Bedeutung eines an der Stelle geschehenen Ereignisses zu berichten und dann einen Sinnspruch, ein Fazit, eine aus dem Berichteten zu ziehende Weisheit oder Aufforderung zu formulieren. Zum Beispiel:

Falsche Popularität
O der Menschenkenner! er stellt sich kindisch mit Kindern
Aber der Baum und das Kind suchet, was über ihm ist.
(I 229; *1, 192*)

Manchmal wird formal das Berichtelement in das Reflexionselement einbezogen, bleibt aber deutlich impliziert, wie im folgenden Epigramm der Bericht über den Mißerfolg beim Versuch, Verstand und Herz zugleich zu zeigen:

Guter Rath
Hast du Verstand und ein Herz, so zeige nur eines von beiden,
Beides verdammen sie dir, zeigest du beides zugleich.
(I 229; *1, 192*)

Diese "Xenien" – Hölderlins Epigramme beantworten Goethes und Schillers literaturpolitische Rundschläge – sollen das Bewußtsein des Lesers hinsichtlich bestimmter literarischer Tendenzen verändern wie ihre von Hölderlin mißbilligten Vorbilder.

Die längeren Epigramme orientieren sich an den Epigrammen der griechischen Anthologie, die Herder in Auswahlübersetzung veröffentlicht und mit denen er gewissermaßen die von Weimar ausstrahlende Übung in antikischen Formen eingeleitet hatte.[1] Diese "griechischen" Epigramme bilden, neben den bissigen scharfsinnigen Epigrammen in

---

1 Vgl. Johann Gottfried Herder, *Volkslieder, Übertragungen, Dichtungen*, hrsg. v. Ulrich Gaier, Frankfurt a.M. 1990, S. 761–766; 1422–1436.

der Tradition Martials (zu denen auch Hölderlins "Xenien" zu zählen sind), die oben beschriebene "deiktische" Tradition, die zwar nie ganz abriß, aber neben dem skandalträchtigen Publikumserfolg der Martialischen Epigramme immer zurücktrat. Ich zitiere im Blick auf die nachfolgende Interpretation der Elegie *Brod und Wein* ein Epigramm Herders, das Schiller im *Musen-Almanach für das Jahr 1796* veröffentlichte, also in unmittelbarer Nachbarschaft von Hölderlins Hymne *Der Gott der Jugend*:

Nacht und Tag

Goldenes, süßes Licht der allerfreuenden Sonne,
    Und du friedlicher Mond, und ihr Gestirne der Nacht,
Leitet mich sanft mein Leben hindurch, ihr heiligen Lichter,
    Gebt zu Geschäften mir Mut, gebt von Geschäften mir Ruh,
Daß ich unter dem Glanze des Tags mich munter vergesse,
    Aber mich wiederfind' unter dem Schimmer der Nacht.
Nieder am Staube zerstreun sich unsre gaukelnden Wünsche;
    Eins wird unser Gemüt droben, ihr Sterne, bei Euch.[2]

Das ist der deiktische Typus des von "Darstellung" zu "Befriedigung" führenden Epigramms;[3] Hölderlins "griechische" Epigramme wie *An Diotima*, *Diotima* ("Komm und besänftige ..."), *<Die Entschlafenen>* folgen diesen Mustern, in denen nicht durch Spott und witzige Pointe das Urteil über einen Gegenstand, sondern durch die Darstellung und ihre Überführung in Erkenntnis die Einsicht und das Bewußtsein des Lesers verändert werden soll.

Elegie

In groben Zügen kann man in der antiken Tradition zwei Stränge elegischer Dichtung unterscheiden: die threnetische Elegie, deren Anlaß die Klage um einen schweren Verlust und deren Aufgabe die Trauerarbeit, die Umwandlung der Klage in Trost und neue Hoffnung ist, und die sympotische Elegie, die bei geselligen Zusammenkünften vorgetragen wurde; sie kann paränetisch (ermahnend, lehrhaft, warnend), politisch (die Polis, das Vaterland betreffend) und erotisch (Hoffnung,

---

2 Ebd. S. 770f.

3 Herders Termini in seinen *Anmerkungen* [...] *über das griechische Epigramm*, zitiert ebd. S. 1426f.

Klagen, Lust der Verliebten äußernd) sein. Während die threnetische Elegie in das Grabepigramm übergeht, ist die sympotische Elegie zum Liebesgedicht, Trinklied, "Heldenbrief",[4] Lehrgedicht hin offen – Goethes *Metamorphose der Pflanzen* ist ein Beispiel für das Lehrgedicht in Distichen.[5] Goethes, Schillers, Hölderlins Elegien mischen die in der Tradition sichtbar gewordenen Elemente und Tendenzen zu neuen, z.T. singulär bleibenden Formen.

Mit Recht wird als für Hölderlins Elegienkonzeption wichtig immer die Definition Schillers in der Abhandlung *Über naive und sentimentalische Dichtung* zitiert; Jochen Schmidt findet sogar, daß dieser Elegienbegriff "sich in jeder Einzelheit mit dem Charakter der Hölderlinischen Elegien deckt", modifiziert diese Ansicht jedoch sogleich, um den bei Schiller fehlenden Prozeßcharakter, der bei Hölderlin eine so bedeutende Rolle spielt, doch irgendwie auf Schiller zurückzuführen: "*Brod und Wein* vereinigt die beiden in Schillers Analyse geschiedenen elegischen Empfindungsarten – Trauer und Freude –, erhebt sie durch den Wechsel zu einem Ganzen, das, um in Schillers Terminologie zu bleiben, elegisch im weitesten Sinne ist."[6] Nach Schiller gilt:

> Setzt der Dichter die Natur der Kunst und das Ideal der Wirklichkeit so entgegen, daß die Darstellung des ersten überwiegt, und das Wohlgefallen an demselben herrschende Empfindung wird, so nenne ich ihn *elegisch*. Auch diese Gattung hat, wie die Satyre, zwey Klassen unter sich. Entweder ist die Natur und das Ideal ein Gegenstand der Trauer, wenn jene als verloren, dieses als unerreicht dargestellt wird. Oder beyde sind ein Gegenstand der Freude, indem sie als wirklich vorgestellt werden. Das erste giebt die *Elegie* in engerer, das andere die *Idylle* in weitester Bedeutung.[7]

Diese eher statische Definition einer sentimentalischen Empfindung, die durch das Bewußtsein der Diskrepanz zwischen Ideal und Wirklichkeit konstituiert ist, deckt die durch einen Wechsel von Empfindungen, den Übergang von Ruhe in Bewegung, Begeisterung in Trauer,

---

4 Ovids *Heroides*, fingierte Briefe von Persönlichkeiten aus Mythos und Geschichte, vgl. Hölderlins Übersetzungen V 317, 327; *2, 669.688*.

5 Zur antiken und neueren Tradition Friedrich Beißner, *Geschichte der deutschen Elegie*, Berlin ^{3}1965.

6 Jochen Schmidt, *Hölderlins Elegie 'Brod und Wein'. Die Entwicklung des hymnischen Stils in der elegischen Dichtung*, Berlin 1968, S. 24f.

7 Schillers *Werke*, Nationalausgabe, hrsg. v. Julius Petersen u.a., Bd. 20, Weimar 1962, S. 448f.

Verzweiflung in Trost gekennzeichnete Elegie Hölderlins, z.B. *Brod und Wein*, nur ganz allgemein ab. Stephan Wackwitz[8] hat deshalb mit Recht auf Hölderlins Äußerungen zum Vergleich zwischen Tragödie und Elegie im Brief an Neuffer vom 3. Juli 1799 hingewiesen:

> So wie nun die tragischen Stoffe gemacht sind, um in lauter großen *selbstständigen* Tönen, harmonisch wechselnd fortzuschreiten, und mit möglichster Ersparniß des Accidentellen ein Ganzes voll kräftiger bedeutender Theile darzustellen, so sind die *sentimentalen* Stoffe z.B. die Liebe ganz dazu geeignet, zwar nicht in großen und stolzen, vesten Tönen, und mit entscheidender Verläugnung des Accidentellen aber *mit dieser zarten Scheue des Accidentellen*, und in tiefen vollen elegischbedeutenden, und durch das Sehnen und Hoffen, das sie ausdrüken, vielsagenden Tönen, harmonisch wechselnd fortzuschreiten, und das Ideal eines lebendigen Ganzen zwar nicht mit dieser angestrengten Kraft der Theile, und diesem hinreißenden Fortgang, mit dieser schnellen Kürze, aber geflügelt, wie Psyche und Amor ist, und mit *inniger* Kürze darzustellen (VI 340; *3, 368*).

Das "Accidentelle", das individuelle malende, schattierende und abtönende Detail, das die Anschaulichkeit und Vorstellbarkeit erzeugt, spielt also bei der Tragödie keine Rolle, deren Töne selbständig, d.h. in dramatischen Figuren und deren jeweiligen Spannungszuständen einander gegenübergestellt sind; das Elegische dagegen verwendet das Accidentelle nicht gattungskonstitutiv wie die epische Dichtung, die durchgängig "nach Präcision und Ruhe und Bildlichkeit" strebt (IV 267; *2, 555*), sondern sparsam so, daß Gegenständliches und Bildliches "bedeutend" und "vielsagend" werden, weil sie "das Sehnen und Hoffen" ausdrücken und nicht bloß Anschaulichkeit erzeugen. Wackwitz fügt überzeugend die hier angedeutete Bestimmung des Elegischen in das Konzept des Aufsatzfragments <*Das Werden im Vergehen*> ein, in dem Hölderlin Lyrisches, Episches und Tragisches mit drei Aspekten von Untergang und Übergang des Vaterlandes in Analogie setzt und damit eine geschichts- und bewußtseinsstrukturelle, nicht mehr psychologische Begründung der Gattungstheorie entwirft;[9] er faßt zusammen:

---

8 Stephan Wackwitz, *Trauer und Utopie um 1800. Studien zu Hölderlins Elegienwerk*, Stuttgart 1982, S. 3f.

9 Vorgearbeitet hat hier Helmut Bachmaier, "Theoretische Aporie und tragische Negativität. Zur Genese der tragischen Reflexion bei Hölderlin", in: Helmut Bachmaier, Thomas Horst, Peter Reisinger, *Hölderlin. Transzendentale Reflexion der Poesie*, Stuttgart 1979, S. 83–145; 128–145.

> Wenn laut Hölderlin das Lyrische die partikulare und unübersichtliche Gegenwart einfängt, das Epos die begrifflich faßbare und abgeschlossene Vergangenheit behandelt und die Tragödie ihre Vereinigung realisiert, dann kann man auch eine Gattung postulieren, die das Vergangene im Gegenwärtigen – bevor einander diese Pole in der Tragödie gleich werden – unter Wahrung ihrer Distanz vergegenwärtigt. Diese Gattung ist die Elegie.[10]

Wenn Schillers Definition zur Erfassung von Hölderlins Elegiekonzeption nicht zureicht und die unmittelbar der Elegie gewidmeten Aussagen Hölderlins spärlich sind, scheint es mir sinnvoll, auf die Elegiendefinition hinzuweisen, die die Anfangsphase der Elegienwelle im letzten Drittel des 18. Jahrhunderts anleitete und die Hölderlin zweifellos bekannt war: das Kapitel *Von Nachahmung der lateinischen Elegien* in Herders dritter Sammlung Fragmente *Über die neuere deutsche Literatur* (1767), wo der Text von Thomas Abbt stammt und Herder z.T. umfangreiche Anmerkungen zu diesem "schätzbaren Fragment zu einer Poetik, die noch zu den unbekannten Ländern gehört", beisteuert.[11] Elegie sei "sinnlich vollkommene Beschreibung unsrer vermischten Empfindungen" (S. 483); die an Baumgartens Poesie-Definition angelehnte Bestimmung Abbts, die hinsichtlich des "Accidentellen" die Elegie "mit andern Gedichten" gleichstellt (ebd.), wird dahin präzisiert, daß der elegische Dichter "die kleinsten Umstände, die mit seinem Gegenstande verwandt gewesen, sammlen und anführen [müsse]. Dieses zeigt, daß seine Einbildungskraft ganz damit angefüllt sei, und nicht das Geringste habe verloren gehen lassen." (S. 497) Accidentelles wird also da für die Elegie brauchbar, wo es, wie bei Hölderlin, "elegisch-bedeutend" ist, nach Herder z.B. "ein Zeuge vom Verluste wird" (S. 497), wie überhaupt "in der Elegie, sowie im Traume, Einbildungskraft und Gegenwart zusammengemischt wird" (S. 496)[12] – die von Wackwitz herausgearbeitete Bestimmung der Vergegenwärti-

---

10 Wackwitz (wie Anm. 8), S. 13.

11 Johann Gottfried Herder, *Frühe Schriften 1764–1772*, hrsg. v. Ulrich Gaier, Frankfurt a.M. 1985, S. 482–498. Auch die Beziehung zu Schillers Abhandlung *Über naive und sentimentalische Dichtung* liegt auf der Hand, insbesondere hinsichtlich der Annäherung von Satire und Tragödie (ebd. S. 486f.); diesen Problemen kann ich hier nicht nachgehen. (Die Seitenzahlen im folgenden Text beziehen sich auf diese Ausgabe.)

12 Auf dieser Seite ist in der Ausgabe eine bedauerliche Auslassung unterlaufen; in der viertletzten Zeile der Anm. 96 muß es heißen: "Wenn man es bedenkt: daß wir zwar im Denken uns einander so ziemlich ähnlich [...]".

gung von Vergangenem und Gegenwärtigem unter Wahrung ihrer Distanz ist hier vorbereitet.

Wichtig sind vor allem die "vermischten Empfindungen" als der von der Elegie bearbeitete Gegenstand.[13] Es sind Empfindungen, "die durch die gegenseitigen schon gemildert sind: Empfindungen, die in der Seele nach und nach entstehen" (S. 485); zum Beispiel "unterhält uns der verliebte Schmerz noch mit Annehmlichkeit: der verliebte Verlust macht uns nicht untröstlich: der verliebte Zorn ist ein kleines Wölkchen in der Morgenröte, der verliebte Schrecken läßt uns die Zunge zu sprechen, und die Hand zu schreiben frei: der verliebte Unwille wird erneuerte Liebe" (S. 494). Damit ist die Prozeßhaftigkeit angesprochen, die Hölderlin wie in anderen Dichtarten auch in der Elegie als Wechsel der Töne wichtig ist und die Schiller unberücksichtigt läßt.

Wie bei Schiller wird die Privatheit vieler Elegien kritisiert, weil sie für die Leser uninteressant sind (S. 483, 498); Abbt schlägt Themen vor, die die Menschheit überhaupt oder "besondere Gesellschaften", z.B. Nationen betreffen; Herder macht klar, daß solche Gedichte in philosophische oder patriotische Poesie verfallen und den elegischen Gesamtton verlieren; dieser könne nur gewahrt werden, wenn das sprechende Ich "Anteil daran" nehme (S. 492, vgl. 487f.), wenn und sofern es von dem beklagten nationalen oder humanen Leid mitbetroffen ist oder ein anderes Individuum darin bedauert und tröstet. Hölderlin hat in *Brod und Wein* hierfür eine besonders eindrucksvolle Lösung gefunden: Während Schiller in seinen *Göttern Griechenlands* eine abstrakte Klage ohne anteilnehmendes Ich formuliert und in seinem *Spaziergang* nur einen allegorischen Wanderer einführt, während Goethe in den *Römischen Elegien* nach dem Geschmack der Zeitgenossen trotz der historischen und humanen Themen schon skandalös ins Pri-

---

13 Die Mischung der Empfindungen ist von Moses Mendelssohn in seinen Briefen *Über die Empfindungen* (1755) und in seiner *Rhapsodie oder Zusätze zu den Briefen über die Empfindungen* (1761) analysiert worden (M.M., *Ästhetische Schriften in Auswahl* hrsg. v. Otto F. Best, Darmstadt 1986, S. 29–110; 127–165); in Verbindung mit der von Winckelmann gegebenen Signatur "des Geteilten in unserer Natur" im Gegensatz zu dem "Vollkommenen in der Natur des Altertums" (Johann Joachim Winckelmann, *Ausgewählte Schriften und Briefe*, hrsg. v. Walther Rehm, Wiesbaden 1947, S. 13) werden die vermischten Empfindungen als das Sentimentalische von Schiller zum Kennzeichen spezifischer Modernität erhoben.

vate abglitt und an seiner Faustina zuviel Anteil nahm, klagt Hölderlins sprechendes Ich als Dichter, wird von einem zweiten Dichter getröstet; Gegenstand der Klage ist der historische Kulturzustand Westeuropas, und dieser wird erkannt als einbezogen in einen geschichtlichen, also anthropologischen und gar kosmologischen Prozeß, der das erlittene und beklagte Leid als sinnvoll und notwendig erscheinen läßt. Die von Abbt/Herder diskutierten Sphären der elegischen Klage werden also vollständig ausgeschritten, das Gespräch der Freunde wird zum historischen, anthropologischen und kosmologischen Symbol erhoben und bleibt doch das Gespräch zweier anteilnehmender Individuen.

Für das Verständnis des Publikumserfolgs der ersten Strophe von *Brod und Wein* ist es entscheidend zu sehen, daß “Zeit, Ort und Umstände” der Lesererwartung entsprechen; sie sind nach Abbt “dem elegischen Dichter nicht ganz einerlei. Die Stunden, darum der einsame Vogel der Nacht aus seinem philosophischen Schlummer sich erhebt, und durch das mitternächtliche Echo seinen Flug ankündigen läßt, sind für ihn am bequemsten. [...] Einsamkeit muß immer herrschen; die Lage selbst muß solche vermischte Empfindungen erwecken können” (S. 490). Herder sekundiert aus der Perspektive des Lesers:

> Nie habe ich *Youngs Klagen* und *Creuzens Gräber* mit so gleichgestimmten Ton der Seele gelesen, als in einigen Sommernächten, unter einem bestirnten Himmel, in der schweigenden Laube eines Gärtchen, das an einen Kirchhof stieß, wo alte heilige Linden, vom Hauche der Nacht beseelt, Schauder in die Seele rauschten [...]. – Alsdenn findet man sich in einer Lage, da die Stürme von Gedanken herabbrausen und ruhn, und die Seele wird stille, wie eine stille See in der Sommernacht, und hört gleichsam die Stimmen aus den Gräbern der Toten, und präget sie in ihr Innerstes. (S. 490)

Nimmt man nur das oben zitierte Epigramm *Nacht und Tag* von Herder dazu, so hat man den Motivkomplex der ersten Strophe von *Brod und Wein* fast ganz beieinander: es sind die Vorstellungen, die bei den Zeitgenossen vorzüglich die “süße Melancholey” (S. 492) des Elegischen erweckten.

Die Abbt/Herdersche Poetik der Elegie, so sehr sie in manchem noch den Charakter der Anweisungspoetik trägt, erscheint also unter mehreren Gesichtspunkten als wichtiges Komplement der Gattungstheorie Schillers, wo es Hölderlins Elegien zu verstehen gilt.

'Brod und Wein' im Kontext

Die Literatur zu *Brod und Wein* ist umfangreich; Emil Petzold, Jochen Schmidt haben monographisch darüber gearbeitet und grundlegende Kommentare zum Text geliefert, Stephan Wackwitz hat ebenfalls diese Elegie ins Zentrum seiner gesellschaftskritischen Rekonstruktion gestellt.[14] Ich will ergänzend und einer Anregung von Peter Pfaff[15] folgend, die Elegie in das literarische, kultur-, geschichts- und religionsphilosophische Gespräch der Zeit hineinstellen und zeigen, wie intensiv und wie selbständig Hölderlin sich bemüht hat, daran teilzunehmen. Das mangelnde Echo auf Hölderlins Dichtungen in seiner Zeit hat die Hölderlin-Forschung dazu verleitet, die Bezugnahmen auf zeitgenössische Diskussionsthemen nicht ernst zu nehmen und Hölderlin gewissermaßen absichtliche Unabhängigkeit vom Tagesgespräch zu unterstellen. In den vorausgehenden Kapiteln habe ich dagegen immer wieder zeigen können, daß Hölderlin literarische Neuerscheinungen sofort zur Kenntnis nahm und in eigenen Produktionen kritisch, weiterführend, überbietend darauf einging. Daß man ihn dennoch nicht hörte und anhörte, liegt einerseits am "Handwerksneid" der "Gözen" des Publikums, die ihn nicht förderten und hochkommen ließen (VI 366f.; *3, 396*), andererseits aber auch an der Schwierigkeit seiner inhaltlichen Aussage, die nicht wie bei erfolgreicheren Zeitgenossen "bloß" Dichtung sein wollte oder mit der Rhetorik der Einfachheit wie Claudius, Wackenroder oder Novalis, mit der Rhetorik des dramatischen Pathos wie Schiller oder mit der Rhetorik der frappierenden Frechheit wie Friedrich Schlegel den gedanklichen Anspruch verdeckte oder kompensierte, sondern Transzendentalpoesie, Dichtung, die sich als Bedingung der Möglichkeit von Philosophie versteht und deshalb auch unverhüllt philosophische Aussage ist. Hinzu kommt die fast Hamannsche Komprimiertheit seiner Formulierung,[16] die Kühnheit

---

14 Emil Petzold, *Hölderlins Brod und Wein. Ein exegetischer Versuch*, Sambor 1896 und 1897 (ND hrsg. v. Friedrich Beißner, Darmstadt 1967). Jochen Schmidt wie Anm. 6; Stephan Wackwitz wie Anm. 8.

15 Peter Pfaff, "Geschichte und Dichtung in den 'Hymnen an die Nacht' des Novalis", Text und Kontext 8, 1980, S. 88–106.

16 Vgl. meinen Aufsatz "Hamanns und Herders hieroglyphische Stile", erscheint in: *Johann Georg Hamann, Autor und Autorschaft. Acta des sechsten Internationalen Hamann-Kolloquiums in Marburg/Lahn* (1992), hrsg. v. Bernhard Gajek und Albert Meier, Frankfurt a.M./Bern/New York/ Paris 1993.

seiner Philosophie, aber auch seiner poetischen Sprache, die ihm in ihrer publikumsfeindlichen Kompromißlosigkeit bewußt war und von der er in der Vorrede zu *Friedensfeier* gestand, er könne nicht anders. Man soll ja nicht glauben, Hölderlin sei für die Zeitgenossen einfacher zu lesen und zu verstehen gewesen als für uns Heutige. Im Gegenteil: sie hörten außer der dunklen Schönheit des Textes noch alle die Anspielungen auf zeitgenössisches Gespräch, an dem Hölderlin teilzunehmen suchte und das für uns verhallt ist. Aber da Hölderlin in *Brod und Wein* ausdrücklich ins Gespräch mit einem zeitgenössischen Dichter tritt – bemerkenswert, daß Heinse in der Literatur zu dieser Elegie nur eine Nebenrolle spielt –, scheint es sinnvoll, einige der Stimmen von damals wieder hörbar zu machen, um Hölderlins Antworten überhaupt als Antworten erkennen zu können. Vollständigkeit ist keinesfalls angestrebt; die folgenden Hinweise sollen als Anregung zum Studium verstanden werden.

Nacht

Das Licht der Aufklärung setzte die Faszination der Nacht frei, das Unbegrenzte und Unbestimmte gegenüber dem Begrenzten und Bestimmten, die Ewigkeit gegen die Dauer, den Grund und Ursprung gegen die Kausalität und den Anfang. Der unbewußte Grund der Seele[17] wird als "ungeheures Weltmeer" geahnt, als "dunkler Abgrund [...], wo die Empfindungen des Tieres zu den Empfindungen eines Menschen werden, und sich gleichsam von fern mit der Seele mischen: [... zum] Abgrund dunkler Gedanken, aus welchem sich nachher Triebe und Affekten, und Lust und Unlust heben".[18] Das Erhabene stellt sich gegen das Schöne, der Glaube gegen das Wissen, die Ahnung gegen den Beweis. Die Dialektik der Aufklärung, die "Gesundheit der Vernunft" als "der wohlfeilste, eigenmächtigste und unverschämteste Selbstruhm",[19] wird erkannt, der Umschlag der Vernunft in Gewalt, die Durchsetzung des vom Fürsten als Vernunft Deklarierten mit Hilfe sei-

---

17 Dazu Hans Adler, *Die Prägnanz des Dunklen. Gnoseologie, Ästhetik, Geschichtsphilosophie bei Johann Gottfried Herder*, Hamburg 1990.

18 Herder, Frühe Schriften (wie Anm. 11), S. 685.

19 Analyse Hamanns, zitiert in meinem Aufsatz "Gegenaufklärung im Namen des Logos: Hamann und Herder", in: Jochen Schmidt (Hrsg.), *Aufklärung und Gegenaufklärung in der europäischen Literatur, Philosophie und Politik von der Antike bis zur Gegenwart*, Darmstadt 1989, S. 261–276; 272.

ner Beamten und Gendarmen, die Ausbeutung der Natur, die Denaturierung des Natürlichen, das man auf der andern Seite in seinem Entschwinden sehnsüchtig und sentimentalisch beklagte.

Seit Edward Youngs *The Complaint, or Night Thoughts on Life, Death and Immortality* (1742–1745) ist die Nacht wieder wie in der Renaissance die Zeit der melancholischen Betrachtung der Endlichkeit des menschlichen Lebens, Wissens, Handelns vor der unabwendbaren Tatsache des Todes und des Leides, der Unbeherrschbarkeit der Kontingenz und der Bedrohung durch das Unbekannte, Unvorhersagbare und Grauenhafte in den Tiefen der Psyche. Nacht wurde zum Symbol eines neuen Hoffens auf die Unsterblichkeit der Seele und eines neuen Glaubens an das Christentum, das sie versprach; Religion zum unendlichen Sein, das die Nacht zu eröffnen schien, wurde zur Garantin einer höheren Existenz des Menschen und eines "anderen" Zustands der Wirklichkeit:

> *Night*, sable Goddess! from her *Ebon* throne,
> In rayless Majesty, now stretches forth
> Her leaden Scepter o'er a slumbering world:
> Silence, how dead? and Darkness, how profound?
> Nor Eye, nor listening Ear an object finds;
> Creation sleeps. 'Tis as the general Pulse
> Of life stood still, and Nature made a Pause;
> An awful pause! prophetic of her End.[20]

Das Reich der Stille, der Finsternis, des Todes wird zum Aufenthaltsort der Seele, die sich von Gott durch die doppelte Nacht der undurchsichtigen Natur und des Leides hindurch einen Lichtstrahl des Mitleids erbittet (V. 43–45). Unter dem melancholischen Blick des Nachtbegeisterten kehrt sich alles um: "Alles, alles auf Erden ist Schatten, alles jenseits davon ist Substanz" (V. 120f.):

> Hier ist die Knospe des Daseins, die fahle Dämmerung,
> Das Zwielicht unsres Tags, der Vorhof nur;
> Geschlossen noch des Lebens Theater, und der Tod,

20 "Nacht, finstre Göttin! von ihrem Ebenholz-Thron reckt sie in strahlenloser Majestät jetzt ihr bleiernes Szepter über eine schlummernde Welt: Stille, wie tot! und Dunkelheit, wie tief! Nicht Auge, noch horchendes Ohr findet einen Gegenstand; die Schöpfung schläft. Es ist als stände der allgemeine Puls des Lebens still, als machte die Natur eine Pause; eine schreckliche Pause! die ihr Ende weissagt." Edward Young, *Night Thoughts*, ed. by Stephen Cornford, Cambridge 1989, S. 37.

Der starke Tod allein hebt auf den schweren Riegel,
Beseitigt das grobe Hindernis aus Lehm,
Befreit uns Embryonen der Existenz. [...]
Denn wir sind Embryonen, bis wir die Schale sprengen,
Die blauumhüllende Schale, und ins Leben springen
Das Leben der Götter, O Begeisterung! und des Menschen.
(V. 123–134)

Youngs neun Elegien hatten einen ungeheuren Erfolg über ganz Europa; Hölderlin nennt ihn mit Klopstock als einen der Großen, denen er als Dichter nachfolgen will, denn "ihres Geistes Schöpfungen zu sehen / Warlich! es ist Himmelsvorgenuß":

Wann mein Yung in dunkeln Einsamkeiten
Rings versammelnd seine Todte wacht,
Himmlischer zu stimmen seine Saiten
Für Begeistrungen der Mitternacht – – (I 36; *1, 37*)

Diese melancholische Nachtbegeisterung, die Liebe zu der Schwärmerischen, der Erstaunenden, der gegenüber dem Licht Ursprünglichen, Früheren, Größeren bleibt Hölderlin treu von seiner Jugenddichtung bis in die Zeit der Gesänge; eine Motivstudie kann reiches Beispielmaterial zutage fördern.

Goethe vertiefte die Konnotationen von "Nacht" in seiner *Iphigenie auf Tauris* ins Grauenhafte, Gräßliche, Archaische. Die Greuel des Tantalidengeschlechts, die "Taten des verwornnen Sinnes deckt / Die Nacht mit schweren Fittichen und läßt / Uns nur in grauenvolle Dämmrung sehn" (V. 394–396); der Fluch verfolgt Orest "wie eine breite Nacht" (V. 781); die Erinyen sind "der Nacht uralte Töchter" (V. 1054); der Wahnsinn des Orest ist "Finsternis" (V. 1326). Besonders bedeutend ist der Gedanke, den Orest in seiner erlösenden Vision äußert, daß "das Geschlecht des alten Tantalus / [...] seine Freuden jenseits der Nacht" hat (V. 1298f.): Wer ganz durch die Nacht hindurchgegangen ist, sieht "die neue Sonne" (V. 1352). Für Hölderlin und Novalis hat dieser Gedanke geschichtsphilosophische Bedeutung insofern, als in Orest eine archaische Form der Religion und Sittlichkeit, die wie ein "ehern Band" (V. 331) um die Stirn der Menschen geschmiedet ist, durch eine modernere humane Form abgelöst wird – Novalis spricht von der "alten Welt" in der Zeit vor dem Christentum als einer Epoche, wo über die Menschen "ein eisernes Schicksal mit stummer Gewalt [herrschte]. Eine dunkle, schwere Binde lag um ihre bange Seele";[21] für Hölderlin ist die Nacht die "eherne Wiege", in der die Menschen auf das Kommen der Götter vorbereitet werden, sowohl die Griechen wie die Hesperier (*Brod und Wein* V. 71f., 115–119): Hölderlin sieht also die Nacht wie Goethe als Durchgangsphase an, deren Leid bis zu Ende erfahren werden muß, bevor das Glück der Nähe zu Menschen und Göttern wieder erscheint. Orests Schicksal war vielleicht besonders eindrucksvoll für ihn, denn er hatte Schillers Bild im neunten der Briefe *Über die ästhetische Erziehung des Menschen*, wo er die notwendige Reinigung des Zeitalters von Wildheit und Barbarei mit dem Muttermord durch Orest vergleicht, mit dem Scheltbrief im *Hyperion* auf sich bezogen und damit eine Orest-Rolle angenommen. Insofern hat das Aushalten durch die Nacht hindurch, das Bleiben im Leben, das Bewahren des Bewußtseins eine geschichtsphilosophische und, weil er sich auf den Kampf mit der Nacht eingelassen hat, eine existenzielle Bedeutung:

> Ein Weiser aber vermocht es
> Vom Mittag bis in die Mitternacht,
> Und bis der Morgen erglänzte,
> Beim Gastmahl helle zu bleiben. (II 148; *1, 334*)

Wichtig aber ist, daß weder Hölderlin noch Novalis die Nacht mit der archaischen Kultur- und Religionsform in Beziehung setzen wie Goethe, sondern sie zum Prinzip erheben. Youngs Nachtbegriff, ergänzt durch biblische und mythische Erinnerungen an die alte Opposition von Licht und Finsternis, Schöpfung und Chaos, bleibt für beide Dichter bestimmend. Bestimmend bleibt für beide sicher auch die in die Spinoza-Debatte von Herder eingebrachte Unterscheidung: hier eine organisch sich entfaltende Welt, ein sich wandelndes System des Bestimmten in der Zeit, dort das Eine, Unendliche, Ewige, das Sein, der Geist, das Leben, das dem Bestehenden einwohnt und es durchdringt und grenzenlos umhüllt, das es ermöglicht und zurücknimmt. Schelling wird die Begriffe des Organischen und des Anorgischen dafür verwenden[22] (Hölderlin übernimmt sie), wird von Allheit in der Einheit und von Einheit in der Allheit sprechen, wobei dies die zwei Weisen sind,

---

21 Novalis *Schriften*, hrsg. v. Paul Kluckhohn und Richard Samuel, 2. Aufl. Bd. 1, Stuttgart 1960, S. 141.

22 Schellings *Werke*, hrsg. v. Manfred Schröter, 1. Hauptband, München 1927 (ND 1958), S. 417f. (*Von der Weltseele*, Vorrede). Petzold und Wackwitz weisen bereits auf Schelling hin.

wie das Ewige sich selbst bejaht;[23] die Einheit im All ist "das Dunkelste aller Dinge, ja das Dunkel selbst", die Schwere, die "unbekannte Wurzel, aus deren Erhebung alle Bildungen und lebendigen Erscheinungen der Natur hervorgehen",[24] während das, was "in der Identität das All oder das Ganze ist", das "allgegenwärtige Lichtwesen" ist, von dem die Alten als "der Weltseele oder dem verständigen Aether" gesprochen haben. "Das Dunkel der Schwere und der Glanz des Lichtwesens bringen erst zusammen den schönen Schein des Lebens hervor, und vollenden das Ding, zu dem eigentlich Realen, das wir so nennen."[25]

In Ansätzen entwickelte schon Heinse, Hölderlins Gesprächspartner, in *Ardinghello und die glückseeligen Inseln* (1787) das mythologische System, das aus dem neuen Spinozismus sich ergab, wenn man ihn naturphilosophisch wandte, wie Schelling dies dann in der zitierten philosophisch-physikalisch-poetischen Schrift in allem Ernst unternahm. Heinse findet die Idee "Eins ist Alles und Alles Eins" bei Xenophanes und seinen Schülern Parmenides und Melissos ausgesprochen:[26]

> Wie dies Eins aus seiner Formlosigkeit zu Form gekommen wäre und sich in unendliche Gestalten verwandelt? Wie gesagt, durch Streben nach Genuß, um lebendig zu sein, aus Ekel vor Tod, an sonst unendlicher Langerweile [...]. Also sinnlich und jedermann faßlich gespochen!
> Im Anfange war Alles Eins, das Wesen so zart zerflossen, fein und dünn wie der Raum schier.
> Und es regte sich; da ward Form.
> Aus der unvollkommnen ging die vollkommnere hervor; und so entstanden die Elemente: Wasser, Luft, Erde, Feuer; Pflanzen, Tiere und Mineralien.
> Alles wechselt miteinander ab und geht wieder in das Eins zurück.
> *Vater Äther, aller Lebengeber*!

---

23 Ebd. S. 435.

24 Ebd. S. 427.

25 Ebd. S. 436f.

26 Wilhelm Heinse, *Ardinghello und die glückseligen Inseln*, hrsg. v. Max L. Baeumer, Stuttgart 1975, S. 281, 303. Heinse hatte von 1783–1786 im Haus Friedrich Jacobis in Düsseldorf gewohnt (vgl. Zeittafel ebd. S. 637) und den Spinozismusstreit unmittelbar zur Kenntnis genommen. Die Einfügung des Organismus-Begriffs in den Text des *Ardinghello* S. 303, Z. 35, vgl. Varianten S. 423, Z. 22f. läßt darauf schließen, daß Heinse Herders *Gott*, der ebenfalls 1787 erschien, noch las und in seinen Text einarbeitete.

> Und so wird und vergeht ewig alles, was ist. [...] Form und Wesen, und Wesen und Form! das sind die zwei Pole des Weltalls, um welche sich alles herumdreht. Die bildende Kraft liegt in dem Wesen und ist ein Streben nach Genuß.[27]

Heinse vertritt also wie Empedokles[28] eine Art Zyklik der Zusammenfügung und Auflösung, des Werdens und Vergehens, des Alles und des Eins, die nichtsdestoweniger aufeinander bezogen bleiben und einander stets durchdringen. Das Lichtwesen des Aethers ist das formende Prinzip, die Bildungskraft, die die Allheit hervorbringt und formt. Der Wunsch der Menschen ist, "Eins zu sein und Alles zu werden, was uns in der Natur entzückt";[29] diese Beziehung auf das Eins und Alles erzeugt verschiedene Formen von Religion – die des Eins, "die allerreinste Weltmonarchie", die auch im Christentum gemeint ist, und die des Eins-und-Alles, die sich in verschiedenen Formen der "Aristokratie", die des reinen Alles, die sich in atomistischer "Demokratie" des Göttlichen ausbildet. Aus den Spielarten des Aristokratischen "haben die Griechen ihre reizenden Dichtungen und schönen Göttergestalten geschöpft"; diese Spielarten sind

> entweder *reine Weltaristokratie*, jedes Element nämlich so göttlich als das andre; wo nach dem Homer Juno, Neptun und Apollo den Zeus[30] binden könnten. Oder *aristokratische Weltmonarchie*; ein Element unter den andern der König. Oder *demokratisch-aristokratische Weltmonarchie*; Tiere und Pflanzen schon der Form nach von Ewigkeit da [...].[31]

Mit dieser systemtheoretischen Begründung verschiedener Religionsformen in dem Spannungsfeld zwischen Eins und Alles sowie der Zuordnung des Christentums wie der griechischen Mythologie mit ihren Götterfiguren hat Heinse in einer für Hölderlin außerordentlich

---

27 Ebd. S. 304. Zu "Vater Äther" vgl. Baeumers Nachweise im Stellenkommentar zu 267, 19f.

28 Ebd. S. 274.

29 Ebd. S. 309.

30 Heinse sieht Zeus als Luft, Apollo als Sonne, Neptun als Wasser, "das Heer der übrigen Götter" (mit der Göttermutter Juno vermutlich als Anführerin) als "den Erden, den Sammlungen unzählbarer andrer Elemente" zugeordnet (ebd. S. 271).

31 Ebd. S. 310.

wichtigen Weise[32] in die Diskussion um die Gültigkeit der griechischen Götterwelt für die moderne eingegriffen, die durch Herders Fragmente *Über den neuern Gebrauch der Mythologie* entfacht worden war (wir werden im nächsten Abschnitt darauf zurückkommen). Heinses Demetri bekennt hinsichtlich der Griechen:

> Durch Lesung ihrer Meisterstücke von Poesie und Beredsamkeit und bezaubernden sinnlichen Vorstellungen wissen wir aus unserm eignen Glauben nicht mehr recht klug zu werden. Wer ihren Nektar rein und unverfälscht von der athletisch schönen Ursprache gekostet hat, kann sich schwerlich in anderm Getränke berauschen.[33]

So ist es auch “das alte Athen unter dem Perikles”, das auf den glückseligen Inseln “wirklich und verklärt” auflebt; Grundlage ist Demetris “neue Religion”, die letztlich die “griechische” Variante des systemtheoretisch differenzierten Eins und Alles wieder aufleben läßt:

> Ein neues *Pantheon* wurde *der Natur* aufgeführt, ein *Tempel der Sonne und den Gestirnen, ein Tempel der Erde, ein Tempel der Luft und einer auf einem Vorgebirg in die See hin thronend dem Vater Neptun*, und dann noch *ein Labyrinth* angelegt *von Zedern und Eichen* zur künftigen schauervollen Nacht für Zweifler *dem unbekannten Gotte.*[34]

Auch bei Heinse wird also Nacht mit dem Labyrinthischen, Schauervollen und der “künftigen” Auflösung dieses glückseligen Staatswesens konnotiert; sie wird mit dem “unbekannten Gotte” assoziiert, der damit den “bekannten” Elementargöttern und ihrer “reinen Weltaristokratie” ebenso voraus und danach liegend, ja als sie ermöglichend gedacht werden muß wie der Aether, die Bildungskraft des Einen zur Allheit. Und die idyllische Seite dieses entgrenzenden Weltprinzips, wie Heinse sie seinen Ardinghello beschreiben läßt, bildet zentrale Motive der Anfangsstrophe von *Brod und Wein* vor:

---

32 Anderen Aspekten des Verhältnisses zwischen Hölderlin und Heinse wenden sich die folgenden Arbeiten zu: Bernhard Böschenstein, “‘Was nennest du Glück, was Unglück ... mein Vater!’ Heinse in Hölderlins Dichtung”, HJb 26, 1988/89, S. 1–19; Gottfried Boehm, “‘Eins zu sein und Alles zu werden’. Wilhelm Heinse und die bildende Kunst”, HJb 26, 1988/89, S. 20–37; Helmut Pfotenhauer, “Dionysos. Heinse – Hölderlin – Nietzsche”, HJb 26, 1988/89, S. 38–59.

33 Ardinghello (wie Anm. 26), S. 310.

34 Ebd. S. 368.

> Nacht ist doch die schönste Beruhigung von Geschäften, wo die Phantasie die freiesten Flüge tut und der Mensch am mehrsten seiner selbst genießt. So raste ich jetzt hier oben auf der Villa Medicis in meinem Zimmer. Rom schläft; der blaue unermeßliche Äther schwebt darüber wie eine Henne über ihren Küchlein, und blinkend hell Gestirn erleuchtet selig die Gegenden. Alles ist still; nur plätschern angenehm die Springbrunnen: heilige Symbole des ewigen Lebens in der Natur.[35]

Für Hölderlin ist sicher dieses schon im Stift rezipierte Konzept des von Schelling später so genannten Anorgischen mit seinen Aspekten des Umhüllens und Vernichtens, Hervorbringens und Auflösens und seinen Modi des Aethers und der Nacht als Gegenbild zu allem Organischen, Systemischen, Bestimmten bei Göttern, auf der Welt und bei den Menschen wirksam geblieben und später etwa durch Schellings Naturphilosophie nur noch präzisiert worden. Vor allem ist es auch Heinses Vorstellung von der Wiederkehr der Nacht, die Hölderlins Konzeption der Wiederkehr "uralter Verwirrung" (II 148; *1, 334*) zwischen den Zeiten des Göttertags bekräftigt.

Schleiermachers *Reden über die Religion*, gemeinsamer Bezugstext für Novalis und Hölderlin, gehen ebenfalls aus vom spinozistischen Eins und Alles: "Die Religion lebt ihr ganzes Leben auch in der Natur, aber in der unendlichen Natur des Ganzen, des Einen und Allen".[36] Ein großer Preis Spinozas bekräftigt die Position;[37] wie bei ihm Religion die Beziehung auf Gott als die unendliche Substanz, so ist bei Schleiermacher Religion Anschauung des Universums, Gefühl für das unendliche Sein, "Sinn und Geschmack für das Unendliche".[38] Schleiermacher sieht drei "Arten, das Universum anzuschauen als Chaos, als System und in seiner elementarischen Vielheit";[39] der Sternenhimmel,

> dieses unendliche Chaos, wo freilich jeder Punkt eine Welt vorstellt, ist eben als solches in der Tat das schicklichste und das höchste Sinnbild der Religion; in ihr wie in ihm ist nur das Einzelne wahr

---

35 Ebd. S. 253.

36 Friedrich Schleiermacher, *Über die Religion. Reden an die Gebildeten unter ihren Verächtern*, hrsg. v. Rudolf Otto, [6]Göttingen 1967, S. 50, vgl. S. 118.

37 Ebd. S. 52.

38 Ebd. S. 49–51.

39 Ebd. S. 173.

> und notwendig, nichts kann oder darf aus dem andern bewiesen werden, und alles Allgemeine, worunter das Einzelne befaßt werden soll, alle Zusammenstellung und Verbindung liegt entweder in einem fremden Gebiet, wenn sie auf das Innere und Wesentliche bezogen werden soll, oder ist nur ein Werk der spielenden Fantasie in der freiesten Willkür.[40]

Diesem heiligen Chaos, das als eine das Begreifen übersteigende Ordnung, also Unordnung in der Ordnung auf eine höhere Art der Verbindung schließen läßt,[41] steht bei Schleiermacher das "Leere und Nichtige" gegenüber (oder wird durch das Christentum polemisch erzeugt), in welches das Endliche immer weiter "hinausgestreut" und damit "vom Universum entfernt" würde, wenn nicht die "Vermittlung eines Höheren" die "Verbindung mit dem Universum" aufrechterhielte.[42] Der von Schleiermacher betonte polemische Charakter der christlichen Religion macht das "allgemeine Entgegenstreben alles Endlichen gegen die Einheit des Ganzen, und [die] Art, wie die Gottheit dieses Entgegenstreben behandelt, wie sie die Feindschaft gegen sich vermittelt", zu ihrem ausdrücklichen Gegenstand; sie wird damit "Religion der Religionen".[43] Das Christentum wendet die Urtatsache der Individuation und Bestimmtheit alles Wirklichen als Schuld und Sünde auf das Wirkliche zurück und macht so die Erlösung und den Mittler nötig:

> Die physische Welt ist abgewichen von ihrer Vollkommenheit und unvergänglichen Schönheit mit immer verstärkten Schritten; aber alles Übel, selbst das, daß das Endliche vergehen muß, ehe es den Kreis seines Daseins vollständig durchlaufen hat, ist eine Folge des Willens, des selbstsüchtigen Strebens der individuellen Natur, die sich überall losreißt aus dem Zusammenhange mit dem Ganzen, um etwas zu sein für sich; auch der Tod ist gekommen um der Sünde willen.[44]

Hier wird also dem guten heiligen Nicht-Etwas des unendlichen Eins und Alles, dessen höchstes Sinnbild das geordnete Chaos des bestirnten Nachthimmels ist, ein böses leeres Nichts der Nichtigkeit, der

---

40 Ebd. S. 56.
41 Vgl. ebd. S. 70.
42 Ebd. S. 200.
43 Ebd. S. 194, 205.
44 Ebd. S. 194.

Selbstsucht, der irreligiösen Abtrennung vom Ganzen entgegengestellt. Da das Christentum von der Unheilbarkeit dieser Tendenz in allem ausgeht, macht es sich mit seiner "durch und durch polemischen" Anlage, dem Kampf gegen Irreligiosität überhaupt, zum Anwalt aller Religion, zum Erlöser für alle Religion und damit zur "höheren Potenz" der Religionen. Der Kampf wird geführt aufgrund der Selbsterkenntnis solcher Individuationstendenzen, also "mit der heiligen Fackel eigner Erfahrung"[45] – Christus ist der Fackelschwinger (vgl. *Brod und Wein* V. 155). Er schafft, der göttlichen und der menschlichen Natur teilhaftig, das "Bewußtsein von der Einzigkeit seiner Religiosität",[46] die Hölderlin in *Der Einzige* anerkennt und zugleich relativiert, wie auch Schleiermacher die Reinigungs- und Erlösungsarbeit des Christentums zu einem Ziel führen sieht, "wo von keinem Mittler mehr die Rede sein wird, sondern der Vater alles in allem".[47]

Schleiermachers Analyse der Gegenwart liefert Hölderlin ebenfalls wichtige Motive zur Auseinandersetzung. Es sind "Zeiten allgemeiner Verwirrung und Umwälzung", in denen der "schlummernde Funke" der Religion "in vielen nicht aufglüht", denn "die verständigen und praktischen Menschen, diese sind in dem jetzigen Zustande der Welt das Gegengewicht gegen die Religion [...]. Von der zarten Kindheit an mißhandeln sie den Menschen und unterdrücken sein Streben nach dem Höheren."[48] Religiöse Menschen werden deshalb entweder schüchtern, "das Universum in ihnen [bleibt] ungebildet und dürftig", oder sie enden im "Selbstmord des Geistes [...] in einem heiligen Wahnsinn [...], dessen Quelle fast niemand erkennt, – ein laut schreiendes und doch nicht verstandenes Opfer der allgemeinen Verachtung und Mißhandlung des Innersten im Menschen. Aber doch nur ein Opfer, kein Held: [...] an Heroen der Religion, an heiligen Seelen, wie man sie ehedem sah, denen sie alles ist und die ganz von ihr durchdrungen sind, fehlt es diesem Geschlecht und muß es ihm fehlen."[49] Hölderlin hofft:

---

45 Ebd. S. 195.

46 Ebd. S. 200.

47 Ebd. S. 203. Vgl. Jochen Schmidt, *Hölderlins geschichtsphilosophische Hymnen 'Friedensfeier', 'Der Einzige', 'Patmos'*, Darmstadt 1990, S.96f.

48 Ebd. S. 101, 106.

49 Ebd. S. 115f.

Aber das Irrsaal
Hilft, wie Schlummer und stark machet die Noth und die Nacht,
Biß daß Helden genug in der ehernen Wiege gewachsen,
Herzen an Kraft, wie sonst, ähnlich den Himmlischen sind.
(II 93; *1, 289f.*)

So hofft auch Schleiermacher: Die Selbstbetrachtung der Aufklärungsphilosophie, die zunächst nur zur Konstitution der Subjektivität geführt hat, ist auf dem Wege, das absolute Ich in Gott und die religiösen Beziehungen über die sittlichen zu setzen;[50] die Weltbetrachtung, die bisher nur die Erkenntnis zerstreut hat, ist dabei, das betrachtende Ich "in den Mittelpunkt der Natur" zu stellen und auf eine Erfahrung des "Unendlichen und Einen" hinzuarbeiten[51]– Schellings Naturphilosophie und Ritters Energiephysik sind hier gemeint. "Schon sehe ich einige bedeutende Gestalten, eingeweiht in diese Geheimnisse, aus dem Heiligtum zurückkehren, die sich nur noch reinigen und schmücken, um im priesterlichen Gewande hervorzugehen."[52]

Der künftigen Priesterschaft der Transzendental- und der Natur-Philosophen, die Schleiermacher richtig vorhersah, stehen nach seiner Auffassung die Künstler noch stumm und untätig gegenüber. Er glaubt zwar, daß durch Kunstsinn auch der Sinn für das Unendliche zu eröffnen ist, findet aber weder in der Geschichte Beispiele einer "Kunstreligion, die Völker und Zeitalter beherrscht hätte", noch kann er in der Gegenwart Ansätze dafür entdecken, daß die "Hilfe der Kunst" den beiden andern Arten der Religion, aus Selbst- und Natur-Betrachtung, zugute käme.[53]

---

50 Rudolf Otto in seiner Anmerkung auf S. 123f. der Ausgabe der *Reden* macht auf diese Entwicklung Fichtes über den Atheismusstreit bis hin zu seiner *Anweisung zum seligen Leben* 1806 aufmerksam.

51 Ebd. S. 122f.

52 Ebd. S. 123.

53 Ebd. S. 120f.; Schleiermacher sieht jedoch "einen großen und reichen Ersatz" in dem "größten Kunstwerk [...], dessen Stoff die Menschheit ist, welches das Universum unmittelbar bildet, und [...] es bildet jetzt eben mit kühner und kräftiger Kunst" (ebd. S. 123): wie Hölderlin scheint Schleiermacher von den Entwicklungen nach der Französischen Revolution, für die Napoleon 1798/99, als die *Reden* geschrieben wurden, noch als Hoffnungsträger stehen konnte, eine "Revolution der Gesinnungen und Vorstellungsarten" und mit ihr eine Neubelebung der Religion erwartet zu haben. Hölderlin zweifelte vom Herbst 1799 offenbar wegen Napoleons sich abzeichnender Diktatur an dem entstehenden Kunstwerk der Geschichte, ließ den

Dies ist nun ganz offensichtlich der Anstoß für die Konzeption von Novalis' *Hymnen an die Nacht* und, obendrein noch antwortend auf diese, Hölderlins *Brod und Wein* gewesen. Beide stellen ihre Dichtkunst erkennbar in den Dienst religiöser Erfahrung, beide leisten "Hilfe der Kunst" für die Selbstbetrachtung und die Geschichtsbetrachtung; Hölderlin spricht vom Priestertum der Dichter (V. 123): für ihn ist das von Schleiermacher bedauerte Defizit ausgeglichen.

Götter

Um einen Vergleich zwischen Novalis' *Hymnen an die Nacht* und Hölderlins *Brod und Wein* anstellen und Hölderlins Antwort auf die im August 1800 im *Athenäum* veröffentlichten *Hymnen* recht verstehen zu können, ist nach der Mythologie der Nacht noch ein Blick auf die Mythologie der Götter und "Halbgötter" nötig, ohne daß dabei die immer noch wachsende Literatur zu Mythos und Mythologie im ausgehenden 18. Jahrhundert auch nur gestreift werden könnte.[54] Nur die Texte und Positionen hinsichtlich der Geltung mythologischer Figuren, auf die Novalis und Hölderlin sich bezogen haben, sollen erwähnt werden.

In seiner Fragmentreihe *Vom neuern Gebrauch der Mythologie* verteidigte Herder gegen Christian Adolf Klotz den Gebrauch der griechischen Götterfiguren "um ihrer *allgemeinen Bestandheit*, um ihrer *hohen poetischen Nebenbegriffe*, um ihres *Lichts der sinnlichen Anschauung* willen: damit [der Dichter] allen *verständlich*, damit er poetisch *edel*, *reich* und *schön*, damit er für die *anschauende* Phantasie rede"; im Begriff der "poetischen Bestandheit", der gegen die geforderte "Wahrheit" ausgespielt wird,[55] erinnert Herder an Poesie als Muttersprache des Menschengeschlechts – die mythologischen Figuren und Erzählungen reichen an den Ursprung zurück, sind Hieroglyphen des Menschen und seiner Urverhältnisse. Diesen Aspekt baut er vor

---

Empedokles liegen und setzte in der im Herbst/Winter 1800/1801 entstehenden Elegie *Brod und Wein* auf die Priesterschaft der Dichter und die Wirkung der von ihnen besungenen göttlichen Spuren.

54 Ersten Zugang verschafft Christoph Jamme, *Einführung in die Philosophie des Mythos. Neuzeit und Gegenwart*, Darmstadt 1991, mit Bibliographie. Zu Hölderlin vgl. meinen Aufsatz "Hölderlin und der Mythos", in : Manfred Fuhrmann (Hrsg.), *Terror und Spiel. Probleme der Mythenrezeption*, München 1971, S. 295–340.

55 Herder, Frühe Schriften (wie Anm. 11), S. 435, 433.

allem in den *Humanitätsbriefen* aus. Wichtig ist nun, daß diese Figuren und Bilder nicht “bloß wiederholt” werden: “wer in hundertmal gesehene Körper, einen neuen Geist hauchet, daß sie ihm zu großen Zwecken dienen, und in einer neuen *Sphäre*, ihrem Charakter gemäß, *poetischschön* handeln: der ist mehr als mittelmäßiger Kopf”.[56] Es ist schwer, “eine *ganz neue* Mythologie zu schaffen. – Aber *aus der Bilderwelt* der Alten gleichsam eine neue uns zu finden wissen, das [...] zeichnet den Dichter. Man wende die alten Bilder und Geschichte auf nähere Vorfälle an: legt in sie einen neuen poetischen Sinn, verändert sie hier und da, um einen neuen Zweck zu erreichen”.[57] Die Konfrontation von Altem und Neuem in dieser neugebrauchten Mythologie profiliert also einerseits die geschichtlichen Epochen und Denkstile gegeneinander und läßt andererseits das unvergänglich Gültige des poetischen Urkonzepts in seiner “Bestandheit”[58] sich zeigen. Goethe hat z.B. Herders Gedanken im *Prometheus* oder im *Faust* genial verwirklicht.[59] Hölderlin konfrontiert antike Götter- und Heroengestalten spannungsreich und durchaus nicht bloß allegorisch mit (geschichts)philosophischen Deutungen (z.B. *Natur und Kunst oder Saturn und Jupiter*), deckt gemeinsame Strukturen in ihren Verhältnissen auf, die sie dann synkretistisch aufeinander beziehbar machen,[60] und kommt zur Überzeugung: “Wir müssen die Mythe nemlich überall beweisbarer darstellen” (V 268; *2, 918*), was wieder die Bewahrung der Mythe, aber ihre Transformation in die kulturspezifischen Denkformen der Gegenwart impliziert.

Heftige Klage über die verlorene Gültigkeit der mythologischen Gestalten kam von Schiller in *Die Götter Griechenlandes*, in 1. Fassung 1788 in Wielands *Teutschem Merkur* erschienen.[61] Das Christen-

---

56 Ebd. S. 434.

57 Ebd. S. 450.

58 Den Begriff der Bestandheit hat Lessing in seiner 2. Fabelabhandlung aufgrund einer Argumentation Christian Wolffs eingeführt; er hat danach eine interessante Verwendungsgeschichte.

59 Vgl. meinen Aufsatz “Vom Mythos zum Simulacrum: Goethes ‘Prometheus’-Ode”, Lenz-Jahrbuch 1, 1991, S. 147–167 und das Kapitel “Dialogische Lesarten” in: Ulrich Gaier, *Goethes Faust-Dichtungen. Ein Kommentar. I Urfaust*, Stuttgart 1989, S. 229–267.

60 Vgl. meinen Versuch, diese Strukturanalogien herauszuarbeiten, in *Der gesetzliche Kalkül. Hölderlins Dichtungslehre*, Tübingen 1962, S. 282–316.

61 Schillers *Werke*, Nationalausgabe, Bd. 1, hrsg. v. Julius Petersen und Friedrich Beißner, Weimar 1943, S. 190–195.

tum hat die griechischen Götter, die Produkte der "Dichtkunst" (V. 9) und die schönen Vorstellungen von der Beseeltheit der Natur beseitigt; nun "dient sie knechtisch dem Gesetz der Schwere / die entgötterte Natur" (V. 167f.), denn "*Einen* zu bereichern, unter allen, / mußte diese Götterwelt vergehn" (V. 155f.), und "Müßig kehrten zu dem Dichterlande / heim die Götter, unnütz einer Welt / die, entwachsen ihrem Gängelbande, / sich durch eignes Schweben hält" (V. 173–176). Christus herrscht "auf Saturnus umgestürztem Thron" (V. 180) und sieht "in dem langen Strom der Zeiten / ewig nur – sein eignes Bild" (V. 183f.). Sowohl die griechischen Götter wie Christus sind menschliche Produkte, die aber wiederum die menschliche Produktion ermöglichen; so sind die griechischen Götter von der Dichtkunst erzeugt (V. 9f.), in der aber himmlisches und unsterbliches Feuer floß (V. 49f.); so ist Christus "Werk und Schöpfer des Verstandes" (V. 194). Damit sind sie als mythologische Figurationen gleich ungültig, als Produktionen mythischen Bildens gleich gültig; nur das sprechende Ich weint elegisch dem "holden Blüthenalter der Natur" nach (V. 146).

Schillers Gedicht entfachte einen heftigen Streit, in den Novalis zunächst apologetisch eingreifen wollte;[62] die *Hymnen an die Nacht* aber formulieren seinen "entschiedenen Einspruch"[63] gegen Schillers Auffassung nicht der griechischen Götter, wohl aber Christi. Die fünfte Hymne reproduziert für die "alte Welt" bis in Formulierungen hinein Schillers Gedicht; nur hinsichtlich des Todes behauptet Novalis, er hätte die griechischen Götter ratlos gelassen, und das von Schiller gepriesene Bild vom fackelsenkenden Jüngling sei nur eine kühne Verschönerung der "grausen Larve" gewesen.[64] Die Entgötterung der Welt durch "die dürre Zahl und das strenge Maß"[65] ist, wie Schleiermacher das schon sah, im Hellenismus durch die Menschen selbst vollzogen worden, und das Christentum ist dasjenige, was diese Irreligiosität, die Parallelerscheinung zur Aufklärung des 18. Jahrhunderts, wieder beseitigt und den Sinn für das Universum wieder eröffnet hat: "Kühn führt es die Heiden hinweg über die Trennung, die sie gemacht

62 *Apologie von Friedrich Schiller*, in: Novalis *Schriften*, Bd. 2, hrsg. v. Richard Samuel, Hans-Joachim Mähl und Gerhard Schulz, ^{2}Stuttgart 1965, S. 24f.

63 Pfaff (wie Anm. 15), S. 89.

64 *Schriften*, Bd. 1, hrsg. v. Paul Kluckhohn und Richard Samuel, ^{2}Stuttgart 1960, S. 141/143.

65 Ebd. S. 145.

hatten zwischen dem Leben und der Welt der Götter und der Menschen."[66] Für Novalis ist Christus der Tod, der den Tod überwindet und auferstehend eine neue Welt entstehen läßt:[67] eine Welt, die auf den Tod, die Trennungslosigkeit der Liebe, das flutende Meer des Lebens, die Nacht der Wonne hin orientiert ist und das Leben im Licht des Hiesigen als "Schattenleben" verachtet.[68]

Hölderlins Antwort auf Schillers *Götter Griechenlandes* ist komplexer und impliziert zugleich die Antwort auf Schleiermacher und Novalis. Er läßt sich zunächst von Heinses im letzten Abschnitt zitierter systemtheoretischer Deutung der griechischen Göttervorstellung (und polytheistischer Göttervorstellungen überhaupt) leiten, wonach in dem Spannungsfeld zwischen Einheit und Allheit reine Extremformen (Christentum einerseits, Atomismus andererseits) und eine Anzahl Mischformen, "Aristokratien" denkbar sind. In seine eigenen naturreligiösen Mythen übernahm Hölderlin Heinses Vorstellung vom alldurchflutenden Aether (Lichtwesen des Eins und Alles) und der alldurchflutenden Nacht (finsteres Wesen des Eins und Alles) und der "aristokratischen Weltmonarchie" der elementaren Götter – Jupiter Luft, Apoll Sonne, Neptun Wasser, (Juno) Erde – in der ein Prinzip herrschend ist (Jupiter). In der naturmythischen Durchdringung von astronomischen oder geographischen Daten und geschichtsphilosophischer oder metaphysischer Deutung, die Hölderlin im ersten Buch von Herders *Ideen* verwirklicht fand, gewannen die alten Vorstellungen wieder an Gültigkeit, nicht im Sinne von Dogmen, sondern im Sinne einer spontanen Religiosität, des momentanen Gewahrwerdens des "höheren mehr als mechanischen Zusammenhangs" in einer bestimmten Sphäre und seiner poetischen "Erinnerung" (IV 275; *2, 564*). Das schönste Beispiel dafür ist das Gespräch über das "Leben der Erde" zwischen Hyperion und Diotima (III 54; *2, 63*), wo der Übergang zwischen Physik/Geologie/Kosmologie und anthropomorpher Metaphysik exemplarisch zu beobachten ist: diese mythische Belebung geschieht aus "Überfluß unsers Herzens" und erleichtert die Mythopoeten vom Druck ihres Affekts und des in ihnen mächtigen Geistes: "Nun, nun müssen dafür Worte, wie Blumen, entstehn." (*Brod und Wein*, V. 90)

66 Schleiermacher (wie Anm. 36), S. 196.
67 Novalis Bd. 1 (wie Anm. 64), S. 147/149.
68 Ebd. S. 139, 153/155.

Dies kann zugleich auch als Kritik an Goethes *Römischen Elegien* und seiner ironischen Art des neuern Gebrauchs der Mythologie verstanden werden – Hölderlin hat mit *Brod und Wein* zweifellos auch dieses Werk überbieten, auf es antworten wollen: Die Numerierung der Einzelstücke ist zwar sekundär, aber es ist deutlich, daß Hölderlin durch seine Aufteilung in zusammenhängende Einzelstücke auf Goethes Zyklus von Einzelstücken anspielt, der ja in der Elegienliteratur ohne Beispiel ist; wie Goethe in der Elegie XX den Schreibprozeß fiktiv beginnt (V. 21f.) und damit in den Anfang zurückleitet, so schließt auch *Brod und Wein* mit dem Stillwerden des Titans, mit dem die erste Strophe begonnen hat; wie Goethe geht es Hölderlin um das rechte Verhältnis zur ruinierten Antike, zur Gegenwart, zu dem, was an Frömmigkeit im antiken Geiste geblieben ist und die heillose Gegenwart erträglich macht. Der lockere Umgang Goethes mit den Glaubensvorstellungen der Römer ist für Hölderlin allerdings nicht der Gesichtspunkt, aus dem wir das Altertum anzusehen haben. Wenn für Goethe die Götter lebendig werden, so sind es die Statuen in der Werkstatt des Künstlers (Elegie XI), wie ihm umgekehrt der von ihm beherrschte römische Busen und Leib zum klassischen Bildwerk wird und die Sprache der Statuen verständlich macht; für Hölderlin, ausdrücklich sagt er es, schweigen die Theater, die Waffen und Wagen ertönen nicht mehr in Olympia; wo Goethe froh auf klassischem Boden begeistert wird (Elegie V), verhallt sein frohlockender Wahnsinn, der ihn Heinse ins alte Griechenland mitreißen läßt, ungehört und unbeantwortet zwischen den Ruinen. Wo Hölderlin zur Erkenntnis kommt, daß die Götter "über dem Haupt droben in anderer Welt" leben, sind sie für Goethe nur als poetische Bilder durch und für seine Liebe wirklich – die Göttin Gelegenheit (Elegie IV), der Mythos von Eleusis, der explizit profanisiert wird (Elegie XII), die Paramythie[69] von Herkules, Fama und Amor (Elegie XIX) oder die Rede des Sophisten Amor (Elegie XIII), ja die Vision vom Aufstieg in den Olymp zum Jupiter Xenius und das selbstironische Genügen am Aufstieg zum römischen Kapitol, das sind Umspielungen, in denen die einzig wirklichen Erfahrungen der Liebe, der Kunst, der kulturgeschichtlichen Differenz, der Todesahnung und des Lebensgenusses in die Bestandheit mythologischer Bilder gefaßt werden.

---

69 Zum Begriff der Paramythie vgl. Herder, Volkslieder (wie Anm. 1), S. 697–699, 1353–1360.

Hölderlin fehlt diese Erfahrung des Genusses; er leidet an der dürftigen Zeit, sucht Erkenntnis über die Weise, wie Göttliches anwesend sein kann, sucht Spuren vergangener Anwesenheit der Götter. Auch für ihn ist die klassische Kultur Sprache, Lobpreis der Götter (Str. 5/6), aber die Sprache ist zerstört, der Gesang verhallt, die fernhintreffenden Sprüche, das tönende Geschick sind verstummt. Mythisch hoch aufgeladene Substanzen, Brot und Wein, in denen sich Dionysos, Demeter, Zeus, die Mysterien von Eleusis, aber auch Christus erinnern lassen, sind das ernste Gegenstück zu Goethes Römerin, denn auch sie eröffnen den Zugang und die Hoffnung, sofern sie gestiftete Gaben sind, denen Dank und Gesang gelten können, und sofern sie, als Substanzen genossen, das “Bleiben” des Weingotts und “einiges Haltbare” in der entgrenzenden Nacht gewährleisten. Denn die Nacht, das Negativ-Aorgische, ist in ihrer vollen göttlichen Macht präsent, während der Vater Äther, das Positiv-Aorgische, noch nicht wieder “jeden und allen gehört”, sondern nur in der spontanen Begeisterung der Sänger des Dionysos und im Licht der Fackel Christi erahnbar ist; die Fackel, das hatten wir von Schleiermacher gehört,[70] ist das Licht der eigenen Erfahrung der Versuchung zur Irreligiosität, mit dem das Christentum fähig ist, gegen die Irreligiosität zu kämpfen, sich selbst zu reinigen und ständig zu überschreiten.

Wird Goethe kritisch überwunden, weil er das große Problemfeld der Kulturdifferenz und der Heillosigkeit der Gegenwart selbstironisch mit einem Rückzug ins private Glück umgeht, so antwortet Hölderlin mit dem Gedanken von der Sprachartigkeit, Logoshaftigkeit der Kultur und der in ihr erzeugten Göttervorstellungen auf Schiller, Schleiermacher und Novalis zugleich. Die Theorie wird in den Strophen 4–6 von *Brod und Wein* entfaltet. Am Anfang steht der Einbruch des “großen Geschiks”, das mit allgegenwärtigem Glück über die unbewußten Menschen hereinbricht und sie mit überbordendem Leben erfüllt; diese Begeisterung müssen sie mitteilen, einander, Fremden, und müssen dafür Sprache entwickeln, zunächst metaphorisch (“Vater”), lautimitierend (“heiter”, “hallt”), ererbt (“Aether”), dann mit Worten, in denen sich die Erkenntnis einen Namen erschafft: “Eines und Alles” (V. 84).

---

70 Vielleicht spielt bei ihm und/oder bei Hölderlin Paul Gerhardts Advents-Lied “Wie soll ich dich empfangen” herein, wo es heißt: “O Jesu, Jesu setze mir selbst die Fackel bei, damit, was dich ergötze, mir kund und wissend sei.”

Die Austeilung des gemeinsamen Geistes in die Allheit verschiedener Menschen, Ereignisse, Situationen schafft zunehmendes Bewußtsein, erzeugt die Vorstellung von verschiedenen "Himmlischen", die sich offenbaren und in den Lebenssphären der wachsenden Kultur ihr "Antlitz" zeigen. Daß Hölderlin in dieser Erzählung von der Phase des unbewußten Gebrauchs des Göttlichen durch die Griechen Jesus zitiert, nach dessen Wort die Welt "den Geist der Wahrheit[...] nicht kann empfangen, denn sie sieht ihn nicht und kennt ihn nicht" (Joh 14,17; vgl. V. 88), zeigt die strukturelle Allgemeinheit, in der er den Vorgang betrachtet – die Stelle nimmt die differenzierte strukturelle Betrachtungsweise aus dem Athenerbrief des *Hyperion* auf und wendet sie im Sinne der in den poetologischen Aufsätzen erarbeiteten Theorie von Geist und Zeichen, Grund und Ausdruck ins Semiotische. Die Namen, die nun für die Himmlischen gefunden werden, sind Zeichen der Erinnerung an bestimmte Lebenssphären und Situationen der Epiphanie des Göttlichen, geprägt auch von der Rezeptivität des Empfängers. Der begeisternde und belebende göttliche Grund ist überall *eins*, aber der Ausdruck, die Form der Bestimmung, Einschränkung, die ja auch Verkehrung, Bescheidenheit, Demut ist, diese sind kulturspezifisch. Die nun entstehende kulturelle und staatliche Ordnung von Völkern, Tempeln, Städten ist Ehre der Götter, "Diotima";[71] für Hölderlin rühmen die Himmel nicht die Ehre/Herrlichkeit Gottes nach Ps 19,2, sondern den Menschen in der Geschichte.[72] Das ist ein genuin Herderscher Gedanke, den er in der Ursprungsschrift, der Bückeburger Geschichtsschrift, vor allem in den *Ideen* ausgeführt hat; besonders ist es hier der Gedanke des "Maximums" (Buch XV), der vollendeten Organisation und Ausprägung dessen, was in einer bestimmten Konstellation von kulturgeographischen, historischen und historisch-anthropologischen Gegebenheiten möglich ist und "klassisch" verwirklicht wird, der Hölderlin die Entwicklung einer Nationalkultur am Beispiel der Griechen darstellen läßt.

---

71 Dies ist eine der möglichen Bedeutungen des Namens Diotima, vgl. Wolfgang Binder, *Hölderlin-Aufsätze*, Frankfurt a.M. 1970, S. 192–210. In meinem Aufsatz "Diotima, eine synkretistische Gestalt", *Turmvorträge* 1989/90/91, hrsg. v. Valérie Lawitschka, Tübingen 1991, S. 141–172; 166–172 bespreche ich diesen Aspekt der Ehre oder Herrlichkeit Gottes ausführlich.

72 Vgl. schon in der *Hymne an die Menschheit* den Schluß: "Die Himmel kündigen des Staubes Ehre, / Und zur Vollendung geht die Menschheit ein." (I 148; *1, 127*).

Schillers kulturgeschichtliche Phantasie in der *Elegie* (später: *Der Spaziergang*) macht keine bestimmten Aussagen über die selbständige Existenz der Götter oder die Intentionalität der Kultur hinsichtlich des Göttlichen. Für "Demeter", die die Eigentumsgrenzen der Felder gezogen habe, steht äquivalent "Gesetz" und "Menschenerhaltender Gott" (V. 42f.); die Götter wohnen in Tempeln, bringen ihre Gaben, sind Adressaten der Gebete (V. 83–97), aber insgesamt scheint jede metaphysische oder religiöse Dimension der Kulturentwicklung zu fehlen. Ursachen wie die größere Verdichtung der Menschen in den Städten oder das Bedürfnis nach "Freyheit" treiben die Kultur voran und zerstören sie; auf das Elementare reduziert kehrt die Kultur in die Natur, der Mensch aus der ruinierten Stadt zu der verlassenen Flur zurück. Schiller findet offenbar "das vertraute Gesetz in des Zufalls grausenden Wundern" (V. 136) nicht; Geschichte erscheint als sinnloses Auf und Ab zwischen Phasen der Kultur und einer "Natur", die dem Spaziergänger nach dem Entsetzen über die Kulturvernichtung der Revolution den Blick auf "die Sonne Homers" gewährt. Hier antwortet Hölderlins Tröster Heinse in *Brod und Wein* mit dem Hinweis auf die Gaben der scheidenden Götter, auf die damit gestiftete menschliche Freude, den Dank, die Erinnerung und die Hoffnung, den Gesang, die Sage über das Bleiben und Versöhnen des Weingotts und die Erkenntnis, daß in der ruinösen Gegenwart des Abendlands eine Prophetie von "Kindern Gottes" sich zu erfüllen beginnt. Kinder Gottes heißen im AT die Engel (1 Mos 6,2.4; Hiob 1,6; 38,7); die "Weissagung der Alten" gedenkt vielleicht der Seligpreisung der Bergpredigt, wonach die Friedfertigen Gottes Kinder heißen werden (Mt 5,9) – der von Hölderlin so erhoffte und gefeierte Friede von Lunéville zeichnete sich im Winter 1800/1801 schon ab.[73] Hölderlin sieht also wie Herder Geschichte als "Herrlichkeit", als Phänomen-Geschichte des Geistes, des Lebens und des Seins, des negativ und des positiv Aorgischen und der Formen des Organischen der Kultur aus Menschen und Göttern; er sieht, als Beweis gegen Schiller, vor allem das durch die "Nacht" währende Gedenken und Erinnern unter den Menschen wirksam; er er-

73 Vielleicht hat Hölderlin auch Joh 1, 12 im Sinn: "Wie viele ihn aber aufnahmen, denen gab er Macht, Gottes Kinder zu werden, die an seinen Namen glauben". Nachdem sich der Friede von Lunéville nur als Episode, nicht als Endfriede herausgestellt hat, nimmt Hölderlin in der späten Überarbeitung des Schlusses die Figur Christi heraus; das Vaterländische wird zum Thema und Gegenstand der Hoffnung.

kennt den Sinn des Dichtertums im Gesang, der Sage und der Weissagung, Formen der Sprache, die die Erkenntnis des Vaters Aether, des gemeinsamen Geistes und Lichtes der höheren Aufklärung, vorbereiten und neue Kultur ermöglichen.

Der Gedanke der Sprachlichkeit von Kultur antwortet auch auf Schleiermacher. Trotz seiner extensiven Kenntnis Herders, trotz seiner Betonung der Notwendigkeit von Vermittlung konnte dieser sich nicht vorstellen, "wie der Kunstsinn für sich allein übergeht in Religion", und hatte "von einer Kunstreligion, die Völker und Zeitalter beherrscht hätte, [...] nie etwas vernommen".[74] Das ist richtig, antwortet Hölderlin, denn der Kunstsinn für sich ist sekundär und allenfalls ein Phänomen moderner Subjektivität. Aber umgekehrt spricht Religion, spricht Anschauung und Gefühl für das Universum als Kunst, und jede Kultur, die sich wie die griechische als Ehre der Himmlischen versteht und nichts zuläßt, "was nicht den Hohen gefället" (V. 93), ist die von Schleiermacher vermißte Kunstreligion. Auch die griechischen Götter und Christus werden anders gedeutet: Haben für Schleiermacher die Griechen nur eine "schöne Mythologie" hinterlassen, die ihm "gleichgültig" ist,[75] hat das Christentum die Heiden kühn hinweggeführt "über die Trennung, die sie gemacht hatten zwischen dem Leben und der Welt der Götter und der Menschen",[76] so hat zumindest Dionysos die gleiche (wenn nicht eine größere) Gültigkeit und Funktion wie Christus, und dieser ist der letzte des antiken Göttertags, ein leitender Genius und Fackelschwinger für die anbrechende Nacht (V. 107f., 129f., 155f.). Dionysos söhnt schon in der griechischen Religiosität "den Tag mit der Nacht aus", hat chthonische Züge, ist ein sterbender und wiederkehrender Gott[77] und "bleibt" deshalb auch in Nachtzeiten, wo er "selbst die Spur der entflohenen Götter / Götterlosen hinab unter das Finstere bringt" (V. 143–148). Auch die antike Religiosität hatte im Dionysoskult, in den Mysterien und in der Tragödie Aspekte der Reinigung und Selbstüberschreitung, die man nicht bloß dem Christentum gutschreiben darf.

Das ist auch vollends die Antwort auf Novalis, der Christus mit dem Tod, dem Zeichen und Übergang in das Aorgische der Nacht, identifiziert hatte. Die Überwindung des Todes durch den Tod ist eine

---

74 Schleiermacher, Reden (wie Anm. 36), S. 119f.

75 Ebd. S. 191.

76 Ebd. S. 196.

77 Umfassend vgl. Maria Behre, *'Des dunkeln Lichtes voll'. Hölderlins Mythokonzept Dionysos*, München 1987.

Leistung schon des Dionysos; die Trunkenheit und Nachtbegeisterung der Bacchen und "heiligen Priester, / Welche von Lande zu Land zogen in heiliger Nacht" (V. 123f.) gehört schon in die griechische Religiosität und widerlegt die Geschichtskonstruktion der fünften *Hymne an die Nacht*. Die Differenz zwischen den Kulturepochen muß anders bestimmt werden;[78] Christus ist nicht schlicht mit dem Aorgischen selbst identifizierbar; er ist "der Syrier", wenn auch "des Höchsten Sohn". In *Brod und Wein* hält Hölderlin dagegen genau auseinander: Nacht und Aether als negativ bzw. positiv Aorgisches (Sein, Leben, Geist), Götter als kulturspezifische sprachartige Formen des Göttlichen – Dionysos und Christus gehören dazu –, "Genien" als versöhnende Mittlerzeichen zwischen Aorgischem und Kultur, begleitet von den Substanzen Brot und Wein, an die Erinnerung und Hoffnung geknüpft sind. Die Begeisterung, der Gesang fordern deshalb nicht auf, das Reich des Tages zurückzulassen und sich mit dem Blick ins Jenseits auf der Grenzscheide des Lebens anzusiedeln, sondern sie verkünden den neuen Tag, bereiten die Wiederkehr der Götter nach der Erkenntnis des positiv Aorgischen, die Transformation der titanischen Geschäftigkeit in Kultur, die Vermittlung von Orkus und Elysium durch eine als Herrlichkeit Gottes erscheinende Geselligkeit und Kunst der Menschen vor. Das Hymnische der Gesänge, das sich in *Brod und Wein* vorbereitet, rechtfertigt sich nicht als Hymne an die Nacht, sondern als Hymne während der Nacht in Vorbereitung des neuen Tages und des werdenden Vaterlandes.

Hölderlins Elegie *Brod und Wein* antwortet also auf viele Stimmen und gewinnt ihr Profil aus dem Dialog, in den er sie mit den Zeitgenossen treten läßt. Dieses dialogische Prinzip ist durch das Gespräch mit Heinse, der Hölderlin vielleicht längst wieder vergessen hatte, in der Elegie verwirklicht. Das Lob Heinses, der ja in der achten Strophe den entscheidenden Trost ausspricht – die neunte spricht entweder er allein, oder das sprechende Ich stimmt mit "Ja!" (V. 143) und der folgenden Ausführung zu – beruht in der durch Schleiermacher geschaffenen religionsphilosophischen Lage auf der für Hölderlin entscheidenden Einsicht in die "monarchischen, aristokratischen, demokratischen" Modifikationen des Eins und Alles, die ihm eine neue Zuwendung zur Religiosität und ihren allgemeinen und kulturspezifischen Ausformungen ermöglichte. Die vaterländische Dichtung ist damit eröffnet.

---

78 Das versucht Hölderlin im Brief an Böhlendorff vom 4. Dezember 1801.

Gesang

In einem Brief an den Verleger Wilmans vom Dezember 1803 meldet Hölderlin, er sei "an der Durchsicht einiger Nachtgesänge für Ihren Allmanach" und fügt, offenbar in Beziehung darauf, hinzu: "Es ist eine Freude, sich dem Leser zu opfern, und sich mit ihm in die engen Schranken unserer noch kinderähnlichen Kultur zu begeben." (VI 436; *3, 470*) Dann folgt, als Nebenbemerkung oder neues Thema:

> Übrigens sind Liebeslieder immer müder Flug, denn so weit sind wir noch immer, troz der Verschiedenheit der Stoffe; ein anders ist das hohe und reine Frohloken vaterländischer Gesänge.
> Das Prophetische der Messiade und einiger Oden ist Ausnahme.
> (VI 436; *3, 470*)

Man kann aus diesen Andeutungen entnehmen, daß Hölderlin die Zeit der Liebeslieder für überwunden hält – "so weit sind wir noch immer", d.h. allemal, ohnedies –, daß er mit "Nachtgesängen" sich dem Leser opfert und "sich mit ihm in die Schranken unserer noch kinderähnlichen Kultur" begibt, während er mit dem Prophetischen vaterländischer Gesänge dem erreichten Stand der Kultur vorauseilt und frohlockend antizipiert, was sein wird. Kultur ist, im Sinne des bei *Brod und Wein* Besprochenen, die zeichenhafte Antwort der Menschen auf die Epiphanie des Göttlichen, ist Reich Gottes und Vaterland. Sie beginnt mit der Erschütterung der Menschen durch "das große Geschik", manifestiert sich durch ihre Erfahrung des gemeinsamen Geistes, erinnert sich an uralte Zeichen ("Vater Äther") und ererbte Namen ("Eines und Alles") – Hölderlin mag hier an die Spinoza-Debatte gedacht haben, wie bei der Erschütterung durch das große Geschick an die Französische Revolution und ihre gesamteuropäischen Folgen –; darauf folgt eine Phase der "kinderähnlichen" Gewöhnung der Menschen an die "Himmlischen":

> Unempfunden kommen sie erst, es streben entgegen
> Ihnen die Kinder, zu hell kommet, zu blendend das Glük,
> Und es scheut sie der Mensch, kaum weiß zu sagen ein Halbgott,
> Wer mit Nahmen sie sind, die mit den Gaaben ihm nahn.

Der Prozeß bis zur anerkannten Anwesenheit mit Namen genannter Gottheiten ist langsam; Hölderlin vergleicht ihn mit einem Ausgang aus der Beschattung in das Licht des Tages, mit dem Ertragenlernen der blendenden Helligkeit, einem Sehenlernen des Antlitzes der Himmlischen, einer Austeilung der Fülle, einem Wachstum, das bis zur Blume, dem das Liebste nennenden Wort, und dann zur Frucht, der in Völkern, Tempeln, Städten, Festen sich zu Ehren der Götter manifestierenden Kultur führt (II 92f.; *1, 288f.*).

Wenn Hölderlin Nachtgesänge für die noch kinderähnliche Kultur von vaterländischen Gesängen unterscheidet, so sind wohl die ersten auf die unmittelbar herrschende Zeitsituation, das Göttliche in der gegebenen Lebenssphäre bezogen. Das trifft auf die bei Wilmans erschienenen Oden *Chiron*, *Thränen*, *An die Hofnung*, *Vulkan*, *Blödigkeit*, *Ganymed* und die pindarischen Fragmente *Hälfte des Lebens*, *Lebensalter* und *Der Winkel von Hahrdt* zu; eine Untersuchung ihres Zusammenhangs steht m.W. noch aus. Gegenüber den Nachtgesängen sollten die vaterländischen Gesänge wohl das Bewußtsein für die Erscheinung der Himmlischen "in Wahrheit" vorbereiten, eine Sprache finden und die Erinnerung des Vergangenen als Faden der Kontinuität an das Werden des Neuen knüpfen, wie die <*Verfahrungsweise*> und das <*Werden im Vergehen*> es als notwendig erkannt haben. Gesang statt der müden subjektivischen "Liebeslieder" ist in beiden Hinsichten sinnvoll – es ziemt sich, der Nacht "Kränze zu weihn und Gesang" wegen ihres eigenen Wesens und weil sie "Haltbares" im Finstern zulassen muß – "die Vergessenheit und das Heiligtrunkene gönnen, / Gönnen das strömende Wort" (II 91; *1, 286*), – und vollends ziemt es sich, im Hinblick auf den kommenden Göttertag Gesang zu bringen: "Statt offner Gemeine sing' ich Gesang." (II 123; *1, 377*) So beginnt *Der Mutter Erde*; dieser Einzelgesang ist wie der versuchte Ton einer Harfe, die der Meister bald mit allen Saiten spielt:

> Doch wird ein anderes noch
> Wie der Harfe Klang
> Der Gesang seyn
> Der Chor des Volks.
> Denn wenn er schon der Zeichen genug
> Und Fluthen in seiner Macht und Wetterflammen
> Wie Gedanken hat der heilige Vater,
> unaussprechlich wär er wohl
> Und nirgend fänd er wahr sich unter den Lebenden wieder
> Wenn zum Gesange nicht hätt ein Herz die Gemeinde.

(II 123; *1, 377*)

So bringt auch das Anfangsbild von *Am Quell der Donau* Orgelvorspiel und Gemeindegesang in Sukzession zueinander – hier ist es nicht die Einzelstimme des Dichters, sondern "die menschenbildende Stimme" des "Wortes aus Osten", das nach Herders "Gang Gottes über die Nationen"[1] von "Asia" ausgeht, sein Echo in Griechenland findet, sich am Kapitol bricht und "jählings herab von den Alpen", Humanität stiftend, zu den Deutschen kommt (II 126; *1, 322*).

Gesang ist also allemal erst vollständig, wenn die Gemeinde singt; der Einzelgesang ist nicht etwa Signum der Moderne, sondern Vorspiel, vorläufige Stellvertretung "statt offner Gemeine". Wenn alle zur Gemeinde geworden sind und ein "Herz" zum Gesang, d.h. Mut dazu haben, und wenn sie "ein" Herz haben, d.h. in ihrer Begeisterung einig sind, dann ist auch der Dichter nur einer von ihnen. Gesang ist poetische "Muttersprache des menschlichen Geschlechts";[2] als gemeinsame

---

1 Johann Gottfried Herder, *Auch eine Philosophie der Geschichte zur Bildung der Menschheit*, in: J.G. Herder *Werke*, hrsg. v. Wolfgang Proß, Bd. 1, München 1984, S. 665. Der Weg, den nach Hölderlin die "menschenbildende Stimme", das "Wort aus Osten" geht, wird hier zusammengefaßt: "Dort *Morgenland*! die *Wiege* des Menschengeschlechts, Menschlicher *Neigungen* und aller *Religion*. Wenn Religion in aller kalten Welt *verachtet* und verglüht sein sollte: ihr Wort dorther, Feuer- und Flammengeist *dorther* webend." [Anm. Herders: "Das verachtete Buch – die Bibel!"] Nach der asiatischen Kindheit sind die Griechen "die Jünglinge aller sogenannten feinen Literatur und Kunst [...]. *Die schönste Blüte* des *Menschlichen Geistes*, des *Heldenmuts*, der *Vaterlandsliebe*, des *Freiheitgefühls*, der *Kunstliebhaberei*, des *Gesanges*, des *Tons* der *Dichtung*, des *Lauts* der *Erzählung*, des *Donners* der *Beredsamkeit*, des *Aufbruchs* aller *Bürgerlichen Weisheit*, wie sie es jetzt ist, ist ihr. [...] *Italien* war die *Brücke*: Rom die *Mittelzeit* der *Härtung* des *Kerns* und seiner *Austeilung*"; Mittelalter und modernes Europa folgen. Die Geschichte erscheint als "Tempel Gottes", als "Fortgebäude [...], durch alle Jahrhunderte hindurch" (ebd. S. 662f., 665), die Kultur ist wie bei Hölderlin eine von Gott und den Menschen geschaffene Offenbarung Gottes.

2 Johann Georg Hamann, *Sokratische Denkwürdigkeiten, Aesthetica in nuce*, hrsg. v. Sven-Aage Jørgensen, Stuttgart 1968, S. 81, wo Gesang an Alter vor die Deklamation und mit der Poesie ineins gesetzt wird. Zugrunde liegt die Vorstellung vom Sprache begleitenden und sie hinsichtlich des Ausdrucks, der Leidenschaft, der Begeisterung überhaupt erst ermöglichenden *accentus*, der durch Stimmhöhe, Betonungsdruck und Silbendehnung bzw. -kürzung und die Modulation dieser Musik die "eigentliche" Sprache erzeugt, die unmittelbar in die Seele des Hörers hineinwirkt. Vgl. den Artikel "Accent" in Rousseaus *Dictionnaire de Musique*, das Hölderlin vermutlich kannte.

Lautung setzt er Produzent und Rezipient identisch; als unmittelbarer Ausdruck von Gefühl und freudiger Begeisterung wird er zugleich zum unmittelbaren Eindruck des Mit-Gefühls und der gemeinsamen Begeisterung aller, die mitsingen. Diese einmalige Qualität der gemeinsamen und sich in sich selbst verstärkenden Äußerung im Gesang ist geeignet, den "heiligen Vater" anzusprechen, damit er "wahr sich unter den Lebenden wieder" findet.

Ich habe schon auf die hymnische Qualität der Elegien Hölderlins nach 1800 hingewiesen und die neu eröffnete religiöse Thematik, die insbesondere die Gesänge bestimmt, mit der Lektüre von Schleiermachers Reden *Über die Religion* in Zusammenhang gebracht. Dieser schreibt, orientiert an den Gemeindeerfahrungen der Herrnhuter Pietisten, wie in der künftigen "Stadt Gottes" einer hervortritt und spricht ohne Amt und Anmaßung: "es ist freie Regung des Geistes, Gefühl der herzlichsten Einigkeit jedes mit allen und der vollkommensten Gleichheit, gemeinschaftliche Vernichtung jedes Zuerst und Zuletzt und aller irdischen Ordnung"; "er spricht das Universum aus, und im heiligen Schweigen folgt die Gemeine seiner begeisterten Rede [...], und wenn er zurückkehrt von seinen Wanderungen durchs Universum in sich selbst, so ist sein Herz und das eines jeden nur der gemeinschaftliche Schauplatz desselben Gefühls." Die zustimmende Antwort der Hörer ist (da es sich bisher um Rede, wenn auch begeisterte Rede, gehandelt hat, nur "gleichsam") "ein höherer Chor, der in einer eignen erhabenen Sprache der auffordernden Stimme antwortet":

> Aber nicht nur gleichsam: so wie eine solche Rede Musik ist auch ohne Gesang und Ton, so ist auch eine Musik unter den Heiligen, die zur Rede wird ohne Worte, zum bestimmtesten, verständlichsten Ausdruck des Innersten. Die Muse der Harmonie, deren vertrautes Verhältnis zur Religion noch zu den Mysterien gehört, hat von jeher die prächtigsten und vollendetsten Werke ihrer geweihtesten Schüler dieser auf ihren Altären dargebracht. In heiligen Hymnen und Chören, denen die Worte der Dichter nur lose und luftig anhängen, wird ausgehaucht, was die bestimmte Rede nicht mehr fassen kann, und so unterstützen sich und wechseln die Töne des Gedankens und der Empfindung, bis alles gesättigt ist und voll des Heiligen und Unendlichen. Das ist die Einwirkung religiöser Menschen auf einander, das ihre natürliche und ewige Verbindung. Verarget es ihnen nicht, daß dies himmlische Band, das vollendetste Resultat der menschlichen Geselligkeit, zu welchem sie nur gelangen kann, wenn sie vom höchsten Standpunkt aus in ihrem innersten Wesen erkannt

wird, ihnen mehr wert ist, als Euer irdisches politisches Band, welches doch nur ein erzwungenes, vergängliches, interimistisches Werk ist.[3]

Sowohl bei Schleiermacher, wie bei Novalis (dessen Aufsatz *Die Christenheit oder Europa* 1799 anschließend an die Lektüre von Schleiermachers *Reden* entstand), wie bei Hölderlin hat Herders Aufsatz "Haben wir noch das Publikum und Vaterland der Alten?" in den *Humanitätsbriefen* das Bewußtsein für die verschiedenen Formen von Kommunikationsgemeinschaften geschärft: Er beginnt, man spreche fälschlicherweise aus den engen "Erfahrungen seiner Landes- und Stadtwelt [...] für die Christenheit, für Europa, für Welt und Nachwelt, an denen man sich immer *eine mystische Person oder Versammlung*, eine aufgeklärte oder aufzuklärende Gemeinheit denket".[4] Das "Publikum des Christentums" sei eine "Gemeine", eine "Geistesversammlung", ein "fortgehendes ewiges Publikum", an dem Herder vor allem den ständig sich reinigenden und überschreitenden Charakter herausstellt, den wir schon bei Schleiermacher gefunden haben: "Es ist sehr lehrreich, die Folge zu bemerken, mit der sich in der sogenannten Kirchengeschichte die harte Hülse des Christentums gebildet, hie und da aufgelöset und jedesmal einen reicheren Kern, einen feineren Samen der Fortpflanzung gewährt hat; so wird das Werk, mit oder ohne Namen des Urhebers, fortgehen bis ans Ende der Zeiten. [...] Glücklich, wenn man in ein Publikum tritt, an welches diese Stimme in *reinem* Klange tönet. Sie umfaßt alle Stände, dringt durch alle Gewölbe und trifft den wesentlichen Punkt der Menschheit."[5] Sogar das Element der Musik, der Stimme, dem Schleiermacher so beredt Zeugnis ablegt, ist bei Herder schon im Ansatz da. Herder entwirft aber darüber hinaus ein Publikum der Kultur, des Handels, der Entdeckungen, der Wissenschaft und ihrer Institutionen, das "unsern Erdball" umspanne, ein Publikum der verschrifteten und gedruckten Literatur, das ein "Publikum aller Zeiten und Länder" ist, endlich "das schärfste und edelste

---

3 Friedrich Schleiermacher, *Über die Religion. Reden an die Gebildeten unter ihren Verächtern*, hrsg. v. Rudolf Otto, [6]Göttingen 1967, S. 130f.

4 Johann Gottfried Herder, *Briefe zu Beförderung der Humanität*, hrsg. v. Hans Dietrich Irmscher, Frankfurt a.M. 1991, S. 303. Vgl. meine Analyse des Aufsatzes in "Metadisziplinäre Argumente und Verfahren Herders. Zum Beispiel: Die Erfindung der Soziologie", *Herder Yearbook. Publications of the International Herder Society* 1, 1992, S. 59–79.

5 Ebd. S. 318f.

Publikum", das die würdigsten Menschen "sich selbst" sind und aufgrund dessen die Wirkung und der Geist ihrer Handlungen über ihren Lebenskreis hinaus auf Zeitgenossen und Nachwelt sich verbreiten.[6]

Es ist anzunehmen, daß die Kultur- und Geschichtstheorie, die Hölderlin, wie anläßlich von *Brod und Wein* besprochen, gegen die Entgrenzungstendenzen bei Schleiermacher und Novalis wendet, nicht nur Herders Ansicht von der Erscheinung des Göttlichen in der Geschichte, sondern auch diese Darlegungen über die verschiedenen Formen, Intensitäten, Raum- und Zeitstrukturen der Gesellung der Menschen aufnimmt. Dann ist Gesang nicht nur hymnisch chorische Äußerung des gemeinsamen religiösen Gefühls wie bei Schleiermacher, sondern auch zweitens Kultur, Austragungsort und Institution für den Wettstreit der Meinungen, auch der ketzerischen (wie Herder betont hat), die Suche nach der Wahrheit, die Erkenntnis des Zusammenhangs der Dinge. Gesang ist drittens Literatur und Kunst, bleibende Stiftung der Dichter, Gedächtnis und Erinnerung aus allen Zeiten und Ländern. Gesang ist endlich die Weise, sich das eigene Handeln vor die Urteilsinstanz seiner selbst zu bringen.

Daß Hölderlin offenbar den Gemeindecharakter, den das Publikum beim Gesang annimmt, die Vereinigung der Individuen und die Identität von Sänger und Hörer, auf die andern von Herder analysierten Formen des Publikums überträgt, läßt die bei ihm implizierten Arten der Gesellung über Herder hinausgehen: Diejenigen, für die er im Vorspiel singt und die später im Chor einstimmen sollen, sind nicht nur Individuen, die am Kulturprozeß, an der Literatur auf bestimmte Art, an bestimmter Zeit- und Raumstelle teilnehmen und sich als Individuen in ihren Handlungen beurteilen. Sie sind auch nicht nur Repräsentanten größerer Einheiten, etwa die modernen Europäer, deren Kultur und Wissenschaft sich in ihre Kolonien ausbreitet und selbst der Kolonie in der Fremde bedarf, um frei über ihren Ursprung verfügen zu lernen; sie sind nicht nur Repräsentanten einer deutschen Literatur und literarischen Öffentlichkeit, die auf dem Wege zu einer Klassik ist; sie sind nicht nur Repräsentanten eines nationalen Ich, das beginnt, seine Handlungen vor sich selbst als Richter zu verantworten. Sondern durch den Gesang werden sie, über die genannten Erscheinungsweisen, Funktionen und Selbstverständnisse ihres Einbezogenseins hinaus, in eine reine, gewissermaßen absolute Seinsweise erhoben: Religion,

6 Ebd. S. 319–329.

Kultur, Literatur, Selbstheit überhaupt vollziehen sich durch sie und an ihnen, jenseits von Zeit, Raum und kulturgeschichtlicher Sphäre. Die spezifische Art der "Einwirkung religiöser Menschen aufeinander", die Schleiermacher dem Gesang zuspricht, "dies himmlische Band, das vollendetste Resultat der menschlichen Geselligkeit, zu welchem sie nur gelangen kann, wenn sie vom höchsten Standpunkt aus in ihrem innersten Wesen erkannt wird", läßt Hölderlin auch in Kultur und Wissen, Literatur und Kunst, im Selbst der Menschheit wirksam werden und erzeugt damit "Welt in der Welt, [...] Stimme des Ewigen zum Ewigen" (IV 250; *2, 538*).

So wie der Leser auf allen diesen Seinsebenen des Individuellen, Allgemeinen und Reinen angesprochen wird, so muß auch der Dichter dies leisten. Seine Rede muß individuelles Dasein, allgemeines Leben und reinen Geist präsent machen, etwa wie in *Brod und Wein* die jetzt einbrechende Nacht als Lebenssphäre des Nächtlichen verallgemeinern und der Lebenssphäre des Tages gegenüberstellen, um endlich in Tag und Nacht die je spezifische Einheit des Lebens und Geistes zu erkennen: Verhältnisse des Aorgischen und Organischen, die als spezifische verschieden, als Einheiten eins sind. Es ist klar, daß, je komplexer die Themen sind, die der Dichter sich stellt, die zu lösenden Aufgaben desto schwieriger werden, wenn man nur die philosophische Anforderung an sich selbst bedenkt. Wäre diese zu bewältigen, kommt die Anforderung an literarische Individualität, Allgemeinheit und Reinheit – zum Beispiel Originalität, Intertextualität und Gesetzmäßigkeit. Wäre dies zu bewältigen, kommt die Anforderung an das Selbst – zum Beispiel Anrede Hölderlins an Sinclair, Erhebung dieses Verhältnisses in das allgemeine zwischen Held und Dichter und in das reine ontostrukturelle von Trennung und Vereinigung des Einen. Wäre auch dies noch zu bewältigen, so kommt noch die Anforderung, individuelle Rede, Gespräch und Gesang aufeinander zu beziehen, Begeisterung des Gesangs, Lebhaftigkeit und systematischen Wechsel des Poetischen und Unpoetischen, und nüchterne Besinnung des individuellen Gefühls miteinander zu vereinigen (IV 233–235; *2, 520–522*).

Ich habe hier mehrfach die Ansicht vertreten, daß Hölderlin sich durch diese gleichzeitig an sich und seine Dichtung gestellten Forderungen in einen Zustand der höchsten geistigen Anspannung versetzt hat, der vielleicht zu ertragen gewesen wäre, wenn nicht die privaten und die politischen Enttäuschungen hinzugekommen wären, von denen Hölderlin schon 1797 schrieb:

> Und wer vermag sein Herz in einer schönen Gränze zu halten, wenn die Welt auf ihn mit Fäusten einschlägt? Je angefochtener wir sind vom Nichts, das, wie ein Abgrund, um uns her uns angähnt, oder auch vom tausendfachen Etwas der Gesellschaft und der Thätigkeit der Menschen, das gestaltlos, seel- und lieblos uns verfolgt, zerstreut, um so leidenschaftlicher und heftiger und gewaltsamer *muß* der *Widerstand* von unsrer Seite werden. (VI 253; *3, 277*)

Um Gesänge zu schreiben, brauchte er aber "Heiterkeit, [...] Gottesfreude" (IV 235; *2, 522*), und immer seltener schien ihm dieses Gleichgewicht der Seele zu gelingen. So schrieb er zum Beispiel um Ostern 1802 aus Bordeaux, anläßlich des Todes der Großmutter:

> Ich finde, daß man ohne vesten Sinn nicht wohl auskommt, ich will der Rathgeber nicht seyn für die Meinigen, aber ich meines Orts muß mein so lange nun geprüftes Gemüth bewahren und halten, und die zärtlichen guten Worte, die, wie Sie wissen, mir zu leicht vom Munde gehen, ich muß sie sparen für jezt, ich darf nicht Sie und mich noch mehr dadurch bewegen. (VI 430f.; *3, 465*)

Er spürt die äußerste Labilität seines "geprüften", d.h. im pietistischen Sinne von Schmerz und Schicksalsschlägen tiefgetroffenen Gemüts, und kann sich nicht einmal erlauben, zärtliche gute Worte an die Verwandten zu schreiben, um nicht noch mehr bewegt zu werden und sein Gemüt nicht mehr "bewahren und halten" zu können. Dies scheint endgültig nicht mehr gelungen zu sein, als man ihn im September 1806 mit Gewalt aus Homburg abholte und im Tübinger Clinicum behandelte.

Text

Jeder, der sich mit den Gesängen, Fragmenten zu Gesängen und den Turmgedichten befaßt, muß sich entscheiden, ob er einen Zustand Hölderlins annimmt, in dem er nicht mehr *fähig* war, sich mit kontinuierlicher Konzentration und Planmäßigkeit einem bestimmten Vorhaben zu widmen, oder ob er annimmt, daß Hölderlin nicht mehr *willens* war, andere diese Fähigkeit erkennen zu lassen, daß er sich in ein inneres Reich zurückzog und verschlüsselte oder ironisch-unsinnige Äußerungen von sich gab. Pierre Bertaux hat mit anderen die letztere Ansicht vertreten; ich neige der ersteren zu. Daraus folgt für mich jedoch keineswegs, wie für Generationen von früheren Hölderlinforschern, daß die aus der Spätzeit überlieferten Reste Wahnsinnsprodukte ohne jeden klein- und großräumigen Sinnzusammenhang wären. Wer zur kontinuierlichen Geistesgegenwart und planmäßiger Arbeit nicht fähig ist und deshalb kaum oder keine "Werke" vollenden kann – vor allem nicht die hochkomplexen, deren Anforderungen ich genannt habe –, der hat doch Momente und Perioden der Geisteskraft, in denen er große Zusammenhänge entwirft, Einzelformulierungen aufschreibt, sich Materialsammlungen und Einfälle notiert, Strukturen festlegt, aus denen, hätte die Konzentrationsfähigkeit es zugelassen, Werke mit der gewohnten Dichte und Aussagekraft hätten entstehen können. Wohl sind auch mehr entstanden als wir jetzt wissen, denn die Zeit, als Freunde mehr und mehr die Geschäfte Hölderlins wahrnahmen und freien Zugang zu seinen Papieren hatten, ist offenbar eine Zeit der Verluste gewesen.

Was wir auf den Blättern des Homburger Foliohefts meistens vor uns haben, sind Flächen voll Baumaterialien, über deren endgültige Zusammenstellung selten plausible Aussagen gemacht werden können. Sie lassen sich oft in verschiedene Strukturen und Folgen bringen; außerdem hat Hölderlin in der Zeit konsistenter Arbeitsfähigkeit schon gezeigt, daß für ihn ein "fertiges" Gedicht immer noch den Charakter des Baumaterials besaß; wir haben einen solchen Fall an *Muth des Dichters/Dichtermuth/Blödigkeit* im Oden-Kapitel verfolgt. Man muß schon hier die hermeneutisch angenommene Vollkommenheit des Textes (Gadamer) bei der Beschreibung oder Interpretation in Richtung auf eine "vorläufige" Vollkommenheit, auf die "Solideszierung im Zeitmoment"[7] reduzieren. Dies gilt aber noch mehr für einen Zustand des Textes, in dem eine Verfestigung noch gar nicht eingetreten ist, in dem aus denselben Materialien noch mehrere Texte entstehen können, bestimmte Materialien nicht gebraucht, andere noch beigefügt werden können, vorliegende Reihenfolgen geändert, Thema und Titel verworfen werden können, obwohl sie (manchmal mit mehreren Alternativen) notiert sind. Man meint ja, von anderen Dichtern herkommend, aus einem Titel schon etwas über das zu erfahren, was in dem Text behandelt wird; bei Hölderlin gilt das nur sehr begrenzt: Titel stehen oft in einem sehr distanzierten Interpretationsverhältnis zum Text oder be-

7 Goethe über die "in langen, kaum übersehbaren Jahren gestaltete und umgestaltete" Helena am 25. Mai 1827 an Nees von Esenbeck: "Nun mag sie im Zeitmoment solidesziert endlich verharren."

nennen Themen, die nur in einem Teil des Textes "behandelt" werden; Hölderlin ändert sie oft von Fassung zu Fassung drastisch; das ist schon bei früheren Gedichten klar sichtbar. Ob also ein Gesang "Mnemosyne", "Die Nymphe" oder "Die Nymphe Mnemosyne" überschrieben werden sollte,[8] läßt sich gar nicht sagen, und eine Behauptung darüber hat keine Folgen, weil sich nicht entscheiden läßt, wie das Gedicht mit dem einen, dem andern, dem dritten Titel ausgesehen hätte, wäre es fertig geworden.

Die größten Schwierigkeiten entstehen hier auch für den Editor. Er hat nur sehr begrenzte Anhaltspunkte darüber, ob das, was auf einem Manuskript-Blatt zu lesen ist, von Hölderlin zu irgendeinem Zeitpunkt als zusammengehörig gedacht und geplant war, ob die Materialien von anderen Blättern dazugehören oder nicht. Scharfsinnige Methoden sind angewandt worden, um wenigsten die Zeitabfolge der Beschriftung zu ermitteln und daraus Rückschlüsse auf die Planungsstadien zu ziehen: Die Probleme der Hölderlin-Edition haben die moderne Editorik in bemerkenswerter Weise gefördert und verfeinert.

Dennoch bleibt der Editor und der meist von ihm abhängige Interpret auf Hypothesen angewiesen (bei einigen modernen "Editionen" ist die Interpretation allerdings vorgängig und bestimmt den präsentierten Text). Was die Edition angeht, so möchte ich dafür plädieren, etwa bei vielen Entwürfen des Homburger Foliohefts und bei den späten Überarbeitungsschichten "vollendeter" Gedichte (wie etwa bei *Brod und Wein*) das Manuskriptblatt als Material-Landschaft zu betrachten,[9] in der potentiell viele Wege begehbar, viele Kombinationen und Weglassungen möglich sind, und diese Landschaft unter Sichtbarmachung aller ermittelbaren Fakten über den genetischen Vorgang der Beschriftung der Seite wiederzugeben. Die FHA hat hier mit den Mitteln moderner Typographie Pionierarbeit geleistet, während die StA durch die meist äußerst scharfsinnig durchgeführte Abhebung von Entstehungsschichten dem Leser den Einblick in die Intertextualität der verschie-

---

8 Auseinandersetzungen mit diesem Problem bei Flemming Roland-Jensen, *Hölderlins Muse. Edition und Interpretation der Hymne 'Die Nymphe Mnemosyne'*, Würzburg 1989, und Friedrich Hölderlin, *'Bevestigter Gesang'. Die neu zu entdeckende hymnische Spätdichtung bis 1806*, hrsg. u. textkritisch begründet von Dietrich Uffhausen, Stuttgart 1989, S. 259.

9 Für diese Betrachtungsweise plädiert auch Dieter Burdorf, *Hölderlins späte Gedichtfragmente. Eine exemplarische Untersuchung der Seiten 73–76 des Homburger Folioheftes*, Diss. Hamburg 1991.

denen Schichten auf dem Manuskriptblatt entzieht, dabei allerdings zeitgleiche Zusammenhänge deutlicher macht als die FHA.

Textkonstitution und Interpretation bleiben auf Hypothesen gegründet, bei denen nur die Plausibilität variiert. Ich sehe mich außerstande, in das Bilden von Hypothesen einzuführen und habe deshalb das Schwergewicht dieses Bandes auf das frühe und mittlere Werk gelegt, dessen genaue Kenntnis und gedankliche Durchdringung mir ohnehin die Voraussetzung für die Arbeit am Spätwerk zu sein scheint. Nur warnen will ich vor Editionen, die aufgrund vorgängiger Interpretationen oder der Anwendung schematischer Gesetzmäßigkeiten "Werke", "Dichtungen" dem staunenden Publikum präsentieren, als ob man im editorischen Feld Hölderlins Intentionen und deren Veränderungen rekonstruieren könnte. Solche Arbeiten fesseln das Verstehen des Lesers an die Galeere des Editors, der ein heimlicher Interpret ist.

Interpretationsprobleme: Beispiel 'Mnemosyne'

An zwei Beispielen will ich meine Warnungen konkretisieren; zunächst hinsichtlich der Interpretaton der inhaltlichen Bedeutung und der Gesamtintention eines solchen nur im Materialzustand überlieferten Textes; ich wähle *Mnemosyne* – so der Titel in der StA und der Klassiker-Ausgabe. Ein vielfach vertretener Gedanke ist, dieser Gesang sei Hölderlins letzter und enthalte auch den Grund dafür, z.B. wenn gesprochen wird über "Elevtherä, der Mnemosyne Stadt. Der auch als / Ablegte den Mantel Gott, das abendliche nachher löste / Die Loken." (II 198; *1, 365*) Da Mnemosyne die Göttin des Gedächtnisses und Mutter der Musen ist, wird daraus eine Aussage Hölderlins über den Tod der (seiner!) Erinnerung und damit des Fundus der Dichtung, der Kultur und des neu sich bildenden Vaterlandes erschlossen, denn das Lösen der Locken gehöre zum Todesritus, sei eine Metonymie des Dienstes an Toten. Nun wird aber in zeitlicher Nähe in dem Gesang *Andenken* die Fähigkeit der Dichter, andenkend Bleibendes zu stiften, hervorgehoben; näher betrachtet braucht außerdem ein Untergang einer der Mnemosyne geweihten Stadt des alten Griechenland nicht den Zusammenbruch der Erinnerung bei Hölderlin oder in Hölderlins Zeit zu bedeuten. Vielmehr könnte der Untergang einer im griechischen Kosmos der Mnemosyne geweihten Stadt mit dem Übergang dieses Kosmos in den hesperischen, den "abendlichen" Kosmos zu tun haben: das Gedächtnis hat darin keine konkrete Stelle und Stadt mehr, sondern wird abstrakt, wird zur Erinnerung.

Auch Jochen Schmidt legt eine Interpretation vor, die in den vorliegenden Strophen des Textes eine Bewegung von der "existenzsichernden Kraft" der Mnemosyne aufzeigt zu der "selbst tödlich bedrohenden Erinnerung an das Tödliche der Geschichte, ans Vergangene in seiner Vergänglichkeit, wie es sich besonders im Los der Heroen darstellt".[10] Als Zentralbegriff arbeitet er den Begriff "Zorn" heraus, den er als Übersetzung des Begriffs *furor* in den Spielarten des *furor heroicus* und des *furor poeticus* deutet, einem sich im Helden und Dichter "entladenden Entgrenzungsdrang", zu dem das "kosmisch-'objektive' Äquivalent die Vorstellung der Ekpyrosis – der Auflösung der Welt im Feuer" sei.[11] Die vielen Anrufungen zerstörenden Feuers in den Gesang-Entwürfen werden erwähnt; Hölderlins Erfahrung, von Apollo geschlagen zu sein, weil "das gewaltige Element, das Feuer des Himmels" ihn "beständig ergriffen" habe (VI 432; *3, 466*), wird dazugestellt, und damit liegt wieder nahe, daß *Mnemosyne* einen Schlußstrich zieht, obwohl doch spätere Entwürfe zuhauf vorliegen.

Nun zitiert Schmidt nicht den "freundlichen Feuergeist" der Ode *Vulkan* (II 60; *1, 317*), die Hölderlin mit den "Nachtgesängen" noch spät für Wilmans durchsah; auch wird das Gewicht der Tatsache nicht einbezogen, daß Hölderlin in der zweiten Langfassung von *Stimme des Volks* den Komplex der Entgrenzung im Feuer, des Außersichseins, der begeisterten Nachahmung aufgrund einer überlieferten Sage *und* die deutliche Abkehr des Sprechers ("meine Bahn nicht"!) samt Übernahme der Auslegung der heiligen Sagen schon gestaltet hatte, ohne daß dadurch der Fortgang des Dichtens beeinträchtigt gewesen wäre.

Die Beziehung des "Zorns" auf die Begeisterungslehre der *furores* ist zweifellos richtig und wird bestätigt durch die von Schmidt nicht erkannte Quelle der Übersetzung von *furor* mit dem ungewohnten Begriff "Zorn", nämlich Friedrich Leopold Stolbergs Aufsatz *Über die Begeistrung*, wo einige Motive aus *Mnemosyne*, vor allem aber das von Hölderlin in den poetologischen Fragmenten (<*Reflexion*>) betonte notwendige Gleichgewicht zwischen Gefühl und Begeisterung (IV 233; *2, 520*) benannt sind. Die letztere

10 Jochen Schmidt, "Hölderlins Hymne 'Mnemosyne'. Ein altes philologisches Problem in neuen Editionen und Interpretationen", Editio 5, 1991, S. 122–157; 156.

11 Ebd. S. 142–145.

> erfüllet ihre Geweihten mit einer wahren Leidenschaft. Plato, welcher sie kannte, nennet sie eine göttliche Wuth. Sie ist sanft und heftig wie die Liebe, besuchet sie im Säuseln und im Sturm. [...] So wie der anscheinende Streit der Elemente die Natur in ihrem Gleichgewichte erhält, und Leben in ihr hervorbringt, so erhalten Zorn und Liebe den Geist des Dichtenden in einer beständigen mit Leben schwangern Wallung. Keinen wahren Dichter kann ich mir ohne innige Liebe im Herzen denken. Bei Dichtern, denen der Zorn (ich wünschte mir ein Wort, welches das griechische Οργη ausdrückte)[12] fehlt, tritt an seine Stelle eine Neigung zur Melancholie.[13] In ihren Gedichten ist weniger Erfindung vielleicht, weniger Contrast; sie gleichen nicht Alpengegenden, wo am Fuße des ewigen Eises die Schätze des Sommers blühen,[14] wo in's tiefe einsame Thal der rauschende Bergstrom hinabstürzt – aber das sanfte Adagio ihres Gesangs, welcher wie ein stiller Bach zwischen dunkeln Tannen gleitet, wieget die Seele in süße Ideen ein, von denen sie eben so ungern, als von Entzückungen, erwacht.[15]

In Stolbergs Alpenbild von der hohen dichterischen, durch Liebe in der lebendigen Schwebe gehaltenen Begeisterung ("Zorn") projiziert Hölderlin deutend das Bild des geschichtsphilosophischen Wanderers aus dem zentralen Buch XV der *Ideen*:[16]

---

12 Das Wort steht bei Stolberg für die heftige Spielart der dichterischen Begeisterung, den *furor*; es bedeutet Trieb, heftige Gemütsbewegung, Aufwallung, Leidenschaft, Zorn, Wut.

13 "Dem / Gleich fehlet die Trauer" (II 194, 196, 198; *1, 365*), d.h. der Melancholiker macht denselben Fehler wie der "wilde Muth", nämlich "nicht die Seele schonend sich / Zusammen" zu nehmen. (II 196; *1, 365*).

14 "Und Schnee, wie Majenblumen / Das Edelmüthige, wo / Es seie, bedeutend, glänzet mit / Der grünen Wiese / Der Alpen, hälftig" (II 195f.; *1, 365*).

15 Christian Graf von Stolberg, Friedrich Leopold Graf von Stolberg, *Gesammelte Werke*, 20 Bde. in 10 Bden.; Hamburg 1820/21 (ND Hildesheim, New York 1974), Bd. 10, S. 406, 409.

16 Aus den *Ideen* kannte Hölderlin sicher auch folgende Weltgeist-Interpretation des Äthers: "In den tiefsten Abgründen des Werdens, wo wir keimendes Leben sehen, werden wir das unerforschte und so wirksame Element gewahr, das wir mit dem unvollkommenen Namen *Licht, Äther, Lebenswärme* benennen und das vielleicht das Sensorium des Allerschaffenden ist, dadurch er alles belebet, alles erwärmet. In tausend und Millionen Organe ausgegossen, läutert sich dieser himmlische Feuerstrom immer feiner und feiner: [...] dieser unsichtbare himmlische Licht- und Feuergeist, der alles Lebendige durchfließt und alle Kräfte der Natur vereinigt." Johann Gottfried Herder, *Ideen zur Philosophie der Geschichte der Menschheit*, hrsg. v. Martin Bollacher, Frankfurt a.M. 1989, S. 173f. Daß

> Wie nun der Wanderer kein süßeres Vergnügen hat, als wenn er allenthalben, auch wo ers nicht vermutete, Spuren eines ihm ähnlichen, denkenden, empfindenden Genius gewahr wird: so entzückend ist uns in der Geschichte unsres Geschlechts die Echo aller Zeiten und Völker, die in den edelsten Seelen nichts als Menschengüte und Menschenwahrheit tönet. [652]

Das Echo, das sich nach Hölderlin mit den Sterblichen wendet, weil diese eher an den Abgrund reichen als die Götter (II 195; *1, 1033*), ist danach das, was ein Edelmütiger[17] in der Geschichte erkennt: nicht Chaos und Verwirrung oder "blinde Macht", sondern "Humanität d.i. Vernunft und Billigkeit" [651], Menschenwahrheit und Menschengüte. Die rechtschaffenen Menschen, die nach dem "Zusammenhang der Dinge" suchen, unterstützen einander durch Warnung vor Irrtum oder durch Belehrung – "da ist er mein Bruder; Teilnehmer an derselben Weltseele, der Einen Menschenvernunft, der Einen Menschenwahrheit" [652]: Hölderlins Wandersmann geht "mit / Dem andern". Die Entdeckung des humanen Sinns der Geschichte schafft "süßes Vergnügen", ist "entzückend", erfreut das Herz [652]: für Hölderlin heben sich diese Gefühle bis zur dichterischen Begeisterung – darin besteht der Sinn der Projektion des Herderschen Wanderers in das Stolbergsche Alpenbild –, denn das Echo aus der Geschichte darf nicht nur Freude bereiten, sondern muß den Menschen umwenden, um damit als wachsende Kultur zu den Himmlischen zurückzutönen. Die geschichtliche Erinnerung, die Mnemosyne, kann also die erhoffte Erneuerung der Zeit und Kultur leisten. Darauf weist auch das Bild von den Schlangen (II 197; *1, 364*), das meist als Todessymbol gedeutet und in das Syndrom des Vergessens und Absterbens der Dichtung einbezogen wird; Herder

---

für Hölderlin die Früchte reif, in Feuer getaucht, gekochet sind, könnte heißen, daß der Licht- und Feuergeist des Äthers nun gegenwärtig ist und es des Entgegenstrebens der Kinder bedarf, um die "kinderähnliche Kultur" zur Blüte zu bringen. Im folgenden die Seitenzahlen des *Ideen*-Bandes in eckigen Klammern im Text.

17 Der Schnee neben der grünen Wiese bedeutet "das Edelmüthige, wo / Es seie" (alle Fassungen). Nach Stolbergs Alpenbild ist heftige Begeisterung (Zorn) und Liebe im hohen Dichter im Gleichgewicht wie Eis und blühende Wiese. Der nach der dritten Fassung "zornige" Wanderer erfährt also seine geschichtsphilosophisch inspirierte Begeisterung; die Frage zu Beginn der Strophe "Wie aber Liebes?" fragt nach dem Gegengewicht und wird mit der Heimatidylle und der sinnenhaften Präsenz der Dinge beantwortet.

schreibt in *Tithon und Aurora*, dem für Hölderlin wegen des Verjüngungsgedankens so wichtigen Text:

> Die Schlange der Zeit wechselt oft ihre Häute, und bringt dem Mann in der Höle, wo nicht den fabelhaften Juweel auf ihrem Haupt oder die Rose in ihrem Munde, so doch Kräuter der Arznei zur Vergessenheit des Alten und zur Wiedererneurung.[18]

Die Schlange bezeichnet also die Verjüngung der Kultur und die Funktion der Erinnerung dabei.

Herder wendet sich in den *Ideen* dann den "Verirrungen" der "großen und guten Menschen" zu und dem Bedauern des Geschichtsbetrachters über diese "gefallenen Engel" [652].

> Diesem war eine kleine Ehre, der Schimmer eines Glücks, oder ein unerwarteter Umstand im Leben schon Irrlichtes genug, ihn in Sümpfe und Abgründe zu führen; jener konnte sich selbst nicht fassen: er überspannte sich und sank ohnmächtig nieder. [...] Die ergreifende Furie ist hinter ihnen und stürzt sie wider Willen über die Linie der Mäßigung hinweg: jetzt sind sie in der Hand derselben und büßen Zeitlebens vielleicht die Folgen einer kleinen Unvernunft und Torheit. [653]

Das sind Hölderlins Unmäßige, Helden und Dichter, die unter heiligem Zwang "nicht die Seele schonend sich / Zusammengenommen". Das sind diejenigen, denen auf der Alpenstraße ein Kreuz gesetzt ist (vgl. schon die "warnende Stelle" in *Dichtermuth*, 1. Fassung), das sind Achill, Ajax, Patroklos mit ihren Todesorten und Grabmälern. Herder weist auch auf das Problem hin, das Hölderlin in *Stimme des Volks* behandelt: "Wie einzelne Menschen, so konnten auch ganze Reiche am wenigsten ihr Glück ertragen." [653][19]

---

18 Johann Gottfried Herder, *Sämmtliche Werke*, hrsg. v. Bernhard Suphan, Berlin 1877–1913, Bd. XVI, S. 123.

19 Wie im Zusammenhang des *Hyperion* schon erwähnt, stellt Herder das Eine in sich selber Unterschiedene des Athenerbriefs als Naturgesetz der Humanität heraus: "Die Billigkeit ist nichts als ein moralisches Ebenmaß der Vernunft, die Formel des Gleichgewichts gegen einander strebender Kräfte, auf dessen Harmonie der ganze Weltbau ruhet. Ein und dasselbe Gesetz also erstrecket sich von der Sonne und von allen Sonnen bis zur kleinsten menschlichen Handlung" [655f.].

Nicht nur den Entzückten, auch den Traurigen kennt Herder:

> Alle Zweifel und Klagen der Menschen über die Verwirrung und den wenig-merklichen Fortgang des Guten in der Geschichte rühret daher, daß der traurige Wanderer auf eine zu kleine Strecke seines Weges siehet. Erweiterte er seinen Blick und vergliche nur die Zeitalter, die wir aus der Geschichte genauer kennen, unparteiisch mit einander; dränge er überdem in die Natur des Menschen und erwägte, was Vernunft und Wahrheit sei, so würde er am Fortgange derselben so wenig als an der gewissesten Naturwahrheit zweifeln. [656]

Der begeistert-zornige Wanderer Hölderlins ist deshalb "Fern ahnend". Sogar die Sehnsucht nach den entschwundenen homerischen Helden tönt bei Herder, obwohl er den "Fortgang des Menschengeschlechts" im Blick hat: "So lesen wir die Geschichte der Eroberung Troja's und suchen ihre Stelle, geschweige das Grab des Achilles oder den Gottgleichen Helden selbst vergebens." [658] Und endlich erscheint Mnemosyne:

> Ein Tag hat den andern, ein Jahrhundert das andre gelehrt: die Tradition ist reicher worden: die Muse der Zeiten, die Geschichte selbst spricht mit hundert Stimmen, singt aus hundert Flöten. Möge in dem ungeheuren Schneeball, den uns die Zeiten zugewälzt haben, so viel Unrat, so viel Verwirrung sein, als da will; selbst diese Verwirrung ist ein Kind der Jahrhunderte, die nur aus dem unermüdlichen Fortwälzen Einer und derselben Sache entstehen konnte. Jede Wiederkehr also in die alten Zeiten, selbst das berühmte Platonische Jahr ist Dichtung, es ist dem Begriff der Welt und Zeit nach unmöglich. Wir schwimmen weiter; nie aber kehrt der Strom zu seiner Quelle zurück, als ob er nie entronnen wäre. [658f.]

Der Geschichtsbetrachter aber muß, wie *Andenken* lehrt und Herder bestätigt, an die Quelle zurück, dem Strom der Zeit entgegen, um den Sinn in der Geschichte zu entdecken. Die Gefahren dieser Erinnerung, Zorn und Trauer, zeigen sich in Ansätzen schon bei Herder; Hölderlin hat sie durch die Formen der Begeisterung nach Stolberg verstärkt und gedeutet. Der Ausgleich, die Liebe, die sinnenhafte Anschauung des Präsenten, sind in einer Zeit der Umwendung, der Verjüngung schwer zu behalten, denn das Aorgische droht da von allen Seiten mit Auflösung.

Wie das Gedicht endgültig ausgesehen hätte, ist nicht zu sagen. Aber die intertextuellen Beziehungen zu Stolberg, Herders *Tithon und Aurora* sowie *Ideen*, denen noch die Beziehung zu Rousseaus Bootsfahrt in der fünften Promenade der *Rêveries* hinzuzufügen wäre,[20] indizieren keineswegs den Tod der Erinnerung oder das Aufhören des Dichters, sondern betonen umgekehrt seine unbedingte Notwendigkeit in einer Zeit der Verjüngung der Kultur. Hölderlin hat weiter darauf gehofft, so wenig die Gegenwart ihm Grund und Anlaß dazu gab.

Kontinuität und Differenz: 'Der Rhein'

Zu den Elegien und Gesängen der Spätzeit gibt es mittlerweile Spezialliteratur, die in einzelnen Fällen bis zu Monographien geht.[21] Ich will deshalb gleich gar nicht versuchen, eine Interpretation des vaterländischen Gesangs *Der Rhein* vorzulegen, sondern anläßlich dieses Textes auf einige Aspekte der Kontinuität und Differenz im Verhältnis zwischen den Gesängen und der früheren und späteren Dichtung Hölderlins hinweisen und bei der Gelegenheit noch einige Warntafeln bezüglich des manchmal voreilig behauptenden Umgangs mit den Gesängen aufstellen.

Das Hymnische, das Hölderlin in den Dichtungen der Studienjahre zum Hauptton machte, durchströmt wieder den Gesang und die großen Elegien seit Winter 1799/1800; es ertönt nicht wieder in den Turmgedichten. Während aber die Tübinger Hymnen das Ergriffenwerden und begeisterte Aufsingen des für eine ganze Generation jugendlicher Menschen stellvertretenden Ich zu den mythologischen Gestalten der Vernunft inszenieren, weiß sich der Gesang der Zeit nach 1800 als einsames Vorspiel des Chors der Gemeinde. Die strophische Sangbarkeit der Tübinger Hymnen ist einem rhapsodischen Duktus gewichen, den Hölderlin aus Pindar entwickelt hat; selten sind ein Ruf wie "Jetzt komme, Feuer!" und die Fiktion gemeinsamen Gesangs wie am Beginn des *Ister*. Die Begeisterung zeigt sich (noch) nicht in der Äußerung, sondern in der poetischen Transformation der Welt, die durch den im dichterischen Ich waltenden Geist sich vollzieht:

> Indem sich nemlich der Dichter mit dem reinen Tone seiner ursprünglichen Empfindung in seinem ganzen innern und äußern Le-

---

20 Vgl. die Beziehung auf diese Stelle schon im *Hyperion* (III 49; *2, 58*) mit der Konnotation des Todes und des süßen Trunks "aus der Schaale der Vergessenheit". Diese Fahrt führt aber zu Diotima.

21 Zu *Andenken* vgl. etwa Dieter Henrich, *Der Gang des Andenkens. Beobachtungen und Gedanken zu Hölderlins Gedicht*, Stuttgart 1986. Die Spezialliteratur zu *Friedensfeier* ist kaum zu überblicken.

> ben begriffen fühlt, und sich umsieht in seiner Welt, ist ihm diese eben so neu und unbekannt, die Summe aller seiner Erfahrungen, seines Wissens, seines Anschauens, seines Denkens, Kunst und Natur wie sie in ihm und außer ihm sich darstellt, alles ist wie zum erstenmale, eben deßwegen unbegriffen, unbestimmt, in lauter Stoff und Leben aufgelöst, ihm gegenwärtig [...]. (IV 263; *2, 552*)

Die Auseinandersetzung mit Schleiermacher, die wir anläßlich *Brod und Wein* verfolgt haben, hat Hölderlin die Erkenntnis gegeben, daß der Geist, dessen der Dichter da mächtig ist, der seine bisherige Welt bis zum eben zitierten Punkt auflöst und sich dann eine neue Sprache schafft, ein entschieden religiöses Verhältnis bedeutet und daß damit die neue Sprache vaterländische Sprache sein kann: Sie zeigt die Lebenswelt des Ich und der Zeitgenossen in neuen Verhältnissen, die sie von Gottheit durchdrungen und durchwohnt und damit als Vaterland, Stadt Gottes erscheinen lassen. Das Hymnische ist also nicht mehr begeisterte Äußerungsform, sondern Energie, die die dargestellte Welt transformiert und geistvoll macht.

Der Rhein wird deshalb zu einem der "Göttersöhne" (V. 41); das sprechende Ich entwirft einen Mythos von dem Strom, der zunächst nach Asia will, gefesselt und gezähmt wird und dann als Vater Rhein Kulturarbeit leistet. Die Gefühlsprojektionen – der Jüngling jammert um Erlösung; klagt die Eltern an und erbarmt sie – erweisen sich jedoch als anthropomorph und müssen korrigiert werden (V. 150–152); der reine vaterländische Mythos, der als Sprache innerhalb der Sprache nach der 6. Strophe entwickelt wird, ist der Mythos vom Bildner, "der die Berge gebaut / Und den Pfad der Ströme gezeichnet" (V. 170f. vgl. 126–129). Hölderlin greift hier auf Herders mythische Geographie aus dem ersten Buch der *Ideen* zurück; ich zitiere nur ein paar Sätze:

> Das Land streckt seine Arme und Glieder, wie sich das Geripp der Gebürge streckt [...].[22]
> Asien ward zuerst bewohnbar, [...] der erste erlesene Wohnsitz der Menschen. Von da breiteten sie sich südlich in die schönen und fruchtbaren Ebnen längst den Strömen hinab; nordwärts bildeten sich härtere Stämme, die zwischen Flüssen und Bergen umherzogen [...].

---

22 Herder, Ideen (wie Anm. 16), S. 41. Vgl. "Und die Rippe tönet / Des sandigen Erdballs in Gottes Werk / Ausdrüklicher Bauart" (II 253: *1, 418*).

> Kurz, die großen Bergstrecken der Erde scheinen so wie der erste Wohnsitz, so auch die Werkstätte der Revolutionen und der Erhaltung des menschlichen Geschlechts zu sein. Wie sie der Erde Wasser verleihen, verliehen sie ihr auch Völker: wie sich auf ihnen Quellen erzeugen, springt auch auf ihnen der Geist des Muts und der Freiheit, wenn die mildere Ebene unterm Joch der Gesetze, der Künste und Laster erliegt. [...] So hat also die Natur mit ihren Bergreihen, die sie zog, wie mit den Strömen, die sie herunter rinnen ließ, gleichsam den rohen aber festen Grundriß aller Menschengeschichte und ihrer Revolutionen entworfen.[23]

Diese Gestalt der Erde als "ausdrükliche Bauart" Gottes, die Flußtäler als vorgezeichnete Linien der Besiedlung und Kultivierung, das Mittelmeer als festlicher Saal mit dem Meer als Boden und den Bergen als Tischen (II 92; *1, 287*),[24] dieser sinn- und geistvolle Lebensraum ist Hölderlins wie Herders neue Mythologie. Wie hier das geographische Faktum als ausdrücklich verstanden wird, so auch die Perioden der Geschichte, die Schicksale und Verhältnisse der Menschen.

Der Vorgang ist vergleichbar mit und doch grundverschieden von dem Gesang Pindars.[25] Dieser fügte neues Geschehen wie z.B. den Sieg eines Wettkämpfers in das Wirken der Götter ein; insofern ist sein Verfahren mythisch wie etwa das Verfahren Herders und Hölderlins bei Gebirgen und Strömen. Aber Pindar hatte eine bestehende Mythologie, Götter mit Geschichten und Beziehungen untereinander, in die er das Neue einfügte; Hölderlin dagegen hat reine Strukturen des Aorgischen Einen, seiner Trennung ins Organische und seiner Vereinigung zum in sich unterschiedenen Einen, aber die mythopoetische Sprache, die Gestalt und Organisation dieser reinen Struktur in einer bestimmten Lebenssphäre muß sich spontan und einmalig im je-

---

23 Ebd. S. 42–44.

24 Vgl. "Als zwischen den Pyrenäen und Alpen, dem Apennin und Atlas sich uralters das Becken des mittelländischen Meers wölbte und seine Landspitzen und Inseln allmählich wie Häfen und Sitze emporstiegen: da schon ward vom ewigen Schicksal der Weg der Kultur Europa's gezeichnet." (*Ideen*, wie Anm. 16, S. 494.)

25 Vgl. Albrecht Seifert, *Untersuchungen zu Hölderlins Pindar-Rezeption*, München 1982, und die dort angegebene Literatur. Zum Rhein speziell: Albrecht Seifert, "Die Rheinhymne und ihr Pindarisches Modell. Struktur und Konzeption von Pythien 3 in Hölderlins Aneignung", HJb 23, 1982/83, S. 79–133. Vgl. auch Bernhard Böschenstein, *Hölderlins Rheinhymne*, Zürich und Freiburg 1959.

weiligen poetischen Prozeß und gewissermaßen nur für ihn bilden. Pindar hat die Götter und findet den Geist zwischen ihnen und dem gegebenen Faktum; Hölderlin hat den Geist und das Faktum und schafft die Götter, die Sprache, die Vermittlung zwischen ihnen.

Deshalb ist der poetische Prozeß sowohl pindarisch wie modern. In eine Anzahl seiner Gesänge nimmt Hölderlin die triadische Strophenordnung Pindars auf – Dreiergruppen von Strophen, manchmal mit kürzerer dritter Strophe – jedoch nicht in alle (nicht: *Germanien*, *Andenken*); die Triadik zum Baugesetz der späten Hymnen zu erklären und als Schema für die Rekonstruktion der unfertigen Texte zu verwenden, wie Dietrich Uffhausen das unternimmt, ist durch Hölderlins Praxis nicht gerechtfertigt. Auch gilt keineswegs, daß die Strophen- oder Triadengrenzen Sinnabschnitte markieren. So fällt in *Brod und Wein* (das auch neun Teile hat) eine deutliche Sinngrenze auf die Mitte des 6. Teils; so fallen in *Friedensfeier* deutliche Sinngrenzen zwischen fünfte/sechste und siebte/achte Strophe. Auch im *Rhein* ergibt sich eine Ordnung von 2,2,1,1,3,3,3 Strophen mit tragischem Tonwechsel; das zum *Rhein* notierte "Gesez" erweist sich als Reformulierung der seit den Tübinger Hymnen verwendeten Schöpfungshieroglyphe, weil die "durchgängige Metapher" des Schlusses nur durchgängig sein kann wenn sie mehrere Teile verbindet – das fünf Partien nennende Baugesetz verträgt sich also mit der siebenteiligen Schöpfungshieroglyphe.[26]

Die "durchgängige Metapher" der drei Schlußtriaden, d.h. der Strophen 7–15, ist das Verhältnis zwischen Mensch und Gott; es wird zunächst nach den drei Seinsaspekten (Ursprung 7 – Dasein 8 – Ziel 9) differenziert; die nächste Triade bespricht die hierarchischen Stufen im Verhältnis zwischen Gott und Mensch (Halbgötter, der Fremde, der sterbliche Mann, das Verhältnis Gott – Erde); die Schlußtriade spricht vom ausgleichenden Moment und der Aufgabe, ihn bei Tag und Nacht in Erinnerung zu bewahren. Das Verhältnis zwischen Gott und Mensch wird also nach seinen ontologischen, systematischen und historischen Dimensionen vermessen, damit zugleich das Vaterland als umfassende

---

26 Die Analyse des *Rhein* hinsichtlich Tonwechsel, "Gesetz" und Schöpfungshieroglyphe habe ich durchgeführt in *Der gesetzliche Kalkül. Hölderlins Dichtungslehre*, Tübingen 1962, S. 266–275. Die Übereinstimmung von "Gesetz" und Schöpfungshieroglyphe habe ich nachgewiesen in "Hölderlins vaterländischer Gesang 'Andenken'", HJb 26, 1988/89, S. 175–201, vgl. übersichtlich die Tabelle S. 195.

Sphäre. Der Rhein, dessen vernommenes Schicksal Anlaß gab für die Konstitution dieser neuen Welt, gehört ihr an: ontologisch als Ursprüngliches, systematisch als Halbgott, historisch als das, was die neue Kultur mythisch ermöglicht.

Die vielen intertextuellen Anspielungen auf antike, biblische und moderne Texte und Mythen schließen erst tiefere Bedeutungsschichten auf und zeigen vor allem, daß das Gespräch mit Sinclair, dem wohl ursprünglichen und endgültigen Adressaten, sich durch den ganzen Text zieht und ihm unmittelbare Aktualität gibt. Ich greife die siebte Strophe heraus. Drei Negativbeispiele für das Vergessen des Ursprungs und der Hilfe Gottes werden impliziert: das Volk Israel, das die Seile der Liebe Gottes verleugnet und den Baalim opfert (nach Hosea 11, 1–4), Prometheus, der des gestohlenen himmlischen Feuers gewiß die Götter verspottet, Adam und Eva, die Gott "gleich zu werden getrachtet" nach der Lockung der Schlange. Die Anspielung auf Hosea geht wohl auf eine zwischen Sinclair und Hölderlin geführte heftige Diskussion zurück, bei der Sinclair den Freund offenbar zur aktiven Teilnahme an den revolutionären Umtrieben in Württemberg drängte. Der Entwurf *Bundestreue. An Sinklair* (Später *An Eduard* und *Die Dioskuren*) beginnt jedenfalls: "Lieber. [...] Verflucht die Asche des / der zuerst / Die Kunst erfand aus Liebebanden / Saile zu winden" (II 462; *L 5, 286*), und die ausgeführten Oden sprechen deutlich davon, daß der Dichter dem kriegerischen Dioskuren-Bruder nur im Notfall und im Bewußtsein der (tragischen) Selbstaufgabe in die Schlacht folgen würde. Man muß annehmen, daß die im *Rhein* zitierte Hosea-Stelle den Freund an diese Diskussion erinnern soll: Aktiv am Kampf teilzunehmen, statt seiner Berufung als Dichter zu folgen, wäre für Hölderlin ein Vergessen des Ursprungs, eine Verfälschung des reinen Verhältnisses zum Göttlichen gewesen. Hier ist die *individuell*-private Bedeutung des Textes; sie wird über die Anspielungen als *allgemeines* Problem des Versäumnisses der Berufung, des rechten Verhältnisses zum Göttlichen in Antike und Christentum, Natur und Geschichte erkannt und zugleich als *reine* Struktur der Ursprungsbezogenheit alles Hervorgehenden gedacht.

Ich breche hier bewußt ab, um mit diesen Andeutungen und Anregungen die komplementäre Weiterarbeit an den offenen Problemen nicht nur des *Rhein*, sondern der ganzen Gesangdichtung zu provozieren. Hier sollte ohnehin nicht interpretatorische Vollständigkeit angestrebt, sondern nur die Gelegenheit genutzt werden, die Hauptdimensionen der Betrachtung des Hölderlinschen Werks in dieser Einführung zum Bewußtein zu bringen: die philosophische, die theologisch-mythologische, die geschichtsphilosophische und politische, die poetologische und die literarische. Meine Einführung sollte vor allem zeigen, daß Hölderlins Dichtung von der Frühzeit bis in die Zeit der Gesänge[27] in diesen Dimensionen zu lesen ist und aus ihrer Gleichzeitigkeit ihre hieroglyphische[28] Dichte, Unerschöpflichkeit und Faszination erhält.

---

27 Zum Gesang vgl. weiterführend meinen Vortrag "Hölderlins vaterländische Sangart", HJb 25, 1986/87, S. 12–59. Ansätze zur Erschließung der Turmgedichte versuche ich in "Hölderlins Gärten", Turm-Vorträge, *Hölderlin und die Griechen*, hrsg. v. Valérie Lawitschka, Tübingen 1987/88, S. 54–97.

28 Zum Terminus des Hieroglyphischen vgl. meinen Aufsatz "Hamanns und Herders hieroglyphische Stile", erscheint in: *Johann Georg Hamann Autor und Autorschaft. Acta des sechsten Internationalen Hamann-Kolloquiums in Marburg/Lahn (1992)*, hrsg. v. Bernhard Gajek und Albert Meier, Frankfurt a.M./Bern/New York/Paris 1993.

Verzeichnis der benutzten Literatur

Ausgaben und Hilfsmittel

Hölderlin Sämtliche Werke, Große Stuttgarter Ausgabe, hrsg. v. Friedrich Beißner u.a., 8 Bde., Stuttgart 1943–1985 [StA].

Friedrich Hölderlin. Sämtliche Werke, Frankfurter Ausgabe, hrsg. v. Dietrich E. Sattler, Frankfurt 1974ff. [FHA]

Friedrich Hölderlin. Sämtliche Werke, Kritische Textausgabe, hrsg. v. Dietrich E. Sattler, Darmstadt und Neuwied 1978ff. [L]

Friedrich Hölderlin Sämtliche Werke und Briefe, hrsg. v. Jochen Schmidt, 3 Bde. Frankfurt 1992/93.

Internationale Hölderlin-Bibliographie, hrsg. vom Hölderlin-Archiv der Württ. Landesbibliothek. Erste Ausg. 1804–1983 bearb. v. Maria Kohler, Stuttgart 1985; Zweite Ausg. 1984–1988 bearb. v. Marianne Schütz und Werner Paul Sohnle, Stuttgart 1991.

Wörterbuch zu Friedrich Hölderlin, bearb. v. Heinz-Martin Dannhauer, Hans Otto Horch, Klaus Schuffels u.a., Tübingen 1983ff.

Forschungsliteratur zu Hölderlin

Adorno, Theodor W., "Parataxis. Zur späten Lyrik Hölderlins", in: ders., *Noten zur Literatur III*, Frankfurt a.M. 1965, S. 156ff.; zuerst in: *Neue Rundschau* 75, 1964, S. 15–46.

Aspetsberger, Friedbert, *Welteinheit und epische Gestaltung. Studien zur Ichform von Hölderlins Roman 'Hyperion'*, München 1971.

Bachmaier, Helmut, "Theoretische Aporie und tragische Negativität. Zur Genesis der tragischen Reflexion bei Hölderlin", in: H.B., Thomas Horst, Peter Reisinger, *Hölderlin. Transzendentale Reflexion der Poesie*, Stuttgart 1979, S. 83–145.

Bachmaier, Helmut, "Hölderlins Erinnerungsbegriff in der Homburger Zeit", in: Christoph Jamme und Otto Pöggeler (Hrsg.), *Homburg v.d.H. in der deutschen Geistesgeschichte*, Stuttgart 1981, S. 131–160.

Bachmaier, Helmut, "Der Mythos als Gesellschaftsvertrag. Zur Semantik von Erinnerung, Sphäre und Mythos in Hölderlins Religions-Fragment", in: Bachmaier, Helmut und Thomas Rentsch (Hrsg.), *Poetische Autonomie? Zur Wechselwirkung von Dichtung und Philosophie in der Epoche Goethes und Hölderlins*, Stuttgart 1987, S. 135–161.

Barnouw, Jeffrey, "Der Trieb, bestimmt zu werden. Hölderlin, Schiller und Schelling als Antwort auf Fichte", DVjS XLVI, 1972, S. 248–293.

Beck, Adolf, "Hölderlin und Friedrich Leopold Graf zu Stolberg. Die Anfänge des hymnischen Stils bei Hölderlin", Iduna 1, 1944, S. 88–114.

Beck, Adolf, "Hölderlins Hymne an den Genius Griechenlands. Umriß einer Deutung, Ergänzung und Einordnung", in: *Überlieferung und Auftrag*. Otto Heuschele zum fünfzigsten Geburtstag, hrsg. v. Hans Fromm und Herbert Meyer, Stuttgart 1950, S. 49–58.

Beck, Adolf: "Die holde Gestalt", HJb 1953, S. 54–62.
Behre, Maria, *'Des dunkeln Lichtes voll'. Hölderlins Mythokonzept Dionysos*, München 1987.
Beißner, Friedrich, *Hölderlins Übersetzungen aus dem Griechischen*, Stuttgart 1931, [2]1961.
Beißner, Friedrich, "Palingenesie", Iduna 1, 1944, S. 76–82.
Beißner, Friedrich, "Hölderlins Trauerspiel 'Der Tod des Empedokles' in seinen drei Fassungen", Neophilologus 42, 1958, S. 186–212.
Beißner, Friedrich, *Hölderlin. Reden und Aufsätze*, [2]Köln 1969.
Benjamin, Walter, "Zwei Gedichte von Friedrich Hölderlin", in: W.B., *Illuminationen. Ausgewählte Schriften*, Frankfurt a.M. 1961, S. 22–46.
Benn, Maurice B., *Hölderlin and Pindar*, s'Gravenhage 1962.
Benn, Maurice B., "The Dramatic Structure of Hölderlin's 'Empedokles'", MLR 62, 1967, S. 92–97.
Betzendörfer, Walter, *Hölderlins Studienjahre im Tübinger Stift*, Heilbronn 1922.
Binder, Wolfgang, "Hölderlins Deutung des Menschen", HJb 12, 1961/62, S. 1–19.
Binder, Wolfgang, *Hölderlin-Aufsätze*, Frankfurt a.M. 1970.
Binder, Wolfgang, "Hölderlins Tübinger Hymnen", in: W.B., *Aufschlüsse, Studien zur deutschen Literatur*, Zürich 1976, S. 243–260.
Böckmann, Paul, *Hölderlin und seine Götter*, München 1935.
Böckmann, Paul, "Hölderlins mythische Welt", in: *Hölderlin-Gedenkschrift*, hrsg. v. Paul Kluckhohn, Tübingen 1943, S. 11–49.
Böckmann, Paul, "Hölderlins mythische Welt", in: P.B., *Formensprache, Studien zur Literarästhetik und Dichtungsinterpretation*, Darmstadt 1969, S. 283–315.
Böckmann, Paul, "Über eine Frage Hölderlins: 'Saget, wie bring' ich den Dank?", Schiller Jb 24, 1980, S. 182–204.
Boehm, Gottfried, "'Eins zu sein und Alles zu werden', Wilhelm Heinse und die bildende Kunst", HJb 26, 1988/89, S. 20–37.
Böhm, Wilhelm, *Hölderlin*, Halle 1928.
Böschenstein, Bernhard, *Hölderlins Rheinhymne*, Zürich und Freiburg 1959.
Böschenstein, Bernhard, "Hölderlins 'Tod des Empedokles'", in: Fülleborn, Ulrich, Manfred Engel (Hrsg.), *Das neuzeitliche Ich in der Literatur des 18. und 20. Jahrhunderts*, München 1988, S. 219–232.
Böschenstein, Bernhard, "'Was nennest du Glück, was Unglück ... mein Vater!' Heinse in Hölderlins Dichtung", HJb 26, 1988/89, S. 1–19.
Burdorf, Dieter, *Hölderlins späte Gedichtfragmente. Eine exemplarische Untersuchung der Seiten 73–76 des Homburger Folioheftes*, Diss. Hamburg 1991.
Claverie, Joseph, *La jeunesse d'Hölderlin jusqu'au roman d'Hyperion*, Paris 1921.
Cornelissen, Maria, *Hölderlins Ode 'Chiron'*, Tübingen 1958.
Cornelissen, Maria, "Das Salamis-Fragment des 'Hyperion'" HJb 12, 1961/62, S. 222–231.

Dierauer, Walter, *Hölderlin und der spekulative Pietismus Württembergs: gemeinsame Anschauungshorizonte im Werk Oetingers und Hölderlins*, Zürich 1986.

Dilthey, Wilhelm, *Das Erlebnis und die Dichtung. Lessing, Goethe, Novalis, Hölderlin*, 13Stuttgart, Göttingen 1957.

Emmel, Hildegard, "*Hyperion* ein anderer *Agathon*? Hölderlins zwiespältiges Verhältnis zu Wieland", in: Hansjörg Schelle (Hrsg.), *Christoph Martin Wieland 1983*, Tübingen 1984.

Franz, Michael, "Hölderlins Logik. Zum Grundriß von *Seyn Urtheil Möglichkeit*", HJb 25, 1986/87, S. 93–124.

Franz, Michael, "'Platons frommer Garten'. Hölderlins Platonlektüre von Tübingen bis Jena", HJb 28, 1992/93.

Gaier, Ulrich, *Der gesetzliche Kalkül. Hölderlins Dichtungslehre*, Tübingen 1962.

Gaier, Ulrich, "Zur Tradition von Hölderlins 'kalkulablem Gesetz'", *Schwäbische Heimat* 4, Dezember 1969, S. 293–301.

Gaier, Ulrich, "Hölderlin und der Mythos", in: Manfred Fuhrmann (Hrsg.), *Terror und Spiel. Probleme der Mythenrezeption*, München 1971, S. 295–340.

Gaier, Ulrich, "Hölderlins 'Hyperion': Compendium, Roman, Rede", HJb 21, 1978/79, S. 88–143.

Gaier, Ulrich, *"Hölderlins vaterländische Sangart"*, HJb 25, 1986/87, S. 12–59.

Gaier, Ulrich, "Hölderlins Gärten", Turm-Vorträge, *Hölderlin und die Griechen*, hrsg. v. Valérie Lawitschka, Tübingen 1987/88, S. 54–97.

Gaier, Ulrich, "Hölderlins vaterländischer Gesang 'Andenken'", HJb 26, 1988/89, S. 175–201.

Gaier, Ulrich, "Diotima, eine synkretistische Gestalt", *Turmvorträge 1989/90/91*, hrsg. v. Valérie Lawitschka, Tübingen 1991, S. 141–172.

Gaier, Ulrich, "'... ein Empfindungssystem, der ganze Mensch': Grundlagen von Hölderlins poetischer Anthropologie im 18. Jahrhundert", in: *Der ganze Mensch. Anthropologie und Literatur im 18. Jahrundert*. DFG-Symposion Wolfenbüttel 1992, hrsg. v. Hans Jürgen Schings, Stuttgart 1993.

Gaskill, Howard, "Ich sehe, wie das enden muß. Observations on a Misunderstood Passage in Hölderlin's *Hyperion*", MLR 76, 1981, S. 612–618.

Gaskill, Howard, *Hölderlin's Hyperion*, Durham 1984.

Gottschalk, Hans, *Das Mythische in der Dichtung Hölderlins*, Stuttgart 1943.

Graßl, Hans, "Hölderlin und die Illuminaten. Die zeitgeschichtlichen Hintergründe des Verschwörermotivs im 'Hyperion'", in: *Sprache und Bekenntnis*. Fs. Hermann Kunisch, Berlin 1971.

Grätz, Katharina, "Der 'Empedokles'-Text der Großen Stuttgarter Ausgabe und der Frankfurter Ausgabe. Editionskritik und Folgerungen für die Neu-Edition im Deutschen Klassiker Verlag", HJb 28, 1992/93.

Hamlin, Cyrus, "The Poetics of Self-Consciousness in European Romanticism: Hölderlin's *Hyperion* and Wordsworth's *Prelude*", *Genre* 6, 1973, S. 142–177.

Henrich, Dieter, "Hegel und Hölderlin", in: D.H., *Hegel im Kontext*, Frankfurt a.M. 1975.
Henrich, Dieter, *Der Gang des Andenkens. Beobachtungen und Gedanken zu Hölderlins Gedicht*, Stuttgart 1986.
Henrich, Dieter, "Philosophisch-theologische Problemlagen im Tübinger Stift zur Studienzeit Hegels, Hölderlins und Schellings", HJb 25, 1986/87, S. 60–92.
Hildebrandt, Kurt, *Hölderlin. Philosophie und Dichtung*, Stuttgart/Berlin 1939.
Hof, Walter, "Zur Frage einer späten 'Wendung' oder 'Umkehr' Hölderlins", HJb 11, 1960, S. 120–159.
Hoffmeister, Johannes, *Hölderlin und die Philosophie*, Leipzig [2]1944.
Hoffmeister, Johannes, *Hölderlins 'Empedokles'*, aus dem Nachlaß hrsg. v. Richard M. Müller, Bonn 1963.
Jacobs, Jürgen, *Wilhelm Meister und seine Brüder*, München 1972.
Jähnig, Dieter, *Vorstudien zur Erläuterung von Hölderlins Homburger Aufsätzen*, Masch. Diss. Tübingen 1955.
Killmayer, Wilhelm, "Zur Lautstruktur bei Hölderlin", HJb 28, 1992/93.
Klaiber, Julius, *Hölderlin, Hegel und Schelling in ihren schwäbischen Jugendjahren*, Stuttgart 1877.
Konrad, Michael, *Hölderlins Philosophie im Grundriß. Analytischer Kommentar zu Hölderlins Aufsatzfragment 'Über die Verfahrungsweise des poetischen Geistes'*, Bonn 1967.
Kurz, Gerhard, *Mittelbarkeit und Vereinigung. Zum Verhältnis von Poesie, Reflexion und Revolution bei Hölderlin,* Stuttgart 1975.
Lange, Wilhelm, *Hölderlin. Eine Pathographie*, Stuttgart 1909.
Link, Jürgen, "'Traurender Halbgott, den ich meine!' Hölderlin und Rousseau", LiLi 63, 1986, S. 86–114.
Lönker, Fred, *Welt in der Welt. Eine Untersuchung zu Hölderlins 'Verfahrungsweise des poetischen Geistes'*, Göttingen 1989.
Mayer, Gerhart, "Hölderlins Hyperion – ein frühromantischer Bildungsroman", HJb 19/20, 1975–77, S. 244–257.
Michel, Wilhelm, *Hölderlins abendländische Wendung*, Weimar 1922.
Michel, Wilhelm, *Das Leben Friedrich Hölderlins*, Bremen 1940 (ND Darmstadt 1963).
Müller, Ernst, *Hölderlin. Studien zur Geschichte seines Geistes*, Stuttgart 1944.
Petzold, Emil, *Hölderlins Brod und Wein. Ein exegetischer Versuch*, Sambor 1896 und 1897 (ND hrsg. v. Friedrich Beißner, Darmstadt 1967).
Pezold, Klaus, "Zur Interpretation von Hölderlins 'Empedokles'-Fragmenten", WZUL 12, 1963, S. 519–524.
Pfotenhauer, Helmut, "Dionysos. Heinse – Hölderlin – Nietzsche", HJb 26, 1988/89, S. 38–59.
Prignitz, Christoph "Zeitgeschichtliche Hintergründe der 'Empedokles'-Fragmente Hölderlins", HJb 23, 1982/83, S. 229–257.
Roche, Mark William, *Dynamic Stillness. Philosophical Conceptions of 'Ruhe' in Schiller, Hölderlin, Büchner, and Heine*, Tübingen 1987.
Roland-Jensen, Flemming, *Hölderlins Muse. Edition und Interpretation der Hymne 'Die Nymphe Mnemosyne'*, Würzburg 1989.

Ryan, Lawrence , *Hölderlins Lehre vom Wechsel der Töne*, Stuttgart 1960.
Ryan, Lawrence, *Hölderlins 'Hyperion'. Exzentrische Bahn und Dichterberuf*, Stuttgart 1965.
Ryan, Lawrence, "Hölderlins *Hyperion* – ein romantischer Roman?" in: Jochen Schmidt (Hrsg.), *Über Hölderlin*, Frankfurt a.M. 1970, S. 175–212.
Schadewaldt, Wolfgang, "Die Empedokles-Tragödie Hölderlins", in: W.S. *Hellas und Hesperien. Gesammelte Schriften zur Antike und zur neueren Literatur*, hrsg. v. Ernst Zinn, Zürich/Stuttgart 1960, S. 753–766.
Schäfer, Gerhard, "Der spekulative württembergische Pietismus als Hintergrund für Hölderlins Dichten und Denken", *Turmvorträge* 1989/90/91, hrsg. v. Valérie Lawitschka, Tübingen 1991, S. 46–78.
Scharfschwerdt, Jürgen: "Hölderlins 'Interpretation' des 'Contrat Social' in der 'Hymne an die Menschheit'", Schiller Jb 14, 1970, S. 397–436.
Scharfschwerdt, Jürgen, "Die Revolution des Geistes in Hölderlins 'Hymne an die Menschheit'", HJb 17, 1971/72, S. 56–73.
Schmidt, Jochen, *Hölderlins Elegie 'Brod und Wein'. Die Entwicklung des hymnischen Stils in der elegischen Dichtung*, Berlin 1968.
Schmidt, Jochen, *Hölderlins später Widerruf in den Oden 'Chiron', 'Blödigkeit' und 'Ganymed'*, Tübingen 1978.
Schmidt, Jochen , *Hölderlins geschichtsphilosophische Hymnen 'Friedensfeier', 'Der Einzige', 'Patmos'*, Darmstadt 1990.
Schmidt, Jochen, "Hölderlins Hymne 'Mnemosyne'. Ein altes philologisches Problem in neuen Editionen und Interpretationen", *Editio* 5, 1991, S. 122–157.
Schwerte, Hans, "Aorgisch", GRM 34, 1953, S. 29–38.
Seckel, Dietrich, *Hölderlins Sprachrhythmus*, Leipzig 1937.
Seifert, Albrecht, *Untersuchungen zu Hölderlins Pindar-Rezeption*, München 1982.
Seifert, Albrecht, "Die Rheinhymne und ihr Pindarisches Modell. Struktur und Konzeption von Pythien 3 in Hölderlins Aneignung", HJb 23, 1982/83, S. 79–133.
Silz, Walter, *Hölderlin's Hyperion. A Critical Reading*, Philadelphia 1969.
Simon, Jürgen, *Der Wechsel der Töne im Drama. Beobachtungen zu Hölderlins Trauerspiel 'Der Tod des Empedokles' (III)*, Diss. Tübingen 1967.
Staiger, Emil, "Der Opfertod von Hölderlins Empedokles", HJb 13, 1963/64, S. 1–20.
Stoelzel, Elisabeth, *Hölderlin in Tübingen und die Anfänge seines Hyperion*, Tübingen 1938.
Strack, Friedrich, "Auf der Suche nach dem verlorenen Erzähler. Zu Aufbau, Programm und Stellenwert von Hölderlins Romanfragment *Hyperions Jugend*", *Euphorion* 69, 1975, S. 267–293.
Strack, Friedrich, "'Freie Wahl' oder 'Willkür des Zevs'. Hölderlins Weg vom Schönen zum Tragischen", HJb 19/20, 1975/77, S. 212–243.
Strack, Friedrich, *Ästhetik und Freiheit. Hölderlins Idee von Schönheit, Sittlichkeit und Geschichte in der Frühzeit*, Tübingen 1976.
Szondi, Peter, "Hölderlins Brief an Böhlendorff vom 4. Dezember 1801, Kommentar und Forschungskritik", *Euphorion* 38, 1964, S. 260–275.

Szondi, Peter, *Hölderlin-Studien. Mit einem Traktat über philologische Erkenntnis*, Frankfurt a.M. 1970.

Uffhausen, Dietrich, *Friedrich Hölderlin "Bevestigter Gesang". Die neu zu entdeckende hymnische Spätdichtung bis 1806*, Stuttgart 1989.

Volke, Werner, *Hölderlin. Zum 200. Geburtstag*, Katalog der Ausstellung, Stuttgart 1970.

Volke, Werner, "'O Lacedämons heiliger Schutt!' Hölderlins Griechenland: Imaginierte Realien – Realisierte Imagination", HJb 24, 1984/85, S. 63–86.

Wackwitz, Stephan, *Trauer und Utopie um 1800. Studien zu Hölderlins Elegienwerk*, Stuttgart 1982.

Wegenast, Margarethe, *Hölderlins Spinoza-Rezeption und ihre Bedeutung für die Konzeption des 'Hyperion'*, Tübingen 1990.

Zinkernagel, Franz, *Die Entwicklungsgeschichte von Hölderlins Hyperion*, Straßburg 1907.

Zuberbühler, Rolf, *Hölderlins Erneuerung der Sprache aus ihren etymologischen Ursprüngen*, Berlin 1969.

Zuntz, Günther, *Über Hölderlins Pindar-Übersetzung*, Diss. Marburg 1928.

Ausgaben und Literatur zu anderen Autoren

Adler, Hans, *Die Prägnanz des Dunklen. Gnoseologie, Ästhetik, Geschichtsphilosophie bei Johann Gottfried Herder*, Hamburg 1990.

Allen, Michael J.B., *Marsilio Ficino and the Phaedran Charioteer*, Berkeley/Los Angeles/London 1981.

Augustinus, Aurelius, *Bekenntnisse*, übers. u. hrsg. v. Kurt Flasch und Burkhard Mojsisch, Stuttgart 1989.

Beierwaltes, Werner, *Denken des Einen. Studien zur neuplatonischen Philosophie und ihrer Wirkungsgeschichte*, Frankfurt a.M. 1985.

Beißner, Friedrich, *Geschichte der deutschen Elegie*, Berlin ^{3}1965.

Bibliotheca Herderiana, Weimar 1804.

Binder, Wolfgang, "Goethes klassische 'Faust'-Konzeption", DVjS 42, 1968, S. 55–88.

Bouterwek, Friedrich, *Graf Donamar, Briefe, geschrieben zur Zeit des siebenjährigen Krieges in Deutschland.* Frankfurt/Leipzig 1792f. (ND Frankfurt 1971).

Conz, Carl Philipp, *Schildereien aus Griechenland*, Reutlingen 1785.

Diels, Hermann, *Die Fragmente der Vorsokratiker*, 8. Aufl. hrsg. v. Walther Kranz, Berlin 1956.

Diogenes Laertius, *Leben und Meinungen berühmter Philosophen*, übers. v. Otto Apelt und Hans Günter Zekl, ^{3}Hamburg 1990.

Dodsley, James und Robert, *A Collection of Poems in Six Volumes. By several Hands*, London 1748–58 u.ö. (ND 1972).

Dreß, Walter, *Die Mystik des Marsilio Ficino*, Berlin/Leipzig 1929.

Fichte, Johann Gottlieb, *Gesamtausgabe*, Werke Bd. 2, hrsg. v. Reinhard Lauth und Hans Jacob, Stuttgart-Bad Cannstatt 1965.

Fichte, Johann Gottlieb, *Ausgewählte Werke* in sechs Bänden, Darmstadt 1962.

Fichte, Johann Gottlieb, *Grundlage der gesamten Wissenschaftslehre*, 1794, Hamburg 1956.

Ficino, Marsilio, *Opera omnia*, 2 Bde. Basel 1561 (ND Turin 1962).

Ficino, Marsilio, *Théologie platonicienne de l'immortalité des âmes*. Texte critique établi et traduit par Raymond Marcel, Bd. 1–3 Paris 1964–1970.

Ficino, Marsilio, *Über die Liebe oder Platons Gastmahl*, hrsg. u. eingel. v. Paul Richard Blum, lat.-dt., Hamburg 1984.

Fuhrmann, Manfred, *Rhetorik und Öffentlichkeit – Über die Ursachen des Verfalls der Rhetorik im ausgehenden 18. Jahrhundert*, Konstanz 1983.

Fullenwider, Henry F., *Friedrich Chr. Oetinger. Wirkungen auf Literatur und Philosophie seiner Zeit*, Göppingen 1975.

Gaier, Ulrich, *Krumme Regel. Novalis' "Konstruktionslehre des schaffenden Geistes" und ihre Tradition*, Tübingen 1970.

Gaier, Ulrich, "Nachwirkungen Oetingers in Goethes 'Faust'", *Pietismus und Neuzeit* 10, 1984, S. 90–123.

Gaier, Ulrich, "Soziale Bildung gegen ästhetische Erziehung. Goethes Rahmen der *Unterhaltungen* als satirische Antithese zu Schillers *Ästhetischen Briefen* I–IX", in: Helmut Bachmaier, Thomas Rentsch (Hrsg.), *Poetische Autonomie? Zur Wechselwirkung von Dichtung und Philosophie in der Epoche Goethes und Hölderlins*, Stuttgart 1986.

Gaier, Ulrich, *System des Handelns. Eine rekonstruktive Handlungswissenschaft*, Stuttgart 1986.

Gaier, Ulrich, *Herders Sprachphilosophie und Erkenntniskritik*, Stuttgart 1988.

Gaier, Ulrich, "Herders 'Aelteste Urkunde des Menschengeschlechts', und Goethe", *Bückeburger Gespräche über Johann Gottfried Herder 1988*, Rinteln 1989, S. 133–150.

Gaier, Ulrich, "Gegenaufklärung im Namen des Logos: Hamann und Herder", in: Jochen Schmidt (Hrsg.), *Aufklärung und Gegenaufklärung in der europäischen Literatur, Philosophie und Politik von der Antike bis zur Gegenwart*, Darmstadt 1989, S. 261–276.

Gaier, Ulrich, *Goethes Faust-Dichtungen. Ein Kommentar. I Urfaust*, Stuttgart 1989.

Gaier, Ulrich, "Das Lachen des Aufklärers. Über Lessings *Minna von Barnhelm*", Der Deutschunterricht, *Aufklärung*, Jg. 43, Heft 6, 1991, S. 42–56.

Gaier, Ulrich, "Vom Mythos zum Simulacrum: Goethes 'Prometheus'-Ode, Lenz-Jahrbuch 1, 1991, S. 147–167.

Gaier, Ulrich, Nachwort in Johann Wolfgang Goethe, *Faust-Dichtungen*, Stuttgart 1992 (Reclam UB 8837), S. 579–612.

Gaier, Ulrich, "Metadisziplinäre Argumente und Verfahren Herders. Zum Beispiel: Die Erfindung der Soziologie. Herder Yearbook 1, 1992, S. 59–79.

Gaier, Ulrich, "Hamanns und Herders hieroglyphische Stile", erscheint in: Johann Georg Hamann, Autor und Autorschaft. Acta des sechsten Internationalen Hamann-Kolloquiums in Marburg/Lahn (1992), hrsg. v. Bernhard Gajek und Albert Meier, Frankfurt a.M./Bern/New York/Paris 1993.

Genette, Gérard, *Palimpsestes – La littérature an second degré*, Paris 1982.

Gigon, Olof, Laila Zimmermann, *Von Abbild bis Zeuxis. Ein Begriffs- und Namenlexikon zu Platon*, ²Zürich 1987.

Goethes Werke, Hamburger Ausgabe in 14 Bden., hrsg. v. Erich Trunz, Hamburg 1949 u.ö. [HA].

Goethe, Johann Wolfgang, *Briefwechsel mit Friedrich Schiller*, Gedenkausgabe hrsg. v. Ernst Beutler, Bd. 20, Zürich 1950.

Goethes Briefe, Hamburger Ausgabe in 4 Bden., hrsg. v. Karl Robert Mandelkow und Bodo Morawe, Hamburg 1962 u.ö. [HA Briefe].

Haering, Theodor, *Hegel. Sein Wollen und sein Werk. Eine chronologische Entwicklungsgeschichte der Gedanken und der Sprache Hegels*, Leipzig 1929 (ND Aalen 1963).

Hamann, Johann Georg, *Sokratische Denkwürdigkeiten, Aesthetica in nuce*, hrsg. v. Sven-Aage Jørgensen, Stuttgart 1968.

Hegel, Georg Wilhelm Friedrich, *Gesammelte Werke*, hrsg. v. Friedhelm Nicolin und Gisela Schüler, Bd. I, Düsseldorf 1989.

Heinse, Wilhelm, *Ardinghello und die glückseligen Inseln* (1787), Krit. Studienausg. v. Max L. Baeumer, Stuttgart 1975.

Hemsterhuis, François, *Œuvres philosophiques*, ed. L.S.P. Meyboom, Leuwarde 1846.

Herder, Johann Gottfried, *Sämmtliche Werke*, hrsg. v. Bernhard Suphan, Berlin 1877–1913 [SW].

Herder, Johann Gottfried, *Werke*, hrsg. v. Wolfgang Proß, 2 Bde., München 1984 und 1987.

Herder, Johann Gottfried, *Frühe Schriften 1764–1772*, hrsg. v. Ulrich Gaier, Frankfurt 1985.

Herder, Johann Gottfried, *Ideen zur Philosophie der Geschichte der Menschheit*, hrsg. v. Martin Bollacher, Frankfurt a.M. 1989.

Herder, Johann Gottfried, *Volkslieder, Übertragungen, Dichtungen*, hrsg. v. Ulrich Gaier, Frankfurt a.M. 1990.

Herder, Johann Gottfried, *Briefe zu Beförderung der Humanität*, hrsg. v. Hans Dietrich Irmscher, Frankfurt a.M. 1991.

Jacobi, Friedrich Heinrich, *Über die Lehre des Spinoza in Briefen an den Herrn Moses Mendelssohn*, Düsseldorf 1785.

Jacobi, Friedrich Heinrich, *Allwill*, hrsg. u. komm. von J.K. Terpstra, Groningen 1957.

Jacobi, Friedrich Heinrich, *Werke*, hrsg. v. Friedrich Roth und Friedrich Köppen, Darmstadt 1968.

Jamme, Christoph, *Einführung in die Philosophie des Mythos. Neuzeit und Gegenwart*, Darmstadt 1991.

Kant, Immanuel, *Prolegomena zu einer jeden künftigen Metaphysik, die als Wissenschaft wird auftreten können*, hrsg. v. Karl Vorländer, Hamburg 1951.

Kant, Immanuel, *Kritik der Urteilskraft*, hrsg. v. Karl Vorländer, Hamburg 1954 (Phil. Bibl. 39) [KdU].

Kant, Immanuel, *Schriften zur Anthropologie, Geschichtsphilosophie, Politik und Pädagogik*, Darmstadt 1964.

Klopstock, Friedrich Gottlieb, *Oden und Elegien*. Nach der Ausgabe in vierunddreißig Stücken Darmstadt 1771, Heidelberg 1948.

Klopstock, Friedrich Gottlieb, *Sämmtliche Werke*, Leipzig 1823.

Kristeller, Paul Oskar, *Die Philosophie des Marcilio Ficino*, Frankfurt a.M. 1972.

Küntzel, Heinrich, *Essay und Aufklärung. Zum Ursprung einer originellen deutschen Prosa im 18. Jahrhundert*, München 1969.

Lowth, Robert, *De Sacra Poesi Hebraeorum; Praelectiones Academicae*, Oxford 1753, hrsg. und komm. von Johann David Michaelis 1758.

Mauthner, Fritz (Hrsg.), *Jacobis Spinoza-Büchlein nebst Replik und Duplik*, München 1912.

Meggle, Georg, "Analogie und progressive Erkenntnis. J.G. Herders Erkenntnistheorie als Sprachtheorie", in: *Vergleichen und Verändern*, Fs. H. Motekat, hrsg. v. A. Goetze und G. Pflaum, München 1970, S. 52–73.

Mendelssohn, Moses, *Ästhetische Schriften in Auswahl* hrsg. v. Otto F. Best, Darmstadt 1986.

Montaigne, Michel de, *Les Essais*, ed. par Fortunat Strowski, Bordeaux 1906.

Moritz, Karl Philipp, *Schriften zur Ästhetik und Poetik*, hrsg. v. Hans Joachim Schrimpf, Tübingen 1962.

Nickel, Peter, *Die Bedeutung von Herders Verjüngungsgedanken und Geschichtsphilosophie für die Werke Hölderlins*, Kiel 1963.

Novalis *Schriften*, hrsg. v. Paul Kluckhohn und Richard Samuel, 2. Aufl., Stuttgart 1960ff.

Novalis *Werke*, hrsg. u. komm. von Gerhard Schulz, ²München 1981.

Oetinger, Fr. Chr., Swedenborgs irdische und himmlische Philosophie, hrsg. von Ehmann und Beyreuther, Stuttgart 1977.

Pfaff, Peter, "Geschichte und Dichtung in den 'Hymnen an die Nacht' des Novalis", *Text und Kontext* 8, 1980, S. 88–196.

Pindar, *Siegeslieder*, zusammengestellt von Uvo Hölscher, Frankfurt a.M. 1962.

Rousseau, Jean Jacques, *Du Contrat social [...] Discours [...]*, Paris 1954.

Rousseau, Jean Jacques, *Émile ou de l'éducation*, éd. par François et Pierre Richard, Paris 1964.

Rousseau, Jean Jacques, *Les rêveries du promeneur solitaire*, éd. par Jacques Voisine, Paris 1964.

Rousseau, Jean Jacques, *Julie ou La nouvelle Héloise*, hrsg. v. Michel Launay, Paris 1967.

Rousseau, Jean-Jacques, *Les confessions*, ed. par Michel Launay, 2 Bde. Paris 1968.

Rülke, Hans, Hans Ulrich, *Gottesbild und Poetik bei Klopstock*, Konstanz 1991.

Schellings *Werke*, hrsg. v. Manfred Schröter, 1. Hauptband, München 1927 (ND 1958).

Schillers Werke, Nationalausgabe, begr. v. Julius Petersen, Weimar 1943ff.

Schlegel, Friedrich, *Kritische Ausgabe*, Bd. I hrsg. v. Ernst Behler, Paderborn/München/Wien/Zürich 1979.

Schleiermacher, Friedrich, *Über die Religion. Reden an die Gebildeten unter ihren Verächtern*, hrsg. v. Rudolf Otto, ⁶Göttingen 1967.

Shaftesbury, Anthony Earl of, *Characteristics of Men, Manners, Opinions, Times*, ed. by John M. Robertson, Indianapolis/New York 1964.

Spinoza, Benedict de, *Ethik nach geometrischer Methode dargestellt*, übers. v. Otto Baensch, Leipzig o.J. [Meiners phil. Bibl. 92].

Stolberg, Christian Graf von, und Friedrich Leopold Graf von, *Gesammelte Werke*, 20 Bde. in 10 Bden., Hamburg 1820/21 (ND Hildesheim, New York 1974).

Ueding, Gert, *Klassik und Romantik. Deutsche Literatur im Zeitalter der Französischen Revolution 1789–1815* (Hansers Sozialgeschichte der deutschen Literatur vom 16. Jahrhundert bis zur Gegenwart, Band 4), München 1987.

Unger, Rudolf, "Herder und der Palingenesie-Gedanke", in: *Herder, Novalis und Kleist, Deutsche Forschungen* Heft 9, Frankfurt a.M. 1922, S. 1–23.

Uz, Johann Peter, *Sämtliche Poetische Werke*, Stuttgart 1890 (ND Darmstadt 1964), S. 42.

Voltaire, *Dialogues et anecdotes philosophiques*, éd. par Raymond Naves, Paris 1966.

Weisgerber, Leo, "Zum Energeia-Begriff in Humboldts Sprachbetrachtung", *Wirkendes Wort* 4, 1953, S. 374–377.

Wieland, Christoph Martin, *Gesammelte Schriften*, Akademie-Ausgabe Bd. I 6 *Agathon*, hrsg. v. Wilhelm Kurrelmeyer, Berlin 1937.

Winckelmann, Johann Joachim , *Ausgewählte Schriften und Briefe*, hrsg. v. Walther Rehm, Wiesbaden 1948.

Wolf, Peter Philipp, *Allgemeine Geschichte der Jesuiten von dem Ursprunge des Ordens bis auf gegenwärtige Zeiten*, 4 Bde. Zürich 1789–1791.

Wolff, Christian, *Gesammelte Werke*, hrsg. u. bearb. v. Jean Ecole u.a., Hildesheim 1964ff.

Young, Edward, *Night Thoughts*, ed. by Stephen Cornford, Cambridge 1989.

Bildnachweis

Die zwischen S. 150 und S. 151 verkleinert reproduzierten Bilder und der Kartenausschnitt sind Teil des Anschauungsmaterials, aus dem Hölderlin sein Bild von Griechenland und Ionien formte:

The Antiquities of Athens. Measured and Delineated by James Stuart FRS and FSA, and Nicholas Revett, Painters and Architects, London 1762. Bd. 2 nach S. 24,.Bd. 3 nach S. 6 und nach S. 16.

Barthélémy, Jean Jacques, *Reise des jüngern Anacharsis durch Griechenland*. Neue wohlfeilere Ausgabe, Berlin 1793. Bd. 5, nach S. 40.

Chandler, Richard, *Reisen in Klein Asien*. Mit einem Vorwort von Ludwig Pigenot, Leipzig 1776/Hildesheim, New York 1976. Karte vor S. 1.

Register

1. Zitierte Werke Hölderlins

a. Werkgruppen

b. Einzelwerke

(Bei Werken, die keinen von Hölderlin gegebenen Titel tragen, wird in <> der in der StA und der Klassiker-Ausgabe verwendete Titel angegeben.)

2. Personen und deren zitierte Werke

(Die zitierten Werke, eingerückt und kursiv, sind aus Raumgründen nur mit den gängigen Kurztiteln angegeben. Einige häufig genannte Figuren aus der Mythologie sind in das Personenregister aufgenommen.)

3. Sachregister

(In Versalien gedruckte Begriffe markieren den Beginn eines Kapitels, kursiv gedruckte den Beginn eines Teilzusammenhangs innerhalb des Kapitels.)

HÖLDERLIN VU DE FRANCE

Études réunies
par
Bernhard Böschenstein et Jacques Le Rider

COLLECTION ŒUVRES & CRITIQUES 5
1987, 147 Seiten, DM 36,–
ISBN 3-87808-471-4

Table des matières:

gnV Gunter Narr Verlag Tübingen